FINAIS VIOLENTOS

OUTRAS OBRAS DE CHLOE GONG

PRAZERES VIOLENTOS

Chloe Gong

Finais Violentos

TRADUÇÃO DE
Giovanna Chinellato

ALTA BOOKS
GRUPO EDITORIAL
Rio de Janeiro, 2023

Finais Violentos

Copyright © 2023 da Starlin Alta Editora e Consultoria Eireli.
ISBN: 978-85-508-1785-9

Translated from original Our Violent Ends. Copyright © 2021 by Chloe Gong. ISBN 9781534457720. This translation is published and sold by permission of MargareT K. McElderry Books, an imprint of Simon & Schuster Children's Publishing Division, the owner of all rights to publish and sell the same. PORTUGUESE language edition published by Starlin Alta Editora e Consultoria Eireli, Copyright © 2023 by Starlin Alta Editora e Consultoria Eireli.

Impresso no Brasil – 1ª Edição, 2023 – Edição revisada conforme o Acordo Ortográfico da Língua Portuguesa de 2009.

Dados Internacionais de Catalogação na Publicação (CIP) de acordo com ISBD

G638f   Gong, Chloe
   Finais Violentos / Chloe Gong ; traduzido por Giovanna Chinellato. - Rio de Janeiro : Alta Novel, 2023.
   496 p. ; 15,7cm x 23cm.

   Tradução de: Our Violent Ends
   ISBN: 978-85-508-1785-9

   1. Literatura. 2. Romance. I. Chinellato, Giovanna. II. Título.

2023-623
CDD 813
CDU 82-31

Elaborado por Vagner Rodolfo da Silva - CRB-8/9410

Índice para catálogo sistemático:
1. Literatura : Romance 813
2. Literatura : Romance 82-31

Todos os direitos estão reservados e protegidos por Lei. Nenhuma parte deste livro, sem autorização prévia por escrito da editora, poderá ser reproduzida ou transmitida. A violação dos Direitos Autorais é crime estabelecido na Lei nº 9.610/98 e com punição de acordo com o artigo 184 do Código Penal.

A editora não se responsabiliza pelo conteúdo da obra, formulada exclusivamente pelo(s) autor(es).

Marcas Registradas: Todos os termos mencionados e reconhecidos como Marca Registrada e/ou Comercial são de responsabilidade de seus proprietários. A editora informa não estar associada a nenhum produto e/ou fornecedor apresentado no livro.

Erratas e arquivos de apoio: No site da editora relatamos, com a devida correção, qualquer erro encontrado em nossos livros, bem como disponibilizamos arquivos de apoio se aplicáveis à obra em questão.

Acesse o site **www.altabooks.com.br** e procure pelo título do livro desejado para ter acesso às erratas, aos arquivos de apoio e/ou a outros conteúdos aplicáveis à obra.

Suporte Técnico: A obra é comercializada na forma em que está, sem direito a suporte técnico ou orientação pessoal/exclusiva ao leitor.

A editora não se responsabiliza pela manutenção, atualização e idioma dos sites referidos pelos autores nesta obra.

Produção Editorial
Grupo Editorial Alta Books

Diretor Editorial
Anderson Vieira
anderson.vieira@altabooks.com.br

Editor
José Ruggeri
j.ruggeri@altabooks.com.br

Gerência Comercial
Claudio Lima
claudio@altabooks.com.br

Gerência Marketing
Andréa Guatiello
andrea@altabooks.com.br

Coordenação Comercial
Thiago Biaggi

Coordenação de Eventos
Viviane Paiva
comercial@altabooks.com.br

Coordenação ADM/Finc.
Solange Souza

Coordenação Logística
Waldir Rodrigues

Gestão de Pessoas
Jairo Araújo

Direitos Autorais
Raquel Porto
rights@altabooks.com.br

Produtoras da Obra
Illysabelle Trajano
Maria de Lourdes Borges

Assistente da Obra
Beatriz de Assis

Produtores Editoriais
Thales Silva
Thiê Alves
Luciano Cunha
Paulo Gomes

Equipe Comercial
Adenir Gomes
Ana Carolina Marinho
Ana Claudia Lima
Daiana Costa
Everson Sete
Kaique Luiz
Luana Santos
Maira Conceição
Natasha Sales

Equipe Editorial
Ana Clara Tambasco
Andreza Moraes
Arthur Candreva
Beatriz Frohe

Betânia Santos
Brenda Rodrigues
Caroline David
Erick Brandão
Elton Manhães
Fernanda Teixeira
Gabriela Paiva
Henrique Waldez
Karolayne Alves
Kelry Oliveira
Lorrahn Candido
Luana Maura
Marcelli Ferreira
Mariana Portugal
Matheus Mello
Milena Soares
Patricia Silvestre
Viviane Corrêa
Yasmin Sayonara

Marketing Editorial
Amanda Mucci
Guilherme Nunes
Livia Carvalho
Pedro Guimarães
Thiago Brito

Atuaram na edição desta obra:

Tradução
Giovanna Chinellato

Copidesque
Sara Orofino

Revisão Gramatical
Ana Beatriz Omuro
Vivian Sbravatti

Diagramação
Joyce Matos

Editora afiliada à: ASSOCIADO

 Rua Viúva Cláudio, 291 – Bairro Industrial do Jacaré
CEP: 20.970-031 – Rio de Janeiro (RJ)
Tels.: (21) 3278-8069 / 3278-8419
ALTA BOOKS www.altabooks.com.br – altabooks@altabooks.com.br
GRUPO EDITORIAL **Ouvidoria:** ouvidoria@altabooks.com.br

PARA MEUS PAIS,
QUE ME CONTARAM
AS HISTÓRIAS DE QUE EU PRECISAVA
PARA ESCREVER ESTE LIVRO

Olhos, pela última vez, contemplem!
Braços, deem o abraço final! E lábios, oh,
Portas do suspiro, selem com um beijo verdadeiro
Um pacto eterno com a morte insaciável!

— Shakespeare, Romeu e Julieta

Um

Janeiro, 1927

O Ano-Novo passou com tanta fanfarra em Xangai que a sensação de festa ainda permeava a cidade uma semana depois. Estava na forma como as pessoas caminhavam, no saltinho a mais em suas passadas e no brilho dos olhos conforme se debruçavam sobre os assentos do cinema Grand Theatre, para sussurrar algo aos colegas. Era o jazz alto da boate lá do outro lado da rua, o ar frio dos leques de bambu se agitando em cores rápidas, o cheiro de fritura que invadia a sala de exibições, apesar das estritas regras da Sala Um. Celebrar o primeiro dia do calendário gregoriano era um costume ocidental, mas o Ocidente há muito penetrara suas raízes na cidade.

O surto em Xangai havia passado. As ruas voltaram à decadência ruidosa e às noites sem fim — como essa, em que o público do Grand Theatre podia assistir a um filme e depois se demorar às margens do Rio Huangpu até o amanhecer. Afinal, não havia mais uma criatura espreitando na água. Já fazia seis meses que o monstro de Xangai morrera baleado e fora abandonado para apodrecer em um cais no Bund. Agora, a única coisa com a qual os civis precisavam se preocupar eram os gângsteres... e o número crescente de corpos com buracos de tiro que apareciam nas ruas.

Juliette Cai espiou por cima do parapeito, observando o primeiro andar da Sala Um. Daquele ponto estratégico, podia ver quase tudo que estava abaixo, detectando cada minúsculo detalhe em meio ao caos que fervilhava sob as luminárias douradas. Infelizmente, teria sido mais útil se estivesse lá, socializando com o comerciante com quem fora enviada para lidar, em vez de observá-lo à distância. Os lugares no segundo andar foram o melhor que arranjara. A missão lhe havia sido dada de última hora, tarde demais para que conseguisse algo mais adequado no quesito socialização.

— Você vai ficar com essa cara a noite toda?

Juliette se virou, estreitando os olhos para a prima. Kathleen Lang seguia logo atrás, a boca formando um sorriso torto enquanto as pessoas ao redor procuravam os assentos antes de o filme começar.

— Vou — resmungou Juliette. — Eu tinha tanta coisa melhor para fazer.

Kathleen revirou os olhos e apontou, em silêncio, ao encontrar os lugares marcados nos ingressos. Os canhotos em sua mão haviam sido destacados grosseiramente, já que a cartola do rapaz uniformizado da entrada lhe havia caído sobre os olhos, empurrada pela multidão que se aglomerava no pórtico. Ele mal teve tempo de se recuperar, antes que mais tíquetes fossem balançados em sua cara, enquanto estrangeiros e chineses ricos torciam o nariz para a demora. Em lugares como esse, esperava-se um serviço melhor. Os valores dos ingressos eram altos o bastante para fazer do Grand Theatre uma *experiência,* com os tetos de viga em arco e os parapeitos de ferro forjado, o mármore italiano e as placas de delicada caligrafia — apenas em inglês, não se via mandarim em lugar algum.

— O que poderia ser mais importante do que isso? — perguntou Kathleen. As duas se sentaram na fileira da frente do segundo andar, uma visão perfeita tanto da tela quanto das pessoas no térreo. — Ficar olhando irritada para a parede do seu quarto, como tem feito nesses últimos meses?

Juliette franziu o cenho.

— Não é *só* isso que tenho feito.

— Ah, perdão. Como pude me esquecer? Gritar com políticos também.

Bufando, Juliette se afundou no assento e cruzou os braços, apertando-os contra o peito, as contas ao longo da manga tilintando alto contra as do colo. Por mais irritante que fosse o som, contribuía com apenas uma fração do barulho caótico do lugar.

— *Bàba* já está no meu pé por ter irritado aquele Nacionalista — resmungou, começando a fazer um inventário da multidão abaixo, associando mentalmente nomes a rostos e registrando quem poderia notar que ela estava ali. — Não comece você também.

Kathleen fez um muxoxo e apoiou o cotovelo no braço compartilhado entre as duas poltronas.

— Só estou preocupada, *biǎomèi*.

— Preocupada com o quê? Eu sempre grito com as pessoas.

— Lorde Cai não costuma te dar bronca. Acho que pode ser um indício de que...

Juliette se lançou para frente. Por puro instinto, um arquejo lhe subiu à garganta, mas ela se recusou a deixá-lo escapar e, em vez disso, o som se alojou com firmeza no lugar e uma sensação fria como gelo se instalou atrás de sua língua. Kathleen imediatamente ficou alerta também, correndo os olhos pelo andar de baixo para procurar o que quer que tivesse deixado a prima pálida daquele jeito.

— O quê? — perguntou, insistente. — O que foi? Devo chamar reforços?

— Não — sussurrou Juliette, engolindo em seco. A luz da sala diminuiu. Aproveitando a deixa, os rapazes uniformizados começaram a caminhar entre os corredores, forçando a multidão a se acomodar para assistir ao filme. — Não é nada de mais.

As sobrancelhas de Kathleen estavam franzidas, ainda procurando.

— O *que* foi?

Juliette apenas apontou, observando enquanto a prima acompanhava a direção indicada. O reconhecimento lhe cruzou a expressão enquanto ambas viam a figura solitária que abria caminho por entre o público.

— Parece que não somos as únicas com uma missão por aqui.

Lá no térreo, com ares de quem não tinha preocupação alguma no mundo, Roma Montagov sorriu e parou em frente ao comerciante que elas estavam vigiando, oferecendo-lhe a mão para um aperto.

Juliette cerrou os punhos sobre o colo.

Não via Roma desde outubro, desde que os primeiros protestos em Nanshi abalaram a cidade e se tornaram um precedente para os que vieram em seguida, quando o inverno caiu sobre Xangai. Ela não o vira em pessoa, mas sentira sua presença em todo lugar: nos corpos amontoados pela cidade, com flores brancas como lírios nas mãos rígidas; nos parceiros comerciais desaparecendo do nada, sem qualquer aviso ou explicação; na guerra de sangue que deixava sua marca. Desde que começaram os rumores de um confronto entre Roma Montagov e Tyler Cai, a disputa voltara aos piores níveis. Nenhuma das duas organizações precisava se preocupar mais com os números sendo reduzidos pelo surto. Em vez disso, seus pensamentos se voltaram para retaliação e honra e, como línguas diferentes contavam versões distintas do que acontecera naquele dia entre os círculos internos da Sociedade Escarlate e dos Rosas Brancas, as únicas verdades estabelecidas foram: num minúsculo hospital na periferia de Xangai, Roma Montagov atirara em Tyler Cai e, para proteger o primo, Juliette Cai matara Marshall Seo a sangue frio.

Agora os dois lados buscavam vingança. Os Rosas Brancas pressionavam a Sociedade Escarlate com uma nova urgência, e os Escarlates reagiam à altura. Precisavam reagir. Não importava o quanto fossem cuidadosos ao cooperar com os Nacionalistas, cada habitante da cidade podia sentir que algo estava mudando, podia ver que as aglomerações aumentavam a cada vez que os Comunistas tentavam uma greve. O cenário político estava prestes a mudar, prestes a engolir essa vida fora da lei; para as duas organizações que atualmente governavam a cidade, era uma questão de escolher entre a violência agora, para garantir o poder, ou arrepender-se depois, caso uma força maior assumisse o controle e não houvesse chances de recuperar o território perdido.

— Juliette — chamou Kathleen suavemente. Os olhos da prima saltavam dela para Roma. — O que aconteceu entre vocês?

Juliette não tinha uma resposta para dar, assim como não tivera das outras vezes em que lhe fizeram aquela pergunta. Kathleen merecia uma explicação melhor, merecia saber por que a cidade estava dizendo que ela matara Marshall Seo à queima-roupa, se antes era tão amigável com ele, por que Roma Montagov estava deixando flores em todo lugar que passava, em escárnio às vítimas da guerra, quando antes fora tão gentil com Juliette. Porém, ter mais uma pessoa a par do segredo seria ter mais alguém arrastado para aquela bagunça. Mais um alvo para o escrutínio de Tyler... mais um alvo para sua arma.

4   FINAIS VIOLENTOS

Melhor não dizer nada. Melhor seguir fingindo, até que, *talvez*, surgisse uma chance de resgatar a cidade do estado despedaçado em que se encontrava.

— O filme vai começar — disse, no lugar de uma resposta.

— *Juliette* — insistiu Kathleen.

Juliette cerrou os dentes com força e se perguntou se seu tom ainda enganava alguém. Em Nova York sabia mentir tão bem, sabia se passar por outra pessoa completamente diferente e enganar a todos. Mas aqueles últimos meses a estavam desgastando até não restar nada de si, a não ser… ela mesma.

— Ele não está fazendo nada. Olhe, está indo se sentar.

De fato, Roma parecia estar se afastando do comerciante após cumprimentá-lo, acomodando-se numa poltrona do canto, duas fileiras atrás. Aquilo não precisava piorar. Os dois não precisavam entrar em confronto. Juliette podia observá-lo em silêncio de onde estava e se certificar de abordar o homem primeiro, quando viesse o intervalo. A Sociedade Escarlate raramente ia atrás de um novo cliente; esperavam que a clientela viesse até *eles*. Mas aquele comerciante não se metia com drogas como o resto. Ele ancorara em Xangai na semana anterior, trazendo tecnologia britânica — sabe-se lá de que tipo. Os pais dela não foram específicos ao repassar a missão, disseram apenas que eram alguns tipos de armas, e que a Sociedade Escarlate queria adquirir o arsenal.

Se os Rosas Brancas estavam tentando entrar nessa também, só podia ser algo grande. Juliette fez uma nota mental para se lembrar de pedir mais detalhes assim que chegasse em casa.

As luzes se apagaram. Kathleen olhou por cima dos ombros, enrolando os dedos na manga frouxa do casaco.

— Relaxa — sussurrou Juliette. — O que você está prestes a assistir veio direto da estreia, em Manhattan. É entretenimento de qualidade.

O filme começou. A Sala Um era a maior do Grand Theatre, e o som orquestral ressoava de todos os lados. Cada assento era equipado com o próprio sistema de tradução, que lia em voz alta os textos que apareciam no filme mudo. O casal à esquerda de Juliette usava os equipamentos na orelha, murmurando animados entre si enquanto as falas eram traduzidas para o mandarim. Juliette não precisava do aparelho, não apenas porque sabia ler inglês, mas porque não estava de fato assistindo ao filme. Seus olhos, não importava o quanto se esforçasse, ficavam se desviando lá para baixo.

Não seja tola, repreendeu-se. Havia mergulhado de cabeça na situação. Não iria se arrepender. Fez o que precisava ser feito.

Mesmo assim, não conseguia parar de encará-lo.

Haviam se passado apenas três meses, mas Roma estava mudado. Ela já sabia disso, é claro, por conta dos relatórios que chegavam às suas mãos sobre gângsteres mortos com caracteres coreanos ao lado, escritos com sangue. E graças aos corpos que se amontoavam cada vez mais no interior do território Escarlate, como se os Rosas Brancas estivessem testando os limites que podiam ultrapassar. Era improvável que Roma estivesse atrás de Escarlates especificamente para matá-los como vingança — ele não ousaria ir *tão* longe assim —, mas, a cada novo conflito, a mensagem era clara: *Você fez isso, Juliette.*

Fora ela quem havia piorado a guerra, puxado o gatilho em Marshall Seo e dito na cara de Roma que tudo o que acontecera entre eles não passava de uma mentira. Agora, todo o rastro de sangue que ele deixava para trás era sua vingança.

Ele também se vestia de acordo. Em algum momento, trocou os ternos escuros por cores claras: um paletó creme, uma gravata dourada e abotoaduras que reluziam a cada vez que a tela piscava branco. Sua postura era rígida, não mais desleixada para aparentar casualidade; nada de pernas esticadas a fim de se afundar na cadeira e evitar chamar a atenção de alguém que corresse os olhos pela sala.

Roma Montagov não era mais o herdeiro que conspirava nas sombras. Parecia estar cansado de ser visto pela cidade como aquele que corta gargantas no escuro, aquele de coração frágil como carvão e roupas do mesmo tom.

Agora, ele se parecia com um Rosa Branca. Parecia-se com o pai.

Pela visão periférica, Juliette captou um movimento de relance. Ela piscou, desviando o foco de Roma e procurando entre os assentos do outro lado do corredor. Por um momento, teve certeza de que fora apenas um engano, uma mecha de cabelo que se soltara de seus cachos e caíra sobre seus olhos. Então a tela piscou branco mais uma vez, enquanto um trem descarrilhava no Velho Oeste, e Juliette viu a silhueta se erguer em meio ao público.

O rosto do homem se escondia nas sombras, mas a arma em sua mão estava bem iluminada.

E apontava diretamente para o comerciante na fileira da frente, com quem Juliette ainda precisava conversar.

— De jeito *nenhum* — murmurou, irritada, sacando a pistola amarrada na coxa.

A tela escureceu, mas ela mirou mesmo assim. Um segundo antes de o atirador agir, Juliette puxou o gatilho com um *bang* alto.

O coice do disparo pressionou-a de volta ao assento, os dentes cerrados, enquanto o homem deixava cair a arma, o ombro ferido. O som mal chamara atenção, já que também houve um tiroteio no filme que abafou o grito que lhe escapou da boca e encobriu a fumaça que saía do cano da pistola dela. Embora o filme fosse mudo, a orquestra de fundo tinha um címbalo ensurdecedor, e todos presumiram que o tiro havia sido parte da cena.

Todos, exceto Roma, que imediatamente se virou e olhou para cima, procurando a origem do disparo.

E ele a encontrou.

Os olhares dos dois se cruzaram e o *clique* do reconhecimento mútuo foi tão forte que Juliette sentiu uma mudança física na coluna, como se o corpo estivesse finalmente se realinhando após meses fora de forma. Ela estava paralisada, o ar preso na garganta, os olhos arregalados.

Até que Roma sacou a arma do bolso do paletó, e ela não teve escolha senão despertar do estado de choque. Em vez de combater o assassino, ele decidira atirar *nela*.

Três balas sibilaram ao lado de sua orelha. Ofegante, Juliette se jogou no chão, os joelhos raspando no carpete com o movimento brusco. O casal à sua esquerda começou a gritar.

O público percebera que os tiros não eram parte da trilha sonora.

— Certo — sussurrou Juliette. — Ele ainda está bravo comigo.

— O que foi *isso*? — exigiu saber Kathleen. A prima também se abaixou depressa, usando o parapeito do segundo andar para se proteger. — Você atirou na plateia? Aquele era Roma Montagov atirando de volta?

Juliette repuxou os lábios numa careta.

— Sim.

O som do andar inferior parecia de uma debandada. As pessoas do segundo piso certamente já entravam em pânico também, levantando apressadas e correndo para as saídas, mas as duas portas nas laterais da sala — marcadas com PAR e ÍMPAR para a organização dos assentos — eram bastante estreitas, e a única coisa que a multidão conseguiu foi criar um grande funil.

Kathleen fez um barulho indecifrável.

— *Ele não está fazendo nada... está se sentando!*

— Ah, não brinque comigo! — sibilou Juliette.

A situação não era ideal, mas ela daria um jeito.

Levantou-se, cautelosa.

— Alguém estava tentando atirar no comerciante.

Espiou por cima do parapeito. Não encontrou Roma em lugar algum, mas viu o comerciante ajustando o terno ao redor da barriga e segurando o chapéu de palha na cabeça, ao tentar seguir o fluxo para fora do cinema.

— Vá descobrir quem é — disse Kathleen depressa. — Seu pai te arranca o couro se esse comerciante for assassinado.

— Sei que você está brincando — murmurou Juliette —, mas pode ser que tenha razão. — Enfiou a pistola na mão da prima e correu, gritando por sobre os ombros: — Fale com o comerciante por mim! *Merci!*

O funil à porta já havia afinado o suficiente para que ela conseguisse se esgueirar para o salão do segundo andar, que dava acesso à Sala Um. Mulheres vestidas com *qipao* de seda gritavam inconsolavelmente umas para as outras, e oficiais britânicos se amontoavam no canto para perguntar aos histéricos o que estava acontecendo. Juliette ignorou a todos, empurrando quem estivesse pela frente para chegar às escadas e descer ao térreo, por onde o comerciante sairia.

Ela freou, derrapando. A escadaria estava lotada demais. Seus olhos correram para o lado, para a escada de serviço, e ela escancarou a porta

8   FINAIS VIOLENTOS

sem pensar duas vezes, atravessando-a. Conhecia o cinema, pois era território Escarlate, e Juliette passara partes da infância perambulando pelo prédio, espiando diferentes salas quando a Ama estava distraída. Embora a escadaria principal fosse de uma estrutura grandiosa, com piso polido e corrimãos arqueados de madeira, a escada de serviço era de cimento e sem janelas, dependendo apenas de uma pequena lâmpada pendurada no patamar central para iluminá-la.

Seus saltos batiam alto contra o cimento ao virar a curva do segundo lance. Ela parou imediatamente.

Esperando ali, na porta que levava ao salão principal, estava Roma, com a arma erguida.

Juliette supôs que havia se tornado previsível.

— Você estava a três passos do comerciante — disse, surpresa com a neutralidade em sua voz. *Tā mā de.* Havia uma faca amarrada à sua perna, mas, até que conseguisse sacá-la, Roma teria tempo mais do que suficiente para atirar. — Você o deixou só para me encontrar? Estou lisonjeada...

Juliette sibilou, jogando-se para o lado. Sua bochecha queimava, inchando assustadoramente graças ao contato com as balas que voavam perto de sua cabeça. Antes que Roma pudesse sequer pensar em atirar de novo, ela estudou depressa as opções que tinha e mergulhou pela porta atrás de si, entrando num almoxarifado.

Não estava tentando escapar. O cômodo não tinha saída, era apenas uma sala pequena lotada de cadeiras empilhadas e teias de aranha. Ela só precisava...

Outra bala zuniu perto de seu braço.

— Você vai explodir este lugar — gritou, irritada, virando-se. Havia chegado ao final da sala, as costas pressionadas contra a grossa tubulação que corria pelas paredes. — Alguns destes canos são de gás. Se você abrir um buraco em um deles, o fogo vai se espalhar pelo cinema inteiro.

Roma não se sentiu ameaçado. Era como se não a escutasse. Seus olhos se estreitaram, sua expressão se fechou. Ele parecia um estranho — um forasteiro, de fato, como um menino que vestira uma fantasia sem imaginar como serviria bem. Mesmo sob as luzes fracas, o dourado de suas roupas reluzia, tão brilhante quanto os letreiros na fachada do cinema.

Juliette queria gritar ao ver no que ele se transformara. Mal conseguia respirar, e estaria mentindo se dissesse que era por conta do cansaço.

— Você ouviu o que eu disse? — Ela analisou a distância entre eles. — Abaixe essa arma...

— *Você* está se ouvindo? — interrompeu Roma. Com três passos largos ele estava perto o suficiente para apontar a pistola direto para o rosto dela. Juliette podia sentir o calor do cano, o aço quente a poucos centímetros de sua pele. — Você matou Marshall. Você o matou há meses, e eu não ouvi uma palavra, uma explicação de sua parte...

— Não tem explicação.

Roma pensava que ela era um monstro. Pensava que Juliette o odiara o tempo todo, tão ferozmente a ponto de destruir tudo o que ele amava, e *precisava* pensar assim para continuar vivo. Juliette se recusava a arrastá-lo junto, só porque *ela* era fraca.

— Eu o matei porque ele precisava morrer — disse. Ela esticou o braço e torceu a arma para fora da mão de Roma, deixando-a cair aos pés dos dois. — Assim como vou matar você. Assim como não vou parar até que você me mate...

Ele a empurrou contra os canos.

O movimento foi tão forte que Juliette sentiu gosto de sangue nos lábios, cortados pelos próprios dentes afiados. Sufocou um arquejo, depois outro, quando Roma, com um olhar assassino, fechou a mão em sua garganta.

Juliette não estava com medo. Quando muito, estava ressentida — não com Roma, mas consigo mesma. Com o desejo de se inclinar na direção dele, mesmo quando ele estava tentando de fato matá-la. Com a distância que ela mesma criara propositalmente entre os dois, porque haviam nascido em duas famílias em guerra, e preferia morrer pelas mãos de Roma do que causar sua morte.

Mais ninguém vai morrer para me proteger. Roma explodira uma casa inteira, cheia de gente, para mantê-la segura. Tyler e seus Escarlates entrariam num frenesi assassino sob o pretexto de defendê-la, mesmo que também desejassem sua morte. Era tudo a mesma coisa. Era aquela cidade, dividida por nomes, cores e territórios, mas que sangrava, de alguma forma, o mesmo tom de violência.

— Vá em frente — disse, com esforço.

Não estava falando sério. Conhecia Roma Montagov. Ele pensava que a queria morta, mas o fato era que Roma nunca errava e, mesmo assim, o havia feito: todas aquelas balas cravadas na parede em vez de na cabeça de Juliette. O fato era que ele tinha as mãos ao redor de sua garganta, mas ela ainda respirava, ainda conseguia inspirar além da podridão e do ódio que os dedos dele tentavam incrustar em sua pele.

Juliette finalmente sacou a faca. No instante em que Roma se inclinou para frente, talvez determinado a matá-la, a mão dela se fechou ao redor do cabo sob seu vestido e puxou a lâmina, cortando o que quer que estivesse no caminho. Roma chiou, soltando-a. Fora um corte superficial, mas ele levou o braço ao peito, e ela o acompanhou de perto, erguendo a faca para a garganta dele.

— Isso aqui é território Escarlate. — As palavras eram neutras, mas custava-lhe todo o esforço do mundo mantê-las assim. — Não se esqueça.

Roma ficou rígido. Encarou-a, completamente inexpressivo, enquanto o momento se estendia... o bastante para Juliette pensar que ele iria se render.

Mas, em vez disso, Roma se inclinou sobre a lâmina até que o metal estivesse pressionado diretamente contra seu pescoço, a um fio de cabelo de penetrar a pele e derramar sangue.

— Então vai — disse, entredentes. Ele soava bravo... Soava *atormentado*. — Me mata.

Juliette não se mexeu. Deve ter hesitado por um segundo a mais do que deveria, pois a expressão de Roma se transformou em deboche.

— Por que parou?

O gosto de sangue ainda era forte dentro de sua boca. Num movimento rápido, ela girou a lâmina e golpeou a têmpora dele com o cabo. Roma piscou e caiu como uma pedra, mas Juliette jogou a faca longe e se apressou a segurá-lo. Assim que suas mãos o envolveram, ela soltou o ar aliviada, impedindo que a cabeça dele batesse contra o chão duro.

Juliette suspirou. Em seus braços, ele parecia muito sólido e mais real do que nunca. À distância, a segurança dele era apenas um conceito abstrato, longe das ameaças que os Escarlates representavam. Mas aqui, com a pulsação de Roma martelando contra o peito no mesmo ritmo que a dela, ele era apenas um menino, um coração cheio de sangue que batia e podia ser dilacerado a qualquer momento, se a lâmina fosse afiada o suficiente.

— *"Por que parou?"* — imitou Juliette, rancorosa. Com delicadeza, colocou-o no chão, tirando-lhe o cabelo cheio de gel de cima dos olhos. — Porque, mesmo que você me odeie, Roma Montagov, eu ainda te amo.

Dois

Roma sentiu primeiro o empurrão no ombro. Depois, a rigidez dos músculos. Então a horrível dor que latejava em sua cabeça.

— Credo! — chiou, acordando.

Assim que a visão ficou nítida, ele percebeu a bota preta responsável pelo empurrão, atrelada à última pessoa que desejava encontrar naquele estado, caído no chão.

— Que merda aconteceu aqui? — questionou Dimitri Voronin, de braços cruzados à frente do peito.

Atrás dele estavam outros três Rosas Brancas, que inspecionavam o almoxarifado com uma atenção minuciosa, observando os buracos de bala na parede.

— Juliette Cai — murmurou Roma, levantando-se com dificuldade. — Ela me nocauteou.

— Parece que você teve sorte de ela não ter te matado.

Ele deu um tapa na parede, esfregando reboco despedaçado e poeira na palma da mão. Roma não se deu ao trabalho de dizer que todas aquelas balas eram suas. Não era como se Dimitri estivesse ali para ajudar. Provavelmente havia reunido reforços assim que soube do tiroteio do Grand Theatre, ansioso para estar onde houvesse caos. Ele estivera por todos os cantos nos últimos meses, desde que perdera os acontecimentos no hospital e teve que juntar as peças depois para saber o que acontecera entre os Rosas Brancas e a Sociedade Escarlate, assim como todo mundo. Dimitri Voronin não seria deixado de fora de mais nenhuma grande disputa. Ao menor sinal de perturbação na cidade — por mais ínfima que fosse —, se envolvesse a guerra de sangue, ele agora seria o primeiro em cena.

— O que está fazendo aqui? — perguntou Roma. Ele tocou a bochecha, estremecendo com o hematoma que se espalhara. — Meu pai *me* enviou.

— É, bom, essa não foi uma decisão muito boa, não é? Nós vimos o comerciante lá fora batendo um ótimo papo com Kathleen Lang.

Roma mordeu os lábios para conter o palavrão. Queria cuspi-lo no chão, mas Dimitri estava olhando, então apenas se virou, pegando a pistola caída.

— Não importa. Amanhã é um novo dia. Hora de ir embora.

— Vai desistir fácil assim?

— Este território é *Escarlate...*

Um apito soou do lado de fora, ecoando pela escada de serviço. Desta vez, Roma xingou em voz alta, guardando a pistola antes que a *garde municipale* entrasse de súbito no almoxarifado, os cassetetes em punho. Por algum motivo, os oficiais viram os Rosas Brancas e decidiram dirigir sua atenção a Dimitri, os olhos focados nas armas.

— *Lâche le pistolet* — ordenou o homem à frente. Seu cinto reluziu, as algemas de metal brilhando sob a luz fraca. — *Lâche-moi ça et lève les mains.*

Dimitri não acatou a ordem, não soltou a arma que casualmente pendia de seus dedos, nem colocou as mãos para o alto. A recusa parecia uma insolência, mas Roma sabia a verdade: ele não falava francês.

— Você não manda em nós — retrucou Dimitri em russo. — Então por que não vai embora e...

— *Ça va maintenant* — interrompeu Roma. — *J'ai entendu une dispute dehors du théâtre. Allez l'investiguer.*

Os oficiais da *garde municipale* estreitaram os olhos, sem saber se deveriam seguir as instruções dele — se havia mesmo um incidente lá fora ou se o rapaz estava blefando. Era de fato mentira, mas Roma apenas disparou um "Andem!" de novo, e a *garde municipale* foi embora.

Era nisso que havia se esforçado tanto para se transformar. Era essa pessoa que fazia todo o possível para continuar sendo. Alguém que tinha poder de comando, mesmo quando os oficiais eram Escarlates.

— Impressionante — disse Dimitri, quando restaram apenas os Rosas Brancas de novo. — Sério, Roma, é muito…

— Cala a boca — disse Roma, ríspido. O efeito foi imediato. Queria poder sentir alguma satisfação pelo rubor que subiu o pescoço de Dimitri, pela risadinha de diversão dos capangas que o acompanhavam, mas tudo o que sentia era um vazio. — Da próxima vez, não entre saltitando em um território controlado por estrangeiros se não sabe lidar com eles.

Roma marchou para fora do almoxarifado, os passos excessivamente agressivos ao tomar a escada de serviço de volta para o térreo. O sangue fervia sob sua pele; era difícil dizer ao certo o que o irritara tanto: o comerciante escapulindo, o estranho assassino na plateia, a presença de Juliette.

Juliette. Ele bateu os pés com mais força ao sair do teatro, semicerrando os olhos para as nuvens cinzentas. Uma rajada de dor lhe subiu o braço e sua mão voou para o corte que Juliette fizera, pensando que se depararia com sangue acumulado, tão rançoso e morto quanto seus sentimentos por ela. Em vez disso, ao erguer a manga com cuidado, os dedos encontraram apenas um tecido macio.

Assustado, Roma parou na lateral da calçada e olhou para o braço. Havia sido enfaixado com elegância e preso com um nó.

— Isso é *seda*? — murmurou, franzindo o cenho.

Parecia seda. Parecia a seda do vestido de Juliette, rasgado na barra, mas *por que ela faria isso?*

Uma buzina soou na rua, chamando sua atenção. O carro que se aproximava devagar piscou os faróis, antes que o chofer no banco do motorista colocasse o braço para fora e acenasse para Roma. Ele não se moveu, o cenho ainda franzido.

— Sr. Montagov! — chamou o Rosa Branca finalmente, depois de um longo minuto. — Já podemos ir?

Roma suspirou e se apressou em direção ao carro.

Havia 22 vasos espalhados pela mansão Cai, todos cheios de rosas vermelhas. Juliette esticou o braço para envolver um botão em sua palma, deslizando o dedo ao longo da delicada borda da pétala. A noite já caíra havia muito tempo. Era tarde o bastante para que a maioria dos empregados já tivesse ido dormir, arrastando-se de pijamas até os quartos e desejando um bom descanso a Juliette quando passavam por ela no corredor. Imaginou que só a haviam cumprimentado porque era impossível ignorar a herdeira Escarlate deitada no chão, os braços abertos e as pernas esticadas na parede, enquanto esperava do lado de fora do escritório do pai. O último empregado dera boa noite havia mais de meia hora. Desde então, ela havia se levantado e começado a andar de um lado para o outro, para a profunda irritação de Kathleen. A prima ficara devidamente sentada em uma cadeira o tempo todo, com uma pasta repousando no colo.

— Mas sobre o que será que eles tanto falam? — resmungou Juliette, soltando a rosa. — Já se passaram *horas*. Que transfiram para outro dia...

A porta do escritório de Lorde Cai finalmente se abriu e revelou um Nacionalista que se despedia. Meses atrás, Juliette teria ficado curiosa com a reunião e pedido para ser atualizada. Agora, ver Nacionalistas indo e vindo pela casa se tornara tão comum que mal ligava. Era sempre a mesma coisa: acabar com os Comunistas, custe o que custar. Enchê-los de balas. Dividir suas uniões trabalhistas. Para eles, não importava como os Escarlates o fariam, desde que alcançassem o objetivo.

O Nacionalista se demorou à porta, então virou de costas, como se tivesse esquecido de dizer algo. Juliette estreitou os olhos. Ver Nacionalistas ali se tornara algo familiar para ela, é verdade, mas aquele... Havia diversas estrelas e insígnias decorando o uniforme militar. Um general, talvez.

Testando seus limites, Juliette esticou a mão para Kathleen, que, embora confusa, aceitou-a e pegou a pasta, ambas caminhando na direção do Nacionalista.

— Chega de senhores da guerra. — O homem espanou fiapos inexistentes do uniforme. — E chega de estrangeiros. Estamos entrando em um novo mundo, e se a Sociedade Escarlate virá conosco é questão de lealdade...

— Sim, sim — interrompeu Juliette, forçando a passagem por ele e puxando Kathleen junto. — Abençoado seja o Kuomintang, *wàn suì wàn suì wàn wàn suì*...

16   FINAIS VIOLENTOS

Ela começou a empurrar a porta.

— *Juliette* — disse Lorde Cai irritado.

A filha parou. Um brilho lhe subira aos olhos. O mesmo que reluzia quando os cozinheiros lhe traziam seu prato favorito. O mesmo quando via um colar de diamantes que queria muito na vitrine de uma loja de departamentos.

— Presente.

Lorde Cai se inclinou para trás em sua imensa cadeira e dobrou as mãos sobre o colo.

— Desculpe-se, por favor.

Juliette fez uma curta e despreocupada reverência. Quando olhou para o Nacionalista, ele a observava, cauteloso, mas não era o olhar desagradável dos homens da rua. Era algo muito mais estratégico.

— Por gentileza, aceite meu pedido de desculpas. Acredito que possa encontrar a saída sozinho, certo?

O homem tocou a ponta do chapéu. Embora lhe oferecesse um sorriso, como ditava a etiqueta, a expressão terminava antes de chegar aos olhos, mal enrugando os pés de galinha, sem qualquer sinal de empatia.

— É claro. Prazer em conhecê-la, Senhorita Cai.

Ele não havia sido apresentado a ela, então não se conheciam de fato. Mas Juliette não disse isso, apenas fechou a porta e revirou os olhos na direção de Kathleen.

— Tão *exaustivo*. Se está prestes a sair, que saia de uma vez.

— Juliette — chamou novamente Lorde Cai, de forma menos incisiva agora que o Nacionalista não estava presente para ela atormentá-lo. — Aquele era Shu Yang. General Shu. Sabe quem ele é? Tem ao menos acompanhado os jornais e o avanço da Expedição do Norte?

Juliette fez uma careta.

— *Bàba* — chamou ela, sentando-se em uma cadeira de frente para a mesa dele. Kathleen, em silêncio, fez o mesmo. — A Expedição do Norte é uma chatice só...

— Ela determinará o futuro de nosso país...

— Está bem, está bem... os *relatórios* são chatos. O General tal ou tal tomou esse pedaço de terra. A divisão tal ou tal do exército avançou mais um pouco. Eu quase choro de emoção quando o senhor me manda estrangular alguém, em vez disso. — Ela uniu as mãos em súplica. — Por favor, me deixe ficar só com os estrangulamentos.

O pai balançou a cabeça, não se dando ao trabalho de reagir à encenação, e seus olhos apenas se desviaram em direção à porta, pensativos.

— Preste atenção — disse ele, devagar. — O Kuomintang está mudando de esquema. Os céus sabem que eles não estão mais fingindo colaborar com os Comunistas. Não podemos mais ser descuidados.

Juliette apertou os lábios, mas não retrucou. A revolução estava vindo, não tinha como negar. A Expedição do Norte, era assim que a chamavam: tropas Nacionalistas marchando para o norte do país, combatendo os senhores da guerra que reinavam sobre regiões e fragmentos de terra, tomando territórios numa tentativa de unificar a China outra vez. Xangai seria a fortaleza final, a última peça antes que o falso pretexto de um governo nacional fosse completamente desmascarado, e, quando os exércitos chegassem, não haveria senhores de guerra para derrotar... apenas organizações mafiosas e estrangeiros.

Então a Sociedade Escarlate precisava escolher o lado certo antes que eles chegassem.

— É claro — disse Juliette. — Agora...

Ela gesticulou para Kathleen, que, meio hesitante, se inclinou na direção da mesa de Lorde Cai e lhe passou a pasta com cuidado.

— Você conseguiu? — perguntou Lorde Cai, ainda dirigindo-se a Juliette, mesmo tendo pegado a pasta com a outra jovem.

— Seria melhor o senhor enquadrar esse contrato — respondeu a filha. — Kathleen quase saiu no soco para consegui-lo.

A prima lhe deu uma cotovelada de leve, com um olhar de alerta. Em circunstâncias normais, ela não conseguiria parecer séria nem que tentasse, mas a luz fraca do cômodo ajudava. O lustre em miniatura que pendia do teto estava ajustado no ponto mais fraco, lançando longas sombras contra as paredes. As cortinas atrás da mesa de Lorde Cai estavam abertas, flutuando de leve por conta da fresta deixada na janela. Juliette conhecia os antigos truques do pai. No ápice do inverno, como agora, a abertura mantinha o escritório gelado, e deixava alerta e tremendo qualquer visitante que, por educação, tirava o casaco.

Juliette e Kathleen não tiraram os seus.

— Sair no soco? — ecoou Lorde Cai. — Lang Selin, isso não é de seu feitio.

— Não houve socos, *Gūfù* — disse Kathleen depressa, lançando outro olhar fulminante para Juliette, que apenas sorriu em resposta. — Só um desentendimento entre algumas pessoas fora do Grand Theatre. Eu consegui tirar o comerciante em segurança, e ele ficou agradecido o suficiente a ponto de se sentar comigo para tomar um chá no hotel ao lado.

Lorde Cai assentiu. Enquanto corria os olhos pelos termos manuscritos, ele soltava sons de aprovação aqui e ali, o que, para um homem silencioso, significava que o acordo comercial melhorara seu humor.

— Não sei especificamente para o que o queríamos — apressou-se a explicar Kathleen quando ele fechou a pasta. — Então a escrita está bem vaga.

— Ah, não se preocupe — respondeu Lorde Cai. — O Kuomintang é quem está atrás do arsenal dele. Também não tenho detalhes.

Juliette piscou.

— Vamos entrar em uma parceria comercial sem sequer saber o que estamos negociando? — É claro que isso não era de muita importância. A Sociedade Escarlate estava acostumada a traficar drogas e mão de obra. Um novo item ilícito acrescentava apenas dois centímetros a um pergaminho que já era infinitamente longo, mas confiar de maneira tão cega nos Nacionalistas… — E, por falar nisso… — continuou, de repente, antes que o pai pudesse responder. — *Bàba*, tinha um *assassino* atrás do comerciante.

Lorde Cai não reagiu por um longo momento, o que significava que já estava sabendo. É claro que estava. Juliette pode ter precisado esperar horas para ver o próprio pai, encaixada no final de uma lista de espera cheia de Nacionalistas, estrangeiros e empresários, mas os mensageiros podiam ir e vir à vontade, deslizando para dentro do escritório e cochichando um rápido relatório na orelha dele.

— Sim — disse o pai por fim. — Provavelmente um Rosa Branca.

— Não.

Lorde Cai franziu o cenho e ergueu o olhar. Juliette havia discordado depressa demais e com muita empatia.

— Tinha um... Rosa Branca presente, que também estava tentando abordar o comerciante. — Os olhos dela correram sem querer para a janela, observando as lâmpadas douradas zumbirem nos jardins lá embaixo. A luz fazia as roseiras brilharem com o calor, destoando da real temperatura congelante àquela hora da noite. — Roma Montagov.

Seus olhos se voltaram para o escritório e ela engoliu em seco. Se o pai estivesse prestando atenção, a velocidade com que ela buscou sua reação a teria denunciado imediatamente, mas ele estava distante.

Juliette soltou o ar devagar.

— É curioso pensar por que o herdeiro Rosa Branca também estaria atrás do comerciante — murmurou Lorde Cai, meio que para si mesmo. Então ele balançou a mão. — De todo modo, não precisamos nos preocupar com um assassino amador. Talvez fosse um Comunista, ou qualquer facção contrária ao Exército Nacionalista. Vamos colocar homens Escarlates para proteger o comerciante de agora em diante. Ninguém ousaria tentar de novo.

O pai soava convicto. Mesmo assim, Juliette mordeu os lábios, não tão convencida. Alguns meses atrás, ninguém ousaria perturbar os Escarlates. Mas hoje?

— Chegou mais alguma carta?

Lorde Cai suspirou e entrelaçou os dedos.

— Selin, você deve estar cansada — disse ele.

— Já está mesmo na hora de eu ir dormir — respondeu Kathleen com tranquilidade, captando a deixa.

Ela saiu segundos depois, e a porta se fechou antes que Juliette pudesse lhe desejar boa noite. O pai deveria saber que a filha simplesmente contaria tudo à prima mais tarde. Ela supunha que aquilo o fazia se sentir melhor: pensar que o restante da família não estava envolvido nisso; que, quanto menos pessoas soubessem, menores eram as chances de tudo explodir em um problema mais difícil.

— O chantagista atacou de novo — disse Lorde Cai, finalmente pegando um envelope da gaveta da mesa e entregando-o a ela. — O maior valor até agora.

Juliette estendeu o braço para pegá-lo, examinando primeiro o próprio envelope, e não a carta em si. Era igual ao de todas as vezes. Absurdamente comum e chique, exceto por um detalhe: todos tinham o carimbo postal da Concessão Francesa.

— *Tiān nǎ* — soltou ela ao puxar a carta e ler o conteúdo.

Era uma soma absurda. Mas tinham que pagar. *Tinham que pagar.*

Jogou a carta de volta na mesa do pai e respirou fundo. Em outubro, ela pensava ter matado o monstro de Xangai. Havia atirado em Qi Ren e observado enquanto a bala se alojava em seu coração. O idoso parecera se encolher de *alívio*, livre da maldição que Paul Dexter lhe lançara. Sua garganta se abrira e o inseto-mãe voara para fora, caindo morto no cais do Bund.

Então Kathleen encontrara a carta de Paul:

Na ocorrência de minha morte, liberte todos eles.

E os gritos vieram logo em seguida. Juliette nunca correra tão rápido. Todos os piores cenários passavam por sua mente: cinco, dez, cinquenta monstros devastando as ruas de Xangai. Cada um deles originando um ponto de infecção, os insetos voando de civil a civil até que a cidade toda tombasse morta nas sarjetas, gargantas dilaceradas em pedaços e mãos ensanguentadas até os pulsos. Em vez disso, encontrara apenas um homem morto — um mendigo, pela aparência — apoiado na parede externa de uma delegacia de polícia. Os gritos foram de alguém que estava fazendo compras e encontrara o corpo. Quando Juliette chegou, a multidão em pânico já havia se dispersado, querendo evitar interrogatórios caso a Sociedade Escarlate estivesse envolvida.

Mortos nas ruas de Xangai eram tão comuns quanto homens passando fome, homens desesperados e homens violentos. Mas aquele havia sido assassinado, a garganta cortada ao meio com precisão, e, ao seu lado, fincado na parede com a faca ensanguentada que havia feito o estrago, estava o inseto que saíra de Qi Ren.

Para qualquer outra pessoa que olhasse a cena, ou para o detetive da polícia que a examinaria depois, não fazia o menor sentido. Para Juliette, a mensagem era clara. Alguém estava à solta, guardando os outros insetos que Paul Dexter criara. Sabiam do que os insetos eram capazes e da devastação que causariam se fossem libertados.

A primeira carta pedindo dinheiro em troca da segurança da cidade chegara uma semana depois. E mais delas continuaram vindo desde então.

— Sua opinião, filha? — perguntou Lorde Cai, os braços relaxados nas laterais da cadeira.

Observava-a com atenção, registrando sua reação à carta. Havia pedido a opinião dela, mas estava claro que já fizera uma escolha. Aquele era apenas um teste para garantir que o julgamento de Juliette estivesse de acordo com a decisão correta. Para garantir que ela fosse uma boa herdeira, digna de liderar a Sociedade Escarlate.

— Pague — respondeu ela, engolindo o tremor na voz antes que ele pudesse escapar. — Até que nossos espiões descubram de onde essas malditas cartas estão vindo e eu possa enfiar esse chantagista em um caixão, temos que mantê-los satisfeitos.

Lorde Cai ficou em silêncio por um instante. Ele esticou a mão para o envelope e deixou-o pender por entre os dedos.

— Pois bem. Vamos pagar.

Alisa havia retomado os hábitos antigos, espionando das vigas. Ela estava espremida naquele espaço do teto sobre o escritório do pai, de novo, tendo escalado até ali por uma rachadura aberta na parede de *drywall* da sala de estar do terceiro andar.

— Ai! — murmurou, aliviando o peso do corpo sobre o joelho.

Ou havia crescido nos últimos meses, ou ainda não estava completamente recuperada depois de passar semanas em coma. Costumava conseguir se encolher o suficiente para se esgueirar por entre as vigas e saltar para o corredor do lado de fora do escritório quando queria sair. Agora seus membros estavam estranhos, rígidos demais. Ela tentou se inclinar para baixo, mas quase perdeu o equilíbrio.

— Merda — sussurrou, segurando a viga com força.

Tinha 13 anos de idade agora. Estava autorizada a xingar.

Lá embaixo, o pai tinha uma discussão fervorosa com Dimitri: ele atrás da mesa, o outro sentado com os pés para cima. Suas vozes, infelizmente, eram baixas. Mas Alisa tinha ouvidos aguçados.

— Curioso, não é? — perguntou Lorde Montagov. Ele tinha algo nas mãos, talvez um cartão, ou um convite. — Nenhuma ameaça, nenhuma violência. Apenas a exigência de uma soma em dinheiro.

— Senhor — disse Dimitri, neutro —, se me permite, devo dizer que a mensagem é bastante ameaçadora.

Lorde Montagov bufou.

— O quê? Essa frase aqui? — Ele virou o papel, e Alisa confirmou que era de fato um cartão: grosso, cor de creme. Caro. — *"Pague, ou o monstro de Xangai ressuscitará."* Besteira. Roma destruiu aquele monstro desgraçado.

A menina podia jurar que viu a mandíbula de Dimitri se retesar.

— Ouvi dizer que os Escarlates já receberam diversas ameaças, e começou há meses — insistiu ele. — Eles pagaram o valor exigido todas as vezes.

— Rá! — Lorde Montagov se virou para a janela, optando por observar a rua lá embaixo. — Que garantia nós temos de que não são os Escarlates por trás disso, de um esquema para diminuir o ouro em nossos bolsos?

— Não são — respondeu Dimitri com segurança. Um instante se passou. Ele acrescentou: — Minha fonte relatou que Lorde Cai acredita que a ameaça seja real.

— Interessante.

— Interessante — ecoou Alisa das vigas, tão baixo que apenas a poeira a escutou.

Como Dimitri sabia no que *Lorde Cai* acreditava?

— Então a Sociedade Escarlate é formada por um bando de tolos, o que nós sempre soubemos. — Lorde Montagov jogou o cartão no chão. — Esqueça. Não vamos pagar um chantagista anônimo. Não tenho medo deles.

— Eu...

— O selo é da Concessão Francesa — interrompeu o líder antes que Dimitri pudesse soltar qualquer outra palavra. — O que os franceses vão fazer? Entrar aqui e nos intimidar com seus ternos bem passados?

Dimitri não tinha mais o que argumentar. Apenas se inclinou para trás na cadeira, os lábios apertados, e pensou.

— De fato — disse, enfim. — O que o senhor acreditar ser o correto, então.

A conversa se voltou para a lista de clientes dos Rosas Brancas, e Alisa franziu o cenho, rastejando pela viga. Quando estava longe o bastante para não ser ouvida, abaixou-se devagar por um pequeno vão na parede e saiu no corredor. A casa era um experimento arquitetônico estilo Frankenstein: diversos apartamentos amontoados e com uma sutura malfeita. Havia tantos cantos e vãos por cima e por baixo de vários quartos, que Alisa ficava surpresa por ser a única a utilizá-los para ir de um lugar ao outro. No mínimo, surpreendia-lhe que nenhum Rosa Branca houvesse se apoiado acidentalmente em uma parede e caído nas tábuas do chão, ao pisar em uma telha solta.

Ela correu pelas escadas principais, saltando os degraus de dois em dois. A modesta corrente pendurada sobre sua clavícula pulava para cima e para baixo a cada um de seus passos largos, fria contra sua pele corada.

— Benedikt! — exclamou, estacando no quarto andar.

O primo mal parou. Fingiu não vê-la, o que era ridículo, pois caminhava direto para a escada, e Alisa ainda estava de pé no último degrau. Benedikt Montagov era agora um jovem completamente diferente: deprimido e de olhar sombrio. Não que fosse a pessoa mais feliz do mundo alguns meses antes, mas agora lhe faltava um certo brilho nos olhos que o fazia se parecer com uma marionete, movendo-se pelo mundo às ordens de outros. Períodos de luto costumavam durar pouco naquela cidade. Vinham um atrás do outro, como os filmes que entravam e saíam de cartaz nos cinemas para dar lugar aos novos.

Benedikt não estava apenas de luto. Ele era o próprio morto-vivo.

— Benedikt — chamou Alisa de novo, e entrou na frente dele para que o primo não pudesse passar. — Tem bolo de mel lá embaixo. Você gosta de bolo de mel, não gosta?

— Me deixe passar, Alisa.

Ela não se mexeu.

— É que não tenho visto você comer, e sei que não mora mais aqui, então pode ser que coma longe de mim, mas o corpo humano precisa de alimento, senão...

— Alisa! — gritou Benedikt. — Saia da minha frente.

— Mas...

— Agora!

Uma porta se abriu.

— Não grite com a minha irmã.

Roma estava calmo quando apareceu no corredor, as mãos nas costas como se estivesse esperando pacientemente em seu quarto. Benedikt soltou um som gutural e se virou para encará-lo com um gesto tão ameaçador que Alisa teria pensado serem inimigos, e não primos do mesmo sangue.

— Não me diga o que fazer — retrucou ele. — Mas, espere... Parece que você só tem algo a dizer quando o assunto não importa, não é?

A mão de Roma subiu por instinto ao cabelo, antes que seus dedos parassem a centímetros do novo penteado, sem querer estragar o gel e o esforço. Ele não havia se destruído como Benedikt, se despedaçado em mil pedaços afiados, para dilacerar quem quer que se aproximasse demais... apenas porque, em vez disso, Roma Montagov havia engolido tudo. Agora, Alisa olhava para o irmão mais velho — o único irmão — e era como se ele estivesse se corrompendo de dentro para fora: tornando-se aquele jovem que usava o cabelo como um estrangeiro e que agia como Dimitri Voronin. Cada vez que o pai o elogiava, batendo com força em seu ombro, Alisa prendia a respiração, pois sabia que outro Escarlate morto fora encontrado nas ruas com rabiscos de vingança ao lado do corpo.

— Isso não é justo — disse Roma, simplesmente.

Não tinha muito mais o que retrucar.

— Que seja — murmurou Benedikt, empurrando Alisa e passando por ela.

Ela tropeçou de leve e Roma se adiantou, chamando o primo, recusando-se a deixá-lo ter a palavra final. Mas Benedikt sequer olhou de relance para trás ao descer as escadas. Seus passos já batucavam pelo segundo andar, quando Roma se aproximou da irmã e segurou seu cotovelo.

— Benedikt Ivanovich Montagov — gritou ele. — Seu...

O insulto frustrado foi abafado pela porta de entrada batendo.

Silêncio.

— Eu só queria animá-lo um pouco — disse Alisa em voz baixa.

Roma suspirou.

— Eu sei. Não é culpa sua. Ele está... passando por um momento difícil.

— Porque Marshall morreu.

As palavras dela eram fortes, densas, um peso terrível deslizando por sua língua. Achava que as duras verdades costumavam ser assim.

— Sim — falou Roma com esforço. — Porque Marshall... — Ele não conseguiu terminar a frase. Apenas desviou o olhar e pigarreou, piscando depressa. — Preciso ir, Alisa. *Papa* está me esperando.

— Espere — pediu ela, a mão deslizando e segurando as costas do paletó dele, antes que o irmão começasse a descer as escadas. — Eu escutei a conversa de *Papa* com Dimitri. Ele... — Alisa olhou em volta para garantir que não havia ninguém por perto. Abaixou ainda mais a voz. — Dimitri tem um espião na Sociedade Escarlate. Talvez até no círculo interno. Ele está tirando informações de uma fonte que tem contato direto com Lorde Cai.

Roma estava balançando a cabeça. Começara a balançá-la antes mesmo que ela terminasse de falar.

— Não adianta muito agora. E cuidado, Alisa. Pare de espionar Dimitri.

Alisa relaxou a mandíbula. Assim que Roma tentou se soltar, ela segurou o paletó com mais força, impedindo que ele fosse embora.

26   FINAIS VIOLENTOS

— Você não está curioso? Como foi que *Dimitri* colocou um espião no círculo interno da Sociedade Escarlate...

— Talvez ele só seja mais inteligente do que eu — interrompeu o irmão, seco. — Ele sabe quando alguém está mentindo, e consegue mentir *antes*.

Alisa bateu o pé.

— Pare de ficar se lamentando.

— Não estou me lamentando!

— Está *sim* — insistiu ela. A menina olhou por cima do ombro, ouvindo um farfalhar no segundo andar, e esperou quem quer que fosse se retirar para um quarto, antes de voltar a falar: — Tem outra coisa que eu acho que você vai gostar de saber. *Papa* recebeu uma ameaça. Alguém está alegando ter o poder de ressuscitar o monstro.

Roma ergueu uma única sobrancelha escura. Desta vez, quando ele puxou o paletó, Alisa deixou que se desvencilhasse, não vendo motivos para continuar encurralando o irmão.

— O monstro está morto, Alisa. Vejo você depois, pode ser?

Roma saiu andando em um passo casual. Poderia ter enganado qualquer um com aquele terno sob medida e o olhar frio. Mas Alisa viu seus dedos tremerem, viu o músculo de sua mandíbula se retesar quando ele mordeu forte demais, para manter a expressão neutra.

Ainda era seu irmão. Não havia desaparecido completamente.

Três

Uma boate no território Rosa Branca está particularmente barulhenta esta noite.

O Podsolnukh costuma sempre bombar, de qualquer forma, as mesas lotadas e agitadas pelo entretenimento que as dançarinas oferecem no palco, e transbordando de pessoas, garrafas de bebida e toda combinação possível entre ambos. O único lugar que poderia competir com seu barulho e agito é o clube de luta ao lado, enfiado debaixo de um bar de fachada convencional, desconhecido para a cidade a não ser pelo constante fluxo de visitantes.

Quando a porta do Podsolnukh se abre na exata badalada da meia-noite, uma rajada do vento de inverno sopra por ali, mas nem uma alma do estabelecimento a sente. Lá fora, quando o dia amanhece, eles são lixeiros, pedintes e gângsteres, vivendo com dificuldades. Aqui, apertados ombro a ombro em todas as mesas, são invencíveis enquanto o jazz continuar tocando, enquanto as luzes não se apagarem, enquanto a noite durar, durar e durar.

O visitante que entrou à meia-noite se senta. Ele observa os Rosas Brancas jogarem moedas no ar, levianos em seus excessos intermináveis, agarrando dançarinas vestidas de branco como se fossem noivas, e não fugitivas de Moscou com sorrisos tão rachados quanto as mãos.

Todas estão aqui pelo mesmo motivo. Algumas se arriscam com o estupor da bebida, enchendo as veias de combustível para que talvez, apenas talvez, uma chama se acenda no peito que, de outra maneira, estaria vazio. Outras são mais indiretas, coletando e roubando de meninos bêbados quando estes olham para o lado oposto, um dedo ágil que mergulha num bolso e engancha três notas com as unhas afiadas. Talvez um dia ela consiga sair deste lugar. Abrir o próprio negócio, colocar seu nome em uma placa.

Todos nesta sala… querem sentir, fazer, ser algo — ser *real*, e não apenas outra engrenagem na máquina de dinheiro e loucura desta cidade.

Todos, exceto o visitante.

Ele dá um gole em sua bebida. *Huángjiŭ*, nada forte demais. Então olha para a dançarina que se aproxima. Jovem, 14 anos, talvez 15. Alisa a gravata, afrouxa o nó.

Então ele derruba o copo, o cheiro de álcool encharcando sua roupa, e se *transforma*.

A dançarina para no meio do caminho, as mãos disparando para a boca. Ela já está tonta pelas doses que tomou com os clientes, e quase acredita estar vendo coisas, enganada pela luz fraca e piscante. Mas a camisa dele se rasga, sua coluna cresce, e logo não é mais um homem que está sentado no centro do Podsolnukh, e sim um monstro, encurvado e macabro, os tensos músculos de um verde azulado prontos para agir.

— CORRAM! — grita a garota. — *Chudovishche!*

É tarde demais.

Os insetos surgem, explodindo dos buracos abertos nas costas do monstro. Milhares deles, minúsculos e frenéticos, rastejam pelas mesas, pelo chão, por cima e por baixo uns dos outros, até encontrarem peles suadas e bocas abertas em gritos, até se enterrarem em olhos, narizes e cabelos, penetrando profundamente e encontrando um nervo. A boate é tomada pelo preto, um cobertor de infecção em constante movimento, até que, em segundos, a primeira pessoa sucumbe — as mãos voam para a garganta, apertando sem parar e tentando espremer os insetos para fora.

Unhas rasgam a pele, a pele se abre até o músculo, o músculo se rompe até os ossos.

Assim que o sangue escorre de uma vítima, a carne viva exposta e as veias vermelhas pulsando, a próxima já está se dilacerando, antes que tenha sequer um momento para sentir o desgosto visceral de estar se encharcando em sangue quente e melado.

Só leva um minuto. Um minuto para que a boate fique em silêncio: um campo de batalha coberto de corpos no chão, pernas sobrepostas por braços em posições impossíveis. A dança acabou, os músicos não se mexem, mas uma canção continua tocando baixinho no gramofone do canto, mesmo sem um único corpo sequer se mexendo ali, todos de olhos vazios, encarando inexpressivamente o teto.

O monstro se endireita, devagar. Inspira, sugando o ar de forma áspera e carregada. Sangue encharca as tábuas do chão, pingando pelas frestas e formando uma linha no piso debaixo do prédio.

Porém, desta vez, o surto não se espalha. Desta vez, os insetos rastejam para fora da pele, abandonando as vítimas e, em vez de se dissiparem para longe em busca de outro corpo, cada um deles volta para o monstro, para o lugar de onde vieram.

A insanidade não é mais contagiosa. Agora, ela ataca sob comando, obedece à vontade e à misericórdia de quem quer que controle o monstro. E, quando este coleta o último dos insetos, gira a cabeça num vagaroso círculo, encolhendo-se até ser um homem novamente, imaculado pela cena ao redor, sem se deixar manchar pela consciência.

Cinco minutos após a meia-noite, o homem vai embora do Podsolnukh.

A notícia se espalha como fogo. Seja a Sociedade Escarlate ou os Rosas Brancas, esta cidade se mantém de pé pelo poder da informação, e seus mensageiros trabalham freneticamente, de sussurro em sussurro, até que chegam aos ouvidos de dois adoráveis rivais.

A herdeira Escarlate fecha uma porta; seu equivalente Rosa Banca abre outra com força. A mansão Cai fica em silêncio, conferindo desesperada como isso pôde ter acontecido. O quartel-general Rosa Branca trepida com confrontos, exigências e acusações lançadas diversas vezes, até que, enfim, uma delas ressoa tão alto que o prédio inteiro treme:

— *Então por que você simplesmente não pagou o maldito dinheiro da chantagem?*

Logo todos os gângsteres saberão. Os comerciantes saberão. Os trabalhadores saberão.

A Sociedade Escarlate e os Rosas Brancas falharam. Prometeram governar Xangai com ordem, prometeram que suas regras, e não as dos Comunistas, eram dignas de confiança.

Mas agora o caos se instaurou mais uma vez.

— Chegou uma carta — anuncia, ofegante, um mensageiro, parando em frente à sala de Lorde Cai.

— Encontrada lá fora, nos portões — diz outro, entrando pela porta principal dos Rosas Brancas.

As cartas são aceitas imediatamente, e abertas em sequência. Revelam a mesma mensagem em tinta, as letras ainda sangrando em um preto tão recente quanto o sangue derramado.

Paul Dexter tinha apenas um monstro. Eu tenho cinco. Façam o que ordeno, ou todo mundo morre.

Roma Montagov chuta uma cadeira.

— Puta...

— ...merda — conclui Juliette Cai com um sussurro, do outro lado da cidade.

Paul Dexter achava que controlava a cidade como uma marionete. Mas não sabia de nada. Ele controlava pouco, salvo as coincidências e o medo. Era a mão que envolvia uma massa mal dominada de caos.

Desta vez, o caos tomará forma, ganhará mandíbulas e dentes afiados, patrulhará as esquinas atrás de qualquer oportunidade de atacar.

E fará a cidade dançar sob suas cordinhas.

Quatro

Os rumores do ataque se espalharam tão depressa pela cidade que, ao amanhecer, já estavam na boca de todos os empregados da casa. Eles murmuravam entre si enquanto espanavam a sala de estar, não ousando discutir as baixas entre os Rosas Brancas com qualquer indício de compaixão, mas colocando o volume do rádio no máximo, fascinados pelos relatos que chegavam.

Esperaram pelo inevitável a manhã toda, por ouvir se os números cresceriam. Mas não houve nada. Os Rosas Brancas do Podsolnukh haviam caído mortos como se fossem o mero trabalho de um assassino, e não de um monstro portando o contágio.

Juliette passou a lâmina pela parte lisa da tigela mais uma vez. Decidira afiar suas facas porque estavam tão cegas quanto uma fera de barriga cheia, cada golpe metálico ecoando pela casa. Ninguém parecia particularmente incomodado. Rosalind, sentada na sala, soprava a ponta de uma caneta-tinteiro enquanto folheava o volume gigantesco de um dicionário francês-inglês sobre a mesa.

— Não estou incomodando você, estou? — questionou Juliette.

A prima levantou a cabeça por um instante.

— Com esses golpes ensurdecedores? Ora, Juliette, quem poderia se incomodar com isso?

Juliette fingiu franzir o cenho. Uma de suas tias-avós vinha perambulando pelo corredor naquele momento, hesitando entre a cozinha e a sala, e a viu golpear a tigela de novo. Quando Juliette rapidamente mudou a expressão para um sorriso, a tia apenas lhe lançou um olhar de completa apreensão, atravessou a sala bem rápido e foi embora.

— Olha só o que você fez — comentou Rosalind, com uma sobrancelha erguida. Os passos da tia-avó desapareceram escada acima. — Suas facas já estão afiadas demais.

— Retire o que disse. — Juliette colocou as armas na mesa. — Não existe "afiado demais".

Rosalind revirou os olhos, porém não disse mais nada, optando por voltar aos seus afazeres. Curiosa, Juliette desvirou a tigela e se aproximou, espiando o que a prima fazia.

Relatório do Inventário da Situação Comercial e Econômica em Xangai após o Boicote Antibritânico de 1925

— É para o seu pai? — perguntou.

Rosalind fez um som afirmativo, o dedo correndo pela página do dicionário à sua frente. O Sr. Lang era um empresário no centro de Xangai, designado para lidar com negócios Escarlates de menor escala, que não eram importantes o suficiente para o nível de Lorde e Lady Cai, mas ainda assim relevantes o bastante para manter na família. Ao longo dos últimos anos, ele fizera seu trabalho de maneira discreta, a ponto de Juliette se esquecer completamente de que Rosalind e Kathleen ainda tinham um pai, até que ele aparecia em um jantar familiar como lembrete. Não era como se as filhas interagissem muito com ele também, dado que moravam na residência dos Cai e, até onde Juliette sabia, não *queriam* morar com o pai mal-humorado.

Mesmo assim, era o pai delas. E, cerca de uma semana antes, quando o Sr. Lang sugerira que saíssem da cidade e se mudassem para o campo, ambas odiaram imediatamente a ideia.

— Estou tentando organizar ao máximo os negócios dele — explicou Rosalind, distraída, virando a página seguinte do dicionário. — Ele está usando a política como desculpa para sair, mas eu acho que também está cansado de trabalhar. Não vou ser forçada a ir embora só porque meu pai não quer escrever alguns relatórios.

Juliette estreitou os olhos para o papel.

— O que diabos é invólucro suíno? E por que estamos exportando isso para os Estados Unidos?

— *Je sais pas* — murmurou Rosalind. — Mas os preços caíram em fevereiro, e isso é tudo que importa para nós.

Na verdade, Juliette não tinha certeza de que se se importava com aquilo também. Seu pai certamente não se importava. Por isso o Sr. Lang estava por aí, atrás de comerciantes de invólucro suíno, enquanto o círculo interno da Sociedade Escarlate se ocupava em canalizar o ópio e torturar chefes de polícia que não obedeciam às regras dos gângsteres.

Ela deu a volta no sofá e se afundou ao lado de Rosalind. As almofadas subiram e desceram, o couro gelado chiando contra as contas de seu vestido.

— Você viu a Kathleen?

— Não desde hoje de manhã — respondeu a prima.

Seu tom se tornara mais frio, mas Juliette fingiu não notar. As duas irmãs estavam sempre brigando. Se não era Kathleen dando nos nervos de Rosalind, dizendo-lhe para não fazer o trabalho do pai, era Rosalind dando nos nervos de Kathleen, dizendo-lhe para não andar com Comunistas quando não estivesse em uma missão. Havia algo espreitando sob a superfície, algo que Juliette desconfiava que nenhuma delas lhe contara, mas não era da sua conta para tentar forçá-las a dizer. Afinal, as irmãs nunca conseguiam ficar brigadas por muito tempo.

— Bom, se encontrar com ela antes de mim, por favor avise que temos um jantar amanhã à noite. No Cheng...

A porta de entrada da casa se abriu de supetão, interrompendo-a no meio da frase. Uma agitação percorreu o prédio, parentes espichando a cabeça para o corredor. Quando Tyler entrou mancando, com o nariz ensanguentado e o braço ao redor de um de seus homens, Juliette apenas revirou os olhos. Ele não estava se apoiando na perna esquerda. Um ferimento à faca, talvez.

— Cai Tailei, o que foi que aconteceu? — perguntou uma tia, correndo para o hall de entrada.

Atrás dela, seguiu-se uma multidão de Escarlates, metade dos quais eram os homens de sempre de Tyler.

— Nada, nada — respondeu Tyler, sorrindo, mesmo enquanto o sangue escorria por seu rosto, manchando os dentes perfeitamente brancos. — Só um conflito insignificante com uns Rosas Brancas. Andong, envie uma equipe para fazer a limpeza na rua Lloyd.

Andong partiu na mesma hora. Os Escarlates eram sempre ágeis em convocar outros para lidar com o trabalho sujo.

— O que você estava fazendo, arrumando briga na rua Lloyd?

O olhar de Tyler virou de forma brusca para Juliette. Ela se levantou do sofá, deixando Rosalind com seus relatórios. De repente, os parentes reunidos no hall ficaram muito mais interessados, as cabeças virando de um jovem para o outro como se fossem espectadores em um jogo.

— Alguns de nós não temem os estrangeiros, Juliette.

— Você não está demonstrando coragem contra os estrangeiros — retrucou ela, parando de frente para ele. — Está se exibindo como um cavalo na Pista de Corrida de Xangai.

Tyler não mordeu a isca. Era irritante o quanto ele parecia tranquilo, como se não visse nada de errado na situação, em aumentar a guerra de sangue bem no centro da Concessão Internacional, onde os homens que não sabiam nada sobre aquela cidade a governavam. A guerra de sangue devastava a metrópole inteira, é verdade, mas as piores disputas sempre ficavam contidas em território gângster, longe das concessões estrangeiras o máximo possível. Os britânicos e os franceses não precisavam ver pessoalmente o quão mortal era o ódio entre os Escarlates e os Rosas Brancas, ainda mais agora. Era só lhes dar um motivo, qualquer motivo, e aproveitariam a ocasião para *resolver* a guerra com seus tanques, ocupando a terra que até então não haviam tomado.

— Falando em estrangeiros — disse Tyler —, tem uma visita para você lá fora. Mandei esperar no portão.

Os olhos de Juliette se arregalaram por uma fração de segundo, antes de ela franzir o cenho numa expressão irritada. Tarde demais. O primo já havia percebido, e seu sorriso aumentava conforme desaparecia escada acima, decepcionando os parentes que haviam se reunido para bajulá-lo.

— Um visitante estrangeiro? — murmurou para si mesma.

Ela empurrou a porta de entrada e saiu, renunciando ao casaco com a ideia de que dispensaria rapidamente quem quer que fosse. Suprimindo um calafrio, saltou sobre a planta que crescia torta e se derramava sobre a calçada da mansão e percorreu o caminho que levava aos portões.

Juliette estacou, paralisada.

— Minha nossa! — disse em voz alta. — Devo estar alucinando.

O visitante levantou a cabeça ao som de sua voz e, do outro lado do portão, recuou alguns passos. Levou alguns segundos para Juliette perceber que o único motivo para Walter Dexter ter reagido assim era que ela ainda segurava a faca que estivera afiando.

— Ah. — Enfiou a lâmina na manga. — Perdoe-me.

— Não se preocupe — respondeu Walter Dexter com a voz um tanto trêmula. Seu olhar correu da esquerda para a direita, para os Escarlates que guardavam o portão. Eles fingiam não notar a conversa e olhavam direto para frente. — Espero que tenha passado bem desde a última vez em que nos encontramos, Senhorita Cai.

Juliette quase bufou. Passara o oposto de bem, na verdade, e tudo havia começado em sua reunião com Walter Dexter. Era quase assustador olhar para o homem de meia-idade agora, sua palidez tão clara quanto o céu de inverno acima deles. Ela se perguntou por um instante se deveria convidá-lo a entrar, como ditava a etiqueta, assim ambos poderiam parar de tremer, mas isso a lembrava demais de quando Paul Dexter aparecera representando o pai. Lembrava-a de quando voluntariamente permitira que um monstro entrasse em sua casa, antes de saber sobre o monstro que ele de fato controlava, antes de meter uma bala em sua testa.

Não se arrependia. Há tempos fizera um pacto consigo mesma de não entrar em desespero por conta das pessoas que matava. Não quando eram, quase sempre, homens que haviam renunciado às suas vidas por ganância ou ódio. Ainda assim, via Paul Dexter em seus pesadelos às vezes. Eram sempre os olhos dele, encarando-a diretamente com aquele olhar pálido. Haviam ficado opacos quando ela o matou.

Walter Dexter tinha os mesmos olhos.

— Como posso ajudá-lo, Sr. Dexter? — perguntou Juliette.

Ela cruzou os braços. Não havia motivos para se demorar com assuntos triviais, quando era improvável que ele de fato se importasse. Também não parecia que o homem passara bem nos últimos tempos. Não carregava uma valise, nem vestia um terno. Sua camisa era grande demais, a gola estava frouxa ao redor do pescoço e os bolsos da calça praticamente se desfaziam em fiapos.

— Trago algo de valor — disse, procurando algo dentro do casaco. — Gostaria de vender o que restou das pesquisas do meu filho.

O coração de Juliette acelerou, e cada batida dentro de seu peito aumentava o ritmo pouco a pouco. Archibald Welch — o intermediário que coordenava os pedidos de Paul — dissera que ele queimara todos os seus cadernos após fazer a vacina.

— Ouvi dizer que ele destruiu tudo — comentou Juliette, cautelosa.

— Realmente, é provável que ele tenha pensado em descartar as descobertas principais. — Walter puxou do casaco um punhado de papéis bem-organizados e presos com um clipe. — Mas encontrei isso nas estantes dele. É possível que sejam tão irrelevantes a ponto de ele sequer ter se dado ao trabalho de dar cabo destes.

Juliette cruzou os braços.

— Então por que o senhor acha que nós iríamos querê-los?

— Porque ouvi dizer que ele passou o caos adiante — respondeu Walter, sombrio. — E, antes que pergunte, não tenho nada a ver com isso. Amanhã vou embarcar no primeiro navio para fora daqui, para a Inglaterra. — Ele balançou a cabeça e expirou ruidosamente. — Se os surtos começarem de novo, não vou ficar para ver o resultado. Mas desconfio que você, Senhorita Cai, possa querer combatê-los. Fazer uma nova vacina, proteger as pessoas do contágio.

Juliette olhou com cautela para o comerciante. Parecia que Walter Dexter não sabia que a insanidade era coordenada, lançada sobre suas vítimas como uma bomba.

— Ele alegou ter feito tudo aquilo pelo senhor — disse Juliette, em voz baixa. — E conseguiu colocá-lo em um período de riquezas, mas aqui está o senhor, de volta ao lugar onde começou, e seu filho está morto.

— Eu não pedi para ele fazer nada daquilo, Senhorita Cai — retrucou Walter, de forma áspera. Toda a idade lhe pesava, o cansaço incrustado em cada linha de expressão e ruga do rosto. — Sequer sabia o que meu filho estava fazendo, até que estivesse morto e eu, pagando suas dívidas, amaldiçoando-o por tentar bancar o herói.

Juliette desviou o olhar. Não queria sentir pena de Walter Dexter, mas reconheceu uma pontada mesmo assim. Por algum motivo, sua mente se voltou para Tyler. Em essência, ele não era tão diferente de Paul, era? Dois meninos que tentavam fazer o melhor para as pessoas com quem se importavam, desconsiderando os efeitos colaterais que causariam no processo. A diferença era que Paul havia recebido um poder real, um sistema inteiro que se curvava aos seus pés, e isso o tornara muito mais perigoso do que Tyler jamais seria.

Lentamente, Walter Dexter passou o braço entre duas grades do portão. Quase parecia um animal no zoológico, estendendo a mão como um tolo na esperança de ganhar comida. Ou talvez Juliette fosse o animal dentro da jaula, aceitando o veneno que lhe era entregue.

— Dê uma olhada e veja se pode ser útil — sugeriu o homem, pigarreando. — Meu preço inicial está escrito no topo esquerdo da primeira página.

Juliette pegou os papéis e desdobrou o canto, revelando o valor. Ela ergueu as sobrancelhas.

— Eu poderia comprar uma casa com essa quantia.

Walter deu de ombros.

— A escolha é sua. Não é a minha cidade que logo irá sofrer.

Cinco

Tecnicamente, Benedikt Montagov fazia compras no mercado. Na prática, estava meio que procurando coisas para destruir, trocando dinheiro por peras frescas e dando uma mordida, antes de esmagar o resto e arremessar o miolo no asfalto.

Benedikt era um péssimo cozinheiro. Queimava ovos e deixava a carne crua. No primeiro mês, ele pelo menos tentou, determinado a não se deixar enfraquecer e atrofiar pela falta de comida como um fantasma patético de gente. Depois, como se uma cortina houvesse se fechado, não conseguia sequer pisar na cozinha. Cada refeição que fazia era uma que Marshall não comia. A cada centelha do gás, a cada poça que aumentava perto da pia, Benedikt se tornava mais consciente do espaço que Marshall costumava ocupar, do quanto o vazio aumentava.

Era bizarro que tenha sido *isso* o que rompera as barreiras, destruindo cada camada de armadura que ele havia vestido para suprimir o luto. Não fora a ausência de barulho pela manhã, nem a de movimento ao seu lado. Certo dia, estava meio anestesiado, organizando os materiais de pintura abandonados no chão e seguindo sua rotina quase sem dificuldade. No momento seguinte, entrou na cozinha e não conseguiu parar de encarar o fogão. A água começou a ferver, e ainda assim ele não conseguiu desviar os olhos. Até que simplesmente se encolheu no chão, soluçando nas mãos enquanto a água evaporava para o nada.

Benedikt enfiou um caule de *gānzhè* na boca e mastigou devagar. Agora, mal conseguia comer. Não sabia o porquê, mas as coisas não paravam mais no estômago, e as que paravam lhe davam uma sensação incômoda. O único jeito que encontrara para contornar o instinto era morder qualquer coisa que lhe chegasse às mãos, e jogá-la fora antes que a mente soubesse o que estava fazendo. Assim, ficava alimentado e aplacava os próprios pensamentos. Era isso que importava.

— Ei!

Ao grito súbito, ele cuspiu os bagaços de cana-de-açúcar. Havia uma comoção acontecendo do outro lado do mercado, e Benedikt imediatamente se apressou até lá, limpando a boca. Qualquer agitação seria mais difícil de perceber se aquele fosse um mercado mais movimentado, porém as barracas ali mal se estendiam por dois quarteirões, e os vendedores quase não tinham energia para anunciar seus produtos aos gritos. Aquela era uma das partes mais pobres da cidade, onde as pessoas estavam à beira da inanição e fariam o que fosse preciso para sobreviver. Isso incluía prometer uma lealdade devotada ao poder disponível mais próximo. Era má ideia chamar atenção, especialmente ali, onde os territórios trocavam e mudavam num piscar de olhos. Benedikt sabia disso, mas virou a esquina mesmo assim, correndo para o beco de onde viera o grito.

Encontrou um grupo inteiro de Escarlates, e um único mensageiro Rosa Branca.

— Benedikt Montagov! — gritou o menino na mesma hora.

Péssima hora para ser identificado. Benedikt não costumava ser reconhecido nas ruas com a mesma facilidade que Roma, nem perto disso, e mesmo assim ali estava ele, anunciado como um Montagov, taxado como um inimigo. Uma lágrima escorreu pelo rosto do menino, percorrendo uma trilha molhada que captou a luz do meio-dia antes de atingir o concreto.

Benedikt inspirou depressa, avaliando a situação. O Rosa Branca era chinês, e sua lealdade provavelmente não teria sido identificada se não fosse por aquela linha branca que enrolara ao redor do pulso. Tolo! A guerra de sangue se tornara medonha nos últimos meses. Se havia como se disfarçar, por que não fazê-lo? Quantos anos o menino tinha? Dez? Onze?

— Montagov? — ecoou um dos Escarlates.

Benedikt esticou a mão para sua pistola. A saída inteligente seria fugir, já que a desvantagem numérica era enorme, mas ele não se importava. Não tinha motivo para se importar, para *viver...*

Sequer teve a chance de sacar a arma. Um golpe o atingiu do nada na lateral do rosto e ele perdeu o equilíbrio, lançado ao chão entre gritos, palavrões e alguém jurando matar-lhe a família toda. Seus braços foram dobrados às costas e a cabeça forçada contra o cimento, antes que algo frio como gelo, algo que se parecia muito com a coronha de outra arma, se chocasse em sua têmpora.

Não, pensou de súbito, os olhos se fechando com força. *Espere, não era sério, eu não queria morrer de verdade, não* ainda...

Um estrondo ensurdecedor fez o beco tremer. Suas orelhas zumbiram; porém, em vez de hematomas se formarem por todo o seu corpo, Benedikt não sentiu dor, muito menos uma bala abrasadora entrar em seu crânio. Talvez isso fosse a morte. Talvez a morte não fosse nada.

Então o som veio de novo, repetidamente. Tiros. Não do beco. De *cima*.

Os olhos de Benedikt se abriram no momento em que um jato de sangue lhe atingiu o rosto, tingindo sua visão de vermelho. Ele ofegou, levantando-se com esforço e cambaleando apoiado na parede, sem compreender nada a não ser a própria descrença enquanto os Escarlates ao seu redor tombavam um a um, cravejados de balas. Só quando os tiros estavam quase no fim é que ele pensou em olhar para cima e tentar descobrir de onde vinham.

Captou um vulto de relance. Lá, na beirada do telhado, desaparecendo com a última bala, enquanto o último Escarlate caía morto.

Benedikt respirava com tanta força que o peito subia e descia. Apenas outra pessoa restava de pé no beco: o mensageiro, agora chorando de fato, os punhos tão cerrados a ponto de impedir a circulação, deixando-os brancos. Não parecia ferido. Apenas coberto de sangue, como Benedikt.

— Vá embora! Corra, caso haja mais deles.

O menino hesitou. Talvez fosse um *obrigado* que pairava na ponta de sua língua. Mas então veio um grito do mercado, e Benedikt perdeu a paciência.

— *Kuài gûn!* Antes que eles venham!

O mensageiro correu, sem precisar receber a ordem de novo. Bem depressa, Benedikt se levantou para seguir o próprio conselho, sabendo que todos aqueles tiros tinham sido bem altos, e que qualquer Escarlate na região apareceria imediatamente para investigar o motivo.

Porém, enquanto estava ali, o corpo todo tremendo, percebeu que, pela velocidade com a qual os tiros vieram, a pessoa que o salvara estivera esperando, pronta para agir. Correu os olhos pelos prédios, os telhados construídos de forma regular, separados apenas por becos que eram estreitos o suficiente para que se saltasse de um para o outro. Alguém estivera observando. Talvez por um tempo, seguindo-o pelo mercado.

— Quem se daria ao trabalho? — sussurrou Benedikt em voz alta.

Seis

O segundo andar da casa de chá havia sido reservado naquela noite para a reunião do círculo interno da Sociedade Escarlate. Todas as mesas quadradas estavam encostadas na parede, abrindo espaço para uma grande e redonda, bem no centro do lugar.

Juliette achou que se parecia um pouco com uma barricada. Tomou um gole de chá, espiando por cima da borda da xícara para ver os arranjos que haviam feito, alerta ao fato de que algum pobre garçom subiria todos os degraus a fim de atender os Escarlates, apenas para dar de cara com a mesa que bloqueava o final da escada. Todas as janelas estavam intocadas, embora, para casas de chá como aquela, "janela" não fosse exatamente a palavra adequada, já que nunca colocavam vidros. Eram fechadas apenas por persianas de madeira, abaixadas quando as luzes se apagavam à noite e erguidas enquanto o lugar funcionava. O vento frio entrava com facilidade, havia álcool fluindo pela mesa e, no canto, as lamparinas a óleo zumbiam com o calor.

Mesmo assim, por algum motivo, os olhos de Juliette insistiam em voltar à barricada de mesas na lateral, e depois acima, onde as paredes davam lugar aos recortes que permitiam a entrada da noite. Ali, havia a ilusão de conforto e segurança. Porém, tudo o que se erguia entre eles e o desconhecido à espreita era a fina parede da casa de chá. Tudo o que se erguia entre eles e cinco monstros patrulhando a cidade era... bem, nada, na verdade.

— Juliette.

O chamado de Lorde Cai chamou-lhe a atenção de volta ao jantar Escarlate, à fumaça cinzenta de charuto que se elevava e se espalhava acima deles, ao clique-clique dos *kuàizi* sobre tigelas de porcelana. O pai inclinou o queixo em sua direção, indicando que havia finalizado a pauta e que ela poderia falar, como pedira mais cedo.

Juliette colocou a xícara de chá na mesa e se levantou. A toalha mexeu, mas, antes que pudesse enganchar em seu vestido, Rosalind esticou a mão e puxou-a para baixo.

— Obrigada — sussurrou Juliette.

A prima respondeu dando um peteleco em um solitário grão de arroz, mirando-o nos assentos logo à frente delas. Quase acertou Tyler, embora ele jamais fosse ter notado um mísero grão aterrissando em seu colo, pois olhava intensamente para Juliette. Talvez fosse apenas seu nariz machucado o que causava a expressão fechada. Talvez ele já estivesse se preparando para uma briga, o desgosto em evidência.

— Aqui.

Do outro lado de Rosalind, Kathleen passou a pilha de papéis que estivera segurando. Juliette os pegou e os colocou cuidadosamente sobre o vidro giratório, em um espaço vazio entre os caranguejos ensopados e o peixe defumado.

— Tenho certeza de que todos vocês já devem estar sabendo do ataque aos Rosas Brancas. — A mesa inteira ficou em silêncio com a menção ao inimigo. — E estou certa de que já se perguntaram se seremos os próximos, mais uma vez à mercê de um monstro.

Juliette girou o vidro e o banquete espiralou sob as luzes: *qīngcài* de um verde reluzente, *hóngshāo ròu* marrom-escuro e o simples preto no branco da tinta que poderia salvá-los.

— Esses são os últimos vestígios da pesquisa que Paul Dexter deixou para trás. Também conhecido como o antigo Larkspur... agora morto pela minha bala. — Ela se aprumou mais, embora sua coluna já estivesse tão reta quanto uma lâmina. — Pode levar um tempo até que possamos impedir quem quer que tenha ressuscitado o trabalho dele. Mas, enquanto isso, sugiro que *nós* usemos esse material. Podemos alocar nossos recursos em pesquisa, produzir uma vacina em larga escala e distribuí-la por toda a cidade... — agora vinha a parte na qual Juliette de fato precisava de apoio, além de apenas argumentar com o pai — *de graça*.

Sobrancelhas se ergueram imediatamente e xícaras congelaram a meio--caminho da boca enquanto Escarlates paravam e piscavam, perguntando--se se haviam escutado direito.

— É uma medida preventiva, antes que a Sociedade Escarlate possa ser atacada — apressou-se a explicar Juliette. — Não importa quem você é: Escarlate ou Rosa Branca, Nacionalista, Comunista ou não afiliado, se todos formos imunes a esse surto, então quem quer que seja o tolo brincando de ser o novo Larkspur perderá todo o poder. Em um único golpe ágil, protegemos a cidade e mantemos as coisas como são, sem ameaças de um exterminador.

— Tenho outra proposta.

Tyler se levantou e apoiou os nós dos dedos na mesa à frente, o corpo relaxado. Uma imagem completamente casual em comparação à postura rígida de Juliette.

Rosalind se inclinou para a frente.

— Por que você não...

— Rosalind, não — sussurrou Kathleen, apertando o ombro da irmã.

Com os lábios cerrados, Rosalind voltou a se sentar.

— Se podemos mesmo criar uma vacina — continuou Tyler, como se nada tivesse acontecido —, é muito melhor vendermos para todos que não sejam Escarlates. Larkspur era um tolo em muitos aspectos, mas não nesse. As pessoas estão com medo. Farão de tudo por uma solução.

— De jeito nenhum — rebateu Juliette, brava, antes que os Escarlates achassem que a interrupção de Tyler significava que suas opiniões também deveriam ser ouvidas pela mesa toda. — Isso não é ingresso para um espetáculo. É uma vacina que dita a diferença entre a vida e a morte.

— E daí? Você quer que a gente proteja os Rosas Brancas? Os estrangeiros que mal nos veem como pessoas? Da última vez que o surto atingiu a cidade, Juliette, ninguém se importou até que eles mesmos estivessem morrendo, porque um chinês agonizando na rua pode muito bem ser um *animal*...

— Eu *sei*!

Juliette respirou fundo rapidamente, retomando a compostura. Precisava argumentar depressa. Sua mãe já estava com os dentes cerrados, assistindo ao vaivém do debate e, se as coisas piorassem ainda mais, Lady Cai poria fim à discussão.

Juliette soltou o ar. Deixou o breve silêncio pairar ao redor, para estar no controle da conversa em vez de desesperada para que terminasse.

— Não estamos falando de estender nossa gentileza para quem não a merece. É uma questão de proteção em massa.

Tyler empurrou o corpo para trás e tombou de volta em sua cadeira. Ele esticou um braço no topo do encosto enquanto Juliette continuava de pé.

— Para que precisamos de proteção em massa? — perguntou ele com desdém. — Vamos ganhar *dinheiro*. Vamos subir ao topo de forma tão impenetrável que seremos invencíveis. Aí, como sempre fizemos, estendemos a proteção ao nosso pessoal. Aos Escarlates. Não importa se todo o resto cair. Se os outros morrerem é uma vantagem para nós.

— Você estaria arriscando vidas Escarlates enquanto isso. Não tem como garantir a segurança deles assim.

Apesar de sua insistência firme, Juliette sentia a própria credibilidade diminuir. Estava tentando embasar sua lógica na filosofia de que uma vida salva era algo que valia todo sacrifício, mas aquela era a Sociedade Escarlate, e eles não se importavam com questões sentimentais assim.

Um dos membros ao lado de Lorde Cai pigarreou. Percebendo ser o Sr. Ping, de quem Juliette normalmente gostava, ela olhou para ele e assentiu, incentivando-o a continuar.

— De onde virá a verba para isso? — perguntou ele, com uma careta. — É óbvio que não usaremos nosso dinheiro, não é?

Juliette jogou os braços para o ar. Por que se daria ao trabalho de estar ali, discursando como uma tola sobre os benefícios de uma vacina gratuita, a não ser pelo investimento da Sociedade Escarlate?

— Nós *podemos* financiar este projeto.

Os olhos do Sr. Ping varreram a mesa. Ele secou a testa melada de suor.

— Não somos uma instituição de caridade para os fracos e os pobres.

— Esta cidade se sustenta com trabalho — disse Juliette de maneira fria. — Se o surto devastar as ruas de novo, *nós* estaremos tão a salvo quanto os mais fracos e os mais pobres. Se eles caírem, nós caímos também. Ou o senhor esqueceu quem é que mantém as fábricas funcionando? Quem abre as suas lojas todas as manhãs?

A mesa ficou em silêncio, mas ninguém se manifestou a favor do argumento dela. Apenas desviaram os olhos e continuaram mudos, até que o silêncio se estendeu por tempo demais, e Lady Cai foi forçada a batucar os dedos no vidro giratório.

— Juliette, sente-se, por favor. Talvez seja melhor termos esta discussão depois de fabricarmos uma vacina de fato — disse ela.

Um instante depois, Lorde Cai concordou.

— Sim. Vamos tomar uma decisão caso essa pesquisa se mostre útil. Leve-a amanhã para o laboratório de Chenghuangmiao, e veja o que eles conseguem descobrir.

Muito a contragosto, a filha aceitou a decisão e voltou a se sentar. Sua mãe se apressou a mudar de assunto e apaziguar os Escarlates novamente. Quando Juliette se inclinou para pegar o bule, seus olhos encontraram os de Tyler do outro lado da mesa, e ele sorriu.

— *Allez, souris!*

A mudança brusca para o francês era para que os outros Escarlates não o compreendessem, com exceção de Rosalind e Kathleen. Porém, mesmo sem saber o que as palavras significavam, qualquer um podia entender por sua postura, sua expressão e seu tom que ele estava provocando a prima e anunciando sua vitória num cabo de guerra pelo favoritismo. O simples fato da ideia do rapaz, que ia diretamente contra a de Juliette, não ter sido rechaçada, de que os pais dela pareciam considerar o que ele dissera com o mesmo peso... realmente, Tyler havia ganhado.

— *Je t'avertis...* — começou Juliette, irritada.

— Do quê? — disparou Tyler de volta, ainda em francês. — Está me alertando do que, prima querida?

Juliette precisou usar todas as suas forças para não pegar a xícara e jogá-la contra ele.

— Pare de bancar o superior com os meus planos. Pare de se meter em coisas que não têm nada a ver com você...

— Seus planos são sempre falhos. Estou tentando ajudar — interrompeu ele. Seu sorriso murchou, e Juliette ficou tensa, percebendo imediatamente o que viria a seguir. — Olha só no que deu o último. Aquele tempo todo *enganando* o herdeiro Rosa Branca, e quais informações você coletou?

Sob a mesa, Juliette enterrou com força as unhas compridas nas palmas das mãos, liberando a tensão para que seu rosto não a denunciasse. Tyler suspeitava. Sempre suspeitou, muito antes de ela contar aquela mentira no hospital. Mas então Juliette atirou em Marshall Seo, e Tyler precisou reavaliar seus instintos, sem conseguir entender por que ela teria matado o homem se era mesmo a amante de Roma Montagov.

Entretanto, Marshall estava vivo. E Tyler, certo — o tempo todo. Mas, se ele soubesse disso, a posição de herdeira de Juliette estaria arruinada, e o primo sequer precisaria coordenar um golpe. Bastaria dizer a verdade, e os Escarlates fariam fila atrás dele.

— Você arruinou meu plano, Tyler — disse Juliette com a voz neutra. — Me forçou a entregar meu disfarce cedo demais. Trabalhei tão duro para conseguir a confiança dele, e precisei jogar tudo no lixo porque você não entendeu nada. Sorte a sua que não contei sobre a sua inutilidade para os meus pais.

Os olhos de Tyler se estreitaram. Seu foco mudou para Lorde e Lady Cai, percebendo que ambos não sabiam tudo sobre o hospital, assim como o restante da cidade. Seria impossível esconder os rumores deles, mas, até onde sabiam, Juliette e Tyler haviam aparecido como uma frente unida no conflito com os Rosas Brancas.

A ideia era quase hilária. Mas não incitava perguntas.

— Sorte — repetiu Tyler. — Claro, Juliette.

Balançando brevemente a cabeça, ele se virou e começou a conversar em xangainês com uma tia.

Juliette, entretanto, não conseguia voltar à socialização casual que acontecia à mesa. Barulhos rugiam em suas orelhas, e a cabeça zumbia com a ameaça que envolvia cada palavra daquela conversa. Seu pescoço estava todo arrepiado e, mesmo quando apertou mais o vestido ao redor do corpo e agarrou a gola de pele na garganta, não conseguiu enganar a si mesma dizendo que era apenas por causa do vento frio que entrava.

Era medo. Estava mortalmente apavorada pelo poder que Tyler possuía sobre ela, depois do que vira no hospital. Porque ele estava certo: tinha mesmo um motivo para erradicá-la. O primo faria tudo o que pudesse para garantir a sobrevivência da Sociedade Escarlate, enquanto Juliette não tinha uma pontinha de desejo sequer de lutar a guerra de sangue, não quando era algo tão *inútil*. Se ambos contassem suas versões da verdade a Lorde Cai, quem ele escolheria como herdeiro?

Juliette pegou a garrafa de licor que passava sobre o vidro giratório e serviu uma xícara. Sem se importar com quem estava vendo, bebeu tudo de um gole só.

— Você está golpeando alto demais.

Roma deu um soco na axila de Alisa, e ela grunhiu, recuando vários passos. A expressão de raiva da garota era hesitante, os ombros subindo até as orelhas enquanto ela se encolhia em si mesma. O irmão conteve um suspiro, mas só porque sabia que Alisa ficaria irritada se ele parecesse frustrado com seu progresso lento.

— Você disse que ia me ensinar defesa pessoal — murmurou ela, alisando o cabelo.

— E estou ensinando.

— Você está só… — Alisa balançou as mãos, tentando imitar os movimentos ágeis dele. — Não está ajudando muito.

Uma brisa entrou pela janela do quarto dela, e Roma foi até lá, fechando o painel para isolar o frio do lado de fora. Ele não disse nada enquanto baforava sobre o vidro. Soprou até que o embaçasse de forma considerável e, com o dedo, desenhou uma carinha sorridente.

— Isso era para me motivar? — perguntou Alisa, olhando por cima do ombro dele.

Roma esticou o braço para apertar as bochechas dela.

— Era para ser você: pequena e irritante.

Alisa afastou as mãos dele com um tapa.

— *Roma!*

Não que ele não gostasse de passar um tempo com a irmã, mas tinha a suspeita de que Alisa pedia aquelas aulas apenas para distrai-lo dos outros afazeres. E é claro que Roma gostaria de ficar com ela em vez de fazer suas tarefas, mas também tinha certeza de que a espertinha havia tramado aquilo apenas para impedi-lo de montar guarda na divisa do território Rosa Branca, e não porque queria de fato aprender a socar um agressor.

— Isso é muito importante, sabe? — comentou Alisa, como se pudesse pressentir os rumos dos pensamentos dele. — Eu fiquei em coma por *tanto* tempo. Não posso ser fraca! Preciso saber socar homens maus.

Ouviu-se uma pancada através do chão. Ou era uma discussão em alguma sala de estar da casa, ou alguém no andar debaixo estava atirando facas na parede. Roma respirou fundo e posicionou Alisa, fazendo-a manter os braços para cima.

— Pronto. Tente de novo. Mantenha o punho firme.

Ela tentou de novo. E de novo. E mais uma vez. Não importava o que fizesse, os bloqueios eram fracos e os esforços para atingir Roma quando ele fingia segurá-la eram moles e sem rumo.

— Por que não paramos por hoje? — sugeriu ele depois de um tempo.

— Não! — Ela bateu o pé. — Você não me ensinou a lutar. Ou a atirar! Ou a pegar uma faca!

— Pegar uma… — Roma deixou a frase morrer, completamente surpreso. — Por que você quer… Ah, deixa pra lá. — Ele balançou a cabeça. — Alisochka, ninguém aprende a lutar em um único dia.

Alisa cruzou os braços, dirigindo-se brava para a cama e se jogando no colchão com um movimento brusco. Os lençóis voaram para cima e pousaram ao seu redor como uma aura branca.

— Aposto que Juliette aprendeu a lutar em um único dia — murmurou.

Roma ficou paralisado. Sentiu o sangue ficar quente, depois gelado, e então, de alguma forma, as duas coisas ao mesmo tempo — era uma fúria fervente unida a um medo congelante, apenas ao ouvir o som do nome dela.

50   FINAIS VIOLENTOS

— Você não deveria querer ser nem *um pouco* parecida com Juliette — disparou Roma.

Ele queria acreditar. Se dissesse aquilo vezes o suficiente, talvez acreditasse. Talvez pudesse olhar além das ilusões que cintilavam ao redor dela, espiar por trás daqueles grandes olhos que ela piscava para ele, mesmo quando derramava sangue aos seus pés. Não importava o quão brilhante ela reluzisse, o coração de Juliette havia se tornado tão sombrio quanto carvão.

— Eu sei — retrucou Alisa, imitando o tom dele.

A irmã estava mal-humorada agora, porque parecia que Roma estava aborrecido com ela, então ele engoliu a raiva, sabendo ser mal direcionada. Incomodava-o o fato de que havia se tornado uma pessoa que perdia a paciência com tanta facilidade, e mesmo assim não conseguia impedir a si mesmo. A urgência de ser uma pessoa horrível estava sempre rasgando sua pele, e era mais fácil deixá-la transbordar do que ignorá-la.

Roma arregaçou as mangas e conferiu o relógio sobre a lareira. Alisa parecia contente em ter um breve momento de reflexão, então ele se aproximou e cutucou-lhe a barriga.

— Eu tenho que ir. Podemos retomar outro dia.

— Está bem... — murmurou outra vez, baixinho, os braços cruzados com força. — Por favor, não morra.

A sobrancelha dele se ergueu. Esperava que a irmã protestasse, perguntasse de novo por que ele precisava estar nas ruas patrulhando a divisa. Mas todos aqueles meses repetindo a mesma coisa a haviam vencido pelo cansaço.

— Não vou. — Ele a cutucou de novo. — Treine sua guarda.

Roma saiu do quarto, fechando a porta atrás de si. O quarto andar estava mais quieto do que de costume, sem as pancadas que ressoaram mais cedo. Talvez também houvessem se cansado de aprender a arremessar facas.

Aposto que Juliette aprendeu a lutar em um único dia.

Maldita Juliette. Não bastava ocupar seus pensamentos, incrustar-se em seus próprios ossos. Não bastava aparecer em todo canto da cidade que Roma fosse, perseguindo-o como uma sombra. Tinha que entrar em sua casa também, exaltada por lábios Rosas Brancas, como se fosse a fronteira final de sua invasão.

— Aonde você vai?

Os passos largos de Roma não cessaram quando ele deixou as escadas.

— Isso não é da sua conta.

— Espere — ordenou Dimitri.

Roma não precisava. Nada o impedia de tratar Dimitri Voronin como bem entendesse, virando mesas até que a casa toda ficasse tonta, porque Dimitri Voronin havia ficado confortável demais como o favorito, e agora Roma decidira que, no fim das contas, queria toda a Sociedade Escarlate morta. Tantos anos tentando achar um equilíbrio entre ser o herdeiro e ser bom, até que, num piscar de olhos, a bondade cedeu à violência, e Lorde Montagov gostara disso. Ser um Rosa Branca significava entrar no jogo. E Roma estava finalmente jogando.

— O que é? — perguntou, indiferente e exagerando nos gestos ao reduzir a velocidade e se virar.

Dimitri, que estava sentado em uma das poltronas de pelúcia verde, olhou curioso para a frente, os dedos batucando no encosto, um pé apoiado sobre o outro joelho.

— Seu pai quer falar com você — relatou. Ele abriu um sorriso relaxado. Uma mecha de cabelo preto caiu em seu rosto. — Assim que você puder. Ele tem alguns assuntos para discutir.

Os olhos de Roma se ergueram após outra explosão ressoar pela casa, o teto balançando e tremendo graças a uma agitação no segundo andar. Poderia até estar vindo do escritório do pai.

— Ele sabe esperar — respondeu.

Com os olhos de Dimitri ainda cravados em suas costas, Roma abriu a porta da frente e saiu.

Aqui, aqui e aqui. Kathleen circulou partes do mapa, riscando forte com a caneta-tinteiro. A planta da cidade estava praticamente se desfazendo, uma das muitas cópias mais simples que Juliette tinha. Ela apenas observou as marcações conforme sangravam, vermelhas, ensopando o papel fino e manchando a penteadeira embaixo. Ela e Kathleen estavam espremidas num banco de veludo, tentando olhar o mapa ao mesmo tempo. A culpa era sua por nunca ter colocado uma escrivaninha no quarto. Costumava usar a cama para tudo. Quantas vezes precisou de fato de uma superfície dura?

A prima fez uma última marcação. Assim que abaixou a caneta, um dos cantos começou a dobrar, porém, antes que o papel se enrolasse e borrasse a tinta, Juliette pegou um batom de uma caixa na penteadeira e o colocou na ponta para segurar o mapa.

— Isso é sério? — perguntou Kathleen em seguida.

— O quê? — retrucou Juliette. — Eu precisava de alguma coisa pesada.

A prima simplesmente balançou a cabeça.

— O destino da cidade depende do seu batom. A ironia não me passou despercebida, Juliette. Agora… — ela voltou ao tom de negócios — não sei se vale a pena interromper as operações por esses lados só para evitar uma greve, mas a próxima será em algum lugar por aqui. As associações de trabalhadores vão continuar incitando as coisas cada vez mais.

— Vamos avisar os gerentes das fábricas — assegurou Juliette.

Ela ergueu um polegar para o mapa, tentando determinar a distância entre os lugares. Quando sua mão pairou sobre a parte sul da cidade, em Nanshi, ela hesitou, avistando a rua onde ficava um certo hospital.

Se os manifestantes não tivessem invadido o lugar naquele dia, Juliette se perguntava se poderia ter encontrado outra saída.

Delírios da imaginação. Mesmo se todos houvessem recuado sem entrar em conflito, Tyler ainda teria enfiado uma bala na cabeça dela, no momento em que esticasse a mão para Roma.

— Juliette.

A porta do quarto se abriu. Ela deu um pulo de susto, batendo o joelho com força na penteadeira. Kathleen também prendeu a respiração e seus dedos se apressaram até o pingente de jade ao redor do pescoço, como que para garantir que ainda estava lá.

— *Māma.* — Juliette soltou o ar quando se virou para olhar a porta. — Está tentando me matar de susto?

Lady Cai abriu um pequeno sorriso, optando por não responder.

— Estou indo dar uma volta na rua Nanquim. Quer alguma coisa? Tecidos novos? — perguntou em vez disso.

— Não precisa.

— Você poderia comprar um novo *qipao*. Da última vez que olhei no seu armário, só dois lhe serviam — insistiu a mãe.

Juliette mal conteve o revirar de olhos. Algumas coisas nunca mudavam. Lady Cai podia verbalizar menos agora que a filha estava com 19 anos completos, mas ainda detestava aqueles vestidos ocidentais soltos e chamativos que Juliette tanto amava.

— Não precisa, mesmo. Gosto demais dos dois que tenho para comprar um terceiro.

Foi a vez da mãe conter um revirar de olhos.

— Pois bem. Selin? Tem algum tecido que você queira que eu compre?

Kathleen sorriu e, embora Juliette estivesse sendo um tanto petulante durante a conversa toda, a prima pareceu genuinamente emocionada com a oferta.

— Agradeço a gentileza, *Niāngniang*, mas já tenho *qipaos* o suficiente em meu armário.

Lady Cai suspirou.

— Está bem, então. Se é assim que as duas moças preferem viver...

Ela se virou e partiu, saindo rapidinho do quarto. Porém, deixou a porta completamente aberta.

— Eu juro que ela faz de propósito — disse Juliette, levantando-se para fechá-la. — Ela é esperta demais para esquecer que...

Uma confusão ressoou pelo corredor. Juliette parou, inclinando-se para ouvir melhor.

— O que é? — perguntou Kathleen.

— Parece uma discussão. Talvez no escritório do meu pai.

Precisamente nesse momento, a porta de Lorde Cai se abriu. O volume dos gritos aumentou ainda mais, e Juliette franziu o cenho, digerindo a causa do desentendimento.

— Ah, perfeito. — Ela levou as mãos às costas do vestido, tateando o tecido entre as escápulas. Lá, onde os pontos frouxos formavam um vão para acomodar uma faixa preta que descia até suas pernas, ela sacou a pistola. — Estava morrendo de vontade de espancar um Nacionalista esses dias.

— Juliette... — alertou Kathleen.

— Estou *brincando*.

Mas não guardou a arma. Apenas esperou à porta, observando o homem marchar para a saída com seu pai logo atrás. Era um Nacionalista diferente dos muitos outros que ela já havia visto entrar e sair do escritório. Um oficial desconhecido, com menos medalhas cravadas no peito.

— O senhor tem rédeas soltas porque deveria manter a cidade sob controle — gritou ele. — Até que o Exército Nacional Revolucionário venha e conquiste o governo de Beiyang para o Kuomintang, só há o senhor. Até instaurarmos uma autoridade central, para que o poder de Xangai não seja um jogo de subornar policiais e forças da milícia, então... — ele começou a pontuar cada palavra martelando o dedo na parede — Só. Há. O. Senhor.

Juliette apertou os dedos. De novo, Kathleen gesticulou furiosamente para que a prima soltasse a arma, mas ela apenas fingiu não perceber. Que tolice dos Nacionalistas, colocar os Escarlates em seu lugar ao lembrá-los do que estava por vir. A Sociedade Escarlate jamais cooperaria com um futuro em que precisassem se curvar para a vontade de um governo...

...Ou cooperaria?

Juliette olhou para o pai. Ele não parecia ofendido ou sequer irritado.

— Sim, o senhor deixou isso muito claro — disse Lorde Cai com a voz seca. — A porta da frente é por ali.

O Nacionalista o ignorou.

— O que é que eu vou reportar aos meus superiores sobre as condições desta cidade? Quando Chiang Kai-shek perguntar por que Xangai está sob ataque *de novo*, o que é que eu vou dizer?

— Não há com o que se preocupar — respondeu Lorde Cai, neutro. — Esta não é mais uma epidemia, é só um chantagista. Assim que descobrirmos quem é o responsável, poderemos dar um fim nisso.

— E como é que o senhor vai fazer isso? Pagando cada vez mais para o chantagista? Preste atenção, Lorde Cai, por ordens do governo, o senhor não vai atender essa última exigência.

Juliette estava pronta, a boca já entreaberta para gritar sua indignação, mas seu pai foi mais rápido.

— Não atenderemos a exigência. Mas o senhor deve ficar ciente de que haverá um ataque.

— Então ponha um fim nisso!

O Nacionalista puxou a jaqueta, bufando de raiva. Ele saiu, descendo a escada com movimentos ágeis. A cada passo, suas insígnias e medalhas reluziam sob as luminárias do teto, uma luz dourada e fraca refletindo na beirada das condecorações que falavam tanto de valor e coragem em batalha — mas tudo o que Juliette vira hoje foi um soldado de infantaria amedrontado.

— O que ele quis dizer com isso? — indagou ela.

Lorde Cai se virou de súbito, a mandíbula tremendo minimamente. Era o mais perto que Juliette chegaria de assustar o pai.

— Você não quis fazer compras com sua mãe? — perguntou ele enquanto olhava por cima do corrimão uma última vez, antes de retornar ao escritório.

Ela fez um som de desprezo e guardou a pistola de volta no vestido, dizendo a Kathleen apenas com o movimento dos lábios que voltaria logo. Antes que o pai pudesse fechar a porta de novo, Juliette correu pelo corredor e deslizou escritório adentro no momento em que ele começava a empurrar a maçaneta.

— O senhor não me disse que havia outra exigência — acusou.

Mal se passaram três dias desde a última. As anteriores haviam chegado com um intervalo de semanas.

— E você é assustadoramente rápida para alguém que não faz exercícios. — Lorde Cai se sentou à escrivaninha. — Algumas voltas no parque fariam bem a sua saúde, Juliette. Do contrário, vai acabar como eu, cheio de artérias entupidas na velhice.

Ela apertou os lábios. Se o pai estava desviando do assunto com tanto descaramento, tinha que ser algo ruim. Havia uma carta sobre a mesa e, quando ela esticou o braço para pegá-la, Lorde Cai afastou o papel, lançando-lhe um olhar de alerta.

— Não é do chantagista.

— Então por que não posso ver?

— Chega, Juliette. — Ele dobrou a carta ao meio. Algo no olhar dela deve ter parecido pronto para argumentar, porque o pai não se deu ao trabalho de assumir um tom mais sério, nem tentou ordenar que a filha saísse. Simplesmente cedeu e explicou: — Armas. Eles querem armas militares desta vez.

O que quer que Juliette estivesse esperando, não era isso. Ela piscou, caindo sentada na cadeira em frente à dele. Ao longo daqueles poucos meses, eles tinham atendido às demandas, esperando que o chantagista fosse desaparecer assim que tivessem lhe passado o suficiente e ele pudesse fugir. Mas agora estava claro que não era por dinheiro. E que o chantagista não pararia até atingir seu objetivo, fosse qual fosse.

Por que armas militares? Por que tanto dinheiro?

— É por isso que o Nacionalista estava tão determinado a não acatar a demanda desta vez — disse Juliette em voz alta, ligando os pontos. — O chantagista está preparando algo. Reunindo forças.

Não fazia sentido. Por que obter armas quando se tem *monstros*?

— Pode ser para uma milícia — disse Lorde Cai. — Talvez para ajudar uma rebelião de trabalhadores.

Juliette não tinha tanta certeza. Mordeu a parte interna das bochechas, concentrando-se na pontada de dor causada pelos dentes.

— Não faz sentido. As cartas vêm da Concessão Francesa, só que, além disso, esse é o trabalho de Paul Dexter. Quem quer que controle o monstro agora, que tinha os insetos-mãe, os quais começam o surto, Paul os *concedeu* para eles.

Ela pensou na carta que Kathleen havia encontrado. *Libere todos eles.* Esse era o obstáculo que Juliette simplesmente não conseguia ultrapassar. Se Paul Dexter tivera um comparsa aquele tempo todo, como é que ela não o descobrira? Podia não ter lhe dado muita atenção enquanto ele corria atrás dela, mas, com certeza, se houvesse alguém tão importante quanto um sócio na missão, ele teria deixado escapar um nome em algum momento.

— Eis a questão — comentou o pai, neutro.

Juliette bateu as palmas das mãos na mesa.

— Me mande para a Concessão Francesa. Quem quer que seja, posso encontrá-lo. Eu sei que posso.

Por um longo instante, Lorde Cai não disse nada. Apenas a encarou, como se estivesse esperando que ela dissesse que era uma brincadeira. Então, quando a filha não lhe deu alternativa, ele abriu uma gaveta na lateral da mesa e puxou uma série de fotografias. As imagens em preto e branco eram granuladas e escuras demais, porém, quando foram dispostas sobre a mesa, Juliette sentiu o estômago embrulhar, um aperto nas entranhas.

— São da boate Rosa Branca — disse Lorde Cai. — O... como era? *Xiàngrìkuí?*

— Sim — sussurrou Juliette. Seus olhos continuavam focados nas imagens. O pai não havia esquecido de fato o nome da boate, é claro. Apenas se recusava a falar em russo, mesmo que fosse tão fácil trocar o idioma para o xangainês, os sons tão similares, talvez até mais parecidos do que o xangainês e o verdadeiro mandarim comum. — Podsolnukh.

Lorde Cai empurrou as fotografias para mais perto dela.

58   Finais Violentos

— Dê uma boa olhada, Juliette.

As vítimas da insanidade de setembro haviam arrancado as próprias gargantas, arranhando sem parar até que as mãos vestissem uma luva de sangue. Aquelas fotos não mostravam gargantas dilaceradas. As feições que Juliette conseguia identificar... não se pareciam em nada com rostos. Eram olhos e bocas rasgados, até que não tivessem mais um formato circular, testas com buracos do tamanho de bolas de golfe, orelhas pendendo por um mísero pedaço de lóbulo. Se fosse possível fotografar em cor, a cena inteira estaria coberta de vermelho.

— Não vou mandar você para perto *disso* sozinha — disse Lorde Cai em voz baixa. — Você é minha filha, não meu lacaio. Quem quer que esteja causando a insanidade agora, é capaz disto aqui.

Juliette expirou pelo nariz, o som alto e áspero.

— Nós temos uma pista. Uma única pista, e ela indica que esse caos está vindo de território estrangeiro. Quem mais seria capaz? Tyler? Vai morrer com uma faca no pescoço antes que os insetos cheguem até ele.

— Você não entendeu, Juliette.

— Claro que entendi! — gritou ela, embora suspeitasse que não tivesse. — Se esse chantagista veio da Concessão Francesa, então vou me infiltrar na alta sociedade deles e encontrá-lo. As regras, os costumes. Alguém saberá. Alguém vai ter informações, e eu vou arrancá-las de quem for. — Ela ergueu o queixo. — Me mande até lá. Envie Kathleen e Rosalind como acompanhantes se quiser, mas não uma caravana. Nada de proteção. Quando confiarem em mim, vão começar a falar.

Lorde Cai balançou a cabeça devagar, mas não era um gesto que indicava recusa. Era mais ou menos uma atitude para digerir as palavras dela, as mãos se estendendo sem pensar para aquela carta misteriosa de novo, dobrando-a mais uma vez, e então outra.

— Que tal assim... — sugeriu ele, em voz baixa. — Deixe-me pensar sobre o que vamos fazer a seguir. Depois decidimos se a colocaremos na Concessão Francesa como uma agente infiltrada.

Juliette bateu continência de brincadeira. O pai a enxotou, e ela foi embora. Quando estava fechando a porta atrás de si, espiou uma última vez e descobriu que ele ainda encarava a carta nas mãos.

— Cuidado, Senhorita Cai!

Juliette deu um gritinho, parando pouco antes de atropelar uma criada agachada no corredor.

— O que você está fazendo aí? — perguntou ela, a mão sobre o coração.

A criada fez uma careta.

— É só um punhado de lama. Não ligue para mim. Logo estará limpo.

Juliette assentiu em agradecimento e se virou para continuar. Então, por algum motivo, forçou os olhos para o montinho de lama que a criada estava limpando, e viu, enfiada na terra que se prendera aos fios do tapete, uma única pétala rosa.

— Espere — pediu.

Ela se ajoelhou e, antes que a criada pudesse protestar alto demais, enfiou o dedo na lama e pegou a pétala, sujando as unhas. A criada fez uma careta maior do que a dela. Juliette apenas torceu o nariz, olhando para o que encontrara.

— Senhorita Cai, é apenas uma pétala. Têm aparecido alguns montinhos aqui e ali nesses últimos meses. Alguém não está limpando os sapatos direito antes de entrar.

Os olhos de Juliette se ergueram na mesma hora.

— Você tem encontrado isso há *meses*?

A criada pareceu confusa.

— Eu... sim. Lama, principalmente.

Um burburinho se ergueu da sala de estar abaixo: primos distantes, chegando para socializar sobre as mesas de *mahjong*. Juliette inspirou e segurou o ar. A lama estava perto da parede, um punhado tão pequeno que ninguém teria percebido a não ser uma criada com olhos de lince, procurando lugares para limpar. Também estava perto o suficiente da parede que poderia ter sido deixado por alguém que se espremia contra a porta do escritório do pai, para escutar.

— Da próxima vez que vir algo assim — disse Juliette devagar —, me chame, entendeu?

A confusão da criada só aumentou.

— Posso perguntar por quê?

Juliette se levantou, ainda segurando a pétala. Sua cor natural era de um rosa pálido, porém, sob aquela luz e com tanta terra, parecia quase completamente preta.

— Nenhum motivo em especial — respondeu, abrindo um sorriso. — Não vá trabalhar demais, está bem?

Ela foi embora apressada, quase sem fôlego. Era um tiro no escuro. Havia peônias pela cidade inteira, e ainda mais canteiros de terra onde essas plantas cresciam.

Então se lembrou do pai naquele jantar, meses atrás, quando ele alegara haver um espião: não um agente comum, mas alguém que fora convidado para aquele cômodo, alguém que morava naquela casa. E Juliette sabia, simplesmente *sabia*, que aquela pétala específica viera das peônias na residência Montagov, dos fundos da casa onde elas caíam das jardineiras nas janelas altas e cobriam o chão lamacento.

Porque, cinco anos antes, era Juliette quem as deixava por toda a casa.

Kathleen estava em *outra* reunião Comunista.

E não porque Juliette a ficasse enviando para lá, mas sim porque os Comunistas estavam sempre se reunindo. Se quisesse manter o disfarce e continuar sendo convidada para os próximos encontros, através dos contatos que cultivara a duras penas, então tinha que comparecer, como se fosse apenas mais uma trabalhadora e não o braço direito da herdeira Escarlate.

Finalmente, Kathleen terminou de prender o cabelo, ajustando todo o penteado nos últimos cinco minutos enquanto o homem à frente falava de união. Ela já havia aprendido que os primeiros a se manifestarem nunca tinham um bom argumento de fato: estavam ali para enrolar até que as pessoas importantes chegassem, e assentos suficientes estivessem ocupados para evitar distrações quando os atrasados se espremessem entre os espaços vazios. Ninguém prestava atenção em Kathleen quando ela parava de ouvir e olhava para o espelho de mão que pegara no bolso, decidindo que as tranças que Rosalind fizera antes eram burguesas demais para aquela reunião.

— Com licença.

Kathleen tomou um susto e se virou para a voz fraca atrás de si. Uma menininha, com dois dentes faltando na frente, estava segurando um de seus grampos de cabelo.

— Você deixou cair isso.

— Ah — sussurrou Kathleen de volta. — Obrigada.

— Tudo bem — disse a menina baixinho. Estava balançando as pernas e olhando de relance para a mulher à sua esquerda, sua mãe, talvez, para conferir se levaria bronca por estar falando com uma estranha. — Mas eu gostava mais do penteado de antes.

Kathleen conteve um sorriso, esticando o braço para as mechas presas. Rosalind dissera o mesmo, elogiando a si própria enquanto fazia as tranças. A irmã quase não tinha mais paciência para se sentar e conversar ultimamente. É claro que não negaria se Kathleen a abordasse no corredor e pedisse um minuto de seu tempo, mas o problema era justo esse: ela nunca estava pelos corredores.

— Eu gostava também — respondeu, e se virou de volta para a frente.

Quase desejou não ter desmanchado o penteado, arruinando o trabalho manual da irmã.

O salão subitamente explodiu em aplausos, e Kathleen se apressou a acompanhar. Quando outra pessoa assumiu o microfone, ela se endireitou na cadeira e tentou voltar a prestar atenção, mas seus pensamentos continuavam se desviando, a mão subindo para tocar o cabelo em vão. Seu pai as visitara de novo na semana anterior, insistindo ainda mais em se mudarem para o interior. Rosalind revirara os olhos e saíra batendo os pés, o que o pai não aceitara muito bem, e Kathleen havia sido deixada para trás, para entreter o discurso dele sobre o estado da cidade e a direção em que a política a estava levando. Talvez fosse assim que as duas dividissem as obrigações. Rosalind retrucava e o irritava de todas as maneiras possíveis, mas, quando o pai não estava olhando, ela se metia em seus afazeres e terminava as pendências por ele. Kathleen sorria e assentia, e, quando o pai precisava de confirmação, ela fazia tudo o que era esperado da querida e tímida Kathleen Lang que a cidade conhecia. Sempre soube que assumir esse nome significava assumir parte da personalidade da irmã, mesmo que não fosse para manter as aparências, e sim pela praticidade. Às vezes, o pai conversava com ela como se houvesse realmente se esquecido que a verdadeira Kathleen estava morta. Às vezes, ela se perguntava o que aconteceria se dissesse o nome "Celia" na frente dele de novo.

Ela se revirou na cadeira. Apesar de tudo, estava mais preocupada com Rosalind do que consigo mesma. Para ser honesta, estava um pouco irritada que a irmã a impedira de ir ajudar Juliette tantos meses antes, mas não via problemas em rodar as boates em território neutro, socializando com os franceses da rede de negócios da cidade.

Como podemos estar do mesmo lado se eles nunca cairão?, dissera Rosalind. *Eles são invulneráveis. Nós, não!*

Nada havia mudado. As irmãs ainda eram segregadas do restante da Sociedade Escarlate que carregava o nome Cai, mas de súbito havia uma tarefa que dava um propósito pessoal a Rosalind, e lá estava ela, despreocupada com o perigo. Talvez fosse inevitável em uma cidade como esta. Cada uma delas tomando um caminho de destruição, mesmo sabendo que não deveriam, mesmo quando alertariam outros a não fazer o mesmo. Rosalind não gostava do envolvimento de Kathleen com os Comunistas, e Kathleen achava completamente tolo que Rosalind brincasse de diplomata. Quem se importava se o pai ameaçava levá-las embora? Ele não tinha poder de verdade sobre elas, não mais, não em Xangai. A devoção filial que se danasse. Uma palavra de Juliette e o pai teria que enfiar o rabo entre as pernas, dar-lhes as costas, fazer as malas e ir embora sozinho da cidade.

— Não vamos nos mudar de jeito nenhum — murmurou Kathleen para si mesma, quando outra onda de aplausos tomou o salão, abafando sua voz.

Ela se recostou, determinada a prestar atenção conforme o debate começava, e um Comunista argumentava que eram os estrangeiros que causavam problemas na cidade, não os gângsteres, e outro rebatia que a única solução era expulsar todo o mundo. Os planejamentos começaram, o motivo exato para a presença de Kathleen ali. Ela se inclinou para a frente enquanto possíveis locais de greve eram determinados e cronogramas estabelecidos, para destruir de vez o imperialismo estrangeiro.

Foi naquele momento que seu olhar se desviou, apenas para percorrer brevemente a sala. Não sabia o que a inspirara a fazer isso, mas sua atenção se prendeu em um rosto estrangeiro. Quando piscou outra vez, Kathleen percebeu que não era um estrangeiro, e sim um Rosa Branca russo.

Ela franziu o cenho. Voltou a prestar atenção no que acontecia à frente, mas puxou a gola para cima, escondendo o máximo que podia do rosto.

Dimitri Voronin, pensou, a mente a mil. *O que é que* você *está fazendo aqui?*

Deixe-me adivinhar — disse Juliette, puxando a porta do carro atrás de si. — O senhor descobriu que sou uma revolucionária secreta, e está me levando para ser executada na periferia da cidade.

Do banco do motorista, Lorde Cai olhou de relance para ela com o cenho franzido. Então apertou um botão no painel, deixando o motor ganhar vida.

— Eu imploro, pare de assistir a esses filmes de Velho Oeste que vêm dos Estados Unidos. — Para alguém que provavelmente não dirigia um carro há anos, o pai girou a direção e saiu da garagem com uma manobra excelente. — Eles estão fazendo seu cérebro atrofiar.

Juliette se remexeu no banco e espiou pelo vidro de trás, esperando que outros carros os seguissem. Quando nenhum o fez, voltou-se para a frente e colocou as mãos sobre o colo, apertando os lábios.

Isso era muito estranho. Não conseguia se lembrar qual fora a última vez em que haviam ido a algum lugar sem uma caravana — ou pelo menos *outro* Escarlate como reforço. Não que seu pai precisasse de proteção, afinal ele mesmo a ensinara a usar uma adaga aos 3 anos de idade. Mas ter um grupo de homens amontoado ao redor dele o tempo todo fazia parte da imagem que precisava passar, e ela achava que o pai nunca havia saído em público sem essa proteção.

— Então — começou Juliette —, aonde estamos indo?

— Você conseguiu entrar no carro sem fazer perguntas — respondeu o pai de maneira franca. — Agora contenha-se até chegarmos.

Juliette apertou mais os lábios e se afundou no banco. Quando estavam reduzindo a velocidade na Avenida Eduardo VII, a direção de Lorde Cai se tornou mais inconsistente em meio ao movimento da cidade, acelerando e freando sem a sutileza dos choferes sempre que pessoas atravessavam a rua. Bem quando Juliette pensou que estavam prestes a atropelar uma senhorinha, seu pai virou em um beco largo e estacionou, pegando o chapéu no banco de trás.

— Venha, Juliette — ordenou, já saindo do carro.

Ela o seguiu devagar. Observou o beco, ainda tentando avaliar a situação enquanto esfregava uma mão na outra para se aquecer. Havia uma porta ali, a entrada dos fundos do que supunha ser um restaurante, a julgar pelo barulho que vinha de dentro. Lorde Cai a chamou de novo. Juliette se apressou e alcançou-o no instante em que a porta se abria e um garçom, um rapaz, gesticulava em silêncio para que entrassem.

— Se estamos aqui para comer uma iguaria que *Mãma* odeia, era só ter falado — sussurrou.

— Silêncio.

O rapaz os guiou pelos corredores dos fundos do restaurante, passando pelo barulho da cozinha. Juliette estava apenas brincando sobre a história da refeição, mas ainda tinha o cenho franzido quando também passaram pela entrada do salão principal sem sequer hesitar. Seu pai havia reservado uma sala particular? Só para eles dois? Talvez ela não devesse ter feito piada sobre uma execução revolucionária no fim das contas.

Não seja ridícula, disse a si mesma.

O garçom fez uma curva e parou em frente a uma porta comum. Tudo era escuro e úmido ali, como se não limpassem nada há anos, muito menos usassem o espaço para servir clientes.

— Se precisarem de algo, estarei aqui fora.

O rapaz abriu a porta.

Lorde Cai entrou imediatamente, com Juliette logo atrás. Parte dela já havia decidido que aquela seria uma lição singular. Talvez uma refeição escassa para mostrar-lhe o quão rápido podiam perder tudo o que tinham.

A última coisa que Juliette esperava encontrar naquela sala, sentados a uma mesa redonda, eram Lorde Montagov e Roma.

Seus olhos se arregalaram e a mão correu até a manga para sacar a arma, mais pelo choque e por instinto do que por qualquer preparação para uma luta de fato. Entretanto, conforme apalpava o ar, Roma se colocou de pé com um pulo e sacou sua pistola, pronto para atirar.

Mas o pai dele o impediu.

— Contenha-se, garoto.

Roma piscou, o braço recuando alguns centímetros. A luz cinza que entrava pelas janelas opacas lhe dava uma aparência sombria, ou talvez ele só fosse assim agora, os lábios apertados de raiva, o maxilar rígido como pedra.

— O que...

— Eu enviei um convite para que nos encontrássemos — disse Lorde Montagov. A seguir, trocou do russo para o mandarim. — Sente-se, Roma.

Bem devagar, o filho se sentou.

— *Bàba* — sibilou Juliette. — O que significa isso?

— Sente-se, Juliette — ordenou também Lorde Cai. Quando ela não se mexeu, ele fechou a mão em seu cotovelo e gentilmente a conduziu até a mesa, inclinando-se para sussurrar em seu ouvido: — O perímetro está seguro. Não é uma emboscada.

— Se fosse, eles não iriam nos avisar — sussurrou ela de volta.

Sentou-se com um baque, sem qualquer elegância, apoiando apenas metade da coxa para que pudesse saltar num piscar de olhos.

— Sim, não há motivo para se preocupar, Senhorita Cai — declarou Lorde Montagov. — Existe um número limitado de vezes em que se pode emboscar alguém, até que comecem a prever seus movimentos.

Juliette sentiu o peito gelar. Lorde Montagov, por outro lado, estava sorrindo, o que por si só já era uma visão terrível, porém se tornava ainda mais horrenda porque... se parecia muito com o sorriso de Roma.

Que ousadia.

— Você...

Juliette se inclinou sobre a mesa, a faca em mãos, mas Roma foi mais rápido. A pistola dele pressionou sua testa, e ela paralisou, o ar escapando em um som breve por entre seus dentes cerrados.

Quando ousou olhá-lo nos olhos, encontrou apenas desprezo. Não deveria doer tanto, afinal a culpa era dela mesma. A imagem era simplesmente correta, adequada. Para quem mais ele sacaria uma arma senão para o inimigo? Quem mais Roma deveria proteger, além do próprio pai?

Não deveria doer tanto, mas doía.

Eu fiz isso, pensou Juliette, anestesiada. *Você disse que me escolheria acima de tudo, e então eu fiz isso conosco.*

Ela o colocara de volta ao lado do pai, que causara a morte de Ama, que ameaçara matar *Roma*, caso ele não *a* matasse. Quase não parecia valer a pena. Quase, quase... Mas Juliette estava fazendo a mesma escolha que ele fizera. Pelo menos estaria vivo, independentemente das consequências que ela precisasse engolir.

— Juliette — alertou novamente Lorde Cai, embora seu comando fosse suave. — Guarde a faca, por favor.

Cerrando os dentes com ainda mais força, ela empurrou a lâmina de volta para dentro da manga. Roma, em uma resposta cortês, colocou a pistola na mesa, ao alcance da mão.

— É muito melhor se formos civilizados, não é? — disse Lorde Montagov. — Eu tenho uma proposta. E envolve você, Senhorita Cai.

Juliette estreitou os olhos. Não o incentivou a continuar. Apenas esperou.

— Gostaria que a senhorita trabalhasse com meu filho.

Ela imediatamente recuou no assento, a cabeça girando na direção de Roma. Ele não reagiu. Já haviam lhe contado — e ele concordara.

— Perdão, senhor — Juliette se esforçou para falar —, mas por que eu faria isso?

— A senhorita não quer descobrir quem está enviando as ameaças? — perguntou Lorde Montagov. — Vocês dois conhecem as línguas estrangeiras necessárias para socializar dentro da Concessão Francesa. Enviar um gângster sozinho é atrair problemas, mas colocar dois inimigos trabalhando juntos... ah, os estrangeiros não vão saber o que fazer.

Que jogo é este? Juliette continuou em silêncio. Algo estava errado ali, e ela não gostava disso.

— É uma boa ideia, Juliette — disse Lorde Cai, finalmente abrindo a boca. Sua voz era neutra, quase entediada. — Se as duas organizações estão recebendo ameaças, então nada assustará mais o chantagista do que nossa união, mesmo que ela seja breve. Tanto a Sociedade Escarlate quanto os Rosas Brancas colocarão fim à parceria quando o inimigo em comum for derrotado.

Mas o senhor não entende, queria dizer Juliette. Encarou Lorde Montagov, o brilho duro em seus olhos escuros. Aquela não era apenas uma maneira de unir forças. Ele sabia exatamente o que acontecera entre ela e o filho. Aquilo era um esquema para obter informações Escarlates, forçar Roma a fazer o que se recusara anos atrás: ganhar a confiança dela, agir como um espião. No instante em que começassem a trabalhar juntos, Juliette não conseguiria afastá-lo. Tudo o que os Escarlates descobrissem, os Rosas Brancas saberiam também.

Entretanto, ela não podia dizer isso em voz alta, podia? Estava de mãos atadas, e Lorde Montagov sabia disso. Coopere, e ninguém fará perguntas. Recuse e se rebele, e seu pai perguntaria o motivo, o que a forçaria a dizer a verdade: da primeira vez, seu romance com Roma causara uma explosão na casa Escarlate; da segunda, Tyler quase matara todos eles.

— Uma boa ideia, de fato — concordou, seca.

Lorde Montagov bateu as mãos uma na outra, provocando um único som de trovoada.

— Que fácil! Ah, se o restante de nossos homens fosse tão amigável quanto nós. — Ele se virou para Roma. — Vocês dois já foram apresentados formalmente? Imagino que não.

Roma e Juliette se entreolharam. A mandíbula dele ficou mais rígida ainda. Sob a mesa, os punhos cerrados dela ficaram brancos como um cadáver. O tempo todo, Lorde Cai continuou despreocupado, o único na sala para quem toda aquela encenação se dirigia.

— Não fomos — mentiu Roma, o olhar fixo. Ele se levantou. Estendeu uma mão sobre a mesa. — Roman Nikolaevich Montagov. Prazer em conhecê-la.

Roman. Ela quase repetiu em voz alta, como um eco, quase deixou o som passar por seus lábios pela simples urgência de cravá-lo na memória.

Uma parte dela sempre soubera o nome verdadeiro dele, mas a cidade o havia esquecido fazia muito tempo, assim como se esqueceram que o dela era Cai Junli. A cidade o conhecia apenas por Roma. Era mais fácil de pronunciar em mandarim. Era como todos que o conheciam o chamavam.

Juliette supôs que não o conhecesse mais, não o jovem que estava de pé diante dela com a mão estendida, os dedos firmes como se nunca houvessem tocado sua pele com a mesma gentileza de um beijo. Amantes transformados em estranhos, e essa ferida cortava fundo a ponto de sangrar.

— O prazer é todo meu. — Juliette se ergueu para o aperto de mãos. As palmas dos dois se tocaram e ela não hesitou, não *iria* hesitar. — Posso convidá-lo para caminhar lá fora? Há alguns detalhes que gostaria de discutir.

Lorde Cai ergueu as sobrancelhas.

— Juliette, talvez não...

— O perímetro está seguro, certo? — interrompeu ela.

O pai não podia argumentar contra isso. Não havia a chance de uma emboscada, e Juliette podia dar conta do herdeiro Rosa Branca. Lorde Cai gesticulou para que ela fizesse como desejava.

— Espero você no carro.

Juliette marchou para fora da sala particular, contando que Roma iria segui-la. Caminhou a passos largos pelos corredores, tão ágil que mechas de seu cabelo se soltaram quando ela empurrou a porta dos fundos e saiu para o beco, os sapatos pisando em folhas de jornal ensopadas. *Inspire fundo, e expire.* Sua respiração formou uma névoa em seu rosto, embaçando-lhe a visão enquanto Roma saía também. Juliette se virou para encarar sua expressão fechada.

— Andando — ordenou Roma, olhando na direção oposta ao beco.

— Não me diga o que fazer — murmurou Juliette.

70 FINAIS VIOLENTOS

Mesmo assim, ela seguiu atrás dele, acompanhando seu ritmo e mantendo uma distância calculada e segura entre eles. Se os becos fossem um pouco mais movimentados por ali, ela não teria sugerido aquilo, preferindo ter uma conversa particular em vez de serem vistos. Mas as passagens eram estreitas e escuras, e os dois podiam rodear o restaurante o quanto quisessem sem passar por nenhuma rua principal.

— Então, o que esse trabalho em equipe deveria significar? — perguntou, logo de cara.

Lá em cima, uma gota de água pingou de um cano enferrujado em seu pescoço.

— Meu pai também me pegou de surpresa — respondeu Roma, soando como se falasse por entre cacos de vidro na garganta. — Essa história toda foi ideia de Dimitri. Tenho que reconquistar sua confiança e coletar informações.

Juliette mordeu os lábios com força. Seu palpite estava certo. Era uma tentativa de terminar o que começaram cinco anos antes, só que Lorde Montagov não sabia que ela já havia terminado.

— Ele sabe sobre…

— O hospital? — interrompeu Roma. — Não. Não chegou aos ouvidos deles. Sabem apenas sobre o… — Ele fez uma pausa. Engoliu em seco. — O confronto, mas sobre seu papel nele… seu primo conseguiu segurar a informação.

O que significava que os Rosas Brancas sabiam que Tyler havia emboscado Alisa, que Juliette matara Marshall, mas não sabiam o porquê. Não sabiam que Tyler a acusara de traição, porque, até onde o primo sabia, ele estava errado, e não queria se passar por tonto.

— Reconquistar minha confiança e coletar informações — repetiu Juliette de maneira suave. — Acontece que eu já ganhei de você nesse jogo.

O beco se estreitou. Por instinto, Juliette desviou de um saco de lixo, perdendo a distância cautelosa entre ela e Roma, e seus dedos rasparam nos dele. O contato foi breve, um mero acontecimento em meio ao borbulhar da cidade, totalmente ínfimo se fosse apenas uma medida de tempo. Mesmo assim, seu braço inteiro se contraiu como se ela tivesse tomado um choque.

Com o canto dos olhos, percebeu Roma se sacudir e sua expressão se fechar ainda mais.

Nenhum dos dois disse nada. Deixaram o som distante dos bondes e dos meninos vendendo jornal irem e virem ao redor de ambos. Deixaram o silêncio se prolongar, porque Juliette mal conseguia *pensar* quando Roma estava tão perto, e ele não parecia muito interessado em abandonar a raiva em seus olhos.

— Está bem claro por que meu pai me colocou nesse esquema — conseguiu falar. Viraram num beco mais amplo. — Mas por que o seu concordou?

Juliette puxou uma das contas do vestido. Não era bem uma pergunta. Conseguia perceber pelo tom dele.

— Vocês têm um espião — continuou Roma quando ela permaneceu quieta. — Um dos nossos se infiltrou em seu círculo interno. E quem quer que seja, convenceu seu pai a entrar nessa.

— Eu sei — disse ela, embora não tivesse certeza. Era melhor soar confiante do que deixá-lo pensar que estava lhe oferecendo uma informação nova. — Mande que parem, se está tão preocupado.

Roma bufou de desdém. O som era tão atípico para ele que Juliette se virou imediatamente, a tempo de vê-lo passar os dedos pelo cabelo. O movimento bagunçou seu penteado, mas ele não precisava arrumá-lo para que ficasse perfeito. Era algo no ângulo do queixo dele, no vazio em seu olhar. Roma havia mudado mais nos últimos meses do que em todos os anos em que Juliette esteve fora.

— Não tenho nada a ver com isso — respondeu, irritado. — Imagino que Dimitri o tenha enviado. Ele está planejando alguma coisa, algo para machucar você e me derrubar, ao mesmo tempo. — Houve uma pausa enquanto ele saltava para evitar uma poça d'água. — Acho importante nós dois ficarmos alertas nessa situação. Não precisamos piorar tudo contestando esse arranjo.

Ele tinha razão. Fazia sentido. Mas, por *céus*, tudo o que ela fizera havia sido em vão? Fingira a morte de Marshall Seo para afastar Roma, para esmagar qualquer chance que tivesse de tê-lo de volta, e agora precisavam trabalhar juntos de qualquer forma? Quão insensível esperavam que ela fosse? Havia um limite para a quantidade de força que conseguia reunir.

— Se vamos trabalhar juntos — disse ela —, essa informação precisa ser de conhecimento público. Os Rosas Brancas devem concordar que isso não seja um segredo.

Roma franziu o cenho. Havia captado a rigidez na voz dela.

— Claro. Por que seria?

— Estou só confirmando. Nada com o que se preocupar.

Havia tudo com o que se preocupar. Se fossem vistos juntos mais uma vez e alguém suspeitasse que fossem amantes, Tyler os destruiria, depois ascenderia ao topo e lideraria os Escarlates. Juliette não podia deixar isso acontecer.

Preferia morrer.

Ela diminuiu o passo. Estavam voltando depressa ao restaurante, após darem a volta no prédio mais uma vez.

— O que acha de uma semana para reunirmos nossas fontes? E aí nos infiltramos direto na Concessão Francesa.

— Parece justo — disse Roma, tão seco quanto ela.

Ele parou de repente. Claramente não pretendia acompanhá-la de volta ao restaurante, nem continuar caminhando, já que a conversa chegara ao fim.

Soltando o ar de forma trêmula, Juliette parou também, suavizando a expressão até que estivesse neutra. Ela se virou a fim de olhar para Roma, com uma despedida educada na ponta da língua.

— Mas não se engane, Juliette.

Devagar, os olhos dele a encontraram. Aquele olhar antes familiar agora era fantasmagórico, e o ar ficou preso na garganta dela, silenciado como uma criatura sob os holofotes. Ela estava pronta. Sabia o que Roma iria dizer. Mas isso ainda assim a destruía, ainda doía como um arame farpado cravado ao redor de seu coração, os dois extremos sendo puxados até que fosse impossível apertar mais.

— Quando isso acabar, terei minha vingança. Você vai pagar pelo que fez.

Juliette engoliu em seco. Não disse nada. Esperou, caso ele tivesse algo mais a dizer, mas, quando houve apenas o silêncio, simplesmente deu as costas e foi embora, os sapatos ressoando alto no cascalho duro.

Lorde Cai já estava no carro quando Juliette voltou para o beco atrás do restaurante. Ela espalmou as mãos no capô do carro, arfando tão forte no frio que sua respiração formava uma névoa ao redor dela.

— Não é tarde demais — disse. — Podemos armar uma emboscada. Lorde Montagov continua nas proximidades.

A este ponto Roma já estaria longe. Uma oportunidade era uma oportunidade.

— Filha querida — Lorde Cai massageou a testa —, entre no carro, por favor.

— Pai — retrucou Juliette —, tenho sede de violência.

— Entre no carro. Agora.

Ela bufou de novo e empurrou o capô.

— Eles são o *inimigo* — bradou ela, batendo a porta do passageiro atrás de si. Uma mecha solta de cabelo caiu em seu rosto, e Juliette a empurrou para trás. — Se eles deram uma ideia aparentemente boa é porque com certeza têm um plano por trás, então por que estamos entrando no jogo deles...

— A guerra de sangue é um conceito volúvel, Juliette — interrompeu Lorde Cai, enquanto ajustava o retrovisor. — O que foi que ensinei para você?

Juliette batucou os dedos no joelho. Queria não precisar sair dessa com uma lição, não *agora*, quando os limites eram tão preto no branco. Antes, teria ficado contente em ver o ódio pelos Rosas Brancas diminuir, mas no momento não parecia que o pai estava ignorando a guerra de sangue. Parecia que ele... não se *importava*. Como se houvesse algo mais importante.

— Odiamos aqueles que nos fazem mal — retrucou ela, um eco das palavras que o pai lhe dissera anos atrás. — Não odiamos à toa. — Ela balançou a cabeça. — É uma ideia bonita, mas os Rosas Brancas *querem* nos machucar.

— Necessidades e desejos passam tão rápido quanto uma brisa. — Lorde Cai abriu o vidro, e o ar frio entrou. Ela estava começando a pensar que o pai se acostumara demais com as temperaturas geladas de seu escritório. — Enquanto não formos desrespeitados, quando a liderança dos Rosas Brancas pede uma cooperação silenciosa para que ambas as organizações *sobrevivam* a um segundo ataque do monstro, qual é o problema?

Havia mais naquela história. Não podia ser simples assim, porque o pai não se convencia com tanta facilidade.

— O que nós ganhamos com isso? — perguntou Juliette de maneira direta.

A reposta de Lorde Cai foi dar a partida. Devagar, eles saíram de ré do beco, voltando ao pandemônio que murmurava constantemente pela cidade. Pelo vidro aberto, o cheiro de comida frita de rua invadiu o carro, uma companhia agradável para o tempo gelado.

Minutos depois, quando pararam ao sinal de um policial controlando o tráfego, Lorde Cai voltou a falar.

— Mantê-los distraídos.

Juliette piscou. Um riquixá parou do lado de fora de sua janela e, pelo canto do olho, ela viu o puxador soltar as hastes, secar o suor da testa e comer um pãozinho de carne inteiro — tudo em questão de segundos.

O oficial sinalizou para seguirem. O carro avançou.

— Distraídos? — repetiu Juliette. *Vocês têm um espião. Um dos nossos se infiltrou em seu círculo interno. E, quem quer que seja, convenceu seu pai a entrar nessa.* — Do quê?

Mas Lorde Cai apenas continuou dirigindo, assentindo para o guarda quando passaram. Houve outro silêncio prolongado, bem característico do pai.

— Tem coisas que você não entende ainda. *Tīng huà.* Faça como lhe ordenaram — respondeu ele, finalmente.

Juliette não tinha como argumentar.

Nove

Quando a última das criadas fechou a porta para se recolher, Juliette deslizou para fora do quarto, apertando a cesta contra o peito. Conseguiu atravessar depressa o corredor, na ponta dos pés, a mente focada apenas em sair da casa. Porém, naquele momento, passou pela porta de Rosalind e notou um brilho debaixo da porta.

Parou. Aquilo era estranho.

— Rosalind?

Um farfalhar veio de dentro do quarto.

— Juliette? É você? Pode entrar.

Juliette colocou a cesta no chão, encostada na parede, e abriu a porta antes que a prima pudesse mudar de ideia, deixando a luz dourada inundar o corredor. Quando Juliette se demorou na soleira, contemplando a cena, Rosalind, da escrivaninha, ergueu o rosto para a prima, uma sobrancelha fina se arqueando de leve. Continuava maquiada apesar da hora. As cortinas do quarto ainda estavam abertas, e parte da lua brilhava através das nuvens e sobre a cama.

— Está tão tarde — disse Juliette. — Você não se deitou ainda?

Rosalind colocou a caneta-tinteiro na mesa.

— Eu poderia dizer o mesmo de você. Seu penteado continua tão arrumado quanto o meu.

— É, bom... — Juliette não sabia muito bem como terminar a frase. Não queria dizer que era porque estava de saída. Em vez disso, voltou a atenção para a escrivaninha e mudou de assunto. — Por que está tão ocupada?

— Por que está tão curiosa? — retrucou Rosalind, igualmente rápida.

Juliette cruzou os braços. A prima sorriu, indicando que seu tom era de brincadeira. O luar diminuiu, sendo encoberto por completo por uma nuvem, e a lâmpada do quarto pareceu hesitar também.

— Na verdade, sua irmã queria que eu falasse com você. — Juliette deu alguns passos para dentro do quarto, os olhos correndo pela escrivaninha. Conseguiu ver panfletos da boate burlesca, assim como uma ou duas folhas arrancadas de algum livro de registros. — Ela está preocupada com você.

— *Comigo*? — ecoou Rosalind. — Por quê?

Ela se inclinou para trás, os olhos arregalados. Ao fazê-lo, um colar reluziu, o metal captando a luz. *Um cordão novo*, notou Juliette. Kathleen sempre usava seu pingente, mas Rosalind nunca fora muito fã de joias. Dizia que era perigoso andar com itens de valor pelas ruas de Xangai. Muitos ladrões, muitos olhares.

— Nenhum motivo em especial. Digamos que é intuição.

Rápida como um chicote, Juliette se aproximou e capturou uma folha de papel entre seus dedos, puxando-a antes que a prima pudesse impedi-la. Ficou de costas, virando os braços para o lado oposto, caso Rosalind tentasse pegá-la de volta, mas ela apenas revirou os olhos e deixou Juliette ver.

Pierre Moreau
Alfred Delaunay
Edmond Lefeuvre
Gervais Carrell
Simon Clair

Juliette torceu o nariz e se virou, perguntando do que se tratava a lista sem pronunciar uma única palavra.

Rosalind estendeu a mão.

— Clientes da boate que preciso abordar para pedir investimentos. Quer uma explicação detalhada de como eu drogo as bebidas deles? A ordem cronológica de quem tira as moedas do bolso primeiro?

— Ah, cale a boca. — Ela deu uma bronca de leve, devolvendo o papel à mão de Rosalind.

Ela correu os olhos pelas outras anotações de maneira breve e determinou que não havia muito o que ver ali. Kathleen estava preocupada com o envolvimento da irmã com estrangeiros, mas viver naquela cidade *era* se envolver com estrangeiros.

— Não me diga que vai me dar um sermão também?

— Quem, eu? — perguntou Juliette, inocente. A cama rangeu quando ela se jogou no colchão, um assento improvisado, e as pérolas e penas dos figurinos de dança de Rosalind balançaram sobre os lençóis azul-escuros. — Sobre o quê?

Rosalind revirou os olhos e se levantou da mesa. Juliette pensou que a prima se juntaria a ela, mas Rosalind andou no sentido oposto e foi até a janela.

— Kathleen não consegue passar dois segundos sem tentar me seguir pela cidade. Estou em território neutro, não trabalhando dentro do setor Rosa Branca.

— Acho que ela está mais preocupada com os estrangeiros do que com a guerra de sangue.

Rosalind se inclinou sobre o peitoril, apoiando o queixo na mão.

— Os estrangeiros veem este país como uma criança para nascer que precisam controlar. Não importa o quanto nos ameacem com seus tanques, eles não vão nos fazer mal. Ficam olhando a gente se dividir internamente como embriões no útero, gêmeos e trigêmeos comendo uns aos outros até que não reste ninguém. Os estrangeiros não querem nada além de impedir esse massacre, para que a gente saia dessa e eles possam nos vender coisas.

Juliette estava fazendo uma careta quando ela se virou.

— Está bem, para começar... essa metáfora é horrível e não é assim que a biologia funciona.

Rosalind ergueu as mãos para o ar.

— Ah, olhe para mim. Eu estudei com os norte-americanos e sei como a biologia funciona.

— *Ah, olhe para mim* — imitou Juliette, as mãos fazendo o mesmo. — Eu sou trigêmea, e mesmo assim meus tutores franceses se esqueceram de me contar que não posso comer um irmão no útero.

78   FINAIS VIOLENTOS

Rosalind não conseguiu conter a risada. O som escapou alto e rápido, e Juliette sorriu também, os ombros relaxando pela primeira vez naquela semana. Infelizmente, não durou muito.

— O que estou dizendo — continuou a prima, controlando-se —, é que o perigo nesta cidade está na política. Esqueça os estrangeiros. São os Nacionalistas e os Comunistas, apontando armas uns para os outros e depois trabalhando juntos pela revolução. Ninguém deveria estar se metendo com eles. Nem você. Nem Kathleen.

Ah, se fosse tão simples! Se houvesse apenas uma única coisa a se culpar. Como se tudo não estivesse conectado no efeito dominó mais amaldiçoado do mundo, uma peça derrubando a outra. Quer gostassem ou não, a revolução viria. Quer a ignorassem ou não, ela viria. E, se continuassem os negócios como sempre ou fechassem cada fábrica antes que pudessem sofrer perdas, ela viria mesmo assim.

— Seu colar — soltou Juliette de repente —, é novo.

Rosalind piscou, confusa com a mudança de assunto.

— Isso aqui? — Ela puxou a corrente e a prata surgiu, pendendo com uma simples tira de metal na ponta. — Não é nada especial.

Algo fez os cabelos na nuca de Juliette se eriçarem, uma ansiedade peculiar que ela não conseguia compreender bem.

— É só que nunca vejo você com joias. — Ela correu os olhos pela escrivaninha de novo, onde as coisas da prima estavam espalhadas. Com exceção de alguns brincos, não havia mais nada. — As mulheres do Império costumavam ter pilhas e mais pilhas de joias, sabia? Elas eram vistas como vaidosas, mas não era esse o motivo. A verdade é que era mais fácil fugir carregando joias do que dinheiro.

Uma badalada alta soou do relógio sobre a lareira. Juliette quase pulou de susto, mas Rosalind apenas ergueu a sobrancelha esquerda e suspirou.

— *Biǎomèi*, eu não sou um comerciante com quem você precisa conversar em metáforas. Não vou fugir. O motivo para estar fazendo o trabalho do meu pai é justamente porque não tenho interesse algum em ir embora. — Ela ergueu as palmas da mão abertas para cima. — E para onde eu iria, afinal?

Havia uma infinidade de lugares para onde ir. Juliette poderia fazer uma lista, em ordem alfabética ou de proximidade. De segurança ou de chances de ser descoberta. Se Rosalind nunca havia considerado essa opção, então era a pessoa mais certinha dali. Porque Juliette já o fizera, mesmo que nunca tenha conseguido de fato executar seus planos.

— Sei lá — sussurrou sem conseguir dizer mais nada, a voz fraca. O relógio soou de novo para marcar o primeiro minuto e, percebendo a hora, Juliette rapidamente se levantou e fingiu um bocejo. — Enfim, foi bom conversar. Vou dormir agora. Não fique acordada até altas horas, está bem?

Rosalind fez um gesto de desdém.

— Posso dormir até tarde amanhã. *Bonne nuit.*

Juliette saiu do quarto e, depois de fechar a porta, pegou sua cesta de volta. As palavras de Rosalind a deixaram inquieta, mas ela tentou ignorar a apreensão, tentou engoli-la e reprimi-la como fazia com todas as coisas com as quais precisava lidar naquela cidade; caso contrário, implodiria com tanto peso nos ombros. Com passos rápidos e leves, Juliette correu pelo restante da casa e saiu pela porta da frente, fechando-a com um clique silencioso.

— As coisas que eu faço... — murmurou para si mesma. A lua brilhava acima, iluminando o caminho até o portão. — E para quê? Para ter uma arma apontada na minha cabeça, no fim das contas.

Ela deslizou para dentro do carro e acordou o chofer, que estivera roncando no banco do motorista.

— Aguenta mais um pouquinho, pode ser? — disse Juliette. — Preferiria mesmo não bater o carro.

— Não se preocupe, Senhorita Cai — disse o chofer, animado, soando imediatamente mais desperto. — Vou levá-la em segurança à boate.

Era para lá que o chofer pensava que ela ia quando saía de madrugada toda semana. Ele se demorava na rua da boate, e Juliette entrava pela porta da frente e saía pelos fundos, caminhando o restante da distância até o esconderijo. Não costumava levar mais do que meia hora para voltar, entrando no carro de novo. O chofer a deixava em casa e ia embora para o próprio apartamento, a fim de descansar um pouco antes de seu turno cedo na

80   FINAIS VIOLENTOS

manhã seguinte, e todos da Sociedade Escarlate jamais saberiam o que Juliette estava aprontando.

Ela enfiou o rosto entre os bancos da frente.

— Você comeu alguma coisa?

O chofer hesitou.

— Teve uma pausa curta às seis...

Logo já havia um *bao* flutuando ao lado dele, pendurado numa sacola. Juliette tinha um sobrando dos muitos que comprara num carrinho de rua mais cedo e, a menos que Marshall Seo pudesse comer cinco pãezinhos de carne em dois dias, eles estragariam.

— Está um pouco frio — disse Juliette quando o chofer o pegou com cuidado. — Mas vai esfriar ainda mais se demorarmos para chegar ao nosso destino, onde você vai poder comê-lo.

Ele riu e acelerou o carro, que roncou pelas ruas movimentadas como sempre, mesmo naquele horário. Cada prédio pelo qual passavam estava inundado por luzes, mulheres de *qipao* ignorando o frio do inverno e se inclinando sobre as janelas do segundo andar, acenando seus lenços de seda ao vento. O casaco de Juliette, por outro lado, era longo o suficiente para cobrir completamente o vestido que usava por baixo, e grosso o bastante para esconder aqueles modelos americanos disformes.

Enfim chegaram a uma boa distância da boate burlesca, onde sempre estacionavam para evitar o fluxo de homens que entrava e saía pelas portas da frente. Na primeira visita, o chofer se oferecera para acompanhá-la até a entrada, mas a oferta morreu assim que Juliette tirou uma arma de dentro do sapato e colocou-a sobre o banco do passageiro, dizendo-lhe para atirar se fosse atacado. Era fácil esquecer quem ela era quando estava sentada casualmente no banco de trás, inspecionando as próprias unhas. Mas era mais difícil quando Juliette saía e vestia sua expressão de herdeira para combater a noite.

— Tranque as portas — ordenou, segurando a cesta com uma das mãos e batendo no vidro com a outra.

O chofer atendeu de prontidão, já mordendo o *bao*.

Juliette começou a andar, mantendo-se o mais perto das sombras que conseguia. O lado bom do inverno era a falta de observadores: as pessoas não gostavam de levantar o rosto com o vento alfinetando seus olhos, então caminhavam olhando para os próprios sapatos. Ela nunca tivera muitos problemas a caminho do esconderijo, mas naquela noite estava com os nervos à flor da pele, olhando por cima dos ombros a cada segundo, paranoica que os sons que ouvia a algumas ruas dali não fossem do último bonde roncando em sua parada, mas sim um carro que a seguia fora de vista.

A culpa era daquela conversa toda sobre espiões.

— Sou eu — disse em voz baixa, finalmente chegando ao esconderijo e batendo duas vezes na porta.

Antes que seu punho sequer batesse pela segunda vez, a porta se abriu e, em vez de convidá-la a entrar, Marshall se inclinou para fora.

— Ar fresco! — exclamou ele, numa encenação exagerada. — Ah, pensei que nunca mais fosse senti-lo!

— *Hajima!* — repreendeu Juliette, irritada, empurrando-o de volta para dentro.

— Ah, vamos falar em coreano agora? — Ele se desequilibrou com o puxão dela, mas se recuperou depressa e entrou no apartamento. — Só por minha causa? Que honra!

— Você é tão *irritante.* — Juliette fechou a porta, passando as três trancas. Ela colocou a cesta na mesa e se apressou até a janela, espiando pelo pequeno vão entre as tábuas pregadas contra o vidro. Não viu nada do lado de fora. Ninguém estava vindo atrás deles. — Vou te matar pela segunda vez, só para ver se você gosta.

— Pode ser divertido. Só se certifique de atirar de forma simétrica à minha outra cicatriz de bala.

Juliette se virou e colocou as mãos na cintura. Ficou encarando-o por um longo momento, e depois não conseguiu se controlar. Um sorriso escapou.

— Ah! — Marshall deu um gritinho. Antes que pudesse fazê-lo calar a boca, ele já estava investindo contra ela, levantando sua pequena silhueta do chão e girando-a até que ficasse tonta. — Ela demonstra sentimentos!

— Pare imediatamente! — gritou Juliette, mais estridente. — Meu cabelo!

Marshall a colocou de volta no chão com um baque firme. Segurou-a até que ela apoiasse os pés de novo, os braços ao redor dos ombros dela. Pobre Marshall Seo, carente de toque! Talvez Juliette pudesse encontrar um gato de rua para ele.

— Você trouxe bebida desta vez?

Ela revirou os olhos. Achando o quarto escuro demais, jogou seu isqueiro para que Marshall pudesse acender mais uma vela enquanto ela pegava a comida, desempacotando frutas, legumes e verduras de maneira rápida. Nas semanas em que Marshall ficara entocado ali, eles haviam trabalhado juntos para fazer a água funcionar de novo, sem aquele trepidar barulhento dos canos, e para conectar o gás a fim de que ele pudesse cozinhar. Para ser honesta, Juliette não achava que era um jeito ruim de se viver. Descontando toda a questão de estar legalmente morto, é claro.

— Nunca vou trazer álcool para você — disse Juliette. — Desconfio que eu ia acabar encontrando este lugar em chamas.

A resposta de Marshall foi se apressar até o outro lado da mesa e inspecionar o fundo da cesta de Juliette. Mal havia escutado a bronca dela. Depois de todo aquele tempo, haviam se tornado próximos o suficiente para saber o que era brincadeira e o que não era. Pareciam-se muito um com o outro, e essa era uma ideia assustadora demais para Juliette ficar pensando nela por muito tempo.

Marshall pegou um dos jornais que forrava o fundo da cesta, os olhos correndo pela manchete.

— Um vingador, hein?

Juliette franziu o cenho, espiando a página.

— Você sabe que nunca dá para confiar nos jornais quando o assunto é a guerra de sangue.

— Mas você também ouviu sobre ele?

— Ouvi alguns boatos aqui e ali, mas…

Juliette deixou a frase morrer no ar, estreitando os olhos para uma sacola no chão. Sabia que ela não estava ali da última vez que viera.

E a alguns centímetros, havia uma folha.

Agora, como é que Marshall Seo teria escutado sobre um vingador na cidade? Ela cruzou os braços.

— Você saiu lá fora, não saiu?

— Eu... — Ele abriu e fechou a boca. Marshall deu o seu melhor. — Não! É claro que não!

— Aham... — Juliette pegou o jornal e desvirou-o para ler em voz alta: — *"A figura mascarada interveio em diversas situações, nocauteando os dois lados antes que um tiroteio pudesse começar. Qualquer pessoa que tenha informações deve..."* Marshall!

— Está bem, está bem! — Ele se sentou na cadeira decrépita com um suspiro profundo, sua energia se esgotando. Um longo momento se passou, o que era raro em qualquer cômodo onde Marshall Seo estivesse. Quando ele finalmente falou de novo, o tom era baixo e a voz se arrastava com esforço: — Estou só tentando ficar de olho nele. Eu me meto em outras situações da guerra de sangue se as encontro por acaso, quando estou patrulhando.

Nele. Marshall não citou nomes, mas era óbvio que falava de Benedikt. Não havia outros competidores para serem alvo de tamanho zelo. Ela devia tê-lo repreendido imediatamente, mas não conseguiu. Tinha um coração, afinal. Fora ela quem o colocara ali, longe de tudo — de cada *um* — que ele amava.

— Benedikt Montagov viu você? — perguntou Juliette, séria.

Marshall balançou a cabeça.

— A única vez em que ele realmente se meteu em encrenca, eu atirei em todo mundo e corri. — Seus olhos se ergueram, uma breve faísca de culpa aparecendo quando se lembrou de com quem estava falando. — Foi rápido...

— Melhor não pensar muito nisso — disse Juliette, cortando-o.

Ele havia matado Escarlates, ela mataria Rosas Brancas. Enquanto estivessem vivos, enquanto a cidade continuasse dividida, iriam matar, matar e matar. No fim, teria importância? Quando a decisão era entre proteger quem se ama e poupar a vida de estranhos, quem acharia essa escolha difícil?

Juliette se voltou para a janela de novo, olhando para a noite. Estava mais claro lá fora do que ali, os postes de iluminação zumbindo em harmonia com o vento. O esconderijo havia sido escolhido estrategicamente, afinal; até onde os olhos de Juliette alcançavam, não havia esquinas ou entradas onde alguém poderia estar escondido, observando-a na janela. Mesmo assim, avaliou o cenário com atenção.

— Só tome cuidado — disse por fim, fechando as cortinas. — Se alguém ver você...

— Ninguém vai ver — respondeu Marshall. Sua voz se tornara firme de novo. — Prometo, querida.

Juliette assentiu, mas havia uma sensação de aperto em seu peito mesmo quando tentou sorrir. Ao longo daqueles poucos meses, esperava que Marshall se ressentisse dela. Havia prometido pensar logo em uma solução, mas ainda tinha Tyler fungando em seu pescoço e nenhuma forma concreta de sair daquela confusão. Mesmo assim, não ouvira uma reclamação de Marshall. Ele aceitara as dificuldades, mesmo que ficar preso ali o corroesse por dentro, Juliette sabia.

Ela queria que ele gritasse. Ficasse nervoso. Dissesse que ela era uma inútil, porque de fato parecia ser verdade.

Mas Marshall apenas a recebia calorosamente a cada visita, como se tivesse sentido muito sua falta.

Juliette se virou, piscando depressa.

— Há rumores de protestos Comunistas hoje nas ruas — disse, quando conseguiu controlar as lágrimas. — Não saia.

— Entendido.

— Tome *cuidado*.

— Quando foi que não tomei?

Juliette pegou a cesta agora vazia com um olhar fuzilante, mas a irritação com Marshall, mesmo quando fingida, nunca era de verdade. Ele sorriu e se despediu com dois grandes e rápidos beijos no ar, ainda emitindo sons fracos conforme ela fechava a porta atrás de si e ouvia os trincos sendo fechados de novo do outro lado.

Precisava parar de se afeiçoar tanto a Rosas Brancas. Eles seriam o seu fim.

Lorde Montagov empurrou a pasta até a beirada de sua escrivaninha, forçando Roma a pegá-la depressa antes que os papéis flutuassem para o chão. Do lado oposto, inclinado de maneira relaxada na lateral do tampo, Dimitri cerrou os olhos, tentando ler de ponta-cabeça enquanto Roma virava a primeira página.

Roma duvidava que ele conseguisse captar algo, pois Dimitri precisava de óculos e as lâmpadas do escritório de Lorde Montagov não o ajudavam. Cobriam o cômodo com uma luz meio amarelada, que era gentil com as contas, mas doía os olhos caso ficassem perto por muito tempo, tingindo suas peles com um tom cadavérico.

— Passe um pente fino nos documentos e memorize os nomes dos clientes que queremos — instruiu Lorde Montagov. — Mas este é um objetivo secundário. Antes de mais nada, você precisa acompanhar os esforços Escarlates em relação ao chantagista. Não deixe que ganhem vantagem, nem que virem a coisa contra nós. Se a Sociedade Escarlate conseguir se livrar da ameaça, os Rosas Brancas devem conseguir também.

— Vai depender de como eles conseguirem — retrucou Roma, neutro. — Se vamos encontrar o sujeito ou desenvolver uma nova vacina.

Encontrar o criminoso seria um grande sucesso. E não importava qual lado atirasse a bala ou brandisse a adaga. A morte do chantagista seria o fim das chantagens. Mas, se a solução para o surto fosse uma nova vacina, então seria uma corrida para ver quem conseguiria o segredo para se salvar primeiro.

Dimitri se inclinou para a frente, prestes a dizer algo. Antes que pudesse, Roma fechou a pasta de forma brusca.

— De qualquer forma, tenho tudo sob controle.

Nesse momento, alguém bateu à porta de Lorde Montagov, e o Rosa Branca do lado de fora anunciou uma ligação. Roma afastou a cadeira, abrindo passagem para o pai, que se levantou e saiu da sala. Assim que a porta se fechou, Dimitri deu a volta na mesa e se jogou na cadeira de Lorde Montagov.

— Antes de qualquer coisa: de nada — disse.

Roma sentiu uma dor de cabeça imediata nas têmporas.

— Toda a clientela nesses arquivos, todos esses comerciantes Escarlates prestes a deserdar para os Rosas Brancas... é fruto do meu trabalho, Roma. Tudo o que você precisa fazer é dar o golpe fatal. Deve ser bem fácil.

— Parabéns — retrucou Roma, apoiando o braço no encosto da cadeira. — Você fez o seu trabalho.

Dimitri balançou a cabeça. O gesto estava repleto de uma pena fingida, acompanhado por um silencioso *tsc-tsc* no ar.

— Não basta só ver os comerciantes como um serviço — insistiu Dimitri. — Você precisa aceitá-los. Respeitá-los. Só então eles vão o escutar.

Roma não tinha tempo para isso.

— Eles são colonialistas. — Pegou a pasta na mão, amassando as bordas sem piedade. — Merecem ser roubados e saqueados, como fizeram com outros. Nós trabalhamos com eles para conseguir o que podemos. Não trabalhamos com os estrangeiros porque morremos de amor por eles. Pare de ser tolo.

Dimitri não pareceu se importar. Era difícil dizer o quanto ele de fato acreditava no que estava falando, e o quanto dizia só para irritar Roma.

— Então é assim, é? — perguntou. Ele colocou os pés sobre a mesa. — Toda essa hostilidade com nossos aliados. Mas toma uma inimiga como amante.

Antes, o cômodo já estava frio. Agora, parecia gelado como neve.

— Aí que você se engana. — Roma se levantou, soltando a pasta. — Estou trabalhando com Juliette Cai até poder enfiar uma faca no pescoço dela.

— Então por que não o fez ainda? — retrucou Dimitri. Ele chutou a mesa e inclinou a cadeira de Lorde Montagov para trás, deixando que se apoiasse perigosamente sobre dois pés. — Nesses últimos meses, antes do seu pai querer mantê-la viva em troca de informações, por que você não a caçou?

Roma se levantou, o sangue fervendo debaixo da pele. Dimitri não reclamou quando ele saiu desabalado do escritório. O homem provavelmente estava tentando fazer com que Roma saísse de qualquer forma, o que seria melhor ainda para passar uma má impressão quando o pai voltasse e não encontrasse o filho. Ignorando a irritação de Lorde Montagov, Roma entrou no primeiro cômodo vazio e se jogou numa poltrona no escuro, mordendo os lábios para não soltar os palavrões que queria.

A poeira ao redor dele se agitou com a perturbação. Quando a sala voltou a se acalmar, Roma se sentiu coberto por uma camada de verniz poeirento. A três passos dali, a janela tinha persianas quebradas e projetava formas cinzentas e irregulares na parede oposta. Ele não conseguia vê-lo, mas escutava o tique-taque de um grande relógio no canto, contando o tempo até que alguém inevitavelmente o encontrasse naquela sala abandonada.

Roma soltou o ar e se ajeitou na poltrona de maneira nada graciosa. Estava exausto daquilo e das acusações de Dimitri. Sim, havia sujado as mãos de sangue aos 15 anos de idade por Juliette. Para todos os efeitos, podia-se até dizer que ele mesmo havia acendido o pavio da bomba que explodira uma casa inteira cheia de Escarlates. Tudo para salvar Juliette, para protegê-la, embora ela nunca houvesse pedido proteção. Houve um tempo em que Roma teria queimado a cidade toda, transformado tudo em cinzas, só para mantê-la a salvo. *É claro* que doía machucá-la agora. Ia contra todas as fibras do seu ser. Cada célula, cada nervo havia se formado com um único mantra: *proteja-a, proteja-a*. Mesmo depois de saber que a herdeira Escarlate havia se tornado outra pessoa, mesmo depois de ouvir todas as coisas terríveis que ela fizera em Nova York... a mulher ainda era Juliette. Sua Juliette.

Só que agora não era mais. Havia deixado isso absolutamente claro. Ele continuava esperando e esperando. Não importava o quanto odiasse Dimitri, uma coisa era verdade: Roma continuava recusando a própria vingança porque uma parte dele gritava que Juliette era mais esperta do que isso. Que tinha uma carta na manga, que jamais o trairia.

Mas Marshall estava morto. Ela fizera sua escolha. Assim como Roma havia escolhido a vida de Juliette acima da de Ama. Assim como ele havia feito o que fizera para mandarem-na de volta aos Estados Unidos, para longe, bem longe. Mesmo que Juliette tenha mentido sobre sua frieza, mesmo que não tivesse fingido lágrimas ou o olhar gentil naquele dia, atrás da fortaleza Comunista — não importava. Marshall era imperdoável.

Me responda uma coisa primeiro. Você ainda me ama?

— Por que você não *luta?* — sussurrou Roma para o quarto vazio. Sua cabeça estava leve. Quase conseguia imaginar Juliette sentada ao seu lado, o cheiro floral de seu gel de cabelo dançando sob o nariz dele. — O que fez você desistir e ceder à guerra de sangue da maneira mais detestável possível?

A não ser que estivesse errado. Que não fosse uma escolha difícil, e não existisse amor algum a ser encontrado em Juliette Cai.

Mas já basta. Roma se levantou, os punhos cerrados. Precisavam trabalhar juntos por enquanto, mas aquele acordo cedo ou tarde terminaria. Se Juliette quisesse ir pelo caminho da guerra de sangue, seria olho por olho. Ele sairia profundamente ferido, mas cravaria fundo sua faca.

Precisava cravá-la.

A porta da sala se abriu e Lorde Montagov espiou por ali, franzindo o cenho ao ver o filho na poltrona. Por instinto, Roma quase levantou o braço para secar os olhos, só para garantir, mas isso teria parecido ainda mais estranho do que ficar encarando o nada, impedindo que Lorde Montagov visse sua expressão completa.

— Dimitri disse que você talvez pudesse ter vindo para cá — disse o pai. — Não consegue ficar parado nem por um minuto?

— Vamos retomar a reunião? — perguntou Roma, evadindo a pergunta.

— Falamos o suficiente. — Lorde Montagov franziu o cenho com desgosto. — Fique em casa hoje. Há um protesto esta noite.

Ele fechou a porta.

Dez

Uma revolução nunca é bonita. Nem limpa, silenciosa ou pacífica.

A cidade assiste às multidões se reunirem à noite, juntando-se para um levante que pode finalmente ser ouvido. Sussurros sobre monstros e insanidade se espalham e atingem um limite — quanta *miséria* as ruas conseguem suportar antes de extravasarem? Os sindicatos se unem em um esforço coletivo. Ameaçam todos que quiserem ouvir com o que acontecerá se os gângsteres e imperialistas não forem expulsos. Os que estão morrendo de fome definharão. Os pobres serão soprados para longe com o vento. E em Xangai, onde os trabalhadores das fábricas somam centenas e milhares, o povo escuta.

O povo marcha, multidões indo para cima de delegacias de polícia e postos militares. Pessoas entram em concessões internacionais e ocupam o território que sempre foi chinês. Estrangeiros trancam as portas com mãos trêmulas, gângsteres saem às ruas, somando-se às tropas enviadas para dispersar as aglomerações.

— Será que isso é uma boa ideia? — pergunta um trabalhador em meio à multidão.

Seu amigo lhe lança um olhar enviesado, tremendo. O frio está congelante em Xangai. Cristais de gelo permanecem nas ruas e, quando um pássaro gralha de algum lugar distante, o som mal ecoa porque o vento sopra forte o suficiente para abafá-lo.

— De que importa? — retruca o amigo. — Esta cidade não tem mais como piorar. A gente não perde nada tentando.

Eles se aproximam da delegacia. Vista de cima, alguém até poderia admirar a forma como a multidão se abre, parecendo um leque, as tochas incandescentes erguidas ao céu, manchas laranja formando um perfeito semicírculo, bloqueando quaisquer rotas de fuga. A aparência é quase de guerra, e o vento se inclina para frente.

— Este é o primeiro e único aviso — grita um oficial no megafone. — Perturbadores da ordem pública serão decapitados no ato!

Não é uma ameaça vazia. Ali, nas periferias da cidade, onde a elite gângster e os estrangeiros raramente aparecem, já houve diversos relatos de cabeças decapitadas e empaladas em postes de luz. Elas decoram as esquinas como meras placas de loja, usadas como aviso a outros dissidentes que ousarem tentar tomar o território onde vivem. A tensão chegou a esse nível: não é suficiente contar com a lealdade, ou assustá-los com o uso da força.

Os Escarlates já sabiam há muito tempo que o povo não tem mais medo deles. E isso é algo para os Escarlates temerem.

— Chega de gângsteres no comando! — exige a multidão em uníssono. — Chega de estrangeiros no comando!

Os oficiais se aprontam em formação. Espadas longas reluzem sob o luar prateado — uma opção muito mais suja do que balas, mas rifles estão em falta. Os exércitos Nacionalistas ganharam sua parte do arsenal, e levaram as armas para lutar uma guerra de verdade em algum outro lugar.

A cidade inspira, e a multidão se torna mais densa, bloqueando o brilho da lua. Xangai também está em guerra. Os soldados de uniforme não chegaram ainda, mas é uma guerra mesmo assim.

— Seus números não significam nada — tenta mais uma vez o megafone. — Dispersem ou...

O oficial recua subitamente, vendo algo na multidão. É um efeito em cadeia, e todos os trabalhadores se viram para olhar também, um após o outro, erguendo as lamparinas em suas mãos e iluminando a noite escura.

E veem um monstro no meio do povo.

Na mesma hora, as massas enfraquecem de medo. Policiais e gângsteres do outro lado da fileira correm para se abrigar. Agora, a cidade sabe como reagir. Seu povo já jogou este jogo o suficiente a ponto de memorizar as regras e lembrar exatamente a saída a tomar. As pessoas pegam crianças no colo e as lançam sobre os ombros, oferecem braços aos idosos, e *correm*.

Porém… o monstro não faz nada. Mesmo quando os trabalhadores terminam de se dispersar, ele continua ali, parado, uma única entidade no meio da rua. Quando pisca, suas pálpebras se juntam da esquerda para a direita, e de imediato um calafrio coletivo dos que assistem à cena faz a cidade tremer. Eles não querem ver como a pele azul do monstro se torna sombria sob o luar, mas a lua brilha mesmo assim, e os oficiais na delegacia precisam se afastar da janela, respirando depressa com o medo.

Nesta parte de Xangai, o protesto faz uma pausa. Outros lugares, outros distritos na periferia e nas ruas sujas, queimam e são lavados com sangue, mas não há movimento algum dentro da delegacia, nenhum golpe de espada ou cabeças em estacas, não enquanto o monstro permanece ali.

Ele inclina a cabeça para cima e olha para a lua.

Quase como se estivesse sorrindo.

Fevereiro, 1927

O sol brilhava naquele dia, queimando sobre a cidade como se fosse um grande diamante cravejado no céu. *Parece bem adequado*, pensou Juliette ao sair do carro, inspirando o ar frio e seco. Havia partes de Xangai que ela não conseguia encarar diretamente porque reluziam forte demais, tomadas de maneira tão rude pela força da própria extravagância que não podiam ser apreciadas por nada disso.

Em especial ali, no coração da cidade. Tecnicamente, aquele era um território da Concessão Internacional, mas a Concessão Francesa ficava poucas ruas à frente, e as sobreposições de jurisdição eram confusas o suficiente a ponto de Juliette nunca se importar muito com a fronteira na Avenida Eduardo VII. Seus moradores também não se importavam, então foi ali onde começaram seu trabalho na Concessão Francesa: do lado de fora.

Juliette mergulhou na sombra de um prédio, contornando seu exterior. Ali ficavam todos os hotéis chiques, muito próximos e em sequência, e ela não queria ficar presa conversando com alguma estrangeira empolgada por uma experiência da cultura local. O mais rápido que pôde, entrou no beco e parou, preparando-se.

Ele estava de branco de novo. Juliette nunca havia visto tanto maldito branco nele.

— *Alors, quelle surprise te voir ici.*

Roma se virou ao som da voz dela, nada convencido com seu falso espanto. Ambas as mãos estavam nos bolsos da calça e, talvez fosse apenas a imaginação de Juliette, ela podia jurar que uma delas se agitou como se estivesse segurando uma arma.

— Onde mais eu estaria esperando, Juliette?

Ela apenas deu de ombros, sem energia para continuar sendo irritante. Isso não a fazia se sentir melhor, nem melhorava o negligente cenho franzido de Roma. Quando a mão dele saiu do bolso, Juliette quase se surpreendeu ao ver que era um relógio que ele segurava, abrindo a tampa para conferir as horas.

Juliette estava atrasada. Haviam combinado de se encontrar ao meio-dia atrás do Grand Theatre, porque seu destino era do outro lado da rua, no parque onde ficava o clube de corridas. O lugar estava sempre lotado, especialmente naquele horário, quando socialites e ministros faziam apostas como se esse fosse seu emprego.

— Eu tinha algumas tarefas a fazer — disse ela enquanto Roma guardava o relógio.

Ele começou a andar em direção à pista de corridas.

— Não perguntei.

Ai. Juliette se retraiu fisicamente, e uma sensação quente começou a pulsar em seu coração. Mas ela conseguia lidar com isso. O que era um pequeno surto de crueldade? Pelo menos Roma não estava tentando matá-la.

— Você não quer saber o que eu estava fazendo? — insistiu ela, acompanhando o caminhar apressado dele. — Ofereço informações em uma bandeja de prata e você nem aceita. Estava conferindo os carimbos das cartas, Roma Montagov. Você chegou a pensar nisso?

Roma olhou de relance por cima dos ombros e se voltou para a frente assim que ela o alcançou.

— Por que precisaria?

— Podiam ser falsos caso o chantagista não tivesse enviado mesmo da Concessão Francesa.

— E eram?

Juliette piscou. Roma parou de súbito, e ela levou um segundo para perceber que não era por estar interessado na conversa. Ele apenas esperava para atravessar a rua.

Roma gesticulou para que avançassem.

— Não — respondeu ela finalmente, quando estavam na calçada de novo. Dali, quase podia escutar o ribombar de cascos. — Vieram de fato de várias agências postais na Concessão.

O que Juliette não entendia era por que alguém se daria ao trabalho. Era mais difícil fazer selos falarem do que pessoas... ela entendia isso. Ninguém seria tolo o suficiente para contratar ajuda para levar as mensagens, porque Juliette podia capturar essa pessoa e torturá-la até conseguir um nome. Mas usar o correio? Não podiam entregar cartas pela cidade para qualquer gângster velho pegar e levar até Lorde Cai? Era quase como se *quisessem* que Juliette invadisse a Concessão Francesa, dado o quão óbvios eram os carimbos.

Não disse nada disso em voz alta. Roma não parecia se importar.

— Você está dando crédito demais para esse chantagista — disse ele. — As cartas vêm da Concessão Francesa porque, como esperado, é alguém desses lados da cidade que assumiu o legado de Paul. — Um suspiro. — Então aqui estamos.

Roma e Juliette ergueram as cabeças ao mesmo tempo, olhando para o prédio central da pista de corridas. A sede do clube ficava do lado oeste da pista, espalhando-se no cenário com a grande arquibancada e escalando até o céu com sua torre de dez andares. Um urro coletivo soou da pista para sinalizar o final de alguma corrida, e a agitada atividade dentro da casa ressoava, esperando pela próxima rodada de apostas.

Aquela era uma face diferente da cidade. Cada vez que Juliette entrava em uma área de Concessão estrangeira, deixava para trás as partes de si mesma que faziam malabarismos com crimes e festas na mesma mão e, em vez disso, mergulhava num mundo de pérolas e etiqueta. De regras e jogos hipnotizantes, apenas manipulados pelos influentes. Um movimento em falso, e aqueles que não pertenciam ao lugar seriam imediatamente excluídos.

— Odeio esse lugar — sussurrou Roma.

Sua confissão súbita teria pegado Juliette de surpresa, se ela também não estivesse tomada por encanto e repulsa pelas escadarias de mármore e pelo piso de tacos de carvalho, pelo vislumbre do salão de apostas através das portas abertas, barulhento o bastante para competir com a torcida na arquibancada.

Roma, apesar do que diziam suas palavras, não conseguia desviar os olhos do que via.

— Eu também — concordou Juliette em voz baixa.

Um dia, talvez, um museu de história poderia ocupar o espaço daquela casa, envolvendo em suas paredes a dor e a beleza que, de alguma forma, sempre existiram em conjunto naquela cidade. Mas por ora, *neste momento*, era a sede de um clube de corridas, e Roma e Juliette precisavam chegar ao terceiro andar, onde ficava a área exclusiva para membros.

— Pronta? — A voz de Roma voltou ao normal, como se o instante anterior lhe houvesse sido apagado da memória.

Um tanto relutante, ele lhe ofereceu o braço.

Juliette aceitou antes que Roma pudesse reconsiderar, enrolando os dedos na manga dele. Ela usava luvas, mas mesmo assim sua pele estremeceu com o contato.

— Houve uma aparição ontem. Na periferia da cidade, onde os trabalhadores estavam protestando. Disseram que havia um monstro.

Roma pigarreou e balançou a cabeça como se não quisesse discutir o assunto, embora monstros espreitando pela cidade fossem exatamente o motivo pelo qual estavam ali.

— A não ser que tenha gente morrendo, não me importo — murmurou. — Civis inventam aparições o tempo todo.

Juliette deixou o assunto morrer. Haviam entrado na sede do clube, e imediatamente as pessoas começaram a encará-los. Teria sido impossível passarem despercebidos, já que Roma Montagov e Juliette Cai eram bem reconhecíveis, mas ela pensara que levaria pelo menos algum tempo até as reações aparecerem. Não levou tempo algum. Franceses de terno e mulheres girando suas pérolas esticavam os pescoços por pura curiosidade.

— Nenhum deles será útil — disse Roma em voz baixa. — Continue andando.

A quantidade de observadores diminuiu conforme subiam as escadas, passando por um jogo de boliche que acontecia no mezanino. O espaço do segundo andar ecoava alto com o barulho da mesa de sinuca, quase no ritmo dos cascos batucando lá fora.

No terceiro piso, havia uma cabine instalada do lado de fora de uma porta fechada, que servia de sentinela sobre as longas linhas de madeira escura e os painéis reluzentes que formavam a altiva entrada. Uma lareira crepitava por perto, mantendo o andar quente o bastante para que um suor imediato surgisse sob o casaco de Juliette, fazendo-a abrir alguns botões.

— Olá — disse Juliette, esperando a mulher atrás da cabine olhar para cima. Pelo cabelo, parecia norte-americana. — Esta é a área para membros, certo?

Uma explosão de risadas coletivas atravessou a porta, acompanhada pelo tilintar de taças, e Juliette imediatamente soube que era. Ali dentro estavam todos os integrantes importantes e bem-sucedidos da Concessão Francesa. Numa cidade abarrotada de gente, *alguém* tinha que saber de *alguma coisa*. Tudo o que precisavam fazer era encontrar as pessoas certas.

— Vocês são membros? — perguntou a mulher de forma seca, olhando de relance para cima.

O sotaque saiu claro: norte-americana.

— Não…

— A arquibancada para chineses é lá fora.

Juliette soltou o braço de Roma. Ele esticou a mão, meio que para puxá-la de volta, mas pensou melhor e desistiu no último instante, os dedos flutuando de maneira vaga no ar enquanto ela avançava, o salto batendo contra o piso lustroso. Ela se aproximou da cabine e bateu as duas palmas direto contra o balcão. Quando a mulher estava finalmente assustada e levantando o rosto, Juliette se inclinou para a frente.

— Repita o que disse — desafiou —, mas olhando para mim desta vez.

Juliette começou a contar mentalmente. *Um. Dois…*

— Sen… Senhorita Cai — gaguejou a mulher. — Eu não a vi em nossa lista de visitantes de hoje.

— Pare de falar. — Juliette apontou para a porta. — Abra para mim, sim?

Os olhos já arregalados da mulher correram para a porta e depois para Roma, ao que se arregalaram ainda mais, sob o risco de saltarem para fora das órbitas. Alguma parte sombria de Juliette se divertiu com isso, com a adrenalina que corria por suas veias toda vez que seu nome era pronunciado com medo. Outra parte ainda mais sombria de si própria estava fascinada pela imagem ameaçadora que formava, enquanto Roma esperava ao seu lado. Eles seriam os donos daquela cidade um dia, não seriam? Metade para cada um, punhos acima de impérios. E ali estavam: juntos.

A mulher se apressou a abrir a porta. Enquanto a atravessava, Juliette lhe ofereceu um sorriso que não era nada além de dentes arreganhados.

— Você a humilhou tanto, que ela vai passar os próximos três anos olhando com medo por cima dos ombros — observou Roma do lado de dentro da sala.

Ele inspecionou uma bandeja com bebidas que passava.

— Não importa que eu a tenha humilhado — murmurou Juliette. — Qualquer outro chinês em Xangai não tem esse privilégio.

Roma pegou um drinque e deu um gole. Por um momento, quase pareceu que falaria mais alguma coisa. Porém, seja lá o que fosse, ele claramente desistiu, porque tudo o que saiu foi:

— Vamos trabalhar.

Durante a hora seguinte, eles se misturaram à multidão, apertando mãos e trocando comentários educados. Estrangeiros que se mudavam para a cidade a longo prazo gostavam de se intitular *Shanghailanders*[1]. Embora o termo lhe causasse náusea a ponto de Juliette preferir ignorar terminantemente sua existência, era o único que conseguia achar aceitável para descrever cada pessoa naquele salão.

Como ousam reivindicar tal título. Ela cerrou os punhos com força ao permitir que um casal passasse à sua frente. *Como ousam se rotular como o povo desta cidade, como se não velejassem para cá com canhões e forçassem a própria entrada, como se não estivessem aqui agora só porque descendem daqueles que acenderam as primeiras fogueiras.*

---

[1] Em tradução livre, o termo significa "aquele que chega a Xangai". [N. da T.]

Mas era ou o detestável *Shanghailander* ou *imperialista,* e Juliette duvidava que o pai ficasse muito contente em saber que ela passeou pelo salão chamando assim banqueiros e comerciantes. Tinha apenas que engolir o orgulho. Tinha que rir com um *Shanghailander* após o outro, na esperança de que tivessem informações para compartilhar quando ela casualmente mencionava as novas mortes.

Até então, não haviam conseguido nada. As pessoas estavam mais interessadas em saber por que Juliette e Roma estavam trabalhando juntos.

— Pensei que vocês não se entendessem — comentou alguém. — Avisaram-me que, se eu fizesse negócios nesta cidade, tinha que escolher um lado ou seria esfaqueada.

— Nossos pais nos forçaram a trabalhar juntos — disse Roma. Ele abriu um sorriso breve, charmoso o suficiente para atrair a estrangeira, embora ela fosse velha o bastante para ser sua mãe. — Estamos em uma missão tão importante que Rosas Brancas e Escarlates devem colaborar entre si, mesmo que isso signifique colocar... *os negócios* de lado por um tempo.

Juliette se questionou se Roma havia praticado aquelas palavras e a forma como deveria articulá-las. Ele falava como o perfeito prodígio reluzente, porque ninguém conseguia perceber sua amargura a não ser ela. Tudo o que os estrangeiros absorviam era sua beleza natural e a voz suave. Juliette escutava as palavras. O ressentimento de que haviam sido *forçados* àquilo. Do contrário, ele estaria bem longe, do outro lado da cidade.

Ela esperava que o chantagista ficasse sabendo da parceria ou, melhor ainda, que pudesse vê-los naquele momento. Esperava que ele observasse a cooperação fria e sentisse o terror lhe atingir o peito. Quando os Escarlates e os Rosas Brancas se uniam, era só questão de tempo até que seu inimigo em comum desmoronasse.

— Ora, não sei se deveria me sentir ofendido por ter esperado tanto para ser cumprimentado!

Roma e Juliette se viraram para a voz, que vinha de um homem baixinho e barulhento. Ele tocou a ponta de sua boina de jornaleiro e, em troca, Roma inclinou seu chapéu Paris, a perfeita imagem da sofisticação em contraste com o rosto arfante e vermelho do sujeito. Era uma competição injusta.

Juliette olhou de relance para as duas mulheres que acompanhavam o homem, e soube que elas também haviam percebido.

— Perdão — disse ela. O sujeito estendeu o braço para pegar sua mão, e ela permitiu que ele desse um beijo em seus dedos enluvados. — Se nos conhecemos antes, preciso que o senhor refresque minha memória.

De maneira quase imperceptível, ele apertou com mais força. E soltou no instante seguinte, de forma que o ato pudesse ser interpretado apenas como um movimento natural da mão, mas Juliette sabia que ele havia captado seu insulto.

— Ah, não fomos apresentados ainda, Senhorita Cai — disse o homem. — Sou Robert Clifford. — Os olhos dele correram de Juliette para Roma; depois, ele gesticulou para as duas mulheres que o acompanhavam. — Estávamos tendo uma conversa adorável antes que a curiosidade nos vencesse. E pensei... bem, por que não perguntar? As solicitações para novos membros normalmente passam por mim, mas não vi as de vocês. Então... — Robert Clifford ergueu os braços e gesticulou para o salão ao redor, como se estivesse lembrando-os de onde estavam. — Quando foi que começaram a deixar gângsteres entrarem no Clube?

Ah, aí estava.

Juliette sorriu em resposta, cerrando os dentes com força até que os molares estalassem no fundo de sua boca. O tom do homem de rosto vermelho era de brincadeira, mas houve um certo desprezo na palavra "gângster" que deixou claro que não era só isso o que queria dizer. Ele quis dizer "chineses" e "russos". Tinha muito mais coragem do que a norte-americana lá fora. Pensava que podia encará-los nos olhos e sair vitorioso.

Juliette se inclinou e arrancou o lenço do bolso de Robert Clifford. Ela o ergueu contra a luz, inspecionando a qualidade do tecido.

Gesticulou para que Roma olhasse, usando a oportunidade para se virar de costas para o homem e perguntar silenciosamente, apenas mexendo os lábios: *Britânico?* As duas mulheres com o sujeito eram francesas, a julgar pelo traje esportivo Coco Chanel. Mas Juliette não tinha o mesmo olho treinado para a moda masculina, e sotaques eram difíceis de discernir quando as pessoas aprendiam todas as línguas europeias como sinal de status.

Sim, respondeu Roma.

Juliette soltou uma risada alta, devolvendo o lenço ao bolso do homem com um gesto agressivo. Ela bateu na boina de Robert Clifford com força suficiente para que quase caísse de sua cabeça, e a seguir se virou para as mulheres.

— *Mon Dieu*, quando foi que começaram a deixar garotos britânicos entregadores de jornal entrarem nesta cidade? *Maman* está chamando-o para o jantar em casa — disse, em francês.

As mulheres gritaram numa risada repentina, e Robert franziu o cenho, sem compreender o que Juliette havia dito. Suas mãos correram até a boina, ajeitando-a no lugar. Uma única gota de suor escorreu por seu rosto.

— Calma, Juliette — interrompeu Roma. Parecia que estava começando a lhe dar uma bronca, mas havia trocado para o francês, então ela sabia que ele ia entrar no jogo. — Não dá para esperar muito dele. As corridas para entregar o jornal devem tê-lo deixado exausto. O coitadinho parece estar precisando de uma toalha.

Isso, pelo menos, pareceu acender uma centelha de compreensão no rosto do homem. *Serviette*. Ele rapidamente secou a testa de novo e entendeu. Estava quente demais no salão. O britânico vestia um terno muito caro, o tecido grosso mais adequado ao frio do inverno lá fora.

— Perdão, deem-me licença um minuto — pediu, tenso.

Robert Clifford deu meia-volta a caminho do banheiro.

— Nossa, achei que ele nunca mais iria embora — comentou uma das mulheres, relaxando visivelmente enquanto ajustava o cinto em sua pantalona. — Tudo o que ele faz é tagarelar… blá-blá-blá finanças, blá-blá-blá cavalos, blá-blá-blá monstros.

Roma e Juliette se entreolharam, o gesto de relance durando um instante incrivelmente breve com as expressões mais neutras possíveis, mas, mesmo assim, eles sabiam ler um ao outro. Talvez enfim conseguissem algo.

Juliette esticou a mão.

— Acho que não fomos apresentadas…?

— Gisèle Fabron — informou a mulher de pantalonas, apertando a mão de Juliette com firmeza. — E minha amiga, Ernestine de Donadieu.

— *Enchanté* — cumprimentou Ernestine de imediato.

Roma e Juliette devolveram as apresentações com graça, pompa e elogios. Porque esses eram os papéis que haviam sido treinados a assumir. Esses eram os jogos que sabiam como ganhar.

— É claro que nós conhecemos *você* — disse Gisèle. — Juliette. Nome adorável. Meus pais quase me chamaram assim.

Juliette colocou as mãos sobre o coração, fingindo espanto.

— Ah, mas que bom que não o fizeram. Gisèle é tão lindo!

Enquanto falava, mexeu o sapato e virou o salto para que roçasse o tornozelo de Roma. Ele entendeu a mensagem. Fingiu procurar pelo salão.

— Engraçado, será que Robert Clifford nos abandonou de vez?

Ernestine torceu o nariz, afofando os cabelos curtos com tranquilidade.

— Deve estar na arquibancada para membros. Suspeito que tenha feito umas apostas altas enquanto estávamos lá embaixo.

— É mesmo? — retrucou Roma. — Ou talvez ele tenha enredado outra pobre alma em sua conversa interessantíssima sobre monstros.

As duas mulheres deram risadinhas novamente, e Juliette teve que se conter para não dar tapinhas nas costas de Roma em elogio à sua atuação perfeita.

— Que vergonha! — disse Juliette numa repreensão debochada. — Você não ficou sabendo que esta cidade voltou a ficar alerta?

Roma fingiu fazer uma pausa para considerar.

— De fato. Mas ouvi dizer que não é um monstro desta vez. Parece que é um titereiro, que controla criaturas à vontade.

— Ah, bobagem. — Gisèle balançou uma mão em desdém. — Não é a mesma coisa de antes? Vigaristas e golpistas usando essa oportunidade para vender seus produtos.

Juliette inclinou a cabeça de lado. Com "golpistas", Gisèle certamente se referia ao Larkspur e sua vacina. Paul Dexter distribuíra soro fisiológico em troca de lucro, mesmo possuindo a cura verdadeira. Porém, não havia mais um Larkspur fazendo propaganda nas ruas. Então de quem ela estava falando?

— Sim — disse Juliette, tentando esconder sua confusão. — Eles estão mais quietos desta vez, concordo.

— Mais quietos? — repetiu Ernestine com descrença. — Por céus, estão a semana inteira enfiando panfletos debaixo da minha porta. Esta manhã mesmo… — Ela apalpou os bolsos, e os olhos brilharam ao ouvir o farfalhar de papel. — Ah! Achei mesmo que ainda estava com ele aqui. *Ici.*

Do bolso, puxou um panfleto absurdamente fino, quase transparente contra a luz. Roma o pegou primeiro, franzindo o cenho com seriedade, e Juliette observou sobre seu ombro para ler junto.

O francês estava repleto de erros. Mas o significado era evidente.

OS SURTOS VOLTARAM!

VACINE-SE!

No rodapé, havia um endereço, igualzinho à vez anterior. Porém agora não era sequer na cidade. Era em Kunshan, uma cidade completamente diferente, em uma *província* completamente diferente. Apesar de os trilhos de trem tornarem a viagem rápida, afastar-se tanto assim de Xangai era abandonar sua bolha protetora e entrar em um novo campo de batalha de senhores de guerra e milícias. Xangai tinha sua própria bagunça, mas lá fora… os poderosos e as regras mudavam num piscar de olhos.

Não importa. Era melhor que nada.

— Podemos ficar com isso? — perguntou Juliette com um sorriso.

O restante do tempo na sede do clube não ofereceu nada de muita importância, e Roma sugeriu que fossem embora antes de escurecer. Juliette ainda estava pensando no panfleto quando se afastaram da pista de corridas e retornaram à rua de Nanquim. A cidade rugia de volta à vida ao redor dela, o roncar dos bondes e as buzinas de carros substituindo a batida ritmada de cascos. Ela quase se sentiu relaxada.

Quase.

— Por que anunciar em francês? — ponderou em voz alta. — Por que *só* para os franceses? Não vi nada parecido em nenhum outro lugar. É muito seletivo passar esses panfletos por debaixo de portas de prédios residenciais.

— Pense bem — disse Roma de maneira brusca. Agora que não estavam mais atuando para os estrangeiros, ele havia retomado sua frieza e distanciamento. — O chantagista quer nossos recursos, o que significa que, se falharmos, só o nosso pessoal vai sofrer por isso. — Seu olhar deslizou para ela, depois de volta para a frente no mesmo segundo, como se um mero relance de contato visual fosse nauseante demais. — Mas não é como se os estrangeiros soubessem disso. São dois coelhos com uma cajadada só. Alimentar o medo estrangeiro e pegar o dinheiro deles. E deixar os gângsteres continuarem vulneráveis, para que morram quando forem marcados como alvo.

Juliette apertou os lábios. Era de fato o Larkspur de novo. Porém, este era mais esperto. Dificilmente um chinês ou um russo das partes mais movimentadas da cidade teria dinheiro para tais vacinas, então por que se dar ao trabalho?

Roma murmurou algo entredentes, como se houvesse escutado os pensamentos dela.

— O quê? — perguntou Juliette, assustada.

— Eu disse... — Ele parou de andar. O movimento repentino forçou os civis que vinham atrás dele a desviar e dar a volta com uma breve encarada para trás, que se transformava em medo quando reconheciam Roma e, a seguir, surpresa ao perceberem Juliette. Os dois herdeiros ignoraram os olhares arregalados. Estavam acostumados, mesmo que a atenção tivesse aumentado dez vezes agora que estavam juntos. — Nós sempre chegamos a isso, não é? — Ele balançou o panfleto que ainda estava em sua mão, amassando o papel de forma tão bruta que começou a rasgar. — Perseguindo pista atrás de pista, e inevitavelmente voltando para onde começamos. Vamos continuar perguntando ao redor da Concessão Francesa e, quando todas as respostas levarem a este lugar das vacinas, nós iremos até lá, só para sermos empurrados de volta à Concessão. Já estou até vendo. Que fácil seria se pudéssemos pular direto para o final.

Seus olhos encontraram os dela, e desta vez ele não os desviou. Naquele momento, Juliette sabia que ambos estavam examinando as mesmas memórias, os acontecimentos de meses atrás. Roma tinha razão. Parecia exatamente o mesmo caminho. O escritório de Zang Gutai. O endereço do estabelecimento do Larkspur. Os testes da vacina. *Mantua. MANTUA.*

Juliette piscou com força, tentando clarear a mente, mas as memórias grudavam como cola.

— Se fosse fácil assim — disse em voz baixa —, não seria a gente que teria que lidar com o problema.

Ela havia pensado que isso talvez lhe desse o direito de ganhar uma resposta afirmativa, mas Roma continuou inflexível. Apenas afastou o olhar, conferindo o relógio de bolso.

— Continuamos amanhã.

E caminhou para longe.

Juliette continuou na calçada por um tempo até despertar de seu estupor. Antes que pudesse impedir a si mesma, estava correndo atrás dele, empurrando as pessoas que olhavam as vitrines. A rua de Nanquim estava sempre movimentada, e o frio não espantava ninguém. Ela exalava, com pressa, e sua respiração formava uma névoa ao seu redor, embaçando-lhe a visão. Quase perdeu Roma de vista antes que ele virasse numa rua menor. Ela seguiu correndo, espremendo-se entre um casal que caminhava.

— Roma — chamou. Finalmente o alcançou, arrancando uma luva e segurando seu pulso. — Roma!

Ele se virou e olhou para a mão ao redor de seu pulso, como se fosse o arame de uma cerca elétrica.

Juliette engoliu em seco.

— Se vale de alguma coisa... eu sinto muito.

— Por que sentiria? — retrucou ele, como se as palavras já estivessem prontas na ponta da língua. — Você devolveu a dor que eu lhe causei, afinal. Somos os rostos à frente de dois lados de uma guerra de sangue, então por que não se esbaldar na morte e no sofrimento...

— Pare — exigiu Juliette.

Ela tremia. Seu corpo todo começara a vibrar sem que percebesse, e ela não sabia se era de raiva dele ou por causa da acusação.

Roma fez um som de descrença.

— Por que você reage assim? — perguntou, ríspido. Ele a olhou de cima a baixo, para a revolta mal contida dela. — Foi tudo mentira. Não significo nada para você. *Marshall* não significava nada para você.

Era um teste. Ele a estava provocando. Enquanto Roma fosse Roma, sempre haveria uma parte dele que jamais acreditaria que Juliette o trairia, e ele *tinha razão*, mas não podia *saber*. Ela não podia ser uma garota tola e, embora o fosse, embora essa fosse exatamente quem Juliette era e quem queria ser, precisava se esforçar por um motivo melhor. Tudo o que se passara entre eles era maior do que os dois, maior do que duas crianças tentando lutar uma guerra com as próprias mãos.

Juliette suavizou a expressão, engoliu o sentimento que queimava sua garganta a ponto de doer.

— Entendo que você queira sua vingança. — Sua voz estava calma, soava quase cansada. — Mas faça isso depois que a cidade estiver segura. Eu sou o que esta cidade me fez ser. Se temos que cooperar mais uma vez, você não pode me odiar enquanto estivermos nessa missão. Nosso povo vai ser o sacrifício por esse descuido.

Não faça isso comigo, queria dizer em vez disso. *Não suporto ver você assim. Vai me destruir mais rápido do que essa cidade jamais conseguiria, se tentasse derrubar nós dois juntos.*

Roma arrancou o pulso de sua mão.

— Eu sei — retrucou, com tudo e nada escondido ao mesmo tempo em seu olhar frio.

E foi embora.

Não era um perdão. Longe disso. Mas pelo menos não era aquele ódio declarado e puro.

Juliette se virou e começou a andar na direção contrária, com as orelhas zumbindo de leve. Nos últimos meses, poderia ter pensado que tudo era apenas um sonho, se não fosse o peso que constantemente comprimia seu peito. Colocou a mão ali e se imaginou esticando-a e *arrancando* o que quer que a estivesse puxando para baixo: a sensação de ternura brotando como flores físicas em seus pulmões, o amor implacável se enrolando ao redor das costelas como ramos de uma trepadeira.

106   FINAIS VIOLENTOS

Não podia sucumbir a ele. Não podia deixar que crescesse tão denso dentro de si a ponto de tomá-la completamente. Ela era uma garota feita de pedra, sem sentimentos — *esta* era quem sempre fora.

Juliette esfregou os olhos. Quando sua visão clareou outra vez, a rua de Nanquim estava parcialmente cheia sob o anoitecer, seus letreiros de neon piscando acesos e banhando-a de vermelho, vermelho, vermelho...

— Esses prazeres violentos têm finais violentos — sussurrou para si mesma. Ela ergueu a cabeça para as nuvens, para a leve brisa do mar que soprava do Bund e pinicava seu nariz com sal. — Você sempre soube disso.

Doze

Benedikt estava cansado dos rumores da cidade, cansado do medo que o novo surto fizera surgir.

De fato. Havia *mesmo* um novo surto, isso era certo. Que bem fazia ficar sempre falando, como se discutir o assunto fosse aumentar a imunidade de alguém? E se era para ser um escapismo para lidar com a situação, então Benedikt supunha que nunca havia sido muito bom nessas táticas psicológicas. Sabia apenas engolir, engolir e engolir, até que um buraco negro se formasse em seu estômago, sugando tudo. Até que todos os sentimentos fossem empurrados para outro lugar, e ele pudesse esquecer que não sabia o que fazer de si durante o dia. Podia se esquecer da briga com Roma naquela manhã, dos rumores de que ele estava trabalhando com Juliette Cai, e da confirmação de que não eram apenas rumores, mas a verdade: Lorde Montagov havia determinado que se aliassem.

Benedikt queria quebrar as coisas. Não encostava em seu material artístico havia meses, mas recentemente estava considerando a ideia de destruí-lo. Apunhalar a tela com o pincel e torcer para que o estrago fosse feio o suficiente para fazê-lo se sentir melhor.

Depois de tudo o que havia feito, a Sociedade Escarlate não merecia clemência, nem diante de um novo surto. Mas quem era Benedikt para dar opinião?

— Benedikt Ivanovich.

Ele olhou para cima ao ouvir seu nome, as mãos ainda ao redor do canivete que estava testando. Não costumava passar muito tempo no quartel-general Rosa Branca, apenas aparecia para buscar armas novas e fuçar um pouco os armários. Mesmo assim, todas as vezes em que estivera lá, escutara discussões acaloradas vindas do escritório de Lorde Montagov, normalmente sobre a nova ameaça de um surto e o que fariam se um assassino soltasse os monstros na cidade. Sempre terminavam do mesmo jeito. Desde o Podsolnukh, eles pagavam as exigências que chegavam.

Hoje, pela primeira vez, o andar de cima estava silencioso. Em vez de vozes flutuando até embaixo, um Rosa Branca estava debruçado sobre o corrimão da escada, acenando para chamar sua atenção.

— Precisamos de uma mãozinha para montar um guarda-roupa — disse o rapaz. Benedikt não sabia seu nome, mas reconhecia o rosto do outro. Sabia que era um dos muitos moradores daquele labirinto. — Você está com tempo?

Benedikt deu de ombros.

— Por que não?

Ele se levantou e guardou o canivete, seguindo o Rosa Branca escada acima. Se continuasse subindo, chegaria ao quarto andar, onde seu antigo quarto ficava, e onde Roma e Alisa ainda moravam. Era a ala central da casa. Mas, em vez de continuar naquela direção, o Rosa Branca que ele estava seguindo tomou a esquerda e adentrou mais a fundo os quartos e corredores do meio, espremendo-se por cozinhas movimentadas e abaixando-se sob vigas mal colocadas no teto. Uma vez que se afastavam da parte principal do quartel, para dentro das áreas que costumavam ser apartamentos diferentes, a arquitetura se tornava um devaneio, mais irracional do que lógica.

Eles chegaram a um quarto pequeno, onde outros três Rosas Brancas já esperavam, segurando vários painéis de madeira. O rapaz que convocara Benedikt pegou depressa um martelo, fixando um dos painéis que um rapaz visivelmente suado segurava.

— Você... Ai! Desculpe, você consegue pegar os últimos painéis ali?

O primeiro menino apontou, depois pôs o polegar da outra mão na boca. Havia entrado no caminho do martelo sem querer.

Benedikt fez o que lhe pediram. Os Rosas Brancas que estavam montando o guarda-roupa pareciam um caldeirão fervente de agitação, dando ordens uns aos outros até que suas vozes se sobrepusessem, confortáveis em sua rotina. Benedikt não morava naquela casa havia anos, então não reconhecia nenhum dos rostos ao seu redor. Não restavam muitos Montagoves ali, só Rosas Brancas que pagavam aluguel.

Na verdade, não restavam muitos Montagoves no geral. Benedikt, Roma e Alisa eram os últimos da linhagem.

— Ei!

Os olhos de Benedikt se levantaram. O garoto que estava mais perto dele — enquanto os outros discutiam qual lado do prego deveria perfurar a madeira — ofereceu um sorriso discreto.

— Sinto muito — disse em voz baixa. — Fiquei sabendo do seu amigo.

Seu *amigo*. Benedikt mordeu o lábio. Sabia pouco daqueles que moravam ali, mas imaginava que soubessem sobre ele. A maldição do nome Montagov. O que foi que Marshall dissera mesmo? *Há uma praga sobre suas duas malditas casas*. Uma praga que consumia tudo o que eram.

— É como acontece na guerra de sangue — respondeu Benedikt.

— É — concordou o Rosa Branca. — Imagino que sim.

Outro painel foi martelado no lugar. Eles apertaram as dobradiças, chacoalhando as tábuas. Assim que o guarda-roupa ficou em pé sozinho, Benedikt pediu licença e foi embora, deixando os outros continuarem com a tarefa. Ele se afastou do quarto e cambaleou pelo andar, caminhando até se encontrar numa sala de estar vazia. Só então se inclinou contra o papel de parede descascado, a cabeça girando, a vista escurecendo. Sua respiração saía com um longo assobio.

Fiquei sabendo do seu amigo.

Seu amigo.

Amigo.

Então por que não podia lamentar a perda do amigo como os outros haviam feito? Por que não conseguia seguir adiante se Roma conseguira? Por que continuava tão *paralisado*?

Benedikt socou a parede com força.

Às vezes, estava quase convencido de que havia a voz de outra pessoa em sua cabeça: um mini-invasor impiedoso contra sua orelha. Poetas falavam de monólogos internos, mas não deveriam ser nada além de metáforas, então por que o dele soava tão alto? Por que não conseguia se calar quando era apenas *ele*?

— ...*non*?

Um murmúrio incomum flutuou pelo corredor, e os olhos de Benedikt se abriram imediatamente, a mente silenciando na mesma hora. Parecia que *ele* não conseguia calar a *si mesmo*, mas coisas estranhas ao seu redor, sim.

Saiu apressado da sala, o cenho franzido. O murmúrio soara feminino... e nervoso. Ele sabia que estava desatualizado sobre os Rosas Brancas, mas quem na organização se encaixava *nessa* categoria?

— Alisa? — chamou Benedikt, hesitante.

Seus passos ressoaram pelo corredor, as mãos deslizando pelo corrimão ao lado de uma estranha escadaria que ia até a metade de um andar, entre o segundo e o terceiro. Benedikt continuou andando, até que chegou a uma porta que havia sido deixada levemente aberta. Se a memória não lhe falhava, havia mais uma sala de estar do outro lado.

Ele pressionou a orelha contra a madeira. Não escutara mal. Havia uma francesa ali, murmurando coisas incompreensíveis, como se estivesse chorando.

— Olá? — chamou ele, batendo na porta.

Imediatamente, ela se fechou com um baque.

Benedikt tropeçou para trás, os olhos arregalados.

— Ei! O que foi isso?

— Suma daqui, Montagov. Não é da sua conta.

Essa voz era familiar. Benedikt socou a porta por mais alguns segundos, até que o nome surgiu em sua mente.

— Dimitri Petrovich Voronin! Abra já essa porta.

— Pela última vez...

— Vou arrombá-la. Então colabore, ou juro que vou!

A porta se abriu. Benedikt irrompeu na sala, procurando ao redor a origem do mistério. Viu apenas uma mesa com homens europeus jogando pôquer. Todos o encararam irritados, e alguns abaixaram as cartas. Outros cruzaram os braços, as mangas se dobrando sobre os lenços brancos que pipocavam para fora dos bolsos de seus paletós. Comerciantes, ou banqueiros, ou ministros... não importava. Eram aliados dos Rosas Brancas.

Benedikt piscou, confuso.

— Ouvi um choro.

— Ouviu errado — respondeu Dimitri, em inglês.

Talvez por causa dos estrangeiros à mesa.

— Tinha uma mulher — insistiu Benedikt, os dentes cerrados com força, mantendo o russo. — Uma francesa chorando.

Dimitri, erguendo um canto dos lábios, apontou para o rádio no canto. Seu amontoado de cabelos pretos chicoteou-lhe a nuca quando ele se virou e ajustou o volume, até que os alto-falantes estivessem tocando um programa no meio de uma peça. De fato, havia uma francesa lendo suas falas.

— Você ouviu errado — repetiu ele, caminhando em direção a Benedikt.

Não parou até estar exatamente em frente a ele, colocando as mãos em seus ombros. Benedikt era tão próximo de Dimitri quanto Roma, ou seja, nem um pouco. Essa agressividade não deveria ser direcionada a um colega Rosa Branca; mesmo assim, Dimitri não pensou duas vezes antes de empurrá-lo na direção da porta.

— Não sei o que está tramando — alertou Benedikt, andando de maneira cautelosa na direção do corredor —, mas estou de olho nos seus negócios obscuros.

Dimitri parou de sorrir. Quando finalmente trocou para o russo para responder, foi como se uma mudança o tivesse dominado, e um olhar de completo desdém tomou sua expressão.

— O único negócio obscuro por aqui — sibilou — é que estou preservando nossos contatos. Então *não* se meta.

Tão rápida quanto surgiu, a fúria desapareceu. Dimitri se inclinou de súbito e fingiu dar um beijo exagerado na bochecha dele, da mesma forma que familiares dispensariam crianças. Um *smack* ecoou pela sala antes que Benedikt resmungasse indignado e o empurrasse para longe, livrando-se de suas mãos.

Dimitri mal ligou.

— Agora vá brincar com seus amiguinhos — ordenou, voltando ao inglês e sorrindo.

A porta bateu com um estrondo.

Tyler Cai estava cutucando um *bao*, enrolando pequenos pedaços da massa em minibolinhas e jogando-as nos homens que estavam embromando.

— Andem logo, chega de dormir em serviço! — gritou, mirando outra bolinha.

Ela atingiu um dos assistentes bem na testa, e o rapaz deu uma risada, abrindo a boca para que corresse por seu rosto e caísse ali dentro.

— Por que você não ajuda? — retrucou o rapaz.

Apesar da fala valente, ele rapidamente se levantou de seu cochilo e se inclinou para pegar uma grande sacola debaixo da mesa, arremessando-a do outro lado da sala.

Satisfeito, Tyler voltou a recostar o corpo na cadeira, colocando os pés sobre a mesa do gerente, que não estava em lugar algum. Havia fugido uma hora antes, quando Tyler aparecera no laboratório para inspecionar, e não voltara até então, provavelmente desmaiado em algum bordel. Mesmo que fossem duas horas da tarde.

Que seja. Era por isso que Tyler estava ali, afinal. Faria uma vistoria muito melhor da criação da vacina, do que um sujeito com metade do estoque de drogas deles emaranhado na barba.

— O que está escrito aqui? — murmurou um dos cientistas acima da bancada de trabalho. — Não consigo ler nada deste inglês, a letra é horrível.

Ele mostrou o papel ao homem sentado à sua frente, e os dois o estudaram, apertando os olhos para a caligrafia de algum Escarlate que havia sido contratado para copiar a papelada vinte vezes, para cada cientista do lugar, sem pular nenhum ponto ou risco.

Tyler se aproximou, estendendo uma mão silenciosa. Os cientistas se apressaram a passar a folha para ele.

— Cadaverina — leu Tyler em voz alta.

— O que isso quer dizer em chinês?

Ele jogou o papel de volta, franzindo o cenho.

— Eu tenho cara de tradutor? Vá procurar em algum dos dicionários!

— Como é que nós vamos recriar uma vacina, se não conseguimos nem ler as malditas anotações? — murmurou baixinho o segundo cientista, rabiscando algo em seu caderno.

Tyler continuou andando, pegando uma régua e batendo-a contra as mesas quando parecia que os assistentes estavam enrolando. Era um hábito que aprendera com o pai, o som constante sempre perseguindo-o quando era jovem para mantê-lo em seus afazeres, quando os tutores estavam por perto. A intenção nunca fora de ameaça: era um lembrete, um pequeno choque em sua consciência sempre que começava a devanear, olhando para o nada e imaginando que presente ganharia de aniversário na semana seguinte. Os tutores costumavam achar que Tyler era muito disciplinado, mas era só porque o pai estava sempre supervisionando as aulas.

Até não estar mais.

Tyler parou no meio de sua inspeção, percebendo um dos assistentes mais novos acenando para ele. Quase o ignorou, mas então o gesto se tornou mais frenético, e ele se aproximou com um suspiro.

— Algum problema?

Ele girava a régua, distraído. Quanta pressão seria necessária para quebrar o instrumento de madeira? Uma pancada forte contra um pulso? Uma súbita dobra no meio?

— Não olhe agora, *shàoyé* — disse o rapaz em voz baixa —, mas acho que estão nos espionando.

Tyler parou. Soltou a régua. Devagar, acompanhou o olhar do rapaz até os painéis das pequenas janelas na parte superior da parede oposta. As janelas forneciam a única luz para as instalações, localizadas fundo o bastante no subterrâneo para se esconderem sob um restaurante, mas não o suficiente para impedir que o cheiro das barracas de comida de Chenghuangmiao entrasse. Onde a vista costumava ser apenas dos pés de compradores passeando, naquele momento havia, em vez disso, dois rostos espiando o laboratório, analisando o espaço.

114   FINAIS VIOLENTOS

Tyler sacou a pistola e atirou contra a janela. O vidro se partiu imediatamente, jogando cacos em todas as direções enquanto os dois rostos recuavam. Todos os cientistas do lugar gritaram com o susto, mas Tyler apenas cuspiu "*Rosas Brancas*" e saiu correndo, saltando pelos degraus até o restaurante e porta afora.

Os Rosas Brancas já estavam a certa distância, aproximando-se da ponte Jiuqu. Porém, na pressa, haviam aberto caminho entre a multidão, deixando uma linha de tiro livre para Tyler...

Ele mirou.

— Tyler, *não!*

O comando veio tarde demais. Ele já havia puxado o gatilho duas vezes, em rápida sucessão, e duas cabeças Rosas Brancas se abriram numa explosão de vermelho e tombaram no chão. Chenghuangmiao se agitou com uma onda de gritos, mas a maioria das pessoas reagiu depressa e saiu logo do caminho, sem desejo algum de ser pega no meio de uma disputa de gângsteres. Não precisavam se preocupar. Não era uma disputa. Não havia outros Rosas Brancas por perto para retaliar.

Um forte empurrão atingiu Tyler nas costas. Ele se virou, as mãos erguidas para bloquear o golpe seguinte, e seus braços colidiram com os punhos cerrados de Rosalind Lang.

— Você não tem coração! — bradou ela. — Eles estavam fugindo. Não queriam brigar.

— Eles estavam prestes a levar informações Escarlates — retrucou Tyler, lançando-a para longe. — Não seja virtuosa.

— Informações Escarlates? — repetiu Rosalind com um grito. Ela apontou para as janelas, mal visíveis do lado de fora, a não ser pelo buraco de bala agora cravado no vidro. — Eu os estava observando, Cai Tailei. Já estava de olho para garantir que não causassem problemas, e não dá para *ouvir nada* daqui de fora. Que informação poderiam ter conseguido?

Tyler bufou em desdém.

— Tudo o que precisam é de uma pista. E aí os Rosas Brancas estarão no mercado antes de nós.

Já era ruim o suficiente que sua prima estivesse se metendo com o herdeiro Rosa Branca *de novo*, sob ordens de Lorde Cai. Tyler havia gargalhado de maneira triunfante quando um mensageiro relatou que Juliette fora vista na pista de corrida com Roma Montagov, certo de que a havia pegado desta vez. Porém, quando contou a Lorde Cai, ele o dispensou, desinteressado. *Temos que fazer sacrifícios*, dissera. Era uma missão estúpida — todo e cada um dos Rosas Brancas era desonesto e ágil, roubando sem escrúpulos, e qualquer Escarlate de um nível abaixo de Tyler jamais perceberia.

— Não minta para salvar sua honra. — Rosalind apontou-lhe uma unha afiada. — Você mata por prazer. Estou avisando: seu nome não vai protegê-lo por muito mais tempo.

Em um piscar de olhos, Tyler avançou e agarrou o queixo de Rosalind, forçando-a a olhar para ele. Ela não titubeou, os dentes cerrados com força, e Tyler não a soltou. Eram todas iguais. Rosalind. Juliette. Meninas bonitas, barulhentas e *terríveis*, que jogavam acusações sob um manto de moralidade, como se não fossem igualmente culpadas pela doutrina daquela cidade.

— Não preciso de um nome para me proteger — sibilou Tyler. Ele olhou para a fina camada de *glitter* que dançava na bochecha dela. — Eu protejo o meu nome. Assim como protejo esta organização.

Rosalind conseguiu conter uma risada. Sua mão subiu até o pulso dele e o apertou, ameaçando cravar as unhas em sua pele. Tyler sentiu a dor, sentiu as cinco pontas afiadas fincarem-se como lâminas, e o frescor molhado de sangue escorrer por sua manga.

— Será? — sussurrou ela.

Tyler finalmente a soltou, empurrando-a para longe. Ela recuperou rápido o equilíbrio, jamais se desequilibrando por mais que um milésimo de segundo.

— Não seja virtuosa, Lang Shalin — repetiu ele.

— Não é virtude. — Rosalind olhou para o vermelho que aumentava na manga dele. — É bondade. Algo que você não tem.

Ela se virou depressa, tomando um instante para olhar de relance para os corpos perto da ponte antes de partir, os lábios apertados de horror. Tyler

116   FINAIS VIOLENTOS

continuou ali, cruzando os braços com uma careta contida de dor, tentando não encostar nos ferimentos que ardiam em seu pulso.

Bondade. O que era bondade em tempos assim? Bondade não enchia barriga. Não vencia guerras.

Ele se inclinou e bateu os dedos nos painéis das janelas, gesticulando para os Escarlates saírem. Tinham que retirar os corpos. Aquela parte de Chenghuangmiao era território Rosa Branca e, se os inimigos descobrissem seus aliados mortos a tiro e viessem para uma briga, poderiam colocar as instalações Escarlates em risco.

Bondade. Tyler quase riu alto quando seus homens saíram e começaram a andar na direção dos Rosas Brancas mortos. O que seria da Sociedade Escarlate sem ele? A organização cairia aos pedaços e ninguém parecia perceber isso, muito menos Juliette e suas primas miseráveis. Que inferno, a própria Juliette estaria morta sem ele, daquela primeira vez em que foram emboscados por Rosas Brancas e ela paralisou, incapaz de atirar.

— De volta ao trabalho! — gritou um dos assistentes da porta do restaurante, convocando os Escarlates que não eram necessários ao redor dos corpos.

Tyler os observou passar, a mente zumbindo. Todos abaixaram a cabeça para ele, alguns bateram continência.

A Sociedade Escarlate reconhecia Juliette por toda a Xangai porque haviam pintado seu rosto em cremes e propagandas. A Sociedade Escarlate reconhecia Tyler porque ele *conhecia* aquela cidade, porque as pessoas o viam em serviço, batalhando pela vitória deles a cada esquina, não importava o quão brutas fossem suas táticas. Todo o resto que se danasse, seu povo vinha primeiro. Fora isso que seu pai lhe ensinara. E fora por isso que seu pai morrera, em fúria pelos Escarlates na guerra. Enquanto vivesse, Tyler faria aquele sangue não ter sido derramado em vão.

Todos os Escarlates voltaram ao prédio. O resto de Chenghuangmiao retomou o alvoroço, com gritos ofertando produtos, com o fervor e com seus cheiros infinitos.

— Você precisa de mim — disse Tyler, para ninguém em especial, ou talvez para cada um deles. — Todos vocês precisam de mim.

Treze

Nas semanas seguintes, a dança da qual Roma e Juliette haviam concordado em participar se tornou quase previsível. E no sentido literal também, dada a frequência com que iam aos salões de baile das Concessões. Aparecer, focar um estrangeiro, conseguir respostas.

Juliette não se importava. Passear por um *wŭtīng* era muito mais gostoso do que rondar lugares como o Grand Theatre e a pista de corridas. Ali, embora ainda precisassem da mesma astúcia com as palavras, embora continuassem cercados por pérolas, champanhe e pelo conhecimento de que sua terra era dominada por forasteiros, ainda havia magnatas e gângsteres chineses dançando noite adentro e soprando a fumaça de seus cigarros, sem se importar se incomodariam o francês da mesa ao lado. Na prática, um salão de baile não era muito diferente de uma boate burlesca. Eram as mesmas dançarinas no palco, o mesmo interior cheio de fumaça, os mesmos criminosos espreitando à porta. O único motivo para parecer mais elegante era o fato de se sustentar com dinheiro estrangeiro.

Juliette voltou do bar, oferecendo a Roma o segundo drinque em sua mão. Enquanto isso, o comerciante francês que os abordara mais cedo continuava falando, seguindo-a por todo canto. Roma pegou a bebida distraidamente, o olhar focado em outro ponto, inspecionando. Eles haviam passado tempo o suficiente ali no Bailemen — ou *Paramount*, para os estrangeiros — para terem conversado com quase todos os membros ricos da elite presentes naquela noite. Já ficara evidente que os panfletos não eram exclusivos para a Concessão Francesa, mas para toda a Concessão Internacional. Todos os moradores da Estrada do Poço Borbulhante confirmavam com um suspiro quando Juliette indagava sobre os panfletos.

O engraçado era que, embora eles fossem a única coisa que as pessoas relatassem sobre a nova situação com o monstro, ninguém havia de fato ido até o endereço. Muitos já haviam sido vacinados pelo Larkspur e achavam desnecessário, ou simplesmente não acreditavam que os panfletos fossem reais. No fim das contas, o chantagista não era mais esperto do que Paul Dexter. Ele não havia construído nada da reputação com a qual o Larkspur dominara Xangai, e agora ninguém acreditava o suficiente na ideia de uma nova vacina para de fato tomá-la.

— E, além disso — dizia o comerciante atrás dela, quando Juliette voltou a prestar atenção —, um de seus primos me disse que os Escarlates estão perto de uma grande descoberta com uma vacina própria. Para que outra?

Ao ouvir isso, Roma engasgou com a bebida, conseguindo controlar a tosse antes que se tornasse óbvia demais. O homem que continuava tagarelando não notou, pois era afiliado dos Escarlates e estava fingindo que Roma não existia. Apesar de o comerciante estar contente em falar como se o herdeiro Rosa Branca não estivesse a dois passos dali, ele *estava*, e podia ouvir tudo o que o homem sequer percebia ser informação particular. Os olhos de Juliette se desviaram para Roma no momento em que ele tossiu pela última vez, conferindo apenas se o Rosa Branca não precisava de um grande tapa nas costas. Mas ele parecia ter se recuperado. Que pena.

— Meu primo não é confiável — disse Juliette.

Ela passou o dedo ao redor da beirada fria da taça. Não havia mais ninguém a quem o homem poderia estar se referindo a não ser Tyler. Juliette duvidava que Rosalind ou Kathleen sairiam por aí fofocando com comerciantes franceses afiliados aos Escarlates. Elas até poderiam, pois sabiam falar francês, mas não tinham estômago para isso.

O comerciante apoiou um ombro contra a parede. Aquele canto do Bailemen estava razoavelmente vazio, com uma ou duas mesas que tinham uma vista ruim do palco. É claro que Roma e Juliette não estavam ali para assistir ao show, mas sim para examinar a multidão e ver se havia mais alguém que valia a pena abordar.

— Ah! — exclamou o homem. — Se me permite dizer, Senhorita Cai, a cidade parece confiar mais em seu primo do que em você.

Juliette se virou, focando os olhos nele. O comerciante hesitou um pouco, mas não recuou.

— Você tem dois segundos para retirar o que disse.

Ele forçou uma risada constrangida. Fingiu respeito, mas uma pitada de diversão coloria seu olhar.

— É só uma observação. Uma que reconhece que filhas sempre terão a atenção em outras coisas. Quem poderia culpá-la, Senhorita Cai? Você não nasceu para isso como o seu primo, afinal.

Como ele ousa...

— Juliette, deixe para lá.

Ela lançou um olhar irritado a Roma.

— Fique fora disso.

— Você sequer sabe como esse comerciante se chama? — Roma olhou o francês de cima a baixo, a apatia transbordando em seu gesto. — Em qualquer outro dia, você teria lhe dado as costas. Ele é irrelevante. Deixe para lá.

Juliette apertou os dedos ao redor da taça com mais força. Seria tolo, é claro, fazer uma cena no salão de baile, especialmente no meio de tantos estrangeiros, no meio daqueles que ela precisava que a respeitassem se quisesse extrair quaisquer informações deles.

Então o comerciante sorriu.

— Você obedece às ordens dos Rosas Brancas agora, é? Senhorita Cai, o que diriam seus Escarlates mortos? — questionou ele.

Juliette jogou o drinque no chão, e o vidro se espatifou em milhares de caquinhos.

— Me desafie mais *uma* vez.

Ela investiu, empurrando-o contra a parede com tamanha agressividade que sua cabeça fez um *crack* contra o mármore. Juliette inclinou o tronco para trás, cerrando o punho para outro golpe. Porém, braços firmes como ferro envolveram sua cintura, puxando-a dois passos para trás.

— Calma — sibilou Roma, a boca tão perto de sua orelha que ela podia sentir o calor de seus lábios. — Ou vou jogar *você* contra a parede.

Um arrepio subiu pelo pescoço de Juliette. De raiva ou de atração, não sabia dizer. Parecia desnecessariamente cruel que toda vez que Roma Montagov decidisse se aproximar fosse para fazer ameaças, ainda mais quando ela não era a *errada* ali.

A raiva venceu. Sempre vencia.

— Então joga — disse, entredentes.

Roma não se mexeu. Não faria nada, e Juliette já esperava por isso. Era fácil fazer ameaças, mas não podiam ser vistos brigando um com o outro, não quando sua colaboração deveria representar um grande gesto de alerta ao chantagista.

— Foi o que pensei.

Naquele momento, o comerciante já havia retomado o equilíbrio e, sem olhar para Juliette uma segunda vez, correu para o fundo do salão, fugindo como um animal assustado. Roma soltou-a, devagar, o braço afrouxando aos poucos, como se tivesse medo de que o comerciante voltasse correndo e Juliette precisasse ser freada mais uma vez.

Ela olhou para o vidro quebrado no chão.

— Vá se sentar, está bem? — sugeriu Roma. Não havia empatia alguma em sua voz. Suas palavras eram neutras, não traíam qualquer emoção. — Vou pegar outra bebida para você.

Sem esperar pela resposta, ele se virou e saiu andando. Juliette franziu o cenho, supondo que não tinha outra opção além de se esgueirar para uma mesa e se jogar numa cadeira, colocando a cabeça entre as mãos.

— Então...

Roma voltou e colocou uma taça na frente dela enquanto se sentava.

Juliette conteve um suspiro. Sabia o que viria a seguir.

— ...vocês estão trabalhando em uma vacina?

— Sim.

Ela massageou a testa e em seguida fez uma careta, ciente de que estava espalhando maquiagem pelos dedos. Deveria ter se irritado e o mandado cuidar da própria vida, mas estava completamente exausta daquela dança, daquela rotina de pistas que não levava a nada e das informações inúteis. Não lhe ocorreu que deveria parar até já estar falando outra vez.

— Temos alguns papéis que Paul deixou para trás.

Era exatamente por esse motivo que Lorde Montagov havia dado a missão a Roma. Para coletar informações que Juliette deixasse escapar.

— E o que vocês vão fazer — perguntou Roma, aparentando não notar quando ela enfiou a mão na taça, tirou um cubo de gelo e o passou nos dedos para limpar a maquiagem — quando recriarem a vacina?

Juliette soltou uma risada dura. De repente, ficou grata pela penumbra no salão, cada lâmpada nos candelabros acima reluzindo bem fraquinha, não apenas porque escondia o caos que causara em sua maquiagem, mas também a loucura que sabia estar estampada em seu rosto.

— Se dependesse de mim — começou, de maneira brusca —, eu distribuiria pela cidade toda, colocaria uma bolha protetora ao redor de todo o mundo para o chantagista perder a vantagem. — Uma faca se materializou entre seus dedos, e ela cravou a lâmina na mesa, esmagando o cubo de gelo em pedacinhos. — Mas… pode ser que meu pai dê ouvidos a Tyler. Pode ser que a gente distribua só para os Escarlates e venda para todo o resto, e será uma pena para os que não puderem pagar. É a opção mais esperta, afinal. A que dá lucro.

Roma não disse nada.

— Vocês não têm muito tempo — continuou Juliette, só porque sabia que tinha a atenção total de Roma agora. — Deveriam começar uma missão para conseguir nossas informações, e assim os Rosas Brancas distribuírem antes a vacina no mercado.

Juliette arrancou a faca da mesa, e lascas de gelo voaram por todas as direções, espalhando-se pelo pequeno tampo. Era sempre a esperança que a arruinava. Esperança de que havia apresentado algo terrível de bandeja, e ele não fizesse o mesmo. Esperança de que ele se importasse o suficiente para guardar a informação para si mesmo.

Por que se importaria? Ele não tinha motivo algum, não depois que ela lhe dera tantas razões para odiá-la. E, mesmo assim, era tola o bastante para continuar testando-o.

122   FINAIS VIOLENTOS

— Está na hora — disse Roma finalmente. Juliette olhou rápido para ele, mas o Rosa Branca havia mudado de assunto fazia tempo. — Precisamos ir até as instalações em Kunshan. Pode ser que lá esteja o próprio chantagista.

— Por algum motivo, eu duvido — murmurou Juliette. Ela guardou a faca e se levantou, inclinando o corpo numa reverência debochada como se eles não fossem nada além de parceiros de dança se despedindo ao final da noite. — Vejo você amanhã, na estação.

Sem esperar por novas respostas, pegou seu casaco e foi embora do salão, mergulhando de volta no escuro da noite.

Do telhado do Bailemen, Marshall se inclinou contra a brisa gelada, deixando o cabelo flutuar com o vento. Era uma queda perigosa até a calçada; um escorregão do sapato e ele deslizaria direto pela beirada, ao longo da parede lisa do salão de baile, sem ter onde se segurar enquanto caísse. Só de pensar, agarrou com mais força o poste ao seu lado e se aproximou um pouco mais do pico em formato de torre no centro do edifício.

Houve um movimento abaixo. As luzes fracas do Bailemen se refletiam nas poças de chuva que haviam se acumulado mais cedo nas ruas, escrevendo PARAMOUNT BALLROOM de trás para a frente em vermelho e amarelo. Marshall não se surpreendeu ao observar Juliette sair irritada do salão e enfiar o pé em uma das poças, como se destruir os sapatos fosse melhorar seu humor.

— O que será que Roma fez? — perguntou-se Marshall em voz alta.

Ele conseguiu sua resposta, de forma indireta, quando Roma saiu do Bailemen um minuto depois e parou no meio da rua, ignorando os puxadores de riquixá que ofereciam seus serviços. Em vez disso, virou a cabeça para o céu e soltou um curto berro. Marshall se escondeu, só para evitar ser visto, mas não precisava ter se preocupado. Em segundos, Roma também saiu pisando forte, na direção oposta à de Juliette.

— Trágico — murmurou Marshall ao vento.

Montagoves eram tão dramáticos.

CHLOE GONG   123

Mesmo assim, sentia falta do drama, de estar bem no coração da cidade, no coração da guerra de sangue que a dividia em duas metades. Se Benedikt estivesse ali, provavelmente lhe diria para parar de ser tão cabeça dura. Não havia nada de bom na guerra. Não havia nada além de perdas. Porém, pelo menos era um propósito único, em um lugar que parecia exigir demais.

Outra rajada de vento soprou direto em seu rosto, e Marshall se encolheu para trás, procurando um lugar melhor para se sentar. Havia saído naquela noite procurando um pouco de ar fresco, e só então viu Roma e Juliette caminhando pela avenida Foch e não perdeu tempo em segui-los. Eles não o notaram espreitando alguns passos atrás, nem quando ele correu à frente para subir no andaime atrás do Bailemen enquanto Roma e Juliette desapareciam dentro do salão. Marshall estava quase surpreso. Esperava mais de dois herdeiros que provavelmente conseguiam acertar uma mosca com uma agulha, se arremessassem forte o bastante.

— No que vocês dois se transformaram?

Não havia resposta a esperar, a não ser que a própria noite tivesse uma. Marshall precisava parar de falar em voz alta, mas era a única coisa que o ajudava a se sentir menos solitário. Tinha saudades de conversar. Saudades das pessoas.

Saudades de Benedikt.

O lamento de uma sirene varreu as ruas a certa distância dali, e em seguida veio o eco do que poderia ter sido um tiro. Marshall levou as pernas ao peito e apoiou o queixo no joelho. Quando se juntou aos Rosas Brancas, era só mais um menino maltrapilho tirado das ruas, magro, faminto e sempre sujo. Foi assim que Benedikt o encontrou naquele dia: encolhido no beco atrás da residência Montagov, as pernas puxadas para perto, os braços enrolados em posição fetal. Ainda não havia aprendido como lutar, como sorrir de maneira tão afiada que cortaria tão rápido quanto qualquer faca. E quando Benedikt se abaixou à sua frente, com a aparência de um querubim, em sua camisa branca apertada e com o cabelo ondulado bem penteado, ele não notou nada disso. Tudo o que fez foi estender a mão e perguntar: *"você tem para onde ir?"*

124 FINAIS VIOLENTOS

— Agora eu tenho — murmurou Marshall. — Mas era melhor quando você estava lá comigo.

Um farfalhar repentino veio do outro lado do telhado, e Marshall reagiu depressa, acordando de seu devaneio. Havia ficado tão envolvido em suas memórias que se desligara do mundo ao redor. Um erro — um que não podia se dar ao luxo de cometer. Aquele era território Escarlate.

E, de fato, um Escarlate deu a volta na torre do telhado, surgindo à vista. Ficou paralisado ao olhar para cima, o cigarro pendendo da boca.

Por favor, não me reconheça, pensou Marshall, esgueirando a mão até a pistola em seu bolso. *Por favor, não me reconheça.*

— Marshall Seo — disse o Escarlate com uma voz profunda. — Você deveria estar morto.

Aish.

O Escarlate jogou o cigarro no chão, mas Marshall estava pronto. Só havia uma maneira daquilo acabar. Ele sacou a pistola do bolso com um único movimento ágil e atirou, rápido e primeiro, porque era o que importava.

No fim, era só isso que importava.

A bala acertou em cheio. Com um ressoar duro, a arma do sujeito Escarlate caiu no chão. Podia ser uma pistola. Podia ser uma adaga. Podia ser até uma estrela ninja, a consequência seria a mesma. Mas no escuro cheio de névoa, Marshall só se preocupava em estar fora de alcance, e então o Escarlate caiu também, uma das mãos apertando o buraco aberto no peito.

Por alguns tensos segundos, Marshall escutou a respiração penosa, o cheiro metálico de sangue permeando o telhado. Então, silêncio. Silêncio total.

Ele chutou a beirada do telhado, espalhando pedrinhas na lateral do Bailemen. Todas aquelas mortes em suas mãos. Toda aquela destruição e, na verdade, nada importava desde que ele estivesse protegido, que os segredos daqueles por quem se escondia estivessem seguros.

— Maldição — sussurrou, esfregando o rosto e se virando para a brisa, para longe do cheiro. — Odeio esta cidade.

Quatorze

Juliette espiou a plataforma do trem, observando os trilhos lá embaixo. Quando sentiu uma presença às suas costas, não precisou se virar para saber quem era. Reconhecia-o pela forma de andar, por aquele *clap, clap* suave que terminava com uma parada repentina, como se ele nunca na vida houvesse andado na direção errada.

— Sentido sudoeste — sussurrou ela. — Homem branco com as roupas esfarrapadas e um romance francês enfiado debaixo do braço. Ele está me observando há dez minutos.

Com o canto dos olhos, ela viu Roma se virar devagar, procurando o homem em questão.

— Talvez ele ache você bonita.

Juliette fez um muxoxo.

— Ele parece pronto para me matar.

— É a mesma coisa, na verda... — Roma parou, piscando depressa. Havia encontrado o homem. — Ele é Rosa Branca.

Surpresa, Juliette virou os olhos de novo, esforçando-se para observá-lo mais uma vez. O sujeito estava prestando atenção em seu livro agora, e nem percebeu.

— Você tem... certeza? — perguntou Juliette, sua confiança murchando. Tivera esperanças de que talvez fosse o chantagista, finalmente dando as caras agora que os dois estavam a caminho da possível verdade. Era esperar demais que alguém se materializasse assim, apenas para impedi-los, mas certamente teria acelerado a investigação. — Pensei que ele fosse francês.

— Sim, ele *é* francês — disse Roma. — Mas leal a nós. Já o vi lá em casa antes. Tenho certeza.

De súbito, o homem ergueu a cabeça de novo. Juliette desviou depressa o olhar, fingindo estar inspecionando outra coisa, mas Roma não fez o mesmo. Ele o encarou de volta.

— Se ele é um Rosa Branca — observou Juliette sem mexer os lábios —, por que está com esse olhar assassino para você também?

Roma apertou os lábios e se virou para os trilhos, bem a tempo de ver o trem deles chegar. Os outros passageiros avançaram, apressados para tomar a frente, e se empurraram até a beirada da plataforma a fim de pegar um bom lugar.

— Talvez ele me ache mais bonito — respondeu Roma com naturalidade. — Quer falar com ele? Com pouco esforço, nós dois provavelmente conseguiríamos contê-lo.

Juliette considerou, então balançou a cabeça. Por que perder tempo com Rosas Brancas?

Eles embarcaram, encontrando lugares na janela. Com um suspiro, ela se jogou na cadeira dura e tirou o casaco, colocando-o na mesa entre seu assento e o de Roma. Por conta da organização do trem, estavam de frente um para o outro, e colocar mais itens sobre a mesa era como se ela construísse uma muralha. Sentar cara a cara trazia uma sensação íntima demais, mesmo quando mais de vinte passageiros ocupavam o mesmo vagão.

— Próxima estação: Kunshan — anunciou o alto-falante em inglês. — Bem-vindos a bordo.

Roma se sentou. Ele não tirou o paletó cinza.

— Qual é a próxima língua?

— Francês — respondeu Juliette imediatamente, um segundo antes de um xangainês entrecortado gritar pelos alto-falantes. Ela ergueu as sobrancelhas. — Hum. Interessante.

Roma se inclinou para trás, o sorriso mais sutil possível brincando em seu rosto.

— Pessoas de pouca fé...

Um mero relance de humor piscou em sua expressão e desapareceu, mas foi o suficiente para fazer Juliette gelar, seu estômago se apertando. Por um ínfimo instante, Roma provavelmente se esquecera. E, quando o trem começou a andar, quando ele virou o rosto para a vista lá fora e o vidro refletiu de volta a dureza repentina de sua expressão, Juliette soube que ele havia se lembrado outra vez — quem ela era, quem eles eram, o que Juliette havia feito, o que os dois eram agora.

O trem roncou, avançando.

De Xangai a Kunshan não era uma viagem muito longa, e o cenário na janela logo se tornou rural, passando por casas dilapidadas em estradas de terra. Tufos de grama se estendiam nas laterais dos trilhos, lisos, retos e eternos — mais verde natural do que Juliette jamais vira dentro dos limites da cidade, exceto o que os estrangeiros cultivavam em seus parques.

Ela soltou o ar suavemente, apoiando a lateral do rosto no vidro. Roma fazia o mesmo, mas ela estava decidida a não olhar para ele mais do que o necessário, para que não fosse pega encarando-o. Sua cabeça se virou, interessada no vagão, observando as dúzias de passageiros enquanto o trem continuava seu ritmado *tch, tch, tch.*

Quando Roma quebrou o silêncio, havia se passado tempo o bastante para Juliette se surpreender, tendo se saído tão bem em ignorá-lo que ouvir sua voz foi como um choque.

— Supondo que encontremos o chantagista... — nada de prelúdios, nem enrolação, indo direto ao ponto — imagino que vamos precisar de um plano de ataque.

Juliette batucou os dedos na mesa.

— Atirar para matar?

Roma revirou os olhos, porém ela se irritou mais com o fato de ele estar tão bonito em meio à ação, as sombras escuras de seus cílios piscando para cima como se espalhassem *kohl.*

— E depois? — perguntou ele. — Não é diferente de quando a gente pensava que estava atrás do Larkspur. Se matarmos o chantagista, como chegamos aos monstros?

— *É* diferente desta vez — retrucou Juliette.

Ela sentiu um vento gelado percorrer o vagão, fazendo seus braços se arrepiarem. Quando estremeceu, o cenho de Roma se franziu ainda mais, seu olhar acompanhando o decote dela. Não era adequado para o inverno, Juliette sabia. Não precisava do julgamento dele.

— Como assim?

Juliette pegou o casaco.

— Não tinha nada ligando Paul Dexter aos Comunistas porque ele encontrou Qi Ren uma única vez, e apostou no caos de transformações aleatórias. Este chantagista, entretanto... — Ela se levantou para conseguir girar o casaco sobre os ombros, o tecido longo raspando na parte de trás dos joelhos. — Duvido que fique muito distante de seus monstros. Não quando eles estão sendo enviados como meros capangas, que obedecem à vontade do chantagista. Isso exige instruções passadas pessoalmente. Encontros constantes.

— Parece só um palpite — observou Roma.

— Esta missão inteira é um palpite — respondeu Juliette, fechando a gola. — Eu...

Ela parou, os olhos focados no final do corredor. O Rosa Branca francês estava no vagão também, a algumas fileiras deles.

E parecia... sentir dor.

— Juliette? — chamou Roma. Ele enfiou a cabeça no corredor, tentando ver a mesma coisa que ela. — Que diabos está acontecendo?

O Rosa Branca pegou o copo que tinha à frente e jogou o líquido no próprio rosto.

— FOGO! — gritou Juliette de repente.

O homem urrou de dor enquanto ela puxava Roma pelo braço, ignorando sua completa confusão ao procurar o fogo inexistente. Outros não foram tão céticos, correndo imediatamente para a porta do vagão e pulando para o seguinte. Esse era o problema de se sentar no fim do trem. Só havia uma direção a seguir.

— Que merda é essa, Juliette? — perguntou Roma de novo, quando ela o empurrou contra a multidão de passageiros que se afunilava na porta. — O que...

Juliette gritou ao ouvir algo se romper perto da janela: roupas rasgando. No instante seguinte, não havia um homem no assento, mas sim um monstro, tão alto que batia no teto, o peito arfando, as narinas tremendo. Seu tom verde parecia ainda mais grotesco à clara luz do dia, translúcido, revelando um movimento logo abaixo da pele: pequenos pontos pretos correndo na direção da coluna.

Eles estavam se aproximando da porta, mas metade dos passageiros continuava atrás dela. Se tentasse empurrar todos para o vagão seguinte, os insetos mergulhariam no restante do trem, infectando cada alma a bordo. Mas se ela os impedisse agora...

Os insetos saíram do monstro em uma única explosão colossal.

Então Juliette empurrou Roma para fora e bateu a porta entre eles.

Roma se virou, o ar preso na garganta, martelando o punho contra a porta. Aquilo era um *monstro* que acabara de surgir no vagão? Fora o *Rosa Branca* que havia se transformado no monstro?

— Juliette — rosnou. — Juliette, mas que *diabos*?

Todos os passageiros à sua frente haviam fugido, correndo pela segunda porta e entrando no vagão seguinte. Havia apenas Roma naquela passagem, onde o chão mudava a cada curva e a cada chacoalhar do trem. Ele empurrou a porta para cá e para lá, machucando os nós dos dedos na tentativa, mas alguma coisa a mantinha fechada, impedindo-a de ceder sequer um centímetro.

— Juliette! — Seu punho desceu sobre a porta com um tremor. — Abra a maldita porta!

E foi então que os gritos começaram.

Juliette torceu a corda ao redor da maçaneta e apertou com força, selando o vagão. No momento em que terminou, começou a chover insetos, as patinhas rastejando sobre qualquer superfície que encontrassem: corpo, chão ou parede. Não era a primeira vez que passava por isso, e mesmo assim a sensação fez seu estômago se contorcer, a náusea ameaçando sair por sua garganta.

Rastejando. Era tanto rastejar. Em seu cabelo, vestido, nas dobras do cotovelo, nos joelhos, nos dedos. Tudo o que ela podia fazer era fechar os olhos com força e contar com a vacina que tomara meses atrás. Sequer sabia se ainda tinha efeito, mas não havia nada a fazer agora, nada a não ser...

Ofegando, afastou um caroço do pescoço, desesperada para se livrar da sensação assim que pararam de cair. Ela se virou e abriu os olhos. Não sentia o desespero de cravar as unhas na garganta, nenhuma urgência em causar destruição. A vacina funcionara. Conforme as pessoas ao seu redor cambaleavam para os assentos ou tombavam de joelhos, Juliette ficou firme como se os pés estivessem enraizados no chão, os braços apertados contra a lateral do corpo. Quando as pessoas ergueram as unhas contra a própria pele e começaram a cavar, Juliette não podia fazer nada além de observar.

Ai meu Deus.

O monstro soltou um som, um berro visceral de outro mundo. Imediatamente, ela avançou, empurrando as vítimas em meio ao surto. Queria fugir e se esconder, mas não havia tempo para o que ela *queria* fazer, apenas para o que era preciso.

Não feche os olhos, ordenou a si mesma. *Assista à carnificina. Assista à destruição. Sinta o melado do sangue tingir o carpete de vermelho, e lembre-se do que está em risco nesta cidade. Tudo porque algum comerciante estrangeiro quer brincar de ganancioso.*

Juliette sacou a arma, mirou e atirou direto na barriga do monstro.

O som de tiros ecoou pelo vagão trancado. Horrorizado, Roma deu um passo para trás, tão chocado com o som que não conseguia encontrar forças para empurrar a porta. Naquele momento, não mais se importava. A cidade despareceu, a guerra de sangue desapareceu, toda a sua raiva, revolta e desejo de vingança se despedaçaram até virar pó. Só conseguia pensar em Juliette... morrendo, ela estava morrendo, e ele não permitiria. Uma parte remota dele determinara que era seu dever matá-la. Mas a outra parte, ali, no presente, simplesmente não conseguia suportar essa ideia — não ali, não agora.

— Não... — sussurrou, um tremor cortando-lhe a voz. — Não.

O monstro mergulhou para o lado, mal sentindo as balas. Seus membros moles estavam cobertos pela umidade, pequenas gotas de água que pareciam viscosas ao toque.

Juliette mirou de novo, mas os sons atrás de si, os gemidos de dor e medo do último suspiro de uma vítima, a distraíram mais do que conseguia suportar, e, quando a bala atingiu apenas o ombro do monstro, ele aproveitou para se espremer entre dois assentos e se lançar direto contra uma janela, deixando uma trinca em forma de teia de aranha no vidro.

Estava tentando escapar.

Juliette sacou a faca da coxa, com a intenção de atirá-la. Que criatura conseguiria sobreviver a uma lâmina no olho? Que criatura, não importa o quão monstruosa, aguentaria uma cabeça totalmente aberta?

Mas não foi rápida o bastante. Quando conseguiu passar com esforço pelos corpos caídos, o monstro já havia se jogado contra a janela de novo e a despedaçado completamente, lançando cacos de vidro pelo vagão. Juliette ofegou e cobriu o rosto com a mão. Antes que pudesse se recuperar, o monstro já havia rolado para fora, sem se importar com a alta velocidade do trem.

— Não! — exclamou Juliette, cuspindo um palavrão.

Ela correu até a janela aberta, observando-o aterrissar nas colinas e se transformar de volta num homem, a metamorfose tão casual quanto um casaco sendo removido. Em segundos, ele desapareceu de seu campo de visão. O trem continuou avançando, deixando-o no campo, todo aquele sangue nas mãos do sujeito e ninguém capaz de saber sua identidade.

Juliette cambaleou para longe da janela, as pernas cedendo. Ela já havia acreditado, mas ver com os próprios olhos era muito diferente. Aquele não era mais Qi Ren e suas transformações aleatórias, brigando contra si mesmo e deixando rastros de sua outra forma, em uma tentativa de compreender o que acontecia com seu corpo. Esta não era mais uma insanidade espalhada pela água, atingindo os gângsteres que trabalhavam em horários incomuns no Bund. *Estes* monstros eram assassinos. Assassinos que seguiam as ordens de alguém, transformando-se em bestas a seu bel-prazer e encolhendo-se de volta em homens quando lhes convinha.

A situação se agravava a cada minuto.

Quando os gritos pararam, Roma mal conseguia se mexer. Cada possibilidade lhe passou pela mente, e a maioria delas envolvia o corpo de Juliette despedaçado no chão do trem. Se havia uma força maior, Roma torceu para que estivessem escutando. Tudo o que ouviriam era: *por favor, por favor, por favor.*

Por favor, esteja bem.

O silêncio foi cortado pelo súbito barulho de vidro quebrando no vagão. Com a respiração trêmula, Roma foi para a frente de novo e empurrou a porta com toda a força.

Enfim, ela se abriu.

Sentiu o cheiro de sangue imediatamente. Então o vento, assobiando por uma janela destruída. O monstro não estava à vista. Mas Juliette... Lá estava ela, como um anjo vingativo analisando o campo de batalha, a única figura que se mantinha de pé em um vagão repleto de corpos. Sua bochecha estava manchada de sangue.

Ela piscou, de maneira tão lenta que parecia estar acordando de um sonho. Quando começou a andar na direção dele e tropeçou, Roma correu e a pegou sem nem pensar, segurando-a apertado pelo tempo de uma, duas, três batidas de seu coração. Naquele momento que se arrastou, ele pressionou o rosto contra a textura dura do cabelo dela, contra a pele macia de seu pescoço. Ela soltou o ar, relaxando no peito dele, e foi isso o que trouxe Roma de volta à realidade. Juliette estava bem, então todo o seu pânico se transformou em fúria.

— *Por que* você fez isso? — questionou, afastando-se. Ele a chacoalhou pelos ombros. — Por que você faria uma coisa dessas?

Corpos no chão, gargantas dilaceradas, trilhas de vermelho que iam do olho à orelha. Mas Juliette... Juliette parecia ilesa.

— Eu tomei a vacina de Paul — disse ela, trêmula. — Sou imune.

— Aquilo era para o primeiro monstro — gritou Roma, irritado. — Esses podiam ser diferentes!

A ideia de que havia sido um monstro *Rosa Branca* se escondendo debaixo de seus narizes apenas piorou a fúria no peito de Roma. Se soubesse que era preciso impedir o Rosa Branca antes, nada disso teria acontecido. Se *soubesse* qualquer coisa sobre isso, teria torturado o homem em busca de informações há muito tempo, e as chantagens absurdas na cidade teriam terminado.

— Eu imaginei que funcionaria. — Juliette tirou as mãos dele de seus ombros. — E *funcionou*.

— Foi uma aposta. Você apostou a sua *vida*.

A mandíbula de Juliette ficou visivelmente tensa, e ela ergueu o queixo em desafio. Roma sabia que estava sendo condescendente, mas não se importava. O ar continuava carregado de sangue, a violência do cenário ensopando suas roupas, grudando em suas peles. Notando o mesmo fato, Juliette o empurrou para o compartimento entre os dois vagões e fechou a porta de correr mais uma vez.

— *Funcionou* — sibilou ela. Agora apenas os dois ocupavam o espaço de conexão do trem, e um painel de madeira os separava de um cômodo repleto de corpos. — Eu salvei o trem inteiro da infecção.

— Não. Você quis bancar a heroína e deu sorte.

Juliette jogou os braços para o ar, bufando. Uma mancha de sangue continuava em sua bochecha. Havia outra em sua manga, e mais uma na perna.

— E qual é o problema nisso?

Era. Era um problema, e Roma não sabia explicar o porquê. Ele queria sair andando de um lado para o outro, se mexer, libertar o sentimento frenético que rugia e crescia dentro de si, mas não havia espaço ali, nada além de paredes apertadas ao redor deles e o chacoalhar instável do trem sob seus pés. Não conseguia pensar, não conseguia se mover, mal entendia a reação que acontecia dentro de si.

— Sua vida não é um jogo com a sorte — declarou Roma.

— Desde quando — sibilou Juliette, imitando a ênfase dele — você se importa com a minha vida?

Roma marchou direto para ela. Talvez fosse uma tentativa de intimidá-la, mas eram quase da mesma altura. Quando tentou se estufar acima dela, acabaram ficando nariz contra nariz, encarando-se com tamanha intensidade que o mundo podia pegar fogo e nenhum dos dois teria percebido.

— Não me importo. — Ele tremia de raiva. — Eu odeio você.

E, quando Juliette não recuou, Roma a beijou.

Pressionou-a direto contra a porta, as mãos se erguendo para segurarem o pescoço de Juliette, aproximando-se o máximo que ousava do cheiro ardente e doce da pele dela. Um suspiro imperceptível partiu os lábios de Juliette, e a seguir ela o estava beijando de volta com a mesma excitação intensa, como se fosse apenas para se libertar disso, como se não fosse *nada*.

Eles não eram nada.

Roma se afastou de repente como se tivesse se queimado, arfando por ar e recobrando os sentidos. Juliette parecia igualmente hipnotizada, mas ele não olhou para ela uma segunda vez antes de se virar e marchar pela outra porta de correr, batendo-a atrás de si.

Por Deus. O que havia feito?

O restante do trem murmurava em total normalidade. Ninguém prestou atenção em Roma quando ele ficou parado na entrada do vagão, o coração martelando nas orelhas e saltando sob a pele fina dos pulsos. Só quando um homem andou até ele, com a intenção de pedir licença e passar pela porta, foi que Roma finalmente acordou de seu estupor e ergueu a mão em alerta.

— Não. Há corpos por todo o lugar.

O homem piscou, assustado. Roma não ficou para lhe dar explicações, apenas o empurrou rudemente e seguiu adiante para o espaço entre o próximo vagão. Só ali, preso entre duas portas, longe de olhares curiosos, ele enfim passou a mão pelo cabelo e soltou um longo suspiro.

— Qual é o meu problema? — murmurou.

Ele queria gritar e surtar de raiva. Queria gritar com *Juliette* até ficar rouco. Mas sabia que se gritasse *"eu odeio você"*, o que realmente queria dizer era: *"eu te amo. Eu ainda te amo tanto que odeio você por isso"*.

O trem pulou sob seus pés, encontrando trilhos mais suaves. Seu som estridente foi engolido, e por um momento de pausa tudo o que se ouvia no compartimento era a respiração pesada de Roma.

Então os trilhos se tornaram irregulares de novo, e o piso retomou seu chiado fraco.

Quinze

Era final de tarde quando o trem chegou a Kunshan, e ainda mais tarde quando Roma e Juliette terminaram de falar com as autoridades, porque o que chamavam de autoridades ali não passava de homens em uniformes baratos que empalideceram ao ver os corpos. O que poderia ter levado dez minutos levou, em vez disso, duas horas, em que Juliette fazia ameaças e gritava: *"vocês sabem quem eu sou?"*, antes que removessem os corpos e fizessem uma lista completa das vítimas. Os cadáveres foram para o necrotério, e mensageiros foram despachados de carro para Xangai, a fim de notificar tanto a Sociedade Escarlate quanto os Rosas Brancas sobre o ocorrido. Também enviaram homens pelos trilhos, perambulando pelas colinas para procurar o monstro foragido, mas Juliette duvidava que fossem encontrar algo. Não com aquele nível de incompetência. Quando finalmente convocasse Escarlates para que dirigissem até o local e procurassem com as ditas autoridades, sabia que o monstro teria partido há muito tempo.

— Um absurdo! — resmungava Juliette ao sair da estação de trem com Roma. — Absurdo total!

— Era de se esperar — respondeu Roma, neutro. — Imagino que eles nunca tiveram que lidar com uma chacina desse porte.

Irritada, Juliette revirou os olhos semicerrados para ele, mas optou por ficar em silêncio. Não haviam conversado sobre o que acontecera entre ambos no trem e, se era assim que Roma queria, ela estava contente em fazer o mesmo. Parecia que deveriam fingir que nunca acontecera, mesmo que Juliette mal pudesse olhar na direção dele sem sentir os pequenos pelos do braço se arrepiarem.

Não deveria tê-lo beijado de volta.

Ele a odiava, mas isso não apagava todo o passado dos dois, nem o instintivo puxão que sempre os fazia colidir como meteoros em órbita. Juliette sabia o que se passava na cabeça dele, pois era exatamente o que circulara a mente *dela* alguns meses antes, então por que havia sido tão descuidada a ponto de ceder? Mesmo que ele não a odiasse tanto quanto dizia, o perigo só aumentava. Todo o *propósito* de mentir para ele era mantê-lo afastado. Todo o *propósito* era que não podiam fazer aquilo de novo, porque assim que Roma visse através da máscara dela, a cidade de sangue os alcançaria, e talvez pudessem finalmente ficar juntos na *morte*.

E o que era o amor, se tudo o que fazia era matar?

— ...um carro?

Com um pulo de espanto, Juliette percebeu que não estivera ouvindo, e apenas então registrou a sugestão de Roma, olhando para a rua. Depois de lidar com os corpos, eles perguntaram como chegar ao seu destino a um oficial, e a rota era uma caminhada simples, embora longa. Kunshan era considerada uma cidade, mas extremamente diferente de Xangai. Em vez de uma entidade viva, que respirava, que se virou contra si mesma na busca por espaço, Kunshan era um pequeno ponto no mapa: um grupo de mais ou menos dez vilarejos, lado a lado, com pouca atividade após o burburinho da energia do dia a dia. O lugar era fácil de percorrer por ser quieto e calmo, porém isso também significava que seria impossível se esconder caso alguém tentasse segui-los.

— Não, não podemos usar um carro — respondeu Juliette. Ela espiou por cima do ombro, observando os poucos oficiais que continuavam de pé em frente à estação, compenetrados em suas conversas. — O chantagista está no nosso pé. Seria muito fácil nos seguir.

Roma também olhou para trás, franzindo o cenho quando percebeu que Juliette ainda observava os inúteis oficiais administrativos de Kunshan.

— *Eles?*

— Claro que não.

Ela apertou o passo. Naquele ritmo, chegariam ao endereço só depois do pôr do sol. O frio já estava mordendo de tão gelado. Após o cair da noite, seria praticamente insuportável ficar nas ruas, ainda mais considerando

138   FINAIS VIOLENTOS

que o grosso casaco de Juliette pendia mais para o lado da moda do que da praticidade.

— Mas eu estava pensando — continuou ela. — Aquele homem foi enviado atrás de nós no vagão, mas não teve pressa em se transformar. Foi Paul Dexter quem me vacinou, então imagino que seu colaborador saiba que sou imune. Eles não estavam tentando nos matar. Estavam tentando nos assustar, e às favas os danos colaterais.

Um sino soou em algum lugar à distância. Seus ecos repercutiram pela coluna de prédios retos que se erguia firme do outro lado da rua. Enquanto Roma e Juliette caminhavam pela calçada, um pequeno riacho fluía gentilmente à sua esquerda, acomodando-se na tarde que aos poucos desaparecia.

Às vezes, Juliette se esquecia de que era assim que o restante do país vivia. Quanto mais afastado das cidades litorâneas, mais longe do controle da costa, dos Nacionalistas sedentos por poder e dos invasores estrangeiros. Um recuo dos lugares onde cada gesto parecia ser de vida ou morte e, em vez disso...

O riacho se transformava suavemente em um rio maior. Quando um passarinho se empoleirou em uma pedra à margem, mal perturbou o fluxo da água.

Em vez disso, tinham espaço para respirar.

— Acredite se quiser — disse Roma. — Esse ataque do monstro foi uma coisa boa.

Juliette desviou a atenção da água, procurando pela próxima placa de rua. A última coisa de que precisavam era ficarem perdidos.

— Perdão, mas os corpos a caminho do necrotério diriam o contrário.

— Que descansem em paz, eu obviamente não desejo mais mortes. — As palavras de Roma tinham um tom incisivo. — Quando voltarmos a Xangai, vou investigar cada Rosa Branca nas nossas fileiras, até descobrir exatamente quem era aquele francês. E se nossa vinda até aqui não se provar útil, descobrir a identidade do monstro pode ser a forma mais rápida de rastrear o chantagista.

Juliette não via motivo para argumentar. Nada impediria Roma de se recusar a compartilhar informações com ela, caso o próximo movimento dependesse apenas dele. Porém, se Juliette se irritasse com isso, ele ficaria nervoso também, e ambos começariam a gritar um com o outro de novo, porque era fácil demais ceder à raiva só para ter um breve segundo da verdade. Em busca de um sinal de que Juliette não estava completamente perdida para ele, Roma começaria uma briga. Em um momento de fraqueza por um vislumbre do homem que amava, Juliette responderia à altura. Era um jogo volátil. E ela precisava parar. Não podia continuar com isso. Se precisava se tornar fria, que assim fosse.

— Espero que essa vinda se prove útil, então — disse Juliette em voz alta.

Ela gesticulou para que continuassem andando, e espiou mais uma vez por cima do ombro.

— Acho que chegamos — disse Roma.

Ele parou, olhando para o que estava à sua frente, sem esconder a confusão estampada no rosto. Juliette também correu os olhos pela fileira de lojas, pensando que deveriam ter entendido algo errado.

Não tinham.

O endereço para o suposto centro de vacinação era um restaurante de *wonton*.

— Eles fizeram propaganda desse lugar por toda a Concessão Francesa — comentou Juliette. Ela não conseguia conter o tom de acusação na voz, embora não tivesse tanta certeza de quem estava culpando. — Não é possível que seja um esquema só para conseguir mais clientes para tigelas de *húntún tāng*.

Roma subitamente sacou dois revólveres de dentro do paletó, um de cada lado. Juliette piscou surpresa com a agilidade dele e pensou, distraída, como não havia sentido as armas quando estivera pressionada contra seu corpo mais cedo.

— Não pode ser só um restaurante — disse ele. — Vamos, Juliette.

No tempo em que ela levou para sacar sua pistola, Roma já havia avançado na frente e chutado a porta do lugar. Juliette se apressou a segui-lo, sentindo-se meio tola por invadir justo um restaurante de *wonton*, e encontrou

Roma no caixa, exigindo falar com quem tivera a coragem de distribuir uma nova vacina, fosse quem fosse. Num canto mais distante, havia um casal de clientes idosos, os olhos arregalados e preocupados.

— Por favor, por favor! — gritou o homem atrás da caixa registradora, imediatamente levando as mãos ao alto. Era idoso também, no final da meia-idade, os cabelos longos puxados para trás com uma faixa. — Não atire! Não sou quem você procura!

Juliette guardou a pistola, olhando o casal idoso nos olhos e erguendo um polegar na direção da porta. Eles não precisaram de uma segunda deixa. Levantaram-se depressa, pegaram suas bolsas e correram para fora. A porta bateu tão forte atrás deles que fez as luzes do teto piscarem.

— Então quem é? — perguntou Roma. — Quem é o dono deste lugar?

O pomo de adão do homem subiu e desceu ao engolir em seco.

— Eu... sou eu.

Enquanto Roma mantinha as armas apontadas para o dono do restaurante, Juliette se inclinou sobre o balcão e olhou para os fundos. Uma rápida conferência revelou uma mesa cheia de farinha, um punhado de massa fermentando na pia e ali, sobre uma cadeira...

— Bom, estou vendo que os panfletos vieram daqui, então não adianta mentir — disse ela, empolgada. — *Lăotóu,* como você está fazendo a vacina?

O homem piscou, seu terror evidente se transformando em confusão.

— Fazendo... a vacina? Eu... — A cabeça dele girou de volta para Roma, os olhos ficando vesgos por encarar o cano do revólver. — Não! Eu não estou fazendo nada. Estou leiloando o último frasco que sobrou do Larkspur de Xangai.

Juliette empurrou a caixa registradora. Ela trocou um rápido olhar com Roma e em seguida, sem se importar com a etiqueta, subiu direto com os saltos no balcão e pulou para os fundos da loja, pegando um dos panfletos. Era idêntico ao que Ernestine de Donadieu lhes dera, até o último errinho de francês. Porém, desta vez, ela percebeu o equívoco que haviam cometido:

OS SURTOS VOLTARAM!

VACINE-SE!

CHLOE GONG   141

Onde dizia que o local anunciado estaria vacinando alguém? Os dois haviam meramente presumido tal fato, por ser o que os panfletos do Larkspur diziam.

— *Tã mã de* — xingou Juliette, jogando o papel no chão. — Você tem *uma* dose?

O homem assentiu ansiosamente, percebendo que essa informação tiraria os gângsteres de cima dele.

— Eu queria coletar ofertas dos estrangeiros, e aí vender pelo maior lance. Estou precisando de dinheiro, entendem? Não é fácil administrar um restaurante de *húntún* em Kunshan, e quando meu primo de Xangai me deu esse frasco que estava guardando…

— Ah, pare de falar, eu imploro — interrompeu Juliette, erguendo a mão.

Aquele não era um centro de vacinação, longe disso. Era um leilão.

Com um suspiro, Roma guardou os revólveres, enfiando-os de volta no paletó. Estava visivelmente irritado. Tudo isso fora uma perda de tempo. O que poderiam fazer com uma dose? Já haviam pedido a Lourens, dos laboratórios Rosas Brancas, para testar a vacina da outra vez, em uma tentativa de recriá-la, mas ele não conseguira.

Os olhos de Juliette se arregalaram de repente.

Lourens falhara no passado… mas agora os Escarlates tinham a papelada de Paul.

— Eu fico com ela — disse Juliette, a declaração saindo tão alta e abrupta de sua boca que fez o homem pular. Com um gesto suave, ela se abaixou e pegou o panfleto. Em seguida, usou uma caneta-tinteiro que estava ao lado do caixa para rabiscar um número. — Minha oferta.

O homem olhou a soma e seu queixo caiu na mesma hora.

— Eu… eu… não posso simplesmente concordar. Preciso enviar telegramas para o caso de ter lances mais altos…

— Eu dobro a oferta — interrompeu Roma. Quando Juliette o encarou com seriedade, ele sorriu, a expressão debochada. — Vamos compartilhar, não vamos, Senhorita Cai?

— O que você pensa que está fazendo? — perguntou Juliette, em russo. Ela estampou um sorriso no próprio rosto, para que o dono do lugar não percebesse que haviam trocado o idioma a fim de discutir. Não precisavam que ele descobrisse que havia uma grande demanda por sua vacina. — Vocês já fizeram testes, lembra? Lourens não conseguiu recriá-la, só conseguiu determinar que era uma vacina de verdade.

— É — concordou Roma. — Daquela vez, não tínhamos os materiais de Paul Dexter. Lembre-se: ainda podemos roubá-los de vocês. E, se você quer tanto esse frasco, tenho certeza de que acha que fará um grande avanço se usá-lo junto à papelada.

Juliette quase começou a tremer com a nova irritação. Ele havia percebido suas intenções, como se ela fosse transparente como vidro. Sempre fazia isso.

— Se ambos *shàoyé* e *xiǎojiě* querem um frasco próprio... — começou o homem, as mãos balançando à frente. Havia um novo nervosismo em seu semblante. Ele percebera então. Ligara os pontos a respeito da identidade de Juliette e Roma, pois assim que Roma a chamara de Senhorita Cai, não devia ter sido difícil entender que os herdeiros da Sociedade Escarlate e dos Rosas Brancas de Xangai estavam ali. — Havia duas doses circulando quando o Larkspur caiu. — Ele pegou outra folha de papel e, com a mesma caneta-tinteiro que Juliette usara, começou a escrever rápido. — A segunda está em Zhouzhuang. Este é o vendedor e o endereço...

— Esqueça — disse Juliette. — Só precisamos de uma, então não vá achando que pode tentar arrancar o dobro de dinheiro de nós. É pegar ou largar.

O dono do lugar parou. Juliette conseguia imaginar as engrenagens girando em sua mente, calculando as chances de existir uma oferta melhor, e os riscos envolvidos em negar algo aos gângsteres de Xangai.

Em silêncio, ele se agachou e começou a colocar a combinação em um cofre embaixo do balcão, um que Juliette sequer notara. Ela franziu o cenho, e o sujeito percebeu.

— As pessoas entram em desespero, e eu não tenho como pagar guardas — explicou, enquanto girava os números.

O cofre chiou ao abrir. O homem enfiou a mão ali e apareceu com o frasco, que brilhava do mesmo tom azul de lápis-lazúli de que Juliette se lembrava. Ela estremeceu.

— Imagino que os senhores não tenham o dinheiro em mãos, né?

— Vamos assinar uma nota promissória — respondeu Roma de imediato.

O homem sabia quem eram, afinal. Sabia que eram grandes e poderosos o suficiente para manterem a palavra. A Sociedade Escarlate e os Rosas Brancas tinham o dinheiro.

Tudo o que tinham era dinheiro, na verdade.

— Bom, obrigado por fazerem negócios — disse o dono do estabelecimento com animação, observando Roma e Juliette escreverem seus nomes na mesma folha em que ela havia rabiscado a quantia.

Ele tinha um bom motivo para estar animado — havia acabado de se tornar um homem muito, muito rico. As duas organizações sentiriam os efeitos desse pagamento, mas não era nada de que não pudessem se recuperar. Os Escarlates haviam se recuperado várias vezes depois de pagar o chantagista.

— Eu fico com isso — disse Juliette, pedindo o frasco e lançando um olhar de alerta para Roma.

Ele não reclamou. Deixou o homem pressionar a vacina nas mãos dela, aproveitando a palma estendida de Juliette para enfiar junto o papel com o endereço do segundo vendedor.

— Vocês deveriam ficar com isso, de qualquer forma.

Juliette enfiou os dois no bolso. Roma apenas observou o gesto em alerta, os olhos brilhando pretos, como se suspeitasse que ela fosse fazer um truque de mágica e desaparecer com o frasco. Ela não se surpreenderia se ele tentasse pegá-lo em algum ponto no caminho de volta à cidade.

Nem pense nisso, disse ela, movendo os lábios.

Jamais, retrucou ele da mesma forma.

— Então… — disse o homem ao silêncio que pairava. — Vocês dois vão querer uma tigela de *wontons*?

Dezesseis

O último trem para Xangai havia sido cancelado.

— *Como assim*, cancelado?

Roma e Juliette se remexeram e se entreolharam, perturbados pela forma como haviam falado juntos. A funcionária atrás da cabine de passagens não percebeu. Estava mais entretida com o livro aberto em seu colo.

— Foi cancelado — repetiu ela. — O trem que chegaria às 9 horas estava operando mais cedo e teve um problema. Foi encaminhado para manutenção.

Juliette massageou testa. Era o mesmo trem que os havia levado até ali, o que tinha o último vagão encharcado de sangue pelo ataque do monstro. *Manutenção.* Tomara que tenham um alvejante bem forte.

— Não me diga — começou, séria, a respiração embaçando o ar ao seu redor — que acabamos de perder o anterior?

A funcionária olhou para a tabela de horários. Juliette podia jurar que ela estava contendo um sorriso de satisfação. Os moradores do campo eram sádicos, sem dúvida, quando o assunto eram as desventuras das pessoas da cidade.

— Por dez minutos, *xiǎojiě* — confirmou ela. — O próximo é amanhã de manhã.

Juliette fez um som no fundo da garganta e saiu andando para longe da cabine, pisando forte pela plataforma.

— Todos os carros locais param de trabalhar à noite — disse Roma, seguindo atrás dela —, mas podemos chamar um de Xangai.

— De carro, são quase quatro horas de uma cidade para a outra... *só de ida* — respondeu Juliette. Ela parou, observando a estação vazia. — Se chamarmos um chofer, já vai ter amanhecido antes de voltarmos. Mais fácil esperar o trem. Pelo menos é relativamente quente.

Roma parou também, pensativo, quando se voltou para ela. Sua boca se abriu para falar. Só então seus olhos se arregalaram para algo acima do ombro dela, a expressão inteira dele se assombrando.

— Abaixe-se!

Juliette mal teve um momento para registrar o comando, antes que ele agarrasse seus braços e a puxasse para o chão. O ar ficou preso em sua garganta, os joelhos ralando forte contra a plataforma. Com as mãos dele ao redor do pulso e os próprios dedos enluvados enrolados na manga dele, a ideia de que seria muito fácil puxá-lo para perto sussurrou em sua mente, mas foi apenas isso: um sussurro. Facilmente silenciado, facilmente soprado para longe. Antes que pudesse fazer ou dizer algo ridículo, Juliette chacoalhou o braço para se soltar de Roma e se virou, tentando ver o que havia causado tal reação.

— O que foi? — perguntou.

Os olhos de Roma continuaram estreitos, procurando no escuro.

— Um atirador — respondeu. — Um atirador que decidiu não atirar, pelo visto.

Juliette não viu nada, mas Roma não tinha motivos para mentir. Havia uma sensação estranha, alerta, perseguindo-a a tarde toda, que ela pensara ser desconforto — aquele frio subindo e descendo por sua coluna, que costuma ser natural em um lugar tão quieto. Porém, talvez não estivesse em sua cabeça. Talvez, como suspeitara antes, houvesse alguém os seguindo desde que desembarcaram do trem.

— Vamos — chamou, levantando-se. — Não podemos ficar aqui. Não expostos desse jeito.

— Para onde mais iríamos? — sibilou Roma. Depois de se demorar por um instante, ele se apressou a segui-la também, espanando a poeira da calça antes que manchasse. — Você faz ideia do quão cedo as pessoas dormem por essas bandas?

Juliette deu de ombros e seguiu em frente.

— Somos pessoas encantadoras. Podemos jogar nosso charme para que as portas se abram, tenho certeza.

Porém, no fim, Roma tinha razão. Eles caminharam até o próximo trecho residencial de Kunshan e começaram a bater às portas, descendo pelas ruas estreitas. Quando terminaram de rodear e percorrer cada prédio, batendo em cada portão de entrada, ainda não haviam recebido resposta de ninguém.

E estava terrivelmente frio.

E Juliette estava com aquela sensação desconcertante de novo.

Apalpou uma faca e parou ao final da rua. Quando Roma enfim se arrastou até ela após desistir do último prédio, Juliette ergueu a mão, pedindo para que ele parasse também.

— Está congelando aqui, Juliette — murmurou ele, os dentes batendo. — Não foi uma boa ideia.

— Ainda é melhor que a estação — sussurrou ela.

Estavam cercados pela escuridão, pois os postes em uma cidade como aquela eram poucos e espaçados. Talvez por isso ninguém saísse tão tarde, porque não havia nada para guiar o caminho além do luar prateado que espiava por trás de nuvens carregadas. Era difícil ver o que estava à espreita por ali.

— Estamos sendo seguidos — anunciou Juliette.

Roma sacou um dos revólveres. Parecia quase cômico: ele, mirando no nada.

— Devo atirar? — perguntou.

— Não seja ridículo — disse ela, puxando os braços dele para baixo. Seus olhos se voltaram para o brilho fraco de uma luz à distância. — Olhe, tem alguém acordado ali.

Juliette começou a andar imediatamente, a faca ainda apertada na mão para o caso de alguém saltar das trevas. Ela não entendia como era possível que alguém os seguisse, embora sua certeza crescesse cada vez mais. Ao redor, não havia onde se esconder. De um lado, a rua residencial se estendia até outro riacho pequeno que fluía; do outro, havia um denso bambuzal.

— Você acha que talvez fantasmas existam? — perguntou Roma, alcançando-a.

Juliette lhe lançou um olhar incrédulo.

— Não seja ridículo.

— Por quê? No passado, você também não achava que monstros existiam.

Ponto para ele, mas mesmo assim Juliette revirou os olhos e deslizou a faca para dentro da manga, finalmente se aproximando do prédio iluminado. Tensa, ela correu os olhos pela escuridão e, quando lhe pareceu que não havia movimento, subiu os degraus para bater.

A mão de Juliette desceu de imediato e então paralisou, pairando a poucos centímetros da porta sanfonada. Os painéis eram revestidos com tecido, no estilo das construções das dinastias imperiais. Sobre a porta, havia três caracteres gravados, que era como estabelecimentos comerciais declaravam sua função. Agora, com a luz que vinha da porta, ela conseguia lê-los.

— Juliette — disse Roma, chegando à mesma conclusão.

Ela deixou escapar uma risada.

— É um prostíbulo.

Seu tom não era de escárnio: o termo era de fato o mais adequado. A porta se abriu, e uma mulher os espiou, seu robe flutuando pelo que pareciam quilômetros atrás dela. Aquele não era como os bordéis de Xangai, não era os fundos da loja de tecidos de alguém ou a metade de cima de um restaurante. Era uma estrutura magnífica, de ao menos três andares, com um corrimão que se contorcia em círculos a cada piso e uma fonte de água no centro, liberando os mais doces perfumes florais.

— Olá — disse a mulher, inclinando a cabeça de lado. — Nunca vi vocês antes.

— Ah. Nós, há… — começou Juliette. Ela olhou para Roma, e a expressão dele se transformou em ansiedade, um pedido para que ela lidasse com aquilo. — Não somos clientes. Ficamos presos na cidade esta noite e estamos procurando um lugar para ficar.

Roma finalmente pigarreou.

— Temos dinheiro para pagar, é claro.

A mulher os observou por mais um momento. Em seguida, ergueu os braços energicamente, as mangas de seu *hanfu* se inflando ao vento.

— Entrem, entrem! Todos os viajantes perdidos são bem-vindos, é claro.

Roma e Juliette não precisavam de mais encorajamento. Saíram depressa do frio e entraram, dando uma última encarada de alerta para a noite, para o caso de ela estar espreitando. Roma fechou a porta com firmeza, e Juliette assentiu, sinalizando que agora estavam seguros, longe dos olhos observadores de quem — ou o que — estivesse atrás deles.

— Sigam-me, por favor, jovens.

A mulher já estava se afastando, os passos leves. A maneira como ela se movia parecia uma dança, trocando entretenimento por atenção, fazendo cada segundo dedicado a observá-la valer a pena.

— Obrigada — falou Juliette, seguindo-a. — Como você prefere ser chamada?

Houve um súbito estouro de risadinhas num canto, e os olhos de Juliette perceberam um caleidoscópio de cores: de seda flutuando e leques de renda, segurados por figuras delicadas vestidas com diversos tons de *qipao* de alta qualidade.

Quase soavam felizes.

— Pode me chamar de Senhorita Tang — disse a mulher por sobre os ombros. Ela apontou para a escadaria. — Devo colocá-los lá em cima?

Juliette ergueu a cabeça e avaliou os andares mais altos, observando os homens debruçados sobre o corrimão e as meninas que os rodeavam por todos os lados. Suas posturas relaxadas eram casuais, olhando para baixo e vendo o restante da casa como se não tivessem pressa para começar suas noitadas. Ela sabia que as aparências enganam. Sabia que todo lugar tinha seu lado sombrio, que talvez aquelas garotas só fossem melhores em esconder a amargura. As meninas de Xangai trabalhavam como se a vida já lhes tivesse sido completamente sugada.

Mas o glamour ali era sedutor, e nada era mais surpreendente do que encontrá-lo numa cidade que não tinha fama alguma, não como Xangai. A beleza ali era uma arte, algo a ser aperfeiçoado e manuseado, transformado em uma performance. Em Xangai, a beleza era um meio para um fim.

— Qualquer quarto que esteja vago. — Suspirou em resposta. — Realmente não fazemos questão...

— Ah!

Juliette se virou ao ouvir o grito de Roma. Não havia notado que ele não estava mais ao seu lado. Nem quando foi que isso acontecera. Seu coração acelerou, os dedos imediatamente se contorcendo até a lâmina ainda escondida em seu pulso.

Então ela o viu e percebeu que não havia necessidade de revelar as armas sob o casaco. Roma apenas havia sido fisgado por três das garotas. Estava tendo dificuldades para se libertar, aparentemente, pois seus braços haviam sido agarrados e as jovens não soltariam a presa tão fácil assim, já exigindo sua atenção. Juliette mordeu as bochechas.

— Não, não, está tudo bem — insistiu Roma. — Só estamos aqui pelo alojamento, de verdade...

Sem conseguir se conter mais, Juliette soltou uma gargalhada. A cabeça de Roma se ergueu depressa, como se o som o lembrasse de que ela estava a um passo de distância.

— *Lăopó*! — chamou ele, em vez de gritar por ajuda.

As garotas tomaram um susto, soltando-o por um breve momento. Juliette não estava mais rindo. Suas sobrancelhas se ergueram imediatamente. *Quem ele pensa que está chamando de* esposa?

Roma logo se soltou, correndo para o lado dela.

— Sinto muito — gritou para trás. Seus braços envolveram a cintura de Juliette e, quando ela saltou, tentando imediatamente se desvencilhar, ele antecipou a direção para onde Juliette tentaria escapar e segurou-a com mais força. — Meus votos de casamento não permitem essas travessuras. Talvez em outra vida!

— Por favor, me perdoe — murmurou Juliette em voz baixa. Conseguia sentir os dedos dele através do casaco. Conseguia sentir a tensão nos braços de Roma, a forma como tentava impedir a si mesmo de se acomodar no abraço que haviam aperfeiçoado cinco anos antes. *Não se apoie nele. Aconteça o que acontecer, não se apoie nele.* — Eu nem me lembro quando foi que proferimos nossos votos.

— Entre no jogo — disse Roma entre os dentes cerrados. — Temo que elas iam me matar enquanto eu durmo, sem motivo algum.

— Isto aqui não é Xangai, *qīn'ài de*. Elas matariam você com ternura, não com adagas.

— Fale menos, *dorogaya*.

Juliette o encarou, irritada, e se perguntou se conseguiria se safar se segurasse uma faca na mão e *tropeçasse* para cortar o rosto bonito dele, só um pouquinho, um pequeno corte vermelho aqui e ali. Ela havia usado um termo afetivo de maneira sarcástica, mas ainda assim se arrepiou ao ouvi-lo fazer o mesmo. Antes que pudesse sacar a adaga, entretanto, a Senhorita Tang estava gesticulando à frente para que a seguissem pela escadaria em caracol, para o segundo andar.

— Ah, o amor dos jovens — disse a mulher quando a alcançaram no topo dos degraus. Ela suspirou, abrindo os braços de um jeito teatral contra o corrimão. — Eu quase havia esquecido como era.

Uma tortura, respondeu Juliette silenciosamente. Eles começaram a andar pelo segundo piso. *Tudo dói, e tenho certeza de que logo vou desfalecer em agonia e poeira...*

— Mesmo quarto ou separados? — perguntou a Senhorita Tang, interrompendo o devaneio de Juliette.

— Separados — respondeu ela, ríspida, tão rápido que fez a mulher dar um pulo, os olhos arregalados espiando por cima do ombro. Juliette abriu um sorriso apaziguador. — Meu... — ela se virou para Roma, desafiando-o a refutá-la — *marido* ronca muito alto.

A Senhorita Tang conteve uma risadinha. Quando ela parou perto dos dormitórios, era difícil dizer exatamente onde estavam as portas, já que abriam e fechavam com um mecanismo sanfonado, as dobradiças se mesclando à parede como se fossem apenas parte da decoração elaborada. Mas a Senhorita Tang, que vinha dando a Juliette uma aula sobre como suportar as falhas de um marido, empurrou com facilidade e as portas se abriram para dois quartos, lado a lado. Juliette mal escutava o que a outra dizia: seus olhos estavam trabalhando depressa, varrendo o interior dos cômodos.

Pareciam seguros o suficiente. Sem chances de abrigarem um agressor, à espera para uma emboscada.

— Tem total razão, Senhorita Tang — disse Juliette, mentindo com tanta facilidade que mal registrou as próprias palavras. — Vou começar a melhorar meu comportamento assim que voltarmos à cidade.

Isso pareceu satisfazer a madame. Ela assentiu, avaliando Juliette de cima a baixo.

— O banheiro é ali, do outro lado do prédio. Bom descanso!

No momento em que a Senhorita Tang se retirou, Roma soltou Juliette como se tivesse levado um choque elétrico, dado o súbito dobrar do braço e o cerrar do punho.

— Bom... — disse Juliette. — Boa noite?

Roma entrou pisando forte em seu quarto, sem dizer nada, e fechou a porta. Houve outra risadinha por perto e, embora Juliette soubesse que estava longe demais para estarem rindo *dela,* seu sangue ferveu, não gostando nem um pouco de qualquer possibilidade de deboche.

— Por que está irritado comigo? — murmurou, entrando no próprio quarto também. — Foi *você* quem nos casou.

A boate burlesca estava mais quieta do que o comum naquela noite, então, quando Kathleen vestiu um avental, imaginou que seria mais uma forma de passar o tempo do que um trabalho de fato. Não aparecia para sua função de garçonete havia tanto tempo, que já não sabia mais quem administrava o lugar, dado a frequência com que eram trocados, dependendo dos acontecimentos no círculo interno da Sociedade Escarlate.

— A mesa dos fundos está vaga! — gritou uma das outras garotas, Aimee, do balcão do bar. — Alguém vai lá passar um pano... — Ela piscou, vendo Kathleen. — Senhorita Lang, o que está fazendo aqui?

Kathleen revirou os olhos, ajustando as mangas. Havia trocado o *qipao* por uma blusa com botões. Iria a outro encontro do Partido logo depois, e precisava estar vestida de acordo. Se ganhasse algumas manchas ao servir mesas antes, melhor ainda.

152   FINAIS VIOLENTOS

— Sei que todo mundo já se esqueceu — respondeu ela —, mas eu trabalho aqui.

— Ah, não, não foi isso que eu quis dizer. — Aimee torceu sua flanela, e empurrou uma bandeja de copos recém-lavados pelo balcão, onde Eileen os secava. — A Senhorita Rosalind disse que jantariam juntas. Ela saiu faz quase uma hora.

Kathleen ficou paralisada. Um jovem garçom passou raspando ao seu lado, quase colidindo com o cotovelo dela. Será que havia se esquecido de seus planos? Será que Rosalind pedira para se encontrar? De maneira quase frenética, Kathleen vasculhou a memória, mas tudo o que pôde concluir foi que Rosalind certamente não havia combinado de jantar com ela, e era improvável que as meninas do bar estivessem confundindo o que ouviram, porque a única alternativa possível seria Juliette, que estava fora da cidade.

— Eu... acho que ela se enganou — disse Kathleen.

Eileen não percebeu a confusão dela. Sorriu, secando o copo em suas mãos com agilidade.

— Ou talvez tenha ido se encontrar com o estrangeiro dela.

Ela... *o quê?* Kathleen sentia que havia entrado em um filme sem ter assistido à primeira metade. Aimee soltou um *chiu* para Eileen na mesma hora, mas os cantos de sua boca se viraram para cima, como se ela estivesse se divertindo.

— Chen Ailing, não espalhe rumores.

— Sobre um *estrangeiro*? — perguntou Kathleen, finalmente se recuperando do choque. — Do que vocês estão falando?

As outras duas se entreolharam. Uma de suas expressões dizia: *agora olha só o que você fez*. A outra questionava: *como ela ainda não sabe?*

— Lang Shalin foi vista com um homem que pode ser seu amante — relatou Aimee, completamente neutra. — São só rumores, é claro. Ninguém conseguiu ver o rosto dele direito. Não conseguem nem decidir se é um comerciante ou o filho de um governador. Se você for dar ouvidos aos mensageiros que estão espalhando isso, vai escutar também que a Senhorita Cai foi vista abraçando Roma Montagov.

O que era... verdade.

Kathleen não deixou a expressão demonstrar seu contínuo espanto. Apenas ergueu uma sobrancelha e se virou, a caminho da mesa dos fundos para limpá-la. Mal prestava atenção aos pratos empilhados em seu braço, colocando-os um sobre o outro, até que estava os equilibrando no pulso. Nos últimos tempos, essa atitude estava totalmente de acordo com o estranho comportamento de Rosalind. E Kathleen não conseguia entender, não conseguia determinar, quando a irmã havia mudado.

Desde sempre, havia sido Kathleen e Rosalind contra o mundo. Suas brincadeiras de infância eram algumas das memórias mais antigas de Kathleen: com menos de três anos, escalando os portões da mansão quando a Ama de Juliette não estava olhando; quando crianças, tentando esconder o galo na cabeça de Rosalind depois de uma tentativa frustrada de escorregar pelo corrimão da escada; as duas sozinhas, brincando de faz de conta com folhas secas porque não havia nada melhor para usar. As Lang eram trigêmeas, mas dificilmente alguém perceberia ao observá-las interagir. Mesmo depois de serem enviadas a Paris, a dinâmica se manteve. A terceira irmã era uma cadeira vazia à mesa do jantar, pois estava de cama de novo, lutando contra um resfriado, enquanto Rosalind e Kathleen sussurravam segredos sob os guardanapos, dando risadinhas quando os tutores pediam para se comportarem ao comer. A terceira irmã era o lugar vazio no meio, ausente em todas as festas que Rosalind e Kathleen invadiam, inclinando-se uma para a outra no banco de trás do carro e rindo alto quando o chofer se virava para observá-las, preocupado.

E agora... agora Kathleen não sabia nada desses rumores, embora antes compartilhassem todos os seus segredos. É claro que era possível que não houvesse amante nenhum, apenas outro comerciante que Rosalind estava agradando para o pai. Mesmo assim, Kathleen sentiu um calafrio lhe percorrer a espinha quando entrou na cozinha, colocando os pratos na pia para os funcionários. Será que haviam se afastado? Será que Kathleen se tornara uma estranha para a irmã?

— O que está planejando, Rosalind? — murmurou. — O que você não está me contando?

154 FINAIS VIOLENTOS

A porta da cozinha bateu. Garçons entraram e saíram, desviando dela ao cumprirem seus afazeres. Kathleen ficou perto das mesas, limpando as mãos numa flanela.

Rosalind sempre confiara em Celia. Talvez esse fosse o problema. Talvez Celia estivesse desaparecendo, esquecida sob as muitas camadas de Kathleen que ela havia assumido.

Ela balançou a cabeça, pegou uma pilha de bandejas limpas e voltou para a boate.

Dezessete

O quarto estava frio demais, e Roma não conseguia dormir.

Bufando, revirou-se sob as cobertas de novo e seus olhos se abriram, relutantes. A janela acima dele tinha um pequeno vão e, embora houvesse tentado seu melhor para tapá-lo, o impiedoso ar frio soprava por ali. Uma ou duas vezes, pensou escutar rangidos, como se a janela estivesse sendo erguida, mas sempre que levantava a cabeça e apertava os olhos para a penumbra, não encontrava movimento algum, nada além do vento tentando entrar. Roma se virou de novo e bateu sem querer o cotovelo na parede dura. Fez uma careta de dor. Um segundo depois, ouviu uma pancada em resposta.

Juliette.

Ele ia enlouquecer, e era tudo culpa de Juliette Cai.

Suas camas ficavam lado a lado, o que ele sabia porque as paredes eram tão finas que, cada vez que Juliette se *revirava*, sua própria cama também se mexia. Cada pequeno som que ela fazia era audível, cada suspiro baixo e prolongado que soltava, porque provavelmente também não conseguia dormir, não em um lugar tão estranho e desconhecido, tomado pelo cheiro de perfume.

Roma puxou as cobertas para cima, sobre a cabeça, na esperança de abafar os sons.

— Durma — ordenou a si mesmo. — Vá dormir.

Porém, mesmo assim, sua mente girava num redemoinho interminável entre dois pensamentos: *que frio desgraçado* e *por que ela me beijou de volta?*

Socou as cobertas, frustrado. *Ele* não estivera pensando direito. *Ele* estava ficando maluco por trabalhar tão perto dela, esquecendo-se constantemente de que ela era uma mentirosa, de que havia fingido com tranquilidade que o amava apenas para traí-lo. *Ele* era um tolo.

Qual era a desculpa *dela*?

Roma se virou de frente para a parede. Talvez, se se esforçasse o bastante, conseguiria fazer o olhar atravessar os painéis e ver Juliette ali, deitada ao seu lado. Talvez, se se esforçasse o bastante, poderia entender a mulher com quem vinha trabalhando nas últimas semanas, que havia matado pessoas que ele amava sem demonstrar remorso e, mesmo assim, olhava para ele como se ainda fossem crianças brincando de bolinhas de gude no Bund.

Ela o havia empurrado para fora do vagão. Roma não conseguia entender isso, não importava o quanto tentasse. E, apesar da valentia que Juliette demonstrara, ele havia visto o pavor nos olhos dela quando cambaleou para os braços dele. Ela não tinha certeza se era completamente imune. Havia sido uma aposta e, se não houvesse funcionado, ela teria usado preciosos segundos em que poderia ter salvado a si mesma empurrando-o para fora.

O que quer que estivesse acontecendo com Juliette, não era possível que fosse *tudo* mentira. Mesmo que houvesse se tornado fria em Nova York ou em algum momento da caçada ao Larkspur, alguém que estivera fingindo desde o início não teria reagido daquela forma no trem, não o teria protegido sem pensar duas vezes, ou o beijado com o mesmo desejo que ainda pinicava seus lábios.

Algo havia sido real no passado deles, antes de ela escolher a Sociedade Escarlate. Alguma coisa dentro dela ainda clamava por Roma, mesmo que não fosse do fundo do coração, mesmo que fosse mais instinto do que escolha.

É possível ter uma garota sem ter seu coração? Roma soprou o ar em suas mãos geladas, esfregando-as contra o pescoço. Juliette se importava com ele. Conseguia perceber agora. Mas e aí? Ficaria com ela mesmo que estivesse cheia de ódio fervilhando nas veias, mesmo que fosse traí-lo quando os Escarlates pedissem? Se fosse só para tê-la por perto, conseguiria fingir que ela não continuaria a esfaquear quem ele amava, apenas porque Roma a amava mais?

Roma xingou em voz alta, horrorizado com o caminho que seus pensamentos tomaram.

Este não era ele. Era a fraqueza. Mesmo que estivessem inexplicavelmente conectados um ao outro, ele não queria a garota sem coração. Não queria Juliette sem o amor, um amor que não machucasse. Um amor que não destruísse.

Em uma cidade como a deles, porém, isso era impossível.

Com a leveza de uma pena, Roma apoiou a mão na parede, imaginando que era Juliette quem estava ali.

No quarto do outro lado, Juliette sentiu a cama mexer. Abriu os olhos para o luar prateado que entrava pela janela, acompanhando o brilho que corria pela parede.

Por algum motivo, mesmo exausta pelo dia, sua mão se estendeu por vontade própria, pressionando a palma gentil contra a parede. Ela sentiu algo pulsar debaixo da pele, uma sensação de calma, como se todo o imenso oceano tivesse estagnado a seu pedido. Em outro mundo, Juliette poderia estender a mão para Roma em vez disso, mas aqui e agora, havia apenas a barreira, separando-os sem dó nem piedade.

Como estátuas espelhadas buscando uma à outra, os dois finalmente dormiram.

Juliette sonhou com rosas vermelhas queimando e lírios murchando até o caule. Estava sonhando com tantas coisas ao mesmo tempo que parecia estar se afogando, sufocada pela fragrância de milhares de jardins, sem conseguir chegar à superfície.

Até que conseguiu.

Ela se agitou e acordou, embora os olhos continuassem fechados. Por um longo instante, não tinha certeza se estava acordada, mas estava. Por um longo instante, não tinha certeza de por que continuava imóvel, então soube.

158   Finais Violentos

Juliette se ergueu depressa. Havia uma silhueta ao pé da cama, vasculhando seu casaco. A janela estava completamente aberta, a cortina branca de cetim flutuando como um segundo fantasma.

Juliette puxou a faca de debaixo do travesseiro e arremessou-a.

O intruso misterioso gemeu assim que foi atingido. Usava uma máscara, e estava vestido de preto da cabeça aos pés, mas a lâmina lhe atingiu a lateral do braço, refletindo a luz conforme o intruso se revirava, tentando arrancá-la. Juliette já estava de pé, investindo contra ele e atirando-o ao chão. Ela desceu o cotovelo em seu pescoço, mantendo-o preso.

— Quem diabos é você?

O intruso se contorceu e a chutou para longe. Não estava mais preocupado com a faca no braço. Estava tentando escapar.

A cabeça de Juliette bateu com força na estrutura da cama, colidindo com tanta intensidade que sua visão imediatamente ficou duplicada. Embora tivesse se recuperado depressa, virando-se de barriga com uma tosse violenta, o intruso já estava de pé. Havia algo em sua mão. Algo azul.

A vacina.

Ele correu para o lado de fora.

— Não! — gritou Juliette. — Não... *maldição*!

Ela se levantou, cambaleante, e enfiou os pés no sapato. Vestiu o casaco tão rápido que quase derrubou suas armas, mas, com uma mão buscando a pistola, chutou a porta aberta e estapeou a do quarto ao lado. O intruso já havia desaparecido. No andar debaixo, embora as luzes estivessem apagadas e a fonte, desligada, a porta da frente estava escancarada.

— Roma — sibilou Juliette. — Roma, saia *agora*!

Juliette correu. O lado bom de não estar de pijamas era que já estava vestida, o casaco flutuando atrás de si como uma capa ao vento. Avançou na noite escura, procurando pelas ruas.

Ali.

— Juliette!

Ela virou o rosto. Roma vinha em sua direção, o cabelo bagunçado, mas, fora isso, completamente vestido também.

— O que foi?

— Vá pelo outro lado, dê a volta no bambuzal — disse Juliette, depressa, apontando para o fim da rua, onde havia um trecho denso de plantas. — Ele pegou o frasco. Encontre-o!

Destravando a arma, ela correu direto para os bambus. Retorceu-se ao redor dos grossos caules, os sapatos amassando as folhas secas no chão, e viu um movimento de relance: um vulto do intruso virando à esquerda de forma repentina. Não hesitou. Ela mirou e puxou o gatilho, mas ele desviou, e a bala se perdeu. Repetidas vezes, Juliette atirou no escurou, direcionando as balas ao menor sinal de movimento, mas o intruso mergulhou em um trecho especialmente denso de bambus e, quando ela enfim chegou lá, não conseguia vê-lo em lugar algum.

— *Tã mã de* — retrucou, chutando um caule.

Deveria ter previsto isso. Longe da segurança de casa, sem o séquito costumeiro de seus guardas Escarlates, deveria ter dormido com um olho aberto, ou pelo menos com seus objetos de valor apertados contra o peito. Sabia que havia alguém atrás deles, perseguindo-os. Mas como imaginaria que um homem mascarado escalaria uma janela no segundo andar? E por que pegar a *vacina*? Por que não matá-la de uma vez?

Juliette golpeou o bambu de novo. O gesto não fez com que se sentisse melhor. Apenas deixou sua mão latejando. Não poderia contar isso ao pai. Ele usaria o fato para justificar que Juliette precisava de reforços, de um grupo de homens observando os arredores para ela, como se não fossem ser tão inúteis quanto ela nesta situação, plantados do lado de fora do quarto. E ainda a teriam atrapalhado.

Faça melhor que isso. Os punhos de Juliette se cerraram com força. O pai não importava. Se quisesse provar *a si mesma* que não precisava de nenhuma maldita ajuda, precisava parar de baixar a guarda. Ela era a herdeira da Sociedade Escarlate. Como conseguiria comandar um império, se mal conseguia proteger o que tinha nos bolsos?

Passos subitamente soaram ao seu lado e Juliette se virou, atenta, apontando a pistola. O farfalhar de folhas amassadas parou. Ela relaxou e guardou a arma.

— Você o viu?

— Nada — respondeu Roma, aproximando-se com cuidado. — Perdemos a vacina?

— Perdemos — murmurou ela. — E minha adaga.

— É com isso que você está preocupada?

Roma cruzou os braços, o olhar focado nela, e Juliette subitamente resistiu à urgência de esconder o rosto. Estava de cara limpa, pois havia tirado a maquiagem antes de dormir.

— Conveniente, não é? — comentou Roma. — A vacina que nós dois adquirimos e que você insistiu em guardar desapareceu misteriosamente durante a noite.

Os olhos dela se arregalaram.

— Você acha que eu orquestrei o roubo? *Isso aqui...* — ela se virou para mostrar a nuca, uma mão segurando o cabelo para cima — parece uma encenação para você?

Juliette sentiu o frio atingir a pele nua, formigando contra o sangue úmido que descia devagar da base de seu crânio. Roma inspirou com força. Antes que Juliette pudesse impedi-lo, ele esticou o braço e passou um dedo gentilmente perto do corte.

— Desculpe — sussurrou. — Foi injusto acusar você.

Juliette soltou o cabelo e se afastou. Ela apertou os lábios, o ferimento no pescoço pulsando impiedosamente agora que pensava nele. A estrutura da cama era dura como uma pedra. Ela teve sorte de ter sido apenas um machucado superficial, em vez de algo que abrisse seu crânio de vez.

— Está tudo bem — murmurou, enfiando as mãos geladas no bolso. — Não é como se...

Juliette parou, os dedos encontrando um papel amassado. Com um sopro de espanto, puxou-o para fora, preocupando Roma até ele compreender do que se tratava.

— O segundo frasco — comentou ele.

Ela assentiu.

— Já que estamos por aqui, o que acha de um pequeno desvio amanhã antes de voltarmos?

Dezoito

Pela quantia certa de dinheiro, a Senhorita Tang ficou mais do que contente em fornecer um carro a Roma e Juliette, colocando um de seus homens na direção e instruindo-o a dirigir com calma. Zhouzhuang era, para todos os efeitos, um distrito dentro de Kunshan, porém muito mais ao sul, praticamente no mesmo sentido de Xangai. Ainda assim, era uma viagem simples de carro, e poderiam pegar o próximo trem na estação de Kunshan.

— Entrar e sair — murmurou Juliette para si mesma, observando através da janela a névoa cinzenta dos arredores se tornar indistinta. Não seria mais surpreendida por figuras misteriosas no escuro. Não se distrairia mais com Rosas Brancas fingindo ser seu marido. — Entrar e sair.

— Está falando comigo?

Juliette deu um pulo. Sua cabeça, ainda latejando pela noite anterior, quase bateu no teto baixo do carro. O dito Rosa Branca estava observando-a preocupado, inclinado contra a janela do outro lado.

— Não — respondeu ela.

— Você estava murmurando alguma coisa.

Juliette pigarreou, mas foi poupada da resposta quando o carro começou a desacelerar, entrando em um trecho limpo de terra batida. À frente, um canal fluía silencioso pela manhã, a água reluzindo apesar das poucas nuvens espalhadas pelo céu.

Já haviam se aventurado tão longe de Xangai que Juliette pensou ser apenas justo voltarem com algo para mostrar. Mesmo assim, enquanto ponderava mentalmente os riscos e tentava planejar uma maneira de impedir o chantagista, se perguntou se não estaria mentindo para si mesma — se ir atrás de uma segunda vacina não era algo que fingia ser urgente, apenas para poder se sentar ao lado de Roma por um segundo a mais, a mão a poucos centímetros da dele. Não podia tocá-lo, mas a mera proximidade lhe trazia uma calma que se recusava a reconhecer.

O carro parou.

— Chegamos — anunciou o motorista. — Precisam de um guia? Conheço bem Zhouzhuang.

— Não, tudo certo — disse Roma, em tom de negócios. — Vai ser rápido. — Ele abriu a porta e olhou novamente para Juliette, que continuava sentada. — Venha, vamos, *lǎopó*.

Ela apertou os lábios, quase arrancando a porta das dobradiças ao sair.

— Você já pode parar com essa encenação.

Roma já estava andando na frente. Com um suspiro, Juliette o seguiu, relutante, arrastando os pés enquanto também se abaixava sob os galhos pendentes do salgueiro e entrava no distrito dos canais.

Nunca havia visitado Zhouzhuang antes, porém havia algo de familiar nas ruas desertas e nas montanhas de picos nevados: visões que nunca havia presenciado com os próprios olhos, mas sim em livros e contos populares. Enquanto ela e Roma avançavam com cautela pelo caminho estreito, beirando os canais do rio, atentavam-se aos nomes das ruas, registrando pequenas marcas nos prédios de esquina. De vez em quando, vozes idosas gritavam de suas lojas, vendendo doces, leques ou peixe seco, mas Roma e Juliette evitavam olhar para dentro dos estabelecimentos pelos quais passavam, pois estavam andando tão perto das portas que um mero olhar poderia prendê-los em uma conversa.

Juliette parou de repente. Quando Roma desviou da mulher esfregando roupas no canal, o olhar dela se fixou na espuma de sabão que escorria do piso até a água. A mulher não prestava atenção, debruçada sobre sua tarefa. A espuma se aproximou da beirada…

Juliette se jogou na direção do canal, os joelhos ralando no chão, e seus dedos se fecharam ao redor de um pequeno colar de pérolas no instante em que ele deslizava pela borda, salvando a joia antes que caísse na água. A mulher deu um grito de surpresa, atônita com a agilidade de Juliette.

— Imagino que você não queira jogar isso no canal — disse Juliette, erguendo as pérolas ensaboadas.

A mulher piscou, compreendendo o que acontecera. Abriu a boca em espanto, deixando cair a roupa e balançando os braços com fervor.

— Por céus, você é um anjo! Devo ter deixado em algum bolso.

Juliette abriu um pequeno e sincero sorriso, e colocou o colar de volta nas mãos da mulher.

— Um anjo não, só consigo avistar pérolas a quilômetros de distância.

Então veio o som de alguém pigarreando, e ela olhou para cima, deparando-se com Roma à espera, uma sobrancelha erguida para questionar por que ela estava enrolando e conversando. A mulher, entretanto, continuava virada em sua direção, os pés de galinha em seu rosto se aprofundando com ternura.

— Quem são seus pais? Vou levar bolinhos *luóbosī* para vocês depois, como agradecimento.

Juliette procurou por uma resposta. Roma, ao escutar a oferta, pigarreou de novo para fazê-la se apressar e se livrar logo da mulher.

— Há... — começou Juliette com cuidado. — Eu... não sou daqui.

Não sabia por que estava sendo tão cautelosa com o assunto. Poderia ter mencionado que eram de Xangai. Mas havia algo genuíno demais na oferta da mulher, algo além da costumeira troca dar-e-receber da cidade. Juliette não queria arruinar as coisas. Não queria destruir a ilusão.

— Ah é? — comentou a mulher. — Mas você me parece familiar.

Juliette apertou o casaco com mais força ao redor do corpo, depois enfiou uma mecha solta de cabelo atrás da orelha. Ela se levantou, tentando sinalizar ao impaciente Roma que *estava* tentando encerrar a conversa.

— Eu visito às vezes — mentiu. — Para ver... minha avó.

— Ah — disse a mulher, assentindo. Ela virou a cabeça para a água, fechando os olhos para o vento que soprava contra seu rosto. — É um lugar tranquilo para se aposentar, não é?

Sim, pensou Juliette sem hesitar. *Tranquilidade...* Essa era a sensação onipresente que fazia a cidade soar diferente às suas orelhas, e o ar cheirar de outra forma em seu nariz. Não se parecia com nada que conhecia.

— *Dorogaya* — chamou Roma subitamente.

O único motivo fora para evitar usar seu nome, Juliette sabia. Ele estava apenas entrando na história que ela contara à mulher, mas os olhos dela se ergueram mesmo assim, o coração martelando contra o peito. Queria que Roma não lançasse a palavra assim. Costumava significar algo. Costumava ser sagrada — *moya dorogaya, eu te amo, eu te amo*, sussurrada contra seus lábios.

— Preciso ir — disse Juliette à mulher, afastando-se.

Andou alguns passos à frente de Roma, não querendo que ele visse sua expressão até que estivesse controlada. Teria continuado adiante se ele não a tivesse chamado de novo.

— Espere. É por aqui.

Juliette se virou, viu ele apontar para uma ponte estreita e começar a subi-la. Ela continuou ao lado do canal, olhando a água correr lentamente sob a pequena estrutura.

— Eu guardei tudo, sabia?

Roma parou no topo da ponte.

— O quê?

Todas as pérolas e diamantes. Todas as pulseiras que ele escolhera para ela mais tarde em seu relacionamento, e aquele colar de quando tinham 15 anos, o primeiro presente que Roma dera antes de beijá-la no telhado do bar de jazz. Guardou tudo e levou consigo em uma caixa para Nova York, mesmo tendo dito a si mesma que não o faria.

— Você falou alguma coisa? — perguntou Roma de novo.

Ela balançou a cabeça. Foi bom que ele não a houvesse escutado. Para que lhe contaria essas coisas? Aquele lugar a deixava sentimental.

— Juliette — chamou ele, enquanto ela continuava parada. — Só um aviso: se cair na água aqui, não vou mergulhar para salvar você. *Ande logo.*

— Eu nado melhor que você, de qualquer forma — retrucou Juliette, ameaçadora, cerrando os punhos e finalmente começando a subir.

As pedras sob seus pés pareciam afundar e se deslocar. Quando estavam de volta ao chão firme, Roma abaixou a cabeça para evitar a placa de uma loja e entrou em um beco, os olhos acompanhando as marcas na parede.

Juliette simplesmente confiou que ele estava na direção certa, mais preocupada com o lugar onde pisava, para o caso de o sapato se enganchar em um tijolo desnivelado e fazê-la tropeçar.

Avançaram pelo beco. Ela inclinou a cabeça, escutando enquanto caminhava. Tentou decifrar o que havia de tão estranho no que ouvia, até que entendeu: era porque não ouvia quase nada, e isso era incrivelmente incomum. As paredes de ambos os lados do beco bloqueavam o zumbido e o murmurar das pessoas ao redor do canal, aprisionando Roma e Juliette ali dentro, como se cada beco naquela cidadezinha estivesse em sua própria bolha, e cada curva e esquina levassem a um mundo próprio.

— Está tão quieto — observou ela.

Roma murmurou, concordando.

— Espero que não estejamos indo na direção errada. Este lugar é um labirinto.

Mas era um belo labirinto, um que não parecia uma gaiola e sim uma arena interminável. Juliette esticou os braços para a parede áspera da loja pela qual passavam, inclinando o ombro para evitar trombar com um cano protuberante.

— Zhouzhuang existe desde a Dinastia Song do Norte — disse, distraída. — Oitocentos longos anos.

Pelo canto do olho, viu Roma assentir. Pensava que ele não diria mais nada, apenas reagiria às ruminações dela sem muito interesse e deixaria por isso mesmo.

— Deve passar uma sensação de segurança — respondeu ele, contrariando seus pensamentos.

Juliette olhou direto para ele.

— Segurança?

— Não acha? — Roma deu de ombros. — Deve ter algo de reconfortante aqui. Cidades podem tombar e países podem entrar em guerra, mas isso... — Ele ergueu os braços, indicando os rios, os caminhos de pedra e os delicados ladrilhos que decoravam o teto do que antes haviam sido templos. — Isso é eterno.

Era uma ideia bonita. Uma na qual Juliette queria acreditar. Mas...

166 FINAIS VIOLENTOS

— Este município pertence a uma cidade, que fica dentro de um país que está quase sempre em guerra — disse em voz baixa. — Nada é eterno.

Roma balançou a cabeça. Parecia visivelmente abalado, embora Juliette não soubesse dizer se era pelo que ela falara ou pelo que as palavras despertaram dentro dele. Antes que pudesse perguntar, ele já estava mudando de assunto. Pigarreou.

— Chamam este lugar de Veneza do Oriente.

Juliette franziu o cenho.

— Do mesmo jeito que chamam Xangai de Paris do Oriente. Quando vamos parar de deixar os colonizadores escolherem as comparações? Por que não chamamos Paris de Xangai do Ocidente?

Um tremular repuxou os lábios de Roma. Quase se parecia com um sorriso, mas foi tão rápido que Juliette poderia tê-lo imaginado. Estavam saindo do beco, aproximando-se de uma praça com uma grande ponte no outro extremo. Para além dela, estava o destino deles.

Mas ali, na praça, havia um grupo de homens perambulando com armas militares penduradas nos ombros. Soldados da milícia.

Juliette trocou olhares com Roma.

— Continue andando — alertou ela.

Em lugares quietos assim, eram os verdadeiros senhores da guerra que ainda mandavam. Milícias patrulhavam as ruas, completamente leais ao general que controlava o distrito maior. Os generais que se tornavam senhores da guerra não eram grandes figuras, apenas homens que haviam conseguido tomar o poder quando caiu a última dinastia do Império. O governo atual, na verdade, não era mais do que um senhor da guerra instalado em Pequim: tudo o que os diferenciava do restante dos senhores da guerra era o selo de aprovação a nível internacional, mas isso não queria dizer controle. Não significava que seu poder de fato se estendesse para além dos soldados que lhe eram leais.

— Juliette — chamou Roma de súbito. — Onde está a Expedição do Norte agora?

— A Expedição do Norte? — repetiu ela, surpresa com a pergunta. — Os Nacionalistas? — Ela tentou se lembrar da última atualização que escutara do pai, procurando na memória sobre a campanha para derrotar os senhores da guerra e unificar o país com um governo de verdade. — Um telegrama de alguns dias atrás disse que eles tomaram Zhejiang completamente.

Teria sido algo com o que se preocupar. Zhejiang era a província logo abaixo de Xangai. Mas o que, afinal, a Sociedade Escarlate queria se aliando aos Nacionalistas esse tempo todo, senão garantir a própria sobrevivência? Os exércitos Nacionalistas se aproximavam cada vez mais da cidade, porém não era como se estivessem de fato *derrotando* os senhores da guerra. Apenas aplacando-os. Fazendo acordos, a fim de que houvesse uma definição da posição do Kuomintang como possíveis governantes do país.

— Eles podem ter chegado mais perto desde então — murmurou Roma. Ele inclinou o queixo na direção dos soldados da milícia. — Veja.

Não era para os homens que ele estava apontando. Era para o que os homens olhavam, o que Juliette viu assim que um deles se remexeu e se afastou: um sol nascente, pintado de maneira rudimentar na parede externa de um restaurante. O símbolo dos Nacionalistas.

— Ei, vocês aí!

Os soldados os viram.

Juliette imediatamente avançou.

— Quem, eu?

— Juliette, pare — sibilou Roma, tentando agarrar seu pulso.

Ela afastou o braço do alcance dele, que não tentou de novo.

— Você não — disse um dos homens com desgosto, aproximando-se. — O russo. Foi você quem fez isso?

— Tenho cara de quem tem tempo para essas coisas?

O homem se aproximou.

— Com certeza tem bastante tempo para retrucar...

Juliette ergueu a mão.

— Nem mais um passo. A não ser que queira suas cinzas espalhadas pelo Huangpu.

Como num passe de mágica, o soldado imediatamente parou, a clareza percorrendo seus olhos. O casaco de Juliette já estava desabotoado. Era hora de usar sua identidade, de se expor como uma carta num jogo de manobras ofensivas.

— Vamos — murmurou Roma para ela.

Quando Juliette não se mexeu, ele cutucou seu ombro. Desta vez, ela se deixou guiar, lançando um último olhar para o homem que a encarava com cautela. Embora já estivesse pronta para encerrar o conflito, o homem à frente do grupo claramente não estava.

— Logo não vai mais importar quem você é, Lady de Xangai. Os Nacionalistas vão derrubar todos os que governam pela anarquia. Vão derrubar todos nós.

Com um último puxão, Roma a conduziu pela ponte e para fora de vista, antes que ela pudesse responder.

— Era só para entrar e sair, Juliette — murmurou.

O pescoço dela estalou devido à velocidade com que se virou para encará-lo.

— Você escutou o que eu disse no carro?

— Eu sou um falso, eu minto... o que posso dizer? — Quase com casualidade, Roma parou e apontou para a frente. Era uma casa em estilo antigo, construída de forma completamente livre de influências estrangeiras, e tão *espaçosa*, porque todos que ali viveram e ainda viviam podiam arcar com esse custo. — Como vamos fazer isso?

Haviam chegado. Era a residência de Huai Hao, dono da segunda dose. Quando Juliette se aproximou da entrada circular, atravessou-a sem cuidado algum — essas casas eram construídas precisamente para receber visitas. Não havia portas no entorno, permitindo que viajantes entrassem e apreciassem a vista, ou talvez escrevessem um poema ou dois enquanto esperavam o anfitrião chegar, se estivessem oitocentos anos no passado.

Mas estavam no mundo moderno agora.

— Estou lisonjeada que tenha me deixado tomar a decisão — disse Juliette, correndo um dedo pelo comedouro para pássaros.

Embora o provocasse, sabia exatamente por que ele estava enrolando ao fazer perguntas tão simplórias. Já haviam gastado dinheiro o suficiente. Os Rosas Brancas *tinham* como pagar somas absurdas assim, mas fazê-lo repetidas vezes sem pedir permissão era forçar a barra. Juliette o conhecia bem demais — Roma não tinha como enganá-la — e ela sabia que admitir isso seria um sinal de fraqueza.

Em outro mundo, onde fosse mais esperta, iria deixá-lo sofrer, semear a discórdia entre os Rosas Brancas. Mas aquele era seu mundo, e Juliette era quem era no momento.

— Eu não estava deixando você *tomar a decisão* — respondeu Roma. — Estava pedindo sua opinião.

— Desde quando você valoriza minha opinião?

— Não faça eu me arrepender de ter perguntado.

— Tenho a impressão de que você já se arrependeu.

Roma revirou os olhos e marchou adiante, mas então houve o som de uma porta deslizando e Juliette segurou as costas do casaco dele, puxando-o para trás. Eles se abaixaram atrás do comedouro para pássaros e ouviram dois pares de passos vindo em sua direção.

— Sr. Huai — chamou uma voz. — Por favor, mais devagar. Devo chamar o carro, então?

— Sim, sim, faça pelo menos uma coisa direito, consegue? — respondeu uma voz rouca e irritada.

O segundo par de passos correu de volta no sentido oposto, mas o primeiro continuou andando. Logo, ele estava à vista, e Juliette espiou um homem de meia-idade caminhando a passos largos até a saída. Ele já possuía tanto ali. Riqueza e luxo à altura da cidade. Bem diferente do homem no restaurante de *wonton*. Nada de desespero para sobreviver. Apenas ganância. E Juliette também sabia ser gananciosa.

— Você perguntou como íamos fazer isso — sussurrou para Roma. — Que tal assim?

Ela enfiou a mão no casaco e, quando o Sr. Huai passou, sem perceber os intrusos apesar do quão expostos estavam, Juliette entrou na frente dele e apontou a arma para sua testa.

— Olá. Você tem algo que nós queremos.

170   FINAIS VIOLENTOS

Dezenove

Notícias de um ataque do monstro chegaram a Xangai antes de seus dois adoráveis rivais. Apesar de as mortes terem acontecido no campo, os moradores da cidade já estavam colocando tábuas nas janelas e trancando as portas, preferindo ficar em quarentena a arriscar o surto nas ruas. Talvez temessem o monstro, que diziam ter se jogado pela janela do trem em movimento e rolado por cima das colinas. Talvez temessem que ele logo perambulasse para dentro dos limites urbanos, espalhando a infecção.

Benedikt jogou metade do sanduíche no lixo, andando a passos largos sob as placas pendentes dos comércios. A todo instante, não importava quantas vezes os Rosas Brancas dissessem, ninguém lhes dava ouvidos. Esses monstros não eram ataques aleatórios. Enquanto a organização se comportasse, enquanto continuassem atendendo às demandas...

Havia se passado um tempo desde a última.

Benedikt parou. Olhou por sobre o ombro. Tinha a sensação de estar sendo observado: tanto de cima quanto de baixo. Olhos nos telhados e nos becos.

Não era sua imaginação. Logo avistou um rapaz em seu rastro, demorando-se à entrada de uma ruela. Quando Benedikt o encarou, ele se aproximou, parando a dois passos de distância. Batia nos ombros do Montagov, mas pareciam ter a mesma idade. Havia um trapo branco amarrado em seu tornozelo, parcialmente coberto pela calça desgastada. Um Rosa Branca então, mas não um importante. Um mensageiro, provavelmente, para estar correndo atrás dele assim.

— Estou procurando Roman Nikolaevich — gritou o rapaz em russo.
— Ele não está em lugar algum.

— Você está me perseguindo para encontrar Roma? — questionou Benedikt, estreitando os olhos.

O mensageiro cruzou os braços.

— Bom, sabe onde ele está?

Os olhos de Benedikt se estreitaram ainda mais.

— Não está aqui.

Todos os Rosas Brancas de níveis mais baixos deveriam saber disso. Não era difícil se manter atualizado acerca dos membros importantes da organização. Era trabalho dos mensageiros acompanhar o provável paradeiro deles, a fim de encontrá-los.

E quem ainda chamava Roma de *Roman*?

De súbito, as mãos de Benedikt avançaram e seguraram o pulso do menino.

— Quem enviou você, *de verdade*?

O queixo do rapaz caiu. Tentou se desvencilhar.

— Como assim?

Em um único gesto ágil, Benedikt torceu o braço do rapaz atrás das costas, sacou um canivete e pressionou a lâmina contra o pescoço dele. Não estava nem perto de uma grande artéria para ser uma ameaça, mas o garoto paralisou, olhando para a arma.

— Você é um Escarlate — deduziu Benedikt. — Então quem enviou você?

O outro continuou em silêncio, e Benedikt forçou a faca, cortando a primeira camada de pele.

— Lorde Cai — gritou o mensageiro depressa. — Lorde Cai me enviou porque nós sabemos. Sabemos que os Rosas Brancas estão por trás da chantagem.

Benedikt piscou rapidamente.

— Não estamos — disse, confuso. — De onde você tirou essa informação?

— É tarde demais agora. — O garoto se contorceu, tentando se desvencilhar. — Lorde Cai queria uma confirmação e uma confissão, mas Tyler os fará responder por essa insolência. Ousaram ameaçar a Sociedade Escarlate, agora pagarão com sangue e fogo.

172   FINAIS VIOLENTOS

Quando Benedikt estava prestes a soltar seu braço, o Escarlate girou a cabeça e mordeu com força sua mão. Benedikt sibilou, deixando cair o canivete, e o rapaz correu, desaparecendo rua abaixo numa velocidade recorde. Os observadores nas barracas de comida mal piscaram.

Havia algo errado.

Benedikt disparou para o quartel-general, o coração martelando nas orelhas. Quando estava se aproximando da quadra residencial, já conseguia ouvir os gritos. Ao empurrar a porta da frente, quase foi derrubado para fora.

— Ei, ei, parem — gritou, irritado, lutando contra a multidão.

No centro da sala, o mesmo Rosa Branca que pedira ajuda com o guarda-roupa apertava um pedaço de papel na mão, o rosto praticamente vermelho ao explicar o conteúdo. Benedikt captou trechos aqui e ali conforme se aproximava. *Comprovante bancário. Nosso último pagamento. Número exato. Conta Escarlate. São eles.*

— Ordem! — rugiu Benedikt.

A sala ficou imóvel e silenciosa. Ele quase se surpreendeu. Nunca havia exigido atenção assim antes. Era sempre Marshall subindo nas mesas, ou Roma gritando uma ordem que varria o cômodo como gelo. Mas agora nenhum dos dois estava ali. Só restara Benedikt.

— Me dê isso — ordenou, estendendo a mão para o papel. — O que estamos discutindo?

— Foi enviado para nós, Sr. Montagov — respondeu uma voz no meio do grupo. — A prova de que não existe chantagista. Eram os Escarlates o tempo todo.

Então por que o mensageiro deles disse o exato oposto?

— Não mexam um dedo — disse Benedikt sem levantar os olhos, fazendo parar a meio-passo o grupo próximo da porta.

Estavam prestes a sair, as armas prontas para encontrar Escarlates e lutar. Com a ordem dele, foram forçados a olhar enquanto ele virava o papel, batendo no canto superior.

— A conta está registrada no nome de Lorde Cai — insistiu alguém, conforme estreitava os olhos para onde Benedikt indicava. — O valor do depósito bate com a última exigência que pagamos...

CHLOE GONG   173

— É falso — interrompeu Benedikt. — Também quero os Escarlates mortos, mas não sejam tolos. Nenhum banco tem um brasão assim, a tinta nem é de qualidade. — Ele jogou o papel na mesa, balançando as mãos para dispersar os homens. — É o chantagista de novo. Os Escarlates receberam o mesmo documento falsificado, culpando *a gente*. Agora voltem ao trabalho.

— Benedikt.

O chamado veio de cima. A cabeça dele se ergueu imediatamente, como a de todos na sala, e Benedikt viu o tio no topo da escadaria. As mãos de Lorde Montagov estavam cobertas de prata quando ele as pousou sobre o corrimão, anéis que reluziam à luz do pôr do sol que entrava pelas janelas.

— Você disse — falou ele devagar, descendo os degraus um de cada vez como se precisasse testar sua firmeza — que a Sociedade Escarlate recebeu a mesma informação?

Benedikt podia sentir o suor começando a surgir em sua nuca.

— Fui abordado por um mensageiro deles na rua — respondeu, cauteloso. — Ele nos acusou de enviar as ameaças.

— E mesmo assim — Lorde Montagov desceu os últimos degraus, os homens mais próximos se afastando para lhe dar espaço, um caminho se abrindo até Benedikt como um mar Vermelho em miniatura —, sabendo das intenções maliciosas deles, você nos impede de agir?

Um som abrupto, um raspão, veio da parede de fora, como se alguém houvesse tropeçado e caído. Antes que Benedikt pudesse considerar a possibilidade de um espião à escuta, um mensageiro Rosa Branca, um de verdade desta vez, entrou aos tropeções pela porta, arfando por ar.

— Rápido. — O homem ofegava. — Tyler Cai está atacando.

— Vou encontrar o francês — disse Roma quando o trem entrou em Xangai, a estação à vista. — E, assim que encontrá-lo... talvez ele fique com medo o suficiente para nos dizer quem o transformou em um monstro.

Juliette assentiu, distraída. Seus olhos observavam a janela, focados na plataforma que se aproximava. O céu estava terrivelmente escuro, mas a hora também avançava. Haviam se demorado mais em Zhouzhuang do que ela gostaria, e a viagem de carro de volta a Kunshan atrasou, por causa dos buracos nas ruas de cascalho.

— Não vai ser tão fácil assim — murmurou. — Não se o chantagista o enviou direto para nós. Ele nem se preocupou em esconder o rosto. — Ela se virou da janela e olhou para Roma. — Mas, mesmo assim, é melhor que nada. Vamos trabalhar a partir daí.

Roma se levantou e esticou os braços para pegar o casaco no bagageiro sob suas cabeças. Antes que Juliette pudesse impedi-lo, ele havia pegado o dela também, jogando-o em seu colo.

— Cuidado — repreendeu-o.

Enfiou a mão no bolso, conferindo o que haviam roubado do Sr. Huai. Tudo certo, o líquido azul dançava no meio do frasco. Juliette tinha a leve suspeita de que Roma quisera fazê-la se preocupar, acreditar que ele danificaria a vacina. Não era tolo o suficiente para se *esquecer* de que estava ali.

Principalmente quando a outra metade estava no bolso dele, dividida em seu próprio frasco.

— *Chegamos ao nosso destino* — anunciou o alto-falante do vagão quando Juliette se levantou.

O trem parou com um chiado, porém, mesmo enquanto o som morria aos poucos, um urro distante soava na névoa cinzenta lá fora, e Juliette olhou pela janela de novo, tentando encontrar a fonte.

— Está ouvindo isso? — perguntou.

Ela não esperou a resposta de Roma. Já estava correndo para fora do trem, tomando cuidado para saltar o vão entre a plataforma, e se misturando à multidão que se acotovelava na estação. Algo não estava certo. Havia pessoas demais ali. Por que tantas pessoas?

— Juliette! — chamou Roma.

A voz foi quase que imediatamente abafada e, quando Juliette se virou por um instante, já não conseguia mais vê-lo.

Um apito agudo de polícia soou à direita. Ela voltou a atenção para o oficial, que tinha um pé equilibrado sobre a base de um pilar, enquanto o resto do corpo se segurava na coluna, colocando-o alguns palmos acima das massas. Estava gesticulando para que as pessoas saíssem da plataforma e fossem para a estação, mas apenas porque muitos entravam às pressas.

Juliette segurou a pessoa mais próxima. Uma idosa arregalou os olhos para ela, apertando os lábios em reconhecimento.

— O que está acontecendo? — perguntou Juliette. — De onde estão vindo todas essas pessoas?

Os olhos da mulher se desviaram para o lado. Nas mãos, ela segurava o jornal do dia, amassado sob os dedos apertados.

— Há fumaça lá fora — retrucou. — Um esconderijo gângster está pegando fogo.

Um calafrio subiu pela espinha de Juliette como um raio. *Marshall.* Ela soltou a mulher tão depressa que ambas quase perderam o equilíbrio. Juliette correu, o coração martelando no peito ao se esgueirar para fora da estação.

Talvez fosse apenas um pequeno incêndio. Talvez já estivesse controlado.

Ofegando, ela chegou à rua, direto na avenida da Divisa, um nome adequado já que a estação de trem do Norte de Xangai ficava precisamente na divisa da Concessão Internacional. Bastou apenas que Juliette olhasse para cima, para o estado do céu sobre a Concessão Internacional.

O sol se poria dentro de uma hora, então havia luz o suficiente para mostrar grandes colunas de fumaça, fazendo quem quer que estivesse nas ruas correr para o primeiro abrigo que encontrasse.

— Não, não, *não* — murmurou Juliette em voz baixa, protegendo o nariz com o braço e voltando a correr.

Focou os olhos marejados nas nuvens de fumaça, avançando mesmo quando os civis corriam na direção contrária. Uma ou duas vezes, ouviu sirenes à distância, mas os sons estavam longe o bastante para ela saber que chegaria primeiro à cena.

Então, um grito terrível ecoou no ar: agudo e penetrante de maneira incomum, a ponto de não soar nem humano nem animal. Ela estacou onde estava, afastando a fumaça dos olhos. O esconderijo onde colocara Marshall era muito mais adiante, mas os gritos vinham da rua seguinte, o que significava...

— Ai, graças a *Deus.*

Não era o dela. Não era seu esconderijo. Mas então... o que estava queimando?

Juliette correu o restante do caminho, pegando um atalho por um beco escuro. Viu-se em uma avenida larga, junto à multidão que se aglomerava em frente ao espetáculo. As pessoas ali não haviam fugido como as outras fizeram. Estavam fisgadas pela cena horrível, assim como alguém que presencia o fim do mundo pararia para assistir.

— Nunca vi algo assim antes — disse um idoso ao seu lado, com a voz rouca.

— É resultado da guerra de sangue — retrucou o amigo dele. — Talvez estejam dando os últimos golpes antes que os Nacionalistas cheguem.

Juliette apertou os nós dos dedos contra os lábios. As colunas de fumaça se erguiam de um prédio completamente tomado pelas chamas e, postados ao redor como soldados guardando um castelo inimigo, estavam Tyler e um bando de Escarlates.

Tyler ria. Ela estava longe demais para escutar o que falava, mas podia vê-lo, segurando um pedaço de madeira pegando fogo. Atrás dele, o inferno urrava e abafava os gritos, queimando todos os moradores até a morte. Juliette não escutava nada a não ser as *súplicas* — mulheres de camisola e idosos batendo contra as janelas fechadas, gritos russos abafados de *chega! Por favor, chega!*

Na janela do terceiro andar, havia uma mãozinha esticada por um buraco no vidro. Segundos depois, um rosto pequeno apareceu, cavernoso, fantasmagórico e tomado por lágrimas.

Antes que alguém pudesse fazer algo a respeito, a mão e a criança escorregaram para fora de vista, sucumbindo à fumaça.

Os gritos haviam soado tão estranhos da estação, quase animalescos, porque vinham de *crianças*.

Juliette caiu de joelhos, um soluço crescendo em sua garganta. Houve um grito atrás de si: claramente russo, em vez de abafado... Rosas Brancas chegando para lutar. Ela não conseguia encontrar forças para correr. Seria morta se continuasse ali, patética e fraca no canto da rua, mas de que *impor-*

tava quando aquela cidade estava tão destruída? Mereciam morrer. Todos eles mereciam morrer.

Juliette engasgou, surpresa, o ar preso na garganta, quando um par de mãos se fechou ao redor de seus braços. Estava começando a reagir para se desvencilhar, quando percebeu que era apenas Marshall Seo puxando-a para o beco mais próximo, um trapo cobrindo a metade inferior do rosto. Assim que chegaram ao beco, ele abaixou o pano e ergueu um dedo para silenciá-la. Os dois ficaram mudos enquanto um grupo de Rosas Brancas passava pela entrada da ruela onde estavam.

Roma estava com o grupo, o rosto pasmo. Segundos depois, Benedikt correu até ele de outra direção, dando-lhe um empurrão forte no peito enquanto começava a gritar.

Roma. Por céus. O que ele pensaria? Juliette correra sem dar explicações. Será que suspeitaria que ela tinha algo a ver com aquilo? Pensaria que a ida a Kunshan havia sido orquestrada, uma tentativa de tirá-lo da cidade para que os Escarlates atacassem? No lugar dele, Juliette chegaria às mesmas conclusões. Deveria estar satisfeita; não era exatamente isso o que queria? Que ele a odiasse tão violentamente a ponto de não querer mais nada com ela?

Em vez disso, desabou em lágrimas.

— O que foi que Tyler fez? — Sua voz estava rouca. — Quem aprovou isso? Meu pai? Desde quando a guerra de sangue envolve *crianças* inocentes?

— Isso não é só a guerra de sangue — disse Marshall, com delicadeza. Ele sorriu e limpou as lágrimas de Juliette. Ela as deixava escorrer. Mais e mais gângsteres de ambos os lados estavam chegando e, pelo som repentino de tiros, ela presumiu que a luta havia começado. — O chantagista enganou as duas organizações. Seus Escarlates pensam que os Rosas Brancas estão por trás das ameaças. Eles correram para ter a vantagem da dianteira, desesperados para mostrar que eram fortes demais para serem enganados desta forma. Tyler liderou o ataque.

Juliette cravou as unhas nas palmas das mãos. Sua pele latejou de dor, mas o gesto não a fez se sentir nem um pouco melhor.

— Perdão — sussurrou. — Perdão pelo coração tão cruel dele.

Marshall franziu o cenho. Estava tentando conter a expressão de angústia, mas Juliette a percebia na velocidade com que ele tentava secar as lágrimas dela. Houve um tempo em que ela teria protestado, temendo a fraqueza que demonstrava. Agora, não queria fingir que não sentia nada. Receberia a piedade do mundo de braços abertos, se isso significasse acabar com a *dor*.

— A parte mais cruel não é o coração dele — disse Marshall. Ele olhou para o fim do beco, sobressaltando-se de leve quando uma saraivada de tiros se aproximou. — É o fato de que ele está agindo sob interesse da Sociedade Escarlate, querida Juliette. A parte mais cruel é que esta cidade está tão profundamente dividida que permite uma atrocidade dessa.

Juliette respirou fundo, acalmando-se. De fato, sempre tinha a ver com a guerra de sangue. Com o ódio que corria pelas próprias veias da cidade, não em seus corações.

— O que está fazendo aqui? — perguntou ela, esfregando o restante da umidade do rosto. — Eu *mandei* você ficar no esconderijo.

— Se eu não tivesse saído, você estaria ali, sendo baleada por Roma — respondeu Marshall. — E eu não teria ouvido... — Ele deixou a frase morrer, permitindo que a tristeza corresse por sua expressão. — Cheguei tarde demais. Corri mais depressa que os outros Rosas Brancas, mas não pude impedi-lo.

— Ainda bem que não tentou. — Juliette se endireitou, forçando-o a olhar para ela. — Não vale a pena, você entendeu? Não posso derrubar Tyler, se você lhe der mais munição revelando que está vivo.

Mas Marshall apenas encarava a entrada do beco. Para alguém que não conseguia calar a boca, ele estava assustadoramente quieto, os olhos acompanhando os lampejos da batalha que se aproximavam.

— Mars — chamou Juliette de novo.

— É — respondeu ele. — É, eu sei.

Ela mordeu os lábios, vacilando quando os gritos se aproximaram.

— Preciso correr até o território Escarlate e chamar reforços — disse Juliette, arrependida. — Não importa o quão cruel Tyler e seus homens sejam, não posso ficar parada enquanto estiverem em minoria. — Ela parou e expirou com força. — Vá ajudá-lo, Marshall.

Os olhos dele giraram de volta para ela.

— Perdão?

— Benedikt. Vá ajudar Benedikt. Você parece que está prestes a arrancar a própria pele de tão nervoso.

Marshall já estava amarrando o pano ao redor do rosto. Quando puxou o capuz da jaqueta, ficou quase irreconhecível, apenas outra peça da noite que rapidamente caía.

— Cuidado — disse ele.

Outra saraivada de tiros.

— Eu que deveria dizer isso para você — respondeu ela. — Rápido!

Marshall disparou para fora do beco, entrando na movimentação, em mais uma luta da guerra de sangue que estava despedaçando a cidade.

E Juliette se virou para o lado oposto, retirando-se para trazer mais gente para a morte.

∞

Benedikt mal conseguia enxergar para além do brilho vermelho em seus olhos. Não sabia se era de fúria ou de sangue, espirrado sobre suas têmporas e escorrendo para seus olhos.

— Venha cá — sibilou Roma a alguns passos dali.

O primo estava abaixado atrás de um carro, a arma na mão. Benedikt, enquanto isso, estava de pé atrás de um poste de rua, muito mal escondido dada a grossura do poste. À frente, Escarlates estavam em um tiroteio com o restante dos Rosas Brancas, e as coisas não estavam boas para o lado dos russos. O número de Escarlates não parava de aumentar, embora aquele fosse território Rosa Branca. Algum Escarlate devia ter chamado reforços logo depois que a luta começou. Os Rosas Brancas não tiveram tanta sorte.

— De que adianta se esconder? — perguntou Benedikt.

De onde estava, ele atirou. Atingiu um Escarlate na perna.

180   FINAIS VIOLENTOS

— Não estou pedindo para você se esconder. — Roma, soltando um som de frustração, se levantou de repente, deu um tiro e se abaixou de novo. — Estou pedindo para você vir até aqui para podermos ir *embora*. Isso está virando um massacre.

A visão de Benedikt piscou. O vermelho deu lugar a um branco ofuscante. A noite havia caído sobre eles, e os arredores estariam escuros não fosse pelo fogo que ainda crepitava no esconderijo, consumindo paredes e as vidas dentro delas.

— Não podemos simplesmente abandonar a luta — retrucou, irritado.

— Você é um maldito Montagov — sibilou Roma, as palavras tão duras quanto as do primo. — Saiba quando ceder. É assim que *sobrevivemos*.

Um Montagov. O estômago de Benedikt se revirou, como se houvesse acabado de comer algo estragado. Ser um Montagov era exatamente o que o colocara ali, para começo de conversa: bem no meio de uma guerra de sangue, amarga como bile, com apenas o primo ao lado e mais ninguém.

— Não — respondeu Benedikt. — Eu não fujo de uma luta.

Ele correu e mergulhou de cabeça na batalha.

— Benedikt! — gritou Roma atrás dele.

Roma correu para o seu lado, dando-lhe cobertura enquanto avançavam o mais rápido que conseguiam. Mas a avenida havia se tornado um campo de batalha, com soldados plantados em cada ponto estratégico. Embora suas balas estivessem chegando ao fim, os gângsteres não tinham medo de lutar com os próprios punhos e, antes que Benedikt pudesse gritar um alerta, havia um Escarlate investindo na direção de Roma, de faca na mão.

Roma soltou um palavrão e se esquivou de um golpe pesado. Quando o Escarlate tentou de novo, a luta do primo se tornou um borrão no escuro, e Benedikt precisava prestar atenção no que vinha em *sua* direção — primeiro uma bala, que por pouco não pegou sua orelha, depois uma lâmina voando, que o atingiu no braço quando ele se jogou no concreto.

O chão tremeu: o fogo finalmente encontrara um cano de gás. Houve um grito colossal, e então a parte de cima do esconderijo voou numa explosão e desabou sobre si mesma.

Benedikt se levantou com esforço. Sua mãe havia morrido na guerra. Ninguém lhe dera os detalhes, pois tinha apenas 5 anos, mas ele os procurou mesmo assim. Sabia que, depois de sua morte — apenas um dano colateral num tiroteio — haviam queimado o corpo num beco até que só restassem pedaços carbonizados.

Talvez fosse assim que se juntaria a ela. Os Escarlates o matariam, depois o jogariam direto na fúria do fogo — das cinzas às cinzas, do pó ao pó.

Benedikt ofegou. Desta vez, quando a bala voou até ele, sentiu-a raspar no ombro, enviando ondas de dor para cima e para baixo de seu braço. Antes que pudesse pensar em levantar a arma de novo, algo duro o golpeou na parte de trás da cabeça.

E tudo ficou escuro.

Marshall fez uma careta, pegando Benedikt antes que ele caísse. Com agilidade, lançou o amigo sobre o ombro, torcendo para que nenhum Escarlate estivesse observando, mas, mesmo que estivessem, pensariam que Marshall era apenas um deles, lidando com um Rosa Branca. Roma estava em algum lugar em meio ao caos, mas sabia cuidar de si mesmo. Se não conseguisse, seus homens prontamente saltariam à sua frente. Era apenas Benedikt que precisava ser retirado à força. Marshall se sentiu mal por tê-lo golpeado tão forte.

— Você perdeu peso — observou Marshall, mesmo que Benedikt estivesse inconsciente. Parecia menos... um sequestro se conversasse enquanto corria, como se Benedikt estivesse acompanhando o ritmo ao seu lado, em vez de sendo sacudido para cima e para baixo. — Está comendo direito? Você está com uns hábitos estranhos, Ben.

Um grito súbito e próximo o fez se calar. Ele apertou os lábios, abaixando-se sob a cobertura de um restaurante fechado. Quando o grupo de Escarlates passou, Marshall voltou a se mexer, murmurando uma reza silenciosa aos céus por já estarem em território Rosa Branca. Minutos depois, estava de frente para um familiar complexo de prédios, abrindo a porta com o cotovelo e entrando, os braços ardendo.

182   FINAIS VIOLENTOS

— Por favor, não me diga que você começou a trancar a porta — sussurrou. — Vou ficar tão bravo se você só começou a trancar depois que eu morri, e não quando eu pedia...

A maçaneta girou com facilidade sob sua palma. Com um suspiro aliviado, Marshall cambaleou para dentro, tomando um momento para respirar no apartamento. Parecia diferente. Perder um ocupante podia ser a causa, supôs. O ar estava empoeirado, assim como o balcão da cozinha, como se não houvesse sido limpo há semanas. As persianas estavam tortas, erguidas havia algum tempo e então abandonadas, permitindo que um pouco de luz entrasse durante o dia e bloqueando apenas metade da escuridão da noite.

Marshall finalmente entrou no quarto de Benedikt e o colocou sobre a cama com cuidado. Agora que estavam seguros, a exaustão do resgate desabou sobre ele, e Marshall apoiou as mãos no joelho, respirando com dificuldade. Não se mexeu até o coração parar de martelar, apreensivo que o som estivesse alto a ponto de acordar Benedikt. Mas o outro jovem continuou imóvel, o peito subindo e descendo com o mínimo movimento.

Marshall se agachou. Ficou observando-o — resignado a apenas observar — como havia feito nos últimos meses, um par de olhos seguindo Benedikt para onde quer que fosse, com medo de que fizesse algo tolo. Era estranho estar tão próximo quando havia se acostumado a ser uma sombra. Era estranho estar perto o bastante a ponto de poder alcançá-lo com os dedos. De súbito, sua mão *estava* se aproximando, afastando um cacho louro do rosto de Benedikt. Não deveria. Ele podia acordar com o movimento, e a última coisa que Marshall precisava era quebrar sua promessa mais importante a Juliette.

— Você é muito forte — sussurrou, baixinho. — Sou grato por nossos papéis não estarem invertidos, porque eu teria mergulhado de cabeça no Huangpu se tivesse ficado sem você no mundo.

Antes dos Rosas Brancas, a infância de Marshall havia se resumido a corredores sombrios e breves lufadas de ar fresco quando se aventurava a sair. Se a mãe estava ocupada demais costurando vestidos, ele perambulava pelos campos atrás da casa, saltando pedras em riachos rasos e raspando musgo das rochas. Não havia mais ninguém em um raio de quilômetros: nenhum vizinho, nenhuma criança da mesma idade para brincar. Apenas a mãe, curvada sobre a máquina de costura, dia após dia, o olhar compenetrado na janela, esperando o pai retornar.

Ela estava morta agora. Marshall encontrara seu corpo frio e duro certa manhã, enfiado na cama como se houvesse apenas congelado enquanto dormia.

Um suspiro suave. Sua mão parou, mas Benedikt continuou respirando, num ritmo constante, os olhos fechados. De repente, Marshall se levantou, cerrando os punhos em um lembrete. Não deveria estar ali. Uma promessa era uma promessa, e ele era um homem de palavra.

— Sinto sua falta — sussurrou —, mas não te abandonei. Não desista de mim, Ben.

Seus olhos ardiam. Ficar ali por mais um segundo iria destruí-lo. Como uma cortina caindo sobre o palco, Marshall se levantou e saiu de seu antigo apartamento, desaparecendo na escuridão da noite.

Vinte

Benedikt acordou de manhã com a cabeça latejando terrivelmente. Fora o brilho da luz em seus olhos que o fizera despertar, e que agora piorava a dor na base de seu crânio, a sensação reverberando e se espalhando coluna abaixo como se um esqueleto ameaçador estivesse repuxando seus nervos.

— Por céus — murmurou, erguendo a mão para bloquear o sol.

Por que não havia fechado as cortinas do quarto antes de se deitar?

Benedikt se sentou, rápido como um raio. *Quando* havia se deitado?

No momento em que começou a se mexer, o ombro se repuxou num desconforto agudo. Ele olhou para baixo e viu uma poça de sangue no lençol, seca agora, tendo escorrido do ferimento superficial. Benedikt girou os braços, testando a extensão dos ferimentos. Estava dolorido, mas completamente funcional, em seu nível de sempre, pelo menos. A ferida se fechara sozinha, e ele não fazia ideia de quanto tempo ficara deitado ali, deixando o corpo curar a si mesmo.

Perplexo, levou as pernas ao peito, apoiando um braço nos joelhos e pressionando a palma da mão contra a testa, tentando empurrar a dor de cabeça para longe. Esforçou-se para visualizar a última coisa de que se lembrava, e tudo o que viu foram balas no meio da noite, o inferno crepitante do esconderijo ao fundo. Havia investido em direção a um Escarlate, a pistola na mão, e...

Nada. Não fazia ideia do que acontecera depois. Não sabia nem onde estava sua arma.

— Como isso é possível? — perguntou em voz alta.

A casa não respondeu. Apenas se agitou ao ouvir sua voz, acomodando-se e exalando da forma que todos os espaços pequenos faziam de vez em quando.

De repente, de maneira tão agressiva que quase fez Benedikt tombar, ele sentiu um cheiro bem suave — de pólvora, pimenta e uma fumaça profunda e almiscarada.

Levantou-se com um pulo. *Marshall.* A dor lhe atingiu de novo, como na primeira manhã em que acordou e se *lembrou* de que o apartamento estava vazio, que o quarto de Marshall estava vazio, que seu corpo havia sido deixado para esfriar no chão de um hospital abandonado. Benedikt estava enlouquecendo. Podia sentir o *cheiro* de Marshall. Como se ele houvesse estado ali. Como se não tivesse *morrido.*

Inspirando, trêmulo, puxou uma jaqueta limpa do guarda-roupa e a vestiu, mal se dando ao trabalho de tomar cuidado com o ombro dolorido. De que adiantava? O que era mais um pouco de dor em meio a toda a miscelânea que sentia? Era uma coleção ambulante de dor e luto.

Fechou todas as portas do apartamento — três vezes — e caminhou a curta distância até a residência Montagov, entrando por conta própria. Antes que os Rosas Brancas na sala pudessem notá-lo, Benedikt escapuliu escada acima, subindo até o quarto andar. Sem pedir permissão, entrou no quarto de Roma, fechando a porta atrás de si.

Roma deu um pulo, imediatamente se virando na cadeira da escrivaninha. Tinha um chumaço de algodão em uma mão e um espelho na outra. Havia um corte em seu lábio, escorrendo um vermelho escarlate.

— Fiquei procurando você *a noite toda* — disse Roma, irritado, jogando o espelho na mesa. — *Que inferno,* onde você estava? Achei que estivesse morto em alguma vala!

Benedikt se jogou na cama dele.

— Não me lembro.

— Você não… — Roma se levantou e apoiou as mãos no joelho, a voz subindo dez oitavas — *se lembra?*

— Acho que bati a cabeça e dei um jeito de voltar para casa.

— Você estava lá num segundo, e desapareceu no seguinte! A luta nem havia se dispersado antes de você desaparecer. Quase arrancaram meu couro porque eu fiquei olhando em volta e procurando...

Benedikt se levantou também, interrompendo o primo.

— Não vim aqui para discutir com você.

Roma jogou as mãos para o ar. Gastou tanta energia com o gesto que suas bochechas coraram.

— Nem se pode chamar isso de discussão.

Silêncio. A expressão de Roma se transformou de irritada em pensativa, depois em um sorriso que durou dois segundos enquanto ambos os Montagov encaravam um ao outro, numa conversa silenciosa apenas de expressões faciais. Haviam crescido juntos. Não importava o quanto se afastassem, a linguagem da infância não se esquece com facilidade.

— Você não pode continuar trabalhando com Juliette — disse Benedikt finalmente, cutucando a ferida em questão. — Não depois disso. Não depois do que fizeram com a gente.

Roma se virou, colocando as mãos nas costas. Estava enrolando. Só andava de um lado ao outro quando não conseguia formular argumentos.

— Essa coisa toda foi orquestrada — comentou, no lugar de uma resposta. — O chantagista atacou de novo. Fez nós pensarmos que os Escarlates eram os responsáveis, e os Escarlates pensarem que nós...

— Eu sei que foi orquestrado. Fui eu quem descobriu isso — interrompeu Benedikt, a poucos segundos de chacoalhar o primo. Que parte disso era difícil de entender? Que parte era difícil de *enxergar?* — Mas o pessoal dela escolheu espalhar o fogo. O pessoal dela queimou *crianças* até a morte.

Roma se virou.

— Juliette não é o pessoal dela.

E Benedikt explodiu.

— Juliette deixou sua mãe morrer! Juliette matou *Marshall*!

A voz dele irrompeu pelo cômodo com a mesma intensidade de um canhão, devastando tudo em seu caminho. Roma recuou como se houvesse sido fisicamente atingido, e Benedikt também apertou a barriga, absorvendo o impacto de suas palavras.

CHLOE GONG   187

Esse... esse era o motivo pelo qual não podiam perdoá-la. Podiam até perdoar a perda de uma mãe, numa cidade encharcada de sangue. Mas não a de Marshall Seo.

— *Eu sei* — bradou Roma. O volume veio sem querer, como se ele não quisesse gritar, mas essa fosse a única maneira de tolerar aquela conversa. — Eu sei, Benedikt. Por céus, você acha que eu não sei?

O primo riu. Era o som mais sem humor possível, cego e ao mesmo tempo afiado como uma lâmina.

— Você é quem tem que me dizer, porque com certeza age como se tudo pudesse ser esquecido, se divertindo com ela.

— Ele era meu amigo também. Sei que vocês dois eram muito mais próximos, mas não aja como se eu não me importasse.

— Você não entende. — Benedikt não conseguia pensar graças ao rugido em sua mente. Mal conseguia respirar ao redor do nó em sua garganta. — Você simplesmente não entende.

— O que, Benedikt? O que eu poderia não...

— *Eu o amava!*

Do outro lado do quarto, Roma soltou o ar, deixando o restante de sua raiva escapar com aquele breve expirar. Tão ágil quanto o atingiu, a surpresa desapareceu no instante seguinte, como se Roma estivesse se reprendendo por sequer se surpreender. Benedikt, enquanto isso, levou a mão à garganta, como se pudesse engolir as palavras, devolvê-las ao pulmão onde antes viviam, imperturbáveis. Não deveria ter disso isso. Não deveria ter dito nada... mas agora já *dissera*. E não queria voltar atrás. Era verdade.

— Eu o amava — repetiu, de forma suave desta vez, apenas para sentir o gosto das palavras mais uma vez na língua.

Sempre soubera daquilo, não é? Apenas não conseguia dizer.

Quando Roma olhou para ele, seus olhos brilhavam.

— Esta cidade destruiria você por isso.

— Me destruiu de qualquer forma.

Ela sempre havia roubado, roubado e roubado. E, desta vez, roubara demais.

Roma andou em sua direção. Por um instante, Benedikt achou que o primo vinha atacá-lo, mas, em vez disso, Roma o puxou em um abraço apertado, os braços firmes como aço.

Lentamente, Benedikt o abraçou de volta. Parecia capturar um relance de sua infância, dias mais simples quando sua maior preocupação era o tatame e se teria o ar arrancado dos pulmões. Não importava mesmo quando acontecia. Roma sempre o ajudava a se levantar.

— Vou matá-la — sussurrou Roma para o silêncio do quarto. — Juro pela minha vida que vou matá-la.

Vinte e Um

MARÇO, 1927

Juliette bateu o telefone no gancho, deixando escapar um grito baixinho. Soou tanto como uma chaleira apitando que uma das criadas ao final do corredor espiou por cima do ombro, a fim de conferir se o som vinha da cozinha.

Com um suspiro, Juliette se afastou do telefone, os dedos vermelhos de se enrolarem toda hora no cabo. As telefonistas provavelmente já a reconheciam só pela voz, pois estava ligando várias vezes ao dia. Não tinha escolha. O que mais faria? Bastava dizer que, depois do incêndio de Tyler, a cooperação com os Rosas Brancas havia terminado e, quando Juliette perguntou ao pai se não seria válido se encontrarem pelo menos mais uma vez, ele apertou os lábios e a dispensou com um simples gesto. Não conseguia compreender por que Lorde Cai estava ansioso para trabalhar com os Rosas Brancas antes e, quando ela finalmente conseguiu uma pista — quando ela *precisava* dos recursos deles para descobrir a identidade do francês que se transformara em monstro —, de repente não podia mais cooperar com o inimigo.

Quem estava sussurrando na orelha de seu pai? Havia pessoas demais indo e vindo de seu escritório para sequer começar a fazer uma lista. Haviam se infiltrado através dos Rosas Brancas? Eram os Nacionalistas?

— Ei.

Juliette deu um pulo, dando com o cotovelo no batente da porta de seu quarto.

— *Jesus!*

— É Kathleen, na verdade, mas aprecio a santidade — disse a prima, deitada em sua cama. Ela virou a página da revista. — Você parece estressada.

— Sim, eu *estou* estressada, *biǎojiě*. Que bom que você notou. — Juliette tirou os brincos de pérola, colocando-os na penteadeira e massageando os lóbulos. Aparentemente, usar brincos e pressionar um telefone contra a orelha por horas seguidas não era uma boa combinação. — Se soubesse que você estava em casa, teria pedido sua ajuda.

Kathleen fechou a revista e se sentou depressa.

— Você *precisa* da minha ajuda?

Juliette balançou a cabeça.

— Estou brincando. Tenho tudo sob controle.

Nas últimas semanas, desde que o esconderijo Rosa Branca queimara e Roma não respondera nenhuma de suas mensagens, Juliette vinha ligando para cada hotel francês da lista, fazendo sempre as mesmas perguntas. Havia algum hóspede agindo de maneira peculiar? Alguém causando bagunça nos quartos? Deixando para trás algo que se parecia com rastros de animais? Fazendo barulho demais em horários aleatórios da noite? Qualquer coisa — *qualquer* coisa — que pudesse indicar que alguém estava controlando monstros, ou controlando a si mesmo para não se transformar em um deles. Mas Juliette não havia conseguido nada além de pistas falsas e bêbados.

Ela expirou profundamente. Naquele instante, o som de movimento no cascalho subia de algum lugar lá fora, para além das portas da sacada de Juliette.

— Parece seu pai chegando — comentou Kathleen, após andar até lá e espiar pelo vidro.

Segundos depois, Juliette identificou o som de pneus rolando pela entrada.

— Sabe o que eu acho estranho? — perguntou Juliette, de repente. A porta da frente se abriu e fechou. Um murmurinho de vozes no andar debaixo sinalizou a chegada de visitantes junto ao pai, interrompendo uma manhã tranquila até então. — Houve só um ataque até agora, dois se contarmos o do trem. E é horrível da minha parte, mas não consigo deixar de pensar que deveriam ter sido mais.

— Mas houve aparições — disse Kathleen. Ela se debruçou sobre o vidro da sacada. — Várias, inclusive.

— A maioria nas greves de trabalhadores.

Da primeira vez, ignorara a informação. Roma achava ser só um rumor, e ela pensava o mesmo. Só que agora os rumores vinham de policiais e gângsteres, vários deles argumentando que não tinham como defender suas posições — contra os trabalhadores em greve que destruíam as fábricas e lotavam as ruas —, porque haviam visto um monstro na multidão.

— Eu não sei... — continuou. — Imagino que soltar insetos espalharia o medo muito mais rápido do que meras aparições.

Kathleen deu de ombros.

— Chamamos essa pessoa de chantagista por um motivo. Não é Paul Dexter. O objetivo não é o caos, é dinheiro e recursos.

Mesmo assim, Juliette mordeu o lábio. Algo não estava certo. Era como se estivesse olhando uma pintura e vendo outra coisa, porque alguém já lhe havia dito o que procurar. Assim como havia invadido um restaurante de *wonton* sem pensar que não fazia sentido haver um centro de vacinação ali. Simplesmente presumira desde o começo, desde que vira aquele panfleto, porque era o que havia acontecido antes.

Então o que não estava vendo agora?

— Senhorita Cai?

Juliette colocou uma mecha atrás da orelha, voltando a atenção para o mensageiro que tinha enfiado a cabeça em seu quarto.

— Sim?

— Lorde Cai quer vê-la. No escritório dele.

A agitação que tomava os corredores estava aumentando. Parecia que o pai tinha uma assembleia inteira em sua sala.

Mesmo cansada, Juliette se prontificou a ir, trocando um olhar significativo com Kathleen e se apressando pelo corredor. Embora não soubesse para o que exatamente havia sido chamada, teve uma suposição assim que entrou no escritório do pai e encontrou-o transbordando de Nacionalistas.

— Minha nossa — murmurou em voz baixa.

Havia chegado tarde, pelo jeito, porque estavam em meio a um debate, e um homem do Kuomintang falava com os braços nas costas. Ela o reconheceu, ou melhor, reconheceu o detalhe de que cada centímetro de sua lapela estava condecorada.

General Shu. Havia lido sobre ele desde o aviso do pai. Entre os do Kuomintang, era poderoso o bastante para estar abaixo apenas de Chiang Kai-shek, o comandante supremo. Não vinha a Xangai com frequência — tinha um exército a comandar, afinal —, mas, se a Expedição finalmente chegara à cidade, seus homens seriam os primeiros a entrar marchando.

O vestido de Juliette começou a coçar contra sua pele, brilhante e longo demais entre tantos ternos escuros. Sua mãe não estava à vista. Apenas o pai, atrás de sua mesa.

— ...é melhor proteger os que importam primeiro. De que adianta ajudar aqueles que queremos que desapareçam?

De repente, Juliette percebeu outra figura muito familiar no canto da sala. Tyler estava sentado com o mais suave sorriso, as pernas estendidas e apoiadas e algo que parecia um pedaço de massa azul pendurado nos dedos. Ela se aproximou, forçando a vista. Era um azul familiar. Um azul de lápis-lazúli.

Juliette compreendeu então. Seu primo querido passara todo o tempo nas instalações Escarlates em Chenghuangmiao, monitorando os esforços Escarlates justamente por esse motivo. A vacina estava pronta. E Tyler havia trazido a notícia antes de qualquer outro, o que lhe dava acesso a um cômodo repleto de Nacionalistas, deixando que preparasse o cenário antes que Juliette tivesse chance de dizer alguma coisa.

— Faremos como Cai Tailei propõe — disse o General Shu.

— Não — retrucou Juliette, bruscamente. Olhos se voltaram em sua direção, mas ela estava preparada, o desconforto deixando sua pele. — Que tipo de governo vocês serão se deixarem seu próprio povo morrer?

— Mesmo quando estivermos no poder — argumentou o General Shu, oferecendo-lhe o tipo de sorriso apaziguador que se usava com crianças —, há certas pessoas que nunca serão o *nosso* povo.

— Não é assim que funciona.

— Juliette — disse Lorde Cai, de maneira franca.

Não havia reprovação em seu tom. Essa era a marca registrada de Lady Cai, e ela não estava ali para se ofender com o decoro social de Juliette. Seu pai estava apenas lembrando-a de refletir com cautela acerca de cada palavra que lhe saísse da boca.

O General Shu se virou para encará-la, estreitando os olhos. Como um poderoso general, podia certamente avaliar o ambiente. Juliette falava tais coisas em sua cara sem ser repreendida, então não era uma mera garota que ele poderia ignorar.

Era, talvez, uma ameaça.

— Os Comunistas estão crescendo sem controle — explicou o General Shu, em voz alta. Estava olhando para ela, mas falava para o cômodo todo, capturando a atenção como o convidado de honra de um desfile. — Eles estão vencendo o partido Kuomintang. Estão ganhando poder sobre a cidade. No momento em que começarem seu levante — ele apontou um dedo para Juliette —, você e eu perderemos o controle, mocinha. No momento em que os Comunistas assumirem, o Kuomintang e os gângsteres morrerão lado a lado.

Ele poderia estar certo. Poderia estar prevendo seu exato futuro. Porém, ainda assim...

— O senhor vai se arrepender — disse Juliette, com calma. — Xangai é o povo. E, se deixar o povo morrer, ele vai voltar para revidar.

Enfim, o Nacionalista parecia estar perdendo a paciência. Ele apertou os lábios.

— Talvez você não esteja sabendo, não é? Os Comunistas se aliaram aos Rosas Brancas.

Os Comunistas... o quê?

Antes que Juliette pudesse dizer qualquer outra coisa, General Shu voltou a atenção para outro lugar, as mãos pressionadas com força na lateral do corpo. Sua mente estava decidida. Talvez a de todos na sala já estivesse.

— É a única opção, Lorde Cai — disse outro Nacionalista. — O poder de nossos inimigos está crescendo cada vez mais e, se os protegermos, perderemos esta oportunidade. A revolução chegará a qualquer dia. Antes que isso aconteça, deixemos que seus partidários sejam dizimados. Deixemos que suas chances de sucesso tenham uma morte patética.

Juliette deu um passo involuntário para trás, atingindo a porta com as escápulas.

— Suponho que seja, de fato, a única opção — disse o pai. — Pois bem. Manteremos a vacina dentro de nossos próprios círculos.

Do canto do cômodo, Tyler ergueu o canto da boca em um sorriso orgulhoso.

Juliette xingou e abriu a porta, batendo-a com um alto *bang* atrás de si. Os homens que se assustassem. Que tivessem medo da forma como ela se movia, como um furacão pronto para destruir tudo. Seu pai poderia chiar por ela ter saído de supetão, mas Juliette duvidava que ele teria tempo para discipliná-la.

Por que diabos os Rosas Brancas se aliariam aos Comunistas? Não ganham absolutamente nada com isso.

Juliette entrou depressa no quarto, quase sem ar.

— Os Comunistas e os Rosas Brancas estão trabalhando juntos — contou a Kathleen, que se espantou por vê-la de volta tão cedo.

A revista deslizou de suas mãos.

— O quê? Desde quando?

Juliette cruzou os braços sobre a barriga e se sentou ereta na cama. Seus dois inimigos haviam se mesclado como a cabeça de uma hidra reversa.

— Não sei. Eu... — Ela parou, piscando para a prima, que agora saía de debaixo das cobertas e vestia os sapatos. — Aonde você vai?

— Fazer uma ligação — respondeu Kathleen, já a caminho da porta. — Me dê um minuto.

Juliette se jogou para trás, esticando braços e pernas como uma estrela de cinco pontas sobre os lençóis. Àquela altura, Roma já deveria ter encontrado o francês. Deveriam tê-lo ameaçado, arrancado-lhe um nome e acabado com o problema do chantagista. Mas, sinceramente, não parecia importar. Quem dava a mínima para alguns corpos mortos, se a revolução estava pairando sobre Xangai? O que era uma boate encharcada de sangue, comparada a uma cidade inteira? O chantagista não era Paul Dexter. Não queria a cidade repleta de monstros e surtos; queria apenas... Bom, Juliette não sabia.

— Vê, é por isso que sempre conferimos nossas fontes.

Juliette se levantou depressa, o cabelo estalando com o movimento. O gel nos cachos ia começar a sair se continuasse bagunçando-o assim.

— É falso?

— Não exatamente — respondeu Kathleen. Ela fechou a porta do quarto da prima, inclinando-se na madeira como se o corpo fosse uma barreira extra contra curiosos. — Mas não foi Lorde Montagov que se aliou a eles. É uma facção dentro dos Rosa Brancas, com quem os Comunistas estão se gabando de ter conseguido uma aliança. Para ser sincera, do jeito que Da Nao estava falando... — Kathleen deixou a frase morrer, erguendo as sobrancelhas finas e arqueadas, pensativa. — Não sei nem se os Montagoves sabem sobre isso.

A intriga parecia apenas aumentar. Juliette se jogou de volta na cama, puxando uma perna para cima e pressionando o queixo contra o joelho. Por três longos segundos, ficou encarando o nada, tentando processar o que Kathleen dissera.

Se ele é um Rosa Branca, comentara Juliette na plataforma do trem, *por que está com esse olhar assassino para você também?*

— O que você quer dizer com uma facção?

Kathleen deu de ombros.

— Exatamente o que eu acho que Da Nao quis dizer. Um grupo dentro dos Rosas Brancas parece ter poder e influência suficientes para fazer acordos por conta própria com os Comunistas. Pode ser que estejam trabalhando juntos há algum tempo, mas a informação só vazou agora para os Nacionalistas.

E, simples assim, o quebra-cabeça se montou.

— Ah.

Kathleen piscou.

— Ah? — repetiu ela, imitando o tom casual da prima. — O que isso significa?

Juliette pôs a outra perna sobre a cama também. Se algum dos parentes a visse naquele exato momento, certamente a repreenderiam por se sentar de maneira tão desprezível.

— O chantagista estava pedindo quantias e mais quantias de dinheiro, e de repente *armas?* Por que armas? — Ela inspecionou as unhas e uma lasca imperceptível no dedinho. — E se forem os Comunistas? Eles precisam de armas para a revolução. Precisam de dinheiro *e* armas para se livrar dos Nacionalistas e tomar a cidade.

Os Comunistas trabalhando com uma facção Rosa Branca que não se curvava às ordens de Lorde Montagov ou de Roma... fazia total sentido. Fora por isso que, durante meses, as exigências haviam chegado apenas para a Sociedade Escarlate, antes de sequer abordarem os Rosas Brancas. Porque eles *já estavam* desviando recursos dos russos.

— Calma — disse Kathleen, embora Juliette estivesse falando bem devagar. — Lembra o que aconteceu da última vez que você acusou um Comunista dos surtos?

Ela se lembrava. Havia acusado Zhang Gutai e matado o homem errado. Havia sido enganada por Paul Dexter.

Mas desta vez...

— Faz sentido, não faz? Mesmo que os Comunistas consigam sua revolução, mesmo que se livrem de nós, gângsteres, eles não têm como derrubar seus *aliados* Nacionalistas. A única maneira de ganhar essa revolução sem os Nacionalistas assumirem depois e controlarem Xangai, para que todo o Kuomintang desfrute dela — Juliette estendeu as mãos —, é se preparando para lutar uma guerra.

O silêncio varreu o quarto. Tudo o que podiam escutar eram os aspersores irrigando os jardins lá fora.

Então Kathleen suspirou.

— Melhor torcer para que não sejam eles. Você pode conseguir matar um monstro, Juliette. Pode eliminar todos os insetos que o estrangeiro trouxe. Mas não pode se enfiar no meio de uma guerra.

Juliette já estava se levantando e abrindo o guarda-roupa.

— Se os Comunistas estão usando esses monstros para começar a guerra, então eu com certeza posso.

— Temo que você vá *se* matar tentando.

— Kathleen, por favor. — Juliette enfiou a cabeça entre os cabides, procurando no chão do guarda-roupa. Viu alguns revólveres, uns colares abandonados e uma caixa de sapato... que continha uma granada, se a memória não lhe falhava. No fundo da bagunça, seu casaco mais fino havia caído em um montinho. Ela o pegou, chacoalhou-o e enfiou-o na dobra do cotovelo.

— Eu não sou tão fácil assim de matar.

A prima estava se esforçando para fazer uma expressão irritada. Não tinha tanto efeito quando ela estava alisando os cabelos suavemente encaracolados com a mão, enrolando uma mecha nos dedos.

— Um Rosa Branca secreto trabalhando com os Comunistas continua não fazendo sentido — argumentou Kathleen. — Tudo isso começou com o bilhete de Paul Dexter. *Na ocorrência de minha morte, libere todos eles.* Foi escrito para alguém que ele conhecia. Da Concessão Francesa.

— Um Rosa Branca francês — respondeu Juliette. — Continua fazendo sentido.

— Mas...

— Conheço alguém que pode ter informações. Tenho que sair agora, para voltar a tempo de nosso passeio com *Māma* esta tarde.

— Espere, espere, espere.

Juliette parou, a porta meio aberta sob sua mão. Rapidamente, Kathleen avançou e a fechou outra vez, esperando um instante após o suave clique, para garantir que não havia ninguém do lado de fora.

— É sobre Rosalind.

Ah. Juliette não esperava por isso.

— Ela vai mais tarde, não vai? Ao templo?

Lady Cai havia insistido. Precisava de acompanhantes e a equipe de sempre não servia, já que o templo só permitia mulheres. Juliette e as primas haviam recebido a honra de serem convocadas como guarda-costas. Era improvável que houvesse qualquer necessidade de proteção em um templo exclusivo para mulheres, mas essa era a vida da líder de um império gângster. Ao pensar nisso, Juliette voltou à penteadeira e enfiou uma faca extra na manga.

— Sim, acho que sim, mas não é sobre isso que quero falar — disse Kathleen, varrendo o ar com a mão para dispensar a pergunta. — Você sabia que ela tem um amante secreto na cidade?

Juliette se virou, o queixo caído.

— Está brincando! — exclamou, deixando escapar um lampejo de animação.

Kathleen colocou as mãos na cintura.

— Você poderia parecer menos animada com isso?

— Não estou animada.

— Seus olhos estão *brilhando!*

Juliette tentou controlar a expressão, fingindo seriedade. Empurrou o casaco mais para cima, antes que escorregasse do cotovelo.

— Eu não sabia, mas não é uma má notícia. Você estava preocupada que ela se metesse em encrencas com comerciantes. Se formos comparar, um amante seria melhor, não? Agora, preciso mesmo ir...

Kathleen esticou o braço, fisicamente impedindo Juliette de sair. Pela forma como a prima olhava para o casaco em seu braço, Juliette não se surpreenderia se ela o roubasse em seguida, apenas para impedi-la de sair.

— Supostamente, o amante *é* um comerciante — respondeu Kathleen. — Você não está nem um pouco preocupada com o motivo de Rosalind não ter nos *contado*?

— *Biǎojiě...* — Gentilmente, Juliette afastou o braço dela da porta. — Podemos perguntar para ela depois. Preciso ir. Encontro você mais tarde?

Com um resmungo, Kathleen a deixou passar. Juliette pensou que estava livre, mas, quando pisou no corredor, desdobrando o casaco, a prima a chamou de novo.

— Você não se cansa disso tudo?

Juliette parou, vestindo o casaco.

— Do quê?

Os braços de Kathleen se curvaram para cima. Ela cerrou os olhos para a maçaneta, seu brilho dourado devolvendo-lhe o próprio reflexo em miniatura.

— De correr atrás de respostas — explicou a prima, batucando um dedo no canto da boca. A linha de seu batom era um arco perfeito. — Eternamente rondando por aí, tentando salvar uma cidade que não quer ser salva, que nem é *boa o suficiente* para que a salvem.

Juliette não esperava aquela pergunta. Também não esperava hesitar em respondê-la. No corredor, as vozes continuavam ressoando da reunião, deixando-a de fora de qualquer plano que logo cairia sobre a cidade. Os homens que governavam aquele lugar não queriam sua ajuda. Mas ela não faria nada por eles. Estava fazendo por todos os outros.

— Não estou salvando esta cidade porque ela é boa — disse, cautelosa. — Ou porque *eu* sou boa. Quero a cidade segura porque quero me sentir segura. Porque segurança é o que ela sempre mereceu, seja na bondade ou na maldade.

E, se Juliette não o fizesse, quem faria? Estava sentada ali, em um trono cravejado de prata e polvilhado com ópio. Se não usasse seu direito de nascença para oferecer proteção a quem pudesse, de que adiantava?

O cenho de Kathleen apenas se franziu com mais intensidade. Porém, havia coisas demais a serem ditas, especialmente com Juliette dançando na ponta dos pés, ansiosa para sair. Tudo o que a prima conseguiu foi soltar um suspiro suave.

— Só tome cuidado, por favor.

Juliette sorriu.

— E não tomo sempre?

∞

— Você está com uma cara horrível.

Juliette revirou os olhos, empurrando Marshall ao passar. Conseguia sentir o cheiro da cidade em sua pele: a mistura do sal, trazido do mar pelo vento, e a confusão de frituras que permeava as ruas. Era inevitável quando pegava um riquixá.

— Tenho uma pergunta — disse imediatamente, puxando as trincas da porta do esconderijo.

Marshall caminhou para dentro do cômodo — não que houvesse muito para onde ir em um lugar tão pequeno — e se jogou no colchão.

— Foi por isso que você não trouxe presentes?

Juliette puxou uma faca e fingiu arremessá-la.

— Ai! — murmurou Marshall na mesma hora, jogando os braços em cima do rosto. — Estou brincando!

— Acho bom. Você com certeza arranja comida e bebida o bastante quando sai.

Ela guardou a faca. Com um andar que mais pareceu um bater de pés do que um caminhar, Juliette foi até o colchão e se jogou ao lado dele, o vestido tilintando.

— Neste momento, você é minha única fonte Rosa Branca. O que sabe sobre a relação entre vocês e os Comunistas?

— Os Comunistas? — repetiu Marshall. Estava deitado de costas, com os cotovelos apoiados no lençol, mas agora se sentava ereto, as sobrancelhas se franzindo juntas. — A maioria dos russos desta cidade é refugiado da Revolução Bolchevique. Quando foi que Rosas Brancas passaram a gostar de Comunistas?

— É isso que eu quero saber — murmurou Juliette.

Ela soprou o cabelo para longe dos olhos e, quando isso não tirou a mecha do rosto, bufou alto demais e a empurrou para trás, pressionando-a contra o restante do penteado.

— Bom, não é como se eu estivesse por dentro dos últimos acontecimentos Rosas Brancas. — Marshall se esticou para pegar algo enfiado perto da parede, forçando o braço todo para alcançar o objeto sem precisar mudar de posição. Quando finalmente conseguiu pegá-lo, voltou-se para

Juliette num gesto exagerado. — Posso? Meus olhos estão doendo por ter que ver você assim.

Juliette apertou os olhos para o que ele segurava, tentando ler o rótulo sob a baixa luz do esconderijo. Bufou ao entender. Gel de cabelo.

Inclinou a cabeça na direção dele.

— Por favor, me deixe bonita de novo.

Em silêncio, Marshall pegou um punhado do produto e começou a pentear os fios com os dedos. Trabalhou rápido para refazer os cachos, embora sua língua estivesse para fora pela concentração, como se nunca houvesse tentando modelar um cabelo tão comprido, mas jamais daria a Juliette a satisfação de dizer que estava fazendo do jeito errado.

— Você deveria perguntar a Roma — comentou Marshall, terminando o cacho perto da orelha. — É o trabalho dele, não é?

— Isso está um pouco difícil no momento — respondeu Juliette. A guerra de sangue havia lhe afastado das respostas sobre o chantagista. A política havia afastado suas chances de proteger a cidade, a fim de que não *precisassem* de respostas sobre o chantagista. Por que todo mundo naquela cidade insistia em tornar a vida tão *difícil* para si mesmo? — Nada disso estaria acontecendo se o General Shu simplesmente nos deixasse distribuir a vacina.

Marshall ficou paralisado. Tentou esconder a reação, retomar o trabalho com o cacho como se nada houvesse acontecido, mas Juliette percebeu a hesitação, e sua cabeça se virou para ele, interrompendo o trabalho.

— O quê?

— Não, nada… Deixe-me…

— Marshall.

— Posso só…

— *Marshall.*

A seriedade na voz dela deu resultado. Com o mais suave chacoalhar da cabeça, Marshall continuou fingindo casualidade, mas deu a resposta à Juliette.

— Eu tive certos vínculos com o Kuomintang, antes de me juntar aos Rosas Brancas. Só isso. General Shu significa problema. Quando ele decide que quer alguma coisa, não volta atrás. Se ele não aprova que uma vacina Escarlate seja distribuída pela cidade, nunca vai acontecer.

Juliette não se surpreendeu, dado o que já sabia sobre o homem. Porém...

— Você não era criança quando entrou para os Rosas Brancas?

Marshall balançou a cabeça de novo, mais determinado desta vez.

— Era um grupo de jovens. Agora... — Ele colocou uma última mecha no lugar. — Não está mais parecendo que um puxador de riquixá arrastou você pela lama. Contente?

— Radiante — respondeu Juliette, levantando-se. Algo ainda soava estranho, mas não tinha tempo para pensar nisso agora. — Estou indo, mas...

— Fique aqui dentro, eu sei. — Marshall a dispensou com as mãos. — Não se preocupe comigo.

Ela lhe lançou uma encarada de alerta enquanto caminhava até a porta, mas ele apenas sorriu.

— Adeus, garota perigosa.

Vinte e Dois

Aparentemente, quando Lady Cai dissera que precisava de companhia no templo da cidade depois do meio-dia, ela quis dizer no exato minuto após o meio-dia, e agora Juliette estava atrasada. Quando o carro parou, ela se inclinou sobre o retrovisor e retocou o cabelo mais uma vez antes de correr para fora, procurando a mãe e as primas. Tentou não ficar indignada quando de fato encontrou Rosalind e Kathleen ao lado de sua mãe, assim como *Tyler* com um grupo de seus homens.

Desde sua ação no esconderijo Rosa Branca, os Escarlates o bajulavam com vigor. Ela tinha bastante dificuldade em fazer o mesmo.

— Quase pensamos que você não viria — disse Rosalind quando Juliette se juntou a elas, os olhos ainda fixos em Tyler.

Ele estava limpando a pistola, girando um pano de maneira bruta pelo cano. Se não tomasse cuidado com o gatilho, iria dispará-lo e um de seus homens acabaria com um buraco aberto no estômago.

— Não achei que vocês sairiam tão cedo. — Lady Cai já a vira e estava se aproximando. — O que Tyler está fazendo aqui?

— Ele veio com a sua mãe — respondeu Kathleen, de pé do outro lado de Rosalind, com os braços cruzados. — Proteção extra para a caminhada.

Juliette tentou não cerrar os dentes com tanta força. Racharia o maxilar se continuasse daquele jeito.

— Prontas? — perguntou Lady Cai, alisando o *qipao* e chamando-as com a mão.

Tyler ficou plantado onde estava, e seus homens se espalharam ao redor da entrada, pelos muros do templo. Juliette lhe lançou uma última encarada antes de se virar e seguir a mãe.

— Então... ouvi um rumor interessante.

Em sincronia, Juliette e Rosalind ergueram um pé para pular o degrau do portão. Sempre que precisava fazer isso para entrar em algum prédio, Juliette conseguia mensurar sua idade: calcular que havia sido construído antes de as ruas serem totalmente lisas, quando as pessoas precisavam se proteger de possíveis inundações. O templo em si era antigo, mas um grande pátio circundava seu perímetro, protegido por altos muros desbotados pelo sol, com dois pórticos dourados ao norte e ao sul, cada um voltado para a lateral da empoeirada construção vermelha.

Rosalind virou os olhos para ela.

— *Quoi?*

— *Une rumeur* — repetiu Juliette, talvez com desnecessária extravagância ao trocar para o francês também. — Pairando pela cidade.

— Você sabe que não dá para...

Rosalind parou de súbito, olhando para o lado. Quando Juliette se virou também, percebeu que era porque Kathleen havia ficado para trás, parando pouco depois da entrada, correndo os olhos pelo pátio. Parecia que estava esperando alguma coisa.

— *Mèimei* — chamou Rosalind. — Tudo bem aí?

Um pequeno sorriso brincou nos lábios de Kathleen.

— Tudo certo.

As outras duas esperaram que ela as alcançasse, voltando a andar apenas quando Kathleen retomou o ritmo. Passaram por um *xiānglú* prateado, um que era tão enorme a ponto de se parecer a uma travessa gigante com um toldo. Três mulheres estavam ao redor dele para acender incensos, segurando as mangas delicadamente para que não fossem pegas pelas chamas na bacia.

— Estávamos falando do amante de Rosalind — disse Juliette à Kathleen.

— Shh! — chiou Rosalind imediatamente, erguendo os olhos a fim de garantir que Lady Cai não houvesse escutado.

— Então *é* verdade! — exclamou Kathleen.

— Será que vocês duas não querem gritar um pouquinho mais alto?

— Ninguém aqui nos entende, *c'est pas grave*. — Juliette estava dando pulinhos. — Por que não contou para nós? Onde vocês se conheceram?

A expressão de Rosalind se fechou.

— Vocês realmente não deveriam acreditar em rumores.

— Rosalind. — Kathleen soava séria agora, como se tudo o que quisesse fosse uma resposta. — Para que tanto segredo?

— Porque...

Rosalind correu os olhos ao redor mais uma vez. Já estavam quase na entrada do templo, seguindo Lady Cai de longe, que já subia os degraus. Não havia ninguém por perto, ninguém para escutar a conversa mesmo se entendessem francês.

— Porque...? — incentivou a irmã.

— Porque ele é ligado aos Rosas Brancas, está bem? — disse Rosalind num fôlego só.

Juliette sentiu um nó na garganta. O cheiro de incenso permeava o pátio inteiro, cada vez mais forte conforme se aproximavam do templo. Acumulava-se em suas narinas, quase sufocando suas vias aéreas se ela não *expirasse...*

— Por essa... eu não esperava — disse Kathleen, com calma. — Eu aqui pensando que era política, e você me vem com a guerra de sangue em vez disso.

Enquanto falava, seus olhos se cruzaram com os de Juliette. Rosalind não sabia do passado dela com Roma... mas Kathleen tinha alguma ideia, mesmo que não soubesse de tudo.

— Não é uma boa, Rosalind — murmurou Juliette finalmente. *Falando por experiência própria. Uma experiência muito, muito pessoal.* — Se meus pais descobrirem...

— É exatamente por isso que não vão descobrir. — Rosalind ergueu a barra do *qipao*, começando a subir os degraus. Kathleen fez o mesmo, mas as saias de Juliette balançavam soltas na altura do joelho. — Nos conhecemos em um bar em território neutro, e eu só o vejo em lugares que intercalam

206   FINAIS VIOLENTOS

entre Escarlate e Rosa Branca, a cada dois dias. Só preciso de um tempo e vou convencê-lo a abandonar a organização. Ninguém precisa saber.

Juliette tentou afastar seu pavor. Cutucou a prima, esperando que a falsa animação pudesse injetar uma energia real na própria aparência.

— Ninguém precisa saber — repetiu. — Nós vamos ajudar você. Certo, Kathleen?

Kathleen, por outro lado, não conteve uma careta de reprovação. Nem tentou parecer contente.

— Argh, suponho que sim. É um jogo perigoso, Rosalind. Mas estamos do seu lado.

Era um jogo perigoso, mas nem de perto tão perigoso quanto o que Juliette estava jogando. Precisou lembrar a si mesma de que não era a mesma coisa. Que Rosalind podia ser feliz, que as coisas não precisavam sempre terminar com sangue derramado para todas elas.

— Vocês três andam muito devagar — disse Lady Cai quando elas finalmente a alcançaram.

No templo, a luz do dia parecia contida, parando do lado de fora da porta como se não tivesse um convite para entrar. Em vez disso, o vermelho dos altares lançava seu próprio brilho, tingindo o lugar com um tom caloroso.

— Só sondando a área, *Māma* — respondeu Juliette.

Lady Cai bufou, como se não acreditasse.

— Já estou vendo a cliente. Não se afaste muito, Juliette. Talvez... — A mãe gesticulou para a parede dos fundos, onde algumas mulheres se ajoelhavam em frente a entidades simbólicas. Fariam o *kētóu* três vezes, o rosto mal tocando os tapetes no chão, e em seguida colocariam incensos no altar. — *Qù shāoxiāng ba?*

Juliette bufou de desdém.

— Acho que os ancestrais me dariam uma bofetada se eu fizesse contato com eles. Vou só esperar aqui. Kathleen e Rosalind podem ir, se quiserem.

As irmãs trocaram olhares e deram de ombros. Enquanto Lady Cai saía para abordar a cliente, as duas pegaram suas próprias varetas de incenso e voltaram lá para fora, a fim de acendê-las, deixando Juliette sozinha para perambular pelo tempo.

CHLOE GONG   207

— Não se ofendam, ancestrais — murmurou ela em voz baixa. — Trarei algumas laranjas extras para vocês da próxima vez.

Olhou de relance para a mãe. O encontro parecia trivial: duas mulheres conversando sobre assuntos considerados delicados demais para os maridos lidarem. A cliente entregou uma pilha de papéis. Lady Cai correu os olhos por eles. Juliette voltou a atenção para os altares, refletindo.

Um francês, um monstro, um chantagista. Comunistas, Nacionalistas, guerra civil.

Uma vacina, pronta para circular...

Ela simplesmente não tinha informações o bastante. Tudo o que tinha eram suposições. Nenhum nome, nenhuma fonte. E, embora devesse estar pensando em consertar a situação da cidade, refletia sobre as atribulações de Rosalind também, e o quão injusto era que, mesmo após o chantagista desaparecer, a cidade sempre estaria dividida.

Juliette correu os olhos pelo salão de novo, permanecendo paciente enquanto a conversa da mãe prosseguia. Foi então que percebeu um longo banco no canto do templo e fixou o olhar lá, encontrando algo digno de atenção. Quando se aproximou, deparou-se com uma garota sentada sozinha, lendo um pequeno livro. Havia algo de familiar em seu cabelo loiro.

Juliette ficou tensa. Voltou-se mais uma vez para Lady Cai, a fim de garantir que a mãe não olhava em sua direção e, o mais rápido que ousava, se apressou até o banco.

— Alisa Montagova, este território é Escarlate. O que está *fazendo* aqui?

Alisa ergueu a cabeça, arregalando os olhos. Fechou o livro num baque, como se a atividade ilícita em questão fosse sua leitura.

— Eu... — A garota fez uma careta. — Eu não ia ficar muito tempo. Só não pensei que alguém fosse se importar com a guerra de sangue em um templo para mulheres.

— Está bem, mas — Juliette olhou ao redor de novo — *por quê?* Por que está aqui?

Alisa piscou, parecendo perceber que o pânico de Juliette não era apenas por sua presença. Havia tentado parecer durona, mas agora sua expressão se contraía em confusão.

— Estava acontecendo um funeral no cemitério a algumas ruas daqui. Cansei de ficar em pé, então sai de fininho.

O cemitério a algumas ruas daqui... Juliette tentou visualizar a disposição daquele bairro, identificando o cemitério do qual Alisa estava falando. Mentalmente, traçou a rota de saída deles, presumindo que os presentes iriam daquele trecho de território Rosa Branca para o leste da cidade, onde vivia a maioria deles. Seriam obrigados a passar em frente ao templo, onde Tyler estava esperando naquele exato momento com todos os seus homens.

Juliette cuspiu um palavrão.

— Quem estava lá, Alisa? Seu pai? O círculo interno?

Alisa já estava de pé. A preocupação de Juliette a estava assustando.

— Não, *Papa* não. Mas Roma e Dimitri...

Uma bala disparou a distância, fora dos muros do templo. Para qualquer outra pessoa, teria soado como uma batida de riquixás ou um carrinho de comida tombando com força na calçada. Mas Juliette sabia a verdade. Correu lá para fora, cortando pelo pátio, as mãos já alcançando as armas em seu corpo. Quando se aproximou do portão, a cena já se desenrolava à sua frente: vinte, trinta gângsteres e civis — tantos civis por perto, e todos pareciam em choque.

Muitos civis para um tiroteio. Muitas prováveis vítimas de balas perdidas. Os gângsteres na luta haviam percebido também, ou não haveria tantos em combate corpo a corpo agora, muito menos um Rosa Branca quase sufocando Tyler, pressionando seu primo contra o chão.

Sem diminuir o ritmo, Juliette saltou o degrau da entrada do templo e sacou a faca da coxa. Quando arremessou, a lâmina perfurou com precisão o pescoço do Rosa Branca, atingindo o alvo quase em silêncio até que ele se inclinasse de lado e caísse.

— De nada — disse, irritada, parando em frente ao primo e lhe estendendo a mão.

Tyler sorriu. Ele segurou os dedos dela e se levantou.

— Obrigado, prima querida. Abaixe-se!

Juliette mergulhou para o lado sem questionar. Um Rosa Branca investiu e Tyler avançou, mas ela se virou, ainda agachada, o olhar percorrendo o caos e parando em outra figura que também havia parado em meio à luta.

— *Tã mã de* — murmurou ela.

Roma.

De súbito, ocorreu-lhe a faísca de uma ideia. Enquanto Roma marchava para a frente, tendo-a como alvo e provavelmente com a intenção de enfiar uma adaga em seu coração, Juliette elaborou seu plano. Ele não respondia suas mensagens, não trabalhava mais com ela, mas Juliette precisava dele. Quem melhor para dizer se havia uma facção Rosa Branca trabalhando com os Comunistas do que Roma Montagov, o herdeiro da organização? Se ele só falaria com ela através da guerra de sangue, então Juliette usaria a guerra de sangue.

Ficou de pé num pulo, tentando achar uma brecha para avançar. Poderia cortar caminho direto pelo combate. Poderia ficar abaixada e correr por aquele espaço vazio...

Alguém a agarrou pela nuca. Juliette sentiu uma adaga, ou *algo*, prestes a golpeá-la, e suas mãos se ergueram. Ela empurrou, usando o próprio ombro para torcer o braço do inimigo, até ouvir uma articulação estalar. O agressor gritou. Assim que ele tentou golpear com a faca da outra mão, Juliette se esquivou e girou, pressionando o antebraço contra o pescoço do homem, os dois pés firmes na rua de concreto.

Não era Roma quem havia lhe agarrado, era Dimitri Voronin. Um breve olhar de relance confirmou que Roma ainda batalhava para atravessar a luta, mas vinha em sua direção.

— Juliette Cai — cumprimentou Dimitri, agindo como se estivessem trocando saudações educadas. — Ouvi dizer que você cresceu como uma *socialite*. Onde foi que aprendeu a golpear como um moleque de rua?

— Imagino que você não saiba muito sobre *socialites*.

Usando o peso de Dimitri contra ele mesmo, ela enganchou um pé atrás de seu joelho, agarrou-lhe um chumaço de cabelo e esmurrou a cabeça do russo no chão. Continuou em movimento, emergindo da luta e escaneando rapidamente as paredes do templo. Alisa a havia seguido, e espiava da entrada em arco.

Juliette olhou por sobre os ombros. Roma a observava. Ótimo.

— Venha comigo.

Alisa piscou, surpresa pela repentina aparição à sua frente.

— O quê?

Sem esperar uma resposta, Juliette a agarrou pelo braço e correu.

Vinte e Três

Juliette empurrou Alisa de volta ao pátio. De relance, percebeu Rosalind e Kathleen com o canto do olho, mas as primas tinham que ficar ao lado da mãe, então não foram atrás dela nem perguntaram o que estava fazendo.

— Prometo que não vou machucar você. — Juliette espiou por cima do ombro de novo. Roma havia saído da multidão, a gola tingida de sangue. Seus olhos faiscavam, vívidos de violência. — Só preciso atrair seu irmão para um lugar quieto. *Corra!*

As duas correram até Juliette encontrar um beco estreito. Ela empurrou Alisa para dentro depressa e, sem perder tempo, chutou vários sacos de lixo, empilhando-os para que servissem de barricada. Em seguida, enfiou Alisa atrás dos sacos para escondê-la, fora de vista.

Não estava tentando assustar Roma. Apenas tinha a sensação de que a garota não precisava ver o que aconteceria depois.

Roma apareceu, o peito subindo e descendo de exaustão. Um vislumbre da pistola apertada em sua mão, e Juliette sabia que estava certa.

— Por que está fazendo isso? — retrucou ele. Sua expressão era de ódio, mas as palavras pareciam tortura. Como se ele quisesse que Juliette simplesmente desaparecesse em vez disso, para que não precisasse lidar com sua presença, para que não precisasse ser vingativo. — Que merda é essa?

Juliette ergueu as mãos, como se mostrar que estava desarmada fosse fazer alguma diferença…

— Me escute por um segundo. Eu tenho informações. Sobre o chantagista. Pode estar vindo de dentro dos Rosas Brancas. Eu estou aqui para *ajudar...*

Ela recuou, esquivando-se por pouco do primeiro tiro.

— Eu ia fazer de um jeito rápido — declarou Roma. — Um ato de piedade. Pelo que fomos um dia.

— Preste atenção! — gritou ela.

Juliette avançou e a arma disparou de novo, errando, mas por tão pouco que ela sentiu o calor lhe raspar no braço. A pistola dele ainda soltava fumaça quando Juliette fechou a mão sobre o cano. Roma tentou atirar de novo, mas ela já havia virado o cano para cima, deixando-o descarregar três balas antes de descer uma mão forte sobre seu cotovelo. O braço dele afrouxou e ela arrancou a arma de sua mão.

— Você não teve dificuldades para entender isso um mês atrás — sibilou Juliette. — Esta cidade está em perigo. Eu posso *ajudar* você.

— E sabe o que eu percebi desde então?

A mão dele correu ao bolso para sacar outra arma, e Juliette jogou o corpo contra ele, atirando-o ao chão e usando as mãos para segurar seus braços para baixo. O movimento era familiar, como aquela primeira vez em que Roma a emboscou perto de Chenghuangmiao, mas, se a memória significava algo, ele não demonstrou.

— Eu percebi — continuou, deixando o braço imóvel por ora — que não me importo com esta cidade, ou com os perigos que atrai para si mesma. Eu me importava com pessoas, e agora as pessoas se foram.

Ele deu um chute e Juliette rolou para se esquivar do golpe, contendo uma careta de dor ao aterrissar com força sobre os cotovelos, sua testa quase atingindo a áspera parede do beco. Roma estava de pé num piscar de olhos, pairando armado sobre ela, e Juliette não pensou, apenas reagiu. Era uma luta real agora, implacável e sem hesitação. Cada vez que Roma tentava atirar, ela tentava desarmá-lo. Mas ele a conhecia havia tempo demais, e previa bem seus movimentos, a ponto de a cabeça dela logo estar girando por colidir diversas vezes com o chão. Doía se esquivar para longe do perigo tão rápido e com tanta força, mas com certeza doeria mais se não evitasse os rápidos golpes e investidas dele.

— Roma! — berrou Juliette. Seu cotovelo bateu com tudo em uma pilha de tijolos, finalmente se livrando da disputa com a faca dele em sua mão. *Vitória*. Ela arremessou a lâmina, escutando-a quicar e girar para fora do beco. — Me escute!

Ele ficou parado. Ela quase pensou que o havia convencido, mas então os olhos dele se estreitaram e Roma sibilou.

— A hora de escutar já passou faz tempo.

Roma mergulhou na direção da faca.

No momento em que Roma ergueu o braço, Juliette sabia que ele estava mirando alto demais. Ele sempre arremessara mal, o que nunca fez muito sentido, já que era tão bom com as balas. Mas, da entrada do beco, Roma soltou a adaga, e o tempo desacelerou. Juliette acompanhou a lâmina, prevendo que deslizaria tão acima de sua cabeça que chegava a ser cômico...

Então Alisa Montagova se levantou do esconderijo, cambaleando para ficar de pé e gritando um pedido para que encerrassem a luta.

— Por favor, não se machuquem...

Antes que pudesse pensar, ou que tivesse tempo para ficar surpresa, Juliette se ergueu depressa, jogando-se na direção de Alisa. Não havia percebido o que fizera, não de verdade, até que parou em frente à menina e ouviu um duro *tum*, perto da orelha.

Alisa arregalou os olhos, levando as mãos à boca, as palavras morrendo no ar.

A dor não veio de imediato. Nunca vinha. A sensação de uma lâmina penetrando sempre começava de maneira fria, e então alheia. Apenas segundos depois, como se as terminações nervosas de Juliette finalmente registrassem o que acontecera, uma agonia intensa e afiada reverberou a partir da ferida.

— *Mudak* — murmurou, virando-se para olhar a faca cravada até a metade em seu ombro, e então para Roma. O queixo dele estava caído, o rosto lívido. Enquanto isso, o ferimento começou a sangrar, um rio vermelho contínuo descendo pelo vestido dela. — Você tinha que jogar justo a serrilhada?

Isso pareceu despertar Roma. Ele avançou, devagar de início, depois correu, aproximando-se de Juliette e segurando-lhe o braço. Ela o observou examinar o estrago. Mesmo que não estivesse ferida, não haveria motivo para se assustar. A raiva dele, mesmo que por um instante, havia se dissipado.

— Alisa, corra até o nosso esconderijo mais próximo e pegue a caixa de primeiros socorros.

Os olhos dela se arregalaram desmesuradamente.

— Você está pensando em fazer a sutura sozinho? Ela precisa de um hospital.

— Ah, isso ia correr superbem — respondeu ele, severo. — Devemos levá-la a um lugar Escarlate ou Rosa Branca? Quem vai demorar um pouquinho mais a atirar?

Alisa fechou as mãos com força. Juliette ainda estava alerta o suficiente para captar o clamor da luta à distância, porém não conseguia mais sentir os dedos, nem cerrar o próprio punho.

— É só descer a rua, Alisa. — Roma apontou para a frente. — Rápido.

Bufando, a garota se virou e correu.

Juliette exalou. Quase esperava ver a própria respiração, como aconteceria num dia frio de inverno. Em vez disso, nada. O frio vinha de dentro dela. Uma dormência fluía por seus membros, pequenas agulhadas como se cada célula de seu corpo estivesse tentando dormir.

— Coloca pressão no machucado, por favor? — perguntou, com casualidade.

— Eu sei — retrucou Roma. — Senta.

Juliette se sentou. Sua cabeça girava, as coisas apareciam duplicadas e triplicadas em seu campo de visão. Observou-o arrancar a própria jaqueta, amassá-la em uma bola e ajeitá-la ao redor da lâmina, pressionando o mais forte que ousava para impedir o sangue de escorrer. Ela não protestou. Apenas mordeu os lábios, suportando a dor.

— Qual é o seu *problema?* — murmurou Roma depois de um tempo, quebrando o silêncio. — Por que você faria uma coisa dessas?

— Impedi-lo de esfaquear a própria irmã? — Juliette fechou os olhos. Seus ouvidos zumbiam. — De nada.

A frustração de Roma era palpável. Ela sabia exatamente o que ele estava pensando: por que pular na frente de Alisa, se fora Juliette quem ameaçara atirar em sua irmã no hospital? Nada disso fazia sentido. É claro que não. Porque Juliette não conseguia tomar uma maldita decisão.

— Obrigado — disse Roma, soando como se mal pudesse acreditar que dissera essas palavras. — Agora abra os olhos, Juliette.

— Eu não vou dormir.

— Abra. Os. Olhos.

Ela o fez, encarando o vazio do beco à sua frente. Foi então que Alisa voltou, abraçando uma caixa contra o peito, as bochechas rosadas e a respiração ofegante.

— Corri o mais rápido que pude. Vou vigiar a rua enquanto você... — Ela deixou as palavras morrerem, sem saber *exatamente* o que Roma ia fazer.

Colocou a caixa ao lado do irmão e correu para o outro lado do beco. Quando Juliette conseguiu estabilizar a audição, percebeu que não havia mais gritos a distância. Alisa provavelmente notara a mesma coisa: a luta acabara. Os gângsteres estariam se dispersando logo, procurando por eles.

Se Juliette fosse conversar com Roma, precisava ser agora, antes que fosse tarde demais. Ele já havia parado de tentar estancar a hemorragia, aberto a caixa e destampado uma garrafa de algo causticante. Roma colocou o frasco de lado.

— Vou cortar seu casaco — disse ele.

Outra faca surgiu em sua mão, rasgando o tecido no pescoço dela antes que Juliette pudesse protestar. Quando ele deslizou o casaco sobre o vestido fino, tudo o que ela conseguia sentir era o cheiro metálico de sangue. Se o ombro não doesse tanto a ponto de incapacitá-la, pensaria que uma gata abandonada estava dando à luz por perto.

Xingando, Roma colocou os dedos no zíper às costas do vestido dela.

— Sabe — disse Juliette, mal conseguindo impedir os dentes de baterem —, você costumava pedir antes de tirar minha roupa.

— Cale a boca.

Roma puxou o zíper para baixo. Pouco antes de tirar o vestido, ele arrancou a lâmina.

— Ai, merda...

— Eu realmente sugiro que abaixe a voz — disse ele, sério. — Quer um lenço para morder?

A cabeça dela estava pesada demais para responder. Ia desmaiar. Definitivamente ia desmaiar.

— Não vou morder nada a não ser a sua mão — murmurou. — Crua. E separada do corpo.

Em resposta, Roma apenas lhe passou a lâmina com a qual a havia atingido.

— Segure isto.

Juliette esticou o braço que não tinha um buraco escorrendo sangue no respectivo ombro, e apertou a faca contra o peito, segurando o vestido no lugar. Piscou com força para se manter alerta, e observou Roma enquanto ele se agachava ao seu lado, encontrava depressa um pano limpo na caixa e o embebia no líquido que fedia.

Ela precisou de todas as suas forças para conter um grito quando Roma pressionou o pano contra o ferimento. O antisséptico ardia como se houvesse milhares de novos cortes, e Juliette quase perguntou se Roma a estava envenenando. Os olhos dele não focavam a tarefa. Ao contrário, ele a examinava, atento, procurando por um motivo, pela menor falha em seu rosto que cederia a uma explicação.

Juliette exalou lentamente. Apesar da dor agoniante, conseguia sentir o sangue parar de escorrer. Conseguia sentir a cabeça clareando, a confusão diminuindo.

Tinha uma missão ali.

— Os Comunistas se infiltraram na sua organização. — Juliette virou a cabeça bem de leve, não o suficiente para mexer o ombro, mas o bastante para conseguir olhar Roma nos olhos. — Tem uma facção Rosa Branca trabalhando com eles, repassando recursos e armas. Minha suspeita é de que os monstros venham justamente dessa aliança.

Roma não reagiu. Apenas removeu o pano e pegou o que parecia ser uma linha e uma agulha.

— Vou suturar a ferida.

O primeiro instinto de Juliette foi ralhar e impedi-lo. Não duvidava de que ele fosse fazer um bom trabalho. Percorrer as ruas daquela cidade exigia saber como quebrar a perna do inimigo usando dois dedos, mas também como costurar o corpo de um aliado. Mas Juliette era uma aliada? Ele a costuraria com mãos firmes?

Roma fez um som impaciente, balançando a agulha. Embora ela imaginasse que talvez pudesse se levantar e ir até um hospital com um buraco no ombro, fez uma careta e consentiu.

— Espere.

Ela soltou a faca que estava segurando e pegou o isqueiro no bolso. Em silêncio, abriu a tampa e girou o polegar na roda metálica. Quando a chama acendeu, Roma aproximou a agulha para esterilizá-la sem que Juliette precisasse pedir, como se já soubesse sua intenção. Era fácil às vezes esquecer o quão bem se conheciam, antes de as coisas darem errado. Que já haviam sido tão próximos quanto duas metades da mesma alma, prevendo as palavras um do outro. Ali, com Roma distraído batendo as costas da mão na dela, pedindo-a para apagar a chama quando a agulha ficou vermelha, Juliette não conseguia esquecer.

— Não costure muito fundo. Não quero ficar com uma cicatriz — resmungou, fechando o isqueiro.

Roma franziu o cenho.

— Você não está em posição de negociar o tamanho das suas cicatrizes.

— *Você* atirou a faca em mim.

— E agora *eu* estou costurando o estrago. Mais alguma reclamação?

Juliette resistiu à urgência de estrangulá-lo.

— Você ouviu alguma coisa do que eu disse? — perguntou, em vez disso. — Sobre os Comunistas?

— Ouvi — respondeu Roma, tranquilo. Ele passou a linha pela agulha. — E não faz o menor sentido. Não queremos que os Comunistas assumam a cidade. Por que ajudaríamos a revolução deles?

Ele se inclinou, e a primeira agulhada entrou na pele dela. Juliette cerrou os dentes com toda a força, mas de resto suportou a dor. Já havia sofrido coisa pior, tentou lembrar a si mesma. Havia sofrido mais apenas quebrando garrafas de vinho com força excessiva em Nova York, o que terminou com ela precisando de pontos por todo o braço.

Pelo menos aqueles foram feitos em um hospital.

— Não sei por quê — respondeu, séria. — Mas está acontecendo, e bem debaixo do nariz de vocês.

Seu ombro se contorceu, e a mão de Roma imediatamente envolveu seu braço, mantendo-a parada. Os dedos dele estavam quentes, queimando contra sua pele.

— E o que você espera que eu faça em relação a isso? — perguntou Roma, passando a linha de novo.

— O que você *deveria* fazer. Encontrar o francês. O monstro do trem.

A agulha entrou fundo demais. Ela grunhiu, e Roma xingou, segurando com mais força para evitar que ela pulasse.

— Fique parada — comandou ele.

— Você está tentando me matar.

— Eu obviamente não sou *bom* nisso, porque você continua viva, então fique parada!

Juliette expirou com força pelo nariz, deixando Roma terminar o restante dos pontos. Embora tentasse não se mexer, continuou encarando-o até que ele se remexesse, desconfortável, voltando os olhos para ela e os estreitando.

— O monstro — repetiu Juliette. — Tudo vai ficar mais claro a partir daí.

Mas Roma balançou a cabeça e estendeu a mão. Juliette lhe passou a faca ao seu lado, a mesma que ele usara para esfaqueá-la, e Roma cortou a linha ao final da sutura.

— Não posso — disse, de maneira abrupta. — Estou ocupado. Como pode ver — sua mandíbula se retesou, e ele inclinou a cabeça para a saída do beco onde Alisa estava de guarda —, a guerra de sangue está nos devastando, assim como as mortes em massa por conta do surto. Temo que destinar recursos para encontrar o chantagista só incitaria mais ataques e, embora eu saiba que vocês já têm uma vacina pronta, nós...

— Eu dou para você. Amostras. A papelada. Para levar para o seu laboratório e recriá-la.

O olhar frustrado de Roma deu lugar à completa surpresa. Não levou muito tempo, entretanto, para ele sair de seu estupor e voltar à tarefa. Pegou uma atadura da caixa e colocou-a sobre o braço de Juliette.

— Você tem permissão para isso?

É claro que não, zombou ela em silêncio. Em que mundo a Sociedade Escarlate estaria disposta a passar uma vacina aos Rosas Brancas? Ninguém naquela organização fazia alguma coisa por pura bondade, a não ser que um coração bondoso pudesse trazer consigo uma fortuna no mercado paralelo.

— Não — respondeu em voz alta.

Roma estreitou os olhos e pressionou a atadura com força, não totalmente sem querer.

— Por algum motivo, eu duvido que você esteja disposta a trair sua organização, Juliette.

— Não seria trair minha organização — respondeu ela, absorvendo a sensação penetrante. — Seria ficar contra o meu pai. Minha organização não vai sofrer se os Rosas Brancas também sofrerem menos. Sua perda não é meu ganho.

Roma fixou a atadura. Vendo que ele havia terminado, Juliette usou o braço bom para puxar o tecido do vestido e colocá-lo sobre a ferida, parabenizando a si mesma por não deixar escapar um grito de dor.

— Não? — questionou Roma.

Ele a contornou de novo e estendeu a mão para o zíper, porém não o puxou. Seus dedos pairaram ali, a um fio de cabelo de sua pele, e mesmo assim ela sentia a proximidade como um toque físico contra suas costas nuas.

— Não quando se trata dos surtos. — Sua garganta estava seca. Juliette não conseguia ver o rosto dele. Não sabia como interpretá-lo. — Eu posso ajudar você a planejar uma invasão — Roma subitamente fechou o zíper —, mas, em troca, me dê o monstro Rosa Branca. Vou chegar à raiz disso.

Ela sentiu o hálito quente dele se enrolar ao redor de seu pescoço, tão pesado quanto as palavras não ditas entre eles. Sentiu uma pressão súbita no outro braço, e percebeu que Roma a ajudava a se levantar. Quase como um único corpo, os dois se ergueram, seguindo o caminho da brisa conforme ela entrava no beco e subia até o céu.

Juliette se virou. O vento se acalmou. Com certeza, estava frio naquele beco, mas ela não conseguia senti-lo. Seu casaco estava cortado em dois no chão, e o vestido, rasgado nas costas. A jaqueta de Roma fora chutada de lado, ensopada de sangue, e as mangas dele estavam arregaçadas, longe das mãos manchadas. Quando ficavam próximos daquela maneira, perto o suficiente para que as batidas do coração conversassem entre si, Juliette não sabia o que era o frio.

— Concorda? — perguntou, a voz quase um sussurro.

Roma se afastou. Simples assim, o frio rastejou de volta, torcendo a frente do vestido dela e causando arrepios por seus braços.

— Pela vacina — disse Roma. — Concordo.

Mais um dia de sobrevivência. Mais um dia de Roma deixando-a partir sem enfiar uma arma em sua cabeça. Por quanto tempo mais conseguiria manter o jogo? Quanto tempo até se entocar de vez ou simplesmente deixá-lo disparar sua maldita bala?

Inclinou a cabeça em uma saudação debochada, virando-se para ir embora. Só então Roma esticou o braço, impedindo-a antes que pudesse dar um único passo.

— Por que você fez aquilo? Por que pulou na frente de Alisa?

Os lábios de Juliette se abriram. *Porque não suporto ver você sofrer, mesmo quando sou eu quem mais o machuca.*

Queria dizer aquilo em voz alta. Estava na ponta da língua. Queimava toda sua garganta, implorando para sair. Que mal faria mais um segredo entre eles? O que não conseguiriam suportar, se já haviam enfrentado um monstro e o próprio destino?

— Tem gente vindo. Juliette, é melhor você ir — avisou Alisa, do outro lado do beco.

Juliette ouviu as vozes também. Ainda estavam a certa distância, mas eram perfeitamente audíveis: palavras em russo se sobrepondo a outras. Rindo, falavam de Escarlates mortos, dos aliados dela tombando ao chão com os olhos sem vida vidrados no céu.

Foi isso o que fez ela cair em si. O que empurrou a verdade de volta à sua mente, como um tapa na cara.

Não se tratava de batalhar por amor. Era uma questão de sobrevivência.

— Você quer saber por quê? — retrucou, em voz baixa. Engoliu em seco, deixando nada além de mentiras na boca, como dentes extras. — Bom, impediu você de tentar me matar, não foi? Eu já falei, Roma... preciso da sua cooperação.

Em um instante, a tentação e a prontidão em fazer as pazes desapareceram da expressão dele. Era um tolo se pensava que a verdade poderia facilitar as coisas. Só iria separá-los mais, se pensassem que poderiam terminar de qualquer outra forma: ambos consumidos pela guerra de sangue.

— Quinta-feira — disse Juliette. As vozes Rosas Brancas se aproximavam. — Chenghuangmiao à nona hora. Não se atrase.

Ela foi embora antes que outros Rosas Brancas aparecessem no beco. Antes que Roma visse as lágrimas enchendo seus olhos, completamente frustrada de que era àquilo que haviam sido reduzidos.

Roma expirou, chutando sua maldita jaqueta. Não tinha salvação, mas ele mal se importava.

— Roma! — exclamou um dos Rosas Brancas, avistando-o no beco. Eles correram os olhos dele para Alisa, notando o sangue nas mãos dele e a aparência acabada. Roma tinha definitivamente um ou dois hematomas no rosto após a luta com Juliette. — O que está fazendo aqui?

— Deixem-nos — gritou ele.

Os Rosas Brancas foram embora apressados, sem dizer uma única palavra. Devagar, Alisa andou até o irmão e inclinou a cabeça de lado. Em vez de perguntar de cara o que havia acontecido, começou a arrumar a caixa de primeiros socorros.

— *Maldição* — sibilou Roma em voz alta.

Ele a tivera. Bem ali. Podia matar quantos corpos quisesse nas ruas, acertar tiros em cheio nos Escarlates que investiam com facas contra ele. Mas nada disso importava quando não conseguia dar um golpe letal no coração da Sociedade Escarlate. Em Juliette. Vingança contra partes desprezíveis não era vingança, só covardia. E talvez ele fosse um covarde. Um covarde que não conseguia deixar de amar uma coisa cruel.

— O que acabou de acontecer aqui? — perguntou Alisa, simples e direta.

Roma passou a mão nos cabelos. Uma mecha escura caiu sobre seus olhos, cobrindo seu mundo todo de preto.

— Primeiro, eu deveria perguntar se você está bem. — Suspirou. — Você se machucou?

Alisa balançou a cabeça.

— Por que teria me machucado? — Ela se sentou, apoiada na parede. — Juliette pulou na frente daquela faca.

Pulou mesmo. E Roma não conseguia pensar em um único motivo sequer... ou ao menos um que fizesse sentido, não importava o que Juliette dissera.

— Então...? — incentivou Alisa. — Por que você estava tentando matá-la?

Roma decidiu se sentar também. Ele se aconchegou ao lado da irmã, como se estivessem esperando por uma história antes de dormir, não escondidos em um beco coberto de sangue.

— Bom, duas gerações atrás, o avô dela matou o nosso...

Alisa não se convenceu.

— Deixe a guerra de sangue fora disso. Você estava colaborando com ela, e aí de repente não estava mais. Eu ouvi os rumores, os que parecem lógicos e os que são tão ridículos a ponto de me fazer rir. Qual é a verdade?

Roma afastou o cabelo dos olhos. Seu coração ainda estava disparado, as palmas ainda suadas.

— É... é complicado.

— Nada neste mundo é complicado, apenas mal compreendido.

Roma olhou em sua direção, torcendo o nariz. Ela fez o mesmo, e de repente os irmãos pareciam um espelho um do outro.

— Você é esperta demais para a sua idade.

— Você tem 19 anos. Não está muito à frente. — Ela batucou no joelho.
— *Papa* sabe?

— Foi ideia dele.

Percebendo que não dava mais para deixar a irmã de fora, começou do começo, do momento em que Lorde Montagov o chamou em seu escritório para discutir o plano, e a seguir do olhar desonesto e sabido que captara de Dimitri na sala de estar.

— O fim foi em Zhouzhuang — explicou. — Então os Escarlates explodiram nosso esconderijo e eu supus que a aliança estava terminada.

Alisa olhava fixo para a parede do beco, claramente refletindo sobre os eventos. As engrenagens giravam em sua mente, o cenho se franzindo cada vez mais. Não conseguiria entender nada. Era perda de tempo tentar.

— Eu gostaria de ter ficado lá.

O cenho franzido desapareceu depressa, surpresa pela brusca mudança de Roma.

— Em Zhouzhuang? — perguntou ela com desdém. — É tão quieto lá.

— Precisamos de um pouco de tranquilidade. Esta cidade é sempre tão barulhenta.

Roma inclinou a cabeça para cima, olhando para as nuvens agitadas. O desejo de ir embora atraía sua mente havia anos: um sussurro constante ao redor da ideia de escapar. Ele se lembrou de se apoiar no beiral da janela tarde da noite, a bochecha ainda latejando pela repreensão de Lorde Montagov, desejando poder fazer as malas e desaparecer em uma vida fora dos limites daquela cidade. Queria um ar que não cheirasse à fumaça industrial. Queria se sentar à sombra de uma grande árvore, apoiar-se no tronco e não ver nada além de verde por quilômetros. Acima de tudo, naquela noite em 1923, queria Juliette de volta, queria pegá-la e fugir, para longe do alcance de suas famílias.

Só que ele sabia exatamente o que isso significava: deixar os Rosas Brancas sem um herdeiro, abandonar um espaço vazio para que qualquer alma cheia de ódio o preenchesse.

— É barulhenta porque você a escuta.

— É barulhenta porque todo mundo está sempre falando comigo. — Roma suspirou, pressionando o osso da mão ensanguentada contra os olhos. Exigências constantes dos Rosas Brancas. Exigências constantes do pai.

Exigências constantes da *própria cidade*. — Eu imagino que deve ser bacana levar uma vida simples em vez disso. Pescar e vender o peixe no mercado para ter o dinheiro do dia, em vez de trocar montanhas de ópio por montanhas de dinheiro de que nunca vamos precisar.

Alisa refletiu sobre isso. Puxou as pernas contra o peito e apoiou os braços no joelho.

— Acho que você só diz isso porque fomos ricos a vida toda.

Roma deu um sorriso amarelo. De fato. Não haviam nascido em uma vida simples, logo, não a mereciam também. Haviam levado gerações para chegar aonde estavam agora, e quem era ele para desprezar tudo?

Mesmo assim, essa parte dele nunca pareceu sumir. A parte que queria fugir, que queria um futuro diferente. Se ao menos pudesse apagar cada memória de seus primeiros anos, talvez pudesse apagar esses pensamentos também. Mas sempre se lembraria de se deitar com Juliette no parque — 15 anos de idade e livre de preocupações, a cabeça no colo dela, os lábios dela pressionando um beijo suave em sua bochecha, a grama sob os dedos e os pássaros agitados cantando acima deles. Roma sempre se lembraria daquele pequeno abraço encaixado em que ninguém poderia perturbá-los, um mundo só deles, e pensaria: *essa — essa é a única felicidade real que já senti.*

Era *essa* parte de si que jamais poderia matar, e, quando Juliette estava costurada naquelas memórias como uma barra bem-feita, como poderia *matá-la*?

Um som veio do outro lado do beco, uma pedra rolando pelo asfalto. Segundos depois, Benedikt apareceu, franzindo o cenho para os dois primos no chão.

— O que estão fazendo? Precisamos ir.

Roma se levantou sem argumentar, escondendo a caixa de primeiros socorros, e estendeu a mão para Alisa.

— Vamos.

Ele bagunçou seu cabelo loiro quando ela se levantou, os dois seguindo atrás de Benedikt a caminho de casa.

Só quando estavam de volta ao território Rosa Branca e Alisa começava a arrastar os pés sobre o cascalho que Roma subitamente piscou, os olhos voltados para a parte de trás da cabeça de Benedikt. Não havia pensado muito sobre como ele os encontrara. Mas percebeu, então, enquanto o primo repreendia Alisa para andar direito e não arruinar seus sapatos, que não havia escutado passos antes da chegada de Benedikt.

Há quanto tempo o primo estivera lá, do lado de fora do beco, escutando a conversa deles?

Vinte e Quatro

Em uma fábrica ao leste da cidade, numa deprimente tarde de quinta-feira, as máquinas se silenciam de repente. O gerente ergue a cabeça da mesa, confuso e sonolento, uma fina linha de baba escorrendo do queixo. Ele esfrega o rosto e olha ao redor, sem encontrar trabalhador algum à sua frente, apenas as mesas abarrotadas e os materiais jogados, bagunçados e espalhados pelo chão.

— O que significa isso? — murmura para si mesmo.

O prazo é apertado. Os trabalhadores não sabem? Se não entregarem tudo dentro de uma semana, os chefões ficarão irritados.

Ah, mas os trabalhadores não se importam com isso.

O gerente se vira e, com um susto, os encontra de pé atrás de si, armados e prontos. Um golpe, e é o bastante. Uma faca em sua garganta e ele está se contorcendo no chão, as mãos apertadas contra o ferimento em uma inútil tentativa de conter o sangue. O vermelho escorre mesmo assim. Não para até o gerente se reduzir a um corpo caído em uma piscina escarlate, que ensopa os sapatos dos trabalhadores, seus assassinos. Espalha-se de rua em rua, o mais suave carimbo vermelho pressionado contra o pavimento a caminho das Concessões, manchando as impecáveis calçadas brancas. Isso é uma revolução, afinal. O rastro de sangue de porta em porta, alto e violento, até que os ricos não possam mais ignorá-lo.

Porém, a revolução não chegou de fato — ainda não. As pessoas estão tentando de novo, mas ainda têm medo, porque o último levante foi esmagado, e não importa o quão alto gritem, seus números são baixos. Não podem ser ouvidos em Chenghuangmiao, onde duas garotas estão sentadas em uma casa de chá, planejando uma invasão, rascunhando com carvão sobre papel enquanto a brisa fria sopra pela janela. Há um grito momentâneo, e a de vestido ocidental brilhante fica tensa e se inclina para além da casa de chá, o corpo parcialmente pendurado para fora do segundo andar à procura de problemas.

— Relaxe — diz a outra, varrendo com as mãos uma migalha do *qipao*. — Ouvi dizer que a polícia parou os protestos antes de avançarem muito. Vamos focar em terminar o plano para roubar nossa própria vacina.

Um suspiro.

— Será que pararam *mesmo* os protestos? Parece que há outro começando aqui.

A herdeira da Sociedade Escarlate inclina o queixo na direção da cena lá fora, onde um grupo pequeno segura cartazes, clamando por sindicatos e o fim dos gângsteres e dos imperialistas. Fazem seu pedido como se fosse questão de conexões, de conquistar simpatizantes o suficiente até que a maré mude.

Porém, a cidade não sabe seus nomes. A cidade não se importa.

Um grupo de Rosas Brancas surge. Um punhado ordinário, nada além de músculos e olhos para a organização, protetores do território. Os vendedores próximos saem correndo, certos de que não devem presenciar aquilo, e têm razão. Uma nuvem pesada desliza à frente do sol. As pequenas ondas ao lado, sob a ponte Jiuqu, escurecem um tom. Os gângsteres avaliam a cena, sussurram entre si e, em seguida, ágeis como apenas uma manobra planejada consegue ser, levantam as armas e matam metade do grupo a tiros.

Na casa de chá, as garotas se retraem, mas não há o que fazer. Os manifestantes que restam se dispersam, mas policiais já estão à espera, comandados pelos Rosas Brancas. Os sobreviventes chutam, chiam e cospem, mas de que adianta? Por ora, tudo o que sua fúria pode lhes dar é um buraco fumegante no peito.

— Eu costumava achar que esta cidade que vou herdar estava desabando sob o domínio do ódio — diz a garota ao vento frio. — Que era culpa nossa, que a guerra de sangue destruía tudo o que era bom. — Ela olha para a prima. — Mas o ódio existe há muito mais tempo.

228   FINAIS VIOLENTOS

O ódio já espreitava nas águas antes que a primeira bala fosse disparada de Escarlate à Rosa Branca. Estava ali desde que os britânicos trouxeram o ópio para a cidade e levaram o que não lhes pertencia. Desde que os estrangeiros invadiram e a cidade se partiu em facções, dividida por certos e errados que as leis estrangeiras definiam.

Essas coisas não desaparecem com o tempo. Podem apenas crescer, alimentar-se e escoar como um câncer lento, muito lento.

E a qualquer dia, a cidade irá se virar do avesso, corrompida pelo veneno em suas próprias entranhas.

Era preocupante a quantidade de mensageiros que Benedikt pagara na última hora, mas Marshall tentou não fazer suposições. Já tinha dificuldades em conseguir um bom esconderijo, mantendo-se distante o suficiente para que o amigo não se sentisse vigiado, mas perto o bastante para observar o que acontecia.

— Você está planejando um golpe? — murmurou. — Para que precisaria de tantos Rosas Brancas?

Como se o houvesse escutado, Benedikt de súbito olhou para cima, e Marshall se escondeu depressa, pressionando-se contra a parede do telhado. Estavam perto do quartel-general, na parte mais movimentada da cidade, onde as esquinas eram barulhentas e os becos atravessados por centenas de varas de bambu, com roupas secando ao vento. Mesmo que Benedikt pensasse ter visto movimentos à distância, Marshall estava confiante de que seu melhor amigo pensaria ser apenas um truque da visão, causado por uma grande túnica balançada pela brisa.

Marshall havia se tornado tão pálido por ficar dentro de casa que provavelmente se parecia *mesmo* com uma túnica branca.

— É isso então — disse Benedikt lá embaixo, dispensando o mensageiro com um gesto das mãos.

Se não fosse uma tarefa que Benedikt delegara ao rapaz, Marshall imaginou que a única possibilidade era coleta de informações. Quando esticou a cabeça mais para a frente, tentando ver melhor, Benedikt se virou num ângulo perfeito, dando-lhe um vislumbre da fita vermelha em suas mãos.

Marshall coçou a cabeça.

— Não me diga que você arrumou uma amante — murmurou. — Eu só estou morto há cinco meses, e você já está comprando presentes para mulheres?

Então Benedikt puxou um isqueiro do bolso e começou a queimar a fita. Os olhos de Marshall se arregalaram.

— Ah! Ah, deixa para lá.

Sua confusão apenas aumentou quando Benedikt soltou a fita e deixou-a queimar, saindo do beco e tomando o caminho para casa. Marshall não o seguiu. Seria arriscado demais, porém ficou sentado ali por mais um tempo, observando, com o cenho franzido, o restante da fita virar cinzas. A resposta para o que se passava com Benedikt não parecia estar perto de se revelar, então bateu a poeira das roupas e desceu do telhado para voltar ao esconderijo. Tinha o bastante para ajudá-lo com o disfarce: um casaco, um chapéu e até uma máscara no rosto, fingindo estar doente.

Estava quase no prédio quando um clamor ecoou do final da rua, e seu pescoço se esticou, procurando o som. Era o limiar de um protesto, e ele não teria dado muita importância àquilo não fosse pelo grupo de soldados Nacionalistas que vinha correndo da outra rua, aproximando-se dos trabalhadores com os cassetetes a postos. Marshall se virou depressa, mas um dos militares encontrou seu olhar, tentando avaliar se ele fazia parte do protesto.

Ele não pode reconhecer você, disse Marshall a si mesmo, o coração disparado. Nenhuma parte de seu rosto estava visível. Não seria possível.

Mesmo assim, quando abriu a porta do esconderijo e puxou o trinco atrás de si, quando o protesto já havia sido expulso da rua e dispersado para outro lugar que não fosse tão perto de um território estrangeiro, Marshall ainda tinha a sensação de que havia alguém o observando.

Juliette voltou cedo ao Chenghuangmiao. Depois de se separarem na casa de chá para realizarem seus afazeres particulares, ela e Kathleen decidiram se encontrar de novo às 9 horas da noite, após o sol se pôr e a noite escurecer, mas ali estava Juliette, quase 15 minutos antes do tempo. Seu nariz se contraiu, captando o cheiro de sangue dos trabalhadores que haviam sido baleados durante o dia.

— Ouvi dizer que houve um protesto aqui hoje.

Juliette quase pulou de susto. Ela se virou para dar de cara com Roma, que se aproximava sob o brilho fraco das lojas, metade do rosto iluminado em ângulos duros e a outra metade nas sombras. Usava um chapéu e, quando parou ao lado dela e abaixou a aba, boa parte de suas feições estava escondida e apenas Juliette, observando-o de frente a dois passos de distância, poderia identificá-lo.

— Nem foi um protesto — respondeu ela. — Seus homens foram rápidos.

— É, bom… — Roma farejou o ar. Apesar do frio que anestesiava seus narizes, apesar dos cheiros de carne assada que se espalhavam dos restaurantes próximos, ele também percebeu o sangue, e podia sentir o que havia sido derramado ali no chão. — Eles podem ser um pouco severos às vezes.

Juliette apertou os lábios, mas não respondeu. Esperou um grupo de idosos passar, então inclinou o queixo de leve para a direita, para a base do prédio ao lado.

— Este é o nosso laboratório. Mas precisamos esperar Kathleen chegar. Ela vai ajudar você a entrar enquanto eu distraio Tyler.

Roma arqueou uma sobrancelha.

— Tyler está aqui?

— Ele está *morando* aqui. — Juliette apontou para cima, para as janelas que ficavam acima do nível do chão. — Temos apartamentos. Ele está paranoico, acha que os Rosas Brancas vão roubar nossa pesquisa.

— E aqui está você, ajudando um Rosa Branca a roubar a pesquisa.

— Ele é tacanho — disse Juliette, simples e direta. — Dê uma olhada, Roma.

— No laboratório?

Juliette assentiu.

Roma parecia desconfiado ao se aproximar das pequenas janelas, dos pequenos centímetros de vidro que se erguiam do chão de concreto. Embora os trabalhadores houvessem ido para casa, as luzes estavam acessas, revelando apenas Tyler à mesa do chefe, folheando um livro ao lado do que parecia uma grande montanha azul.

Roma se afastou depressa para não ser visto.

— O que é *aquilo*? — perguntou.

— A vacina — respondeu Juliette. — Criamos uma forma sólida em vez de líquida. É solúvel para garantir uma distribuição fácil pelo sistema de abastecimento de água, mas altamente inflamável no estado sólido.

Ao menos era isso o que ela compreendera da breve explicação do pai, após a reunião daquele dia. Despejariam a vacina na água de todo território Escarlate, imunizando os civis dentro de alcance e protegendo os membros da organização.

Roma assentiu uma única vez, indicando que compreendera o que ela dizia.

— Espertos. Os Rosas Brancas não moram nos seus territórios, e aqueles que invadirem uma casa ou outra para beber a água certamente arriscarão ser pegos e executados. Os Comunistas também estão longe da área de vocês, provavelmente nos bairros mais pobres e nas periferias.

— Então é uma solução exclusiva para os Escarlates, do começo ao fim — finalizou Juliette. — Aqueles que quiserem ser imunes deverão jurar fidelidade aos Escarlates e buscar proteção física conosco, pagar aluguel sob nossos telhados, aumentar os números leais à nossa organização. Mas não posso levar o crédito. Tyler planejou tudo sozinho.

— E Tyler planejou *isso* também?

Juliette se virou, alarmada com a voz desconhecida. Pelo mais breve segundo, seu coração congelou e a mão correu para a faca, já parcialmente decidida a matar a possível ameaça. Então seus olhos se ajustaram ao escuro e ela reconheceu *Rosalind*, seguida de Kathleen, que parou, expirando.

— Eu não a convidei — relatou Kathleen, ajustando a manga e cumprimentando Roma com um educado aceno. — Ela achou que eu estava escondendo algo e veio por conta própria.

Roma assentiu de volta.

— Juliette — insistiu Rosalind ao não receber uma resposta. — Sua parceria com o herdeiro Rosa Branca não havia *terminado?*

Juliette não tinha tempo nem energia para lidar com isso. Pressionou o cabelo, contendo uma reação impaciente. O tilintar de sinos soou por perto, anunciando 9 horas da noite.

— Estou trabalhando voluntariamente com ele.

— Voluntariamente... — O eco de Rosalind morreu no ar, a confusão e completa descrença aumentando em sua expressão. Seus olhos pularam de Juliette para Roma e então o contrário. Juliette resistiu à urgência de se encolher, sabendo que a prima não podia enxergar o que ela temia que visse.

— Você está colaborando de maneira óbvia com o inimigo. Tem um tiro certeiro, neste exato momento, direto na cabeça dele...

Rosalind falava como se Roma não estivesse lá, escutando-a planejar sua morte.

— Só confie em mim nessa. — Juliette tentou soar razoável. — Existe uma imensa diferença entre matar um inimigo cedo demais e matá-lo no tempo certo. Este não é um bom momento.

A prima recuou um passo.

— Sempre voltamos a isso — disse, de forma suave. — Você decide quando a guerra de sangue importa e quando não importa. Os Cais decidem quando os outros são nossos inimigos e quando não são, e o resto de nós precisa obedecer.

— Rosalind — repreendeu Kathleen, a voz afiada.

Juliette piscou, surpresa com a acusação. Queria imaginar que Rosalind estivesse agindo apenas por rancor, que achava injusto Juliette poder colaborar com Roma sem sofrer as consequências, enquanto ela mesma tinha de se esconder com seu amante. Porém, a teoria não se encaixava com o ressentimento na voz da prima. Parecia maior que isso. Parecia *mais antigo,* não um pico de raiva do coração, mas algo que havia crescido dentro dela mesma ao longo do tempo.

Rosalind balançou a cabeça.

— Que seja. Preciso ir para a boate burlesca, meu turno vai começar.

Ela se virou e partiu, os saltos ressoando rápido na multidão de Chenghuangmiao, deixando um vazio silencioso em sua ausência. Os olhos de Juliette se voltaram para Roma. Ele não deu indícios de estar perturbado com o ocorrido. Só parecia entediado, e estava escuro demais para ela conferir outros sinais.

— Estamos perdendo tempo — disse Juliette, a voz rouca ao falar novamente. — Vou desligar a eletricidade nos painéis dos fundos do restaurante e atrair Tyler para o apartamento dele lá em cima. Ao meu sinal, Kathleen, você acompanha Roma ao laboratório. Tenho certeza de que juntos conseguirão decidir quais papéis são relevantes. Prontos?

Kathleen assentiu. Roma também ofereceu um dar de ombros afirmativo.

Juliette respirou fundo.

— Então vamos.

E entrou no restaurante.

— Acho que deveríamos ter perguntado qual seria exatamente o sinal dela — observou Kathleen quando o restaurante escureceu.

Alguns clientes lá dentro deram um grito de surpresa. Outros simplesmente continuaram comendo.

— É, bom — disse Roma Montagov —, considerando que se trata de Juliette, tenho certeza de que será alto e claro.

Um riso involuntário escapou de Kathleen e, embora ela o tenha contido imediatamente, a expressão de Roma se suavizou também — não o suficiente para se qualificar como divertida, mas com certeza não era estoica. A leveza inapropriada de Kathleen se transformou em atenção. Quando foram tomados por um tenso silêncio de espera, ela mordeu os lábios, contendo a urgência de falar mais. Aquela não era nem de perto a primeira vez em que observava Roma Montagov e Juliette trabalharem juntos, apesar das muitas tentativas de matarem um ao outro. E se Juliette não lhe disse nada sobre o motivo...

— Eu espero — falou Kathleen, sem conseguir resistir à tentação — que você entenda que Juliette está lhe fazendo um grande favor.

Roma bufou de desdém.

— Não existem favores nesta cidade. Só atos calculados. Você escutou o que ela disse para a sua irmã, não escutou?

Kathleen escutara. *Existe uma imensa diferença entre matar um inimigo cedo demais e matá-lo no tempo certo.* Mas parecia que ela fora a única a perceber a hesitação na voz da prima, que indicava que ela estava mentindo. Que estranho. Tanto por Roma Montagov parecer irritado com a intenção de Juliette em destruí-lo, quanto por Kathleen ver claramente que Juliette não pretendia fazê-lo de jeito algum.

— Ela disse o que achava que Rosalind queria ouvir.

Roma franziu o cenho.

— Duvido.

Kathleen inclinou a cabeça de lado.

— Por quê?

Desta vez ele riu de verdade. Era um som de descrença, como se ela tivesse lhe perguntado se era possível respirar sem oxigênio.

— Senhorita Lang — retrucou ele, a voz ainda carregada de ceticismo —, caso tenha se esquecido, eu e Juliette somos inimigos mortais. Assim como eu e você.

Kathleen baixou os olhos para os próprios sapatos. Estavam ficando empoeirados, coletando sujeirinhas que sempre pairavam pelas calçadas.

— Não me esqueci — respondeu em voz baixa. Inclinou-se para esfregar a tira do sapato sobre o calcanhar. — Eu costumava achar que a guerra de sangue acabaria, se as duas organizações se entendessem. Costumava criar vários planos para mandar a Juliette quando ela estava nos Estados Unidos. Tantas coisas que poderíamos dizer, propor ou implantar para que os Rosas Brancas vissem que somos pessoas que não merecem morrer.

Ela endireitou as costas. Ainda não havia sinal de Juliette. Apenas um presságio ruim e um prédio escuro, murmurando em confusão enquanto alguns dos clientes saíam. Roma abaixou o chapéu para evitar ser reconhecido, mas estava prestando atenção.

— Só que o problema não é esse, é? Nunca foi sobre alienação. Não importa o quanto falemos profundamente sobre nossa dor aos Rosas Brancas. Vocês já sabem. Sempre souberam, porque nos falam da sua dor também.

Roma pigarreou.

— Não é esse o objetivo de uma guerra de sangue? — perguntou ele, enfim, em resposta. — Somos iguais. Não tentamos colonizar uns aos outros como os estrangeiros fizeram. Não tentamos controlar uns aos outros. É só um jogo de poder.

— E não é exaustivo? Nos destruímos mutuamente porque queremos ser os únicos nesta cidade, e não nos importamos com o quanto o outro irá se machucar. Como podemos viver assim?

Silêncio. A expressão dele era séria, como se de súbito não se lembrasse como havia acabado tendo tal conversa. Acima deles, as nuvens passavam depressa, preparando-se para o que seria uma tempestade.

— Sinto muito.

Agora foi a vez de Kathleen piscar, confusa.

— Pelo quê?

— Por não ter uma solução, acho.

Será que sentia mesmo? Como algum deles poderia de fato sentir muito, se não estavam fazendo nada para impedir a guerra?

— Não vale a pena ficar se culpando — alegou Kathleen, simplesmente. Sabia com toda a certeza do mundo que Juliette havia percebido isso fazia muito tempo. Que era por esse motivo que a prima nunca colocara nenhum de seus planos em prática. Por que ela sempre mudava de assunto, resistia em abordar o tema diretamente, falando em vez disso de suas festas e bares ilegais nas cartas que enviava em resposta. — Enquanto a Sociedade Escarlate e os Rosas Brancas tiverem esperanças de um futuro em que sejam o único poder soberano, a guerra de sangue continuará.

Roma Montagov deu de ombros.

— Então há uma solução. Destruir as organizações.

Kathleen recuou de súbito, quase batendo na parede onde se escondiam.

— Não — disse, horrorizada. — Isso pode ser pior do que *ter* a guerra de sangue.

Seria uma batalha sem fim, governantes trocados a cada piscar de olhos ou políticos que mentiam a todo momento. Ninguém seria leal àquela cidade como as organizações eram. *Ninguém.*

Foi então que o som de vidro se quebrando interrompeu a linha de pensamento de Kathleen e seu olhar disparou para cima, deparando-se com um livro voando por uma das janelas do terceiro andar. Houve gritos dentro do prédio, então uma série de passos que pareciam trovões — uma voz que parecia a de Tyler pedindo reforços.

— Aí está nosso sinal — disse Roma Montagov, já andando a passos largos para a entrada.

Com o coração na mão, Kathleen o seguiu, e calafrios percorreram sua nuca. Sempre ficava à beira de um ataque de nervos quando precisava fazer algo que pudesse criar problemas para si mesma, e invadir o laboratório Escarlate era com certeza muito pior do que se infiltrar em reuniões Comunistas.

— Melhor corrermos — avisou Kathleen. — Não sabemos por quanto tempo Juliette vai conseguir manter Tyler distraído.

Eles desceram rápido ao laboratório. Estava completamente escuro. Kathleen aguçou os olhos na pressa de evitar bater numa mesa, as mãos tateando ao redor para tentar encontrar um caminho. Roma não parecia ter a mesma dificuldade; puxou um saco rústico de algodão do casaco e usou o minúsculo facho de luar que penetrava pelas janelas para iluminar o caminho. Foi ágil em coletar amostras da montanha ao centro do laboratório. A textura era maleável como argila, leve como poeira.

— Senhorita Lang, onde está a papelada?

Kathleen torceu o nariz, ainda apertando os olhos sem muito sucesso.

— Eles fizeram quase uma dúzia de cópias, logo, estão por toda a parte. Só se certifique de pegar uma pilha completa e não várias cópias da mesma página.

Roma colocou o saco no chão e apalpou os bolsos de novo, retirando uma pequena caixinha. Kathleen não registrou o que ele fazia até ouvir um chiado e uma chama se acender entre os dedos dele, queimando o fósforo.

CHLOE GONG 237

— Está louco? — sibilou ela. — Apague isso! A vacina é *inflamável.*

Com uma careta, ele apagou o fósforo.

— Calma — disse. Ele pegou um punhado de papéis que estava ao lado. — Acho que encontrei.

Kathleen bufou, secando a fina camada de suor da testa. Tinha apenas um trabalho: ficar de olho nele, e o lugar quase pegara fogo.

Acima de suas cabeças, veio o farfalhar de mais passos. O som de vidro se quebrando ecoou mais uma vez dentro do prédio e, em seguida, uma apressada batida no vidro da janela do laboratório quase matou Kathleen de susto. Voltando o olhar para o luar, ela viu Juliette gesticulando freneticamente para que corressem.

— Pegou tudo? — perguntou a Roma.

Ele apontou para os materiais em sua mão.

— Obrigado por ajudar uma invasão Rosa Branca, Senhorita Lang.

Juliette esperava impaciente do lado de fora, imaginando que Tyler apareceria antes de Kathleen e Roma. Um cálculo errado de tempo poderia arruinar o esquema todo. Bastava Tyler se libertar das amarras que ela usara — amarras que prendera de uma maneira um tanto apressada após atacá-lo por trás, enfiando um saco em sua cabeça. O tempo era essencial: era mais importante sair logo do que mantê-lo amarrado a noite toda.

Enfim Kathleen e Roma saíram do restaurante, voltando ao burburinho de Chenghuangmiao. No mesmo instante, um grito ressoou lá em cima, alto por conta da janela quebrada. Alguns transeuntes noturnos olharam de relance, mas não pararam, ignorando os acontecimentos estranhos que ocorriam naqueles lugares.

Um *bang.* Tyler havia se soltado.

— Vou mantê-lo distraído — disse Kathleen, já voltando na direção do restaurante. — Vocês dois, corram!

Eles não precisaram que ela repetisse. Lado a lado, Roma e Juliette mantiveram um passo firme, que não levantasse suspeitas, até que Tyler surgiu fora do prédio, gritando para a noite e ordenando que o intruso se revelasse. Àquela altura, havia se passado tempo o suficiente para eles se juntarem à multidão e ganharem velocidade. Embora não houvesse tanta gente ali durante a noite quanto havia de dia, era cobertura o bastante para que se mesclassem e entrassem num beco completamente fora do campo de visão de Tyler.

— Vamos — sussurrou Juliette, apertando o passo. As paredes do beco se erguiam um tanto ameaçadoras ao lado deles, altas e sombrias. — Lembre-se de sua promessa, Roma. Encontre o francês.

— Vou trabalhar o mais rápido que puder — disse ele de trás dela. — Prometo que... *hunf!*

Juliette se virou com um susto, alarmada pelo grito abafado de Roma. Por um momento de surpresa, sequer pensou em sacar a arma. Só conseguia se perguntar como Tyler os havia encontrado, quando ela pensava que o havia despistado. *Achava* que ele não conseguiria se mover pela multidão com tanta agilidade.

Então sua visão entrou em foco e ela percebeu que Roma não estava sendo atacado. Quem quer que o estivesse segurando pressionava um *pano* contra seu rosto e, quando Roma tombou no chão, inconsciente, a figura amparou a queda sem maldade.

Não era Tyler quem os havia encontrado.

Era Benedikt Montagov, em toda a sua altura, abaixando o capuz do casaco e caminhando na direção dela.

Tã mã de.

— Não imaginei que você fosse do tipo que mata o próprio primo — disse Juliette, sarcástica.

Se corresse agora, provavelmente conseguiria escapar. Havia outro beco cruzando por ali, um que levava a uma rua movimentada onde poderia encontrar abrigo.

— Ele só está desmaiado — retrucou Benedikt, frio. — Porque não consegue fazer o que precisa ser feito.

A arma surgiu num instante. Ele não a estivera empunhando antes, e de repente apareceu em sua mão, rígida e brilhante, reluzindo sob o luar e a apenas três passos de estar pressionada direto contra a cabeça de Juliette.

Ela não tinha como escapar. Era impossível correr rápido o suficiente sem ganhar uma bala em uma ou outra parte de seu corpo, então sangraria ali, como os trabalhadores protestando pela vida. Benedikt não era como Roma. Não hesitava sobre a vida dela.

— Preste atenção — pediu Juliette, com cuidado, erguendo as mãos.

Ela imaginou o próprio cérebro espalhado pela parede, rosa e vermelho entre os ladrilhos. Aceitaria a morte quando chegasse a hora, mas não *agora*, não sob o pretexto de uma falsa vingança que aquele primo Montagov havia assumido para si mesmo.

Os dedos de Benedikt pressionaram ainda mais o gatilho.

— Não perca seu tempo com últimas palavras. Não vou escutar.

— Benedikt Montagov, não é o que você...

— Por Marshall — sussurrou ele.

Juliette fechou os olhos com força.

— *Ele está vivo! Ele está vivo!*

A bala não veio. Devagar, ela abriu os olhos de novo, e encontrou Benedikt com o braço relaxado, encarando-a completamente incrédulo.

— O que foi que você disse?

— Seu tolo — respondeu ela, o insulto saindo com suavidade. — Não se lembra do soro de Lourens? Esse tempo todo, eu meio que esperava que um de vocês descobrisse a verdade. Marshall Seo está vivo.

Vinte e Cinco

Benedikt não guardou a arma enquanto seguia Juliette pela cidade. Não confiava nela. Não imaginava como a Escarlate pretendia escapar dessa, nem conseguiu captar nenhum sinal claro de uma mentira quando ela fez uma careta para a forma inconsciente de Roma naquele beco e gesticulou para que Benedikt andasse ao seu lado. Mas havia tempo o suficiente entre o agora e onde quer que estivessem indo para que ela corresse — ou, Deus o livre, recuperasse sua arma e atirasse.

Ela não sacou arma alguma.

Apenas continuou caminhando a passos firmes, como se já houvesse percorrido aquele caminho milhares de vezes. Benedikt estava desenvolvendo um tique na bochecha. Mal conseguia pensar sobre o que Juliette havia dito, sob o risco de perder a cabeça antes de ver a verdade com os próprios olhos. Tinha a vontade urgente de golpear a palma da mão contra alguma coisa, bater o pé até despedaçar os sapatos. Não fez nada. Apenas a seguiu, obediente e com a expressão neutra.

Juliette parou de frente para um prédio comum, o exterior pequeno e desbotado a ponto de se mesclar com as paredes e janelas próximas. Havia três degraus na entrada e, logo após a fachada, uma única porta, a dois ou três passos de uma escadaria que continuava serpenteando para cima. Benedikt escutou. Fora o uivo do vento, não havia muito o que ouvir. Os pisos superiores do prédio estavam provavelmente desocupados.

Ele deu um pulo, a arma se contorcendo em sua mão, quando Juliette se sentou com um baque no caixote do lado de fora do apartamento.

— Vou esperar aqui — disse ela. — A porta normalmente está destrancada este horário.

Benedikt piscou, confuso.

— Se for um truque...

— Ah, me poupe! Só *entre de uma vez*.

A mão dele foi até a maçaneta. Por algum motivo — ou por todos os motivos, supunha —, seus batimentos estavam frenéticos como um tambor de guerra. A porta se abriu com facilidade, e ele entrou no apartamento mal iluminado, ajustando os olhos enquanto a porta se fechava sozinha atrás dele. Por um momento, não soube o que procurar: um fogão portátil, papéis espalhados sobre a mesa, uma prateleira, e então...

Ali. Como um maldito espectro trazido do mundo dos mortos, Marshall Seo estava relaxado sobre um colchão decrépito. Ao escutar a intromissão na sala, ele casualmente levantou os olhos do entalhe de madeira em que estava trabalhando e teve de checar duas vezes o que via, levantando-se num pulo.

— *Ben?*

Ele estava mais pálido. O cabelo mais curto, só que desigual, como se houvesse pegado um par de tesouras com as próprias mãos e cortado os cachos sozinho, fazendo um trabalho deplorável na parte de trás.

Benedikt não conseguia se mexer, não conseguia falar. Com os olhos arregalados e a boca aberta, parecia-se com um peixe, encarando e encarando, porque era mesmo *Marshall*, vivo, de pé, e bem na frente dele.

— Benedikt — chamou Marshall de novo, agora nervoso. — Fale alguma coisa.

O Montagov finalmente reagiu. Pegou o primeiro objeto que conseguiu encontrar — uma maçã — e jogou-o em Marshall com toda a força.

— Ei! — gritou o outro, esquivando-se. — Para que isso?

— Você não pensou em falar comigo? — gritou Benedikt. Jogou uma laranja em seguida, que quicou no ombro de Marshall. — Achei que você estava *morto*! Passei meses de luto! Matei Escarlates em seu nome!

— Desculpe! Desculpe! — Marshall ficava pulando de um lado para o outro, tentando evitar se tornar o alvo de uma prática de arremessos. —

Precisava ser assim. Era perigoso demais contar para você. A reputação de Juliette estará ameaçada se a notícia se espalhar...

— Eu não me importo com Juliette! Me importo com você!

De repente, os dois ficaram paralisados. Benedikt se lembrou que Juliette ainda estava ouvindo, e Marshall imaginou que, se Benedikt estava ali, ela deveria estar na porta.

Houve um farfalhar no corredor, e então Juliette pigarreou.

— Querem saber? — chamou ela. — Acho que vou dar uma volta.

Os saltos dela ecoaram para longe, desaparecendo à distância. Benedikt sentia como se um buraco houvesse se formado em seus pulmões, e se inclinou sobre a mesa. Toda aquela fúria e raiva que estivera carregando dentro de si não tinha para onde ir e optara por murchar, murchar e murchar. Esperava explodir de dentro para fora, enfim se livrando da escuridão no peito ao buscar vingança e direcionar algum objeto muito afiado na direção de Juliette. Em vez disso, a escuridão se tornara luz, e agora ele era um bulbo de luminosidade, pulsando de emoções e à beira de implodir quando seu vácuo interno se rompeu.

— Ela não precisava me salvar — disse Marshall, suavemente, quando pareceu que Benedikt estava perdido. Este continuou com os olhos fixos na mesa, as duas mãos pressionadas contra a superfície lisa. Devagar, Marshall se aproximou até estar ao seu lado. Ele optou por se inclinar contra a mesa, os dois virados para direções diferentes. — Ela poderia ter me matado e assegurado o poder completo para si mesma, mas não o fez.

— Ela escondeu você? — perguntou Benedikt, levantando o rosto. — Aqui? Esse tempo todo?

Marshall assentiu.

— Se Tyler Cai descobrir, não é só uma briga que vai se desencadear. É toda a posição de Juliette. Ela será eliminada da organização.

— Ela poderia ter evitado a farsa da sua morte, para começar.

— E deixar todos nós morrermos por armas Escarlates no hospital? Pense, Ben. Eu já tinha uma bala no estômago. Se ela não tivesse feito eles se dispersarem naqueles rápidos minutos, eu teria sangrado até a morte.

Benedikt esfregou o rosto. Por mais que tentasse sentir rancor, não tinha alternativa alguma a oferecer.

— Está bem — resmungou. — Talvez Juliette Cai soubesse o que estava fazendo.

Marshall esticou o braço e deu um soco de leve em seu ombro. Era algo que havia feito milhares de vezes. Mas o coração de Benedikt acelerou mesmo assim, como se o peso de sua descoberta recente se somasse ao peso do golpe.

— Eu devia isso a ela, a discrição, ficar escondido — explicou Marshall, não percebendo o turbilhão de emoções logo ao seu lado. — Bom, quando as pessoas não estavam tentando gracinhas na rua, pelo menos. Do contrário, eu fiquei escondido.

— Gracinhas?

Marshall pegou um pano na mesa e fingiu amarrá-lo sobre o rosto. Em um instante, Benedikt viu aquela figura escura no telhado de novo, a que havia atirado em todos os Escarlates quando ele estava em total desvantagem.

— Foi *você*!

— Claro que sim — respondeu Marshall, as covinhas se acentuando. — Quem mais ficaria de olho em você, tão perto assim?

O ar subitamente deixou os pulmões de Benedikt. A atmosfera da sala ficou imóvel, ou talvez fosse apenas ele, os pulmões atingindo um nível crítico de esgotamento. *Eu te amo*, pensou. *Você sabe? Sempre soube? Será que eu sempre soube?*

Um sulco se formou nas sobrancelhas de Marshall, acompanhado por seu sorriso hesitante. Ele estava confuso. Benedikt o encarava, e não conseguia parar. Todo o terror e a devastação que o assolaram nos meses anteriores se alojaram em sua garganta como um bloco sólido.

Você pode se aproximar. Perguntar se ele também te ama.

— Ben? — perguntou Marshall. — Tudo certo?

Se ele me amasse também, não teria dito? Não teria vindo até mim, faça chuva ou faça sol?

Benedikt se aproximou de repente, mas apenas para abraçar com força o amigo, como sempre fizeram todos aqueles anos em que se conheciam.

Marshall se assustou, mas foi rápido em retribuir, rindo enquanto o amigo pressionava o queixo com força em seu ombro, como se a sensação física fosse o suficiente para confirmar que Marshall era real. Que tudo aquilo era real.

— Nunca mais faça isso comigo — murmurou Benedikt. — *Nunca mais faça algo assim.*

Os braços de Marshall o apertaram com mais força.

— Uma vez já basta, Ben.

Ele está vivo, pensou Benedikt, afastando-se com um sorriso de leve. *Isso é tudo o que importa.*

Roma acordou com uma tosse profunda, rolando de lado e arfando para respirar. Quando retomou os sentidos, a lua estava exatamente sobre ele, reluzindo em seus olhos embaçados. Seu pescoço doía. Suas costas doíam. Até seus *tornozelos* doíam.

Mas a vacina ainda estava ao seu lado, e o saco intocado. Assim como os papéis, enfiados ali dentro.

— Que *diabos...*?

Acima de sua cabeça, os pássaros empoleirados na fiação elétrica voaram de uma vez, assustados com o grito de Roma. Ele não havia visto quem o nocauteara. Juliette também não estava à vista, mas não havia sinais de luta, nenhum sangue no beco, nem uma única lantejoula caída de seu vestido.

Roma se levantou. Só podia presumir que havia sido um Escarlate, e Juliette ou lidara com a situação, ou estava em algum outro lugar despistando-os. Não havia nada a fazer agora, a não ser levar a vacina a Lourens como planejado.

Com esforço, começou a caminhar.

Naquele beco, os pássaros não voltaram mesmo com sua ausência. Sabiam que deveriam fugir conforme outra coisa despertava em Chenghuangmiao, avançando sobre as pontas dos pés. Se as pessoas no mercado tivessem prestado atenção, também saberiam que deveriam fugir. Em vez disso, nem uma única alma em Chenghuangmiao pensou em se mexer até que os gritos começaram e eles olharam para cima, deparando-se com cinco criaturas monstruosas abrindo caminho pela clareira.

Juliette entrou pela porta da frente de sua casa, arrancando o casaco quando uma das criadas se ofereceu para pegá-lo. Ainda havia movimento na cozinha, alguma tia fazendo um lanchinho tarde da noite, o brilho quente da luz cruzando a sala que, do contrário, estava escura.

— Vá se deitar — disse à criada após esta pendurar seu casaco. — Está tarde.

— Antes, vou buscar pantufas para você — disse a criada.

Já era quase idosa, e provavelmente mãe pela forma como franziu o cenho em desaprovação ao vê-la tirar os saltos afiados e nada práticos.

Juliette suspirou e se jogou de lado no sofá.

— *Xiè xiè!*

— *Āiyā* — repreendeu a criada, já marchando para fora da sala. — *Bù yào shǎ.*

Ela desapareceu pelo corredor. Ah, se as pessoas do vasto e abrangente império Escarlate pudessem ver Juliette naquele momento! Ela parecia mais uma boneca de papel do que uma herdeira com lâminas no lugar dos dentes.

Então a porta de entrada se escancarou, e Juliette se ergueu num pulo sobre os pés descalços, preparada para a guerra. Uma rajada de frio soprou na sala, e Tyler entrou, arrastando alguém atrás de si. Quando ele se aproximou, puxou a refém para mais perto também, e foi Kathleen quem apareceu sob a luz, parando aos tropeções em frente à Juliette.

— O que significa isso? — questionou Juliette. Esticou os braços na direção de Kathleen e lhe deu breves tapinhas no ombro. — Você está machucada?

— Não, estou bem — respondeu Kathleen, lançando um olhar mortal a Tyler. Ela esfregou os braços com firmeza. — Só que seu primo tem um cérebro de minhoca.

— Eu sei que foi você, Juliette — sibilou Tyler. — Dava para sentir o cheiro do seu perfume no lugar inteiro. O que ganhou com isso? Poder? Dinheiro?

Juliette trocou olhares com Kathleen, que deu de ombros, parecendo surpresa também.

— Do que você está falando? — perguntou.

A expressão de Tyler se tornou lívida.

— Por que está fingindo que não sabe?

— Eu *não sei*. Do que você está me acusando?

— Os monstros, Juliette! Monstros invadiram o laboratório e levaram cada milímetro da vacina.

Horrorizada, Juliette recuou um passo, batendo as pernas no sofá. Tentou controlar a expressão, mas duvidou ter funcionado, não quando suava frio da cabeça aos pés.

Monstros? Logo depois de sua invasão? Na mesma noite? Não era possível que fosse coincidência.

Naquele momento, a criada apareceu com suas pantufas, mas olhou a cena à sua frente e deixou os calçados na cozinha, indo embora apressada. Um *clique* ecoou pela sala, a porta do corredor se fechando. No teto, o lustre tilintou de leve, captando o fraco sussurro do vento.

— Vocês viram alguma coisa? — perguntou Juliette. — Estavam todos lá?

— Todos os cinco — respondeu Kathleen. — Conseguimos vê-los de relance pouco antes de desaparecerem, e mesmo assim Tyler pensa que eu tenho algo a ver com isso, mesmo tendo me encontrado a três ruas de distância, *antes* que os monstros atacassem.

Kathleen devia ter feito o que prometera, distraído Tyler para que Roma e Juliette pudessem escapar sem serem pegos. Mas quem iria imaginar que *monstros* surgiriam na situação?

É claro… não eram os monstros, eram? Era aquele maldito chantagista.

— Por que outro motivo você estaria lá? — gritou Tyler para Kathleen.

— Isso é problema *meu*, Cai Tailei! E, independentemente disso, você me perseguiu por todo o caminho até sairmos de Chenghuangmiao. Você viu o quão longe eu estava dos monstros!

— Isso não impediria você de chamá-los. Não impediria *você* — ele apontou um dedo para Juliette — de chamá-los.

Kathleen balançou a cabeça.

— Você está sendo ridículo. Vou chamar Lorde Cai para resolver isso.

Ela subiu as escadas antes que Tyler pudesse protestar, desaparecendo de vista. Em sua ausência, a sala ficou em silêncio: Tyler observando Juliette atentamente, procurando por qualquer sinal de culpa, e Juliette queimando os neurônios para tentar entender como era possível que o chantagista tivesse atacado no mesmo momento que ela. Não poderiam ter sido os Rosas Brancas. Roma estivera caído inconsciente no beco. Benedikt Montagov estava com ela. Mais ninguém sabia de seus planos, a não ser que Roma tivesse pedido para o seguirem, o que ela não imaginava ser possível, porque, do contrário, ele teria de explicar como havia conseguido a informação.

Então *o que* aconteceu?

— Preste atenção — disse Tyler, em voz baixa. — Se você confessar, eu posso ajudar. Não tem problema assumir que estava errada.

Juliette balançou a cabeça.

— Quantas vezes vou precisar dizer para você que sou inocente, Tyler?

— Não é sobre sua inocência que eu quero ouvir. Estou tentando te convencer a fazer o que é certo. Por que não entende isso?

Houve um farfalhar de passos no andar de cima. Poderia ter sido Kathleen andando de um quarto ao outro. Poderiam ter sido os funcionários, aproximando-se com cautela para ver o drama. De qualquer forma, Juliette estava tão irritada que tudo o que conseguiu foi balbuciar sons ininteligíveis por um momento, temporariamente se esquecendo de cada uma das línguas que falava.

— Sua ideia do que é certo não é a lei divina — murmurou, por fim. Só conseguia ver em sua mente o povo de Xangai morrendo, rasgando a própria pele por causa de um surto evitável. Tudo porque os poderosos, as pessoas daquela mesma casa, não conseguiam se importar. — Quem você pensa que é para me dizer o que é *certo*?

— Sou sua família — retrucou ele, irritado. — Se eu não mantiver você na linha, quem vai?

— *Ei!*

A voz de Kathleen interrompeu a discussão. Ela estava inclinada sobre o corrimão do segundo andar, a cabeça visível de onde Juliette e Tyler estavam.

— Seu pai não está aqui — relatou, assim que conseguiu a atenção da prima. — São quase 11 horas da noite.

Juliette piscou, confusa.

— *Lái rén!*

Quase que imediatamente, a criada reapareceu. Estivera esperando no corredor, do lado de fora da sala.

— Gostaria que eu fizesse uma ligação para descobrir onde está seu pai, Senhorita Cai?

E, pelo jeito, não tinha sequer vergonha em admitir que estivera escutando.

— Sim, por favor.

A criada desapareceu, e Kathleen desceu as escadas. Enquanto esperavam na sala de estar, a prima soltou a trança e massageou o couro cabeludo, como se o peso do cabelo estivesse lhe dando dores de cabeça. Em silêncio, Juliette puxou uma faca fina como uma agulha da manga e lhe ofereceu. Kathleen a pegou com um olhar agradecido e enfiou o objeto no cabelo como se fosse um grampo para prendê-lo.

A criada voltou.

Estava pálida.

— Escarlates relataram que seu pai está na boate burlesca — disse. Juliette já estava a caminho da porta, pronta para relatar a ele as loucuras relacionadas ao chantagista, mas a criada continuou: — O lugar está fechado. Ele não deixa ninguém entrar.

Juliette parou na hora e se virou. Por instinto, olhou para Kathleen, e depois para Tyler, e ambos pareciam igualmente confusos.

— Por que não?

CHLOE GONG   249

As únicas vezes em que se lembrava de ter visto o pai fechar uma boate, ou um restaurante, era quando alguém se comportava mal e ele precisava...

Um calafrio desceu por sua coluna. De repente, ela pensou sentir o cheiro metálico sob o nariz: o odor fantasmagórico de sangue, que ensopava o chão toda vez que um acordo não era honrado, ou que um segredo escapava e os Escarlates do círculo interno precisavam pagar por isso.

— Punição — relatou a criada, ficando ainda mais pálida. — Ele acabou de chegar. Para a Senhorita Rosalind.

— Rosalind? — exclamou Tyler. — O que foi que ela fez?

Ai, *merde.* Juliette correu para porta, mas, mesmo enquanto disparava pela noite, a resposta da criada a alcançou.

— Ela é a espiã Rosa Branca.

Vinte e Seis

Juliette praticamente atropelou os dois Escarlates que guardavam a porta da boate burlesca, parando pouco antes de uma colisão. Kathleen estava logo atrás, a respiração ofegante.

— Me deixe passar.

— Senhorita Cai... — Os Escarlates trocaram olhares. — Não podemos...

— Saia da frente. Agora!

Um deles deu passagem, e o outro o encarou, mas aquele pequeno vão era suficiente para Juliette. Ela se espremeu entre eles e empurrou a porta, entrando na boate escura, o cheiro de fumaça fazendo seus olhos arderem.

E, lá dentro, tudo o que conseguia escutar eram gritos.

Por um momento, ficou paralisada, em choque, sem ter certeza do que presenciava. A boate havia sido esvaziada; as mesas e o balcão do bar estavam desocupados, sem clientes nem funcionários. As únicas pessoas presentes eram os homens de seu pai, sentados ao redor dele e prontos para agir enquanto Lorde Cai relaxava de maneira casual em uma das mesas maiores, os braços espalhados pelo veludo do sofá em meia-lua.

Ele olhava para a frente.

Para o palco, onde Rosalind estava sendo chicoteada.

Outro golpe desceu sobre suas costas, e Rosalind gritou, o corpo todo estremecendo. Não permitiam que se encolhesse no chão: havia quatro Escarlates ao seu redor, dois para segurá-la, um com o chicote e outro apenas parado ao lado.

— Ai, meu Deus — sussurrou Kathleen. — Ai, meu...

Juliette correu para o palco.

— Parem!

Subiu a plataforma em três passos ágeis. Quando o Escarlate de guarda tentou impedi-la de avançar na direção de Rosalind, Juliette foi mais rápida, empurrando os braços que tentaram agarrá-la. O guarda tentou de novo, e ela imediatamente socou seu rosto. O homem cambaleou e recuou, deixando-a se jogar na frente de Rosalind, usando o próprio corpo de escudo contra a chibatada seguinte.

— Xiao Wang, espere.

Ao chamado de Lorde Cai, o Escarlate que segurava o chicote franziu o cenho. Gotas de sangue estavam espalhadas por sua camisa, mas ele não parecia notar. O homem não desistiu. Levou o braço para trás, quase pronto para golpear de novo, como se fosse soltar o chicote.

— Vai nessa — disse Juliette, as palavras se contorcendo num sorriso desafiador. — Me dê uma chicotada e vamos ver em quantos pedaços eu corto você depois.

— Xiao Wang — repetiu Lorde Cai, a voz se elevando acima dos gemidos de Rosalind. — Espere.

O Escarlate obedeceu. Ele abaixou o chicote e Juliette se virou, as mãos estendidas para Rosalind. Assim que os homens a soltaram, ela caiu, e a prima se apressou em segurá-la, aliviando sua queda no palco. Kathleen as havia alcançado, xingando para si mesma sem parar.

A boate burlesca ficou em silêncio. À espera.

— Rosalind — chamou Juliette. — Rosalind, consegue andar?

A prima murmurou algo baixinho. Juliette não conseguia escutar o que ela dizia, mas, pela expressão surpresa de Kathleen, a irmã havia compreendido na hora.

— Merece o quê? — Sua voz estava rouca, quase inaudível. — Por que você diria uma coisa dessas?

Só então a mente de Juliette registrou o murmúrio: *eu mereço, eu mereço.*

— Porque é a verdade.

Juliette levantou a cabeça num instante, procurando pelo pai. Ele havia feito uma declaração simples e direta, sem liberdade para contestações ou debates.

— *Bàba* — sussurrou ela, horrorizada. — Você conhece Rosalind. Sabe quem ela é.

— De fato — respondeu Lorde Cai. — E por isso mesmo ela deveria ter sido mais esperta. Deveria ter tido mais lealdade, mas em vez disso tem repassado informações Escarlates.

Juliette sentiu um aperto na garganta. Quando trocou a forma de segurar a prima, sua mão estava completamente escorregadia de sangue. Os rasgos mutilados no *qipao* de Rosalind escorriam brilhantes e vermelhos das feridas. Juliette estava dividida entre a mesma indignação que arrastara seu pai até ali para tornar a prima um exemplo e a completa revolta por ser *Rosalind* — não importava o que ela houvesse feito, onde estava sua chance de se explicar?

— Isso é por causa do amante dela? — perguntou Kathleen em voz baixa, trêmula. — Ele é só um comerciante. Ela disse que o homem logo sairia dos Rosas Brancas.

— Não é só um comerciante — retrucou Lorde Cai. Com uma velocidade desconcertante, ele se inclinou no sofá e pegou uma pilha de papéis sobre a mesa. Em suas mãos, folheou-os e escolheu um para entregar ao Escarlate ao seu lado, indicando a direção de Juliette. — Não é *sequer* um comerciante. De acordo com as cartas que encontramos, é um Rosa Branca sem tirar nem pôr, e tem arrancado há meses nossas listas de clientes de Lang Shalin.

O quê?

O Escarlate apresentou a solitária folha de papel. Juliette correu rapidamente os olhos pelo russo, lendo um relatório sobre os membros do círculo interno. Aquele era um de centenas. Um dia registrado, dentre meses.

— Quem? — perguntou Juliette. — Para quem essas cartas estavam sendo enviadas?

— Bom... — Lorde Cai apontou para Xiao Wang, para o chicote que formava um rastro de sangue no palco. — Isso é o que eu também gostaria de saber.

Rosalind parecia prestes a perder a consciência, o corpo ficando imóvel. Juliette deu tapinhas em seu rosto, mas os olhos da prima estavam fechados, os longos cílios saltando para cima e para baixo a cada vez que insistia numa resposta.

— Vamos, Rosalind — sibilou. — Fique acordada.

Lorde Cai se levantou de repente, e o pânico percorreu cada célula de Juliette. Nunca havia reagido assim antes quando se tratava do pai, a quem ela sempre vira como justo, mesmo quando era ele a segurar o chicote. Nada havia mudado. Seu pai era e sempre fora o líder de uma organização brutal, o líder de um império criminoso. Nunca havia hesitado em punir quando a punição era merecida, e Juliette nunca havia titubeado até então. Agora, a punição ainda era justa, mas a justiça estava fazendo uma de suas melhores amigas sangrar.

— Terminamos aqui, suponho — disse Lorde Cai. — Se quiser interferir, Juliette, pode ajudar arrancando um nome de sua prima. Ela continua o protegendo, mesmo agora, e não permitirei isso. — Ele gesticulou para os homens ao seu redor. — Ajudem-na a ir para casa. Chamem um médico.

Kathleen fez um som de protesto quando eles se inclinaram para pegar Rosalind, mas Juliette a soltou. Havia passado o momento das punições, e os Escarlates não eram fãs de crueldade desnecessária. Foram cuidadosos, evitando tocar as feridas.

Aquela situação toda não era para ferir Rosalind, era para enviar uma mensagem.

— Juliette — sussurrou Kathleen quando os Escarlates começaram a esvaziar a boate. — Rosalind mentiu para nós?

— Sim — respondeu Juliette, com certeza na voz.

Apertou as mãos, e o sangue se incrustou nas linhas de sua palma. Rosalind havia mentido, traído os Escarlates por algum motivo, e Lorde Cai não hesitara em fazê-la responder por isso.

Juliette olhou para as manchas de sangue no palco. Os homens estavam colocando as mesas de volta no lugar, o vidro tilintando, as vozes gritando ordens umas às outras para chamar o carro. Ela conseguia sentir os olhos do pai sobre si, inspecionando-a calmamente, digerindo cada uma de suas reações. Precisava manter a compostura — não podia demonstrar horror à violência, nem empatia indevida a uma traidora.

Porém, tudo o que conseguia pensar era: se Rosalind fora chicoteada assim por vazar informações Escarlates e proteger um Rosa Branca qualquer, qual seria o destino de Juliette se descobrissem seu passado com Roma Montagov?

Benedikt não precisaria entregar a mensagem pessoalmente se não fosse tão tarde, mas o relógio se aproximava da meia-noite, e ele duvidava que qualquer um dos Rosas Brancas no quartel-general estivesse sóbrio o suficiente para ser chamado à tarefa. Era uma questão de urgência.

Embora imaginasse que, nos últimos meses, tudo fosse.

— Não consigo me concentrar com você em cima de mim desse jeito.

Benedikt ouviu a voz poderosa de Lourens antes de vê-lo, empurrando as portas do laboratório e correndo os olhos pelos técnicos que trabalhavam além do horário. Viu o cientista e o primo perto das mesas laterais, ambos apertando os olhos para examinar algo num microscópio. Ou, tecnicamente, Lourens tinha o rosto pressionado contra a lente do equipamento. Roma pairava sobre ele, invadindo seu espaço pessoal.

— Essa é a vacina? — perguntou Benedikt.

— Roubada direto dos Escarlates — respondeu Roma. Havia reconhecido a voz do primo sem se dar ao trabalho de erguer os olhos quando ele se aproximou. — Mas Lourens está dizendo que acha que não consegue recriá-la.

— Não consigo *ler* nenhum desses papéis — retrucou o cientista. — Além disso, esta amostra não é pura. Foi manipulada para ser mais solúvel... ou inflamável. Um ou outro, tenho certeza.

— Bom — interrompeu Benedikt —, ela acabou de se tornar muito mais valiosa. Os Escarlates tiveram todo o estoque roubado. Por monstros.

Roma finalmente ergueu os olhos, afastando-se do microscópio.

— O quê? Eu estive lá há menos de uma hora.

— Eu sei. — Benedikt apontou um polegar na direção da porta, indicando o restante da cidade lá fora. — Por isso estão correndo rumores de que foi você quem orquestrou a coisa. A credibilidade Rosa Branca acabou de subir. A segurança Escarlate acabou de afundar. Vai haver disputas da guerra de sangue hoje nas ruas, tenho certeza.

— Eu? — murmurou Roma em voz baixa. — Isso é loucura. Bem que eu *queria*.

Lourens, enquanto isso, soltou um murmúrio pensativo, os olhos ainda contra o microscópio.

— Eu recomendo fortemente que você encontre a fonte disso em vez de contar com uma recriação da vacina, Roma.

Roma não disse nada em resposta. Era bom em guardar as coisas para si mesmo. Se Benedikt usasse um dispositivo para ler a mente do primo, certamente captaria uma confusão de pânico, mas, por fora, Roma apenas cruzou os braços:

— Só tente dar o seu melhor. Mesmo se eu conseguir encontrar o chantagista, quem garante que vou conseguir encontrar o resto dos malditos monstros?

Lourens empurrou o microscópio para longe, alerta.

— Não me pagam o suficiente para isso. — Ele esticou o braço para as gavetas da mesa e puxou um bisturi. — Falando nisso, apareceu uma pessoa xeretando aqui à tarde, estava procurando você.

Benedikt fez uma careta de reprovação, embora o primo estivesse ocupado demais com a própria surpresa para notar.

— No laboratório? — perguntou Roma. — *Aqui?*

— Não sei como ele encontrou a gente. Chama-se General Shu.

Por que o nome soava familiar? Benedikt forçou a memória, mas não conseguiu se lembrar. Roma, por outro lado, recuou, tenso.

— É um oficial Nacionalista de alto escalão. O que é que ele quer *comigo*?

Lourens apenas suspirou, como se o assunto o desgastasse.

— Imagino que ele tenha circulado por todos os lugares que você é conhecido por frequentar. Foi embora assim que eu disse que você não estava aqui.

256   FINAIS VIOLENTOS

— Você está metido em encrenca? — indagou Benedikt.

— Com o Kuomintang? — respondeu Roma, bufando em desdém. — Já é costume eles me quererem morto. — Ele se afastou da mesa de trabalho, deixando Lourens com seus afazeres. — Vamos?

Benedikt assentiu. Ainda refletia sobre o relato estranho de Lourens quando Roma abriu as portas para ele, a lufada de vento gelado forçando-o a ficar alerta.

— Você parece melhor hoje — observou Roma, caminhando em direção ao quartel-general. — Está dormindo mais?

— Estou — respondeu Benedikt, simples e direto.

E há poucas horas descobri que Marshall está vivo.

Queria dizer isso em voz alta. Queria gritar dos telhados e declarar para o mundo todo, para que pudesse encerrar o luto com ele. Mas agora Benedikt estava amarrado à promessa de Marshall à Juliette. Era outra peça em um jogo maior de xadrez, um que tinha Juliette de um lado e Roma do outro. Para evitar que Marshall caísse do tabuleiro, Benedikt precisava acatar a estratégia da herdeira Escarlate.

— Ótimo — respondeu Roma.

Uma pequena ruga surgiu em sua sobrancelha. Talvez de confusão, talvez de alívio. O primo percebera a animação em sua voz e não conseguia determinar bem a causa, mas não era direto o suficiente para questioná-lo de cara.

Um poste piscou acima deles. Benedikt esfregou os próprios braços, aliviando o frio. Quando viraram uma esquina, dentro o bastante do território Rosa Branca para que tivesse certeza de que não seriam atacados em nenhum momento próximo, Benedikt voltou a falar.

— Você não pareceu preocupado com a notícia que eu trouxe. Esperava alguma reação quando contei que monstros roubaram a vacina dos Escarlates.

— De que adianta? — perguntou Roma, cansado. — Os Escarlates nunca teriam distribuído para nós.

— A preocupação não é com a perda Escarlate. É o uso de monstros para uma tarefa tão trivial, sem ataques a pessoas.

Roma expirou, causando um nevoeiro ao redor do rosto.

— Estou quase convencido de que eles nunca vão desaparecer — murmurou. — Vão continuar reaparecendo, e Juliette vai continuar surgindo na minha frente, implorando de joelhos por ajuda só mais uma vez, pouco antes de me esfaquear pelas costas.

Benedikt ficou em silêncio, sem saber o que dizer. A falta de argumentos deve ter despertado a suspeita de Roma, porque ele lhe lançou um olhar de relance, a boca se abrindo de novo. Mas Roma não chegou a começar a frase seguinte. Em vez disso, tão ágil a ponto de quase matar Benedikt de susto, sacou a arma e atirou para a noite por sobre o ombro do primo, a bala ecoando antes que o outro se virasse e captasse um vulto desaparecendo na entrada do beco.

— Quem era? — questionou Benedikt. Olhou ao redor, inspecionando a área, as placas das lojas escritas em cirílico e as padarias russas alinhadas em fila, apesar de já terem se retirado para dormir. Era o centro do território Rosa Branca. — Um Escarlate?

Roma franziu o cenho, aproximando-se do beco. O alvo desaparecera havia muito, possivelmente atingido, talvez apenas de raspão, dada a distância do tiro.

— Não. Um Nacionalista, de uniforme. Achei que tivesse escutado alguém atrás de nós, mas achei que fosse minha imaginação até ele se aproximar. Estava nos seguindo desde o laboratório.

Benedikt piscou, confuso. Primeiro, um oficial aparece no laboratório. Agora, estavam sendo seguidos pelas ruas, dentro do próprio território? Era ousado... ousado demais.

— O que foi que você *fez*? — perguntou.

Roma não respondeu. Havia avistado algo no chão do beco: uma bolinha de papel. Parecia uma propaganda antiga, mas ele a pegou e desamassou mesmo assim.

Suas sobrancelhas se ergueram de imediato.

— Esqueça o que *eu* fiz. — Roma virou o papel, e um desenho do rosto de Benedikt o encarou de volta. — O que o Kuomintang quer indo atrás de *você*?

258   FINAIS VIOLENTOS

Benedikt pegou o papel. Um suor frio percorreu seu corpo. Sua expressão neutra havia sido cuidadosamente colorida com tinta. A ilustração era melhor que seus próprios autorretratos. O artista havia sido generoso com seus cachos. Não havia dúvidas de que era ele.

— Eu... não faço ideia — murmurou.

Porém, sua preocupação não era com o porquê de o Kuomintang o estar perseguindo. Se já estivessem em seu rastro havia algum tempo, a pergunta mais importante era: o quanto haviam visto mais cedo hoje, quando ele saiu do esconderijo e se despediu de Marshall, que supostamente estava morto?

Vinte e Sete

Os boatos diziam que haveria mais protestos naquele dia. O início da manhã passara voando na casa Escarlate, os corredores combatendo choques e mais choques de sussurros. Se não eram os parentes de Tyler tentando esclarecer uns para os outros o que a Senhorita Rosalind havia feito para ser arrastada até a casa coberta de sangue, eram as especulações acerca de ser ou não seguro ir ao centro da cidade, quando os relatos diziam que os trabalhadores tentariam mais uma greve.

Tyler não via a hora de sair. Um bando de inúteis, todos eles, falando em vez de agir. Com a nova confusão, quase ninguém prestava atenção ao que acontecera com o estoque de vacina. Os monstros haviam invadido uma instalação segura, que apenas o círculo interno dos Escarlates conhecia. Ninguém achava isso estranho? Lorde Cai não estava nem um pouco preocupado?

— ...certo?

Com um breve atraso, Tyler amassou o cigarro no cinzeiro, e ergueu os olhos para Andong e Cansun. Ambos estavam à sua frente, andando de um lado para o outro da sala, enquanto Tyler continuava sentado em uma espreguiçadeira, com visão total da janela que ia do chão ao teto. Abaixo, a intersecção logo depois da fachada do salão de bailes Bailemen fervilhava de atividade: os cidadãos e invasores de Xangai corriam de um lado para o outro, como se mal tivessem um minuto a perder. De vez em quando, alguém que caminhava pela rua olhava para cima, correndo os olhos pelo letreiro onde se lia PARAMOUNT, logo na entrada do salão. Provavelmente conseguiam ver através janelas do segundo andar: o luxo e os quartos vagos reservados para Tyler ir e vir como desejasse. O restante de Xangai não tinha essa mordomia.

— Você disse alguma coisa? — perguntou Tyler, franzindo o cenho.

Andong parou por um instante, como se não soubesse se Tyler realmente não o havia escutado ou se lhe dava uma chance para reconsiderar o que acabara de dizer. Quando alguns segundos se passaram e ele não pareceu irritado, Andong pigarreou.

— Eu só comentei que é inútil tentar desestruturar as forças Comunistas. Nosso pessoal está diminuindo cada vez mais, e o deles não para de crescer. Temos que lidar com uma guerra de sangue por outro lado. Eles têm o foco em um único objetivo.

Tyler assentiu. Ainda estava parcialmente distraído e, quando respondeu, também foi sem muita atenção.

— Ninguém se importa em fazer o que é certo.

Pegou um novo cigarro, mas não o acendeu. *A guerra de sangue.* A maldita guerra de sangue e os malditos Rosas Brancas, cortando os recursos, os membros e a *lealdade* dos integrantes Escarlates, como uma invasão parasita na mente das pessoas. O que havia nos artifícios dos russos que fazia as pessoas se voltarem contra a própria família? Juliette e sua aliança com Roma Montagov. Rosalind e seja lá em que loucura tivesse se metido.

Talvez fossem só as mulheres. Talvez fossem apenas fracas.

Tyler riscou outro fósforo. Assim que o cigarro foi aceso, jogou o maço no ar, e as mãos de Andong agiram rápido, apressando-se a pegá-lo antes que caísse no chão. Cauteloso, ele puxou um cigarro e ficou passando-o pelos lábios.

— Então o que você vai fazer a respeito de Juliette? — perguntou Andong, como se lesse os pensamentos de Tyler.

— O que é que eu posso fazer? — respondeu Tyler imediatamente. Ele tragou e quase tossiu. Nunca gostara dessas coisas. Fumava por falta de algo melhor para fazer. — Se ela não admitir seus erros, não posso forçá-la a falar. Juliette vai apenas corromper a organização de dentro para fora.

Ela sequer percebia. Tyler não tinha dúvidas de que Juliette, a prima que crescera com todos aos seus pés, jamais consideraria por um segundo que pudesse estar errada. Que seu comportamento era desleal, mesmo que não estivesse agindo abertamente como uma traidora. Empatia por Rosas

Brancas era fraqueza. *Amar* os Rosas Brancas era um golpe direto contra os Escarlates na guerra de sangue. Juliette bem que podia apontar uma arma para a própria cabeça por tudo o que estava fazendo pelo futuro da organização que supostamente deveria liderar.

Ele ainda não sabia em que acreditar, se ela tinha algo a ver com o desaparecimento da vacina. Fora Juliette quem matara o monstro anterior. Não era tão difícil acreditar que talvez tivesse colocado as mãos em mais outros cinco, era? Era a prima quem queria a vacina distribuída por toda a cidade. Não era tão difícil acreditar que a roubaria de propósito, era?

Mas por que ir atrás de uma vacina, se os monstros estavam sob seu controle? Não fazia sentido. Algo não se encaixava.

A não ser que não fossem dela. A não ser que estivesse agindo assim por estarem sob o controle de Roma Montagov, e Juliette não tivesse coragem de se rebelar contra ele.

Tyler ficou de pé num pulo, atraindo a curiosidade de Cansun. A janela ofuscava por causa da luz; a barraca de um vendedor passava pela rua abaixo com suas superfícies reluzentes. Inicialmente, haviam ido a um ponto elevado para observar possíveis monstros na cidade, mas não houve o caos da aparição sobrenatural, apenas greves e protestos humanos.

Se Roma Montagov fosse o responsável, então Juliette poderia ser salva. Tyler acreditava nisso. Os Escarlates vinham em primeiro lugar e, por maior que fosse seu desgosto, isso incluía sua prima. Sangue por sangue, era o mesmo tipo que corria em suas veias. Isso precisava valer algo. Se ela fosse forçada a escolher um lado, se visse o quanto a cidade estava dividida, perceberia o que estava em jogo. Pararia de trabalhar como uma tola sob as ordens de um Rosa Branca.

— O que Roma Montagov mais estima?

Andong piscou, surpreso com a pergunta. Enquanto isso, Cansun cruzou os braços e ergueu os ombros até as orelhas, considerando a questão. Ele já era magro, e parecia ainda mais fino quando ficava parado assim, reduzindo-se a um boneco palito.

— De que nos importa Roma Montagov? — perguntou Andong, mas os outros dois estavam olhando pela janela, acompanhando as nuvens que se tornavam cada vez mais densas.

Tyler jogou o cigarro no cinzeiro. Seus dedos estavam sujos de cinzas, pinicando a pele. O corpo humano era tão instável. Deveria ter nascido uma fera, isso sim. Poderia ter feito bom uso da forma física.

— Vamos, senhores — chamou, andando em direção à porta. — O protesto vai começar logo.

As ruas estavam cheias de gente bloqueando a entrada do salão de reuniões onde Kathleen precisava entrar.

Com uma careta e um passo para o lado, ela tentou se espremer para passar, os cotovelos estendidos ao lado do corpo. O gesto não serviu para impedir os empurrões, mas ajudou um pouco a abrir caminho. As multidões poderiam ser piores. Poderiam ter instaurado uma greve que paralisaria a cidade toda, mas parecia que continuavam concentradas nas áreas centrais.

— Ai, céus...

Kathleen se esquivou, evitando por pouco um golpe no rosto pelo cartaz de um trabalhador. Ele a olhou de relance antes de seguir em frente, mas o olhar dela foi atraído pelo trapo vermelho amarrado ao redor dos braços das pessoas.

Que cor você sangra?, perguntara Juliette tempos antes, naquela sala de estar não muito longe dali. *Escarlate ou o vermelho dos trabalhadores?*

Quando Kathleen ergueu a mão para bloquear o sol dos olhos, o vermelho em seu pulso brilhou como uma joia. Era impecável e liso, pendendo suave contra sua pele. Era vermelho Escarlate. Era o tom limpo usado meramente por aliança, por decoração. O vermelho dos trabalhadores era sujo, enérgico e *desesperado*. Explodira havia muito em todas as direções, derramando-se como uma multidão que se agita.

Kathleen finalmente conseguiu entrar, deslizando para dentro do salão. Não era o pior a que poderiam chegar — longe disso, se o entusiasmo entre os Comunistas fosse algum indício. Eles e os sindicatos continuavam tentando, incitando a revolta cada vez em uma parte diferente da cidade, e esperando que isso causasse uma reação em cadeia para o restante. Quanto melhor se preparassem, maiores as chances de sucesso.

E, quando o fizeram, não eram mais protestos incontroláveis de trabalhadores nas ruas.

Era uma revolução.

— Atenção! Atenção!

A reunião já havia começado, trocando de um locutor ao outro. Kathleen se sentou, torcendo para não ter perdido nada crucial. Agora, mal parecia importante prestar atenção em seus planos futuros, pois os Escarlates já sabiam: os Comunistas alcançavam o fim do que planejaram, e a revolta final estava à espreita, pronta para roubar a cena.

— Pelo que lutamos? — perguntou o homem no palco. — Quais mudanças queremos? A vantagem própria? A paz para nós mesmos?

Kathleen puxou a trança. A mente vagueou até Rosalind, até o silêncio da irmã na noite anterior quando estremecera de volta à consciência.

— O Estado vai continuar nos oprimindo. A lei vai continuar trapaceando. Qualquer um que se intitule um salvador desta cidade é uma fraude. Todos os reis são tiranos, todos os governantes, bandidos. Não é paz ou vantagem que uma revolução deve buscar. É apenas *liberdade*.

Por todo o salão, membros do partido ficaram de pé. As cadeiras riscaram o chão, o som incomodando os ouvidos. Kathleen não se mexeu, apenas observou. Não estava preocupada em chamar atenção. Ninguém olhava para a última fileira, focados demais no homem que falava à frente.

— Os gângsteres desta cidade nos sacrificam por seu orgulho, sua guerra de sangue sem sentido. Os estrangeiros desta cidade nos sacrificam por riquezas, pelo ouro infinito empilhado em seus navios. Nós vamos quebrar essas correntes! Quem são eles para nos dizer o que fazer? Quem são eles para nos punir quando bem entenderem?

Suas palavras percorreram a multidão como uma onda. De súbito, Kathleen quis apertar o estômago, incapaz de suportar a verdade que doía dentro de si. De fato, quem era a Sociedade Escarlate para chicotear Rosalind até sangrar, simplesmente porque haviam decidido que ela não era leal o suficiente? Por que eles mereciam o *poder* de ferir outra pessoa? Por que viviam assim, caindo de joelhos à frente de Lorde Cai, só pelas coisas sem-

264   FINAIS VIOLENTOS

pre terem sido desse jeito? Se em seguida ele as quisesse mortas, Kathleen e Rosalind não teriam escolha a não ser deitar a cabeça para receber o golpe da espada. Proteção não era nada quando dependia dos caprichos e desejos de uma família. Kathleen jurara lealdade a esse esquema. Ela queria ordem — queria ordem sob o controle de *Juliette*.

Mas se a ordem precisasse tremer de medo antes, talvez não valesse a pena.

— Levantem-se! — exclamou o homem no palco. — Já sofremos e definhamos por muito tempo. Vamos nos rebelar!

Enfim, Kathleen também ficou de pé, juntando as mãos para aplaudir.

Alisa mascava o garfo, os pés pendurados para fora do beiral.

No momento, estava sentada bem no topo do quartel-general, com o rosto voltado para o vento frio enquanto os dedos folheavam uma pasta roubada do escritório do pai. Seu quarto ficava logo abaixo, quentinho e confortável, mas seu irmão ou outros Rosas Brancas poderiam entrar a qualquer instante, e isso era algo que não podia arriscar enquanto estivesse bisbilhotando os arquivos do pai. Em busca de privacidade, havia subido no telhado, com um prato de bolo em uma das mãos e a pasta enfiada debaixo do braço.

Espetou outro punhado de bolo, mastigando, pensativa. Assim que começou a virar a página seguinte, barulhos ressoaram ao longe, os típicos gritos desordenados de uma briga que está prestes a começar. Alisa ficou tensa, sabendo que precisaria entrar se um conflito da guerra de sangue se aproximasse, mas não via nada além dos becos vazios de costume, mesmo quando as vozes ficaram mais altas. Por vários longos segundos, ela continuou procurando, mas nada se movia nos arredores a não ser seus longos cabelos loiros ao vento.

— Estranho — murmurou, contentando-se em permanecer ali por ora.

Virou a página. A pasta havia sido escolhida ao acaso, depois de enfiar a cara no escritório do pai por um breve segundo e vê-la sobre sua mesa. Havia escutado rumores de espiões Comunistas infiltrando-se nos Rosas Brancas e estava curiosa. Roma estivera ocupado ultimamente, então Alisa não tinha certeza se ele estava investigando os mesmos espiões Comunistas ou outra coisa. Ninguém nunca lhe contava nada. Ninguém nunca prestava atenção nela, a não ser que fosse para interrompê-la de maneira rude e dizer que os tutores haviam chegado.

Infelizmente, Alisa não acreditava ter roubado algo muito relevante. A pasta continha fichas dos membros do Kuomintang, mas nada além de informações básicas. Algumas notícias de Chiang Kai-shek. Alguns mapas de espiões que acompanhavam a Expedição do Norte. A única coisa que parecia mais interessante era uma investigação sobre o General Shu, que não revelava muitas informações pessoais ao público. Quando terminou de ler, entretanto, tudo o que Alisa descobriu é que ele tinha um filho bastardo. O que era curioso, mas não ajudava muito.

— Ei!

Alisa colocou a pasta de lado e espiou embaixo do telhado. Com aquele grito chamando sua atenção, *agora* conseguia ver a briga, embora não parecesse uma luta de fato. Ela apertou os olhos, tentando ver o que exatamente vinha em sua direção. Só quando avistou os cartazes ela entendeu que talvez não fosse um conflito da guerra de sangue descendo a rua, e sim uma manifestação dos trabalhadores.

— Aaaaah — disse para si mesma. — Isso faz mais sentido.

Enfiou a pasta debaixo do braço e pegou o prato e o garfo. Apressada, saltitou pelo telhado, desceu o beiral com cuidado usando a única mão livre e deslizou até o chão por um dos postes externos. Aterrissou num beco estreito atrás do complexo de apartamentos, os sapatos mergulhando fundo na lama, o cotovelo batendo num vaso de plantas que crescia nas janelas do primeiro andar. Não podia ser vista balançando a pasta pela entrada principal, simplesmente usaria a porta dos fundos, ou então...

Alisa parou quando uma figura entrou em sua frente. Antes que tivesse tempo de correr, um saco desceu sobre sua cabeça.

No território Rosa Branca, os protestos atingiram números recordes, invadindo as calçadas e destruindo os prédios. Quando Roma saiu do esconderijo que visitava — outra parada em sua busca pela identidade do Rosa Branca francês —, quase foi empalado por uma pá.

— Por céus — sibilou, esquivando-se rápido para o lado.

O trabalhador apenas o encarou, sem parecer muito arrependido. Por que estaria? Não havia outros gângsteres à vista para colocar fim ao protesto.

Murmurando outro xingamento, Roma correu de volta para casa, mantendo-se perto dos prédios. Seu pai deveria ter enviado homens para controlar a multidão. As forças dos Rosas Brancas já deveriam ter se reunido àquela altura, combatendo os tumultos com armas. Então onde estavam?

Roma mergulhou no beco que o levaria ao quartel-general, com uma mão sobre a cabeça para se proteger da água suja das lavadeiras. Uma gota pesada caiu em sua palma no instante em que outro grito colossal emergiu rua abaixo, fazendo o desconforto lhe atingir os ossos. Não lhe parecia fazer sentido correr atrás do francês, já que não houvera outro ataque desde o trem. Em vez disso, tudo o que devastava Xangai era a guerra de sangue e os manifestantes, e, até onde ele sabia, nenhuma alma Rosa Branca tinha um plano de ação para combater esse tipo de discórdia.

— Isso não faz o menor *sentido*.

Roma franziu o cenho e fechou a porta atrás de si. O baque alto não interrompeu as vozes que gritavam na sala. A onda de calor dos aquecedores instantaneamente aqueceu sua pele rígida, mas ele não tirou o casaco. Andou até a sala, seguindo os gritos, e se deparou com Benedikt e Dimitri no ápice de uma discussão. Um prato esmigalhado jazia aos pés de Dimitri, como se alguém o houvesse arremessado.

— O que está acontecendo? — perguntou Roma, pelo que parecia ser a décima vez naquele dia.

— É isso o que eu quero saber — respondeu Benedikt. Ele recuou e cruzou os braços. — Alisa desapareceu.

Um calafrio congelante percorreu a coluna de Roma.

— Como é que é?

— Eu a ouvi gritar — explicou Benedikt, agitado. — Em algum lugar lá fora. E, quando fui investigar, adivinha quem era a única pessoa presente?

— Ah, me poupe. — Dimitri torceu o nariz. — Eu não escutei nenhum grito de criança. Nem nada além da movimentação caótica nas ruas. Talvez você esteja imaginando coisas, Benedikt Ivanovich. Homens que não são assertivos tendem a...

Roma não escutou o resto da besteira que Dimitri certamente diria. Já estava correndo escada acima com um rugido nas orelhas, saltando os degraus de dois em dois até chegar ao quarto andar e invadir o quarto de Alisa. De fato, como dissera Benedikt, estava vazio. Mas isso não significava muita coisa; a irmã sempre desaparecia por horas a fio. Até onde ele sabia, Alisa poderia estar escondida em algum duto de ar da cidade, comendo um rolinho de ovos e se divertindo como nunca.

— Ela não está no quarto dela. Eu já olhei. — A voz de Benedikt subiu as escadas antes dele mesmo, que surgiu com as mãos enfiadas no cabelo.

— Não é muito incomum — disse Roma.

— Eu sei. — Benedikt mordeu os lábios, sua expressão se tornando preocupada. — Mas ela gritou. Eu escutei.

— Dimitri tem razão em um ponto pelo menos, há *mesmo* muitos gritos lá fora. As ruas estão cheias de tumultos. Consigo escutar os gritos daqui.

Porém, Benedikt apenas o olhou com seriedade.

— Eu sei reconhecer a voz dela.

A certeza dele era o que estava deixando Roma nervoso. Agindo com base em um instinto súbito, ele girou depressa em direção ao próprio quarto. Não sabia por que aquele seria o primeiro lugar em que procuraria, mas foi o que fez, abrindo a porta devagar. Benedikt estava logo atrás, espiando curioso também.

Três coisas ficaram imediatamente evidentes, uma após a outra. Primeiro: o quarto de Roma estava congelando. Segundo: era porque sua janela estava aberta. Terceiro: havia uma carta balançando no peitoril, fincada com uma adaga fina.

Uma onda de arrepios percorreu os braços de Roma. Benedikt sibilou e, quando o outro não se adiantou para pegar a carta, ele fez as honras, arrancando a lâmina e desdobrando o papel.

Quando ergueu a cabeça, todo o sangue lhe havia deixado o rosto.

— *Moy dyadya samykh chestnykh pravil.* — Leu em voz alta. — *Kogda ne v shutku zanemog...*

O primo não precisava terminar. Roma sabia o que diriam as linhas seguintes.

— *On uvazhat' sebya zastavil* — entoou. — *I luchshe vydumat' ne mog.*

O verso de abertura de *Eugene Onegin*. Roma correu e pegou a carta, amassando no mesmo instante as laterais com a força de seu aperto. Após as famosas linhas de poesia, a mensagem continuava:

> Ouvi dizer que um duelo é a forma mais nobre de matar alguém. Está na hora de trazer um pouco de nobreza para esta guerra de sangue, não acha?
>
> Encontre-me daqui a uma semana. E eu a devolverei.

Abaixo do texto, havia uma assinatura elaborada que não deixava dúvidas acerca de quem havia planejado aquele golpe de mestre.

— Eles pegaram Alisa — disse Roma em voz alta, rouco, a Benedikt, embora o primo já soubesse. — Tyler Cai pegou Alisa.

Vinte e Oito

Rosalind estava acordada, mas letárgica. Juliette já estava preocupada, perguntando-se se os ferimentos teriam atingido a mente dela também.

— Pode nos dar um momento? — pediu ao Escarlate na porta do quarto da prima.

Ele tinha as mãos entrelaçadas à frente do corpo, tenso e alerta.

— Sinto muito, Senhorita Cai. Seu pai ordenou que eu ficasse de guarda.

— *Eu* já estou aqui de guarda. Não podemos ter um pouco de privacidade?

O homem apenas balançou a cabeça.

— Qualquer informação que a senhorita conseguir arrancar precisa ir direto para Lorde Cai.

Juliette conteve um bufar irritado.

— E por acaso meu próprio pai suspeita que eu ocultaria algo dele?

— Ele nunca suspeitou da sobrinha e, mesmo assim, cá estamos.

Juliette se levantou da cadeira, os punhos cerrados. O Escarlate hesitou, observando sua postura. Não era como se seus dedos ansiosos por um gatilho fossem desconhecidos dentro da organização. Eles conheciam as histórias, e haviam visto o resultado: o que importava agora era se o homem temia mais a ameaça imediata de Juliette, ou as eventuais consequências de não seguir as instruções exatas de Lorde Cai.

O Escarlate cedeu.

— Ficarei no corredor, com uma fresta aberta na porta.

Ele saiu e puxou a maçaneta. As dobradiças rangeram.

Juliette se jogou de volta na poltrona. Rosalind mal piscara ao longo de toda a conversa. Se fosse qualquer outro dia, teria feito algum comentário sobre Juliette ser do tipo que ladra, mas não morde. Agora, apenas a encarava, os olhos vítreos.

A prima sentia dor, ela sabia. As feridas nas costas de Rosalind eram feias, e Kathleen quase desmaiara quando o médico fez os curativos na noite anterior. Juliette se sentia dividida entre a empatia e a frustração. Dividida entre o horror absoluto por aquilo ter acontecido e a completa falta de compreensão de *como* acontecera. Talvez isso a tornasse uma pessoa ruim. Uma amiga ruim, uma prima ruim. Mesmo com Rosalind naquele estado, sentindo tanta dor e entorpecimento que se reduzia ao absoluto silêncio, Juliette não conseguia deixar de se sentir traída pela mentira da prima. E não sabia se era porque a cidade a havia calejado ou se seu coração sempre fora assim: frio, áspero, abandonando qualquer um ao primeiro sinal de deslealdade. Ela também mentia. No quesito dizer a verdade, Juliette talvez fosse a mais corrupta de todos, mas isso não a impedia de reagir instintivamente quando lhe respondiam com mentiras também.

— Prometi que protegeria você — disse Juliette em voz baixa. — Mas não assim, Rosalind.

Sem resposta. Não esperava por uma.

— Foram as cópias das suas cartas que eles conseguiram com o serviço postal. Foi assim que descobriram. Ninguém viu nada, não houve nenhum boato. Apenas tinta no papel e a sua letra. — Juliette expirou, frustrada. — A história do comerciante era mentira então? Você tem mesmo um amante, ou deu uma de espiã sem motivo nenhum?

De súbito, os olhos de Rosalind se viraram para ela, o olhar aguçado pela primeira vez.

— Você teria feito o mesmo — sussurrou, rouca.

Juliette endireitou as costas. Olhou para a porta, aberta por um vão mínimo.

— O quê?

— Eu o amo — murmurou Rosalind. Uma gota de suor surgiu em sua testa. Ela estava delirando, provavelmente com febre. — Eu o amo, é isso.

— Quem? Rosalind, você precisa...

— Não importa — interrompeu ela, quase embaralhando as palavras. — De que importa tudo? O que está feito está feito. Está feito.

Nada disso fazia sentido. Mesmo se o amante fosse um Rosa Branca, de que importava proteger um membro qualquer? Que consequência teria, além de colocá-lo numa lista de execuções Escarlates? Não podia ser alguém do alto escalão. Com certeza não era Roma, e nem Benedikt. Se não era um Montagov, para que se dar ao trabalho? Por que Rosalind apertava os olhos fechados, como se estivesse carregando o mundo nas costas?

De repente, bateram à porta. Juliette deu um pulo, o coração martelando no peito como se houvesse sido pega fazendo algo errado. O Escarlate enfiou a cabeça dentro do quarto de novo, avaliando a cena. Ela esperava que ele comentasse sobre os balbucios de Rosalind, mas não era esse o caso.

— Telefonema para você, Senhorita Cai — anunciou.

Ela assentiu, então se levantou e puxou os cobertores de Rosalind um pouco mais para cima. A prima mal se mexeu. Apenas fechou os olhos, tremendo, mesmo após Juliette sair do quarto e fechar a porta atrás de si.

— Não a incomode — alertou ao Escarlate. — Ela precisa dormir.

— A senhorita está sendo muito boazinha com traidores — comentou ele pelas costas dela.

Juliette apertou os lábios e continuou andando pelo corredor. Ele tinha razão. Estavam sendo bonzinhos demais — *Juliette* estava sendo boazinha demais. E como fora ela quem interrompera a punição, seu pai lhe dera a tarefa apenas para ensiná-la uma lição: se Rosalind não abrisse a boca logo, seria Juliette a encarregada de descobrir por que a prima os traíra, usando quaisquer meios que fossem necessários.

Engoliu em seco, aproximando-se do telefone. Não tinha dúvidas de que conseguiria fazê-lo. Nunca hesitara em usar o garrote ou abrir caminho cortando os outros Escarlates que o pai enviara atrás dela, fosse por dinheiro ou por uma resposta rápida acerca de um recibo de negócios. A questão agora era se ela queria fazê-lo, se acreditava que aquele era um peso grande demais na própria consciência para suportar.

Pegou o aparelho e pressionou-o contra a orelha.

272   FINAIS VIOLENTOS

— *Wéi?*

— Senhorita Cai?

A voz falava inglês. E soava como...

— *Roma?*

Uma tosse desconfortável.

— Perto, mas não. É Benedikt.

Juliette soltou o ar, engolindo a decepção. Disse a si mesma que era por que esperava que Roma tivesse encontrado o francês, e não porque queria escutar a voz dele.

— Aconteceu alguma coisa? — perguntou, abaixando o tom.

Um olhar de relance por sobre os ombros mostrou que não havia mais ninguém no corredor, mas isso não significava que não houvesse alguém escutando a conversa.

— Defina *alguma coisa* — respondeu Benedikt, também abaixando a voz. — Estou tentando falar com você há dias, mas esta é a primeira vez que consegui despistar Roma. Um dos seus primos sequestrou a irmã dele.

Por um longo momento, Juliette não entendeu o que Benedikt Montagov dizia.

— *O quê?* Rosalind pegou Alisa? — sibilou Juliette, quando sua mente enfim registrou as palavras dele.

— Não, não. — Ele se apressou a corrigi-la. Inglês era uma língua simples demais para relações familiares, e ele soava confuso por ela ter tirado tal conclusão. — Seu *tángdì*. Cai Tailei. Agora Roma está virando a cidade inteira de cabeça para baixo atrás de Alisa, mas não consegue encontrá-la em lugar nenhum. Pensei que, quando ele virasse as costas, eu poderia aproveitar e perguntar se você sabe de alguma coisa.

Juliette pressionou a mão contra os olhos, lutando contra a necessidade urgente de gritar. É claro que Tyler faria uma coisa dessas agora. Como se um primo problemático não fosse o suficiente. Agora *outro* tinha que ir lá e cutucar a guerra de sangue.

— Eu não sei — respondeu, amargurada. — Nem sabia do sequestro. Ela está segura?

— Seu primo não pode fazer nada com ela... não vai fazer. Ela precisa continuar inteira e viva, se ele quiser aproveitar a chance de matar Roma.

Juliette quase deixou o telefone cair.

— *O quê?* — Olhou ao redor de novo. Dois mensageiros estavam no patamar da escada, olhando-a com uma expressão suspeita. Juliette se forçou a manter a voz baixa. — Do que você está falando?

Benedikt ficou quieto por um longo momento. Quase soava arrependido de ter que lhe dar a notícia.

— Um duelo, Senhorita Cai. Se Roma não encontrar Alisa em três dias, vai duelar com Tyler para recuperá-la.

Juliette encontrou Tyler horas depois, entre as mesas mal iluminadas do Bailemen. Parecia que fora há décadas que estivera ali com Roma, como se a cidade houvesse se transformado e crescido sob seus pés. O salão de baile, entretanto, estava cheio como sempre. Um lugar como o Bailemen provavelmente nunca ficaria vazio, mesmo se houvesse uma guerra do lado de fora.

— Saiam — ordenou aos homens que o cercavam e se sentou em frente ao primo.

Todos olharam para Tyler, esperando instruções. A mão de Juliette já pairava a centímetros do garrote em seu pulso, caso precisasse, mas então Tyler assentiu, e os quatro homens ao seu redor foram embora, encarando Juliette com ar de desprezo.

— O que posso fazer por você? — perguntou o primo.

Ele se inclinou no encosto, as mãos abertas sobre os braços da cadeira. À sua frente, havia três copos vazios, mas ele não parecia nem um pouco embriagado. Não estava ali havia muito tempo. Assim que o mensageiro relatara seu paradeiro a Juliette, ela correra imediatamente para lá.

— Não faça isso — disse, simples e direta. — Nunca valeu a pena, e não vale agora.

Tyler pegou um dos copos vazios e balançou-o em círculos lentos, como se tivesse algum líquido invisível que só Juliette não conseguia ver.

274   Finais Violentos

— Eu estava me perguntando quanto tempo a notícia levaria para chegar até você — respondeu ele, observando o vidro refletir a luz. — Levou mais do que eu imaginei, devo admitir.

— Nem todos nós temos a quantidade de olheiros que você espalhou pela cidade.

— Ah, mas em vez disso você tem uma linha direta com os Montagoves.

O sangue dela gelou. Então era disso que se tratava. Tyler finalmente decidira apostar contra o blefe dela.

Com um puxão ágil, Juliette arrancou o copo dos dedos do primo. Não era para ele olhar para a pista de dança, ou para as paredes reluzentes ou para as bebidas fantasmas. Forçou-o a olhar para *ela*.

— Imagino que você esteja lendo Pushkin. Duelos russos permitem um segundo homem, que pode perguntar ao agressor se ele gostaria de se desculpar em vez de lutar. Então eu pergunto, Tyler: devolva Alisa e deixe isso para lá. Não vale a sua vida.

Ele soltou uma única risada curta. Não havia o tom delirante que ecoava pelo restante do salão, ampliado pela noite escura e pelo compasso da música. Era uma risada envolvida em gelo, o som de um predador que escuta o *clique* de sua armadilha engatilhando.

— O que você *tem na cabeça*? — Tão rápido quanto surgiu, o humor dele desapareceu. Tyler se inclinou sobre a mesa. — Quem pediu para você falar em nome de Roma Montagov? Quem pediu para *você* ser o segundo homem dele?

As mãos de Juliette se cerraram em punhos. Um de seus dedos pairou sobre o garrote de novo — não para usá-lo, mas apenas para se recompor, para torcer o fio tão apertado contra o próprio dedo a ponto de a dor neutralizar o ferro quente que queimava sua garganta.

— Foi só uma expressão.

Tyler ficou de pé.

— Não minta para mim. — Não havia diversão em sua voz, não desta vez. Estava levando a coisa a sério, designando-se como o supervisor das lealdades de Juliette. — Você pode ser o *meu* segundo homem. Pode deixar isso acontecer ou deixar a Sociedade Escarlate para mim desde já.

Juliette deu a volta na mesa, enfurecida, mas Tyler reagiu tão depressa quanto ela. Seu punho parou no ar, e a mão súbita do primo estava em seu pulso, impedindo o golpe de descer sobre o nariz dele.

— Você enlouqueceu — sibilou ela. — Ele tem a mesma chance de vencer. Você não é invulnerável.

— Não sou. Mas eu *sou* um Escarlate. E, neste momento, isso é mais do que pode ser dito de você.

Ele empurrou o punho dela para longe com agressividade, e vestiu o casaco, pronto para partir.

Juliette, enquanto isso, apertou a borda da mesa, firmando não apenas o corpo, mas também o redemoinho que girava em sua mente.

— Segunda de manhã, *tángjiě* — disse Tyler. — Perto da fronteira da Concessão, ao lado do Rio Suzhou, pode ser? Não se atrase.

Vinte e Nove

Não consigo fazê-lo desistir — disse Benedikt Montagov.

Juliette olhou para ele. Estavam às margens do Rio Huangpu, observando a água. Faltavam dois dias para o duelo, e o tempo começava a esquentar. Ou talvez fosse o brilho do sol sobre as pequenas ondas que fazia o dia parecer exageradamente dourado.

Era estranho que Benedikt concordasse em se encontrar assim, com as mãos no bolso, sem se encolher ao vê-la chegar. Manteve-se firme, é claro. Mesmo que estivesse sendo amigável, sempre haveria uma parte dele que esperava que Juliette atirasse a qualquer momento. Porém, mesmo assim, havia ido até lá. Aparecera e compartilhava informações como se fossem velhos amigos, unidos por uma causa em comum.

— Você tem certeza de que não consegue resgatar Alisa?

— Eu não sei onde ela está — respondeu Juliette. — Esta cidade é grande demais. Assim como eu posso esconder Marshall Seo, Tyler pode esconder Alisa Montagova pelo tempo que quiser.

— Então não tem jeito — disse Benedikt, francamente. — Tyler vai ter o duelo que deseja.

Juliette respirou fundo, bem fundo, prendendo o ar na garganta.

— Ele escolheu um duelo russo, então cada um deles só tem direito a um tiro — explicou ela, as palavras saindo roucas. — Mas estamos falando de Roma e Tyler. Alguém vai morrer.

Nos duelos das histórias, aquele único tiro sempre errava: atingia o chão, perfurava um chapéu. Porém nem Roma nem Tyler eram capazes de cometer uma tolice dessas.

— É pior ainda — disse Benedikt. — Se eles vão seguir mesmo as regras antigas, a pessoa que desafiou para o duelo tem direito a atirar primeiro. Quais são as chances de Tyler errar?

Juliette fechou os olhos com força, tentando controlar a intensa dor de cabeça que começava a sentir. O vento não ajudava, provocando o terror que ela tentava conter, chamando-o para dançar.

— Nenhuma — sussurrou. — Absolutamente nenhuma.

Ela não queria ver isso acontecer. Escarlate contra Rosa Branca. Família contra o seu coração inteiro, pulsando vermelho e sangrento.

— Você pode convencê-lo a desistir, Juliette.

Ela se espantou, abrindo os olhos de novo e se virando para encarar Benedikt Montagov. Ele usara seu primeiro nome. Talvez não desconfiasse tanto dela quanto parecia.

— Eu tentei. Tyler não me escuta.

— Não estou falando do Tyler.

Ela sentiu um frio na barriga e perguntou a si mesma se ele estava querendo dizer o que ela pensava que estava. Desta vez, quando o vento soprou contra seu rosto, estava frio como gelo. Uma lágrima escorreu por sua bochecha, precisa e veloz, caindo no chão antes que pudesse ser vista. Os dois ficaram em silêncio por alguns instantes enquanto o Bund fervilhava ao redor. Benedikt olhava para o rio e Juliette olhava para Benedikt, pesando o quanto exatamente ele sabia.

Teve sua resposta quando seus olhos se encontraram.

— Por que você não conta para ele? — perguntou Benedikt.

— Contar o quê? — retrucou ela.

Sabia o que, é claro. *A verdade. Conte a verdade para ele.* Benedikt estava no hospital naquele dia. Havia visto a relutância de Roma em se afastar de Juliette. Não era tão difícil perceber o que eram um para o outro.

Amantes. Mentirosos.

— Não é como se Roma não soubesse guardar segredo — disse Benedikt. — Ele se importa pouco com a própria vida, porque se importa demais com as de todo o resto. Ele se colocaria em perigo por Alisa, porque ela é tudo o que Roma tem. Mas se ele souber que ainda tem você, pode ficar menos

278   FINAIS VIOLENTOS

ansioso para correr até a própria morte. Conte que você mentiu. Conte que Marshall está vivo. Ele vai ter que encontrar outro plano.

Juliette balançou a cabeça. Era lindo pensar que tudo se resumia a isso: a ela, ao seu amor, mas era apenas uma trinca em um vidro todo quebrado.

— Não vai mudar nada — respondeu, em voz baixa. — Além disso, eu não tenho medo de ele revelar ao mundo que Marshall está vivo. Eu tenho medo de Roma me perdoar.

Benedikt se virou para encará-la. Parecia surpreso com suas palavras.

— Medo por quê?

— Você não entende. — Juliette abraçou a si mesma. — Enquanto ele me odiar, estaremos seguros. Se amarmos de novo... esta cidade pode acabar matando nós dois por ousarmos ter esperança.

Ela o estaria salvando de um golpe mortal apenas para empurrá-lo direto a outro.

De fato, parecia dizer o silêncio prolongado de Benedikt. *Eu não entendo.* Juliette o vira entrar no esconderijo procurando por Marshall. Quase tomara um tiro na cabeça por causa da vingança dele pela vida do amigo. Ela sabia que Benedikt conhecia o medo. O medo do amor e de todas as formas que pode não ser correspondido, todas as formas que pode nos machucar. Mas Benedikt não temia a guerra de sangue, e Juliette estava aliviada em saber que ele havia sido poupado de pelo menos uma coisa terrível.

— Desembuche, Benedikt Montagov — sussurrou, quando o silêncio se prolongou.

Ele ficou de costas para o rio.

— Eu acho — começou, tão baixo que parecia estar com a mente em outro lugar — que você é desleal a si mesma ao se recusar em ter esperanças.

Antes que Juliette pudesse pensar em responder, Benedikt já estava lhe dando um tapinha carinhoso no ombro e indo embora, deixando-a parada no Bund, uma garota solitária e seu casaco ao vento.

Kathleen havia folheado a correspondência e lido as informações que haviam sido repassadas. Não restava mais dúvidas, não existia brecha para interpretação. Todas as vezes em que Lorde Cai ameaçara a Sociedade Escarlate, alertando sobre um espião no círculo interno... Todas as vezes que ele percorrera a casa, tomando nota de quais parentes ficavam ao alcance das vozes de suas reuniões, cortando as possibilidades uma a uma, na esperança de ter conseguido expulsar o espião... Era Rosalind. Sempre fora Rosalind.

E Kathleen queria respostas.

Subiu as escadas, determinada em sua missão. A irmã prometera. Mesmo a oceanos de distância, eram ela, Rosalind e Juliette, prometendo proteger uma à outra, prometendo serem intocáveis enquanto estivessem juntas. O que poderia ser mais importante do que isso?

Kathleen parou à porta, ignorando o Escarlate que estava de guarda. Bateu, os nós dos dedos golpeando com tanta força a ponto de ela se machucar.

— Rosalind, abra a porta.

— Ela não está exatamente em condições de sair andando — disse o Escarlate. — Pode entrar direto.

— Não — retrucou Kathleen. — Não, eu quero que ela se levante e me olhe nos olhos.

Nunca havia sentido uma traição apunhalá-la com tanta força. Compreendia se Rosalind tivesse perdido a lealdade à Sociedade Escarlate. Compreendia se Rosalind tivesse finalmente chegado ao limite, determinada a destruir o nome Cai após anos e anos sendo mantida de fora do centro da família. Isso era algo que Kathleen conseguia perdoar, mesmo que fosse um tapa na cara de Juliette.

O que não conseguia compreender é porque a irmã não contara nada para *ela*.

— Rosalind — chamou mais uma vez, irritada.

Em resposta, veio apenas o silêncio. Silencioso demais. Quando finalmente tentou abrir a porta, estava trancada.

— Faz quanto tempo que você deu uma olhada nela? — perguntou.

O Escarlate piscou, olhando fixo para a maçaneta que se recusava a girar.

— Mais ou menos uma hora.

— Mais ou menos *uma hora*?

Havia algo errado. Isso estava bastante claro. O Escarlate gesticulou rapidamente para que Kathleen se afastasse. Ela lhe deu passagem, e ele chutou a porta com força, arrancando-a das dobradiças com um baque e fazendo-a chicotear contra a parede. O quarto estava à vista: uma cama vazia, uma cadeira arrastada e a janela escancarada, com as finas cortinas voando na brisa.

Kathleen correu até lá. Havia uma corda no parapeito, feita toda de lençóis, com uma ponta amarrada no pé da cama. Descia, descia e descia até os canteiros de flor abaixo, onde as rosas estavam amassadas no chão.

Kathleen deu um suspiro longo, cheio de amargura.

— Ela fugiu.

Se Roma não estivesse polindo a pistola no depósito do primeiro andar, não teria escutado o movimento no beco lá fora.

A janela estava aberta. O sol da tarde iluminava os cantos empoeirados e refletia nas luminárias de cobre. Quando ele soltou o pano, ouviu água espirrando e um xingamento baixinho. Parecia uma garota com dor, os passos se aproximando cada vez mais.

A primeira coisa que passou pela cabeça de Roma foi que era Alisa, que a irmã havia conseguido fugir e voltar para casa. Sem nem pensar, ele abriu a janela ao máximo e pulou para fora, os sapatos mergulhando na lama. Nada ao norte. Ele se virou.

E viu Rosalind Lang, vestida no que parecia ser um pijama, com um casaco pesado jogado sobre os ombros.

Roma resistiu à tentação de esfregar os olhos, perguntando-se se estava alucinando. A falta de sono dos últimos dias poderia estar finalmente cobrando seu preço, porque, se a presença de Rosalind ali já não fosse estranha o suficiente, seu estado devastado com certeza era.

Um instante se passou, e ela sacou uma arma de dentro do casaco. Ergueu-a depressa, parecendo esperar uma luta.

Roma não fez o mesmo. Apenas ergueu as mãos devagar.

— Olá. O que você está fazendo aqui? — perguntou ele.

Havia certo humor nisso, o que não lhe passou despercebido, apesar da situação nada engraçada. Houve um tempo, antes de Roma conhecer

Juliette, antes que ele jogasse uma bolinha de gude em seu pé e se apaixonasse, em que fora enviado ao território Escarlate com outra missão.

Fora enviado atrás de Rosalind.

Foi por isso que, no fim, seu pai começou a suspeitar dele. Rosalind havia se tornado a sensação da cidade, a melhor dançarina que a boate burlesca dos Escarlates já vira. Planos foram bolados para que Roma se mesclasse à multidão, se aproximasse dela e conseguisse informações Escarlates sob o disfarce de um grande amor fatídico. Em vez disso, ele havia ouvido rumores da volta de Juliette a Xangai e virado o leme para o outro lado enquanto estava em território inimigo, querendo ver essa terrível herdeira Escarlate por si mesmo.

Não teve chance alguma. No momento em que viu Juliette Cai pela primeira vez, aquele sorriso brincando em seus lábios, parada ali no Bund, o estrago estava feito. Aquele grande e falso amor fatídico virara ao contrário e se tornara real. Roma diria, ao reportar de volta ao pai, que não havia sido bem-sucedido em seu plano, mas continuou indo para o território Escarlate mesmo assim. É claro que o pai percebeu.

Que estranho encontrar Rosalind Lang ali, a meros passos do domínio Montagov, cinco anos depois.

— Um grito — disse Roma, quando ela continuou com a pistola apontada em sua direção. — É tudo de que preciso, e Rosas Brancas vão correr até aqui e encher você de balas. Pense com cuidado, Senhorita Lang.

— No quê? — murmurou Rosalind. Sua mão tremia. — Eu posso pensar com cuidado e atirar em você, ou posso me esquecer totalmente de pensar e ainda atirar em você.

Roma franziu o cenho. Quando se aproximou, viu o vermelho em seus olhos, como se ela tivesse chorado recentemente.

— Me ensine a esquecer como pensar — pediu ele. — Parece um feito memorável.

Não sabia por que estava enrolando. Não parecia certo, de alguma forma, convocar uma multidão de Rosas Brancas e matar Rosalind Lang. Talvez fosse porque ele não odiava sua irmã, e Roma não tinha intenção alguma de fazer Kathleen Lang sofrer.

Talvez fosse porque ela o lembrava Juliette.

— Não duvide. Eu *vou* atirar — sibilou Rosalind. — Grite por ajuda. Vá em frente!

Roma não fez nada. Ficou só parado ali, franzindo o cenho. *O que ela está fazendo aqui?*

Enfim, Rosalind desistiu e uma lágrima fresca percorreu seu rosto enquanto abaixava a arma.

— Teria sido tão mais fácil — sussurrou —, se tivesse sido você. Você é uma pessoa tão boa. Tão nobre.

Rosalind pressionou rápido a parte de trás da mão contra os lábios, como se estivesse impedindo a si mesma de falar mais. Piscando forte para limpar as lágrimas dos olhos, avançou e correu, o ombro raspando em Roma ao passar. Ele continuou encarando, mesmo depois de ela desaparecer, focado na saída do beco como se a mera concentração pudesse dissolver seu espanto.

Talvez devesse ter atirado nela. Era o que Juliette merecia. Olho por olho. Uma vida por uma vida.

Roma balançou a cabeça. Ele não era essa pessoa. Não era essa pessoa que queria ser. A Sociedade Escarlate estava com Alisa, e ele a recuperaria com honra. Eles queriam jogar baixo, mas Roma tomaria uma direção completamente diferente. Já havia sujado as mãos com sangue demais. Estava cansado disso. Cansado do cheiro que permeava seu sono, cansado de odiar tanto a ponto de isso queimá-lo por dentro.

Em silêncio, Roma voltou para dentro, escalando a janela.

Trinta

O céu estava completamente tomado por nuvens, tão escuro que fazia a manhã quase parecer a noite. Seria pedir demais. Se o dia todo pudesse apenas passar sozinho, não teria como acontecer um duelo.

Mas lá estavam, ao lado do rio Suzhou, debaixo de nuvens tão densas e pesadas quanto roupas recém-lavadas. Juliette não conseguia entender o silêncio, como não parecia haver ninguém nas ruas naquele dia. À distância, as fábricas de gás jaziam quietas, e não havia um único trabalhador à vista. Estava acontecendo alguma coisa que ela não sabia? Um protesto de que não havia sido informada, reunindo todos os partidários em algum outro ponto da cidade?

— Fique alerta, Juliette.

Ela lançou um olhar cauteloso a Tyler, que aguardava ao final do beco, pronto para o exato momento em que os Montagoves apareceriam. Logo à frente, o rio fluía, cheio de barcos de pesca e de moradias que pareciam desocupadas.

— Não suponho que a gente vá seguir de fato os códigos de duelo, certo? — perguntou ela. — Porque existem literalmente quinhentas regras, e meu conhecimento de russo tem suas limitações.

Em resposta, Tyler tirou algo do bolso e jogou em sua direção. Ela pegou com precisão, as páginas amassando sob seus dedos. A capa estava desbotada, mas o texto ainda era visível, cercado por uma borda decorada: *Yevgeniy Onegin*.

— Trinta e dois passos — respondeu Tyler. — A gente pode usar aquele saco de lixo como barreira.

Juliette olhou por cima do ombro, conferindo Alisa mais uma vez. A garota era segurada por dois dos homens de Tyler. Outros dois Escarlates estavam do outro lado do beco. De guarda, caso os Rosas Brancas decidissem investir pelas ruas de trás e começar uma verdadeira batalha, mas Roma jamais seria tão descuidado. Não havia vitória possível numa luta em um espaço tão apertado, cercado por paredes altas e telhados sobressalentes de ambos os lados. Apenas um duelo era adequado para um lugar assim.

A regra era de 32 passos. Uma barreira ao centro, da qual qualquer um dos dois poderia se aproximar, mas não recuar depois de ter avançado. Tyler tinha direito a um tiro. Se errasse, Roma poderia forçá-lo a ir direto para a barreira, e, quando desse seu tiro em resposta, só haveria um resultado possível. Perto assim, Roma com certeza acertaria.

Mas isso dependia de Tyler errar antes. E mesmo a 32 passos de distância, Juliette não sabia se isso era possível. Podia apenas torcer para que ambos não avançassem até a barreira. Para que ficassem bem, bem longe um do outro, e que os dois errassem, que o duelo terminasse com a honra restaurada e nenhuma morte. Com Alisa de volta aos Rosas Brancas e a raiva de Tyler apaziguada.

Uma boa piada, pensou Juliette, com uma tempestade trovejando dentro do peito. Isso nunca aconteceria. Então como acabaria?

— Ei — disse, aproximando-se de Alisa. — Precisa de alguma coisa? Está com sede?

A garota balançou a cabeça. Tentou se desvencilhar de um dos sequestradores, mas foi um esforço fraco. Fazia tempo que havia desistido de tentar escapar.

— Só quero ir para casa — respondeu a garota, com frieza.

Juliette engoliu em seco.

— Você vai. — Ela colocou o livro de Tyler aos pés de Alisa. — Fique de olho nisso para mim, pode ser?

Tyler prometera soltá-la após o duelo, independentemente do resultado. Até o momento, havia mantido sua palavra. Ela não estava ferida — no máximo, parecia apenas irritada por estar ali.

Talvez, ocorreu de súbito a Juliette, Alisa sequer soubesse que o irmão fora desafiado para um duelo.

Passos ressoaram na rua que dava no beco. Juliette respirou fundo e endireitou as costas, fechando os punhos com força. Se Alisa não sabia por que estava ali, estava prestes a descobrir.

Roma e Benedikt apareceram. Estavam visivelmente tensos, os casacos puxados até o pescoço para protegê-los do frio. Por um momento, Juliette se perguntou se Roma poderia estar vestindo algum tipo de proteção por baixo, mas então ele desabotoou a jaqueta, revelando apenas uma camisa perfeitamente branca. Nada de truques ali. Tyler perceberia qualquer tentativa.

— Tyler — chamou Juliette, irritada.

Sua voz chamou a atenção de Roma, atraindo seus olhos para o fundo, onde Alisa estava. Ele investiu, mas Benedikt segurou seu braço, alertando-o contra movimentos súbitos. Mais uma vez, o vento gelado soprou com força contra o beco. Os Montagoves eram reflexos gêmeos da mesma imagem: um brilhante como um estudo de contrastes e sombras; o outro desbotado, um clone loiro.

— Não precisa me apressar — respondeu Tyler, andando na direção dela. — Vou tomar minha posição.

Assim que ele começou a andar, um alto *bang* ressoou por perto, e todos no beco se encolheram. Não importava o quão *blasé* Tyler estivesse agindo, ele estava tão tenso quanto Juliette. Enquanto ela se mantinha paralisada de medo, ele se impunha com os nós dos dedos brancos, preparado para o sangue.

— Só um puxador de riquixá, tenho certeza — disse Juliette.

Ela lançou outro olhar para Alisa, tentando comunicar com os olhos que tudo ficaria bem, antes de andar até Benedikt no meio do beco. Como segundos homens, essa era, supostamente, sua última chance de se comunicar em nome dos combatentes, de resolver a questão e ir embora.

— Algum sucesso? — murmurou Benedikt.

Juliette balançou a cabeça.

— Nada. E Roma?

— Ele não vai desistir.

286   FINAIS VIOLENTOS

Sabendo que falavam dele, Roma manteve os olhos fixos em Juliette. Sua expressão era neutra, não revelava nada.

— Roma — sussurrou ela. Sabia que ele podia escutá-la. Mesmo que apenas formasse as palavras silenciosamente com os lábios, Roma conseguiria lê-los. — Não faça isso.

— Eu preciso — respondeu ele.

Não houve outro argumento. Era simples assim. A guerra de sangue estava fadada a correr fundo em suas veias. Mesmo Roma, que odiava aquilo tudo, não conseguia resistir à tentação. A guerra puxava-o com força, forçava-o a matar.

Lembre-se do que você costumava dizer, queria gritar Juliette. *Astra inclinant, sed non obligant.*

Ela continuou imóvel, o ar preso na garganta. Seu coração martelava no peito, tão alto que só podia estar audível, tão alto que era tudo o que ela conseguia escutar. Mas Roma... Roma apenas se virou casualmente e tomou sua posição ao final do beco, sem olhar mais para Juliette ou Benedikt.

No momento em que ela lhe deu as costas e começou a caminhar, Benedikt também despertou, alerta. Correu até Roma e o segurou pelo cotovelo, sibilando algo que Juliette não conseguia mais ouvir. A cada três passos, ela olhava por cima do ombro, tentando entender o que estava acontecendo, mas, todas as vezes, Roma parecia não reagir. Apenas balançou a cabeça e dispensou o primo.

— Tyler — chamou Juliette.

— Fique atrás de mim — respondeu ele, sem olhar na direção dela. — A não ser que você queira ficar ao alcance das balas.

Inspira. Expira.

— Tyler...

Desta vez, ele lhe deu atenção, a pistola pendendo ao lado.

— Sim?

E a língua de Juliette não se mexeu. O que diria? Deveria suplicar pela vida de Roma? Implorar, cair de joelhos, fazer tudo o que Tyler esperava da garota de coração fraco, que ele nunca acreditara ser capaz de liderar?

Engoliu em seco, com força. Não podia. Não *faria* isso. Juliette era a herdeira da Sociedade Escarlate. Herdeira de gângsteres, comerciantes e *monstros,* de cada um e de todos, com sangue espumando pela boca. Ela não se ajoelhava para ninguém.

Tyler sorriu.

— Assuma seu posto, então.

Mas por *céus*, como queria não ser assim. Queria ser apenas uma garota.

Juliette caminhou até o final do beco e parou ao lado de Alisa, que àquela altura começava a franzir o cenho, a juntar as peças ao observar Roma e Tyler se posicionarem em extremos opostos do beco, as pistolas em mãos.

— Tyler Cai. Você pode se aproximar da barreira no seu próprio ritmo — avisou Benedikt.

— O que está acontecendo? — perguntou Alisa, de súbito. — Isso é um *duelo*?

Uma rachadura partiu o coração de Juliette. Sentiu a magnitude da situação se formar como se fosse uma sensação física.

— Não olhe — pediu a Alisa.

Tyler andava rápido demais. O medo de um duelo russo era que o primeiro atirador errasse, porque, quanto mais perto ele chegasse da barreira para dar o próprio tiro, mais perto estaria quando fosse a vez do oponente. Mas Tyler não parecia ter essa preocupação. Ele continuou andando, andando e andando, até estar completamente em cima da barreira, os sapatos parando ao lado de um saco de lixo.

— Como assim, *não olhe*? — gritou Alisa, de maneira estridente. Ela lutava, se debatia como se a própria vida dependesse disso, fazendo tudo sob seu poder para se libertar das mãos Escarlates que apertavam seus braços. — Ele vai matá-lo, Juliette! Tyler vai *matá-lo*!

— Alisa Montagova — repreendeu Juliette, brava —, eu disse para não olhar...

Tyler ergueu a pistola. Mirou.

E, no momento em que Alisa começou a gritar, um tiro ecoou pela manhã que começava, tão alto quanto o fim do mundo.

O grito parou de repente.

Tyler tocou o próprio peito, onde uma mancha vermelha começava a desabrochar, fluindo cada vez mais depressa. Roma deu um passo para trás, os olhos arregalados, procurando ao redor.

Porque ele não havia disparado o tiro ilegal.

Juliette o fizera.

As duas mãos dela envolveram a pistola fumegante. Agora não dava mais para se arrepender. Estava feito. Estava feito, e ela não podia parar por ali. Virou-se e, com um soluço preso na língua, atirou em cada um dos homens de Tyler antes que eles sequer entendessem o que estava acontecendo, as balas mergulhando em suas têmporas, pescoços e peitos.

No momento em que caíram, Juliette também arremessou a pistola no chão.

— *Maldição,* Tyler! — gritou.

O primo se virou, olhou para ela — olhou de verdade para Juliette. Caiu de joelhos. Tombou de lado. Girou para encarar o céu escuro, muito escuro.

Juliette correu até Tyler. Ela havia atirado, todos os homens dele estavam mortos, e mesmo assim pressionou as mãos contra seu peito e tentou estancar o sangue, como se fosse ser uma pessoa mais detestável se não o fizesse, como se pudesse encontrar alguma saída para seus atos.

— Por que você tinha que continuar forçando as coisas? — perguntou ela. — Por que não podia simplesmente *deixar passar*?

Tyler piscou devagar. Teria sido mais fácil se o primo tivesse retrucado com ódio. Teria sido mais fácil se tivesse cuspido na cara dela e a chamado de traidora, ou usado qualquer um dos nomes que nunca vira problema em direcionar a ela. Em vez disso, parecia confuso. Em vez disso, Tyler tocou o ferimento que escorria por cima das mãos de Juliette e pressionou-o. Quando seus dedos se ergueram cobertos de escarlate vivo, foi uma total incompreensão que percorreu seu rosto, como se nunca imaginasse que Juliette o machucaria assim.

— Por quê? — perguntou, rouco.

Poderia estar apenas repetindo o que ela dissera. Mas Juliette sabia que não estava. Era uma nova pergunta.

Ela apertou com mais força, certa de que, se pressionasse o suficiente, poderia fechar a ferida apenas com sua força de vontade, parar a hemorragia, reverter o último minuto do mundo.

Porém, mesmo que o fizesse, a guerra continuaria na cidade.

— Porque... — explicou Juliette. Sua voz não era mais alta do que um mero sussurro. Mas no silêncio do beco, permeado apenas pelos gemidos dele, era tudo o que se podia ouvir. — Eu o amo. Eu o amo, Tyler, e você tentou tirá-lo de mim.

Tyler soltou o ar. Algo como uma risada sarcástica escapou de seus pulmões.

— Tudo o que... você precisava fazer... era... escolher a sua gente.

A mandíbula de Juliette tremeu. Nada era tão simples quanto "minha gente" ou "sua gente", mas, para Tyler, era. Ele acreditava ser capaz de subir ao topo, de ser o próximo herdeiro, mas tudo o que fizera em seus 18 anos fora agir sob ordens de cima, maculado pelo ódio que corria como veneno em suas vidas. Como ela poderia culpá-lo por isso?

Naquele momento efêmero, Juliette fechou os olhos e tentou se lembrar de um tempo antes de tudo aquilo. Da vez em que Tyler lhe jogou a própria maçã no café da manhã porque ela tinha fome, e seus dedinhos não alcançavam a fruteira. De quando ele subiu no telhado da casa para consertar os fios elétricos e foi considerado um herói por todos os empregados. De quando Juliette entrou em seu quarto, pouco depois de voltar de Nova York, e o encontrou encolhido, chorando sobre uma foto do pai. Ele batera a porta na cara dela, mas Juliette entendera.

Ela sempre tinha entendido.

Juliette abriu os olhos.

— Me desculpe — sussurrou.

Mas Tyler já estava morto.

Trinta e Um

Em um estado de profundo estupor, Juliette retirou as mãos do corpo de Tyler. Estavam banhadas em vermelho até os pulsos. Os dedos, molhados e escorregadios com a viscosidade do sangue.

Por um longo momento, o beco ficou silencioso e inerte, congelado como um filme cujo rolo se enroscou. Então Alisa correu e se jogou em cima de Roma, que abriu os braços para recebê-la, o rosto em choque. Ele olhou para Juliette, que olhou para as próprias mãos. O único que parecia meio consciente era Benedikt.

— Juliette, talvez você devesse contar para ele agora — sugeriu ele.

Um vento brusco, cheio de sal marinho, soprou os cabelos dela, obstruindo sua visão quando Juliette olhou para cima. Uma briga abafada começou ao longe junto a sinos tilintando, badalando doze vezes para sinalizar o meio-dia, cada eco somando-se ao zumbido em seu ouvido.

— Só minha singela opinião — acrescentou Benedikt, de maneira suave.

Roma apertou Alisa com mais força. Ele correu os olhos de Juliette para o primo, franzindo o cenho, ainda sem conseguir aliviar o choque em sua expressão.

— O quê? — sussurrou Roma. Os olhos dispararam para os corpos ao chão. — Me contar o quê?

Juliette se levantou. Foi um esforço trêmulo. Era como aquela sensação nos sonhos em que não conseguia se erguer do chão, os ossos pesados como chumbo.

Antes que pudesse responder, entretanto, foi interrompida por outra voz, uma que veio de cima, do telhado do prédio que invadia o beco.

— Que ela ganhou de mim e atirou primeiro.

Um vulto pousou à frente dela com um baque. Marshall Seo se virou, tranquilo, como se não houvesse acabado de saltar de uma altura de dois andares, tirou o pano que cobria o rosto e sorriu de leve na direção de Roma.

Roma o encarou. E encarou, encarou e encarou.

Então correu até Marshall e o abraçou com tanta força que precisou dar tapinhas nas costas do amigo para gastar a energia em excesso. Marshall retribuiu o gesto com o mesmo entusiasmo, não se importando nem um pouco com o ataque.

— Você morreu. — Roma ofegava. — Eu vi você morrer.

— Sim — respondeu Marshall. — Juliette se esforçou para garantir isso.

De repente, Roma o soltou e voltou os olhos para Juliette. Ela conseguia sentir o nervosismo emanar da própria pele, como uma aura visível. Não sabia que postura assumir ou onde enfiar as mãos, não sabia se era adequado tentar limpar o sangue ou se devia fingir que não estava no mesmo beco que três Rosas Brancas, enquanto seus Escarlates jaziam mortos ao seu redor.

Roma abriu a boca. Antes que pudesse exigir uma explicação, Juliette já estava falando, os olhos focados nas mãos de novo. Não conseguia, simplesmente *não conseguia* olhar para ele.

— Foi necessário. — A voz dela falhou. — Tyler precisava sentir o seu ódio. Ele teria nos destruído se soubesse que eu...

Ela deixou as palavras morrerem no ar, os dedos vermelhos se fechando em punhos. Não precisava elaborar. Eles tinham ouvido. Todos ouviram o que ela dissera a Tyler.

— Juliette.

Ela olhou para cima. Ergueu o queixo e fingiu bravura, da mesma forma com que fingia todas as coisas em sua maldita vida. Tudo para sobreviver, e para quê? Para encontrar uma desculpa patética e viver cercada de bens materiais, sem um pingo de felicidade. Seu coração nunca estivera tão pesado.

— Não importa — disse ela. — Ele não pode mais nos machucar agora, pode?

Juliette se virou e começou a andar. Conseguia sentir: o tremor já despertava em suas mãos, e logo percorreria seu peito, consumindo todo o seu corpo. Precisava ir embora antes de *desmoronar*, antes que sua mente começasse a circular ao redor do que havia feito ali e de como explicaria os fatos.

Tyler estava morto. Os homens de Tyler estavam mortos. A única pessoa que sobrevivera para contar a história era Juliette. Poderia dizer o que quisesse, mas esse pensamento era grande demais para que o compreendesse.

— *Juliette.*

Passos ressoaram atrás dela. Juliette acelerou o ritmo um instante atrasado, pois um toque envolveu seu pulso. Porém, assim que Roma a segurou, um som horrível veio de fora do beco, ao norte da rua Suzhou, perto do largo rio. Os dois se abaixaram imediatamente, virando o rosto para a origem do som.

— O que foi isso? — perguntou Benedikt. — Tiros?

O som os atingiu de novo: uma saraivada de balas se aproximava. Como fantasmas se materializando da névoa, dois homens passaram correndo pela entrada do beco, rápido o bastante para não terem visto Roma e Juliette ali, mas não tão rápido para que ela não conseguisse ver os trapos vermelhos amarrados em seus braços. Pareceu acontecer em segundos. Onde antes havia o silêncio, as ruas estranhamente vazias — como se seus ocupantes estivessem de folga naquele dia —, a cidade de súbito rugiu com vida: gritos por todos os lados e tiros. Tiros constantes.

— Está acontecendo — disse Juliette, incrédula. Era dia 21 de março pelo calendário ocidental. — A revolução.

— Onde estão eles? Onde estão Juliette e Tyler?

Kathleen espiou pelo corrimão do segundo andar, franzindo o cenho para a agitação repentina. A porta da frente bateu e o volume subiu no hall de entrada, as vozes gritando umas sobre as outras. Lady Cai parecia dar ordens, mas, com tantas pessoas falando ao mesmo tempo, mal se podia escutá-la.

Kathleen correu escada abaixo.

— O que está acontecendo?

Ninguém lhe deu atenção. Lady Cai continuava dando ordens, a postura rígida como um tronco. Seus braços gesticulavam, agrupando os homens e enviando-os porta afora como se ela estivesse apenas conduzindo uma orquestra.

— *Niāngniang.* — Kathleen deslizou para a frente de Lady Cai. Em qualquer outro momento, não teria ousado. Agora, a casa estava tomada por tamanho caos que a tia não conseguiria repreendê-la. — Por favor. Me diga o que está acontecendo.

Lady Cai tentou empurrá-la para fora do caminho.

— Comunistas estão agindo contra as instruções do Kuomintang, que pediam paciência — explicou, distraída. — Levantes separatistas estão acontecendo pela cidade, em uma tentativa de tomar Xangai para a Expedição do Norte. — Foi então que Lady Cai inclinou a cabeça de lado, olhando-a de fato. — Você não é nossa fonte dentro dos Comunistas?

— Eu… sim — respondeu Kathleen, tropeçando nas palavras. Torcia para que não fosse levar a culpa. — Sou sim. E já disse para todo mundo há tempos que os protestos só iam aumentar, que os partidários estavam crescendo…

— Não se preocupe — interrompeu Lady Cai, voltando aos seus modos diretos. — Seja lá o que os Comunistas conquistarem, os Nacionalistas tomarão de volta, e então estará tudo em nossas mãos de novo. Nosso único problema agora… — ela balançou as mãos para o grupo mais próximo de homens — é descobrir onde minha filha se enfiou, antes que ela acabe se matando lá fora.

Kathleen observava os gângsteres correrem porta afora. Murmurarem o nome de Tyler, o nome de Juliette.

Rosalind também estava desaparecida. Entretanto, não havia nenhum membro Escarlate preocupado com isso. Eles se empurravam e se acotovelavam para sair, amontoando-se nas ruas enquanto os trabalhadores incitavam o caos, mas apenas porque haviam recebido instruções para encontrar os jovens Cais, em algum lugar da cidade. Se Lady Cai não houvesse ordenado, será que ainda se importariam?

Kathleen respirou fundo e se afastou da tia. Mesmo ali, na mansão que ficava nos limites da cidade, havia sons de tiros à distância. Havia o ronco profundo, muito profundo, do chão tremendo, como se algo colossal houvesse explodido.

Juliette ficaria bem. Não seria abatida com facilidade.

Xangai, por sua vez, era outra história.

E Rosalind também era uma história totalmente diferente.

Kathleen puxou o casaco do cabideiro. Ela se misturou a um grupo de mensageiros que saíam da casa e se enfiavam em um carro lotado rumo ao coração da cidade. Precisava encontrar Rosalind. Precisava trazer a irmã de volta antes que a cidade queimasse ao seu redor.

Lady Cai andou até o jardim da frente, os braços cruzados, e encarou Kathleen direto nos olhos pela janela do vidro.

Quando o carro partiu, ela não protestou.

Juliette observou a dona de um bordel sair para a sacada, a roupa de seda flutuando ao vento. Em segundos, ela levou um tiro vindo debaixo e, com um jato vermelho, tombou sobre o parapeito e caiu no chão duro.

O trabalhador que atirara não parou. Já estava avançando, unindo-se a uma cruzada de outros em busca de um novo alvo.

Juliette voltou correndo para dentro do beco. Levou a mão à boca, e o gosto metálico de sangue seco atingiu sua língua. Ela conhecia a violência. Estava acostumada a ela, acostumada às mortes e ao ódio… mas *isso*? Isso era de um nível que nunca havia visto. Não era uma disputa entre organizações em uma batalha contida. Era a cidade inteira se levantando das sarjetas, e parecia que protestos e manifestações já não bastavam.

Quando os trabalhadores terminassem, os Nacionalistas apareceriam para clamar uma vitória aliada. E, dependendo de quando o chantagista escolhesse dar as caras, a coisa logo se transformaria numa guerra civil, travada com monstros e insanidade. Juliette imaginava que deveria agradecer o fato de a revolução se resumir a balas no momento. Os monstros estavam sendo poupados. Escondidos até a verdadeira tomada de poder.

CHLOE GONG

— Temos que ir — anunciou Benedikt. — Sinto muito, Juliette, mas você vai precisar deixar os corpos aqui.

— Não tem problema — respondeu ela em voz baixa, secando as lágrimas do rosto.

Talvez, quando fossem descobertos depois, os trabalhadores seriam culpados pelas mortes. Talvez ela não precisasse ser ainda mais terrível. Poderia ser apenas uma assassina, em vez de assassina *e* mentirosa.

Outra saraivada de tiros, de artilharia pesada. Precisavam sair pelas ruas secundárias. Sem chances de beirarem o rio principal e não serem imediatamente baleados.

— Para onde vamos? — sussurrou Alisa. Havia algo em suas mãos. Ela pegara o livro de Tyler, e apertava-o contra o peito. — Que tipo de…

Marshall a fez ficar quieta, então gesticulou para que se posicionassem contra a parede, imóveis enquanto um grupo se reunia perto do beco, gritando ordens uns aos outros para se dispersarem. Não era apenas uma oportunidade de incitar o caos. Com as metralhadoras em jogo, os trabalhadores estavam tentando tirar Xangai das mãos dos imperialistas e dos gângsteres.

Era exatamente o que ambos os Escarlates e os Rosas Brancas temiam.

— Temos um esconderijo a umas duas ruas daqui — relatou Benedikt em voz baixa, quando os tiros pareceram se afastar. — Vamos.

Marshall tocou o cotovelo de Juliette.

— Venha com a gente.

Ela tomou um susto. Conseguia sentir os olhos de Roma a encará-la.

— Não — disse ela. — Não, eu tenho um esconderijo próprio.

O chão tremeu sob seus pés. Em algum lugar, de alguma forma, algo explodiu. Do outro lado do rio, todas as janelas da fábrica mais próxima se despedaçaram em inúmeros fragmentos.

Não havia tempo a perder. Precisavam se dispersar.

Juliette se inclinou e pegou a pistola que havia largado, esforçando-se para não olhar para o corpo do primo.

— Fiquem escondidos até isso acabar. No fim, Xangai não será mais a mesma cidade.

296   FINAIS VIOLENTOS

Ela se preparou para partir e, pela segunda vez, Roma investiu e segurou seu pulso. Desta vez, ela se virou para encará-lo, os dentes cerrados.

— Roma, me solte.

— Eu vou com você.

— De jeito nenhum.

— Pare de fugir de mim! Precisamos conversar.

— É sério isso? — indagou Juliette. Uma bala atingiu a entrada do beco, e ela soube que haviam sido vistos. — Você quer conversar *agora*? Enquanto a cidade está passando por uma revolução?

Atrás deles, Benedikt e Marshall tinham os olhos arregalados, sem saber se deveriam intervir e ajudar. Poderiam tanto exigir que Juliette aceitasse, ou persuadir Roma a desistir, e nenhuma opção parecia ter muitas chances de sucesso. Apenas Alisa ergueu um polegar quando Roma olhou por sobre o ombro, esperando para ver se outra bala estava vindo.

— Benedikt, Marshall — chamou ele. Havia um tom de encanto em sua voz por poder dizer os dois nomes juntos de novo, como as coisas deveriam ser. De volta ao normal que ele conhecia, mesmo que o mundo ao seu redor estivesse se despedaçando. — Por favor, levem Alisa ao esconderijo.

— Roma...

— Eu vou ficar parado aqui até Juliette concordar em conversar. Se os trabalhadores invadirem este beco, então eles mesmos podem me tirar daqui.

Juliette olhou fixo para ele, chocada.

— Você está completamente louco.

Fiel às suas palavras, ele não se mexeu enquanto Benedikt e Marshall assentiam brevemente um para o outro, empurrando Alisa para que começasse a andar. Ela esticou a mão para apertar o braço do irmão ao passar.

— Se cuide — sussurrou ela bem rápido.

Os três desapareceram. E então eram apenas Roma e Juliette em um beco coberto de sangue.

— Não é uma escolha difícil, Juliette — disse ele. Ouviram vozes, vindo da rua principal, a segundos de entrar no beco. — Podemos ir embora ou podemos morrer aqui.

Juliette sentiu a pressão dos dedos dele no pulso. Perguntou-se se Roma notara os batimentos dela em cacofonia sob seu toque.

— Inacreditável — resmungou, soltando-se da mão dele para que seus dedos se entrelaçassem, o sangue se mesclando à pele. Juliette o puxou para longe da entrada do beco. — Você é tão dramático.

Assim que os trabalhadores viraram a esquina e descarregaram sua munição, Juliette e Roma desapareceram pelas estreitas passagens dos fundos e imergiram na cidade.

Trinta e Dois

Bloqueios já se formavam nas ruas, uma tentativa de fechar as Concessões antes que a destruição as atingisse. Roma e Juliette chegaram ao seu destino bem a tempo, virando em uma rua estreita antes que os soldados britânicos pudessem fechá-la. Cada janela pela qual passavam tinha as cortinas fechadas, sem deixar brechas. Os sons de tiro os perseguiam logo atrás. A luta não demoraria a chegar à vizinhança.

— Rápido — sussurrou Juliette, abrindo a porta do esconderijo.

Depois de aceitar que Marshall continuaria agindo como um vingador, ela o alertara a manter sua residência temporária destrancada quando não estivesse ali, para garantir que parecesse desocupada se algum Escarlate aparecesse procurando abrigo. Ficou aliviada ao descobrir que ele a escutara. Era a localização Escarlate mais próxima. Ela imaginou que não haveria problema em se abrigar ali, especialmente por ser fora da Concessão Internacional, nos arredores de Zhabei.

Assim que Roma entrou correndo e Juliette passou o trinco na porta, escutaram gritos dos soldados britânicos em suas barricadas improvisadas. Suas vozes percorreram a rua, causando uma reação agitada nos apartamentos conforme cada morador entocado esperava o caos explodir.

— As janelas estão protegidas? — perguntou Roma.

Juliette não respondeu, apenas esperou que ele andasse em linha reta até elas e puxasse as cortinas, respirando aliviado quando encontrou tábuas de madeira pregadas em tudo.

— A escuridão não entregou que estavam cobertas? — murmurou ela, acendendo uma vela sobre a mesa com o isqueiro.

Os primeiros tiros ecoaram do lado de fora. Talvez Juliette devesse ter tentado ir para casa em vez disso, tentado organizar os Escarlates para irem à luta. De alguma forma, tinha a sensação de que não faria diferença. Pela primeira vez, os gângsteres não estavam apenas em minoria; também estavam em desvantagem.

Roma fechou as cortinas e esperou ali por um momento. Então se virou, cruzou os braços e apoiou as costas nas tábuas. Não havia muito onde se sentar: Marshall havia tornado o lugar confortável, mas mesmo assim era um cubículo tão apertado quanto o espaço entre um forro e o telhado. Havia uma cadeira perto do fogão e um colchão no piso, com os cobertores amontoados parecendo um ninho.

Juliette optou por se apoiar na porta. Ficaram assim, em lados opostos do cômodo, em silêncio.

— Me desculpe — disse Roma, por fim.

Os olhos de Juliette se arregalaram um pouco. Por algum motivo, a raiva fervilhava em seu estômago. Não de Roma. Apenas raiva, do mundo.

— Por que *você* está pedindo desculpas? — perguntou em voz baixa.

Lentamente, Roma se afastou da janela. Ela o observou correr os dedos pela superfície da mesa sem encontrar nenhum grão de poeira, e um leve indício de curiosidade lhe percorreu os olhos antes de desviá-los para o casaco pendurado na parede. Parecia que Roma havia entendido que Marshall estivera escondido ali.

Ele deu mais um passo à frente. Em resposta à pergunta, apontou para o sangue nas mãos dela.

— Apesar de tudo, ele era seu primo, Juliette. Me desculpe.

Juliette cerrou os punhos e os enfiou debaixo do braço, encolhendo-se em si mesma. Sua cabeça estava um turbilhão. Havia atirado em seu primo. Atirado nos homens dele — seus próprios homens —, todos Escarlates. Mesmo assim, não conseguia se arrepender. Carregaria isso para o resto da vida, o sangue do primo em suas mãos, e, no escuro da noite, quando ninguém pudesse escutá-la, derramaria suas lágrimas e lamentaria pelo garoto que ele poderia ter sido. Lamentaria pelos outros Escarlates, como lamentara pelos Rosas Brancas que havia destruído na guerra de sangue, e ainda mais, pois a lealdade deveria ter sido sua proteção, mas Juliette se voltara contra eles.

Não estava arrependida. Odiava esse fato, e odiava a si mesma. Mas ali, de pé à sua frente, estava o motivo por trás de tudo o que havia feito, e vê-lo vivo e bem era o suficiente para aplacar o desprezo que sentia pelo sangue em suas mãos, pela cidade que a transformara naquele monstro.

— Essa bondade é desconcertante — murmurou. — Qualquer tumulto que exista em meu coração, eu o mereço.

Roma suspirou. Foi um suspiro prolongado, um que teria formado uma névoa se ele tivesse soprado com um pouco mais de força.

— Você é uma mentirosa, Juliette Cai. Mentiu para mim a ponto de eu a querer morta.

Juliette não conseguia suportar o quão suave se tornara a voz dele.

— Porque eu não podia arriscar as consequências. Não podia arriscar que meu próprio primo tirasse sua vida, porque eu era fraca demais para me afastar. — Ela abriu as mãos, sentindo o sangue seco coçar nas linhas da mão. — E, mesmo assim, ele foi atrás da sua morte.

Roma avançou mais uma vez. Ele estava sendo cauteloso, até ao olhar para ela, com medo de que Juliette saísse correndo.

— Você se esforçou tanto em me proteger, e nem considerou se eu queria ser protegido. Eu preferiria ter morrido sabendo quem você de fato é, do que vivido uma vida longa pensando que você é cruel.

— Eu *sou* cruel.

— Não é.

Juliette engoliu em seco. Quão rápido ele se esquecia. Quão rápido tentava se convencer do contrário.

— Sua mãe, Roma.

— Ah, por favor — retrucou ele. — Eu já sei.

Ele... o quê? Um tremor percorreu a sala: Juliette olhava fixo para Roma, Roma olhava fixo para Juliette.

— Como assim?

— Eu sei como essas coisas *funcionam*, Juliette. — Ele passou a mão pelos cabelos, irritado. Suas mechas escuras estavam tão emaranhadas que não mais caiam soltas sobre a testa, e tudo em que Juliette conseguia pensar era que essa imagem do garoto perfeito e frio como gelo estava enfim cedendo ao que havia por baixo. — Desde o começo, eu soube que éramos um risco um para o outro. E conheço você melhor do pensa.

— Ah, é? — desafiou ela.

Mas Roma não estava levando a sério o papel de autopiedade que ela assumira. Cruzou os braços.

— Em que mundo você teria enviado gente atrás da minha mãe, não importa o quão chateada estivesse? Você nem a conhecia. Ela não significava nenhum ganho pessoal para você e, como eu nunca soube que você era a culpada, também não foi para me atingir. Não, você contou para alguém. Sem pensar, num descuido, você entregou o endereço dela, seja lá como o tenha descoberto, e a guerra de sangue fez o resto. — Roma deu mais dois, três passos e parou a um braço de distância dela. — Vai dizer que estou errado?

Juliette desviou os olhos, marejados de lágrimas. De alguma forma, ele havia entendido o cerne da questão e a contado de uma maneira tão generosa a ponto de parecer desmerecida.

— Você não está errado.

Roma assentiu, os ombros retos e confiantes. À luz inconstante da vela, ele parecia mais forte, como se nada pudesse afetar sua bravura. Porém, quando Juliette tentou piscar para afastar as emoções que ameaçavam escorrer dos olhos, espiou Roma e percebeu que ele estava tendo dificuldades para fazer exatamente a mesma coisa.

— Nós vivemos — disse ele — com as consequências das nossas escolhas. Sei disso melhor do que ninguém, Juliette. Sou o único nesta cidade toda que sente exatamente o mesmo. Você deveria saber que eu teria *entendido*.

Ele não precisava dizer em voz alta. Os dois sabiam. Ama. Ele estava falando da Ama de Juliette, e da explosão na casa Escarlate.

— Tem razão — retrucou Juliette, séria. — Você sabe mesmo. Sabe que tudo o que fazemos é tomar um do outro. Nos revezamos partindo o coração um do outro e torcemos para que, da próxima vez, isso não nos destrua por completo. Quando esse martírio acaba, Roma? Quando vamos entender que, seja lá qual coisa sórdida exista entre nós, não vale a morte, o sacrifício e...

— Você se lembra do que disse? — interrompeu Roma. — Naquele dia no beco, quando eu contei que meu pai havia me forçado a causar a explosão?

É claro que ela se lembrava. Era incapaz de se esquecer de qualquer instante que passara com ele. Dependendo de como encarasse, isso poderia ser um grande talento ou uma poderosa maldição.

A voz de Juliette se reduziu a um suspiro.

— *Nós poderíamos ter enfrentado ele.*

Roma assentiu. Ele esfregou os olhos com força, para se livrar da umidade empoçada ali.

— Para onde foi aquela coragem, Juliette? Atendemos ao que a guerra de sangue exige de nós, abrindo mão do que queremos por medo de que nos roubem antes. Por que é que precisamos pensar quando essa destruição mútua vai terminar? Por que não lutamos? Por que simplesmente não *colocamos um fim nisso*?

Uma risada amarga escapou dos pulmões dela, ecoando abafada pelo cômodo.

— Você faz essas perguntas, mas já sabe a resposta. Eu tenho *medo*.

Vivia completamente apavorada de ser punida por suas escolhas e, se era mais fácil se fechar para o mundo, por que não o faria? Se havia um jeito mais simples de viver, como poderia escolher a dor em vez disso?

Mas Juliette sabia que estava mentindo para si mesma. Costumava ser mais valente do que isso.

Roma percorreu aquele mínimo espaço entre eles. Seus dedos se fecharam no queixo dela, e ele forçou seu olhar a encontrá-lo. Juliette não se assustou, não recuou. Conhecia o toque dele. Sabia que era gentil, mesmo que houvesse tentado ser violento alguns dias, semanas ou meses antes.

— Do que você tem medo? — perguntou Roma Montagov.

Os lábios de Juliette se abriram. Ela soltou o ar depressa, num sopro curto.

— Das consequências — sussurrou — de amar em uma cidade governada pelo ódio.

Roma abaixou a mão. Continuou em silêncio. Uma parte aterrorizada de Juliette se perguntou se estava terminado, se haviam chegado ao fim da linha. Não importava o quanto tentasse dizer a si mesma que seria melhor se fosse o fim, o futuro passou diante de seus olhos: um futuro sem esse amor, sem essa luta. A dor quase a partiu em duas.

— Me responda uma coisa — disse Roma, de súbito. Suas palavras soavam desconcertantemente familiares e, com um pequeno atraso, Juliette percebeu o porquê. Ele a estava citando. Repetindo o que ela dissera naquele dia atrás do prédio do jornal, naquele dia em que ela caíra ao chão, as mãos tão ensanguentadas quanto agora. — Você me *ama*?

Juliette sentiu o coração se apertar.

— Por que está perguntando isso? — Sua voz estava rouca. — Menos de uma hora atrás, você queria me matar.

— Eu disse que queria te matar — confirmou Roma. — Nunca disse que não te amava.

Juliette gemeu baixinho.

— Tem diferença?

— Tem. — Os dedos dele tremeram, como se ele fosse estendê-los de novo. — Juliette...

— Eu te amo — sussurrou ela, repetindo as palavras *dele* de tantos meses atrás. — Eu sempre te amei. Me desculpe por ter mentido.

Roma ficou imóvel por um breve instante. Seus olhos se encontraram, revelando as verdades que deixaram de dizer. E, quando os lábios de Juliette começaram a tremer, Roma finalmente a puxou para um abraço apertado, tão apertado que ela guinchou, mas o abraçou de volta com o mesmo ardor. No fim, isso era tudo o que eles eram. Dois corações apertados um contra o outro, o mais perto que ousavam, duas sombras se mesclando à luz de velas.

— Senti saudades, *dorogaya* — sussurrou ele contra sua orelha. — Senti tantas saudades de você.

ꙮ

A cidade estava um caos e, mesmo assim, Kathleen perambulava pelas ruas em um transe hipnótico, ignorada pelos trabalhadores com rifles, ignorada pelos gângsteres com facões. Era como se não pudessem vê-la, mas viam: ela olhou nos olhos de cada um deles, mas eles simplesmente olhavam para frente, sem ver motivos para se preocupar com uma garota solitária que andava como se não tivesse para onde ir, os sapatos ressoando pesados contra o chão áspero.

Ela não sabia por onde começar a procurar por Rosalind. Havia tentado os lugares de costume, mas a boate burlesca estava fechada e os restaurantes, com barricadas. As lojas preferidas da irmã haviam sido saqueadas, as janelas quebradas e as portas arrancadas das dobradiças. Para onde mais Rosalind poderia ir? O que Kathleen poderia fazer em vez de vagar pela cidade, e torcer para que alguma linha invisível a levasse até a irmã?

Forçava os pés ao avançar, um depois do outro. Sempre tivera a habilidade de fazer parecer que pertencia a um lugar. Fingir que havia sido convidada, porque, se não o fizesse, passaria a vida esperando por um convite que jamais chegaria.

Quem iria imaginar que esse talento funcionaria em uma revolução também?

— Ai!

Kathleen se virou, pensando ter escutado uma voz por perto. Parecia uma criança, mas por que uma criança estaria na rua uma hora dessas?

Ela dobrou a esquina e encontrou a fonte do grito: de fato, havia uma menininha caída na calçada. A menina espanou a poeira das roupas, esfregou uma mão na outra de maneira descoordenada e chacoalhou as dobras da saia. Algo na garotinha parecia familiar à Kathleen, mas ela não conseguia identificar o quê.

— Você está bem?

Kathleen se aproximou e se abaixou, arrastando a barra de seu *qipao* no chão sujo. Não importava, pelo menos assim combinaria com as manchas na menina.

— *Tô* bem — disse a tímida criança. Ela mostrou a gaze nas mãos. — Me mandaram buscar umas coisas. Quer vir junto?

— Coisas? — repetiu Kathleen.

Quem mandaria uma menininha buscar algo no meio de uma revolução? Como ela demorou para responder, a menina tomou seu silêncio por um sim e entrelaçou os dedos nos dela, arrastando-a.

Uma saraivada de tiros soou ao longe. Kathleen fez uma careta e apertou o passo, torcendo para não estarem longe de onde quer que estivessem indo. A menininha não reclamou por ter de se apressar. Trotou com coragem ao seu lado e, quando Kathleen se abaixou de súbito, mergulhando ambas num beco para evitar os Nacionalistas, a outra disse:

— Gosto do seu cabelo.

Foi então que reconheceu a criança, porque ela havia dito exatamente a mesma coisa em uma das reuniões Comunistas. De repente, tudo passou a fazer muito mais sentido. Ela era filha de trabalhadores. Estava ali porque não tinha para onde ir.

— Também gosto do seu. Estamos chegando?

— É bem aqui.

Elas entraram no beco seguinte. Enquanto outros estavam vazios, este tinha um grupo de trabalhadores — a julgar pelo estado de suas roupas — *ativos* no levante, dado os ferimentos que tinham. Era algum tipo de área de apoio, um espaço de recuperação improvisado, com trabalhadores apoiados nas paredes e apertando grandes talhos em suas costas, ou sentados protegendo um olho ensanguentado com a mão. Era difícil enxergar: o pôr do sol estava começando, e a cidade estava banhada num laranja obscuro. As cores se misturavam como uma paleta de tintas manchada pela chuva, corpos alquebrados e sombras fracas que pareciam exatamente iguais.

A menininha correu, encarregada de levar gaze para quem mais precisasse. Livre para fazer o que quisesse, Kathleen se ajoelhou ao lado de um homem poucos anos mais velho, examinando sua testa ensanguentada sem que lhe pedissem. Esse era o truque. Fingir que havia sido designada a estar onde quer que fosse, evitar que um mero segundo de hesitação ficasse visível.

— Quem fez isso? — perguntou. — Polícia ou Escarlate?

— Qual é a diferença? — retrucou o homem. — Mas nenhum dos dois. Rosa Branca. — Ele levou os joelhos ao peito e cuspiu no chão ao seu lado. — Estamos perto de tomar todos os territórios, menos Zhabei. Os bastardos dos russos estão dando um baita trabalho por lá.

Kathleen cutucou a bochecha dele. Estava machucada também, mas o homem sobreviveria. Ferimentos na cabeça sangravam muito, parecendo mais feios do que de fato eram.

— Estamos, é? — observou casualmente.

O homem ficou mais alerta. Olhou-a de cima a baixo, uma avaliação mais demorada do que o breve vislumbre que dera quando ela se abaixara ao seu lado.

— Você não parece ser da causa.

Kathleen se levantou e esfregou as mãos na saia. Sorriu de leve.

— E com o que se parecem as pessoas da causa?

O homem deu de ombros.

— Nós não temos roupas chiques assim, te garanto.

O sol desceu sobre a cidade. O beco sentiu imediatamente — sentiu o frio soprar e se alojar em seus ossos já cansados e famintos. Aquele era um lugar de últimos destinos. Um lugar onde as pessoas eram jogadas quando não podiam mais lutar, o fogo enfraquecido em seus corações.

— E o que você *tem*? — perguntou Kathleen. — Impaciência? Exaustão?

O homem recuou depressa e quase bateu a cabeça contra o tijolo áspero da parede.

— Como você ousa...

— Levante-se — ordenou Kathleen, séria. A noite se remexeu ao redor, estremecendo para a vida com a mordida de sua voz. — Você é uma presa fácil aqui, só esperando o abate.

— Mas...

— *Levante-se!*

Sem que ela percebesse, o restante do beco ficara em silêncio. Os feridos e cansados ouviam, observando-a, observando a garota que havia aparecido do nada, mas soava exatamente como um deles. Kathleen se virou devagar e, embora a lua ainda não agraciasse o céu com sua presença, seus olhos captaram a expressão de cada um deles, de todos eles.

O homem se levantou.

— Ótimo — disse Kathleen.

Suas orelhas se aguçaram, percebendo o som de golpes de cassetetes. A polícia. Não importava de qual jurisdição, não importava sob as ordens de quem. Estavam vindo, e vinham depressa.

— Agora — ela olhou para o beco cheio de trabalhadores —, nós vamos deitar e morrer, ou vamos lutar para sobreviver?

Os tiros continuaram noite adentro. Juliette imaginara que com certeza parariam ao crepúsculo, mas os sons não cessaram mesmo quando a vela terminou de queimar e o cômodo ficou escuro como o breu lá fora.

— Provavelmente são seus Rosas Brancas que estão impedindo o avanço por aqui — sussurrou ela, soprando as mãos.

Seus dedos estavam gelados, mas pelo menos estavam limpos. Havia esfregado até o sangue sair.

— É uma causa perdida — disse Roma em voz baixa. O grosso da luta ecoava ao norte, que era território Rosa Branca. — Os trabalhadores estão armados. Eles têm mais gente que os gângsteres e, a julgar pelo barulho lá fora... pode haver centenas de milhares deles espalhados pela cidade toda.

Juliette apoiou a cabeça na parede às suas costas. Ela e Roma estavam sentados no colchão, encolhidos nas cobertas para espantar o frio. Através das tábuas pregadas na janela, havia apenas um trechinho de vidro descoberto, que deixava entrar um raio de luz que cortava uma linha entre os dois.

Ela esperava que o pai e a mãe estivessem a salvo. Esperava que a casa fosse afastada o suficiente do centro para ficar ilesa, que os trabalhadores não pensassem em atacar a Sociedade Escarlate ali, para cortar a cabe-

308   FINAIS VIOLENTOS

ça do dragão. Parecia improvável, mesmo que eles odiassem os gângsteres. Os Escarlates eram aliados dos Nacionalistas, e os Nacionalistas e Comunistas teoricamente ainda eram aliados. Se os Comunistas tivessem algum controle sobre a revolução, mandariam os trabalhadores ficar longe, bem longe dos Cai.

Pelo menos era o que Juliette dizia a si mesma para não enlouquecer de preocupação. Soltou a respiração quente nas mãos de novo. Percebendo seu desconforto, Roma mudou para o lado dela do facho de luz e pegou sua mão. O primeiro instinto dela foi segurá-lo. Quando Roma lhe lançou um sorriso torto, contendo a animação, ela o soltou, deixando-o esfregar seus dedos para aquecê-los.

— Roma, o caos lá fora... não vai terminar hoje como sempre acontece. Não vai voltar a ser como era antes.

Ele passou o polegar de leve contra o pulso dela.

— Eu sei — respondeu. — Enquanto estávamos distraídos, nós perdemos o poder.

Enquanto a Sociedade Escarlate e os Rosas Brancas estavam ocupados correndo atrás de um chantagista, mantendo seus negócios para ficarem à frente um do outro, uma terceira ameaça se erguera silenciosa entre o conflito.

Os gângsteres ainda tinham armas. Pessoas. Conexões. Mas não teriam o território onde operar. Se a revolta lá fora fosse vitoriosa, ao amanhecer, Xangai seria uma cidade de trabalhadores. Não estaria mais sob um falso governo, nem seria uma terra sem lei para os gângsteres fazerem o que bem entendessem. Não seria mais um paraíso voltado para o comércio e a violência.

— Parece tão inútil — murmurou Juliette. — Os Comunistas estão armados, os trabalhadores estão tomando a cidade. Não houve um único ataque monstro, nenhum surto. Talvez venha depois da disputa entre os Comunistas e os Nacionalistas, mas, até onde sabemos, o chantagista nunca foi uma ameaça para o nosso povo. A gente ficou correndo atrás de monstros, e no fim foi a política que nos deu uma rasteira.

As mãos de Roma pararam. Os dedos de Juliette já estavam aquecidos o suficiente. Mesmo assim, ele não a soltou. Continuou segurando.

— Não é culpa nossa — disse Roma. — Somos herdeiros de um submundo do crime, não políticos. Podemos lutar com monstros, mas não contra o curso de uma revolução.

Juliette bufou, mas não tinha o que argumentar. Ela se inclinou na direção dele, que a deixou apoiar-se contra seu peito.

— O que vamos fazer, Roma? — perguntou ela, a voz cautelosa. — O que vamos fazer quando sairmos daqui?

Roma soltou um murmúrio curioso. Ela sentiu a vibração contra sua orelha.

— Vamos sobreviver. O que mais poderíamos fazer?

— Não, não é disso que estou falando. — Juliette levantou a cabeça, piscando para a escuridão enevoada. Roma sorriu quando olhou para baixo e encontrou os olhos dela, como se fosse um instinto. — O que *nós* vamos fazer? Estamos de lados opostos em uma guerra, em uma cidade que é capaz de desmoronar antes que nossas famílias parem de se matar.

Roma ficou em silêncio por um momento. Então envolveu os braços ao redor dela e puxou os dois para trás. Ele com um *tum* firme e ela com um som nada discreto, pega de surpresa.

— Assim é mais quente — explicou Roma, puxando as cobertas por cima deles.

Juliette ergueu uma sobrancelha.

— Já está tentando me levar para a cama?

Quando Roma soltou uma risada suave, quase pareceu que o mundo ficaria bem. Juliette poderia enganar a si mesma e pensar que os tiros lá fora eram apenas fogos de artifício, o mesmo tipo de celebração que percorrera a cidade durante o Ano-Novo. Eles poderiam fingir que era janeiro outra vez, voltar a um tempo em que a cidade era tranquila.

Porém, mesmo quando era tranquila, marchava devagar em direção a algo, à beira da metamorfose. Nada poderia continuar imóvel e imutável com tanta raiva espreitando sob a superfície. Os gângsteres não seriam mais

310   Finais Violentos

o poder dominante quando a cidade lá fora ficasse quieta novamente, mas a Sociedade Escarlate e os Rosas Brancas continuariam em guerra.

Juliette sentiu o coração pesar. Tirou a mão de debaixo das cobertas e colocou-a sobre a bochecha de Roma.

— Queria que tivéssemos nascido outras pessoas — sussurrou. — Que levássemos vidas comuns, intocadas por uma guerra de sangue.

A mão de Roma se ergueu também, envolvendo de leve a dela para manter o toque sobre sua pele. Por um bom tempo, ficou olhando para Juliette, absorvendo seus olhos, sua boca, o olhar deslizando por tudo como se antes estivesse faminto e agora tivesse um banquete.

— Não — disse ele, enfim. — Aí nós não teríamos nos conhecido. Eu teria vivido uma vida comum, procurando um grande amor que nunca encontraria, porque coisas comuns acontecem a pessoas comuns, que aceitam o que lhes satisfaz, sem nunca saber se haveria uma felicidade maior em outra vida. — A voz dele estava rouca, mas determinada. — Eu vou lutar esta guerra para te amar, Juliette Cai. Vou travar esta batalha para ter você, porque é o que esta luta me deu, mesmo que de maneira deturpada, e agora eu vou te levar para longe dela.

Juliette procurou qualquer indício de hesitação em seu rosto. Roma não titubeou.

— Que palavras bonitas.

Tentou soar neutra, mas sabia que ele conseguia escutar sua falta de ar.

— E são verdadeiras, cada uma delas. Eu as gravaria em pedra, se isso fosse fazer você acreditar em mim.

— Eu acredito em você. — Juliette finalmente se permitiu sorrir. — Mas você não precisa gravar nada em pedra, porque não preciso que você me leve para longe da guerra. Eu correrei do seu lado.

Roma se ergueu, apoiado nos cotovelos. Em um piscar de olhos, estava sobre ela, seus narizes se tocando, os lábios tão próximos que a curta distância em si era uma sensação tangível.

— Não tenha medo — sussurrou ele. — Não de nós. Nunca.

A mão dele escorregou para o pescoço dela, o polegar passando suavemente contra seu queixo. O tempo parou, criando um pequeno vácuo apenas para os dois.

— Vou encarar o medo nos olhos — prometeu Juliette em voz baixa. — Vou ousar te amar, Roma Montagov, e, se essa cidade me dilacerar por isso, que seja.

Um instante se passou. Depois outro. Então Roma apertou os lábios contra os dela com tanta ferocidade que ela ofegou, o som imediatamente abafado quando ela se ergueu e se aproximou. Apesar da energia fervilhante dele, Juliette sentiu a boca de Roma se mover com sinceridade, sua adoração enquanto deixava um rastro de beijos por seu pescoço.

— Juliette — sussurrou. Os casacos de ambos foram tirados. Roma puxou o zíper do vestido dela em segundos, e ela levantou os braços para ajudá-lo. — Minha querida, querida Juliette.

O vestido caiu no chão. Um tanto descrente, Roma piscou de súbito, os olhos focando-se por um breve momento enquanto ela desabotoava sua camisa.

— Está tentando me esfaquear? — perguntou ele, puxando a faca da bainha ao redor da coxa dela e colocando-a de lado.

A camisa se juntou ao vestido no chão. Juliette arrancou a bainha também, arremessando-a na pilha.

— O que são algumas facadas entre amantes?

Juliette pretendia que fosse uma brincadeira, mas Roma ficou sério, encarando-a com os olhos escuros. A mão dele envolvia seu cotovelo, mas agora ele subia o toque por seu braço, causando calafrios por onde passava. Juliette não entendeu bem a hesitação até que os dedos dele pararam com delicadeza sobre seu ombro, traçando o ferimento recém-fechado. O ferimento que ele fizera.

— Vai ficar uma cicatriz? — perguntou Roma.

— Deixe que fique. Vai ser um lembrete de que você não pode se livrar de mim com tanta facilidade.

Um sorriso repuxou os lábios dele, mas ainda assim Roma não a deixou mudar de assunto. O que Juliette tentava esconder, enterrar e esquecer, ele

312   Finais Violentos

trazia à tona e forçava ambos a encarar. O que Roma se recusava a combater, ela enfrentava com toda a alma, arrastando os dois para a luta. Por isso trabalhavam tão bem juntos. Mantinham o equilíbrio entre si, dependendo do que o outro precisava.

Roma se inclinou. Roçou o rosto contra o dela, então pressionou um beijo contra seu ombro.

— Me desculpe, *dorogaya*.

— *Qīn'ài de* — sussurrou Juliette de volta, enfiando uma mecha errante do cabelo dele atrás da orelha. — Me desculpe também.

Ela o puxou para mais perto de novo, encontrando seus lábios. Era difícil falar sobre a extensão do arrependimento deles, difícil colocar em palavras exatamente o quanto precisavam se desculpar pelo sangue derramado entre os dois. Em vez disso, imploravam por uma vida de perdão mútuo através do toque, por gestos de carinho e corações acelerados que pulsavam no mesmo ritmo.

Com esforço, Juliette finalmente conseguiu tirar o cinto dele, que atingiu o piso ao lado do colchão e tilintou contra sua faca numa nota discordante, fazendo Roma dar um pulo. Ela riu com suavidade, envolvendo o rosto dele nas mãos.

— Ah, não fique nervoso!

Sob o fraco luar, Roma arqueou uma sobrancelha.

— Nervoso? Eu?

Ele a beijou de novo, determinado a provar seu argumento. E de novo, e de novo.

— Juliette.

— Hum?

— Está tudo bem?

— Perfeito.

Lá fora, a noite avançou, inundada pela guerra e pelo terror. Não dava para prever quando terminaria, quando as cápsulas vazias parariam de tombar nas ruas e as linhas de piquete recuariam. Não dava para prever se a cidade algum dia voltaria a se unir. A cada momento que passava, o mundo podia virar cinzas. A cada instante, o colapso total se aproximava, um fim inevitável que estivera à espreita desde que as primeiras linhas haviam sido traçadas para dividir a cidade.

Juliette soltou o ar, enterrando as mãos nas cobertas.

Mas o fim não chegara ainda. Esse não era o presente. Não era o agora, o tempo congelado de uma batida de coração, permeado por uma respiração falha e pela veneração gentil. Era algo distante para Juliette, e ela permitiria que continuasse longe enquanto pudesse ter *aquilo* — ali, naquele momento, a perfeição: sua alma tão ilimitada quanto o mar, seu amor tão profundo quanto ele.

Trinta e Três

ABRIL, 1927

A grama sob os pés de Juliette estava molhada, espalhando orvalho em seus sapatos bem-engraxados conforme ela se remexia à sombra da árvore. Ela coçou o tornozelo e fez uma careta quando o dedo bateu no metal da fivela. Inspecionou a mão. Sem sangue. Sem arranhões. Em vez disso, sentia-se coberta de sujeira, uma mancha impossível de tirar de sua pele.

Xangai estava agora sob domínio do Exército Nacionalista — sob o comando de Chiang Kai-shek, seu líder. Juliette não deveria ter se surpreendido com esse desfecho. Ele já havia tomado boa parte do país, afinal. A Expedição do Norte vinha crescendo havia *meses*. Mas foram os trabalhadores que devastaram a cidade até que estivesse banhada em vermelho. Foram os Comunistas que lideraram o levante. Depois, eles pediram aos trabalhadores para dar passagem quando o General Shu marchou com seus homens cidade adentro e estabeleceu as bases Nacionalistas antes mesmo de a poeira abaixar.

Havia algo errado. A tensão era um cheiro amargo no ar, à espera para ver se seriam os Nacionalistas ou os Comunistas que atacariam primeiro. E Juliette sabia, simplesmente sabia, que a Sociedade Escarlate estava envolvida, mas ninguém contaria a ela agora.

Olhou de relance para o lado, esticou o braço e colocou a mão sobre o pulso de Kathleen. A prima se sobressaltou, então percebeu para o que Juliette estava chamando atenção. Kathleen parou de cutucar a lateral de seu *qipao*, determinada a entrelaçar as mãos à frente do corpo em vez disso, os pés plantados com firmeza na grama curta do cemitério.

Na semana anterior, a maioria dos Escarlates havia escapado relativamente intacta do caos nas ruas. Houve perdas, é claro, mas poucas o suficiente para fazer daquele o último funeral. Em vez de vidas em massa, o que haviam perdido fora o controle.

Nanshi e todas as ruas industriais ao sul da Concessão Francesa: tomadas.

Hongkou, o estreito trecho de terra cercado em três lados pela Concessão Internacional: tomado.

Wosung, espremida entre portos que davam nos rios Huangpu e Yangtze: tomada.

O leste de Xangai: tomado.

O oeste de Xangai: tomado.

Zhabei, onde havia a maior densidade de trabalhadores: tomada, embora sua luta contra os Rosas Brancas tenha levado a noite toda. Quando amanheceu, sussurros voaram pela cidade para relatar que os Rosas Brancas haviam enfim desistido, recuando para suas casas com ossos quebrados e deixando as ruas sob outro comando. Às 6 horas, Xangai estava quieta, ocupada pelos trabalhadores.

Policiais haviam sido expulsos das delegacias, centrais telefônicas foram invadidas e destruídas, estações de trem foram bombardeadas para impedir seu funcionamento. A rede de energia que sustentava Xangai havia sido cortada em cada ponto de intersecção, salvo dentro das Concessões Francesa e Internacional, as quais os estrangeiros agora protegiam com alambrados e arame farpado para manter os Nacionalistas afastados. Nas partes chinesas da cidade, não havia mais "território Escarlate" ou "território Rosa Branca". Por um breve momento, parecia que Xangai era um lugar maleável, zumbindo com a possibilidade de renascer de forma diferente. Então, os exércitos Nacionalistas marcharam e os trabalhadores deram passagem, deixando os soldados assumirem. Agora, para onde quer que olhassem, havia soldados Nacionalistas plantados pelas ruas. A cidade estava sob ocupação.

O mais revoltante era que os últimos dias haviam se passado normalmente. Embora as boates e os restaurantes estivessem fechados e a cidade parecesse fantasmagórica em sua inércia, como que à espera do próximo movimento político, seus pais agiam como se nada estivesse errado. Os jantares particulares na mansão continuaram, porém com mais Nacionalistas presentes. As festas particulares continuaram, porém com mais Nacionalistas presentes.

E os funerais continuaram, porém com mais Nacionalistas presentes.

— ...que ele siga em paz para a próxima vida.

Não fazia sentido. O chantagista ainda estava à solta. A não ser que Juliette estivesse completamente enganada o tempo todo, ele *tinha* que estar aliado aos Comunistas de alguma forma. Mesmo assim, naquele momento crucial, por que os monstros não haviam aparecido? Por que não usar o surto para expulsar o Exército Nacionalista?

— Juliette — sussurrou Kathleen. — Agora é você quem está se mexendo demais.

Juliette lançou um olhar de relance para a prima, comunicando sua irritação. No mesmo movimento, captou três soldados Nacionalistas à sua esquerda, observando-a.

A luta dos Comunistas era longa, dissera Lorde Cai após a tomada de poder. A batalha não envolvia apenas a cidade, mas sim o país todo. Por que arriscariam sua aliança com o Kuomintang tão cedo? Por que não *fingir* que toda aquela rebelião e violência eram um esforço conjunto para ensinar uma lição aos imperialistas, colocar Xangai de volta sob o controle de um governo de fato unificado, e esperar pacientemente pelo momento oportuno para uma revolução de classe? Não fazia mais sentido se revoltar contra o Kuomintang apenas quando tivessem um exército real como o deles? Trapos vermelhos e raiva não podiam vencer soldados e treinamento militar.

Lorde Cai soara convincente. Nem um pouco preocupado. A cidade toda havia sido tomada por uma força muito poderosa... e ele não se importava? Todo o estilo de vida deles estava em estado de espera, aguardando para ver como os Nacionalistas organizariam seu domínio, como entrariam em um acordo com os estrangeiros... e Lorde Cai estava contente em assistir e não fazer nada?

Muito improvável. Juliette se perguntou o que estava deixando passar.

— Se todos que desejavam falar já o fizeram, vamos agora desejar uma boa passagem a Cai Tailei.

O sacerdote deu um passo ao lado e gesticulou para que os parentes mais próximos começassem a se despedir. Cada pessoa no cemitério pegou uma flor nas mãos: um rosa bem claro, pois, embora o costume fosse usar branco para o luto, a Sociedade Escarlate jamais, sob nenhuma circunstância, usaria flores brancas.

Lady Cai avançou e jogou sua flor no túmulo. O caixão já estava lá dentro, fechado, tão brilhante quanto a lápide de pedra. Terminado o velório, a cova seria preenchida com terra e coberta por uma suave camada de grama fresca.

Juliette cerrou os punhos com força, assentindo quando a mãe lhe acenou para avançar. Que sorte ela ser uma garota moderna que não acreditava na vida após a morte. Do contrário, certamente queimaria no inferno pelo gesto.

— Ah, Juliette. — Lady Cai tocou o rosto da filha ao passar. — Não fique tão triste. A morte não é o fim. Seu primo querido conquistou feitos tremendos em vida.

— Conquistou, é? — disse Juliette, suavemente.

Não havia ceticismo em sua voz. Seria tolo mostrar ressentimento ali, quando ela estava de pé e Tyler, morto.

— Mas é claro — garantiu-lhe a mãe, presumindo que a apatia da filha era luto. Ela apertou as mãos de Juliette, segurando-as com firmeza. — Ele deixou os Escarlates orgulhosos. Fez de tudo para nos proteger.

Ele nunca deveria ter ganhado o poder para fazer isso. Nenhum de nós deveria ter esse poder. E, mesmo assim, era uma causa perdida, não era? Se não fossem os Escarlates fazendo de tudo para consumir a cidade, seria outro grupo.

— Vou me despedir — disse Juliette, rouca, engolindo cada palavra amarga que queria jogar na cara da mãe.

Lady Cai sorriu e, com um leve apertão em seus dedos entrelaçados, se afastou para que ela avançasse. Pelo mais breve instante, Juliette imaginou o

318   Finais Violentos

que a mãe diria se soubesse — se soubesse de quem era o sangue que havia manchado suas mãos, do sangue traidor que corria nas veias da filha.

Talvez existisse uma possibilidade de que fosse perdoada.

Mas piedade e guerras de sangue nunca combinaram bem.

Juliette se aproximou do túmulo, olhando o caixão lá embaixo. Já havia uma abundância de flores espalhadas pelo tampo liso de madeira.

— Talvez você pudesse ter sido *mesmo* um herdeiro melhor, Tyler — sussurrou, abaixando-se para jogar sua flor. Quando pousou, suas pétalas pareciam muito mais pálidas do que as outras. — Mas tenho a impressão de que logo esse título não vai significar mais nada.

Houve um tempo em que Juliette jamais consideraria um futuro sem a Sociedade Escarlate, um futuro em que não estivessem no poder. Isso fora antes de os monstros rasgarem seus afiliados, antes que a insanidade incitasse uma revolução. Antes de os políticos marcharem com exércitos pela cidade e encherem as ruas com sua artilharia.

Houve um tempo em que Juliette queria poder. Mas, lá no fundo, talvez nunca tivesse sido poder o que queria.

Talvez fosse segurança.

Talvez houvesse outra forma de consegui-la, bem longe de ser herdeira de um império em ruínas.

Juliette se levantou. Suas mãos pareciam garras, ainda dobradas ao redor de uma flor invisível. Alguém estava chegando atrás dela, e ela precisava sair, mas, por mais um segundo, se deixou ficar ao redor da lápide de Tyler, decorando seus detalhes.

— Sinto muito — sussurrou, a voz tão baixa que só poderia ser ouvida por si mesma… e Tyler, onde quer que estivesse. — Se existe uma vida depois dessa, uma livre da guerra de sangue, espero que possamos ser amigos.

☙

Juliette escapou das atividades pós-funeral sem que ninguém notasse: baixou o chapéu e ficou para trás enquanto os parentes saiam do cemitério. Kathleen arqueou uma sobrancelha em sua direção, mas Juliette balançou a cabeça e a prima simplesmente voltou a olhar para frente, fingindo não ter visto. Os Escarlates seguiram na direção dos carros estacionados, e Juliette entrou numa rua menor, misturando-se ao que antes era território deles.

Soldados. Soldados por todos os lados. Ela puxou as mangas do vestido e tentou caminhar sem deixar a postura vacilar. As Concessões Francesa e Internacional estavam fechadas: ninguém entrava, ninguém saía. Não duraria muito. As regiões estrangeiras não haviam sido planejadas para operar como territórios autossuficientes e, quando chegassem a um acordo com os Nacionalistas, o arame farpado e as cercas improvisadas sumiriam. Por ora, as pessoas mantinham distância por medo dos soldados armados na avenida da Divisa, então foi para lá que Juliette foi, para a cobertura de um prédio nos limites da parte chinesa da cidade, fora do campo de visão dos soldados estrangeiros que espiavam pelas miras de seus rifles. Não era possível dizer o que aquele prédio havia sido. Talvez um pequeno restaurante de macarrão *lāmiàn*, ou uma alfaiataria. Enquanto subia, Juliette viu cacos de vidro e arquivos rasgados abandonados nas prateleiras esvaziadas.

Ela abriu a porta que dava para a cobertura, os sapatos descendo cautelosamente no cimento. Prendeu o ar nos pulmões, avaliando o espaço...

E o soltou, aliviada. Em silêncio, foi até a figura de pé no canto e abraçou seus ombros antes que ele pudesse se virar, apoiando o queixo na curva de seu pescoço.

— Olá, forasteiro.

Roma relaxou sob o toque e inclinou a cabeça para trás, de forma que seu cabelo raspou na bochecha dela.

— Isso é um ataque?

— Talvez — respondeu Juliette. Ela chacoalhou a manga para sacar a faca e pressionou o lado sem corte contra o pescoço dele. — Um Rosa Branca solitário, no meio do nada?

Sentiu uma pressão repentina em seu tornozelo. Mal teve um instante para se espantar, antes de perceber que Roma havia enganchado seu pé na perna dela e *puxado*, fazendo-a perder o equilíbrio. Por um breve segundo, ela estava caindo para trás, antes que ele se virasse depressa e envolvesse sua cintura, tirando a faca de sua mão e pressionando o lado sem corte contra a garganta dela.

— Você dizia...? — perguntou, sorrindo.

Juliette lhe deu um soco de leve no ombro. Estava com a expressão fechada, envergonhada por ser pega com a guarda baixa, mas então Roma deixou cair a faca e a puxou para perto. Seus lábios se encontraram, e ela esqueceu por que exatamente ia censurá-lo.

— Senti saudades — disse Roma ao se afastar.

Juliette ergueu uma sobrancelha e colocou as mãos sobre o rosto dele.

— Você me viu ontem.

— Para falar de negócios.

— Estamos aqui hoje para falar de negócios também.

— Detalhes, detalhes... — Roma parou, franzindo o cenho ao notar a elaborada tiara entrelaçada no cabelo dela. Era de um rosa pálido, assim como as flores no cemitério, uma cor bem mais clara do que um Escarlate normalmente se atreveria a usar. — Outro funeral?

— Tyler — respondeu Juliette em voz baixa.

Roma tocou o enfeite em seu cabelo, ajustando-o com cuidado para que segurasse os fios longe dos olhos dela. Quando terminou, deslizou a mão de leve pelo pescoço de Juliette.

— Você está bem?

Juliette se inclinou na direção do toque, suspirando.

— Que outra escolha eu tenho?

— Isso não é uma resposta, *dorogaya*.

Ela se afastou gentilmente, balançando a cabeça. O calor e o carinho a distraíam demais, enganavam-na a pensar que tudo ficaria bem, que a cidade não estava desmoronando sob seus pés. Em vez disso, enrolou o braço no dele e puxou-o até a beirada do telhado. Ali, eles olharam para as ruas, para a extensão incerta que sangrava na direção do horizonte.

— Estou bem — respondeu ela. — Sobrevivendo. É o melhor que se pode esperar por ora.

Roma lhe lançou um olhar enviesado, como se fosse argumentar, mas Juliette balançou a cabeça, mudando o assunto para negócios de fato. Tinham se encontrado ali porque Roma enviara um bilhete sobre novas informações acerca do chantagista e, sinceramente, Juliette ficou surpresa. Por mais que quisesse acabar com a ameaça de uma vez por todas, isso não lhe parecia muito importante no cenário geral das coisas. Os monstros não atacavam havia um bom tempo. Agora, a busca de Roma e Juliette pelo chantagista não era tanto por medo dos surtos ou pelo desespero de salvar seu povo. Era simplesmente para terem o que fazer, algo para evitar que ficassem sentados e parados enquanto a cidade se despedaçava a um nível que gângsteres adolescentes não podiam intervir.

— O que você descobriu? — perguntou Juliette.

Uma faísca de orgulho brilhou nos olhos de Roma.

— Consegui o nome do francês. O que se transformou em um monstro no trem. Pierre Moreau.

Juliette piscou, pois o nome atingira um nervo de familiaridade. Roma continuava falando, mas ela havia parado de escutar, vasculhando desesperadamente sua memória para descobrir onde ouvira o nome antes. Havia sido apresentada a ele na Concessão Francesa? Não, ela se lembraria se tivesse *encontrado* o homem antes. Será que era possível ter visto seu nome nos registros deles? Nas listas de convidados? Mas por que teria visto um Rosa Branca em uma lista Escarlate?

— ...chegou à cidade há alguns anos para começar a fazer negócios.

Finalmente, Juliette se lembrou.

Ela quase caiu de joelhos.

— Roma — disse, sem ar. — Roma, eu já vi esse nome antes. Numa folha de papel na escrivaninha de Rosalind. Ela disse que era um cliente da boate burlesca Escarlate.

Roma franziu o cenho. Juliette havia lhe contado sobre o desaparecimento de Rosalind, sobre seu caso com um Rosa Branca que a prima não nomeara. Em troca, Roma reportara que a vira brevemente perto do quartel-general Rosa Branca, no dia em que ela desaparecera. Como a rede

Escarlate de rumores não estava funcionando tão bem quanto costumava, aquela fora a última vez em que alguém vira ou ouvira falar de Rosalind.

— Impossível — insistiu Roma. — Posso não conhecer o homem por nome, mas ele é notável o bastante para ser reconhecido nas boates de vocês. Pierre teria sido identificado na mesma hora como um Rosa Branca.

— Então... — Juliette sentiu o estômago se contorcer fisicamente, os dedos pressionados contra a barriga. — Então ele nunca foi um cliente da boate. Rosalind só calhou de ter uma lista de nomes, em que o primeiro por um acaso era um monstro.

Juliette precisava encontrar a lista de novo. Havia outros quatro nomes.

Mais quatro nomes, mais quatro monstros.

— Seria possível? — sussurrou.

Olhou Roma nos olhos e encontrou um reflexo do próprio horror, ambos chegando à mesma conclusão. Rosalind fora criada em Paris, e poderia se passar por francesa tanto quanto qualquer um na Concessão.

— *Rosalind* é a chantagista?

Trinta e Quatro

Droga, droga, droga!

Juliette fechou as gavetas da escrivaninha de Rosalind com um baque, batendo as mãos com tanta força na superfície da mesa que suas palmas latejaram. A prima ser uma espiã era uma coisa. Pessoas eram tentadas a trair suas organizações pela guerra de sangue o tempo todo, e esse era o porquê de seus números estarem constantemente mudando, o porquê de haver sempre interessados em fazer parte do círculo interno. Mas soltar um monstro na cidade era outra história. Usar monstros para ajudar a política era algo tão absurdo vindo de Rosalind que Juliette não conseguia sequer *conceber* uma explicação para isso. A não ser que o motivo fosse a destruição. A não ser que o único motivo fosse queimar a cidade até virar cinzas.

— É por isso? — perguntou Juliette em voz alta.

Ela levantou a cabeça, olhando para o espelho do lado oposto, fingindo que seu reflexo era o de uma Rosalind desanimada, encarando-a de algum lugar distante.

Cedo ou tarde, Juliette teria que lidar com a própria culpa. Poderia continuar pensando em si mesma como alguém valente e perigosa porque sabia usar uma adaga. Mas não foram nem as facas nem as suas tendências implacáveis que a colocaram no topo. Talvez elas a tivessem mantido lá.

Mas o que a colocou no topo foi o berço onde nascera.

— Não faz sentido — sussurrou. Juliette esticou os dedos. O toque gelado do espelho subiu por sua pele. — Pode ficar com raiva de mim por conta de nossas origens. Com raiva por ter nascido uma Lang. Mas você nunca quis ser uma herdeira Escarlate. Nunca quis a cidade. Você queria ser importante. Queria ser adorada.

Então por que a prima seria a chantagista? Como reunir armas e dinheiro a ajudaria? Como espreitar das sombras, com monstros e surtos ao lado, a faria conquistar *qualquer coisa* que desejasse?

— *Lái rén!* — chamou Juliette.

Uma criada enfiou a cabeça no quarto. Provavelmente estava esperando por perto, escutando a barulheira que Juliette fazia.

— Como posso ajudá-la, Senhorita Cai?

— Pode ligar para Kathleen? — Juliette balançou a mão, tentando pensar. As fortalezas Comunistas mudavam o tempo todo. Os gângsteres ainda tentavam dissipá-los sob o comando dos Nacionalistas, mas, fora isso, as coisas andavam relativamente paradas. Os Comunistas também esperavam para ver como as coisas avançariam. — Ela deve estar na... Casa de Chá Mai? Ou talvez...

— Não posso, *xiǎojiě* — interrompeu a criada, de maneira educada, antes que Juliette perdesse mais tempo tentando adivinhar o paradeiro da prima. — Desde o levante, as centrais telefônicas não restabeleceram suas equipes. Algumas linhas perto da estação de trem estão desativadas também, até arrumarem os trilhos.

Juliette xingou em voz baixa. Pelo jeito, a comunicação de um lado ao outro da cidade estava péssima. Sem os trabalhadores nas centrais telefônicas, não havia ninguém que pudesse direcionar e conectar as chamadas.

— Que seja — murmurou Juliette. — Vou enviar um mensageiro à moda antiga então.

O quarto de Rosalind estava frio, mas Juliette não havia percebido que estava tremendo até voltar ao calor do corredor, descendo apressada as escadas até a sala de estar. Assim que começou a rascunhar um bilhete perto das mesas, a porta da frente se abriu e Kathleen entrou.

— Kathleen!

A prima não a escutou. Continuou andando, os olhos vítreos. Parecia imersa em pensamentos.

Juliette soltou a caneta e correu para o corredor do primeiro andar atrás dela.

— Kathleen!

Ainda sem resposta. Juliette finalmente se aproximou o bastante para colocar a mão no ombro da prima.

— *Biǎojiě!*

Enfim, Kathleen se virou, notando com espanto a presença de Juliette. Colocou uma mão sobre o coração, as luvas pretas se camuflando contra o *qipao* azul-escuro.

— Você me assustou! — disse a prima, sem ar.

— Chamei seu nome umas três vezes no mínimo!

Kathleen piscou, confusa.

— Chamou?

— Bom... — Juliette olhou ao redor, não havia mais ninguém no corredor, então brincou: — Tecnicamente não?

Kathleen ergueu uma sobrancelha. Juliette balançou a mão, percebendo que estava se distraindo, e enganchou o braço no da prima para arrastá-la de volta à sala e escada acima. Conforme andavam, ela falava o mais rápido que conseguia, repassando tudo o que Roma lhe dissera e as conclusões às quais chegara, finalizando com a maneira como havia corrido para casa e procurado entre as coisas de Rosalind, mas não encontrara nada na escrivaninha dela.

— Espera, espera, espera — pediu Kathleen, parando de repente no topo da escada. As duas estavam no segundo andar, bem em frente ao escritório de Lorde Cai, que estava vazio no momento. Ele saíra para algum lugar: talvez para as Concessões, para sentir a intenção dos estrangeiros. Ou talvez para uma reunião com o próprio Chiang Kai-shek, rascunhando os planos finais da colaboração entre os Escarlates e o Kuomintang. — Você está procurando um pedaço de papel que estava na mesa dela?

Juliette assentiu.

— Talvez tenham mudado de lugar desde a última vez que vi, mas tinha *tanto* papel lá, e agora não tem mais nada...

— Está tudo no meu quarto! — exclamou Kathleen. — Juliette, eu estou vasculhando as coisas dela há dias, tentando encontrar pistas de para onde ela pode ter ido.

Juliette encarou a prima por um longo momento. Então fechou as mãos em punhos e fingiu golpeá-la, despejando golpes fracos em seu ombro.

— Por que não me *contou*? Passei um tempão procurando no quarto dela!

— Contar para você? — repetiu Kathleen, batendo as mãos nos punhos de Juliette. — Como é que eu ia saber que você precisava de alguma coisa naquela papelada?

— Ah, que seja…

Ela girou as mãos, gesticulando para que a prima liderasse o caminho. Elas correram, quase atropelando um empregado antes de entrar no quarto de Kathleen, onde as cortinas balançavam com a janela aberta. Juliette mal lembrava qual fora a última vez em que estivera ali. Não conseguia se lembrar de quando fora a última vez que se sentara entre as revistas e sapateiras de Kathleen, sobre a grossa colcha de sua cama. Era sempre um jogo rápido; enfiava a cabeça pela porta só para chamar a prima, ou se reuniam no quarto de Juliette.

— *Voilà* — disse Kathleen, despertando-a de seu breve devaneio.

Com um *uff* baixinho, ela pegou uma grande pilha de papéis da prateleira e a jogou na cama. Tinta e materiais impressos reluziram sob o sol do fim de tarde que entrava pela janela, e Juliette começou a trabalhar, folheando os papéis. Queria apenas a lista. Então saberia se Pierre era uma mera coincidência. Talvez até pudessem encontrar Rosalind se achassem os cinco nomes.

Assim que seus olhos vislumbraram um pequeno pedaço de papel no canto da colcha da prima, alguém bateu à porta de entrada. O som reverberou pela casa. Curiosa, Kathleen andou até a porta e espiou, escutando enquanto Juliette pegava a folha e chacoalhava-a da pilha.

— É isso! — gritou. — Kathleen, achei a lista!

— Espera, espera. Fique quieta um instante — pediu Kathleen, pressionando um dedo contra os lábios.

CHLOE GONG   327

Juliette inclinou a cabeça de lado assim que uma voz subiu as escadas.

— *Um ataque! Tem um monstro atacando a cidade!*

Dentro da Concessão Francesa, onde a cidade continuava quieta, Rosalind estava fazendo o maior barulho ao tentar entrar em um apartamento na avenida Joffre. Podia ver as pessoas passando lá embaixo na rua, mas as paredes do duplex eram grossas e o vidro de suas janelas abafava o som. Até os jardins abaixo farfalhavam baixinho com o vento, os arbustos verdes e as flores amarelas se entrelaçando. Tão tranquilos em seus próprios afazeres, como cada uma das pessoas pelas quais passara a caminho dali. Odiava isso. Queria que todas queimassem, que sofressem como ela estava sofrendo.

— Abra essa porta! — ordenou. Sua voz ressoou pelo corredor. Não havia nenhuma quantidade possível de azulejos polidos e candelabros que abafariam seu tom ou seu estado de quase histeria. — É assim que vai ser agora? Foi tudo uma *mentira* para você?

Rosalind sabia a resposta. Sim. Foi uma mentira. Como uma criatura lastimável, ela havia se atirado em uma armadilha, se deixado ser cortada, esfolada e morta, e agora o caçador estava indo embora após um trabalho bem-feito. Ela estivera esperando em um de seus esconderijos na Concessão ao longo da semana, enviando mensagens de que queria fugir. Ele dissera que iria encontrá-la. Rosalind só precisava ser paciente enquanto ele finalizava seus afazeres.

— Maldição.

Rosalind apoiou-se contra a porta, desistindo, os braços trêmulos de exaustão. Não era amor o que buscara — ao menos não no sentido físico. Se tudo o que quisesse fosse um corpo quente, poderia escolher a dedo na boate burlesca: uma lista interminável de candidatos se jogaria aos seus pés para sua consideração. Não se importava com isso. Nunca havia se importado.

Uma buzina soou ao longe. Carros, roncando pelas ruas residenciais.

Quase pensara ter encontrado um companheiro. Um igual. Alguém que a via simplesmente como ela era — não uma Escarlate, não uma dançarina, mas *Rosalind*.

A culpa era sua por pensar que seria o suficiente para mudar alguém. De um lado, monstros, dinheiro e a cidade dominada como uma marionete, contra Rosalind do outro, que não concordara com isso desde o começo, que só o fizera na esperança de que ele ficasse satisfeito após tomar a cidade, que seriam felizes e intocáveis. O mundo em uma das mãos, ela na outra.

Mas alguém que queria o mundo jamais pararia antes de consegui-lo, todo o resto que se danasse. Não tinha como competir.

Fora tola em pensar que seus amigos poderiam ser mantidos em segurança, que poderia ser a mão que o direcionaria para longe do caos. Ela nunca tivera poder algum. Nunca tivera *importância*. Dias se passaram naquele esconderijo, sem mudanças. No fim, a dura verdade era esta: Rosalind havia abandonado todos que amava, arriscado todas as suas vidas, por alguém que já partira havia muito.

Arrancou a pistola do bolso e atirou na fechadura. O som fez suas orelhas arderem conforme as balas acertavam uma, duas, três vezes. As paredes pareceram se encolher, o papel de parede dourado e prata recuando da violência que raramente chegava a lugares como aquele.

A maçaneta caiu. A porta se abriu. E, quando Rosalind entrou no apartamento, estava completamente vazio.

Não conseguiu se conter. Ela riu. Não conseguia parar de rir, correndo os olhos por cada coisa que faltava. O lugar nunca fora bem decorado para começo de conversa, mas agora os papéis sobre a mesa haviam desaparecido, os mapas sobre o grande piano, arrancados. No quarto, até os lençóis haviam sido retirados.

"Podemos viver aqui para sempre, não podemos?"

Ela se entrelaçara nas cortinas brancas, enrolando o tecido ao redor da cabeça como um véu de noiva. Havia jogado os braços para cima, delirante em sua felicidade.

"Não fique tão animada, amor. Estamos aqui só até subirmos na vida."

"Precisamos mesmo? Não podemos levar uma vida única? Você não pode ser um bom homem?"

"Um bom homem? Ah, Roza..." Rosalind passou as mãos pela estante de livros e encontrou apenas poeira, mesmo que não pudessem ter se pas-

sado mais do que alguns dias desde que os volumes foram removidos. *"Ya chelovek bol'nói. Ya zloi chelovek. Neprivlekatel'nyi ya chelovek." Eu não sou uma boa pessoa.*

Quando os monstros foram despachados atrás da vacina Escarlate, ela dissera sentir que não conseguiria continuar. Teria sido isso que motivou a decisão dele de abandoná-la? Ou fora o fato de ela ter sido capturada, e não poder mais fornecer informações Escarlates?

— Eu os teria abandonado por você — admitiu ao cômodo vazio.

Sempre soubera quem ele era. Sempre soubera que era um Rosa Branca. A verdade é que não havia se importado. A guerra de sangue não instigava fúria em seu coração como aos outros em Xangai. Não crescera ali, não tinha laços com o povo. A luta nas ruas lhe parecia um filme que podia assistir no cinema. Os gângsteres fazendo seus serviços eram rostos intercambiáveis que ela nunca conseguia acompanhar. Kathleen tinha um coração bom, Juliette tinha laços de sangue, mas e Rosalind? O que aquela família lhe havia dado para merecer sua lealdade? Incompetência por parte do pai e irreverência por parte dos Cai. Ano após ano, a mágoa queimava tão fundo que se tornara uma sensação física, uma que doía tanto quanto as feridas em suas costas.

Se houvessem simplesmente aceitado quem ela era, visto-a pelo que podia fazer, ela poderia ter dado a vida pela Sociedade Escarlate. Em vez disso, eles lhe deram cicatrizes e feridas. Estaria marcada se mordesse a língua e ficasse, e estaria marcada se tentasse fazer algo da vida e fugisse. Cicatrizes sobre cicatrizes. Era uma garota sem nada agora.

Rosalind andou até a escrivaninha e se espantou ao encontrar uma folha de papel presa à madeira da mesa. Por um segundo, seu coração subiu à garganta, e pensou que poderia ser uma explicação, instruções de para onde deveria ir agora, algo que dissesse que não havia sido abandonada.

Em vez disso, quando se aproximou, leu:

Adeus, querida Rosalind. Melhor nos distanciarmos agora do que quando o caos realmente começar.

Ele sabia que ela iria procurá-lo. Havia muito planejara esvaziar o apartamento e deixá-la sem nada além de um bilhete deplorável. Rosalind arrancou o papel e levou-o mais perto dos olhos, para o caso de ter lido algo errado. *Quando o caos realmente começar?* O que mais estava por vir? O que mais poderia atingir a cidade?

Rosalind se virou de frente para as janelas do apartamento. Observou as árvores ondularem, o sol pulsar.

E, naquele exato instante, um grito alto cortou as ruas, alertando sobre um monstro à solta.

— Já achou alguma coisa? — perguntou Roma, colocando de lado a oitava pasta que terminava de folhear.

— Não se preocupe — respondeu Marshall —, se encontrarmos algo não vamos ficar em silêncio, esperando pacientemente até você perguntar.

Sem olhar, Benedikt esticou o braço com um maço de papel e deu um tapa na cabeça dele. Marshall estendeu a perna para lhe devolver um chute, e Roma sorriu, tão contente por estarem os três juntos de novo que mal se importava por ficarem amontoados no minúsculo esconderijo Escarlate onde Marshall vivia, com papéis espalhados por cada centímetro do chão. Não importava o quão pequeno fosse, agora ele sempre teria carinho por aquele apartamento. Por ter mantido Marshall seguro.

Por ter lhe dado Juliette de volta.

— Não seja engraçadinho — disse Benedikt. Embora ele também estivesse folheando uma pasta com uma das mãos, segurava um lápis na outra, rabiscando desenhos em miniatura nas folhas descartadas. — Foco, ou nunca vamos terminar de investigar os perfis.

Havia uma facção dentro dos Rosas Brancas trabalhando com os Comunistas. Para encontrar uma pista, eles teriam que vasculhar toda informação que tivessem sobre a própria organização. Recibos, registros de importação, registros de exportação…. Gângsteres que faziam qualquer coisa para os Rosas Brancas precisavam registrar suas atividades. Em teoria, pelo menos. Na prática, não era como se gângsteres fossem muito bons com registros burocráticos. Por isso eram gângsteres e não políticos. Quando Roma apareceu com as caixas, estava carregando quase tudo sozinho. Só deixara uma para Benedikt, a fim de ficar com a vista livre.

— Não consigo. — Marshall jogou de lado o arquivo que estivera segurando e, com um suspiro, puxou outro. — Segurei minhas piadas por meses, agora elas precisam sair de uma vez.

Benedikt bufou. Ele se preparou para dar outro golpe, desta vez com um lápis, mas Marshall segurou sua mão antes que ele conseguisse, sorrindo. Roma piscou. De repente, o papel à sua frente se tornara a coisa menos interessante do cômodo.

Ele encontrou os olhos do primo. *Ele sabe?*, perguntou em silêncio, apenas com o movimento dos lábios.

Quando Marshall o soltou e se virou para pegar o último arquivo de sua pilha, Benedikt fingiu cortar a própria garganta com o dedo. *Você cale essa boca.*

Benedikt!

É sério, retrucou ele, ainda em silêncio. *Fique fora disso.*

Mas...

Os dentes de Roma rangeram de maneira quase audível quando ele fechou a boca com força, bem no momento em que Marshall se virava de novo e olhava para cima, percebendo algo estranho no ar.

— Aconteceu alguma coisa? — perguntou, confuso.

Roma pigarreou.

— Aham — mentiu. — Eu, há, escutei um barulho. — Ele apontou na direção da porta. — Talvez fora da divisa...

Benedikt se inclinou para a frente.

— Espere aí. Tem alguma coisa mesmo.

Roma arqueou uma sobrancelha. O primo realmente sabia atuar. Havia até empalidecido, as bochechas tão brancas quanto a papelada no chão.

Então ele ouviu os gritos também, e percebeu que Benedikt não estava fingindo.

— Vocês não acham que...

— *Guài wù!*

Os Rosas Brancas ficaram de pé num salto. Roma foi o primeiro a deixar o apartamento, correndo os olhos pela rua, incrédulo, a mão já disparando para a arma. Benedikt e Marshall seguiram logo atrás. Talvez não fosse uma boa ideia sair ao ar livre, especialmente para Marshall, no que seria território Escarlate. Meras semanas antes, teria sido uma declaração de guerra. Agora já estavam no meio de uma, e ninguém tinha forças para lutar outra.

— Não acontece um ataque monstro há meses — disse Roma. — Por que agora?

— Nem sabemos se é *mesmo* um ataque — respondeu Benedikt.

Rios e rios de civis passaram correndo por eles, as compras emboladas contra o peito, apressando crianças e idosos pelos cotovelos.

Marshall começou a andar na direção de onde vinha a multidão. Roma e Benedikt foram atrás, ágeis, porém atentos, os olhos procurando a origem do caos. Não viam nenhum surto ainda. Nem insetos rastejando pelas ruas.

— É um pandemônio — observou Marshall, girando depressa para avaliar a cena. Os olhos arregalados. — Por quê?

Roma sabia exatamente o que ele estava perguntando. Só então começou a correr.

— Onde diabos estão os soldados?

Ele teve sua resposta assim que dobrou a esquina e se deparou com a estação de trem. Antes havia um exagero de Nacionalistas ali, guardando o lugar para evitar que seus oponentes políticos tentassem escapar da cidade. Porém, agora não estavam vigiando a estação e sim lutando contra *monstros*, mirando os rifles e as armas, atirando nas criaturas que investiam contra eles.

— Meu Deus — murmurou Benedikt.

Um dos monstros atacou, descendo a garra no rosto de um soldado Nacionalista. Quando o homem cambaleou até a parede da estação, a carne de sua bochecha estava pendurada.

Roma teria empalidecido se não estivesse chocado, sem acreditar. Havia visto o monstro de Paul Dexter e o monstro no trem. Esses à sua frente não eram diferentes na aparência, mas estavam em plena luz do dia, o tempo morno e quase agradável. Observá-los com seus músculos verde-azulados se contraindo sob o sol quase o assustava o suficiente a ponto de correr.

— Marshall, pare — ordenou, com o braço estendido. Ele conseguia ler a intenção do amigo na forma como seus ombros se tensionavam. Enquanto Roma considerava recuar, Marshall planejava *avançar*. — Isso não é da nossa conta.

— Vão todos morrer...

— A luta é deles. — A voz de Roma vacilou, mas seu comando não.

Acima de tudo, ele estava *confuso* com a cena. Ainda havia alguns civis por perto, amontoados na calçada e paralisados de medo. Cinco monstros, todos altos o bastante para se curvarem sobre um humano comum, e mesmo assim só tinham olhos para os Nacionalistas. Cinco monstros, todos com a habilidade de liberar milhares de milhares de insetos, e instaurar uma insanidade que poderia varrer a cidade e fazê-la se ajoelhar... E ainda assim não o faziam.

— Roma — chamou Benedikt em voz baixa. Ele apontou para perto do pé de um dos monstros. — Olhe.

Um homem morto. Não, um Rosa Branca morto, identificável pelo lenço branco pendurado em sua calça.

— E ali — sussurrou Marshall, inclinado o queixo para o banco em frente à estação. Outro corpo estava caído ali, o trapo vermelho amarrado ao redor de seu pulso parecendo uma poça de sangue. — Um Escarlate.

Estremecendo, Roma recuou alguns passos, apoiando-se contra a parede do restaurante vazio atrás deles. Os soldados Nacionalistas continuavam atirando, gritando uns para os outros, querendo saber onde estavam os reforços. Seus números se reduziam. Mesmo sem os surtos, não tinham como ganhar de criaturas indestrutíveis.

— Nacionalistas, Rosas Brancas, Escarlates — disse Roma em voz alta, o cenho franzido enquanto tentava encaixar as peças daquele quebra-cabeças. — Que jogo estão jogando aqui?

— *Parem!*

O grito veio de uma rua perpendicular, e se aproximava cada vez mais da estação. Roma esticou o pescoço, de súbito segurando o braço de Benedikt em alerta.

— Quem é essa? — perguntou. — De onde está vindo?

Soava familiar. Familiar demais.

— *Não é* Juliette, não fique ansioso — respondeu Benedikt. — É...

A pessoa ficou à vista e se jogou na frente de um dos monstros, balançando os braços abertos ferozmente. Seu cabelo parecia uma massa de arame preto escorrendo pelas costas. Embora tivesse uma aparência bem mais desgrenhada do que da última vez em que a vira, era sem dúvida Rosalind Lang.

— O que ela pensa que está fazendo? — questionou Marshall. — Vai acabar se matando.

Chocados, os três Rosas Brancas observaram Rosalind Lang correr na frente de um soldado, gritando ordens incompreensíveis para o monstro. A criatura, entretanto, se aproximou ainda mais, não se deixando deter nem pela arma nem pela garota.

— Ela pode ser o próprio chantagista — disse Roma.

— Então por que parece tão desesperada? — perguntou Benedikt. — Ela não teria controle sobre eles?

— Talvez ela tenha perdido o controle — sugeriu Marshall.

Roma rosnou, frustrado.

— Então *por que* eles não estão soltando os insetos?

A pergunta de um milhão de dólares. De súbito, o monstro tomou impulso e investiu contra Rosalind. No último segundo, ela cuspiu um palavrão e mergulhou para fora do caminho. O monstro nem parecia interessado nela, de qualquer forma. Atacou e saltou sobre o Nacionalista com tanta agressividade que o sangue voou num arco, chovendo sobre Rosalind e tingindo seu rosto de vermelho. Ela levantou a cabeça do chão, os cotovelos apoiados um de cada lado, visivelmente tremendo, mesmo à distância.

— Nós... — começou a perguntar Benedikt, hesitante. — Nós devemos ajudar?

Outro tiro de rifle que não fazia nem um arranhão nas criaturas. Mais um grito, mais um soldado no chão.

Com um suspiro, Roma guardou a arma e arrancou a jaqueta.

— *Ajudar* não é bem a palavra. Tirem tudo que tiver a nossa cor. Acho que eles só estão atacando gângsteres e Nacionalistas.

Marshall olhou para baixo, examinando a si mesmo.

— Acho que não estou usando nada branco.

— E por acaso algum de nós sai por aí com um lenço branco, como se fôssemos um mensageiro qualquer? — acrescentou Benedikt.

Com os olhos fixos na cena à frente, Roma arregaçou as mangas e pegou uma tábua de madeira ao redor.

— Tirem qualquer coisa que os identifique — explicou. — E aí corram e me ajudem a tirar Rosalind Lang daqui, para podermos nocauteá-la.

— Espere, o quê? — gritou Marshall. — Nocauteá-la?

Roma já avançava, a tábua erguida.

— E tem outro jeito de levá-la até Juliette?

Trinta e Cinco

Bàba! — exclamou Juliette. — Por favor, me diga o que está acontecendo!

A casa estava um caos, fervilhando de atividade. De início, Juliette pensara que estavam reunindo as forças Escarlates para lutarem contra o ataque. Mensageiros haviam sido rapidamente despachados porta afora, mas, assim que ela escutou o que os homens do pai diziam, percebeu que não pareciam estar preparando uma defesa. Estavam convocando Nacionalistas para entrar, juntando forças internamente. Estavam reunindo o círculo interno Escarlate, os maiores empresários que tinham propriedades na cidade.

Agora estavam todos lá, cumprimentando Lorde Cai de maneira breve e apressada, os olhos correndo para frente e para trás como se houvesse algo urgente pressionando seus calcanhares. No momento em que o pai subiu as escadas, Juliette pegou sua manga e segurou-a com força.

— O que está acontecendo? — perguntou de novo, enquanto ele continuava avançando para a frente. — Por que o chantagista atacaria *agora*…

— Nunca foi um único chantagista — respondeu Lorde Cai, com calma. Parando em frente ao seu escritório, que já zumbia com o barulho no interior. Ele a fez soltar sua manga, então alisou o tecido da camisa até que estivesse desamassado. — Foram os Comunistas. Eram os Comunistas desde o começo.

Juliette sentiu o cenho se franzir, todos os seus músculos se contraindo.

— Não, eu já falei para o senhor, eles estão trabalhando com os Comunistas, mas são os insetos de *Paul*. Um dos monstros é *francês*.

Lorde Cai abriu a porta do escritório e sinalizou para que Juliette ficasse onde estava. Não a deixaria segui-lo para dentro.

— Agora não, Juliette. Agora não.

A porta se fechou na cara dela. Por um momento, Juliette só ficou parada ali, piscando em descrença. Era risível que ela tivesse pensado que seria aceita na organização depois da morte de Tyler, que o primo era o único obstáculo entre ela e o reconhecimento pleno. Eles a deixaram se sentir poderosa, correr pela cidade como se pudesse resolver todos os seus problemas, mas, assim que um problema real apareceu...

Fecharam a maldita porta na sua cara.

Juliette deu um passo para trás, praticamente cuspindo fogo por entre os dentes.

— Senhorita Cai?

Um claque-claque de passos ressoou atrás dela. Juliette se virou e viu um jovem mensageiro segurando um bilhete em sua direção.

— Para a senhorita.

Juliette passou as mãos pelo rosto, então pegou o bilhete.

— Por que você não foi enviado para a cidade com o resto?

O mensageiro fez uma careta.

— Eu... há... se não precisa mais de mim, estou indo!

Ele correu antes que Juliette pudesse lhe arrancar mais alguma palavra. Ela quase o chamou de volta, mas então desdobrou o bilhete e congelou. Estava escrito em russo. O mensageiro não era um Escarlate, mas sim um Rosa Branca.

Venha rápido. Esconderijo. Estamos com Rosalind.
—

— Kathleen! — gritou Juliette, já disparando pelo corredor, parando de repente à porta do quarto da prima, os saltos literalmente aranhando o chão.

Kathleen levantou depressa da cama.

— Sabemos o que está acontecendo?

— Temos coisa melhor — disse Juliette. — Pegue seu casaco. Roma encontrou Rosalind.

Quando Roma abriu a porta do esconderijo, estava tão escuro lá dentro que Juliette mal conseguia ver qualquer coisa além de seu ombro. Assim que ela e Kathleen entraram, ele fechou a porta de novo e o apartamento ficou um breu.

— O que é isso, uma emboscada? — comentou Juliette, acendendo o isqueiro.

A primeira coisa que vislumbrou foi Benedikt e Marshall, ambos de pé perto do fogão e com a expressão fechada, como se estivessem se preparando para algo ruim.

A segunda coisa foi Rosalind, amordaçada e amarrada a uma cadeira.

— Ai, meu Deus! — exclamou Kathleen, avançando imediatamente. — O que...

— Faça-a prometer que não vai gritar antes de tirar isso — interrompeu Roma depressa.

Ele acendeu a luz do teto e suspirou quando Kathleen ignorou o que ele dissera, arrancando a mordaça da irmã. Era apenas um pedaço de pano que já fora usado para carregar legumes ou verduras. Se Rosalind realmente tentasse, talvez tivesse conseguido cuspi-lo.

— Sem gritar — enfatizou Marshall. — Um berro e os Nacionalistas aparecem aqui.

— Não me diga para não gritar — resmungou Rosalind. — Eu vou...

— Rosalind — interrompeu Juliette.

A prima ficou em silêncio. Não havia como escapar dessa vez. Não tinha para onde ir. As ruas lá fora estavam abarrotadas de soldados, seus números aumentando rapidamente após o pânico que se espalhara pela estação. O ataque acontecera muito perto da Concessão Internacional. Um movimento em falso, e os britânicos começariam a atirar pela divisa.

Juliette andou até a janela, ainda sem vontade de encarar Rosalind. Puxou as tábuas, espiando pelas frestas.

— Como eles pararam os ataques?

— Não pararam — respondeu Benedikt. — Os monstros recuaram por conta própria.

Juliette inspirou com força. Pressionou os lábios. Cruzou os braços, talvez exagerando um pouco na força e fazendo parecer que sacaria uma arma, dada a expressão de alerta de Benedikt.

Roma revirou os olhos para o primo, gesticulando para que se afastasse e saísse do caminho enquanto Juliette contornava a mesa e parava ao lado de Kathleen, de frente para Rosalind.

— Foi por sua causa? — perguntou em voz baixa. — Eles recuaram por sua causa?

— Não — respondeu a prima.

Do outro lado do cômodo, Benedikt e Marshall trocaram olhares nervosos. Roma se apoiou na mesa, o corpo inclinado na direção de Juliette. Kathleen mordeu os lábios e se afastou para a esquerda, até se apoiar contra a parede.

— Rosalind — chamou Juliette. Sua voz falhou. — Não posso ajudar você, a não ser que me conte o que fez.

— Quem disse que eu preciso de ajuda? — retrucou a prima. Não havia malícia em sua voz. Apenas um tom fraco, quase inaudível, de medo. — Sou uma causa perdida, Junli.

Se a mesa não estivesse às suas costas, Juliette teria recuado de espanto, seu estômago se contorcendo ao som do próprio nome. Rosalind devia tê-lo usado pela última vez quando eram crianças. Quando mal passavam da altura dos arbustos de rosas do jardim, saltando uma sobre a outra num jogo de pula-sela, mergulhando nas pilhas de folhas que os empregados tentavam recolher e dando risada ao espalhar tudo.

— Ah, não ouse *tentar* isso comigo.

— Juliette! — sibilou Kathleen.

Juliette não cedeu. Enfiou a mão no bolso e tirou a lista que haviam encontrado, desdobrando o papel num movimento brusco.

— Isso estava na sua escrivaninha, Rosalind. *Pierre Moreau, Alfred Delaunay, Edmond Lefeuvre, Gervais Carrell, Simon Clair...* Cinco nomes e, se minha suposição estiver correta, cinco *monstros*. É uma pergunta simples: você é a chantagista?

Rosalind baixou os olhos em vez de responder. Juliette jogou o papel no chão e xingou, o sapato pisoteando a lista.

340   FINAIS VIOLENTOS

— Espere, Juliette.

Roma se inclinou para pegar o papel. Sob circunstâncias normais, ela não teria dado muita atenção para a curiosidade em sua voz. Porém, Benedikt e Marshall também avançaram, os três pálidos sob a fraca lâmpada, inclinando-se para ler a lista como se fosse algo incompreensível.

— O que foi? — perguntou Juliette.

— Simon Clair? — murmurou Benedikt.

— Alfred Delaunay — acrescentou Marshall, balançando sob os calcanhares. — Esses são…

— Os homens de Dimitri — finalizou Roma. Ele devolveu a lista à Juliette, mas Kathleen esticou o braço e a pegou antes. — Todos esses são homens de Dimitri Voronin.

Juliette teve a sensação de que o chão se despedaçara aos seus pés. Estava em queda livre, um nó suspenso no estômago. Rosalind não negou, não ofereceu outra explicação. Nem fez nada para resistir quando a prima investiu e puxou o colar de seu pescoço. O objeto brilhava sob a luz, mas Juliette não prestou atenção em joias escondidas; ela virou a lisa tira de metal no final da corrente, passando os dedos pela gravação no verso.

Воронин.

Juliette abafou uma risada. Meio ofegante, meio risonha, estava quase se engasgando quando Roma a puxou gentilmente para trás, fazendo-a soltar o colar de Rosalind antes que o arrancasse e o usasse para estrangular a prima.

— Não me julgue — disse Rosalind. Seus olhos correram de Juliette para Roma. — Não quando é óbvio que você fez o mesmo.

— O *mesmo*? — repetiu Juliette.

Não aguentava mais ficar ali. Empurrou a mesa e marchou para o outro lado da sala, respirando com dificuldade.

Se tivesse pensado melhor, talvez tivesse deduzido antes, talvez pudesse ter impedido tudo aquilo. Sempre soubera: Rosalind estava com raiva, com raiva do mundo, do lugar que lhe fora dado. Mas o que queria não era mudar sua posição; era encontrar algo que fizesse essa posição valer a pena.

Juliette se virou para ela, os olhos ardendo.

— *Eu* escolhi amar um Rosa Branca — falou, com esforço, cada palavra cortando sua língua. — *Você* ajudou um Rosa Branca a destruir a cidade. Não é a mesma coisa!

— Eu o amava — disse Rosalind. Ela não negou nada. Era orgulhosa demais para negar depois de ter sido pega. — Me diga: se Roma Montagov pedisse, você não teria feito o mesmo?

— Não fale de mim como se eu não estivesse aqui — interrompeu Roma, antes que Juliette pudesse responder. Seu tom era sério, apenas para disfarçar o quão abalado estava. — Juliette, sente-se. Parece que você está prestes a desmaiar.

Juliette se encolheu no chão e tombou a cabeça nas mãos. Rosalind não estava certa, de alguma forma? Seja lá o que houvesse acontecido, ela amara Dimitri o suficiente para trair a família, para lhe passar informações para fazer o que quisesse com elas. Juliette amava Roma o bastante para matar o próprio primo a sangue frio. Rosalind era uma traidora, mas ela também era.

Marshall pigarreou.

— Só para ter certeza de que entendi: Dimitri Voronin... é o chantagista? E você é amante dele...

— Não mais — interrompeu Rosalind.

Marshall incorporou a correção em sua linha de pensamento.

— Você *era* amante dele, sua fonte de informações Escarlates e... — ele deixou as palavras pairarem no ar, pensando brevemente — o quê? Cuidadora de monstros?

Rosalind virou o rosto para o outro lado.

— Me solte, e eu respondo.

— Não.

A ordem viera de Kathleen, que estivera em silêncio até então. A luz piscou no teto e, abaixo dela, seus olhos pareciam completamente pretos.

— Você nos deve pelo menos isso, Rosalind — disse Kathleen. Ela jogou o papel sobre a mesa. Já havia apertado a lista com tanta força que não restava nada além de uma bolinha amassada, que quicou na superfície de

342 FINAIS VIOLENTOS

madeira e caiu no chão. — Não vou dizer o quão profundamente você nos traiu. Acho que você já sabe. Então fale.

Devagar, Juliette colocou a mão no chão e começou a se levantar.

— Kathleen...

Kathleen se virou.

— Não a defenda. Nem pense nisso.

— Não vou. — Juliette ficou de pé, batendo a poeira das mãos. — Eu ia pedir para você dar um passo para trás. Rosalind está prestes a se levantar.

Assim que Rosalind se mexeu, Benedikt avançou e puxou Kathleen para si, impedindo sua irmã de derrubá-la com o pé da cadeira e correr para a porta. Só Deus sabe como ela pretendia escapar das amarras mesmo que conseguisse chegar à porta.

— Está bem, que seja! — retrucou Rosalind, irritada, finalmente atingindo seu limite quando a cadeira tombou de novo com um *bam* derrotado. — Dimitri queria liderar os Rosas Brancas, e, quando um de seus sócios encontrou os monstros restantes de Paul Dexter, eu o ajudei em seu plano para destruir a cidade. É isso o que vocês querem ouvir? Que eu sou fraca?

— Ninguém disse que você é fraca — respondeu Marshall. — Só tola, e sabemos como isso acontece com os melhores de nós.

Roma fez um gesto para que Marshall parasse de falar.

— Espere um pouco — disse Roma. Ele olhou por cima do ombro para trocar um breve olhar com Juliette. — O que você quer dizer com *liderar* os Rosas Brancas? A carta de Paul Dexter foi para alguém da Concessão Francesa... Como Dimitri conseguiu acesso?

Se Rosalind tivesse as mãos soltas, aquele seria o momento em que colocaria uma palma delicada contra a testa, alisando os longos fios de cabelo ao redor do rosto. Mas estava amarrada, submetida ao interrogatório da família e do inimigo, então apenas olhou fixo para frente, os dentes cerrados.

— Sua busca na Concessão Francesa nunca daria em nada — sussurrou. — *Na ocorrência de minha morte, libere todos eles.* Era uma ordem para os empregados de outra propriedade que Paul tinha na Concessão, em território Rosa Branca. Quando eles não pagaram o aluguel, Dimitri invadiu o lugar e encontrou os insetos antes que fossem soltos.

Os olhos dela se fecharam, como se estivesse se lembrando da cena. Sem dúvida fora chamada para investigar a descoberta. Sem dúvida havia decidido o destino dos empregados: talvez uma simples bala para calá-los, ou jogá-los no Rio Huangpu para que ninguém pudesse seguir o rastro de Paul Dexter.

— Lorde Cai vai matar você por isso — disse Kathleen em voz baixa.

Rosalind expirou com força pelo nariz, fingindo um divertimento que não lhe cabia.

— Lorde Cai mal tem tempo. Você nunca parou para pensar por que Dimitri acha que pode dar um golpe? Não vê de onde ele tirou tanta coragem? — Ela ergueu o olhar, que se fixou em Juliette. — Os Escarlates e os Nacionalistas estão trabalhando juntos para livrar a cidade dos Comunistas. Assim que os exércitos do Kuomintang estiverem prontos, vão abrir fogo contra a cidade. Dimitri está esperando por esse momento. E, no meio da batalha, será ele quem aparecerá como o herói, com armas, dinheiro e aliados Comunistas, afastando as investidas Nacionalistas. Será Dimitri quem vai se erguer quando os trabalhadores estiverem no fundo do poço, que vai dar esperança a todos. Quando ele for a força da revolução, terá todo o poder que quiser.

O esconderijo ficou em silêncio. Tudo o que se podia ouvir eram gritos distantes lá fora, como se soldados estivessem se aproximando. Rapidamente, Marshall andou até a janela e espiou pelas frestas de novo. Os outros ficaram onde estavam, ignorando qualquer coisa além do que estava entre aquelas quatro paredes.

Por qualquer motivo absurdo, a mente de Juliette pensou no assassino que havia ido atrás do comerciante no Grand Theatre. Não havia um grande esquema, nunca houvera. Era apenas Dimitri, tentando dificultar as tarefas de Roma. Tentando tomar os Rosas Brancas para si mesmo.

— Onde você escutou isso? — perguntou Benedikt, horrorizado. — Por que *você* teria informações sobre planos Escarlates secretos, quando nem Juliette tem?

Outra risada. Outro som seco e amargo que não demonstrava humor algum.

344 FINAIS VIOLENTOS

— Porque Juliette não é uma espiã — respondeu Rosalind. — Eu sou. Juliette não se escondia nos cantos escutando o pai. Eu, sim.

O coração de Juliette batia tão forte que a pele em seu pulso subia e descia com o movimento. Roma se aproximou e apertou seu cotovelo com gentileza.

— Quanto tempo acha que temos? — perguntou Juliette, direcionando a pergunta a Kathleen. — Caso os Nacionalistas decidam se livrar de todos os aliados Comunistas fora do Kuomintang?

Kathleen balançou a cabeça.

— É difícil dizer. Eles ainda não chegaram a um acordo sobre as concessões internacionais. Pode ser que esperem até que sejam estabelecidas as jurisdições. Pode ser que não.

Um expurgo já era ruim o bastante. Mas monstros e surtos soltos sobre os gângsteres que brandiam armas fumegantes? Seria um massacre dos dois lados.

— Temos que impedir Dimitri antes que os Escarlates façam qualquer coisa — disse Juliette, falando quase que para si mesma.

Era impossível impedir a política. Mas os monstros podiam ser encontrados, e os homens que os controlavam podiam ser assassinados.

— Será que temos?

Juliette olhou séria para Kathleen.

— O quê?

— Pode ser que ajude — explicou a prima em voz baixa. — Se a Sociedade Escarlate está planejando uma chacina, espalhar o caos pela cidade pode acabar salvando os trabalhadores.

— Não se deixe levar pela lavagem cerebral — interrompeu Marshall. — Não tem como controlar uma insanidade contagiosa. Além disso, seus Escarlates foram praticamente tomados pelos Nacionalistas. Vocês não têm poder de verdade há meses. Diminua um pouco suas forças, e o exército só vai aparecer com mais soldados.

O cômodo ficou em silêncio de novo. Não havia uma resposta fácil para nada disso.

— Benedikt — chamou Roma depois de um longo momento. — Nós sabemos onde Dimitri está?

O primo balançou a cabeça.

— Não o vejo desde o levante. Acho que *ninguém* o vê desde o levante. Ele não tem aparecido na casa. Seus homens estão todos espalhados. Lorde Montagov até suspeitou que ele tivesse morrido na batalha em Zhabei.

— Mas ele está vivo — disse Juliette, os olhos voltados para Rosalind. — Não está, *biǎojiě*?

— Vivo — confirmou ela. — Só não sei onde.

— Então vou perguntar de novo...

Um clique ecoou pelo espaço minúsculo. Juliette sabia que fora a incredulidade que fizera o olhar de cada um no cômodo reagir tão devagar, que causou a abafada exclamação de espanto quando ela apontou a pistola destravada para a prima.

— Quero a localização dele — disse Juliette. — Não pense que não vou atirar, Rosalind.

Kathleen avançou, os olhos tomados de pânico.

— Juliette...

— Espere. — Roma entrou rápido na frente de Kathleen, mantendo-a fora do caminho de Juliette. — Só espere um pouco.

— Estou falando a verdade — retrucou Rosalind, irritada. Ela brigou com as amarras, sem sucesso. Depois de tantos anos, sabia que Juliette não sacava a pistola para fazer ameaças vazias. A prima podia não mirar no coração, mas um corpo tem muitas partes dispensáveis. — Vocês nem teriam me encontrado se eu não tivesse escutado gritos sobre um ataque monstro, e seguido os sons para tentar impedi-los. Essa *bondade* foi por minha própria conta. Eu também estou *tentando* encontrar Dimitri! Os homens dentro dos monstros não me obedecem mais!

Juliette apertou os dedos com mais força. A pistola tremeu em sua mão.

— Eu não sei onde ele está! — gritou Rosalind, cada vez mais agitada. — Ele costumava ter uma base num apartamento na avenida Joffre, que ele pegou do pessoal de Paul, mas Dimitri se mudou. Ele não arriscaria conti-

346   FINAIS VIOLENTOS

nuar lá com a Concessão Francesa tão bem vigiada desde o levante. Ele está fora do meu alcance!

— Me perdoe — disse Juliette —, mas não acredito em você.

Sua mão ficou firme. Mentalmente, contou até três, apenas para dar uma última chance à prima.

Porém, quando chegou ao três, não foi sua arma que ensurdeceu o esconderijo. Foi a porta, tremendo com uma investida explosiva — uma, duas vezes. Então, antes que Juliette e Roma pudessem correr para mantê-la fechada, ela se escancarou, fazendo os dois pararem no meio do caminho.

A pistola de Juliette ainda estava erguida quando o General Shu entrou, seguido por tantos soldados que metade deles foi forçada a ficar do lado de fora para não superlotar o apartamento.

— Nem mais um passo — ordenou Juliette.

Os olhos dela correram para o lado. Naquele breve segundo de troca de olhares, ela e Roma silenciosamente se perguntaram como os Nacionalistas os haviam encontrado e o que eles queriam, mas nenhum dos dois tinha uma resposta. Tudo o que sabiam com certeza é que haviam sido descobertos: Juliette Cai e Roma Montagov, conspirando juntos.

Mas o General Shu, ignorando Juliette e dando mais um passo para dentro do esconderijo, não estava sequer olhando para eles. Nem reparou em Rosalind no canto, amarrada a uma cadeira. Com uma expressão próxima do divertimento, ele apenas examinou o cômodo, como se fosse um inquilino procurando um lugar para alugar.

— Abaixe sua arma, Senhorita Cai — disse o general, finalizando sua análise e apoiando as mãos no cinto. Ali, havia uma vasta seleção de revólveres, pendurados pelo couro. — Não estou aqui por você.

Juliette estreitou os olhos. Seus dedos se agitaram no gatilho.

— Então por que trouxe tantos soldados?

— Porque — ele sinalizou para os homens atrás de si — ouvi dizer que meu filho estava vivo e bem, então vim buscá-lo.

De imediato, os soldados ergueram suas armas, apontando-as para uma única pessoa no cômodo.

— Olá, *Bàba* — sibilou Marshall. — Você chegou numa péssima hora.

Trinta e Seis

O caos dominou o esconderijo.

Roma gritava, Benedikt gritava, Kathleen se encolhia contra a parede, Rosalind tentava se soltar e Juliette por pouco conseguiu sair da frente antes de os soldados saírem pela porta, com Marshall contido entre eles.

— Parem! — ordenou Roma. — Vocês não podem simplesmente *levá-lo*!

Ele foi ágil, quase colidindo com a parede do prédio antes de atravessar a entrada. Um instante depois, Juliette avançou para segui-lo, mas Benedikt segurou seu pulso, impedindo-a.

— Não deixe Mars ser pego no fogo cruzado — pediu ele, num fôlego só. — Você o protegeu uma vez, Juliette. Sei que saberá cuidar dele de novo.

— Não precisa *me* dizer isso — sibilou Juliette, pegando o braço dele e puxando-o junto. — Me ajude a consertar as coisas. Kathleen, fique de olho em Rosalind!

A boca da prima se abriu, como que prestes a protestar, mas Juliette já estava correndo porta afora. Ela analisou a cena: armas, soldados, *Roma*. Marshall havia parado de resistir fazia tempo, mas Roma estava plantado à frente deles, teimoso até o fim.

A rua estava quieta ao redor. Era só lhes dar alguns minutos, entretanto, e a coisa viraria um grande show, com curiosos por todo canto. Era quase bizarro que o primeiro pensamento de Juliette fosse: *não posso ser vista com Rosas Brancas*. A cidade fora tomada, linhas de território haviam se tornado tão fluidas quanto a água corrente de um rio, e ainda assim a guerra de sangue continuava, como se tivesse qualquer importância, como se *algum dia* houvesse tido qualquer importância.

— Meu pai sabe que você está perturbando Escarlates?

O General Shu parou. Ele se virou. Quando todos os seus homens foram forçados a parar também, Marshall fez uma valente tentativa de se libertar, mas as mãos que o seguravam pareciam de ferro. Não importava o quanto ele se debatesse, havia homens demais em um pequeno círculo ao seu redor, segurando-o, e homens demais em um largo círculo que mantinha Roma afastado sob a ameaça de rifles.

— Seu pai sabe que você mente sobre Rosas Brancas serem Escarlates?

Juliette ergueu o queixo. Do lado oposto do grupo de soldados, o rosto de Roma se ergueu, tentando encontrar os olhos dela. Ele fez um sinal desesperado para que ela não se arriscasse, para que o deixasse resolver o problema. Tolo. Se Roma estava se arriscando, Juliette já estava envolvida de qualquer jeito.

— Como é que você vai provar que Marshall Seo é um Rosa Branca? — perguntou Juliette.

O General Shu sacou um revólver do coldre. Não o apontou para ela, nem para ninguém. Apenas o examinou, abrindo e fechando o tambor para conferir as balas.

— O que você prefere, Senhorita Cai? A carta que ele escreveu quando fugiu de mim, declarando sua intenção de se juntar aos Rosas Brancas e sobreviver por conta própria em Xangai? Ou os recortes de jornal que guardei ao longo dos anos, que o relatam como mão direita do herdeiro Montagov? Tenho todos, é só falar qual deseja.

Juliette mordeu os lábios, lançando um olhar a Benedikt, torcendo para que ele tivesse alguma ideia de como agir.

Mas Benedikt parecia indescritivelmente assustado. Quando o General Shu devolveu o revólver ao coldre, a rua estava silenciosa o suficiente para tornar audível o murmúrio baixo de Benedikt.

— *Fugiu* de você?

Marshall fez uma careta, desviando os olhos. Havia parado de resistir.

— Ele nunca contou? — perguntou o General Shu. — Imagino que ele tenha dito que estávamos todos mortos, não foi?

Ele olhou para Marshall. Agora, à luz do dia, era possível ver a semelhança. O mesmo formato do rosto, as mesmas linhas ao redor dos olhos.

— Você *está* — sibilou Marshall com raiva, a voz um súbito trovão no ar. Ele nunca parecera tão furioso antes: o alegre e tranquilo Marshall, que nunca, nem uma única vez, havia se irritado na presença de Juliette, estava agora com o rosto vermelho e trêmulo, os tendões do pescoço proeminentes em atenção. — Para ser sincero, quando *Umma* morreu e você não estava em casa, *você* morreu para mim também.

General Shu não se abalou. No máximo, parecia um pouco entediado. Ele sequer prestava atenção.

— Não vou discutir com você sobre sua mãe no meio da rua. Podemos nos sentar com calma depois, se quiser conversar. Sr. Montagov, poderia, por gentileza, sair da frente?

Roma continuou firme, as sobrancelhas erguidas. Juliette conhecia esse olhar: ele estava tentando ganhar tempo, mas o problema era que tempo extra não ajudaria nessa situação.

— Esta não é sua jurisdição — disse Roma em voz baixa. — Quando a Senhorita Cai disser que você pode ir, então você poderá ir.

O General Shu pôs as mãos nas costas, atrás de todas as armas de seu cinto. Quando falou de novo, foi de fato com Juliette, como se ela tivesse qualquer controle sobre o que aconteceria ali.

— Não tenho interesse em saber que tipo de acordo estranho entre gângsteres é este. A única coisa que quero é levar meu filho para casa comigo. Vou ficar quieto em relação aos negócios de vocês, e vocês vão me deixar seguir com os meus.

Um jato de cuspe errou por pouco seu rosto. O General Shu recuou, mas Marshall parecia se preparar para fazer de novo.

— Você acha que pode simplesmente marchar até aqui — exclamou —, para dentro desta cidade, mesmo sem ter mexido um dedo para tomá-la. Você vem marchando e me sequestra, como se eu fosse sua maldita propriedade. Onde você estava todos esses anos? Você *sabia* que eu morava aqui.

350   FINAIS VIOLENTOS

Poderia ter me buscado a qualquer momento. Mas não o fez! A revolução era mais importante! O Kuomintang era mais importante! *Tudo* era mais importante do que *eu*!

O General Shu não disse nada. Juliette apertou a arma com mais força, firmando os dedos no gatilho. Ela se perguntou o que aconteceria se atirasse nele. Se poderia sair impune. Um ano atrás, isso não seria nada. Agora, viraria uma declaração de guerra contra os Nacionalistas, e os Escarlates, por mais durões que fossem, não tinham como lutar essa guerra. Seria uma aniquilação.

— Mas agora... — continuou Marshall — agora que você já está em Xangai, quer amarrar as pontas soltas, não é? Tudo está se encaixando: seu país e sua familiazinha feliz.

Ele cuspiu de novo, mas dessa vez não mirou no pai. Era uma mera expressão da raiva que corria por seu corpo, como arrancar uma bala de onde ela se alojara.

— Então, Senhorita Cai?

Juliette se espantou. Apesar do discurso de Marshall, o pai dele continuava direcionando a palavra a ela.

— Me parece que ele não quer ir — disse, seca.

Em sincronia, como que por algum sinal que Juliette não percebera, todos os soldados ficaram em sentido, batendo continência. Então apontaram seus rifles para Roma, prontos para atirar.

— Não dificulte as coisas — disse o General Shu. — Ficar com os Rosas Brancas é uma sentença de morte. Você sabe o que está por vir. Eu vou mantê-lo seguro.

— Não — murmurou Benedikt ao lado dela. — Não acredite nele.

Mas não era questão de acreditar. Era... a verdade. Os gângsteres estavam à beira de um colapso. Não havia mais territórios. Nem um mercado paralelo dando lucro. Por quanto tempo conseguiriam se manter? Por quanto tempo os Rosas Brancas conseguiriam sobreviver, sem o apoio dos Nacionalistas como os Escarlates?

— Roma — chamou Juliette, com a voz trêmula. — Saia da frente.

— Não! — gritou Benedikt. — Juliette, pare!

Ela se virou, os punhos cerrados.

— Você ouviu o que Rosalind disse — sibilou Juliette. Embora planejasse que apenas Benedikt ouvisse, não havia dúvidas de que todos os presentes podiam escutá-la. — Você sabe a *violência* que está por vir. A quantas reuniões Comunistas Lorde Montagov enviou Marshall? Quantas vezes o rosto dele foi visto por lá? Quem pode garantir que o nome dele não vai estar em uma lista de alvos a serem eliminados, quando a cidade começar a fervilhar? Essa é uma forma de mantê-lo *seguro*.

Benedikt esticou a mão na direção de sua arma. Juliette a arrancou das mãos dele na mesma hora, seu pulso impedindo o dele, os olhos dela em chamas. Benedikt não tentou uma segunda vez. Sabia que não ganharia de Juliette. A expressão dele só demonstrava um forte desapontamento.

— Isso é pela segurança dele? — perguntou, rouco. — Ou pela de Roma?

Juliette engoliu em seco. Soltou o pulso de Benedikt Montagov.

— Roma — chamou de novo, sem ter coragem de olhar. — Por favor.

Um longo silêncio se passou. Então, escutou-se um som de rifles batendo contra as alças, e botas pesadas começando a andar. Roma saíra do caminho.

Benedikt manteve os olhos fixos em Juliette, como se não ousasse desviá-los, não ousasse ver Marshall ser arrastado para longe. O mínimo que Juliette lhe devia era encará-lo de volta, se manter firme na decisão que tomara.

— Ele vai estar em segurança.

Os pés que marchavam iam ficando cada vez mais e mais distantes.

— Em segurança numa gaiola — retrucou Benedikt, com os dentes cerrados. — Você o sentenciou à prisão.

Juliette não aceitaria ser criticada assim. Como se houvesse tido outra escolha.

— Você preferiria que atirassem no seu primo?

Enfim, Benedikt se virou. Milagrosamente, nenhum curioso havia aparecido para espiar a agitação. Milagrosamente, mesmo depois de os soldados se afastarem com Marshall, a rua continuou vazia. Agora eram apenas os três a céu aberto, Roma parado na calçada, as mãos caídas ao lado do corpo como se não soubesse o que fazer de si mesmo.

352 Finais Violentos

— Não — respondeu Benedikt, distante. Ele começou a andar na direção do centro da cidade. Menos de três passos depois, parou de novo e disse, por cima do ombro: — Eu só preferia que vocês dois não queimassem o mundo todo sempre que escolhem ficar juntos.

Trinta e Sete

Juliette não gostava de escutar às escondidas, mas estava ficando sem opções. Com seus saltos e vestidos, também não era bem o tipo de pessoa *boa* em fazer coisas escondidas, o que significa que a situação atual era realmente seu último recurso. A qualquer momento, quase esperava que alguém aparecesse nos jardins e perguntasse o que ela estava fazendo pendurada na sacada de um quarto de hóspedes, inclinando-se o mais perto possível da janela aberta do escritório do pai.

— ...*forças?*

Juliette se aproximou, tentando captar mais do que algumas palavras perdidas de cada frase. Felizmente, o sol já havia se posto e o início arroxeado da noite camuflava sua estranha posição contra as paredes da casa. Não havia muitos Escarlates ao redor da mansão para vê-la assim, de qualquer forma. Ficara sentada no sofá a tarde toda, observando a calmaria ao seu redor. Por sejam lá quantas horas que Juliette desperdiçara na sala de estar, enfiando uma unha afiada no braço do sofá, a porta de entrada não se abriu nem uma única vez. Ninguém entrou, ninguém saiu.

Nas 24 horas que se passaram, depois de descobrirem que Dimitri Voronin era o chantagista, Juliette despachara mensageiros para vigiar cada canto da cidade. Até que Rosalind lhes desse uma localização, não tinham como procurar Dimitri. Até que os Nacionalistas de fato agissem, até que os *Escarlates* agissem, não tinham como saber como seria a luta que estava por vir, caso Dimitri realmente iniciasse surtos a favor dos Comunistas. Lorde e Lady Cai fingiam ignorância. Quando Juliette os confrontou com a acusação de Rosalind sobre o massacre iminente, fingindo ter ouvido rumores nas ruas, seu pai a dispensou dizendo que isso não era nada com o que se preocupar. O que não fazia o menor sentido. Desde quando a herdeira da Sociedade Escarlate não devia se preocupar? Era o seu *trabalho*!

— ...*números... desconhecidos.*

Juliette soltou um palavrão entredentes, passando a perna pelo parapeito quando a reunião no escritório de Lorde Cai pareceu chegar ao fim. Estivera esperando escutar algo, *qualquer coisa,* dos olheiros que espalhara pela cidade. Mensageiros Escarlates tendiam a passar relatórios falsos. Mesmo quando não havia nada de errado, os mais dramáticos, os que queriam provar seu valor, sempre apareciam com um rumor ou outro de fontes nada confiáveis.

Juliette estava dando uma de espiã dentro da própria casa, porque tudo o que recebera foi silêncio total. E silêncio não significava que a cidade estava em paz e harmonia. Significava que os mensageiros não estavam mais passando relatórios a ela. Alguém — muitas pessoas — os havia silenciado, e só havia duas pessoas acima dela na organização. Seus pais.

— *Você viu Juliette?*

Juliette ficou paralisada no meio do quarto de hóspedes. Lentamente, quando pareceu que a conversa estava apenas passando pelo corredor, ela avançou com cautela para pressionar a orelha contra a porta.

— *Ela estava na sala mais cedo, Lady Cai.*

Por um segundo, Juliette se perguntou se estava finalmente sendo convocada. Se os pais iam se sentar com ela e explicar o que a Sociedade Escarlate estava planejando, garantindo-lhe que jamais colaborariam com os Nacionalistas se isso significava banhar a cidade num rio vermelho.

— *Ah, tudo bem. O pai dela pediu para mantê-la longe da sala de estar do terceiro andar, se você a vir. Temos uma reunião.*

As vozes sumiram na distância. Os punhos de Juliette se cerraram com força, antes que ela percebesse o que estava fazendo: cravando fundo as unhas na pele das palmas. Não conseguia imaginar o que isso queria dizer. Fora sua mãe quem lhe falara diversas vezes que ela merecia ser a herdeira. Era seu pai quem a treinava para assumir a liderança, quem a convocava para reuniões com políticos e comerciantes. O que havia mudado?

— Será que o problema sou eu? — sussurrou para o quarto, a respiração perturbando uma fina camada de poeira que se acumulara na parede.

Juliette era uma traidora. Juliette era uma criança. Quando as coisas apertaram, talvez seus pais houvessem decidido que ela não era competente o bastante.

Ou talvez o problema fossem eles. Talvez, quaisquer planos que estivessem tramando a sete chaves fossem tão horríveis que tinham vergonha de passá-los adiante.

Juliette abriu a porta e colocou a cara para fora. Do outro lado do corredor, um grupo de parentes fofoqueiros estava dando boa noite e se dispersando, cada um para um canto, como se estivessem saindo por lados diferentes do palco em uma peça de teatro. Só quando não havia mais ninguém à vista Juliette se esgueirou para fora, desceu as escadas e espiou dentro da cozinha, onde Kathleen estava descascando uma maçã.

— Ei — chamou Juliette, apoiando os cotovelos no balcão. Ela trocou para o francês, para o caso de alguma criada estar ouvindo: — Precisamos fazer alguma coisa.

— *Alguma coisa* — respondeu a prima, o polegar ainda ocupado com as cascas de maçã — em relação a que, exatamente?

Juliette correu os olhos ao redor. A cozinha estava vazia, o corredor silencioso. Era estranho que houvesse tão pouco barulho, que a casa estivesse tão vazia sem mensageiros entrando e saindo. Fazia a mansão parecer doente, como se uma mortalha sombria houvesse subido pelas paredes, abafando o som e anestesiando as sensações.

— Acho que precisamos assustar Rosalind — disse Juliette. — *Juste un peu.*

A faca ficou imóvel nas mãos de Kathleen. Seus olhos se ergueram depressa.

— *Juliette* — repreendeu, ríspida.

— Não posso ficar de mãos atadas! — Os dias estavam passando. O relógio continuava avançando. — Não posso impedir os Nacionalistas. Não tenho o poder para acabar com todo um movimento político. Mas nós *podemos* impedir Dimitri de piorar as coisas. Rosalind está escondendo a localização dele. Eu *sei* que está!

Quando Juliette terminou de falar, estava respirando com tanta força que o peito subia e descia. Kathleen ficou quieta por um momento, deixando a prima se recompor antes de balançar a cabeça.

— De que importa, Juliette? — perguntou em voz baixa. — Não tenha pressa em responder. Pergunte para si mesma antes, de verdade. De que importa? O que quer que esteja por vir, que diferença faz mais um elemento do caos? Serão balas contra surtos. Gângsteres com facas contra monstros com garras. Será uma luta justa.

Juliette mordeu os lábios. É claro que importava. Uma vida era uma vida. Uma vida não caía no esquecimento só porque estava perdida entre as massas. Ela não se arrependia das vidas que tirara, mas se lembraria delas para sempre.

Antes que pudesse dizer isso, entretanto, foi interrompida pelo rangido da porta de entrada se abrindo. As dobradiças chiaram apesar do esforço do mensageiro e, quando Juliette correu para a sala, a careta dele foi imediata.

Era o começo da noite. A casa estava escura e cheia de sombras. Mesmo assim, Juliette percebeu a carta que ele segurava e marchou em sua direção.

— Me dê isso.

— Sinto muito — disse o mensageiro. Ele tentou soar firme, mas a voz tremulou. — Não é para a senhorita, Senhorita Cai.

— Desde quando *alguma coisa* nesta casa *não* é para mim?

Ele decidiu não responder. Apertando os lábios, o rapaz tentou simplesmente forçar passagem em direção à escada.

Quando Juliette tinha 12 anos de idade, sentira, de súbito, uma pontada de dor no abdômen enquanto regava as flores em sua janela em Manhattan. A sensação se espalhara como uma invasão interna, tão quente e severa que ela deixou cair o regador com um espasmo, e observou-o cair e se despedaçar na calçada quatro andares abaixo enquanto ela se encolhia no chão. Mais tarde, ouviria que seu apêndice havia se rompido, que se recusara a continuar funcionando e abrira um buraco na própria parede, espalhando uma infecção para o restante do corpo.

Era a mesma sensação que a raiva a fazia sentir agora. Como se algo tivesse morrido, e agora o pus e o veneno tivessem *explodido* com violência dentro dela.

Juliette desenrolou o garrote do pulso. Em um único movimento ágil, lançou-o sobre a garganta do mensageiro, silenciando seu grito antes que pudesse escapar.

— A carta, Kathleen.

Kathleen a pegou depressa, e Juliette segurou o garrote por mais um segundo até o mensageiro tombar. No momento em que ele o fez, ela soltou o arame e o deixou cair inconsciente. Enquanto isso, Kathleen já estava lendo a carta. Àquela altura, sua mão já estava contra a boca, com tamanho pavor nos olhos que parecia a pintura de uma tragédia em um quadro.

— O quê? — perguntou Juliette. — O que é?

— É para o seu pai, do topo da hierarquia dos Nacionalistas — respondeu Kathleen, com a voz trêmula. — *"A Comissão de Comando Central do Kuomintang tomou sua decisão. O Partido Comunista da China é antirrevolucionário e corroeu nosso interesse nacional. Votamos de forma unânime para que sejam expurgados do Kuomintang e de Xangai."*

— Sabíamos que isso estava por vir — sussurrou Juliette. — Nós sabíamos.

Kathleen apertou os lábios. A carta não terminava ali. Tremendamente pálida, a prima não leu o resto em voz alta, apenas balançou o papel para que Juliette lesse por conta própria.

> Os poderes de execução devem ser reservados à elite, e a prisão para as massas. Todos os membros da Sociedade Escarlate devem se apresentar para o dever na virada da meia-noite do dia 12 de abril. Os Rosas Brancas devem ser tratados como Comunistas quando o expurgo começar. Quando a cidade acordar novamente, não teremos adversários. Seremos uma fera unida para combater o verdadeiro inimigo: o imperialismo. Vamos colocar as cabeças dos Montagoves em estacas, e nos livrar deles de uma vez por todas.

Naquela mesma sala, o relógio badalou dez vezes.

Juliette cambaleou para trás.

— Na virada da meia-noite do dia 12 de abril? — Um zumbido distante começou em seu ouvido. — Hoje... hoje é dia 11 de abril.

Colocar as cabeças dos Montagoves em estacas. Era a esse ponto que chegara a guerra de sangue? Total e completa aniquilação?

Kathleen correu para a porta de entrada, deixando a carta cair ao lado do mensageiro inconsciente. Ela já estava do lado de fora, avançando pelo caminho principal, quando a prima a alcançou, segurou seu pulso e a fez parar.

— O que está fazendo? — perguntou Juliette.

A noite estava fria e escura ao redor delas. Metade das luzes do jardim estava apagada, talvez para poupar eletricidade, talvez para esconder o fato de que não havia um único guarda de sentinela no portão.

— Vou avisá-los — respondeu Kathleen, suas palavras um firme sibilar. — Vou ajudar os trabalhadores a se defenderem! Eles estão permitindo execuções! Vai ser uma chacina!

A verdade era que a chacina já estava se formando havia muito tempo. A verdade é que execuções já vinham acontecendo. Agora, só estavam admitindo abertamente.

— Você não precisa fazer isso. — Juliette olhou para as janelas acima, daquele lado da casa, todas iluminadas. A noite parecia tão escura em comparação, suas sombras quase líquidas. Quando baixou a voz, quase pensou que engasgaria com as palavras, como se a escuridão estivesse pressionando seu peito: — Podemos fugir. Acabou. Xangai foi tomada pelos Nacionalistas. Nosso estilo de vida está morto e enterrado.

Tudo... ou morto ou morrendo. As pernas de Juliette quase cederam com a ideia. Tudo pelo que havia batalhado, tudo que pensava ser o seu futuro: não importava mais. Territórios desapareceram em minutos, lealdades trocaram de lado em segundos e a revolução devastou tudo em seu caminho.

— Meros momentos atrás — disse Kathleen, séria —, você estava determinada a impedir Dimitri.

— Meros momentos atrás — repetiu Juliette, a voz falhando —, eu não sabia que havia uma ordem de execução para a cabeça de Roma. Nós temos duas horas, *biǎojiě*. Duas horas para ir embora. Para correr para bem, bem longe daqui. Gângsteres nunca pertenceram à política, de qualquer forma.

Lentamente, Kathleen balançou a cabeça.

— *Você* precisa ir embora. Eu não vou a lugar algum. Eles vão matá-los, Juliette. Civis. Donos de lojas. Trabalhadores. A carta foi um blefe, não haverá prisões. Com a força dos gângsteres ao lado dos soldados, qualquer um que for às ruas para apoiar os Comunistas será morto imediatamente.

Seria puro terror. Juliette não negava isso. Se fosse até os pais agora e exigisse respostas, eles também não negariam. Ela os conhecia bem demais para pensar o contrário. Talvez por isso estivesse com medo de confrontá-los. Talvez, em vez disso, estivesse escolhendo fugir.

— Tem certeza de que você entende? — Suas lágrimas se recusavam a cair, mas se acumulavam em uma fina camada em seus olhos. — Nós estamos além da violência, além de uma mera revolução. Nacionalista contra Comunista… isso é guerra civil. Você está se alistando como soldado.

— Talvez eu esteja.

— Mas não precisa! — Juliette não pretendia gritar, mas já o fizera. — Você não é um deles de fato!

Kathleen puxou o braço com força para se soltar.

— Não sou? Eu vou às reuniões deles. Desenhos seus pôsteres. Conheço seus gritos de protesto. — Ela arrancou o pingente de jade e o ergueu sob o luar. — Tirando essas riquezas, tirando meu sobrenome, o que me impede de ser um deles? Eu poderia facilmente ter sido apenas mais uma criança abandonada, jogada na rua, implorando por migalhas!

Juliette inspirou. E inspirou. E inspirou.

— Eu sou egoísta — sussurrou. — Quero que você venha comigo.

Ao redor delas, as lâmpadas piscaram, então se apagaram completamente. Com apenas o luar iluminando os jardins, Juliette se perguntou por um instante se isso era um indício de que havia problemas a caminho da casa

Escarlate. Mas não era. Em tempos assim, o problema não precisava agir sob a cobertura da noite. Era um fogo implacável, que rugia.

Kathleen sorriu de leve, os lábios trêmulos, então prendeu o colar de volta no pescoço.

— Nós temos o luxo de poder ser egoístas. Mas muitos outros nesta cidade não têm. Jamais ficarei em paz se não os ajudar, Juliette. Jamais farei as pazes com esta cidade a não ser que eu fique.

Juliette sabia quando uma discussão estava perdida. Um longo segundo se passou, e ela esperou para ver se a prima hesitaria, mas Kathleen não o fez. Sua expressão continuou determinada, e alguma parte dentro de Juliette sabia que era uma despedida. Com o rosto contraído, estendeu os braços para Kathleen, abraçando-a com força.

— Não morra lá fora — ordenou. — Está me ouvindo?

Kathleen abafou uma risada.

— Vou tentar. — Seu abraço foi igualmente forte, assim como sua expressão quando ambas se soltaram. — Mas você… Estamos sob lei marcial. Como vai…

— Eles podem criar bloqueios para os trens e para as ruas de terra, mas nós somos a cidade sobre o mar. Eles não podem monitorar cada milímetro do Rio Huangpu.

Kathleen balançou a cabeça. Sabia o quão teimosa Juliette era quando precisava conseguir algo.

— Encontre Da Nao. Ele é simpatizante dos Comunistas.

— Da Nao, o pescador?

— Ele mesmo. Vou enviar um bilhete para ele esperar por você.

Juliette sentiu um nó de gratidão se apertar em seu estômago. Mesmo num momento como aquele, a prima continuava fazendo coisas por ela.

— Obrigada — sussurrou. — Não me importo se isso me torna ocidental demais. Preciso que você saiba o quanto lhe devo.

— Você só tem duas horas, Juliette — disse Kathleen, enxotando-a com as mãos. — Se vai fugir…

— Não vou conseguir, eu sei. Vou ganhar mais tempo para todo mundo. Consigo fazer adiarem o expurgo até de manhã pelo menos.

Os olhos de Kathleen se arregalaram.

— Não vai confrontar seus pais, vai?

— Não. — Juliette não sabia como eles reagiriam. Era arriscado demais. — Mas eu tenho um plano. Vá. Não perca tempo.

Ao longe, um pássaro começou a grasnar. O som era alto, um alerta da própria cidade. Assentindo firme, Kathleen se afastou, apertando a mão de Juliette uma última vez.

— Continue lutando por amor — sussurrou. — Vale a pena.

A prima desapareceu na noite. Juliette se permitiu uma respiração entrecortada. Deixou o som trêmulo sair e rasgar sua compostura, antes de inspirar profundamente e cerrar os punhos ao redor da seda do vestido.

Quando voltou para dentro da casa, a sala continuava silenciosa, o mensageiro ainda caído de lado. Ela pegou a carta do chão e subiu as escadas. A luz do escritório do pai estava apagada. Agora sabia: na sala de estar do terceiro andar, seus pais e quem quer que eles considerassem digno de um convite estavam discutindo um massacre sem sentido pela sobrevivência Escarlate.

Juliette fechou os olhos com força. As lágrimas caíram então, deparando-se com um caminho fácil por suas bochechas.

Continue lutando por amor. Mas ela não queria. Queria segurar o amor apertado contra o peito e correr, correr como uma condenada para que o mundo não a alcançasse. Era exaustivo se importar com cada um naquela cidade. Antes ela achava que tinha o poder para salvá-los, protegê-los, mas era apenas uma garota, deixada de fora de tudo o que importava. Se fosse para ser tratada como uma mera garota, então agiria como uma.

O vento soprou para dentro da sala, pois a porta de entrada continuava aberta. Juliette tremeu. Então, de súbito, não conseguia parar de tremer, sacudindo-se da cabeça aos pés.

Eu vou lutar esta guerra para te amar, dissera Roma, *e agora vou te levar para longe dela.*

Já estava farta. Naquele instante, Juliette decidiu que não se importava. Aquela era uma guerra da qual nunca haviam pedido para participar. Uma guerra que os arrastara antes que tivessem a chance de ir embora.

Roma e Juliette haviam nascido em famílias inimigas, em uma cidade em guerra, e em um país já fragmentado de maneira inacreditável. Ela estava lavando as mãos.

Não lutaria por amor. Protegeria aqueles com quem se importava, os outros que *se danassem*.

Trinta e Oito

O uniforme coçava menos do que Marshall esperava.

Quando o pai, ao chegar, o jogou em sua direção, Marshall resmungou até não aguentar mais, cruzando os braços e exigindo que o jogassem em uma cela em vez disso. O General Shu apenas o encarou com desinteresse, assim como seus homens, como se Marshall fosse uma criança birrenta numa loja de doces. Havia parecido uma tolice na hora. Ficar parado ali, perdendo tempo, sem conseguir nada além de uma baita dor de cabeça. Porém, se continuasse sendo petulante, poderia enganar a si mesmo e acreditar que alguém estava a caminho para salvá-lo. Que a cidade pararia de brigar, que as organizações voltariam ao normal, que os Rosas Brancas invadiriam o lugar, gesticulando para que se apressasse e fosse para casa.

Mas Marshall estivera se escondendo havia meses. Os Rosas Brancas achavam que estava morto. A cidade havia desistido dele. Não adiantava bater os pés no chão e dificultar as coisas.

Inspecionou o punho da camisa, desviando a atenção do Nacionalista que falava. Estava na casa do General Shu, e seu pai e uns vinte e tantos homens estavam reunidos ao redor da pesada mesa de madeira na sala de reuniões, deixando que Marshall escutasse também, como se estivesse ali para aprender. Não havia mais lugares à mesa, então ele ficou perto da porta, apoiado contra o papel de parede rasgado e olhando para o teto, perguntando-se se os rangidos no andar de cima que escutara tarde da noite em seu quarto eram os passos do pai, andando de um lado para o outro na sala de reuniões em horários estranhos.

— *Érzi.*

Marshall deu um pulo. Havia se distraído completamente. Quando focou os olhos na mesa de novo, os homens estavam recolhendo suas coisas e seu pai o observava com as mãos nas costas.

— Venha se sentar um minuto.

Ao menos Marshall não perdera nada. Já havia escutado tudo o que precisava nas outras reuniões. Os Comunistas precisavam sumir. Xangai era deles. A Expedição do Norte seria um sucesso. *Blá, blá, blá...*

— Nenhuma outra campanha para onde correr e liderar? — perguntou Marshall, jogando-se numa cadeira.

O General Shu não achou graça. A porta se fechou atrás do último Nacionalista, e ele voltou à mesa, escolhendo um lugar a duas cadeiras de distância do filho.

— Você não está sendo forçado a ficar aqui.

Marshall bufou.

— Considerando os soldados ao redor da casa, acho que eu e você temos definições bem diferentes do que é "ser forçado".

— Apenas precauções. — O General Shu batucou os nós dos dedos na superfície da mesa. Os olhos de Marshall correram imediatamente na direção do som, e ele ficou tenso com o gesto. Era como o pai costumava chamar sua atenção durante o jantar, nas raras ocasiões em que visitava. *Visitava*, como se eles não fossem sua própria família. — Você é jovem. Ainda não sabe o que é melhor para si mesmo. O que eu preciso fazer é mantê-lo nas condições mais ideais possíveis, mesmo que seja necessário uma imposição. Só então você...

— Pare — pediu Marshall. Haviam trocado palavras baixas e mal-intencionadas o suficiente no dia anterior. Ele mal tinha ânimo para começar a discutir de novo a respeito de como exatamente uma infância afastada no campo se qualificava como uma "condição ideal". — Vá direto ao ponto. O que estou fazendo aqui? Por que você *se importa*?

Por longos momentos, o General Shu não disse nada.

— Este país está a caminho da guerra. Eu não tinha problemas em deixá-lo correr solto como um gângster quando não parecia haver mal algum nisso, mas agora é diferente. A cidade é perigosa. Seu lugar é aqui — explicou, por fim.

Marshall resistiu à vontade de rir alto. Não por humor, mas por um ressentimento podre e profundo.

— Sobrevivi como gângster em Xangai por anos. Eu dou conta, obrigado.

— Não. — O general se virou de lado, olhando por cima do encosto da cadeira entre eles. — Você não sobreviveu, não é? À mais simples provocação, a herdeira Escarlate pediu para você se fingir de morto, e você obedeceu.

Marshall estava tão cansado de isso ser considerado algum tipo de crime. Qual era o *problema* em se esconder? Qual era o *problema* em recuar e esperar, apenas para sobreviver e se recuperar, apenas para poder lutar um novo dia?

— Não tenho nada contra a herdeira Escarlate.

— Talvez devesse ter. Ela é inconsequente e imprevisível. Representa tudo o que há de errado com essa cidade.

— Vou perguntar de novo — repetiu Marshall, por entre dentes cerrados. — Aonde você quer chegar com isso?

O pai poderia dizer que era para o seu próprio bem. Poderia apresentar cada obituário da cidade, mostrar-lhe simplesmente os companheiros que haviam sido perdidos ao longo dos últimos anos para a guerra de sangue, uma bala no peito por nenhum motivo além de vagar perto demais do território errado. Não importava. Eram apenas desculpas.

Os Nacionalistas rejeitavam a monarquia imperial, mas, quando marcharam para dentro da cidade e a tomaram, agiram exatamente como reis e imperadores faziam. Títulos diferentes, mas com a mesma ideia. Poder só durava bastante se fosse um reino, e reinos precisavam de herdeiros. O pai de Marshall nunca se dera ao trabalho de procurá-lo quando era um menino vivendo de sobras. Apenas agora, quando as aparências eram cruciais, ele se lembrara da existência do filho.

O General Shu suspirou e abandonou a discussão que estava prestes a fervilhar. Em vez disso, enfiou o braço no casaco, as mãos raspando nas medalhas reluzentes presas em sua lapela, e puxou um pequeno quadrado de papel.

— Estou repassando esta informação porque me importo. — O papel pousou na mesa, a parte escrita para cima. — Há uma ordem do Kuomintang para executar os Montagoves.

Em um instante, Marshall ficou de pé, pegou o bilhete e leu o telegrama. *Ao virar da meia-noite. Nenhum prisioneiro deve ser mantido vivo.*

— Revogue essa ordem! — exigiu Marshall. Sua voz se tornara afiada como aço. Odiava quando soava assim. Não parecia ele. — Revogue a ordem *agora*.

— Posso protelar — disse o general, com calma. — Posso continuar adiando. Mas não tenho como revogá-la. Ninguém tem esse poder.

Os punhos de Marshall se cerraram. Ele se imaginou marchando para fora naquele mesmo instante, cruzando a linha de soldados, pulando os altos muros que cercavam a mansão...

— E você me dá essa notícia como se eu devesse ficar agradecido? — perguntou. — Como se eu devesse dar bênçãos ao Kuomintang porque meus amigos *ainda* não estão mortos?

O General Shu não se perturbou com a explosão dele. Nunca se perturbava.

— Estou contando para que você perceba o que restou lá fora. Antigos gângsteres cuja vida está por um triz. A herdeira Escarlate sob o punho forte do pai, o herdeiro Rosa Branca sem mais nada para comandar. O que sobrou? O único lugar onde você é necessário é aqui. Enquanto a liderança Kuomintang se espalhar pela cidade, enquanto o número de reuniões continuar aumentando, enquanto estiverem de olho para definir de onde poderá se erguer a nova geração de líderes... você será necessário.

O telegrama se amassou sob os dedos de Marshall. Ele mordia os lábios com tanta força que sentia o gosto metálico de sangue. Os Rosas Brancas estavam se desintegrando. Os Rosas Brancas mal podiam ser chamados de organização agora, muito menos de um império capaz de exercer poder contra a cidade.

— Você não tem como ajudar seus amigos se for embora — continuou o General Shu. — Mas pode ajudá-los se ficar aqui comigo. Estou disposto a treiná-lo em seus estudos, investir em seu potencial para a liderança. Estou disposto a fazê-lo subir na hierarquia de comando, torná-lo meu filho de fato aos olhos do público.

Um prodígio Nacionalista. Um filho obediente, que ficou em casa no dia em que encontrou a mãe morta, que não fugiu no exato segundo em que imaginou como seria viver apenas com o estranho que era o pai. Ele se perguntou quanto do passado precisava apagar: se era seu passado como gângster ou o passado em que flertava com garotos, que seria um escândalo maior.

— Você me promete? — perguntou, a voz rouca. — Podemos salvar meus amigos? Vai me ajudar?

Você não vai me abandonar? Me deixar sozinho e sem apoio?

O general assentiu com firmeza, levantando-se também.

— Podemos ser uma família de novo, Marshall, desde que você não lute contra mim. Podemos conquistar grandes feitos, grandes mudanças.

Marshall soltou o telegrama, deixando-o flutuar de volta à mesa.

— Vou manter seus amigos seguros — disse o General Shu, finalmente. — Vou protegê-los o máximo que puder, mas preciso da sua ajuda. Você não quer ter um propósito? Não quer parar de fugir?

— Sim — sussurrou Marshall. — Sim, eu gostaria disso.

— Ótimo. — O General Shu deixou as duas mãos caírem sobre os ombros do filho e os apertou. Quase parecia paternal. Quase parecia gentil. — Muito bem.

Se Roma olhasse para mais um mapa, temia que acabaria fritando o cérebro.

Bufando, afastou os papéis, passou a mão pelo cabelo e bagunçou o penteado de forma irreparável.

Uma bagunça. Estava tudo uma maldita bagunça, e ele mal conseguia imaginar como os Rosas Brancas poderiam sobreviver. Seu pai se trancara no escritório. Os outros homens poderosos dentro da organização estavam ou misteriosamente desaparecidos, ou haviam sinalizado de maneira explícita seu desejo de sumir. Nada disso fora algo imediato ao levante, mas parecia que, quanto mais tempo se passava, mais evidente ficava que não havia um botão de desfazer. Os contatos com a Concessão Internacional haviam sido perdidos, os acordos com as milícias por todo o território haviam entrado em colapso.

Lorde Montagov tinha pouquíssimas opções. Ou juntava seus homens e declarava guerra contra dois grupos políticos — Comunistas e Nacionalistas —, ou enfiava o rabo entre as pernas e desfazia a organização. A primeira sequer era uma possibilidade, então teria que ser a segunda. Se pelo menos o pai abrisse a porta quando Roma batesse. Por tantos anos tentara provar seu valor, e para quê? Teriam acabado ali de qualquer forma, numa cidade em chamas, quer Roma obedecesse ou não.

— Roma!

Ele se sentou, esticando o corpo para poder espiar pela porta entreaberta. Era tarde da noite e a luz de sua escrivaninha piscava aleatoriamente. Havia algo de errado com a fiação da casa, e ele suspeitava que era porque as usinas e os cabos elétricos da cidade ainda estavam em ruínas.

— Benedikt? — chamou de volta. — É você?

Sua luz zumbiu. De súbito, a ponto de quase assustá-lo, a lâmpada se apagou por completo. No mesmo instante, passos ressoaram pelas escadas e pelo corredor e, quando Benedikt entrou apressado no quarto, o instinto imediato de Roma foi pensar que o primo tivera uma revelação para resgatar Marshall.

Então Benedikt se inclinou para apoiar as mãos nos joelhos, o rosto tão pálido que parecia doente, e Roma ficou de pé num pulo. *Não é uma revelação.*

— Está tudo bem? — perguntou.

— Você ficou sabendo? — indagou Benedikt, sem fôlego.

Ele cambaleou para a frente, parecendo prestes a cair.

— Sabendo do quê? — Na penumbra, com a visão guiada apenas pela luz do corredor, Roma passou as mãos pelos braços do primo. Não encontrou ferimentos. — Você está ferido?

— Então você não está sabendo — disse Benedikt. Algo em seu tom de voz fez os olhos de Roma se erguerem, atentos. — Há relatos confirmando.

Nacionalistas, Comunistas, Escarlates... estão todos falando nisso. Acho que não era para ter vazado do círculo interno Escarlate, mas vazou.

— O que é?! — Roma resistiu à urgência de chacoalhar o primo, nem que fosse só porque a cor ainda não voltara ao rosto dele. — Benedikt, do que você está falando?

O primo enfim foi ao chão, caindo com força sentado.

— Juliette está morta — sussurrou. — Ela se matou.

Juliette não estava morta.

Estava, entretanto, sob risco de desmaiar de exaustão, dado o quão rápido correra pela cidade. Num esforço para avançar o mais rápido possível, havia possivelmente torcido o tornozelo e explodido um pulmão. Talvez pulmões não explodissem tão fácil assim, mas o aperto em seu peito indicava o contrário. Permitindo-se um mero minuto para descansar, Juliette abaixou o chapéu sobre o rosto e se inclinou contra a parede externa do quartel-general Rosa Branca, arfando para respirar atrás do prédio.

Ela conseguira adiar o expurgo para as 4 horas da madrugada. Mais tarde que isso e seu esquema poderia ser descoberto, caso os Nacionalistas pedissem mais informações.

O plano havia sido executado com tanta facilidade que ela simplesmente *sabia* que alguma coisa acabaria dando errado. Havia conseguido entrar escondida no escritório vazio do pai, forjado uma carta com a letra dele e assinado com o carimbo dele. Para os chineses, o carimbo pessoal de um homem era tão válido quanto uma assinatura, não importava o quanto isso fosse imprudente, dado que Lorde Cai guardava o seu em uma gaveta que Juliette sabia como abrir. Ela havia conseguido pressionar a tinta contra o papel, e dobrou a carta com seu conteúdo breve e sucinto: *Minha filha está morta, uma adaga contra o próprio coração. Embora eu compreenda a importância da revolução, por favor deem aos Escarlates até o raiar do dia para lidar com o luto antes de tomar qualquer atitude.* Juliette havia conseguido até cutucar o mensageiro inconsciente para que acordasse, e o ameaçado com a ponta de uma faca para que levasse sua carta ao mesmo Nacionalista que enviara a última correspondência a Lorde Cai, prometendo esfolar sua pele como a casca de uma pera se o rapaz deixasse escapar que Juliette estava viva.

Quando o mensageiro correu porta afora, ela se apressou até o telefone mais próximo. Precisava alertar Roma: avisá-lo de que havia uma ordem para executá-lo, de que estava viva, não importava o que as ruas estivessem prestes a dizer.

Foi então que Juliette se lembrou de que as linhas não estavam funcionando.

— *Tã mã de!*

Ela tentara, é claro. Tentara ligar várias vezes, no caso de uma central ter um ou dois funcionários perambulando por ali. A linha se recusara a co-nectar. Não havia um único mensageiro na casa para correr com um alerta aos Montagoves. Estavam todos na rua, dispersos pela cidade, espreitando e esperando como cobras no mato.

Já quase passava da meia-noite. Ela usara um tempo precioso para fazer as malas antes: joias, armas e dinheiro, enfiados num saco pendurado no ombro. Se fosse para fugir, levaria o que precisava para sobreviver. Vai saber quanto tempo demoraria para voltar... Vai saber se Xangai algum dia se restabeleceria o suficiente, para que sequer fosse seguro voltar...

Juliette contornou a lateral do prédio, então fez outra curva fechada, correndo para outro beco estreito. Não andaria direto para a porta do quar-tel-general. Em vez disso, precisava chegar ao prédio *atrás* do bloco central deles. Acima, a escuridão das nuvens pairava como um calor opressivo, tão pesada a ponto do solitário poste de luz a alguns passos parecer a única salvação por quilômetros.

Juliette parou do lado de fora do outro prédio. Esperou para ver se ouvia alguma coisa, mas não escutou nada, então bateu.

O ruído de passos se aproximou imediatamente, como se o morador lá dentro estivesse esperando por alguém. Quando a porta se abriu e a luz inundou a noite escura, uma mulher piscou confusa para Juliette. Era jovem, chinesa, e vestia um avental polvilhado de farinha.

Costumava ser assim que ela se esgueirava para dentro da casa Montagov, nas poucas vezes em que ousara. Anos haviam se passado desde sua última tentativa. Agora, as pessoas que moravam atrás do bloco central haviam se mudado fazia muito tempo, trazendo estranhos para substituí-las.

— Qual é o seu apartamento? — perguntou Juliette, sem se preocupar com a etiqueta.

— Eu... o quê?

— Que apartamento é esse? Você não mora no prédio todo, mora?

A mulher piscou de novo. Então, com um pequeno atraso, balançou a cabeça.

— Moro só neste andar — disse, apontando para trás. — Tem alguns inquilinos no meio, e meu pai idoso no último...

Juliette tirou um punhado de dinheiro da bolsa e pressionou-o contra as mãos da mulher.

— Me deixe entrar, sim? Só preciso usar a janela dele.

— Eu...

Depois de um longo segundo encarando a quantidade de dinheiro em suas mãos, a mulher gaguejou e enfim a deixou entrar no prédio.

— Obrigada. — Juliette respirou fundo. Ela olhou de relance por cima do ombro antes de passar pela soleira. — Se está esperando alguém voltar para casa hoje, eu insisto para que fique aqui dentro. Não saia por nada, entendeu?

A mulher assentiu, franzindo o cenho. Juliette não esperou que a convidasse de novo, avançou depressa e subiu o primeiro lance de escadas que avistou. Todos os prédios naquele lado da cidade pareciam labirintos; painéis de janela surgiam dos corrimões e cômodos levavam a outros cômodos, que levavam a outros cômodos, que davam no próximo lance de escadas.

Juliette finalmente encontrou o andar que queria, a memória resistindo após tantos anos. Quando abriu a porta do quarto escuro, encontrou um homem idoso dormindo na cama, as cortinas abertas, e um raio prateado iluminando sua forma frágil. Com cuidado para não deixar os sapatos fazerem barulho no duro chão de madeira, Juliette foi até a janela e a abriu, tremendo com a rajada de vento.

A parte de trás do prédio dava diretamente para os fundos do quartel-general Rosa Branca. E ficavam tão perto um do outro que, quando Juliette

372   FINAIS VIOLENTOS

esticou o braço, conseguiu abrir a janela de Roma com facilidade e subir no peitoril. Por um instante, seu corpo ficou pendurado quatro andares acima do chão. Um movimento em falso, e cairia e se despedaçaria. Então ela mergulhou pela janela, pousando suavemente no chão do quarto de Roma Montagov.

Olhou ao redor. Estava vazio.

Onde foi que ele se enfiou?

— Roma — chamou Juliette em voz baixa, como se ele pudesse estar escondido.

Quando não houve resposta, ela xingou furiosamente. *Pense, pense.* Aonde ele poderia ter ido?

Ela correu até a porta e a abriu em silêncio, espiando o corredor deserto. Havia um barulho considerável vindo do andar de baixo, como se os Rosas Brancas ainda estivessem se divertindo apesar da hora avançada. Por um momento, Juliette simplesmente não sabia o que fazer a não ser deslizar para o corredor e fechar a porta do quarto de Roma atrás de si, o coração martelando cada vez mais forte no peito. Então ela se virou e se deparou com um pequeno rostinho observando-a por uma fresta em um armário de sapatos.

— Minha nossa — sussurrou Juliette em russo. — Alisa Nikolaevna, está tentando me matar de susto?

Alisa saiu do pequeno armário, colocando-se totalmente de pé.

— Era para você estar morta.

Juliette recuou.

— Como você sabe?

— Como eu sei… que você está *morta*? Escutei Benedikt dar a notícia. Roma correu lá para fora assim que ouviu.

Ai. Ai, não, não, não… Juliette respirou fundo.

— Para onde ele foi? Alisa, para onde ele foi?

A menina balançou a cabeça.

— Não sei. Só fiquei pensando dentro do armário desde então. Eu estava prestes a chorar por você, sabia? Foi há dez minutos só.

Juliette apertou o punho contra os lábios, pensando depressa. De dentro da casa, veio um tilintar de sinos, e ela podia jurar que estava sinalizando a hora: uma da manhã, um novo dia.

— Preste atenção. — Juliette se ajoelhou de repente, para que não ficasse inclinada sobre Alisa. Ela envolveu os ombros da menina com as mãos, apertando-os. — Alisa, há um expurgo a caminho. Preciso que você desça lá embaixo e avise o máximo de gente que conseguir. Depois preciso que você pegue tudo aquilo que não conseguiria viver sem, e venha comigo.

Alisa a encarou. Seus olhos estavam tão arregalados quanto os de uma corça, de um tom marrom-âmbar e cheios de preocupação.

— Ir com você? Para onde?

— Encontrar seu irmão — respondeu Juliette. — Porque nós vamos sair da cidade.

Trinta e Nove

Onde ele poderia *estar*?

Juliette chutou a fachada de uma loja, sujando os sapatos de poeira e lama. Com paciência, Alisa esperou que ela chutasse mais três vezes, roendo as unhas. Houve um som alto à distância e, de imediato, as duas olharam para a rua escura e silenciosa. Nada aconteceu. Ao redor delas, a cidade esperava, imóvel.

— Talvez o Bund? — sugeriu Alisa. — Perto do Huangpu?

— Às duas da manhã?

Antes de sair de casa, Alisa alertara o máximo possível de Rosas Brancas, dizendo-lhes para correr e se esconder pela cidade enquanto ainda havia a cobertura da noite. Os rumores de que algo estava para acontecer provavelmente haviam se espalhado para os círculos mais amplos. Já havia algo no ar. Uma nota alta, ressoando além do ouvido humano. Um zumbido inaudível, operando em outra frequência.

— Ele acha que você morreu... onde ele teria se enfiado?

— Não. Ele odeia lugares abertos. Não iria para perto da água num momento de luto.

Juliette ficou andando de um lado para o outro da rua, batendo de leve na própria cabeça como se a sensação física pudesse lhe dar alguma ideia. Alisa continuou roendo as unhas.

— Não parecia que ele estava fugindo da notícia — disse a garota, devagar. — Pareceu mais que tinha alguma coisa que precisava fazer.

Juliette jogou as mãos para cima.

— Nós não tínhamos muito o que fazer, além de...

Encontrar Dimitri. Impedir os surtos.

— Ele falou se iria atrás de Dimitri Voronin?

Alisa balançou a cabeça.

— Achei que vocês não soubessem onde Dimitri estava.

— Não sabemos. — Juliette a olhou de lado. — Como você sabia disso?

Revirando os olhos, Alisa apontou para as próprias orelhas. Era difícil acreditar que essa era a mesma menina que ficara em coma meses antes, que acordara magra e frágil numa cama de hospital. Parecia ter criado uma coragem duas vezes maior desde então.

— Eu sei de tudo.

— Está bem, Senhorita Eu-Sei-De-Tudo, onde está seu irmão?

Alisa apenas murchou em resposta, e Juliette se sentiu horrível pela atitude. Quantos anos tinha a menina agora? Doze? Treze? A dor nessa idade era algo eterno, um sentimento que talvez nunca amenizasse. Amenizaria, é claro. A dor sempre enfraquecia, mesmo que se recusasse a desaparecer por completo. Mas também era uma lição que só poderia vir com o tempo.

— Me desculpe — disse Juliette. Ela se apoiou contra a parede. — Estou preocupada com ele. Se não acharmos Roma antes de os Nacionalistas enviarem seus homens para a rua, eles vão encontrá-lo primeiro.

E não hesitariam. O Kuomintang se contivera por tempo demais. Havia observado a cidade por anos e anos enquanto ela vivia a idade de ouro dos clubes de jazz e filmes mudos, havia fervilhado de raiva ao ver Xangai cantando enquanto o resto do país morria de fome. Talvez, o alvo real de sua raiva fossem os imperialistas, que se escondiam atrás de suas cercas de alambrado nas Concessões. Mas, quando se tem armas e cassetetes nas mãos, de que importava quem era o verdadeiro alvo? O que mais importaria a não ser um pretexto para *extravasar* a raiva?

Alisa se levantou de novo, a cabeça se inclinando de lado.

— E se Roma ainda está tentando impedir Dimitri, mesmo sem saber onde ele está?

Juliette se afastou da parede. Começou a franzir o cenho.

— Como assim?

376   Finais Violentos

— Desse jeito. — Alisa pegou o braço dela e cutucou a parte interna do cotovelo, indicando as veias azuis que corriam translúcidas sob sua pele. — A vacina.

As respostas a atingiram. Com uma expressão de espanto, Juliette começou a empurrar Alisa, apressando-se para descer a rua.

— Lourens. Ele está com Lourens.

Foi o homem quem acreditou nela primeiro. O mesmo daquele beco, cuja cabeça estava sangrando feio. Ele certamente parecia curado agora, só um pouco abatido, de pé atrás dos rostos da liderança do Sindicato Geral dos Trabalhadores — rostos que Kathleen tinha certeza que deveria reconhecer, mesmo que não conseguisse nomear nenhum com precisão.

As autoridades Comunistas mais importantes estavam espalhadas pela cidade, fazendo o que quer que fosse necessário numa revolução. Os que estavam abaixo deles e deveriam manter as coisas funcionando, os que estavam acampados agora na fortaleza para onde Kathleen correra, haviam apenas franzido o cenho quando ela tentou explicar o que estava por vir. Quando ela insistiu que aqueles trabalhadores se amontoando nas ruas com fitas do sindicato nos braços não eram trabalhadores de verdade, mas sim Escarlates se preparando para um massacre.

O homem tinha que ser o filho de alguém, alguma coisa importante de uma pessoa prestigiada. Bastou um sussurro dele — um sussurro, outro sussurro e um pigarro e então o sujeito ao centro da sala, tirando os óculos, começou a falar.

— Se estão preparando um massacre e você veio nos avisar, o que é que podemos fazer para impedir? Os Nacionalistas têm um exército. Nós somos apenas os pobres. Os inferiores.

Kathleen cruzou os braços. Ela analisou o grupo sentado à sua frente, pensando que era típico deles dizer algo assim. As pessoas ali, ao redor da mesa, não eram os pobres ou os inferiores. Eram os privilegiados o suficiente para liderarem um movimento. Se ela pudesse, ergueria a voz até o céu para avisar diretamente as pessoas, as verdadeiras pessoas pobres e inferiores, porque eram *elas* quem Kathleen queria proteger. Não os poucos intelectuais, não os homens que se achavam revolucionários. No fim, os movimentos sobreviviam, mas as pessoas eram substituíveis.

Era tudo o que ela era. Uma garota, fazendo tudo o que podia pela paz.

— Eles pensaram que iam surpreendê-los — explicou com calma. — Então diga aos seus líderes para fugirem antes que sejam presos, para se reagruparem, esperarem outro dia. Diga ao seu povo para se preparar, para se tornar tão poderoso que os gângsteres terão dificuldades em descer as espadas em inocentes nas ruas.

Quando ela olhou para cima, o cômodo todo estava observando.

— É simples — finalizou. — Quando chegar a hora, estejam prontos.

Eles começaram a se mexer. Começaram a passar mensagens, escrever bilhetes, preparar telegramas para diferentes cidades, para o caso de o ataque se espalhar. Kathleen apenas observou, sentada de maneira formal a uma das mesas. Havia um borbulhar de emoções em seu peito. Uma estranha sensação ao perceber que não estava ali porque precisava, porque os Escarlates a haviam enviado. Naquele espaço, naquele momento, não era uma Escarlate.

Talvez nunca mais fosse ser uma Escarlate. Havia passado todos aqueles anos observando, imitando, se adaptando. Fazendo de si mesma um membro leal do círculo interno, alguém disposta a morrer pela família. Mas não era o que queria, nunca fora. Seu objetivo sempre fora manter a abordagem necessária para garantir a ordem, porém agora não existia mais ordem.

Kathleen tirou as luvas, amassando a seda fina até que virasse uma bolinha em suas mãos. O estilo de vida Escarlate estava morto. A rede de proteção não existia mais, mas também não existiam mais amarras. Chega de familiares procurando pelo menor sinal de deslealdade. Chega de hierarquias e de Lorde Cai ditando cada uma de suas ações. Ao longo de todos aqueles anos, Kathleen Lang respirava quando a Sociedade Escarlate respirava. Kathleen Lang andava quando a Sociedade Escarlate a mandava andar. Kathleen Lang não *existia* a não ser como outra pessoa alinhada à Sociedade Escarlate, a não ser para representar a imagem perfeita de alguém que era digna de proteção e segurança.

E, quando a Sociedade Escarlate morresse, o mesmo aconteceria com Kathleen. Quando a organização saísse de cena, Kathleen Lang pararia

378   FINAIS VIOLENTOS

como a bailarina de uma caixa de música: o nome de uma garota morta que girava para os olhos deles.

As luvas planaram até o chão.

O estilo de vida Escarlate estava morto. Kathleen Lang estava morta, sempre estivera morta. Mas Celia Lang, não. Celia sempre estivera ali, paciente, esperando pelo momento em que pudesse se sentir *segura*.

— Então, como foi que você conseguiu essa informação?

O homem subitamente veio se sentar, os sapatos pisoteando as luvas caídas sem perceber, os olhos focados demais na cena frenética à frente.

— Não importa muito, não é? — respondeu ela. — Você sabe que é verdade. Pode enviar pessoas para investigar os cantos da cidade, e verá os gângsteres vestidos como trabalhadores.

— Hum... — O olhar do homem se voltou para ela. — Seu rosto me parece familiar. Você não é afiliada aos Escarlates?

Celia se levantou, pegou as luvas e jogou-as no lixo.

— Não — respondeu. — Não sou, não.

Benedikt esmurrou a porta do laboratório, bloqueando a saída com o corpo. A alguns passos de distância, um Lourens cansado, que fora acordado de seu sono, estava piscando de medo, sem saber por que Roma estava agindo daquela forma.

— Preste atenção — pediu Benedikt, lentamente. — Vão atirar em você na hora.

— Saia da frente.

Não havia vida na voz de Roma. Nem em seus olhos. Uma massa de escuridão engolfava seu olhar. O mais estranho era que Benedikt reconhecia a si mesmo naquela expressão, reconhecia o mesmo senso distorcido de raiva que se manifestava em atitudes inconsequentes.

Era essa a minha aparência?

— Você disse que vinha conferir a vacina! — sibilou Benedikt. Ele tentou mais uma vez pegar o jarro das mãos de Roma. — Agora, em vez disso, está fugindo com um coquetel para explodir a mansão Escarlate pela segunda vez. Não é isso o que Juliette ia querer!

— Não me diga o que Juliette ia querer! — gritou Roma. — Não me diga...

Benedikt aproveitou a chance para avançar em direção ao jarro. Roma percebeu e recuou dois passos, mas o primo continuou a investida e o arremessou contra o chão de linóleo, contendo os braços dele para baixo. Lourens deixou escapar outro som preocupado, mas ficou imóvel perto das mesas, correndo os olhos pela cena.

— Pelo menos espere — disse Benedikt, com os joelhos na barriga de Roma. — Espere para descobrir o porquê. Desde quando Juliette teve qualquer motivo que fosse para enfiar uma adaga no próprio coração...

— Então eles a mataram! — gritou Roma. — Eles a mataram, e vão sair ilesos...

Benedikt impediu a tentativa do primo de se levantar.

— Isso não é um assassinato qualquer na rua, é a Sociedade Escarlate! Você sempre soube o quanto os gângsteres são perigosos. Você vivencia isso todo dia!

Roma parou de se debater. Ele inspirou, inspirou e inspirou, e, de súbito, Benedikt percebeu que era porque o primo estava tendo dificuldade para respirar.

— Ela nunca faria isso — murmurou. — Nunca.

Benedikt engoliu em seco. Não poderia permitir isso. Era para o próprio bem de Roma.

— Há Escarlates pela cidade toda agora — disse ele, devagar. — Eles estão planejando algo. Você não pode ir lá piorar as coisas.

Suas palavras tiveram o efeito contrário. A intenção era acalmá-lo, só que em vez disso uma veia saltou no pescoço de Roma. Ele empurrou Benedikt para longe e se levantou. Mas o primo não desistiria tão fácil. Benedikt tentou pegar o jarro de novo. Conseguiu segurar apenas o pulso de Roma, então desistiu de brigar pelo explosivo e simplesmente o segurou com as duas mãos, impedindo-o de abrir as portas do laboratório, impedindo-o de correr pelo prédio e noite afora.

Roma parou. Lentamente, ele se virou. Seu olhar morto havia adquirido um brilho assassino.

— Diga-me... Não era você que queria vingança quando achava que Marshall estava morto?

Benedikt bufou. Foi um erro. O fogo só ardeu mais nos olhos de Roma.

— Eu nunca invadi a casa Escarlate. Nunca fiz nada por impulso!

— Deveria ter feito.

— *Não* — sibilou Benedikt. Ele não queria pensar em Marshall naquele momento, não quando estava tentando fazer Roma desistir de sua missão suicida. — De que teria adiantado?

— De que teria adiantado? Não importa, não é? Ele voltou dos mortos!

Roma tentou se soltar, mas Benedikt não cedeu. Em um instante, Roma tinha uma pistola na mão livre, mas não estava apontada para o primo.

Estava apontada para a própria têmpora.

— Ei! — Benedikt paralisou, com medo de que qualquer movimento súbito fosse ativar o gatilho. Tudo o que conseguia escutar era o som de sangue fluindo em sua orelha. — Roma, não faça isso.

— Roma, não seja tolo — implorou Lourens de onde estava.

— Então me solte — disse Roma. — Me solte, Benedikt.

Benedikt soltou uma respiração baixa.

— Não vou soltar.

Era um impasse então. Era uma questão de Benedikt acreditar que o primo não poderia estar tão desesperado assim, mas não tinha certeza. Não tinha como saber se, nos segundos seguintes, Roma levaria seu blefe a sério e espalharia os próprios miolos pelo laboratório.

Benedikt o soltou.

E, naquele mesmo instante, a porta se abriu e iluminou as figuras na soleira.

— Roma! O que você está *fazendo*?

Roma se virou, ofegando de espanto ao escutar a voz. Benedikt, já de frente para a porta, só conseguia piscar, confuso. Uma vez. Duas vezes. Não era uma alucinação. Juliette Cai estava mesmo ali, vestindo um chapéu ridículo, seguida por Alisa, as duas ofegantes como se houvessem corrido uma longa maratona.

— Olha só — sussurrou Benedikt, mal escutando as próprias palavras enquanto saíam de sua boca. — Você também ganhou uma ressurreição.

Roma não o escutou. Já estava soltando a pistola como se o queimasse, soltando também o jarro da outra mão. Benedikt mergulhou para pegá-lo, sem querer descobrir como materiais explosivos reagiam quando eram jogados no chão duro. No tempo que levou para pegar o jarro, salvando-o de se espatifar no linóleo aos seus pés, Roma já havia alcançado Juliette e estava beijando-a com força. O abraço foi tão feroz que ela imediatamente esticou uma mão para trás, tentando cobrir os olhos de Alisa.

Alisa escapou e tapou a boca na direção de Benedikt, que ainda estava chocado a ponto de não conseguir acompanhar a risada.

— Você está bem? — perguntaram Roma e Juliette em uníssono, no momento em que se afastaram.

Benedikt se levantou. O jarro continuava intacto. Ele o passou a Lourens, que o pegou depressa e o enfiou numa prateleira. Estavam correndo para escondê-lo de Roma, mas, com Juliette ali, Benedikt duvidava que o primo sequer se lembrasse por que queria o jarro.

— Eu pensei que você estivesse *morta* — disse Roma a Juliette. — *Nunca mais* faça isso comigo.

— A questão é... — interrompeu Benedikt — por que você gosta *tanto* de fingir mortes?

Juliette balançou a cabeça, o braço ao redor de Roma conforme o empurrava de volta para dentro do laboratório. Ela sinalizou para Alisa entrar também, deixando as portas se fecharem.

— Fingir minha morte envolveria arranjar um corpo falso, como fiz para Marshall — disse Juliette, tranquila. — Tudo o que eu fiz desta vez foi mentir. Não era para ter chegado até vocês. Não era para ter vazado dos círculos internos Escarlates. — Ela viu Lourens ainda ao redor das mesas de trabalho, ressabiado. — Olá.

— Posso voltar para a cama agora? — perguntou ele, cansado.

— Não — respondeu Juliette antes que os Montagoves o fizessem. — Você precisa escutar também. Estão preparando um expurgo. Foi por isso que eu menti. Para atrasá-lo.

382   FINAIS VIOLENTOS

— Um o quê?

Roma ainda estava confuso, piscando depressa para limpar a névoa que embaçava seus olhos.

Juliette colocou as mãos sobre uma das mesas. Parecia que estava fisicamente se preparando, e, quando levantou a cabeça para falar... não era para Roma que estava olhando, mas para Benedikt.

— Há uma ordem para executar vocês. Rosas Brancas devem ser tratados como Comunistas e, pouco antes do nascer do sol, Escarlates e soldados do Kuomintang vão, juntos, começar a atirar e fazer prisioneiros. O comando foi dado. Qualquer um que se oponha aos Nacionalistas deve ser eliminado. Nós temos que ir.

— Espere... *o quê?*

A voz de Roma se ergueu outra oitava, fazendo com que Alisa se aproximasse e abraçasse seu braço. Benedikt, enquanto isso, apenas suspirou, deixando a mente processar a informação. Um expurgo da cidade toda. Finalmente os Nacionalistas haviam decido ir a todo vapor, determinados a tomar Xangai.

— Não podemos — continuou Roma. — Dimitri ainda está lá fora com seus monstros. Eu aceito me afastar da política. Aceito sair correndo do caminho, se forem os Nacionalistas contra os Comunistas. Mas, enquanto pudermos impedir Dimitri, é o que precisamos fazer.

Era possível àquela altura? Como poderiam impedi-lo? Como poderiam matar homens que se transformavam em monstros, se as criaturas pareciam tão indestrutíveis?

Juliette fez uma careta, correndo os olhos de volta a Benedikt como se estivesse pedindo ajuda. Antes que conseguisse falar, foi Lourens quem pigarreou, interrompendo-a.

— Talvez vocês não precisem impedi-lo. — Ele apontou para os fundos do laboratório. Uma das máquinas estava zumbindo, iluminada por dentro. — A vacina evita os surtos, não é? Não resolverá o problema físico dos monstros, mas vai tirar boa parte do poder deles.

Os olhos de Roma se arregalaram.

— A vacina está pronta?

— Não neste exato momento. Mas daqui a alguns dias, talvez. Eu tenho a fórmula. Tenho a matéria-prima. Posso jogar no abastecimento de água da cidade toda. Ninguém nem precisa saber que está sendo vacinado.

— O que significa — disse Juliette em voz baixa — que já fizemos tudo o que podíamos aqui, Roma. Pelo seu bem, pela sua vida, precisamos ir embora. Todos nós. Agora, antes de o sol nascer.

Benedikt finalmente entendeu porque os olhos de Juliette continuavam se voltando para ele.

— Está bem — concordou Roma, vencido.

Ao mesmo tempo, de súbito, soou a resposta de Benedikt.

— *Não.*

O laboratório ficou em silêncio, nada além do som das máquinas zumbindo. Então, quando Benedikt teve certeza de que havia conseguido a atenção de todos, ele explicou.

— Não sem Marshall.

Juliette fez um muxoxo.

— Eu estava com medo de que você fosse falar isso. — Ela finalmente desviou o olhar. — Se Marshall está com o pai, está mais seguro do que em qualquer outro lugar.

— Ele pode estar em segurança, mas vai ficar preso aqui sabe-se lá até quando. Se vamos sair da cidade, sair do *país*, vai ser para nunca mais voltarmos. Não vou deixá-lo para trás.

Roma murmurou, pensativo. Ele limpou a poeira das bochechas de Alisa, que, em sua defesa, havia permanecido quieta o tempo todo.

— Benedikt tem razão — disse ele. — Se há mesmo um expurgo a caminho, não vai parar por aí. Digamos que Lourens distribua a vacina. Digamos que os surtos desapareçam e a cidade retome a relativa normalidade. Mas, com essa violência contra os Comunistas e os Rosas Brancas...

— A cidade nunca vai voltar ao normal — finalizou Juliette, pesarosa, como se não quisesse dizer aquilo em voz alta.

Um expurgo nunca era só um expurgo. Os Nacionalistas não estavam apenas se livrando de toda a oposição. Eles também precisavam se manter no poder. Nenhum Comunista poderia dar as caras naquela cidade de novo.

Nenhum Rosa Branca poderia viver dentro de suas divisas, pelo menos não sem esconder sua identidade. O expurgo nunca teria fim.

— Então — concluiu Benedikt —, precisamos buscar Marshall.

Juliette tirou o chapéu e jogou-o na mesa. Seu cabelo estava caoticamente embaraçado.

— Por mais que eu concorde, *como* você propõe que façamos isso?

— Eu vou sozinho.

Todos os olhos do laboratório se voltaram para Benedikt. Até Lourens parecia estarrecido.

— Você está tentando se matar? — perguntou Juliette. — Eu *acabei* de falar que todos os Rosas Brancas que forem vistos nas ruas ao raiar do sol vão ser massacrados.

— Eu não sou tão reconhecível quanto Roma — respondeu ele, tranquilo. — Principalmente se me vestir como seus Escarlates estarão vestidos. Eu já os vi. Estão com roupas de trabalhadores, com uma tira no braço. — Ele apontou para o bíceps. — Estão atrás de Rosas Brancas para executar os que *pareçam* Rosas Brancas. Quem vai saber o que sou, se eu tiver a mesma aparência deles?

— É um bom plano — disse Roma.

— É um péssimo plano — retrucou Juliette.

Roma pegou o chapéu dela.

— Mas os Nacionalistas estarão na rua. Marshall provavelmente estará sozinho.

Juliette tomou o chapéu de volta.

— Por que você acha que eles se aliaram aos Escarlates? Os Nacionalistas sempre enviam as baixas patentes para fazer o trabalho sujo, o trabalho sangrento. Você não tem como garantir que o General Shu não estará lá em pessoa, vigiando Marshall.

— Pelo menos ele não vai ter reforços. — Benedikt arregaçou as mangas, bufando. — Estamos perdendo tempo com essa discussão. É isso ou nada. Vocês dois não podem nem pensar em me seguir. *Principalmente* para dentro de uma fortaleza Nacionalista. Vão ser atacados em um piscar de olhos, não importa quantos chapéus feios usem.

Juliette jogou o chapéu nele, que se esquivou com facilidade, mesmo que, embora ela tivesse uma mira letal, o objeto macio fosse apenas quicar em seu corpo. O laboratório ficou em silêncio de novo. Os olhos de Alisa corriam de um lado para o outro, tentando acompanhar a situação.

— Com uma condição — disse Roma, enfim. — Se não conseguir tirá-lo de lá, você precisa desistir. O pai dele não vai matar o próprio filho. Mas, se for pego, eles vão matar *você*.

A boca de Benedikt se abriu para argumentar, mas, tão subitamente a ponto de Roma sequer notar, Juliette ergueu a mão aos lábios e pressionou um dedo ali, balançando a cabeça.

— Tenho um contato no Bund que pode nos ajudar a sair da cidade — disse ela, cerrando os punhos e assumindo uma postura normal no momento em que Roma se virou para olhá-la. — A lei marcial não pode impedi-lo de velejar para pescar, mas o mais tarde que podemos sair é meio-dia. Depois disso, suspeito que serei descoberta. — O olhar de Juliette era severo para Benedikt, comunicando tanto quanto suas palavras. — Você precisa nos encontrar no Bund nesse horário. Aconteça o que acontecer.

Benedikt sabia o que ela estava tentando dizer, mesmo que Juliette não elaborasse. Se ele não estivesse lá, todos precisariam ir embora do mesmo jeito. Ela nocautearia Roma e Alisa e arrastá-los se precisasse, mas não arriscaria a vida deles e deixaria que ficassem para trás pelo primo.

Benedikt assentiu. Um sorriso, um sorriso verdadeiro, lhe subiu aos lábios. Talvez pela primeira vez, confiava plenamente em Juliette.

— Meio-dia — prometeu.

Quarenta

les colocaram tábuas nas janelas do laboratório e inclusive quebraram um dos vidros antecipadamente, para que os Escarlates de passagem pensassem que o lugar já havia sido invadido e vasculhado. A qualquer momento, o chamado dos trompetes soaria pela cidade, convocando todos sob o comando dos Nacionalistas.

Juliette se perguntou se algum dos Escarlates ficara de luto por sua suposta morte. Se, ao ouvir a notícia, haviam ficado genuinamente tristes, ou se ela era apenas uma figura de poder que haviam sido forçados a respeitar. Os pais com certeza já haviam percebido seu esquema, recebido os pêsames dos Nacionalistas pela perda da filha e procurado pela casa até descobrirem que Juliette estava desaparecida. Não levaria muito tempo para que ligassem os pontos e deduzissem que havia sido ela mesma quem anunciara a própria morte.

— Senhorita Cai.

Juliette levantou a cabeça da mesa da cozinha de Lourens. O apartamento dele ficava nos fundos do laboratório. Depois de jogarem uma pilha de prateleiras no chão, para fazer parecer que os corredores haviam sido saqueados, eles haviam determinado que era improvável que algum gângster ou soldado chegasse até ali. Mesmo assim, Juliette passou uma faca pelo trinco e, se alguém tentasse entrar, teria que romper o aço primeiro.

— Sim?

Lourens lhe entregou um cobertor fino. Juliette teve dificuldades para pegá-lo, mas apenas porque não conseguia ver onde ele estava. Não dormia fazia tanto tempo que sua visão estava começando a falhar, e havia apenas uma única vela para iluminar o lugar todo, as chamas balançando na sala ao lado. O sol nasceria a qualquer segundo, mas eles haviam acabado de cobrir as janelas do apartamento com camadas e mais camadas de jornal, escurecendo o lado de dentro e impedindo que alguém de fora espiasse.

— Se estiver tudo pronto, eu vou voltar a dormir — anunciou Lourens.

Roma olhou para cima de repente, franzindo o cenho do outro lado do apartamento. Estava no sofá ao lado de Alisa, com linha e agulha na mão, consertando um rasgo na manga da irmã, os dois inclinados tão perto da vela que o cabelo loiro da garota corria o risco de pegar fogo.

— Lourens — disse Roma, quase em tom de reprovação, enquanto terminava a costura. — Como você consegue dormir? Daqui a pouco vai ter um massacre lá fora.

— Eu sugiro fortemente que vocês jovens façam o mesmo — retrucou Lourens. Ele pegou uma laranja da fruteira e colocou-a sobre a mesa na frente de Juliette. — Um conselho de quem também já fugiu certa vez: quando vocês deixarem tudo o que conhecem para trás, é bom que estejam descansados.

Juliette pegou a laranja.

— Obrigada?

Lourens já estava se afastando, saindo da cozinha para a sala.

— Senhorita Montagova, a senhorita fica com o quarto de hóspedes, pode ser? Senhorita Cai, acredito que o sofá seja suficiente e, Roma, vou pegar um colchonete para você pôr no chão.

Juliette observou Roma franzir o cenho, olhar para o sofá e medir mentalmente sua largura, concluindo que com certeza caberiam duas pessoas.

— Você não precisa…

— Obrigada! — repetiu Juliette, interrompendo.

Lourens desapareceu pelo corredor.

— Juliette, o que…

— Ele é velho, Roma. — Ela se levantou da mesa da cozinha e levou a laranja consigo, arrancando a casca em faixas precisas. — Está tentando horrorizá-lo com sua falta de decoro social?

— Falta de decoro social com um massacre lá fora — murmurou Roma.

388   FINAIS VIOLENTOS

Juliette tirou um gomo da laranja e enfiou-o na boca. Ela começou a andar pela sala, inspecionando os vários vasos que Lourens tinha. Enquanto fuçava aqui e ali, escutou Alisa murmurar algo para Roma. Acontece que a versão de um murmúrio de Alisa era alta o suficiente a ponto de que todas as palavras fossem claramente enunciadas.

— Roma.

— O que foi? — Ele mexeu na manga dela. — Outro rasgo?

— Não — sussurrou Alisa, franzindo o cenho e afastando o braço. — Então você... Você *se casou* com Juliette Cai?

Juliette engasgou, a laranja entalando em sua garganta.

— Eu... — Mesmo sob a luz fraca, Roma parecia um tanto vermelho. — Nós nos conhecemos bem.

Meio tossindo, meio contendo a risada mais inadequada possível para o momento, Juliette conseguiu cuspir a laranja de sua traqueia. Roma, enquanto isso, pigarreou, levantando-se e puxando a irmã para que ficasse de pé também.

— Vamos, Alisa. Vá descansar um pouco.

Ele rapidamente empurrou a irmã pelo corredor, trocando algumas palavras com Lourens antes que ele se retirasse para seu quarto. Juliette pensou ter escutado *vacina* e *você tem certeza?*. Houve mais alguns murmurinhos no quarto de hóspedes antes de Roma reaparecer, cambaleando no escuro com algo que parecia um colchonete.

— Lourens insistiu para eu pegar isso — explicou, colocando-o no chão.

Juliette já havia terminado a laranja e se acalmado, sentando-se no sofá. O humor era uma reação instintiva. A cidade entrava em colapso lá fora, e o sangue correria tão espesso que as ruas se transformariam em um oceano vermelho. Rir era a única forma de não chorar.

— E você vai usá-lo? — perguntou Juliette.

Roma ergueu a cabeça. Seus olhos se estreitaram, tentando avaliar se a pergunta era legítima ou só uma provocação.

Juliette sorriu. Ele soltou o ar, aliviado, chutando o colchonete para um canto.

CHLOE GONG 389

— Ninguém consegue ficar séria como você — disse, juntando-se a ela no sofá. — Ainda estou bravo, *dorogaya*.

Juliette se inclinou para trás, colocando a mão sobre o coração.

— Bravo *comigo*? Achei que já tivéssemos superado isso.

— Eu já perdoei você por todo o resto. Estou bravo porque me fez pensar que estava *morta*. Sabe quão horrível foi aquilo?

Juliette trocou o joelho de posição, encostando-o contra a perna de Roma. Ele não se afastou. Ela presumiu ser um gesto de perdão.

— Benedikt viveu com a mesma sensação por *meses*.

— Por isso não achei que você faria de novo — disse Roma. — Por isso achei que fosse verdade.

Juliette estendeu a mão. Gentilmente, pressionou a palma contra a bochecha dele, os dedos apertando de leve a pele, e Roma apoiou a própria mão por cima.

— Eu deveria estar brava com você — disse ela, em voz baixa. — Como ousa apontar uma arma para a própria cabeça como se sua vida fosse algo dispensável?

Roma se inclinou na direção do toque dela, os olhos fechando-se devagar. Ele parecia jovem. Vulnerável. Era o garoto por quem ela havia se apaixonado, debaixo de todas as camadas calejadas que precisava usar para sobreviver. Mas, em sua mente, estava se lembrando da cena que vira ao abrir as portas do laboratório. Roma, com a pistola pressionada contra a têmpora. Roma, parecendo pronto para atirar.

— Eu entrei em pânico — disse ele. — Não teria puxado o gatilho. Só precisava fazer Benedikt acreditar nisso para me deixar ir.

Porém, a ameaça tinha que ter vindo de algum lugar. O fato de que Benedikt acreditara que o primo era capaz daquilo. De ameaçar a própria vida apenas para chegar até ela. Juliette não conseguia afastar a preocupação. Não queria ser uma garota que incentivava os outros a se machucarem. Não queria, mas talvez, pelo simples fato de ser Juliette Cai, fosse também a encarnação da violência daquela cidade.

— Você não pode fazer isso, jamais. — Ela apertou os dedos. — Não pode me escolher acima de todo o resto. Não aceitarei isso.

390   FINAIS VIOLENTOS

Um instante se passou. A vela dançava vigorosamente sobre a mesa, lançando sombras em movimento em ambos.

— Não vou — sussurrou Roma. Quando os olhos dele se abriram de novo, lentamente, para se ajustar à luz fraca, acrescentou: — Não me abandone, Juliette.

Parecia estar implorando. Implorando aos céus, às estrelas, às forças que determinavam seus destinos.

— Jamais — respondeu ela, solene. Já o fizera tantas vezes. — Nunca vou te abandonar.

Roma suspirou de leve.

— Eu sei. — Ele pressionou um beijo na parte de dentro do pulso dela. — Acho que eu tinha mais medo de que eles tirassem você de mim.

Ah. A confissão fez um nó subir pela garganta dela. Aquela era a vida deles. Sempre com medo, mesmo quando deveriam supostamente ter poder. O poder não deveria vir acompanhado de controle? Não deveria resolver todos os problemas?

Juliette abaixou a mão, apenas para esticar o dedo mindinho.

— Do fundo do meu coração — prometeu —, se depender de mim, você jamais vai me perder.

A vela oscilou. Os olhos de Roma também, subindo e descendo, do rosto para a mão dela.

— Isso é algum estranho costume norte-americano?

Juliette conteve uma risadinha, pegando a mão dele e enganchando seus dedos mindinhos.

— É. Significa que eu não posso quebrar minha promessa ou você tem o direito de arrancar meu mindinho.

— Essa é a interpretação japonesa. *Yubikiri*.

Os olhos dela se ergueram de imediato.

— Então você *sabe* o que significa!

Roma não lhe deu a satisfação de ter sido pego no flagra. Com a expressão bem séria, apenas levantou a mão dela e alisou seu punho, para que todos os dedos ficassem separados, a palma aberta voltada para ele.

— Mas e se eu não quiser este? — perguntou, apontando o mindinho. Ele tocou o dedo ao lado, o anelar, e acariciou-o por todo o comprimento. — E se eu quiser este aqui?

O coração de Juliette começou a martelar em seu peito.

— Que mórbido.

— Hum... — Roma continuou a desenhar um círculo ao redor do dedo, não deixando dúvidas sobre o que estava falando. — Não sei bem se era em algo mórbido que eu estava pensando.

— No que então? — Juliette queria ouvi-lo dizer. — No que estava pensando?

Roma soltou uma risadinha.

— Eu estou te pedindo em casamento.

Todo o sangue no corpo de Juliette subiu à cabeça. Ela conseguia sentir as bochechas coradas queimarem, não de vergonha, mas porque havia tamanho fervilhar dentro dela que as emoções não tinham mais para onde ir.

— Minha promessa de mindinho não foi boa o suficiente para você? — provocou ela. — Alisa te convenceu a fazer isso?

Foi a vez de Roma colocar ambas as palmas nas bochechas dela. Juliette pensava que estava escuro demais para que ele notasse seu rubor, mas ele percebeu, e um sorriso repuxou seus lábios.

— Ela não tem o poder de me convencer a fazer isso. Case comigo, Juliette. Case comigo para que possamos apagar a guerra de sangue entre nós e recomeçar do zero.

Juliette se inclinou para a frente. As mãos de Roma desceram para o pescoço dela, alisando o cabelo solto que se enrolava ao redor de seus ombros. Ele pensou que Juliette se inclinara para um beijo, mas, na verdade, ela esticava o braço para trás dele. Tomando um susto, Roma piscou, vendo uma das muitas Bíblias de Lourens nas mãos dela.

— Eu não sabia que você era religiosa.

— Não sou — respondeu Juliette. — Só achei que era preciso uma Bíblia para se casar nesta cidade.

Roma piscou.

— Isso é um "sim"?

— *Shǎ guā.* — Ela ergueu a Bíblia, fingindo usá-la para bater nele. — Acha que estou segurando isso para usar como arma? É claro que estou dizendo sim.

Rápido como um raio, Roma a envolveu com os braços, empurrando-a para o sofá. A Bíblia caiu no chão com um *tum*. Uma risada repentina escapou pelos lábios de Juliette, abafada apenas pelo beijo de Roma. Por um momento, era tudo o que importava: Roma, Roma, *Roma*.

Então houve o som distante de tiros, e os dois se assustaram, afastando-se para escutar. As janelas estavam bloqueadas. Eles estavam seguros. Porém, isso não mudava a realidade, não significava que o mundo lá fora não estivesse clareando com o dia e transbordando de vermelho.

Havia começado. Embora distante, o chamado de um trompete podia ser ouvido reverberando pela cidade toda, invadindo até o apartamento. O expurgo havia começado.

Juliette se sentou e pegou a Bíblia caída. Duvidava que Lourens fosse ficar muito contente se eles a estragassem.

— Eu deveria ter tentado enviar mais ajuda — sussurrou ela. — Deveria ter espalhado mais alertas.

Roma balançou a cabeça.

— É a sua própria organização. O que você poderia ter feito?

De fato, era esse o problema. Escarlate ou Rosa Branca. Comunista ou Nacionalista. No fim, os únicos que pareciam se beneficiar com tanta briga interna eram os estrangeiros, sentados quietinhos atrás das divisas de suas Concessões.

— Eu os odeio — sussurrou ela. — Se minha própria organização consegue disparar contra as massas apenas por simpatizarem com Comunistas, eu odeio todos eles.

Roma não disse nada. Apenas colocou o cabelo atrás da orelha dela, deixando-a tremer com a raiva.

— Vou me livrar do meu nome. — Juliette olhou para cima. — Vou usar o seu.

Tudo ficou imóvel por um momento, um instante em que Roma olhou para ela como se estivesse tentando decorar suas feições.

— Juliette, não é como se o meu nome fosse muito melhor. Não é como se houvesse menos sangue nele. Você pode chamar uma rosa de outra coisa, mas ela continua sendo uma rosa.

Ela hesitou, escutando um grito lá fora.

— Então nunca vamos mudar? — perguntou. — Seremos para sempre rosas encharcadas de sangue?

Roma pegou sua mão. Pressionou um beijo contra os nós de seus dedos.

— Uma rosa é uma rosa, mesmo que atenda por outro nome. Mas somos nós quem escolhemos se vamos trazer beleza ao mundo, ou usar nossos espinhos para machucar.

Eles podiam escolher. Amor ou sangue. Esperança ou ódio.

— Eu te amo — sussurrou Juliette, com fervor. — Preciso que você saiba disso. Eu te amo tanto, que sinto que isso pode me consumir inteira.

Antes que ele sequer pudesse responder, ela pegou um novelo de lá da mesa. Roma ficou olhando, confuso, o cenho franzido enquanto ela media um pedaço de linha e tirava uma faca do bolso para cortá-la.

Ele ficou menos confuso quando Juliette pegou a lã e a enrolou ao redor do dedo dele — da mão direita, como era o costume dos russos. Ela se lembrava. Lembrava-se das conversas sussurradas de cinco anos antes, sobre um futuro em que poderiam fugir e ficar juntos.

— Eu aceito você, Roma Montagov — recitou ela, com a voz suave —, como meu legítimo esposo, para amá-lo e protegê-lo, até que a morte nos separe. — Ela amarrou um pequeno nó firme. — Acho que esqueci alguns votos no meio.

— E também um juiz e algumas testemunhas — Roma esticou-se para pegar a faca de Juliette e cortou o próprio pedaço de linha —, mas pelo menos temos uma Bíblia.

Ele pegou a mão esquerda dela. Com cuidado, enrolou a lã no quarto dedo, com tanta delicadeza que Juliette teve medo de respirar e distraí-lo de sua tarefa.

— Eu aceito você, Juliette Cai — sussurrou, concentrado —, como minha legítima esposa, para amá-la e protegê-la, até que... — Ele olhou para cima ao terminar o nó. Parou. E, quando falou de novo, não desviou os olhos. — Não, esqueça isso. Para amá-la e protegê-la, mas nem a morte pode nos separar. Nesta vida e na próxima, pelo tempo em que nossas almas existirem, a minha sempre encontrará a sua. Esses são meus votos para você.

Juliette cerrou o punho. A linha se parecia mesmo com um anel: tão pesada em seu dedo quanto qualquer tira de metal. Aqueles votos significavam tanto quanto qualquer um feito à frente de um padre ou de uma audiência. Eles não precisavam dessas coisas. Sempre foram almas gêmeas, os únicos que entendiam um ao outro em uma cidade que queria destruí-los, e agora estavam unidos. Eram mais fortes juntos.

— Nem a morte pode nos separar — repetiu ela com convicção.

Era uma promessa que parecia colossal. Nesta vida, haviam nascido inimigos. Nesta vida, havia um rastro quilométrico de sangue entre eles, tão largo quanto um rio, tão profundo quanto um vale. Na seguinte, talvez houvesse paz.

Lá fora, metal tilintava contra metal, um eco ressoando por toda a cidade — de novo e de novo. Ali dentro, entre aquelas quatro paredes, tudo o que podiam fazer era abraçar um ao outro, esperando pelo meio-dia, pelo momento em que pudessem ser livres.

Quarenta e Um

Aparentemente, Celia havia se tornado um soldado, avaliando o campo de batalha do alto. Tudo o que sempre quisera era um mundo que girasse com calma. E havia tapado os ouvidos com as mãos, na esperança de que o silêncio em sua mente significasse silêncio do lado de fora também.

Não funcionaria agora. O mundo havia se tornado barulhento demais. A cidade reverberava num crescendo.

— Três Escarlates estão vindo do norte, provavelmente trazendo outros — relatou Celia.

Imediatamente, a menina que estava descansando na sacada, esperando-a reportar o que via, correu para passar a informação adiante. A mensagem correria de casa em casa, de prédio em prédio.

— Seu bilhete foi entregue — relatou outra menina que chegava, assentindo para Celia. — Encontramos Da Nao.

Celia assentiu em resposta, então voltou a focar as ruas de novo. Ela nunca pensara que se tornaria um soldado, e... supunha que não era um. Não estava entre aqueles que se reuniam lá embaixo, com tijolos, cassetetes e armas, à espera dos gângsteres e dos Nacionalistas. Quando a luta começara, as pessoas só precisavam resistir até que a cidade acordasse, até que seus partidários pudessem sair e fazer o que sempre fizeram de melhor: incitar o caos, tomar as ruas, derrotar todas as mãos superiores que tentavam controlá-los.

— Preparem-se — gritou Celia para baixo.

No momento exato, os Escarlates se aproximaram, espantando-se ao ver os trabalhadores já esperando do lado de fora de seus apartamentos. Eles trocaram olhares, como se estivessem se perguntando se deveriam continuar. Quando seus olhos se ergueram e viram Celia lá no alto, uma faísca de reconhecimento pareceu cruzar suas expressões.

Ela saiu da varanda e entrou.

Não era um soldado, mas os olhos que vigiavam.

Não era um soldado, mas o coração pulsante da resistência.

Benedikt arrancou a faixa do braço, descartando-a assim que saiu das avenidas principais. A tira de pano branco ficou ensopada em uma poça suja, e ele estremeceu, um breve calafrio percorrendo suas costas.

Estavam todos usando uma, os Escarlates com suas facas e armas. Rostos manchados com um pouco de sujeira, como se aquilo os disfarçasse como parte das massas. As faixas em seus braços impressas com o caractere chinês para "trabalho", como se aquela fosse a causa dos trabalhadores se voltando contra os próprios líderes. Ele havia apostado que poderia passar despercebido no meio deles, e tinha razão. Só precisou trocar as roupas e quase nenhum dos Escarlates nas ruas parou para observá-lo melhor, mesmo que estivesse indo no sentido contrário.

Benedikt parou então, agachando-se atrás de um poste ao ouvir o rumor de uma agitação a distância. As Concessões estavam abertas. Ele não sabia quando isso havia acontecido, quando todos os soldados estrangeiros haviam sido comandados a abandonar suas posições. Por algum motivo, a Rota Ghisi não tinha guardas, e as avenidas, antes bloqueadas com sacos de areia e cercas temporárias de alambrado, estavam livres.

A agitação se aproximou. Benedikt se abaixou, bem a tempo de se esconder do grupo de Escarlates que saia apressado da Concessão Francesa.

Ele não deveria estar surpreso. Então os Escarlates e os Nacionalistas haviam chegado a um acordo com os estrangeiros. Os estrangeiros haviam permitido isso, sabiam sobre o expurgo e orientaram seu povo a ficar dentro de casa. Não importava o quanto os Nacionalistas proclamassem sua necessidade de retomar o país, uma parcela grande demais da cidade estava sob comando dos estrangeiros. Muitos escritórios e quartéis-generais Nacionalistas ficavam em terra francesa para que arriscassem perturbá-los.

— Andem logo! Jessfield precisa de reforços.

Outro grupo passou correndo pela estação telefônica, e Benedikt se abaixou mais, embora o poste com certeza o escondesse. Só quando ouviu as vozes se afastarem novamente foi que ele se levantou, esticando a cabeça ao redor para ver os homens do Kuomintang desaparecerem de vista.

A Concessão Francesa estava deserta. Ele nunca a vira tão vazia àquela hora da manhã, sem nenhum vendedor, mesmo quando o céu aos poucos clareava num cinza enevoado. Mas isso não significava que estivesse quieta. Sirenes gritavam por toda a cidade, a maioria vinda do sul. Se Benedikt tivesse que chutar, diria que vinham dos barcos militares, aqueles que flutuavam em partes do Huangpu, em Nanshi.

Ele começou a correr. Não adiantava ser sutil naquele momento. Cada instante perdido era um segundo mais perto do meio-dia. Benedikt sabia onde ficava a casa do General Shu. Sua única preocupação era se Marshall estaria lá ou se a casa estaria ocupada. Até onde sabia, eles poderiam não estar mais em Xangai. Até onde sabia, eles poderiam estar em qualquer lugar da cidade, fora das terras estrangeiras e longe da luta.

— Ei!

Com um sobressalto, Benedikt se virou e viu um grupo de Escarlates saindo de uma pequena rua adjacente. Estavam vestidos como ele, rifles em mãos. O primeiro instinto do Montagov seria correr, mas a Concessão era grande e vasta demais; não haveria como despistar seus perseguidores, a não ser que ele pudesse desaparecer no meio do nada.

— O que foi? — gritou de volta, como se o chamado deles não fosse nada além de um incômodo.

— Aonde você está indo? — retrucou um dos Escarlates do grupo. — O Comando mandou se reunir em Zhabei. Há manifestantes tentando marchar para o quartel-general da Segunda Divisão.

— Ah, é? — Benedikt fingiu não saber de nada. Tentou se lembrar se sabia onde diabos ficava o quartel-general da Segunda Divisão dos

398   Finais Violentos

Nacionalistas. Na avenida Baoshan? — Eu não estava sabendo. Estou indo entregar uma mensagem.

— Para quem?

Eles estavam começando a suspeitar. Benedikt deixou a expressão séria.

— Lorde Cai ordenou que um bilhete seja entregue diretamente a Chiang Kai-shek. Ele já está bravo o suficiente com o joguinho de Juliette. Por acaso vocês querem ir até lá e explicar por que a mensagem dele está tão atrasada?

Todos os Escarlates fecharam a cara, alguns mais severamente do que outros.

— Pode ir — disse outro do grupo.

Antes que Benedikt sequer se mexesse, já estavam andando no sentido contrário, murmurando entre si coisas sobre Lorde Cai.

Benedikt soltou o ar e continuou avançando, o coração disparado no peito. Aquilo havia sido um risco. Não sabia se Lorde Cai havia anunciado publicamente o que Juliette fizera. Teve sorte.

Seu destino enfim apareceu. Um portão alto de ferro forjado, pintado de preto. Não parecia haver ninguém de guarda. Não parecia haver ninguém vigiando lá de dentro também. Tudo o que Benedikt conseguia ouvir eram sirenes distantes — sirenes distantes e o assobio do vento, que chicoteava seu cabelo e atrapalhava sua visão.

Benedikt sacou uma arma e contornou o portão. Suas botas pisavam com força nos arbustos que cercavam a casa, farfalhando a cada passo. O chão tinha um pequeno desnível ali, subindo conforme as árvores ficavam mais grossas, os galhos caindo até embaixo. Naquela parte da Concessão Francesa, as construções eram distantes umas das outras, e cada uma tinha um jardim e um longo caminho sinuoso para a entrada de carros. Algumas bloqueavam a fachada para impedir que pessoas olhassem lá para dentro, enquanto outras deixavam flores e arbustos serem admirados à vontade. Quando Benedikt finalmente encontrou um montinho de terra alto o suficiente para subir, usou-o para se lançar por cima do muro, espiando e descobrindo que não havia apenas o próprio muro, mas também uma segunda cerca do lado de dentro.

— Nossa, isso é uma casa ou um complexo militar? — murmurou.

Parecia não haver movimento no vão entre as duas barreiras. Resmungando, ele passou as pernas por cima do muro, quase rolando para o outro lado e aterrissando por pouco sobre os dois pés. Uma pontada de dor lhe subiu o tornozelo.

Por favor, não esteja torcido. Por favor, não esteja torcido.

Ele deu um passo para frente. A dor piorou.

Ah, pelo amor de Deus.

Meio cambaleante, Benedikt subiu na segunda cerca, colocando o pé esquerdo em uma das barras. Era um alambrado em vez de um muro liso, mas, assim que se içou até a metade da altura, ouviu vozes se aproximando. Xingando furiosamente em voz baixa, ele enfiou o pé direito na cerca, cerrando os dentes para o tornozelo que gritava de dor, e passou de qualquer jeito pelo arame farpado no topo. Era possível que houvesse rasgado a barra da calça. Era possível que houvesse arranhado o braço e estivesse deixando um rastro de sangue pela grama. Nada disso importava o suficiente para que diminuísse a velocidade, com medo de ser visto a qualquer momento agora que estava do lado de dentro, correndo pelas laterais do jardim.

A casa ficou à vista: uma porta de entrada proeminente, depois duas alas aos lados, com as sacadas do segundo andar sustentadas pelas garagens do primeiro. Considerando o número de carros pretos estacionados do lado de fora, havia muitos visitantes lá dentro.

Benedikt parou, tentando pensar no melhor plano para agir. Se prestasse bastante atenção, pensava conseguir ouvir o murmúrio constante de conversas vindo de dentro da casa, o que significava que estavam em algum tipo de reunião matinal. Não fazia sentido. Os Nacionalistas haviam acabado de dar a ordem de execução para a cidade. Como qualquer um desses homens tinha estômago para se reunir e continuar com os afazeres do dia, enquanto soldados estavam matando gente nas ruas?

— Marshall, onde é que você está, maldição? — sussurrou para os jardins vazios.

Com cautela, abaixado perto do chão, ele começou a contornar os caminhos de cascalho, mantendo-se perto da cobertura das árvores. Se ficasse próximo demais da casa, temia ser visto através das amplas janelas. Se ficasse próximo demais da cerca, temia ser visto pelos soldados em patrulha. Só quando deu a volta para os fundos foi que ousou avançar em linha reta, mancando perto das paredes pintadas de branco. De alguma forma, precisava dar um jeito de entrar. Talvez se tirasse os apetrechos, poderia fingir ser um assistente Nacionalista, e alegar que...

Benedikt parou. Ele havia passado por uma janela, só que agora dava meia-volta, olhando-a com mais atenção. Havia uma bandeira pendurada acima da mesa: azul-escura com um sol branco. Era um escritório. Era o escritório do *General Shu.*

Os dois painéis da janela estavam trancados, mas não seriam um problema. Benedikt pegou o canivete e abriu a fina lâmina, deslizando-a perfeitamente entre os painéis. Tudo o que precisou fazer foi forçá-lo para cima, e o trinco se soltou. As dobradiças rangeram de leve quando ele empurrou o vidro.

Mal podia acreditar. Com cuidado para não levar a terra do jardim para dentro, pulou o peitoril, fazendo uma careta de dor ao pousar no carpete. O escritório continuou em silêncio — nenhum alarme disparou, nenhum guarda secreto estava à espreita no canto. Só havia a bandeira balançando de leve à menor perturbação, a poeira se acomodando nos papéis sobre a mesa e a luz do sol do começo da manhã cortando a parede com um facho. Uma porta do lado oposto à mesa provavelmente levava ao corredor. Outra, perto da bandeira, era menor: um almoxarifado.

O olhar de Benedikt focou a mesa. Não tinha tempo para vasculhá-la, mas parou mesmo assim, tentando não colocar mais peso no tornozelo ao se aproximar e pegar os dois pedaços de papel largados no centro.

O primeiro era um rabisco bagunçado, os caracteres quase vazando da página com a pressa.

Interceptei isso.
Já avisamos Lorde Cai.

Benedikt piscou, uma sensação ruim lhe pesando o estômago. O segundo papel era muito mais fino, a tinta visível ao sol mesmo antes de ele desdobrá-lo. A mensagem havia sido escrita com uma caligrafia muito mais cuidadosa, endereçada a...

— Ai, *não* — murmurou.

Da Nao,
Cai Junli e Roma Montagov precisam de ajuda para sair da cidade. Você deve colocá-los a bordo. Os dois. Para o bem do país, para o bem do povo, por gentileza, faça esse favor.
Lang Selin

Os Nacionalistas sabiam. Os Escarlates sabiam. Deveriam estar reunindo suas forças naquele mesmo instante, com o objetivo de impedir Juliette de fugir. E, se os pegassem, Roma seria levado para ser executado.

Benedikt colocou os papéis na mesa. Precisava encontrar Marshall. Precisavam sair dali, ir ao Bund, dar o alerta.

Mas então veio o som de passos pelo corredor. A seguir, uma explosão de vozes cada vez mais perto.

Estavam vindo para o escritório.

O pânico fez seus batimentos cardíacos dispararem. Benedikt olhou para a janela, calculando o tempo que precisaria para saltar de volta até o jardim. Em vez disso, sem tempo a perder, se virou para a outra porta do cômodo e a abriu, deparando-se com um quartinho de armários e arquivos, estreito a ponto de uma pessoa mal poder entrar, mas longo o bastante para que o fundo fosse escuro. Ele se enfiou ali dentro, as costas pressionadas contra os armários que cobriam as paredes, os ombros quase batendo nas beiradas afiadas de metal.

Clique. Benedikt fechou a porta atrás de si no mesmo instante em que vozes entraram no escritório. Homens se ajeitaram no cômodo: cadeiras foram arrastadas para trás, corpos pesados se sentaram, discutindo sobre os Comunistas, discutindo sobre o massacre.

— Temos reclamações da Sociedade Escarlate sobre a ordem de execução dos Montagoves. Disseram que é uma desonra.

Benedikt não tinha certeza se havia escutado direito. Ele ficou tenso de espanto, prestando mais atenção. Então os Escarlates não concordavam

402   FINAIS VIOLENTOS

totalmente. Ele não sabia se deveria respeitá-los por manifestarem seu incômodo, ou odiá-los por acatarem a ordem mesmo assim.

Com o medo cobrindo sua pele como uma camada de suor, Benedikt empurrou a porta com o maior cuidado que conseguiu, permitindo que se abrisse ali o mais fino vão. Ele não conhecia exatamente as feições de cada oficial da alta patente dentro do Kuomintang, mas reconheceu o General Shu, tanto pela sua semelhança com o filho, quanto pela imagem para sempre gravada em sua memória de quando o homem arrastou Marshall para longe dele.

— Ignore-os — disse o general. — Minha ordem se mantém. Nunca mais teremos uma chance como essa de eliminar nossos inimigos. Precisamos aproveitá-la.

Os punhos de Benedikt se cerraram ao lado do corpo, enquanto ele enrolava as mangas para ter o que fazer, uma forma de liberar a energia sem se mexer e fazer barulho. E desde quando os Rosas Brancas eram inimigos dos Nacionalistas? Dimitri se aliara aos Comunistas, mas isso era o bastante para condenar cada um de seus membros? Os Escarlates empurrarem os Rosas Brancas para o expurgo era uma coisa, mas o General Shu insistir nisso...

Só restavam quatro Montagoves na cidade. A não ser que a ordem de execução não fosse contra os Rosas Brancas de fato, mas sim uma tentativa de arrancar de Marshall todos com quem se importava.

Benedikt soltou o ar lentamente. Os Nacionalistas continuaram com sua discussão, o cheiro de cigarro invadindo o armário dos arquivos. Enquanto isso, tentando não mexer um único músculo, Benedikt estava preso.

Quarenta e Dois

Garoava de leve pela cidade. A água lavava as manchas das calçadas, transformando as linhas de sangue em um longo riacho que corria por Xangai como um segundo rio.

Quando Juliette saiu do prédio do laboratório, emergindo com cuidado no final da manhã, a rua estava deserta. Estava silenciosa já havia algum tempo. O som de tiros, gritos e metal tilintando não havia durado muito. Os Nacionalistas e os Escarlates haviam varrido a cidade com armas militares, afinal. Os que estavam do outro lado da batalha haviam se rendido logo.

— Tem alguma coisa errada, *dorogaya*. — Juliette se virou e viu Roma sair, segurando a mão de Alisa. Os olhos dele corriam nervosos de um lado para o outro. — Está quieto demais.

— Não — disse Juliette. — Acho que todos os reforços só foram chamados para outro lugar. Escute.

Ela ergueu um dedo, inclinando a cabeça para o vento. A chuva começava a apertar, transformando a garoa em um verdadeiro pé-d'água, mas, por trás do barulho, havia o som de vozes, como uma multidão gritando.

A expressão de Roma se transformou em espanto.

— Vamos logo.

O primeiro grupo de pessoas que encontraram foi uma surpresa. Roma entrou em pânico, Alisa paralisou, mas Juliette empurrou os ombros dos dois, forçando-os a continuar andando. Eram manifestantes, alunos da universidade a julgar pelo cabelo simples e trançado, mas estavam focados demais em gritar slogans para sequer notar os três gângsteres que passavam por eles.

— Continuem andando — alertou Juliette. — Cabeça baixa.

— O que está acontecendo? — perguntou Alisa, erguendo a voz para ser ouvida apesar da chuva. — Achei que era um expurgo. Por que eles não estão com medo?

Seus cabelos loiros estavam colados no pescoço e nos ombros. Juliette não devia estar com uma aparência muito melhor. Pelo menos não havia se dado ao trabalho de fazer *finger waves*, então eram apenas mechas pretas grudadas em seu rosto, e não gel escorrendo em uma bagunça melada.

— Porque não dá para matar todo mundo num dia só — respondeu Juliette, amargurada. — Eles focaram os alvos mais importantes em um ataque surpresa. Além disso, os trabalhadores ainda ganham em números. Enquanto os líderes continuarem convocando, haverá gente para atender ao chamado.

E, de fato, elas atendiam ao chamado. Quanto mais Roma, Juliette e Alisa andavam, avançando para dentro da cidade e para perto do Bund, maiores eram as multidões. Ficou surpreendentemente claro que todos nas ruas estavam se reunindo em uma única direção: o norte, para longe da água, no sentido de Zhabei. Não eram apenas estudantes. Os trabalhadores têxteis estavam em greve, os condutores de bonde abandonaram seus postos. Não importava o quão poderosos os Nacionalistas haviam se tornado, eles não conseguiram esconder a notícia do expurgo. Não importava o quão temida a Sociedade Escarlate fora um dia, haviam perdido o controle sobre a cidade. Não podiam ameaçar as pessoas até que voltassem a se submeter. O povo não aceitaria assassinatos e intimidação. Ele se faria ouvir.

— Ninguém está indo na mesma direção que a gente — percebeu Alisa quando entraram em uma avenida principal. Ali, a multidão quase os paralisava. Se os grupos ao fundo empurrassem com um pouco de força, ficariam todos presos na aglomeração. — Não vamos ser pegos se sairmos pelo mar?

Roma hesitou, parecendo concordar. O breve momento de pausa quase o fez colidir com um trabalhador. O outro sequer piscou, apenas retomou seu grito de *"Abaixo os imperialistas! Abaixo os gângsteres!"* e seguiu adiante.

— Temos que arriscar — disse Roma, ainda observando o trabalhador. Quando se virou, encontrou os olhos de Juliette, e ela tentou abrir um pequeno sorriso. — Não existe outra opção.

— E o campo? — insistiu Alisa. Seu andar vacilava. — Está um caos aqui!

Eles estavam se aproximando do Bund. Os prédios normalmente pitorescos surgiam no horizonte — os pilares de Art Déco e as altas cúpulas reluzentes —, mas tudo parecia desbotado à luz daquele dia. O mundo estava coberto por uma camada de cinza, um filme de cinema que havia sido gravado com lentes sujas.

— Alisa, meu bem — disse Juliette, a voz suave. — Nós já estamos sob lei marcial. A liderança Comunista está tentando fugir, e a liderança Nacionalista está tentando nos eliminar. Até contornarmos para o campo e chegarmos a outro porto internacional para escapar, os Nacionalistas já terão tomado lá também, e seremos barrados. Pelo menos aqui temos a vantagem do caos.

— Então onde estão eles? — indagou Alisa. Quando chegaram ao Bund e viram as ondinhas regulares do Huangpu, ela olhou ao redor, procurando para além dos manifestantes, dos gritos e dos cartazes. — Onde estão os Nacionalistas?

— Olhe para onde todos estão indo — explicou Juliette, indicando com a cabeça. *Norte.* Com tanto sangue Comunista fresco no chão, o Kuomintang focava sua atenção nas recém-esvaziadas estações da polícia e nos quartéis militares, certificando-se de posicionar seus oficiais atrás das mesas. — Os Nacionalistas estão fortalecendo todas as suas bases de poder. Os trabalhadores irão para lá também, se reunir nessas bases, na esperança de fazer alguma diferença.

— Não relaxe muito — acrescentou Roma. Ele virou o rosto da irmã, empurrando seu queixo até que ela olhasse para um ponto particularmente tenso na multidão. — Embora não tenham Nacionalistas, eles enviaram os Escarlates.

Juliette inspirou de leve, um tanto perdida quando o estouro de um relâmpago caiu sobre a cidade. Ela tocou de raspão o cotovelo de Roma, e a mão dele foi ao encontro da sua. Estavam ambos completamente encharcados, assim como a linha ao redor de seus dedos anelares, mas Roma segurou-a com gentileza, como se estivessem apenas dando as mãos para uma caminhada matinal.

— Vamos — chamou Juliette. — Com toda essa gente, vamos encontrar um bom lugar para esperar.

Em Zhabei, os líderes sobreviventes do Sindicato Geral dos Trabalhadores estavam gritando uns com os outros e socando as mesas. Pessoas de terno se misturavam com pessoas de avental. Celia se sentou e observou, o rosto totalmente impassivo. Eles ocupavam um restaurante transformado em fortaleza, com mesas e cadeiras aglomeradas, um grupo ao centro liderando o trabalho. Ela não conseguia entender como alguém se fazia ouvir em meio a tanto barulho, mas eles conseguiam: comunicavam-se e agiam o mais rápido que podiam.

Uma petição estava sendo rascunhada. *Devolução das armas roubadas, cessação da punição aos trabalhadores sindicais, proteção para o Sindicato Geral...* Esses itens foram combinados com as exigências e então enrolados como pergaminhos, prontos para serem levados ao quartel-general da Segunda Divisão dos Nacionalistas. Mesmo que morressem, os Comunistas não aceitariam a derrota.

— Mexa-se, garota! — gritou alguém em seu ouvido.

Eles já estavam se espremendo pela multidão e gritando para outras pessoas antes que Celia conseguisse se virar para ver quem era. Os trabalhadores cerravam os punhos no ar e gritavam uns com os outros, palavras de ordem ressoando de suas bocas antes mesmo de o protesto pela cidade começar.

— Abaixo o governo militar! — rugiram eles, rindo enquanto empurravam uns aos outros, saindo para as ruas e para a chuva torrencial. — Abaixo o controle gângster!

Eles se uniram às multidões já presentes no oeste de Xangai, mesclando-se numa única e inacreditável procissão, maior do que a própria vida.

Mãos puxaram Celia para que se levantasse. Logo ela estava de pé, a cabeça ainda zumbindo.

— Abaixo o governo militar! — gritou a idosa ao seu lado.

— Abaixo o controle gângster! — urrou a criança à sua frente.

Celia saiu cambaleando do restaurante para o calçamento e para a chuva. As ruas haviam ganhado vida. Aquilo não era a antiga riqueza brilhante e reluzente de Xangai: luzes claras e jazz tocando nos bares. Não eram as luminárias vermelhas e as rendas douradas nos vestidos das dançarinas das boates burlescas, um farfalhar de tecido que levava as multidões à exuberância.

Era o movimento das sarjetas da cidade, erguendo-se entre as fábricas de tetos baixos cobertas por cinzas.

Celia ergueu o punho.

Foi o novo conjunto de passos entrando no escritório que enfim forçou Benedikt a endireitar as costas e se chacoalhar, para acordar do transe em que havia entrado para se manter em silêncio. Foi a maneira como o som entrou: sapatos se arrastando, deliberadamente.

Benedikt não precisava ver Marshall para saber que era ele. E também não precisava vê-lo para saber que tinha as mãos enfiadas nos bolsos.

— Os carros que Lorde Cai enviou chegaram — disse Marshall. Ele estava fingindo um tom casual, mas a voz era ríspida. — Estão prontos para todo mundo.

Benedikt escutou com atenção, tentando avaliar quantos Nacionalistas pegavam seus casacos dos encostos das cadeiras e saíam do cômodo. O escritório não estava cheio, mas ele não escutou passos o suficiente saindo. De fato, tinha razão: outra conversa começou entre o General Shu e mais alguém, debatendo o próximo curso de ação para os Comunistas que haviam escapado.

— *Érzi* — disse o General Shu de súbito, chamando Marshall. — Onde estão as cartas para o comando central?

408   FINAIS VIOLENTOS

— Você quer dizer aqueles envelopes nojentos que eu mesmo lambi para fechar? — perguntou Marshall. — Coloquei ali. Precisa deles agora?

Houve uma pausa em sua fala. Com certo atraso, Benedikt percebeu que a breve interrupção significava que Marshall estava apontando. E o único lugar que havia para apontar era... o almoxarifado em que ele estava.

— Pegue-os, sim? Precisamos sair em alguns minutos.

— Sim, senhor.

Passos, arrastando-se em sua direção agora. Benedikt olhou desesperado ao redor. No fundo do espaço, havia uma pequena caixa de papelão, que ele presumia ser o que Marshall estava indo buscar. Andou na direção da caixa. Então parou, congelando a três passos dela quando Marshall abriu a porta, entrou e a fechou atrás de si.

Ele acendeu a luz. Olhou para cima. Arregalou os olhos.

— Ben...

Benedikt colocou uma mão em sua boca. O gesto fora tão repentino que os dois bateram contra um dos armários de arquivo, os corpos colados. Benedikt conseguia sentir o cheiro de cigarro na pele dele, contar a quantidade de dobras em seu cenho franzido enquanto Marshall tentava não se debater.

Que diabos você está fazendo aqui?, pareciam gritar os olhos de Marshall.

O que você acha?, respondeu Benedikt de maneira silenciosa.

— O que aconteceu? — chamou o General Shu do lado de fora, pois havia escutado a pancada alta.

Com cuidado, Benedikt tirou a mão da boca de Marshall. O restante dele não se mexeu.

— Nada. Dei uma topada na quina do armário — respondeu Marshall, com calma. Logo em seguida, baixou a voz ao mais inaudível sussurro e sibilou: — Como foi que você entrou aqui? O Kuomintang tem uma ordem de execução para os Montagoves, e você aparece de bandeja na porta da frente?

— Não graças ao seu pai — retrucou Benedikt, num volume tão baixo quanto. — Quando é que você ia me contar...

— Péssima hora, péssima — interrompeu Marshall.

Ele inspirou. Os peitos de ambos subiram e baixaram simultaneamente. Marshall estava de uniforme, cada polido botão dourado em sua jaqueta pressionava-se entre eles. Parecia que as paredes estavam se fechando de tão perto que estavam, o espaço diminuindo e diminuindo.

Então Marshall subitamente se desvencilhou, se espremeu pela estreita passagem e pegou a caixa. Benedikt se inclinou contra os armários, a respiração acelerada.

— Fique aqui — sussurrou Marshall quando passou por ele de novo, segurando a caixa. — Eu vou voltar.

Ele apagou a luz e fechou a porta com firmeza.

Benedikt resistiu à urgência de chutar um dos armários. Queria escutar o *tum* de seu eco metálico, fazer ressoar tão alto e tão forte que a casa toda seria atraída até ali. É claro que isso seria algo absurdamente estúpido. Então ele ficou imóvel. Tudo o que se permitiu foi o rápido batucar de seus dedos. Quanto tempo Roma e Juliette tinham no Bund? Quão perto estava do meio-dia?

Depois do que se pareceram séculos, a porta se abriu de novo. Benedikt ficou tenso, pronto para sacar a arma, mas era Marshall, com a expressão preocupada.

— Você pode sair agora. Eles não estão mais aqui, foram para a mansão Escarlate.

— E deixaram você para trás?

— Fingi que estava com dor de cabeça.

Benedikt saiu, quase desconfiado. Seu tornozelo doeu, reduzindo seus movimentos, mas a hesitação também era intencional. Ele não sabia o que lhe dera na cabeça. Havia ido até ali determinado a resgatar Marshall e ir embora o mais rápido que pudessem, mas agora olhava para ele e estava totalmente perplexo. Sentia o estômago se retorcer. Havia imaginado Marshall sendo torturado, abusado, ou de alguma forma à mercê de pessoas contra as quais não tinha como se rebelar. Em vez disso, encontrara o amigo andando pela casa como se pertencesse àquele lugar, como se fosse seu lar.

E talvez fosse mesmo.

— Achei que estava vindo para te ajudar a escapar — disse Benedikt. — Mas parece que você poderia ter escapado sozinho a hora que quisesse.

Marshall balançou a cabeça e enfiou as mãos nos bolsos, embora a postura não combinasse com a calça passada a ferro.

— Seu *tolo* — disse ele. — Eu estava tentando ajudar vocês de dentro. Meu pai ia protelar a ordem de execução.

Uma rajada fria entrou no cômodo. Em algum momento, enquanto Benedikt se escondia, uma chuva forte começara lá fora, colorindo o céu com um terrível cinza escuro. As gotas batiam nas janelas, escorregando pelas beiradas e formando uma minúscula poça no carpete. Benedikt piscou. Havia trancado as janelas depois de entrar? Podia jurar que sim.

Será que não?

— Seria tarde demais — relatou Benedikt. — As execuções começaram ao nascer do sol. Foi Juliette quem veio nos avisar.

Ou melhor, avisar Roma. Benedikt fora informado por tabela.

Marshall recuou.

— O quê? Não. Não, meu pai disse…

— Seu pai mentiu.

Assim como Marshall fizera. Como parecia fazer cada vez mais.

— Eu… — Ele deixou as palavras morrerem e voltou a atenção para a janela também, parecendo irritado com a água que entrava. Andou até lá. — Então por que você veio, Ben? Por que entrar direto em território inimigo?

— Para salvar *você*.

Benedikt não conseguia acreditar no que estava ouvindo. Com o passado todo de Marshall se mostrando uma mentira, talvez toda a sua persona também fosse irreal. *Será que Marshall Seo é mesmo seu nome verdadeiro?*

— Claro que é.

Benedikt havia murmurado a última parte em voz alta.

— Seo era o sobrenome da minha mãe — continuou Marshall, fechando a janela. — Eu imaginei que me fariam menos perguntas se achassem que fugi da Coreia depois da anexação pelo Japão, um órfão sem laços familiares. Era menos complicado do que um fugitivo chinês do campo, que não suportava morar com o pai Nacionalista.

— Você deveria ter me contado — disse Benedikt em voz baixa. — Deveria ter confiado em mim.

Marshall se virou, os braços cruzados, apoiando-se contra o vidro.

— Eu confio em você — murmurou, estranhamente quieto. — Só preferia ter mantido um passado diferente, um que eu mesmo houvesse escolhido. É tão errado assim?

— É! — gritou Benedikt. — É muito errado se nós não fazíamos ideia de que você estaria em perigo quando *Nacionalistas* marchassem para dentro da cidade.

— Olhe ao redor. Parece que eu estou em perigo?

Benedikt não conseguiu responder. Tinha medo de que suas palavras saíssem ríspidas demais, distantes demais do que realmente queria dizer. Isso nunca havia sido uma preocupação, não com Marshall, não com seu melhor amigo. Se havia uma pessoa no mundo em que ele confiava para entendê-lo, não importava o quão precipitadas fossem suas palavras, essa pessoa era Marshall.

Mas havia algo diferente agora. Era medo que se alojara em seus ossos.

— Temos que ir. Roma e Juliette estão esperando no Bund com uma rota de fuga, mas os Nacionalistas já mandaram gente atrás deles. Se esperarmos mais um pouco, ou a lei marcial vai fechar a cidade de vez, ou Juliette será pega.

— *Não posso.* — Marshall mexeu nas mangas, tentando alisar dobras inexistentes. — Eles confiam em mim, Ben. Sou mais útil para vocês como um dócil prodígio Nacionalista do que como qualquer outra coisa.

De algum lugar na casa, um relógio de pedestal começou a badalar.

— Não importa se meu pai mentiu sobre o horário do expurgo — continuou ele. — O que importa é que um monte de Rosas Brancas será preso para esperar execução ao lado dos Comunistas, independentemente de estarmos de fato trabalhando com eles ou não. Eu posso impedir isso. Não precisamos fugir. *Roma* não precisa fugir, desde que eu fique. Se eu puder convencer meu pai a nos proteger, os Rosas Brancas *sobrevivem*.

Quando Marshall parou para respirar, seu peito subia e descia, parecendo exausto pelo peso de seu papel.

— Em todos esses anos, desde que te conheci, nunca imaginei que você tomaria uma decisão tão estúpida — disse Benedikt, sem hesitar.

Marshall se espantou.

— O quê?

— Eles estão mentindo! — exclamou Benedikt, a voz áspera. — Por que motivo no mundo os Nacionalistas deixariam os Rosas Brancas continuarem vivos, se são aliados dos Escarlates? A gente *já era,* Marshall. A organização está um caos. Não tem mais volta.

— Não — insistiu Marshall, firme. — Não. Você sabe quanta violência eu vi enquanto era um fantasma nesta cidade, Ben? A vista dos telhados é muito, muito diferente da vista das ruas, e eu vi tudo. Não importa a quantidade de sangue derramado, eu vi o quanto cada Rosa Branca se preocupa com a gente, com *você,* com os Montagoves. Eu posso salvá-los.

— É por isso então? — Benedikt conteve a tentação de marchar até lá e *chacoalhar* o amigo. Ele sabia que a força física não era o método certo de persuasão ali. No máximo, faria Marshall ser mais teimoso ainda. — Alguma demonstração de lealdade pela organização que acolheu você? Nunca foi pelos Rosas Brancas, Mars. Era pelo que a gente acreditava, *em quem* a gente acreditava. Em Roma, em uma cidade à qual pertencêssemos, num futuro. E quando isso desmorona, então só nos resta fugir também.

Marshall engoliu em seco.

— Eu tenho poder aqui, por mera virtude de ser filho de quem sou. Você me pede para abandonar isso, abandonar a possibilidade de ajudar as pessoas?

— Que ajuda você pode oferecer, de verdade? — Não era o que Benedikt queria dizer, mas era o que estava saindo de qualquer forma. — Você vai marchar nas linhas de frente e massacrar os trabalhadores para ganhar a confiança do seu pai? Vai espancar alguns Comunistas pela liberdade dos Rosas Brancas?

— Por que você está *agindo assim…*

— Porque não vale a pena! O poder nunca vale a pena! Você faz negociação em cima de negociação, e não ganha nada em troca. Roma está fugindo disso. Juliette está fugindo disso. O que te faz pensar que *você* vai dar conta?

Uma centelha de dor — uma dor genuína — percorreu o rosto de Marshall.

— É por isso, então? Você acha que eu sou fraco?

Benedikt conteve um xingamento, e engoliu a raiva até que deslizasse por sua garganta. Como isso acontecera? Ele sabia que não deveria ter falado tão depressa. Sabia que não deveria ter sido tão impulsivo. Isso nunca terminava bem. E, mesmo assim, mal conseguia pensar. A culpa era do ar sufocante daquele cômodo, do gotejar ritmado da chuva lá fora e daquele *relógio*, que ainda badalava em algum lugar da casa.

— Eu nunca disse que você era fraco.

— Mas mesmo assim quer que eu abandone tudo. Estou tentando *ajudar* a gente. Estou tentando fazer a gente sobreviver...

— De que adianta a organização sobreviver se *você* não sobreviver? — interrompeu Benedikt. — Preste atenção, Mars. Não importa o quanto eles confiem em você, isto aqui é uma guerra civil. Esta cidade vai transbordar de corpos...

Marshall jogou as mãos para cima.

— Você e Roma podem fugir. Vocês são Montagoves. Eu entendo. Por que eu os seguiria?

— Marshall...

— Não! — exclamou Marshall, os olhos faiscando. Não havia terminado de falar. — É sério. Por que eu os seguiria? Com tudo o que me prometeram aqui, com toda a proteção que tenho, por que *eu* fugiria, a não ser que fosse um covarde? Por que abandonaria oportunidades promissoras...

— Porque *eu te amo*! — gritou Benedikt. De repente, foi como se uma represa se rompesse em seu coração, destruindo todas as barreiras que ele havia construído. — Eu te amo, Mars. E, se você levar um tiro porque quer lutar uma guerra que não é sua, eu nunca vou perdoar esta cidade. Eu vou destruí-la até que não reste mais nada, e a culpa vai ser toda sua!

Silêncio absoluto reinou no cômodo. Se Benedikt o achara sufocante antes, não era nada comparado ao peso dos olhos de Marshall arregalados para ele. Não tinha como voltar atrás. As palavras estavam livres no mun-

414   FINAIS VIOLENTOS

do. Talvez fossem as únicas palavras que já havia dito na vida das quais *não* se arrependia.

— Minha nossa — retrucou Marshall finalmente, a voz rouca. — Você teve dez anos para falar alguma coisa, e foi escolher justo agora?

E por algum motivo absurdo, Benedikt conseguiu soltar uma risada fraca.

— Hora ruim?

— Péssima. — Marshall se aproximou com três passos largos, parando logo à frente dele. — Não só isso, mas você escolheu *me culpar* em uma declaração de amor. Ninguém lhe ensinou bons modos? Ah, céus...

Marshall envolveu o pescoço de Benedikt com as mãos e o beijou.

No momento em que seus lábios se encontraram, Benedikt sentiu a mesma adrenalina de um tiroteio, de uma perseguição a todo vapor, da emoção que vem com o fim de uma fuga ao se esconder num beco. Ele nunca havia pensado muito sobre o ato de beijar, nunca se importara muito com quem estava do outro lado. Nunca desejara um beijo, apenas pensara na coisa como um conceito abstrato. Mas então Marshall se inclinou sobre ele e suas veias pegaram fogo, e Benedikt percebeu que não era que não se importava. É que precisava ser Marshall. Sempre fora Marshall. Quando ergueu os braços e mergulhou os dedos nos cabelos dele, arrancando-lhe um gemido do fundo da garganta, tudo o que Benedikt conseguia pensar era que aquele era o significado de sagrado.

— Por favor — sussurrou. Ele se afastou pelo mais breve instante. — Venha comigo. Vamos fugir juntos.

Uma respiração ocupou o espaço entre eles, um exalar, um inspirar. As mãos de Marshall deslizaram pelos braços dele, por seu peito, por sua cintura, apertando o tecido solto da camisa de Benedikt.

— Certo. — A resposta soou trêmula, a única palavra saindo pesada, como um sacrifício. Era uma escolha. Significava dar as costas para o compromisso familiar e seguir Benedikt para onde quer que ele fosse. — Com uma condição.

O olhar de Benedikt se ergueu. Marshall o encarava com seus olhos pretos, as pupilas marrons dilatadas, a expressão pensativa e séria.

— Qualquer coisa.

Um sorriso escapou de Marshall.

— Você tem que falar de novo. Eu não esperei todos esses anos para ouvir uma vez só.

Benedikt lhe deu um empurrão, por força do hábito, na verdade, e Marshall cambaleou para trás, rindo.

— Idiota — resmungou Benedikt. — Todos esses anos, por que *você* não falou nada?

— Porque — disse Marshall com naturalidade — você não estava pronto.

Idiota, pensou Benedikt de novo, mas com tanto amor que seu peito queimava com a emoção, um ferro incandescente com afeto, queimando cada centímetro de sua pele.

— Vou dizer quantas vezes você quiser. Vou te encher com tanto romance que você vai cansar de mim. Sou tão terrivelmente apaixonado pelo seu maldito rosto... mas nós temos que ir, *agora*.

O sorriso que Marshall abriu foi algo glorioso, tão grande que parecia impossível caber naquele cômodo, naquela casa.

— Eu te amo tão terrivelmente quanto. Podemos ir, mas tenho uma ideia. Quanta certeza você tem de que meu pai está mentindo?

Benedikt não sabia se era um teste. Mal tivera tempo para se contextualizar com a mudança repentina de assunto.

— Certeza absoluta. Eu o ouvi dizer que a execução foi ordem dele.

Marshall puxou os punhos da camisa, arregaçando-os até os cotovelos enquanto vasculhava a mesa do pai, esquadrinhando o conteúdo.

— Se a ordem continuar valendo e nós formos pegos, estamos mortos — explicou. Ele pegou uma folha de papel em branco, depois uma caneta, e começou a escrever. — Mas não se nós a cancelarmos com um comando de emergência.

— Com um o quê? — perguntou Benedikt, chocado. Ele apertou os olhos para ler o que Marshall estava escrevendo. — Um salvo-conduto para mostrar a qualquer oficial que nos pegar?

— Um salvo-conduto — Marshall terminou o que escrevia com extravagância — assinado pelo *General Shu*. O carimbo dele deve estar na sala de reuniões. Vamos.

Ele estava fora da sala antes que Benedikt conseguisse registrar o plano, processando o que tentariam fazer. Seu tornozelo protestou conforme acelerava também, alcançando Marshall no longo corredor, serpenteando pela casa até o hall de entrada.

Benedikt parou de súbito.

— Mars.

— É logo ali em cima — disse Marshall. Ele apontou para as escadas, sem perceber a expressão apavorada de Benedikt. — Nós...

— *Mars!*

Ele deu um pulo, então se virou e seguiu os olhos de Benedikt. Através do delicado arco do hall, a sala de estar se estendia diante deles: a lareira apagada, os vasos de flores e o General Shu, lendo um jornal no sofá de couro.

— Ah — disse Marshall em voz baixa.

O general abaixou o jornal. Em uma das mãos, segurava uma pistola, apontada na direção deles. Na outra usava uma luva, que combinava com o tecido grosso de sua jaqueta, como se ele tivesse voltado para dentro da casa sem se dar ao trabalho de relaxar.

— Vocês acharam — disse, devagar — que eu não perceberia minha janela escancarada?

— Bom, você nos pegou. — Marshall podia ter se surpreendido ao vê-lo, mas se recuperou depressa, a voz cheia de elegância. Andou direto até o pai, sem hesitar quando ele se levantou, sem hesitar ao avançar direto para a pistola. — *Você* prometeu que me ajudaria, que ajudaria os Montagoves. Então aqui estamos.

O General Shu olhava para Benedikt. Avaliando-o.

— Sua forma de ajudar é através de canais oficiais — disse, com tranquilidade.

— Este aqui é um canal oficial. A não ser, é claro... — a voz de Marshall se tornou fria — que você tenha mentido para mim.

Silêncio. Apenas o tique-taque do grande relógio, o pêndulo balançando para a esquerda e para a direita dentro do vidro. Lentamente, o General Shu colocou a pistola na mesinha ao seu lado.

— Existe uma ordem sob a qual as coisas devem acontecer. — Seus olhos se voltaram para Benedikt de novo, e havia uma faísca de irritação ali. — Não podemos fazer algo acontecer só porque queremos. Isso é tirania.

O quão rápido Benedikt conseguiria alcançar uma arma se precisasse? A pistola sobre a mesa o provocava — perto o suficiente para que o general a recuperasse, mas longe o bastante para dar esperanças de que não fosse uma ameaça.

— *Bàba,* é só uma pergunta — disse Marshall. — Se eu pedir ajuda para salvar meus amigos, você está do meu lado ou não?

O General Shu fez um som desdenhoso.

— Esse é exatamente o seu problema. Você acha que tudo pode ser apenas bom ou ruim, heroico ou cruel. Eu acolhi você para lhe ensinar a ser um líder, e você não consegue nem manter sua palavra.

— Minha palavra...

O general insistiu.

— Nós seguimos regras que vêm de uma hierarquia de comando. Erradicamos aqueles que querem ameaçar um estilo de vida pacífico. Você é meu filho. Você fará o mesmo. Não existe outra opção respeitável.

A chuva retinia ao redor da casa, a água parecendo distante por conta do som abafado. Benedikt quase teve medo de que Marshall estivesse dando ouvidos ao pai, que a atração de uma família e de um legado fosse forte demais para resistir.

— Você se esquece... Eu não fui criado de maneira respeitável. Eu fui criado como um gângster — declarou Marshall.

E, antes que o General Shu pudesse impedi-lo, Marshall pegou a pistola de cima da mesa e golpeou com força a têmpora do pai.

Benedikt correu, os olhos arregalados enquanto Marshall segurava o general e o colocava de volta no sofá. O homem estava com os olhos fechados, o peito imóvel.

— Por favor, não me diga que você acabou de cometer patricídio.

Marshall revirou os olhos. Colocou um dedo sob o nariz do pai, confirmando que ele ainda respirava.

— Você acha que a esta altura eu já não aperfeiçoei a tática de nocautear alguém?

— Só estou dizendo que essa pistola parece um pouco afiada...

— Ai, *meu Deus*, você é impossível. — Marshall fez um gesto de zíper sobre os lábios, proibindo Benedikt de argumentar mais. — O tempo está passando. Vamos encontrar aquele carimbo.

Quarenta e Três

onsegue vê-los?

— Não — respondeu Roma com os dentes cerrados. — Que azar a margem do rio estar tão lotada, maldição!

— Se soubéssemos, eu teria pensado num ponto de encontro menos incerto — murmurou Juliette.

Com um suspiro, ela se virou, tentando cobrir melhor a cabeça de Alisa com os braços, protegendo-a da chuva. Poderia ao menos ser um guarda-chuva útil enquanto Roma caminhava pelo calçadão de madeira, procurando com atenção.

Não estava dando certo. A chuva atrapalhava a visibilidade. Juliette conseguia ver os manifestantes e os grevistas avançando, mas não conseguia reconhecer rostos a meros passos de onde estava. Roma e Juliette estavam vestidos com roupas comuns, o que lhes permitia se misturar ao restante da cidade, mas seria impossível para Marshall e Benedikt os encontrarem mesmo que já estivessem por ali. Estavam acostumados a procurar as camisas brancas e bem passadas de Roma, e os vestidos de contas de Juliette. Nenhum daqueles itens estava presente hoje.

— Roma, já é quase meio-dia.

— Eles vão chegar — insistiu ele. — Eu sei que vão.

Juliette olhou para o rio, mordendo o lábio. Em cada rampa, havia barcos abarrotados em capacidade máxima, abrindo espaço para os incontáveis navios de guerra estrangeiros, com bandeiras vermelhas, brancas e azuis marcando suas laterais. Os estrangeiros os convocaram em forma de ameaça. Um lembrete de que já haviam vencido uma guerra naquela terra antes, então poderiam fazê-lo de novo. Um lembrete de que Xangai poderia se acotovelar em levantes civis o quanto quisesse, mas que era melhor resolver aquilo depressa antes que os estrangeiros se irritassem demais e começassem a usar os navios.

— Tenho uma ideia — sugeriu Juliette. Ela tentou tirar a água da sobrancelha. Foi inútil, já que a chuva torrencial caía depressa. — Vou encontrar meu contato. Vou falar para que se prepare e tente enrolar até depois do meio-dia. Assim que seu primo aparecer, a gente embarca.

— Assim que ele aparecer com Marshall — corrigiu Roma. Então, vendo Juliette franzir o cenho, ele se inclinou e lhe deu um beijo na bochecha. — Vá. Estaremos aqui.

Juliette continuava com os dentes fincados no lábio inferior quando se virou e começou a andar pelo calçadão. O cais que queria estava à vista, à esquerda de Roma e Alisa. Desde que os Montagoves não se mexessem, ela poderia vê-los com o canto dos olhos enquanto andava, com cuidado para não escorregar nas superfícies molhadas.

O ancoradouro fervilhava com uma agitação incomum. Naquele dia, Juliette não sabia dizer se era apenas a movimentação das ruas que cobria tudo ou se os pescadores estavam com medo demais para sair.

— Da Nao.

Havia encontrado seu contato: um homem barrigudo mordiscando um palito de dentes. Ele estava sob o toldo de seu pequeno barco, uma embarcação que parecia uma miniatura quando comparada ao navio de guerra ancorado à sua direita. Ao escutar o chamado de Juliette, Da Nao olhou para cima, o corpo todo paralisado antes que ele pudesse terminar de desamarrar as cordas do cais.

— Cai Junli. Achei que o bilhete de sua prima fosse uma brincadeira.

— Não é brincadeira. Está disposto a nos levar?

Lentamente, ele endireitou as costas, os olhos correndo da esquerda para a direita.

— Para onde vocês pretendem ir?

— Para a primeira costa a que você chegar — respondeu Juliette com tranquilidade. — Eu... não posso continuar aqui. Não com os Escarlates agindo assim.

Por um longo momento, Da Nao não disse nada. Ele se inclinou e continuou juntando a corda aos seus pés.

— Sim. Posso levá-los. Posso velejar para o sul.

Juliette soltou o ar, aliviada.

— Obrigada — disse, depressa. — Pago o quanto você precisar...

— Quem mais está vindo?

A pergunta saiu abrupta, engasgada, como se ele não conseguisse falar as palavras rápido o suficiente. Uma pontada de desconfiança perpassou a mente de Juliette, mas ela a ignorou, torcendo para que fosse apenas o estresse da situação que se desenrolava na cidade.

— Roma Montagov — respondeu, rezando para que sua voz não tremesse. Da Nao era um simpatizante dos Comunistas, de acordo com Kathleen. Mesmo com sua vida dupla como pescador Escarlate, ele não se importava muito com a guerra de sangue. — Com a irmã e dois de seus homens.

Da Nao terminara de juntar o excesso de corda. Restava apenas uma fina linha mantendo o barco amarrado.

— Você está viajando com Montagoves agora? Os mares continuam sendo vigiados, Senhorita Cai. Podemos ter problemas para sair do território.

— Pago o quanto for preciso para você nos esconder. Só nos tire daqui.

Embora Da Nao houvesse terminado de arrumar tudo ao seu redor, continuava correndo os olhos pelo chão do barco.

— Eles estão forçando-a a ajudá-los, Senhorita Cai? Pode me dizer se estiverem.

Juliette piscou. A chuva fazia seus olhos arderem tanto... Sequer considerara que o pescador poderia pensar que ela estava agindo contra a própria vontade. Por que essa seria a primeira coisa que se passaria pela mente dele, e não a conclusão mais fácil, de que Juliette simplesmente traíra os Escarlates?

— Ninguém está me forçando a nada — disse ela, os punhos cerrados. — Roma Montagov é meu marido. Agora, posso embarcar e sair desta chuva?

O palito na boca de Da Nao subiu e desceu. Se estava surpreso em ouvi-la admitir, não demonstrou.

— Claro. — Só então ele finalmente olhou para ela, tirando o palito da boca. — Você precisará abandonar suas armas antes de embarcar. Sem ofensa, Senhorita Cai, mas conheço o tipo dos gângsteres. Tudo na água primeiro.

Juliette ficou tensa, voltando o olhar para o calçadão. Mesmo à distância, conseguia sentir que Roma a observava e havia percebido seu incômodo. Ela levantou uma das mãos, sinalizando que estava bem e, com um suspiro, puxou as facas da coxa. Além do dinheiro na bolsa pendurada em seus ombros, achava que as armas em sua pele poderiam ser consideradas valiosas para trocas.

— Pronto — disse. As lâminas atingiram a água com um estalo.

Elas flutuaram por um segundo, então afundaram nas ondas escuras.

Da Nao jogou o palito no chão.

— Todas as armas, Senhorita Cai.

Com um suspiro, Juliette arrancou o garrote do pulso e arremessou-o na água.

— Satisfeito?

— Não, na verdade não.

Houve um súbito movimento atrás dele. Um homem surgiu, apontando uma pistola para a cabeça de Da Nao, a expressão séria. Juliette o reconheceu. Era um Escarlate — havia entregado uma mensagem dela certa vez.

— Por favor, entenda — pediu o pescador, a voz quase inaudível com o rio fluindo abaixo. — Por mais que eu queira ajudá-la, Senhorita Cai, seus Escarlates sempre estiveram observando.

O Escarlate atirou, e Da Nao caiu com um jato vermelho, a bala em sua cabeça matando-o instantaneamente. Com um grito mudo de horror, Juliette avançou, preparada para lutar, mas o homem não apontou a arma para ela em seguida. Ele mirou para cima e atirou uma, duas, três vezes, cada bala perfurando o toldo do barco de pesca e sumindo no céu, o *bang bang bang* audível sobre a tempestade.

Era um sinal.

Não.

Juliette se virou depressa. Viu as formas embaçadas de Roma e Alisa na mesma hora, mas então houve um movimento na multidão, na direção oposta aos dois, e os Escarlates que montavam guarda estavam a caminho da água, reunindo-se em uma força tarefa.

— ROMA! ALISA! CORRAM, CORRAM AGORA!

Alguém trombou com Juliette e a segurou.

— Pare! — gritou ela. — Saia de cima de mim!

Foi tomada então por puro instinto. Jogou a cabeça para trás com o máximo de força que conseguiu, colidindo com seu agressor. Escutou um som doentio que parecia um nariz se quebrando e, quando o agressor momentaneamente afrouxou os dedos em seu braço, ela se soltou e correu.

Haviam interceptado o bilhete da prima. Estiveram um passo à frente dela o tempo todo, esperando com Da Nao. Juliette deveria ter imaginado que haveria olhos atentos por toda a cidade depois de seu pequeno golpe. Deveria ter imaginado que o pai e a mãe fariam de tudo para descobrir que jogo ela estava jogando, depois de perturbar os negócios Escarlates e desaparecer no meio da noite.

Juliette correu para fora do cais, limpando a chuva do rosto de maneira frenética para clarear a visão. *Ali* — ela viu Roma e Alisa outra vez, cercados por um grupo de Escarlates com armas de fogo. Roma ainda tinha as suas. Com uma pistola na mão, conseguiu derrubar dois Escarlates.

Porém, estava em minoria. Antes que Juliette conseguisse chegar até eles, os Escarlates o desarmaram.

— Não encostem nele!

No momento em que ela se aproximou, os Escarlates mais próximos correram para segurá-la. Ela se esforçou ao máximo para escapar, esquivando-se depressa e deslizando por baixo de braços estendidos, mas era só uma garota sem armas, e eles não eram mais leais a ela. Assim que Juliette se levantou de novo, um dos Escarlates pressionou o cano da arma contra a cabeça de Roma.

E Juliette congelou imediatamente.

Dois homens a pegaram pelos ombros. Todos os rostos ali eram familiares, e nomes que ela tinha certeza de que conseguiria se lembrar se pensasse um pouco mais. Sob a torrente feroz da chuva, eles só conseguiam encará-la com ódio.

— Não — murmurou. — Não ousem machucá-lo!

— É sua própria culpa por nos tê-lo entregado de bandeja. — O Escarlate que falara parecia mais familiar do que o restante, sem dúvida um líder entre eles, sem dúvida um dos antigos homens de Tyler. Ele tinha um brilho de satisfação nos olhos, a mesma sede por sangue que Juliette estava tão cansada de ver. — Felizmente para você, não precisa ficar para assistir. Levem-na para Lorde Cai.

— Não! — Não importava o quanto ela chutasse. Com um Escarlate de cada lado, os homens a levantaram com facilidade pelos braços e começaram a conduzi-la para longe. — Como ousam...

É claro que ousavam. Ela não era mais Juliette Cai, herdeira da Sociedade Escarlate, alguém a ser temida e reverenciada. Era uma garota que havia fugido com o inimigo.

— Não toquem neles! — gritou, jogando a cabeça por sobre o ombro.

Os Escarlates não lhe deram atenção. Começaram a conduzir Roma e a irmã na direção oposta, empurrando Alisa com tanta força que ela gritou. Mesmo enquanto a distância entre eles aumentava, Roma tinha os olhos fixos em Juliette, o rosto tão pálido sob a sombra do céu que era como se já estivesse morto e executado. Talvez Juliette tivesse uma alma amaldiçoada por premonições. Talvez estivesse vendo o futuro dele. Talvez, ao final do dia, ele estivesse deitado no fundo de uma tumba como o último da linhagem Montagov.

— Roma, aguente firme! Aguente firme!

Ele balançou a cabeça. Estava gritando algo, várias vezes, e não parou até que Juliette estivesse fora de vista, arrastada para longe do Bund e para alguma avenida principal.

Foi só então que ela percebeu o que Roma estava dizendo, os olhos abalados como se já houvesse perdido as esperanças de vê-la de novo.

Eu te amo.

৪৩

A chuva caía como uma onda vinda de cima, mas não desencorajou as multidões de marchar pela cidade.

Mesmo que Celia decidisse subitamente abandonar a procissão, não tinha como sair. Estava enclausurada por todos os lados, cercada de trabalhadores, estudantes e pessoas comuns que, como ela, não pareciam nem um pouco revolucionárias. Mesmo assim, estavam ali, gritando — gritando a plenos pulmões, com longos cartazes em sua melhor caligrafia desenrolados no ar.

— *Protejam o sindicato!*

Estavam entrando na avenida Baoshan, aproximando-se de seu destino. Celia não gritava com eles, mas absorvia tudo. Em meio a tanto caos, havia se tornado mais do que si mesma, mais do que qualquer corpo físico, do que qualquer forma física.

— *Não vamos nos render!*

Não havia uma única alma armada na procissão, apenas cartazes escorrendo tinta. Estavam ali para passar uma mensagem clara. Podiam atingir seus objetivos só com determinação. Eles eram *o povo*. Uma cidade não era nada sem seu povo. Uma cidade não tinha como sobreviver sem seu povo.

O governo deveria temer o *povo*.

— *Abaixo o governo militar!*

Eles dobraram uma curva, e Celia foi tomada por um terror imediato, vendo inúmeras fileiras de tropas Nacionalistas em seu caminho. Por puro instinto, seus passos pararam, mas a procissão não fez o mesmo, e ela não podia parar também, forçada a continuar andando.

— Não — murmurou.

Os soldados estavam em posição de alerta. Aqueles no nível do chão tinham baionetas; aqueles em plataformas elevadas estavam com os olhos colados nas miras de longo alcance de suas metralhadoras. Uma barricada de estacas de madeira cortava a rua abruptamente, e, a uma centena de passos atrás, todos os canos das armas dos soldados apontavam para eles, prontos para atirar. Pareciam sombrios, abaixados e atentos atrás de pilhas e mais pilhas de sacos de areia, que serviam como escudos contra a retaliação. Mas *não haveria* retaliação. Os manifestantes estavam *desarmados*.

Eles não vão atirar, pensou Celia. A multidão se aproximava mais e mais. *Com certeza, não vão atirar.*

A procissão colidiu com a barricada. Trabalhadores empurraram de um lado, gângsteres e soldados empurraram do outro. Celia não conseguia respirar — sentia-se fora do próprio corpo, apenas uma alma, flutuando sobre a multidão e observando tudo de cima. Já era um fantasma pairando sobre toda a violência, rodopiando na chuva.

— *Abaixo o controle dos gângsteres!*

Os trabalhadores finalmente passaram as barricadas, avançando em direção às tropas. Caos de ambos os lados: corpos, som e barulho, tudo colidindo de uma só vez.

Foi então que Celia registrou um clarão de luz pelo canto dos olhos, que despertou algum sexto sentido de que havia algo errado. Ela se virou, os olhos varrendo a cena, a respiração acelerada. Viu duas coisas de uma vez só: primeiro, movimento em um beco perto da barricada caída, algo reluzindo e então voltando às sombras; segundo, o brilho do metal nas mãos de um homem a alguns passos dali.

— Pare! — gritou Celia, avançando, mas já era tarde demais.

O Sr. Ping, o mesmo Sr. Ping do círculo interno Escarlate, tinha uma pistola apontada para cima. Quando ela colidiu com ele, sua bala já havia disparado para o céu, o som ressoando dez vezes mais alto pela multidão. Ao redor dele, os trabalhadores encaravam, sem conseguir compreender o som.

— *Esta é uma manifestação pacífica!*

— *Quem é aquele? Por que ele faria isso?*

— *Abaixem. Abaixem-se!*

Celia cambaleou para trás, pressionando a mão ensopada de chuva contra a boca. O Sr. Ping ainda estava ali, imóvel contra a multidão que exigia explicações. Ele não precisava se explicar. Havia sido colocado ali para fazer exatamente isto: sacrificar a própria vida em favor dos Escarlates. Se os Escarlates pedissem sangue, o círculo interno oferecia as próprias veias.

Dentre os Nacionalistas armados, ouviu-se um grito.

— Abrir fogo!

— Me *soltem* — sibilou Juliette. — Me *soltem*!

Estavam andando havia tanto tempo na chuva que ela já estava completamente encharcada. A cada vez que tentava se debater para se soltar, seu cabelo ensopado balançava da esquerda para a direita, espalhando água. Em qualquer outra ocasião, a distância entre o Bund e a residência Cai pediria um carro. Naquele dia, era impossível passar com qualquer veículo pela cidade. Melhor caminhar, caso contrário acabariam presos atrás de uma multidão e alguém poderia aparecer para tentar resgatar Juliette. Pelo menos é o que ela havia entreouvido dos dois Escarlates que a mantinham refém, que não viam problema algum em discutir tais questões fingindo que ela não estava ali. O que estava à sua esquerda era Bai Tasa, lembrou-se. O da direita continuava teimosamente sem nome.

— Bloquearam a Avenida Baoshan — comentou Bai Tasa, esforçando-se para ignorar Juliette se debatendo.

As ruas estavam vazias. Haviam entrado na área guardada pelas linhas Nacionalistas. Bastou um aceno para que os soldados os deixassem passar, empurrando manifestantes para trás. É claro que, mesmo antes de chegarem às partes protegidas da cidade, ninguém prestara atenção em Juliette, não importava o quanto gritasse. Todo mundo estava gritando tão alto quanto ela.

— E isso importa? — retrucou o Escarlate à direita, irritado. — Vamos cortar caminho por trás da barricada de qualquer forma.

— São só dez minutos a mais se dermos a volta.

— Dez minutos que eu não tenho para desperdiçar. Essas pessoas estão me dando nos nervos.

Juliette tentou cravar os saltos no calçamento. Tudo o que conseguiu foi destruir os sapatos e ralar as solas dos pés.

— Esperem um pouco — interrompeu Juliette. — Estamos cortando por trás de quê? Estamos passando pelo final da manifestação?

Embora os Escarlates não a houvessem respondido, era um palpite válido, dado o barulho que vinha da intersecção que se aproximava rapidamente. As casas tremiam ao seu redor, as varandas vazias e os exteriores imponentes tingidos pelo dia cinzento. Ela não havia prestado atenção antes, mas agora percebera os veículos militares dos Nacionalistas parados ao longo da avenida. Porém… estavam vazios, como se os homens dentro deles tivessem sido realocados.

— O que está acontecendo? — perguntou, mesmo sabendo que os Escarlates não a responderiam.

Eles passaram a intersecção e, quando Juliette se virou para olhar a outra rua, deparou-se com as costas de centenas de Nacionalistas. A quantidade ameaçadora de soldados fez o pânico lhe atingir os ossos, e isso foi *antes* de ela perceber que estavam protegidos atrás de sacos de areia e barricadas, com metralhadoras apontadas para a rua enquanto o barulho crescia e crescia.

Juliette reuniu suas últimas forças para se jogar no chão. Os Escarlates não esperavam por isso. Bai Tasa cambaleou, quase tropeçando nos próprios pés quando ela caiu à sua frente. O outro homem resmungou, puxando seus braços enquanto ela lutava para continuar no calçamento. O foco de Juliette estava fixo na cena adiante, nos grevistas que apareciam, forçando passagem por cima das barricadas de madeira. Havia tantos. Muito, muito mais do que os Nacionalistas escondidos atrás dos bloqueios improvisados, mas os soldados os cercavam de todos os lados, as armas apontadas para a frente. Como isto acabaria? Como poderia acabar bem?

Juliette se levantou depressa, decidindo que havia visto o suficiente. Antes que Bai Tasa pudesse segurá-la de novo, *ela* enrolou os dedos no pulso *dele* como um torno de aço.

— Dê a ordem para pararem! Encontre alguém para fazê-los recuar!

Bai Tasa, em sua defesa, não reagiu com desprezo ou desdém. O outro Escarlate arrancou Juliette do braço dele, irritado.

— Eu disse que não era para vir por aqui!

— Sinto muito, Senhorita Cai — disse Bai Tasa, ignorando o companheiro. Ele se virou para a cena à frente, para os Nacionalistas uniformizados e os trabalhadores forçando ainda mais sua passagem. Pode ter sido só a imaginação de Juliette, mas Bai Tasa parecia genuinamente chateado. Colocou uma mão sobre os ombros dela como se quisesse lhe oferecer conforto, como se isso *importasse* ali. — Você não está mais no comando.

Um tiro soou dentre os trabalhadores…

Eu acho que jamais estive no comando, pensou Juliette, anestesiada.

...e os Nacionalistas também abriram fogo.

— *Não!*

Os Escarlates correram para contê-la de novo, antes que ela pudesse dar dois passos. Juliette não tinha forças para lutar. Apenas desmoronou nos braços deles, a voz ficando mais e mais fraca a cada repetição — não, não, *não*.

Uma carga de chumbo disparou em direção aos trabalhadores, aos estudantes, às pessoas comuns. Um após o outro, eles tombaram em montes no chão, como se alguém estivesse cortando as cordas que os mantinham de pé, atingidos no peito, na barriga, nas pernas.

Massacre. Era um massacre.

Os Nacionalistas continuaram atirando. As cápsulas vazias se amontavam atrás de sua linha de defesa. Era evidente que os manifestantes não iriam — não *podiam* — reagir, e as balas eram disparadas mesmo assim. A parte de trás da multidão havia dado meia-volta, em pânico, e tentava fugir, mas, ainda assim, as balas seguiam, cravando-se em suas costas até que seus joelhos cedessem, até que caíssem imóveis sobre o calçamento molhado e os trilhos de bonde.

Mesmo dali, o cheiro de sangue era nauseante.

— Temos que sair daqui — disse Bai Tasa de repente, como se estivesse acordando de um transe.

Os tiros estavam diminuindo, mas não haviam cessado.

— Kathleen — murmurou Juliette para si mesma.

Estaria a prima naquela multidão? Juliette a sentiria como havia sentido a morte da cidade se erguendo aos seus pés, um animal selvagem dando um salto para a liberdade antes de a jaula descer?

— O que foi que você disse? — perguntou o Escarlate à sua direita.

Era a primeira vez que se dirigia à Juliette. Talvez fosse o choque do que havia acabado de testemunhar. Talvez houvesse se esquecido de que a estava levando como prisioneira, se esquecido de a quem havia jurado lealdade. Muitos desses trabalhadores mortos nas ruas provavelmente haviam sido aliados Escarlates poucas semanas antes. Sua fidelidade deveria, a princípio, mantê-los seguros. Disputas de sangue e guerras civis se baseavam na ideia de lealdade.

De que adiantava? As coisas morriam e mudavam num piscar de olhos.

— Nada — respondeu Juliette, rouca, os olhos ardendo. — Nada.

Ela percebeu uma movimentação no beco, perto da linha de defesa dos Nacionalistas. Conforme os Escarlates a empurravam para frente, ela apenas encarava a cena, os insetos que lentamente rastejavam pelo chão, avançando para os Nacionalistas. Juliette não teria conseguido gritar um alerta nem se tentasse. Sua voz estava rouca. Quando a última das balas disparou, os insetos subiram nos sapatos dos soldados e escalaram suas calças. Os homens atrás dos sacos de areia ficaram de pé num pulo e gritaram horrorizados, mas era tarde demais: estavam infectados. Não seria imediato, não com tão poucos insetos. A infecção se espalharia, espalharia e espalharia.

A vacina de Lourens não ficaria pronta a tempo. Aqueles soldados eram homens mortos. Os Nacionalistas — cada um deles ainda manchado com o sangue dos trabalhadores — sabiam o que estava por vir. Bai Tasa piscou, chocado, tentando empurrar Juliette para longe antes que os insetos os alcançassem. Ela aceitou, enfim andando sem resistir.

Juliette se perguntou se os homens infectados esperariam pela insanidade ou apontariam os rifles para as próprias cabeças antes disso.

Quarenta e Quatro

Depressa. Depressa.

Benedikt fez uma careta, quase escorregando nas telhas. A chuva continuava caindo torrencialmente. Vendo pelo lado bom, isso significava que era improvável que os Escarlates que estavam seguindo olhassem para cima e vissem Marshall e Benedikt acompanhando-os pelos telhados — aproximando-se quando passavam pelas estreitas e movimentadas ruas comerciais e afastando-se quando as avenidas se alargavam com menos prédios para usarem de cobertura. O lado ruim era que Benedikt estava quase caindo e se esborrachando na calçada lá embaixo.

— Como é que você conseguia fazer isso sempre? — perguntou, tirando o cabelo ensopado do rosto.

Em segundos, a chuva empurrou as mechas de volta para sua testa.

— É simples: eu sou mais esbelto que você — respondeu Marshall. Ele se virou por um segundo, olhando de relance enquanto os Escarlates lá embaixo avançavam, sem risco de desaparecerem de vista. — Ande *logo*!

Marshall estendeu a mão. Benedikt avançou depressa e a pegou, seus dedos se entrelaçando, em partes para ficarem juntos, em partes porque ele realmente precisava ser arrastado para evitar que o tornozelo cedesse de vez. Pouco depois, os Escarlates pareceram diminuir o ritmo, e Marshall parou, os lábios apertados, pensativo, enquanto os observava.

Benedikt espiou por cima dos ombros dele. Ao apertar os olhos para ver através da chuva, não conseguiu conter o chiado que escapou por tentar apoiar o próprio peso nos dois pés. A atenção de Marshall se voltou imediatamente para ele, olhando-o de cima a baixo.

— O que aconteceu?

— Nada — disse Benedikt. — Como vamos abordá-los?

Os Escarlates haviam parado em frente a um prédio, que se parecia com uma delegacia, embora fosse difícil ler o francês desbotado da fachada. Marshall e Benedikt haviam chegado tarde demais ao Bund. Horrorizados, haviam parado na calçada bem a tempo de ver Roma ser arrastado, separado de Juliette e puxado na direção contrária. Marshall quase intervira, com a intenção de pará-los sob a nova ordem do "General Shu", mas era arriscado — quase suspeito demais para o momento. As chances de sucesso seriam melhores se esperassem os Escarlates chegarem a seu destino, em vez de aparecerem misteriosamente no meio do caminho.

Então Benedikt e Marshall decidiram seguir Roma. Ele não tentara escapar nenhuma vez ao longo de toda a caminhada: permanecera imóvel entre os homens que o seguravam, sem dizer nada além de algumas palavras para tranquilizar Alisa. Ela, por outro lado, havia chutado e esperneado o máximo que podia, tentando até morder um dos Escarlates. Nada adiantou. Eles se esforçaram para ignorá-la, e continuaram marchando em frente.

Agora, ao chegarem a seu destino, um dos Escarlates discutia com um Nacionalista de guarda na porta. Roma e Alisa estavam parados na chuva com seus captores, cada um deles parecendo deslocado nas ruas desertas. Haveria mais civis caminhando por ali, se os Nacionalistas não tivessem esvaziado as ruas com seus veículos militares. Haveria mais civis testemunhando aquela cena bizarra — Montagoves sob controle Escarlate —, se os Nacionalistas não tivessem recebido todos que saíram ao ar livre com balas e tiros.

— Acho que precisamos agir agora — disse Marshall, hesitante. — Eu não sei se o que os espera lá dentro é uma cela de prisão ou um esquadrão de extermínio.

— Então vamos.

Benedikt começou a se arrastar pelas telhas. Mal havia dado um passo quando o braço de Marshall o impediu.

— Com o tornozelo assim? Fique aqui, Ben. Faz mais sentido que só eu apareça com a ordem, de qualquer forma. Você ainda está vestido como um trabalhador.

Antes que Benedikt pudesse protestar, Marshall já estava deslizando do telhado, pendurado pelos dedos no beiral, então saltou e aterrissou perfeitamente.

— Fique de olho — sibilou lá de baixo.

Ele desapareceu depressa, esquivando-se para o beco seguinte e reaparecendo entre dois prédios para pegar a avenida principal. Benedikt não gostava de ser deixado para trás, mas precisava admitir que seria estranho acompanhar Marshall. De seu elevado ponto de observação, contemplou-o abordar o grupo, a postura ereta, agindo como um verdadeiro soldado Nacionalista. Marshall começou a falar com um dos Escarlates, puxando o salvo-conduto forjado da jaqueta. O tempo todo, o outro Escarlate que havia saído da chuva e ido para baixo do toldo da delegacia *ainda* estava discutindo com o soldado que guardava a entrada. Enquanto Benedikt observava, o Escarlate avançou e golpeou o chapéu do guarda, arrancando-o de sua cabeça.

Benedikt se perguntou o que poderia causar um impasse naquele momento tão incerto. Não era a missão dos Nacionalistas capturar os Montagoves? Por que deixariam Roma de molho do lado de fora por tanto tempo? Não se preocupavam com uma tentativa de resgate?

— Ei!

A voz de Roma ressoou alta. Os Escarlates, os dois soldados na delegacia, Marshall… todos se viraram para ele, surpresos, mas a atenção de Roma estava fixa no soldado que recuperava seu chapéu do chão.

— Por que seu chapéu é tão largo? Não chega nem perto de ser do seu tamanho.

A chuva subitamente se transformou em uma garoa fina. Seu barulho ensurdecedor enfim diminuía, e foi como se os ouvidos de Benedikt estivessem sendo destampados, como se pudesse pensar com clareza de novo. Ele percebeu o que Roma estava sugerindo. O homem de guarda não era um soldado Nacionalista. Havia sido colocado ali para atrasá-los.

As portas da delegacia se abriram com um baque. De dentro dela, saiu uma cascata de trabalhadores, armados com rifles.

434 FINAIS VIOLENTOS

— Ai... não, não, não...

Da lateral da rua, o olhar de Marshall encontrou Benedikt, o dedo imitando um corte no pescoço. *Não! Fique aí*, estava dizendo, no momento em que Dimitri aparecia por trás dos trabalhadores, parando no degrau mais alto da delegacia. Os homens se dispersaram ao redor.

— Eu assumo daqui — disse Dimitri. — Matem os Escarlates.

Os Escarlates não tiveram chance de se defender. Alguns conseguiram sacar suas armas, alguns conseguiram dar um tiro. Mas os trabalhadores os tinham cercado, os rifles já apontados, e, com um *pop, pop, pop* reverberando pela rua, todos os Escarlates tombaram, os olhos desfocados e vítreos, os ferimentos frescos decorando seus peitos. O sangue espirrou em abundância. Quando Marshall ergueu as mãos ao alto, sinalizando sua rendição, o lado esquerdo de seu pescoço estava totalmente vermelho.

Isso é ruim. Isso é muito, muito ruim.

O último gemido dos Escarlates se transformou em silêncio.

— Pode aproveitar e atirar na gente também, agora que já começou — disse Roma ao silêncio mortal. O som mais alto agora vinha das cápsulas de munição, caindo dos rifles e inundando o chão. — Ou teremos a honra de sermos dilacerados pelos seus monstros?

Dimitri sorriu.

— Vocês terão a honra de uma execução pública ao anoitecer, pelos crimes que cometeram contra os trabalhadores desta cidade — respondeu com tranquilidade. — Levem os três para lá.

Marshall não resistiu e se deixou ser empurrado pela ponta afiada de um rifle. Ele ficou ao lado de Roma, as mãos ainda erguidas, e não olhou para cima, embora soubesse que Benedikt estaria observando. Era para evitar que ele fosse capturado também, sabia disso, mas mesmo assim Benedikt o amaldiçoou. Se Marshall fosse morrer ali, se aquele fosse um destino inescapável, então ele precisava de pelo menos um último *olhar...*

Benedikt se levantou depressa, os dentes cerrados com força. Ele sabia como salvá-los. Ele *iria* salvá-los.

Antes que qualquer um dos homens de Dimitri pudesse vê-lo, Benedikt desceu rápido do telhado e correu na direção contrária.

Quarenta e Cinco

Quer fazer o favor de se explicar?

Juliette jogou a colcha sobre os ombros, puxando as linhas soltas. Seu olhar continuava desfocado, voltado na direção da sacada, perdido na tarde cinzenta. A chuva parara. Conforme as ruas se silenciavam, o céu fazia o mesmo.

— Cai Junli.

Juliette fechou os olhos. O uso de seu nome de nascença teve o efeito contrário ao esperado. Lady Cai queria que ela percebesse a severidade da situação, mas Juliette sentiu que a mãe se dirigia a outra pessoa, a alguma manifestação falsa da garota que ela supostamente deveria ser. Todo aquele tempo, seus pais a haviam deixado ser Juliette — selvagem, impulsiva. Agora queriam a filha desconhecida de volta, mas Juliette só sabia ser ela mesma.

— A senhora sabe o que aconteceu lá fora? — sussurrou em resposta à pergunta da mãe. Era a primeira vez que via os pais juntos em seu quarto. A primeira vez que eles fechavam a porta enquanto uma festa acontecia na casa, a atenção voltada para Juliette em vez disso. — Seus preciosos Nacionalistas confraternizando com champanhe no andar de baixo... eles atiraram em um protesto pacífico. *Centenas* de pessoas, mortas num instante.

Os surtos não importavam. Nem a insanidade que logo se espalharia entre os soldados. Os Nacionalistas os colocariam de quarentena para evitar que os insetos se proliferassem, mas Juliette duvidava que isso tivesse importância. Os monstros estariam trabalhando naquele exato momento, infectando silenciosamente o máximo de pessoas que pudessem. Violência dos dois lados — era assim que uma cidade coberta de sangue sempre seria.

— Você não está em posição de dar lições de moral agora — disse Lady Cai com tranquilidade.

Juliette apertou a colcha com mais força. Depois de arrastá-la de volta até a mansão Cai, os Escarlates a enfiaram em seu quarto, a colocaram sentada na cama e exigiram que esperasse os pais irem encontrá-la. Ela deveria ficar quieta, um tipo de prisioneira confinada na própria casa. Esse *era* o seu lugar. O *único* lugar que tinha.

— Foi um *massacre*, *Māma* — retrucou, irritada, ficando de pé num pulo. — Vai contra tudo em que acreditamos! O que aconteceu com a lealdade? O que aconteceu com a ordem?

Os pais continuaram impassíveis. Poderiam ter sido substituídos por estátuas de mármore e não faria diferença alguma para Juliette.

— Nós valorizamos ordem, família e lealdade — confirmou Lady Cai —, mas, no fim, escolhemos priorizar o que garante nossa sobrevivência.

Uma imagem de Rosalind passou pela mente de Juliette. Depois, Kathleen.

— E a sobrevivência de quem estava nas ruas?

A cada vez que piscava, os via cair. Via as balas perfurando seus corpos e atravessando as multidões.

— Comunistas que ameaçavam as estruturas da sociedade — respondeu a mãe, em tom sério. — Rosas Brancas que têm tentado acabar conosco há gerações. Você queria que as vidas deles fossem poupadas?

Quando Juliette virou o rosto, sem encontrar forças para fazer as palavras passarem pelo nó amargo em sua garganta, o olhar da mãe a acompanhou. Havia pouco que Lady Cai não percebia. Pouco que passava por sua avaliação e saía intocado. Juliette sabia disso, e mesmo assim se surpreendeu quando a mão de Lady Cai pegou depressa seu punho, os dedos abertos contra a luz do teto. A linha branca em seu anelar brilhou.

— Disseram que você foi encontrada com Roma Montagov. — A mãe segurou com mais força. — De novo, eu pergunto: quer fazer o favor de se explicar?

Os olhos de Juliette se voltaram para o pai, que ainda não dissera nada. Sua compostura era serena, e ela se sentiu virar do avesso. Enquanto ele ficava ali, apenas ocupando um espaço em seu quarto, ela conseguia sentir *tudo:*

o inspirar e o expirar da própria respiração, a eletricidade zumbindo acima de suas cabeças, o murmúrio estático de conversas do outro lado da porta.

Seu coração, martelando sob as costelas.

— Eu o amo há tanto tempo que não me lembro mais de quando era um estranho. Eu o amo desde antes de ordenarem que trabalhássemos juntos, apesar do ódio entre nossas famílias. E vou continuar amando-o muito depois de vocês nos arrancarem um do outro, meramente porque escolhem quando é conveniente participar da guerra de sangue.

A mãe soltou seu pulso. Apertou os lábios, mas não havia surpresa além disso. Por que haveria? Não era difícil deduzir por que Juliette estaria fugindo com Roma.

— Acolhemos a era moderna, e nunca pensamos em controlar o que você fazia — disse então Lorde Cai, decidindo finalmente falar. Suas palavras eram um rugido baixo que fazia tudo tremer ao redor. — Vejo que isso foi um erro de nossa parte.

Juliette engasgou com uma risada.

— O senhor acha que teria sido melhor se vocês tivessem me prendido dentro de casa? Acham que eu nunca teria aprendido a desafiá-los, se tivessem me mantido em Xangai todos esses anos, educada só por estudiosos chineses e seus ensinamentos antigos? — Ela desceu a mão sobre a penteadeira, derrubando todos os pincéis e caixas de pó compacto no chão, mas não foi o suficiente, *nada* era o suficiente. As palavras tinham um gosto amargo na boca de Juliette, a ponto de ela poder prová-las. — Eu teria acabado *igual*. Estamos todos presos pelas linhas da cidade, e talvez vocês devessem questionar por que temos uma guerra de sangue, antes de me perguntarem por que a desafiei!

— Basta! — gritou Lorde Cai.

— Não! — gritou Juliette de volta. Seu coração estava disparado. Antes, estava supersensível aos sons do quarto; agora, não escutava nada além da própria pulsação violenta e furiosa. — Você escuta o que o povo está dizendo? Essa execução de Comunistas e Rosas Brancas... estão chamando de Terror Branco, *terror*, como se fosse apenas outra insanidade que não pode ser evitada! Mas *pode* ser evitada! Nós podemos pôr um fim nisso!

438   FINAIS VIOLENTOS

Juliette respirou fundo, forçando-se a abaixar o tom. Quanto mais gritava, mais os pais estreitavam os olhos, e ela temia que outra explosão os faria ignorá-la de vez. Não era o fim. Ainda tinha uma chance de convencê-los do contrário.

— Vocês dois sempre disseram que o poder está no povo — continuou, mantendo a voz sob controle. — Que a Sociedade Escarlate teria desmoronado se *Bàba* não tivesse tornado a filiação à organização um símbolo que civis comuns pudessem usar com orgulho no peito. E agora os deixamos morrer? Agora deixamos os Nacionalistas matarem qualquer pessoa de quem suspeitem ter se unido a um sindicato? A guerra de sangue era sobre justiça. Sobre o poder e a lealdade que dividiam a cidade. Éramos *iguais...*

— Você está dizendo — interrompeu Lorde Cai, com frieza — que prefere voltar para o tempo em que os Rosas Brancas explodiram a casa dos criados?

Juliette cambaleou para trás. Havia um aperto em seu peito, pressionando-a até ela ter certeza de que não havia mais oxigênio em seus pulmões.

— Não foi isso o que eu quis dizer. — Ela mal sabia o que queria dizer. Só sabia que nada daquilo era *certo*. — Mas somos superiores ao massacre. Superiores à *ordem de execução*.

O pai desviara os olhos, mas a mãe mantinha o olhar fixo nela.

— O que foi que eu tentei lhe ensinar? — sussurrou Lady Cai. — Não se lembra? O poder está no povo, mas a lealdade é algo instável e em constante transformação.

Juliette engoliu em seco. Então essa era a Sociedade Escarlate. Eles haviam dito "sim" quando os estrangeiros exigiram uma aliança, escolhendo o dinheiro acima do orgulho. Haviam dito "sim" quando os políticos exigiram uma aliança, escolhendo a sobrevivência acima de tudo. Quem se importava com valores quando os livros de história eram escritos? De que importava se no fim esses mesmos livros acabavam reescrevendo tudo?

— Eu imploro. — Juliette ficou de joelhos. — Acabem com o Terror Branco, mandem os Nacionalistas pararem, façam com que os Rosas Brancas sejam separados dos Comunistas. Não temos o direito de erradicar uma população. Não é justo...

— O que você sabe sobre *justiça*?

Juliette perdeu o equilíbrio, caindo de lado sobre o tapete. Conseguia contar nos dedos da mão o número de vezes em que o pai erguera a voz para ela. Havia gritado tão alto agora que mal parecera real. Ela estava quase convencida de que o som viera de outro lugar. Até Lady Cai piscava depressa, a mão pressionada contra a gola do *qipao*.

Juliette se recuperou mais rápido do que a mãe.

— Tudo o que o senhor me ensinou — respondeu. Ela se ergueu, o tecido solto do vestido se juntando ao redor dos joelhos. — Tudo sobre nossa união, nosso orgulho...

— Não quero saber.

Ela ficou completamente de pé então.

— Se não vão fazer nada, eu vou.

Lorde Cai olhou de volta para ela. Ou a eletricidade falhava naquele exato instante, ou uma luz diminuía nos olhos do pai. Sua expressão ficou neutra, como acontecia quando encontrava um inimigo, como acontecia quando se preparava para torturar alguém para conseguir informações.

Entretanto, o pai não recorreu à violência. Apenas colocou as mãos atrás das costas e deixou o próprio tom retomar a um volume baixo.

— Não, você *não* vai. Desista dessa estupidez e continue sendo herdeira da Sociedade Escarlate. Continue sendo herdeira de um império que logo apoiará os governantes do país, ou nos abandone e viva no exílio.

Lady Cai se virou na direção dele. Os punhos de Juliette se fecharam com ainda mais força, deixando escapar a apreensão ali para que não ficasse evidente em seu rosto.

— Está maluco? — sibilou Lady Cai ao marido. — Não lhe dê uma escolha dessas...

— Pergunte para ela. Pergunte para Juliette o que ela fez com Tyler.

Silêncio total no cômodo. Por um segundo, Juliette experimentou aquela sensação de leveza pouco antes de uma queda livre, o ar gelado em sua garganta e o estômago contorcido. Então processou o peso das palavras do pai como uma onda de água gelada, e ela se enraizou mais uma vez nas linhas grossas de seu tapete. De súbito, a recusa dele em permitir que ela participasse dos planejamentos Escarlates fez sentido. Deixá-la de fora das reuniões

440   FINAIS VIOLENTOS

Nacionalistas *fez sentido*. Há quanto tempo ele sabia? Há quanto tempo sabia que ela era uma traidora e a manteve ali de qualquer forma, deixando-a fingir que tudo corria normalmente?

— Eu o matei.

Lady Cai recuou, os lábios se abrindo em choque.

— Atirei nele e em seus homens — continuou Juliette. — Vivo com o sangue dele nas mãos. Escolhi colocar a vida de Roma acima da de Tyler.

Juliette observou a mãe, o cenho franzido como se houvesse sido entalhado em pedra. Juliette observou o pai, o olhar mais impassivo do que nunca.

— Eu suspeitei quando disseram que ele foi encontrado com um único ferimento de bala — disse Lorde Cai. — Suspeitei quando todos os seus homens morreram sem reagir, o que parecia estranho já que os trabalhadores no levante foram implacáveis no uso de sua artilharia. Foi só quando recebi relatos de Tyler ter desafiado Roma Montagov para um duelo que minhas suspeitas encontraram um motivo.

Juliette se apoiou na armação da cama, o corpo todo caindo nas tábuas de madeira do chão. Não tinha o que dizer. Nenhuma defesa, porque era culpada até a alma.

— Ah, Juliette — disse Lady Cai com suavidade.

Era difícil saber se a mãe a estava reprimindo ou se tinha pena. A pena não vinha da empatia, mas da repulsa por ela ser tão inconsequente.

— Eu não tinha a intenção de puni-la. Não tinha a intenção de pedir explicações, já que essa foi a filha que eu criei. — Lorde Cai alisou as mangas longas, desamassando as dobras no tecido. — Eu queria observá-la. Ver se poderia acertar seu caminho, seja lá por onde ela houvesse se perdido. Juliette é minha herdeira, meu sangue. Eu queria protegê-la acima de tudo, até mesmo de Tyler, até mesmo dos Escarlates abaixo de nós.

O pai andou em sua direção e, quando Juliette continuou olhando fixamente para os próprios pés, ele apertou o queixo dela e ergueu seu rosto com firmeza.

— Mas nós punimos traidores — concluiu ele, os dedos parecendo aço. — E, se Juliette quer desertar a favor da causa Rosa Branca, então ela pode partir e morrer junto com eles.

Lorde Cai a soltou. Suas mãos caíram na lateral do corpo e, sem dizer outra palavra, ele saiu do quarto. A porta se fechou atrás dele com um clique obediente, que parecia incompatível com a promessa que fizera. Não a quebraria. Seu pai jamais havia quebrado uma promessa na vida.

— *Māma*.

As duas sílabas saíram como um soluço. Como aquele gritinho rouco com que pedira por ajuda na infância, quando ralou o joelho brincando lá fora, chamando a mãe para confortá-la.

— Por quê? — perguntou Juliette. — Por que os odiamos tanto?

Lady Cai se virou, focando a atenção na bagunça no chão. De costas para Juliette, pegando os pincéis e as caixinhas de pó compacto, ela continuou em silêncio, como se não soubesse do que, ou de quem, a filha estava falando.

— Tem que haver um *motivo* — continuou ela, irritada, passando as mãos nos olhos que ardiam. — A guerra de sangue existe desde o século passado. Pelo que estamos lutando? Por que matamos uns aos outros em um ciclo infinito, se não sabemos qual foi o insulto original? Por que temos que continuar sendo inimigos dos Montagoves se ninguém *lembra o porquê*?

Mas, afinal, não era essa a raiz de todo ódio? Não era isso o que o tornava tão feroz?

Nunca havia um motivo. Nunca um *bom* motivo. Nunca um motivo justo.

— Às vezes — disse Lady Cai, colocando os pincéis de volta na penteadeira —, o ódio não tem uma memória de que se alimentar. Cresceu tanto a ponto de alimentar a si mesmo e, enquanto não resistirmos, ele não nos incomoda. Não nos enfraquece. Entende o que estou dizendo?

É claro que Juliette entendia. Resistir ao ódio era perturbar seu estilo de vida. Resistir ao ódio era negar seu nome e seu legado.

Lady Cai esfregou as mãos para limpá-las, examinando o tapete estragado com apenas um vago desconforto nos olhos. Quando seu olhar se voltou para Juliette, a expressão se transformou na mais profunda tristeza.

— Você sabe o que fez, Cai Junli. Não tente me convencer. Já fiz tudo o que podia aqui, até que você se lembre de quem é.

Então Lady Cai saiu do quarto também, cada *clique-claque* de seus sapatos reverberando dez vezes mais alto nas orelhas de Juliette. Ela ficou ali, em sua solidão, escutando a porta ser trancada pelo lado de fora, incapaz de impedir o soluço que lhe subiu a garganta de novo.

— Não me arrependo de nada! — gritou, sem fazer movimento algum para ir atrás dos passos que se afastavam. Ela não se deu ao trabalho de esmurrar a porta, não tentou se desgastar até a exaustão. A única coisa que seguiu a mãe pelo corredor foi sua voz. — Eu me recuso a lembrar de uma mentira! *Eu desafio vocês!*

Os passos desapareceram por completo. Só então Juliette se encolheu como uma bolinha, abraçando-se o máximo que podia no tapete, e se permitiu chorar, se permitiu liberar a raiva e gritar dentro das próprias mãos. Pela cidade, pelos mortos, pelo sangue que corria como rios pelas ruas. Por aquela família amaldiçoada, por suas primas.

Por *Roma*.

Juliette engoliu o soluço seguinte. Pensara que havia matado o monstro de Xangai. Pensara que estava caçando novos monstros, nascidos da ganância e de uma ciência deturpada. Estava errada. Havia outra entidade monstruosa na cidade, pior que todas as outras, *alimentando-se* de todas as outras, contaminando o lugar inteiro de dentro para fora, e que nunca morreria até que definhasse de fome. Ninguém estava disposto a parar de alimentar o ódio? Ninguém assumiria a responsabilidade por cortá-lo direto pela raiz?

Chega.

Juliette respirou fundo, trêmula, forçando as lágrimas a pararem de maneira surpreendente. Quando secou os olhos de novo, olhou ao redor do quarto com atenção, registrando cada item que não havia sido removido.

— Chega — sussurrou em voz alta. — Chega disso tudo.

Não importava o quão despedaçado estivesse seu coração, juntaria os cacos, mesmo que temporariamente, mesmo que só para suportar a hora seguinte.

Antes de ser a herdeira da Sociedade Escarlate, ela era Juliette Cai.

E Juliette Cai não aceitaria isso. Não ia se deitar e deixar que os outros mandassem nela.

— Levante-se. Levante-se. Vamos, *levante-se*!

Ela ficou de pé, os punhos cerrados. Sobre o dedo, a linha pesava, ensopada de chuva, de lama e sabe-se lá o que mais, e ainda assim se fixava em sua pele com uma força admirável.

Haviam esvaziado seu quarto, pegado a pistola que ficava debaixo do travesseiro, os revólveres escondidos entre as roupas, as facas enfiadas nas estantes de livros. A porta estava de fato trancada, mas ela não estava presa. Afinal, sempre havia a sacada. Ela poderia deslizar o vidro para o lado e pular. Não tinha como dar a volta na casa e atrapalhar a festa lá embaixo, não sem armas, mas podia correr. O pai falara sério. Exílio era uma opção.

Porém, de que adiantava? De que adiantava se não tinha com quem fugir? Se não tinha ninguém com quem se encontrar? Roma ou já estava morto, ou perto de ser colocado no caminho de uma bala Escarlate. Juliette era apenas *uma* garota — sem poder, sem exército, sem meios de planejar um resgate.

Foi até o guarda-roupa e pegou a caixa de sapato que estava debaixo dos vestidos. Seus braços rasparam nas contas penduradas do tecido e, enquanto o quarto se enchia de um tilintar suave e musical, Juliette recuou e se sentou no chão, os dedos firmes nas laterais da caixa.

Abriu a tampa. Era como se lembrava. Os itens continuavam os mesmos.

Um pôster, uma passagem velha de trem e uma granada.

A caixa ficara intocada por muitos anos, um depósito de variedades que pegara no sótão porque pareciam glamourosas demais para apodrecer entre as luminárias quebradas e as cápsulas descartadas de munição. Ela se perguntou se os Escarlates não a haviam tirado do quarto porque não pensaram em abrir a caixa de sapatos, ou se foi porque acharam absurda demais a ideia de que ela usaria uma granada para causar danos e nem se deram ao trabalho.

Juliette fechou os dedos ao redor do explosivo. À esquerda, o reflexo na penteadeira imitava seus movimentos, o espelho captando sua expressão irritada ao erguer o rosto.

— Como a guerra continuaria se eu os matasse agora? — perguntou para si mesma, para o espelho, para a própria cidade conforme entrava em suspensão ali, naquele quarto frio e vazio. — Eles estão confraternizando embaixo de mim, os Nacionalistas importantes e os generais de guerra. Talvez o próprio Chiang Kai-shek tenha vindo. Eu seria uma heroína. Eu salvaria vidas.

Uma explosão de risadas ecoou através das tábuas do chão. Vidros tilintaram: um brinde para celebrar um massacre. A guerra de sangue já era ruim o suficiente, mas era algo que Juliette acreditava poder mudar. Agora, crescera a proporções irreconhecíveis, mais dividida do que jamais precisara ser. Escarlate contra Rosa Branca, Nacionalista contra Comunista. Dissolver uma disputa de sangue era uma coisa, mas uma guerra civil? Ela era muito pequena — pequena demais — para se meter com uma guerra que se espalhava pelo país todo, que se espalhava por toda a sua história esquecida como nação.

Outra explosão de risadas, mais alta dessa vez. Se deixasse cair um explosivo no chão do quarto, o golpe seria direto e atingiria todos que estivessem na sala. Juliette sentiu uma completa aversão se enraizar em suas entranhas. Condenava a cidade por seu ódio. Condenava seus pais, sua organização… mas ela era igualmente condenável. Um último ato de violência para acabar com tudo. Estava brava o suficiente. Chega de legado Escarlate. Chega de Sociedade Escarlate. Se estivesse morta também, não precisaria viver com a dor de seu ato terrível. Seriam ela e os pais, em troca de derrubar todos os outros que estavam na casa.

— Deixe a cidade chorar — sibilou. — Passamos do ponto onde havia esperança, cura ou salvação.

Ela puxou o pino.

— *Juliette!*

Juliette se virou, a mão firme ao redor da granada. Por um breve instante, pensou que Roma estivesse em sua sacada, empoleirado no guarda-corpos mais uma vez. Então sua vista clareou, e ela percebeu que os olhos lhe pregavam uma peça, porque não era Roma quem deslizava os vidros das portas, e sim Benedikt.

— O que está *fazendo*? — sibilou ele, entrando no quarto.

Juliette, por instinto, recuou um passo.

— O que *você* está fazendo aqui? Precisa ir…

— Por quê? Para você se explodir? Roma está vivo. Preciso da sua ajuda.

A onda de alívio quase fez Juliette derrubar a granada, mas ela conseguiu firmar os dedos bem a tempo, mantendo a alavanca abaixada. Quando fechou os olhos, tomada pelo conhecimento daquela pequena coisa que o universo lhe permitira ter, estava tão grata que as lágrimas correram imediatamente.

— Estou feliz por você ter escapado — disse Juliette, a voz baixa. — Você é a melhor pessoa para ajudá-lo a fugir.

— Ah, *por favor.*

Juliette abriu os olhos, tão chocada com o tom de Benedikt que suas lágrimas cessaram. Ele apontou para a granada em sua mão.

— Você acha que vale a pena? De que adianta explodir alguns Nacionalistas? Eles vão se reestruturar de novo! Vão trazer um novo líder de Pequim, de Wuhan, de qualquer lugar que tenha gente. A guerra vai continuar. O conflito vai continuar.

— Eu tenho um dever a cumprir aqui — murmurou ela com a voz trêmula. — Se eu puder fazer uma única coisa...

— Quer fazer uma única coisa? Vamos explodir os monstros. Vamos impedir Dimitri. Mas isso? — Ele ergueu um polegar na direção da porta. Os sons da festa lá fora continuavam entrando. — Isso é inevitável, Juliette. Isso é a guerra civil, e você não tem como impedi-la.

Juliette não sabia o que dizer. Fechou as duas mãos ao redor da granada e ficou encarando-a. Benedikt a deixou ficar assim por um longo momento, deixou-a revirar suas emoções confusas, antes de dar meia-volta e xingar em voz baixa.

— Primeiro Marshall, agora você. Todo mundo está louco por uma oportunidade de autossacrifício.

— Marshall?

Benedikt fez uma careta. Como se estivesse se lembrando de que havia invadido território inimigo, andou até a sacada de novo e olhou ao redor, atento a qualquer movimento.

— Dimitri interceptou os Escarlates e pegou Roma e Alisa. Marshall acabou capturado também, quando tentou resgatá-los. Agora somos só eu e você. Realmente não temos muito tempo, Juliette.

446   Finais Violentos

— Dimitri recrutou os trabalhadores? — perguntou ela, o coração pulsando nas orelhas.

— Recrutou. Agora, nem sei se ele ainda pretende assumir os Rosas Brancas. Com praticamente cada um dos gângsteres mortos, presos ou foragidos, ele está muito mais preocupado em estabelecer uma base de poder entre os Comunistas.

— Então por que ele pegou Roma? Se não é para acabar com a linhagem Montagov...

— É simbólico, eu imagino. Matar os gângsteres. Matar os imperialistas. Matar a influência estrangeira na cidade. Uma execução pública como um último grito de guerra dos trabalhadores da cidade, antes que os Nacionalistas os pisoteiem e os expulsem. Então Dimitri e seus monstros fugirão para o sul com o restante dos Comunistas e a guerra continuará.

Juliette inspirou, a respiração trêmula. Era assim que terminaria? Lourens tinha como espalhar a vacina pelo sistema de fornecimento de água da cidade, mas do país inteiro? Do mundo inteiro? Se Dimitri fugisse com os Comunistas, fortalecido com o poder das armas, do dinheiro e dos *monstros* que adquirira, qual seria o limite? Onde ele iria parar?

— Olhe — disse Benedikt, interrompendo o pânico dela, a voz flutuando da sacada. — De qualquer forma, eu acho que conseguimos resgatá-los. Roma, Marshall e Alisa: nós podemos tirá-los de Dimitri e deixar a cidade para sempre. Mas você precisa me ajudar.

Ela estava pronta para concordar. Mesmo assim, tinha muita dificuldade em tomar a iniciativa para ir.

Nós punimos traidores. E, se Juliette quer desertar a favor da causa Rosa Branca, então ela pode partir e morrer junto com eles.

Não era algo novo. Ela havia se tornado uma traidora cinco anos antes, naquele dia de vento no Bund quando se tornou amiga de Roma Montagov. Havia se tornado uma traidora todas as vezes em que se recusara a cravar uma adaga nele. Havia se tornado uma traidora muito antes de acertar uma bala no próprio primo, porque, se lealdade significava ser cruel, ela não conseguiria ser leal.

Seus pais ficariam de luto. Sentiriam falta de uma versão dela que não existia.

— Eu amo muito vocês dois — murmurou —, mas vocês estão me *matando.*

A cabeça de Benedikt se enfiou para dentro do quarto de novo.

— Como é que é?

— Nada — disse Juliette, tomando a iniciativa de agir. — Eu vou com você.

— Ah. — Benedikt quase pareceu surpreso pela mudança de atitude dela. Ele a observou enquanto ela encarava o quarto, permitindo-se olhar uma última vez ao redor. — Você ainda está segurando... há...

Juliette pegou o pino e o enfiou de volta na granada. Gentilmente, devolveu o explosivo para a caixa de sapatos e enfiou-a no guarda-roupa de novo. Antes de fechar as portas, puxou um dos vestidos de franja.

— Deixa eu me trocar primeiro. Vou ser rápida.

Benedikt franziu o cenho, como se não aconselhasse uma escolha tão chamativa, mas então Juliette puxou um casaco também, com uma sobrancelha erguida em desafio, e ele assentiu.

— Vou esperar na varanda.

Havia se passado tempo o suficiente para o cabelo secar, mas a chuva estivera forte e suas roupas ainda grudavam no corpo. Em seu esforço para arrancar o vestido, parecia que havia forçado um pouco demais porque, ao puxar, ouviu um *clique* de algo batendo no tapete. Havia estourado um botão? Uma lantejoula?

Ela semicerrou os olhos para o chão. Não, era algo azul. Era... uma pequena *pílula*, a cor tão brilhante quanto uma pedra preciosa. Ao lado, havia um pedaço de papel, levemente úmido enquanto flutuava até parar.

— Ai, meu Deus — murmurou, desenrolando o bilhete.

A mão de Bai Tasa em suas costas. O toque rápido quando ele a removeu. Havia colocado aqueles itens no bolso de seu vestido.

Use com sabedoria. — Lourens

Bai Tasa era um Rosa Branca infiltrado.

Uma risada incrédula explodiu pela garganta dela, mas Juliette a sufocou depressa, não querendo perturbar Benedikt, que já parecia pensar que ela estava a um passo de enlouquecer. Juliette pegou a pílula e examinou-a com cuidado. Quando a enfiou no novo vestido, colocou-a com cuidado no novo bolso, limpo e seco, então transferiu o restante que não havia caído: seu pequeno isqueiro e um único grampo de cabelo. Era tudo. Não tinha armas, não tinha coisas valiosas, nada além das roupas do corpo e de um casaco quente, amarrado na cintura com uma faixa.

Ela correu para a sacada. Quando Benedikt se virou, seu cabelo balançava ao vento, a expressão sincera e tão semelhante à de Roma que lhe doía o peito olhar para ele.

— Vamos.

Quarenta e Seis

D imitri anunciou que a execução seria ao anoitecer, então imagino que não temos muito tempo.

Juliette olhou para as nuvens cinzentas acima, cerrando os punhos com força.

— É, mas para o seu plano funcionar precisamos saber exatamente como os monstros se transformam. Não podemos apostar nosso sucesso só na esperança. *Agora!*

Ela disparou para atravessar a rua, correndo da entrada de um beco ao outro, antes que os soldados no trilho do bonde pudessem vê-la. Benedikt estava logo atrás, embora tenha feito uma careta de dor ao reduzir o passo para uma caminhada, os dois avançando pela passagem estreita.

— Você está machucado?

— Torci o pé, mas está tudo bem. Achei que nós já soubéssemos que os monstros se transformam com água.

Juliette se abaixou quando chegaram ao final do beco, atenta aos sons. Soldados patrulhavam à esquerda, e a direita dava para um caminho mais estreito ainda. Ele os levaria para longe do esconderijo, mas era uma opção melhor do que serem pegos. Ela gesticulou para que Benedikt acelerasse.

— Será? — questionou. — Eu vi um homem jogar algo no rosto no trem. Nós sabemos que esses monstros são diferentes do primeiro e, mesmo no fim, Paul conseguiu fazer alterações na quantidade de água que era necessária para a transformação de Qi Ren. Os novos se transformam quando querem. Não podemos apostar nisso.

E era por esse motivo que estavam indo ao esconderijo libertar Rosalind e exigir que ela falasse o que sabia. Não haviam feito as perguntas certas da primeira vez, e haviam sido interrompidos pela aparição do General Shu. Agora, Juliette estava bem-preparada. Colocaria de lado as próprias emoções por ter sido traída, e estaria focada em conseguir uma única resposta.

— Se não é água — perguntou Benedikt —, então é o quê?

Juliette suspirou.

— Não faço ideia. Mas estamos deixando passar alguma coisa, eu tenho certeza.

O plano de Benedikt era estranho a ponto de parecer que poderia dar certo. Se Roma, Alisa e Marshall estavam prestes a encarar uma execução pública, o evento precisaria ser ao ar livre para reunir uma multidão. Mas, naquele momento, após uma revolução de larga escala, havia poucos lugares onde uma aglomeração poderia se formar. O único ponto provável era Zhabei, com trabalhadores armados de guarda.

O movimento Comunista e seus trabalhadores estavam seguindo Dimitri porque ele lhes fornecia dinheiro e munição.

Porém, não sabiam como ele os adquirira. Não sabiam que ele usara monstros para chantagear as organizações de Xangai, e não sabiam que ele controlava tais monstros. As pessoas de Xangai, embora tivessem lutado bravamente uma revolução, ainda tinham *medo* dos monstros dele.

— Então incitamos o caos — explicara Benedikt. — Os monstros devem estar de guarda como homens. Dimitri não perderia uma oportunidade de trazê-los. Precisa de proteção extra, caso os Nacionalistas ouçam rumores do que está acontecendo, mas eles precisam se misturar ao povo também. Force-os a se transformar, e os civis no local entrarão em pânico. Eles vão correr, colidir com trabalhadores armados e distrair todos por tempo o bastante para que ninguém possa nos impedir de entrar às escondidas, pegar os prisioneiros e fugir.

Mas e se não funcionar?

— Chegamos.

Juliette parou. Então, quando pareceu não haver movimento algum na rua, saiu do beco e se aproximou do prédio do esconderijo. Era estranho.

Parecia tão diferente da última vez em que o vira, mas nada havia mudado. Era apenas a cidade que ficava se transformando.

— Vamos — disse Benedikt.

Juliette despertou de seu devaneio. Não adiantava ficar parada ali, só olhando para a porta. Esticou a mão para a maçaneta e abriu.

Lá dentro, conforme a luz entrava no apartamento, Rosalind imediatamente se endireitou, piscando com força. Parecia acabada, pois ficara sem comida e água por dois dias. Juliette não conseguiu suportar a cena, e ainda assim havia pensado que conseguiria ter forças para exigir algo da prima?

Aproximou-se da cadeira dela. Sem dizer uma palavra, começou a desfazer as amarras.

— O que aconteceu? — perguntou Rosalind, com a voz pesada e áspera. — Escutei tiros. Muitos tiros.

Juliette não conseguia firmar os dedos ao redor de um dos nós. Suas mãos tremiam e, quando Benedikt tocou seu ombro, ela se afastou, deixando que ele assumisse a função em seu lugar.

O esconderijo estava escuro demais. Juliette puxou com força uma das tábuas pregadas na janela. Quando a madeira cedeu, o raio triangular de uma fraca luz cinzenta se derramou pelo espaço. O sol ia se pôr logo. A noite estava chegando.

— O expurgo começou — explicou Juliette, rouca. — Os trabalhadores conseguiram reunir suas forças e marchar em protesto. Nacionalistas atiraram neles. Os corpos continuam na rua.

Rosalind não falou nada. Quando Juliette se virou, a expressão da prima era desolada.

— E Celia?

Juliette se espantou. Não esperava a troca de nomes. Supunha que era apropriado. Kathleen jamais teria se unido à causa dos trabalhadores. Isso era totalmente Celia, do começo ao fim.

— Não sei. Não sei onde ela está.

O primeiro nó se soltou. Rosalind conseguiu mexer o ombro esquerdo.

— Juliette — chamou Benedikt.

Foco na missão, parecia estar dizendo.

Ela andou pela sala, enfiando as mãos no cabelo. Puxou as mechas, desacostumada ao penteado liso que balançava contra seu pescoço ao se mexer.

— Estamos libertando você. Mas queremos que nos diga tudo o que sabe sobre os monstros.

Rosalind puxou o braço direito quando as amarras se soltaram daquele lado também. Havia perdido todas as suas forças, não via motivo para se apressar ou se agitar quando a corda caiu de seu corpo.

— Se eu tivesse informações, você não acha que eu já teria dito a este ponto? — perguntou. — Eu não tenho mais nada a ganhar escondendo algo. Dimitri só estava me usando como fonte dentro dos Escarlates. Estava me usando muito antes de decidir nos chantagear.

— Você deve ter escutado uma coisa ou outra, não importa o quão pouco tenha prestado atenção nos negócios dele — disse Benedikt, recusando-se a aceitar a resposta dela. Puxou com força a corda do tornozelo dela. Rosalind fez uma careta de dor. — Como foi que isso começou? Os monstros já estavam ativos quando ele obteve controle?

— Não. Ele encontrou os insetos-mãe naquele apartamento. Cinco deles, gigantes e flutuando num líquido. *Eu* recrutei os franceses para ele infectar. — Ela fechou os olhos com força. — Ele disse que era uma estratégia de guerra. Nada de massacres, nada de caos. Só uma tática para conquistar o poder.

— Para lhe fazer jus — disse Juliette em voz baixa —, essa parte não era mentira.

Ela culpava Rosalind por ter sido uma presa fácil para ele. Ela tinha pena de Rosalind. A Sociedade Escarlate também lidava com a violência dia após dia. Quando se cresce em meio a um esquema assim, com aqueles que amamos dizendo que é permitido derramar sangue desde que seja por lealdade, como saber onde traçar os limites ao amar alguém de fora da família?

— E os insetos — continuou Benedikt. — Eles se enterraram nos hospedeiros?

Juliette se inclinou para a frente, as mãos apoiadas com firmeza na mesa. Havia sido igual com Qi Ren. Um inseto-mãe que ocupou seu corpo, dando-lhe a habilidade de se transformar em um monstro.

— Grudaram-se nos pescoços deles e cavaram direto — sussurrou Rosalind.

— Como eles se transformaram depois? — A pergunta cuja resposta mais precisavam. — O que ativa a transformação?

Todas as amarras de Rosalind caíram no chão. Seus braços e pernas estavam livres para se mexer, mas mesmo assim ela continuava na cadeira, os cotovelos apoiados nos joelhos, a cabeça tombada nas mãos. Por vários segundos, ela ficou assim, imóvel como uma estátua.

Então olhou para cima, de súbito.

— Etanol.

Juliette piscou, confusa.

— *Etanol?* Isso é... álcool?

Rosalind assentiu lentamente.

— Eles estavam flutuando em etanol quando foram encontrados, então é o que os faz sair. Álcool é o que os franceses mais usavam. Algumas gotas bastavam, não precisava ser concentrado.

Benedikt se virou, procurando os olhos de Juliette.

— Como é que vamos encontrar álcool o suficiente? Como é que vamos encontrar qualquer quantidade de álcool?

Os restaurantes estavam fechados. As boates estavam fechadas. Os lugares que não foram trancados com cadeados e correntes já haviam sido invadidos e saqueados.

— Não precisamos — disse Juliette. Ela olhou para fora da janela, por aquele vão que abrira, deixando entrar os sons da rua lá fora. — A gasolina de um carro tem o mesmo efeito.

Um grito súbito soou ao longe, e ela deu um pulo, levando a mão ao coração. Rosalind também ficou de pé num salto, mas o som desapareceu tão depressa quanto havia surgido, e ela pareceu não saber o que fazer, parada perto da cadeira. Era orgulhosa demais para dar voz à dor em seus olhos. Mas não era fria o suficiente para evitar completamente o olhar da prima e deixá-la pensar o contrário.

— Vá, Rosalind — sussurrou Juliette. — Haverá mais caos nas ruas em algumas horas.

Rosalind apertou os lábios. Lentamente, ergueu os braços até a nuca e soltou o colar que usava, colocando-o sobre a mesa. Parecia opaco à penumbra. Nada além de uma tira de metal.

— Você contou para os Escarlates? — perguntou. Sua voz era suave como uma pena. — Contou que eu sou a responsável pelos monstros novos?

Juliette deveria ter contado. Tivera o tempo e a oportunidade. Se houvesse oferecido o nome de Dimitri como amante de Rosalind, e depois revelado que ele era o chantagista, os crimes da prima contra a Sociedade Escarlate seriam muito mais graves do que mera espionagem para a guerra de sangue.

— Não.

A expressão de Rosalind era indecifrável.

— Por que não?

Porque Juliette não quis. Porque ela não quis aceitar. Porque havia se acostumado a mentir e a esconder, então que diferença faria mais um segredo?

Pelo canto do olho, Juliette sabia que Benedikt a observava.

— Vá, Rosalind — repetiu ela.

Enfim, Rosalind acatou a ordem e andou até a porta. Sua mão já estava sobre a maçaneta quando hesitou, olhou por cima do ombro e engoliu em seco.

— É a última vez que nos vemos?

Havia tanto naquela única pergunta feita em voz baixa. Rosalind iria para casa? Depois de tudo o que fizera, depois de tudo o que fizeram com *ela*, poderia voltar?

E, se voltasse, *Juliette* retornaria algum dia?

— Não sei — respondeu com sinceridade.

Rosalind a observou por mais um momento. Seus olhos podem ter marejado. Ou talvez tenha sido apenas um desejo por parte de Juliette. Talvez fossem seus próprios olhos que estavam ficando escorregadios com a umidade.

Rosalind saiu sem dizer mais nada.

A chuva diminuiu, então parou, as últimas gotas caindo sobre os corpos num suave fim. Mãos com a palidez da morte tombavam umas sobre as outras. A podridão e o fedor de pele murchando inundavam o ar.

Celia não sabia se estava viva ou morta. Estava soterrada debaixo de muito sofrimento, presa sob corpos imóveis. A dor latejava em seu torso, mas seus pensamentos estavam tão fragmentados que não tinha certeza se era uma bala ou apenas a manifestação física de sua agonia interna. Lá no fundo, havia pensado tolamente que estava livre do massacre, que a violência atingia apenas as massas. Enfim, parecia que havia conseguido se tornar parte dela. Um Escarlate jamais sofreria dessa forma. Um Escarlate teria sido rápido, como o Sr. Ping, que se tornou alvo de uma das primeiras balas, ou ficado longe de tal tumulto.

O que acontece agora?, perguntou-se.

Então alguém a estava segurando.

— Estou aqui. Estou aqui.

Celia virou a cabeça, abrindo os olhos da escuridão de sua sepultura para uma súbita luz ofuscante: a lamparina de um poste, queimando acima dela. Antes que sua visão clareasse, achou que a silhueta que a puxava fosse um anjo, um ser nebuloso que viera aliviar os horrores da guerra. Então uma nova onda de dor explodiu na lateral de sua barriga, e sua mente voltou a funcionar, o queixo se erguendo. Não era um anjo que viera salvá-la.

Era sua irmã.

— Como é que você chegou aqui? — perguntou, surpresa.

Rosalind já tinha rastros molhados escorrendo pelas bochechas, reluzindo sob a luz, mas, quando parou, após libertar Celia dos corpos, começou a derramar lágrimas novas, correndo as mãos pelos ombros da irmã, procurando por ferimentos recentes. Havia apenas um: a mancha crescente na lateral do corpo dela.

— Como é que você me faz uma pergunta dessas? — questionou, fungando. — Corri para a rua onde todos disseram que houve um massacre. Vim procurar você.

Celia conteve com força o gemido de dor, cooperando quando a irmã tentou erguê-la. Ela cambaleou, incapaz de sustentar o próprio corpo, mas os braços de Rosalind a acomodaram, aliviando seu peso. Embora a cabeça de Celia estivesse girando, ela conseguiu ver marcas vermelhas ao redor dos pulsos da irmã, vivas e feias.

— Consegue andar? — perguntou Rosalind. — Vamos. Mais um pouco e a hemorragia será irreversível.

Celia colocou um pé à frente do outro. Era um esforço desgastante, exaustivo, mas estava dando certo pelo menos.

— Obrigada, *jiějiě*. — Quando a brisa soprou em seu rosto, Celia não tinha certeza se sentira frio por causa do sangue em suas bochechas ou se havia começado a chorar também. — Obrigada por voltar por mim.

Rosalind a segurou com mais força. Continuou avançando mesmo quando Celia fraquejou, alternando entre estar acordada e estar inconsciente.

— Eu quero que você pense em Paris — ordenou. Era uma tentativa de manter a irmã acordada, focada, mesmo quando os sentidos enfraqueciam. — Pense nos bares clandestinos, nas luzes à distância. Pense em vê-los mais uma vez, quando o mundo não for mais tão sombrio.

— É possível que haja um dia assim? — sussurrou Celia.

Sua visão embaçou. Os arredores se afunilaram, as cores tornando-se monocromáticas.

Um som abafado veio de Rosalind. À frente, o prateado de um prédio reluziu, e ela avançou com Celia, um passinho de cada vez. Era sua promessa silenciosa para o mundo: faria com que a irmã vivesse mais um dia. Faria com que a irmã vivesse todos os dias e mais, cada um deles nascendo no horizonte.

— Eu arruinei todas nós por um amor que não era real — sussurrou. — O mínimo que posso fazer é salvar você.

Quarenta e Sete

O sol estava se pondo.

Em Zhabei, as ruas começavam a se encher de gente de novo. Então, Juliette e Benedikt não tiveram problemas em percorrê-las depressa, passando por soldados sem pensar duas vezes. Os Nacionalistas podiam tentar manter a cidade trancada à chave o quanto quisessem, mas ela sempre estaria cheia, fervilhando de atividade e, ao menor rumor de uma agitação, as pessoas sairiam para ver o que era. Rumores de uma execução pública estavam se espalhando rapidamente. As palavras voavam em meio aos trabalhadores, aos civis que queriam um espetáculo, não importava a direção política que a cidade tomasse. A única questão era se o Kuomintang havia escutado os rumores também. Por mais interessante que fosse ver Dimitri Voronin arrastado e preso, Juliette tinha que torcer para que os Nacionalistas não aparecessem. Porque os Montagoves seriam presos também, ou simplesmente mortos.

— Ele lhe deu só *uma*? — perguntou Benedikt, a respiração apressada.

Em sincronia, eles contornaram um riquixá caído, Juliette circulando-o pela esquerda e Benedikt, pela direita, antes de se encontrarem novamente e continuarem pela rua. Havia o brilho de uma luz à frente. Um cruzamento onde uma multidão se aglomerava.

— Só uma — respondeu Juliette, a mão tateando o bolso para confirmar. — Imagino que ele não tenha conseguido produzir mais a tempo.

— Maldito Lourens por nos dar *alguma coisa*, mas não *o suficiente*. — murmurou, ressentido. Ele também viu a cena adiante. — Mas é necessário nos perguntarmos... Vamos usar os monstros para instaurar o caos, mas e se eles libertarem os insetos? Dessa distância, vai ser morte na certa.

Era uma pergunta que Juliette estava se fazendo desde que saíram do esconderijo, porém, aos poucos, algo começava a tomar forma. Ela olhou para as nuvens mais uma vez e percebeu que estavam tingidas de roxo, escuras como hematomas. Quanto mais adentravam Zhabei, mais as fachadas ao redor se transformavam, parecendo gastas, menos bem cuidadas. A influência estrangeira diminuía, e o glamour ficava para trás.

— Tenho uma ideia — disse Juliette. — Mas podemos acelerar antes? O quartel de bombeiros fica a poucas ruas daqui.

Eles avançaram depressa. Quando o quartel apareceu no horizonte, com o telhado vermelho desbotado sob a escuridão que caía e a entrada com quatro arcos que lembravam portais alinhados, foi quase uma surpresa que estivesse abandonado, dados os suprimentos que esperavam em seu interior. Talvez os soldados que receberam ordens para vigiar os prédios públicos houvessem sido realocados, lidando com o caos ao redor da cidade como uma dezena de pequenos incêndios. Estavam em guerra civil. Comunistas pipocavam como toupeiras de seus esconderijos, e os Nacionalistas tentavam golpeá-los de volta para dentro a fim de manter o controle.

Juliette entrou no quartel, procurando imediatamente pelo que precisavam. Seus passos ecoavam alto no piso de linóleo. Benedikt trabalhava mais devagar, observando as prateleiras identificadas enquanto ela subia em um dos carros menores para examinar o segundo andar. Não havia muito ali, pelo que podia ver além dos corrimões.

— Não consigo encontrar nem uma única maldita arma — resmungou. — Nem um machado. Num quartel de bombeiros.

— Se tudo correr bem, reze para não *precisar* de uma arma. — Benedikt se aproximou, mostrando o que encontrara. Uma mangueira, enrolada no braço, e dois galões do que Juliette presumia ser gasolina. — Como vamos levar isso de volta para lá?

Juliette pulou do capô do carro e olhou para o veículo de novo.

— Você sabe dirigir?

— *Não* — respondeu Benedikt no mesmo instante. — Eu não...

Juliette já estava abrindo a porta do passageiro, esticando o braço e pressionando o botão da ignição no painel. O motor ligou. Conforme a noite escurecia lá fora, os faróis lançavam um facho forte, que cortava um caminho diante deles.

— Coloque a gasolina lá atrás — ordenou Juliette. — E dirija.

— Sua ideia é arriscada.

— É uma boa ideia. Você não pode protestar só porque tem que ficar para trás.

Benedikt a encarou do banco do motorista, o pé no pedal conforme o carro se movia devagar pela rua. Estavam quase na intersecção onde a multidão se aglomerava. A noite já caíra agora; o céu escurecera e as ruas estavam iluminadas por lamparinas a gás e tochas, pontos quentes de laranja entre o povo.

— Vai garantir a segurança deles — insistiu Juliette. — Você mesmo disse: essa coisa toda de execução é simbólica. Dimitri está atrás de Roma. Ele não ganha nenhum ponto extra com Alisa. Nem Marshall. Depois de Roma, só... Pare aqui, pare aqui. Não podemos chegar mais perto.

Benedikt pisou no freio, parando o carro. Alguns passos à frente e estariam à vista da multidão.

— Depois de Roma — continuou Juliette em voz baixa —, só sobra eu.

A realeza gângster, morta pelas mãos de Dimitri. Os dois impérios do submundo de Xangai, os herdeiros das famílias que mantiveram a cidade borbulhando de dinheiro e negócios internacionais, de hierarquia e nepotismo, ambos derrubados e executados pelas balas dele. Era bom demais para deixar passar. Bom demais para que Dimitri negasse. Juliette contava com isso.

— Ele vai perceber que é um truque.

— Vai — confirmou ela. — Mas aí já será tarde demais.

Ela ofereceria a si mesma em troca de Marshall e Alisa. Quando os dois estivessem longe da cena, Benedikt ativaria os monstros, Juliette daria para

Roma a vacina de Lourens e, mesmo que todos os insetos se libertassem, estariam seguros, poderiam ir embora, e estaria acabado.

Fácil como tirar doce de criança.

Ela arrancou o casaco e jogou-o no chão do veículo. Quando ergueu a mão para abrir a porta, Benedikt esticou o braço de repente, segurando seu pulso.

— Ele vai ficar bem — prometeu Juliette, antes que ele pudesse dizer qualquer coisa. — Marshall e Alisa são nossa prioridade.

Benedikt balançou a cabeça.

— Eu só ia falar para você tomar cuidado.

Ele a soltou, olhando para o banco de trás, onde a mangueira esperava.

Juliette respirou fundo e saiu. A rua ficava em uma descida. Quando começou a andar, o ângulo lhe deu uma visão perfeita da multidão e do que estava aglomerada ao redor: Roma, sendo amarrado a um poste de madeira, as mãos nas costas, uma corda ao redor da cintura.

Tudo o que ela podia fazer era avançar, um pé depois do outro, e continuar andando, os olhos fixos na cena, nos trabalhadores armados sob o comando de Dimitri que estavam amarrando Alisa agora. Juliette se perguntou de onde vieram os postes de madeira. Foi para eles que sua mente divagou, dentre todas as possibilidades... se os postes estavam pregados no chão ou fincados nas linhas do trem que cortavam pelo meio da rua.

Seus olhos percorreram a multidão que esperava. Não havia muita gente, nem poderia, ou o barulho causaria problemas com os soldados nas proximidades. Vinte, talvez mais. Mas vinte já era o suficiente para espalhar a notícia da boa ação de Dimitri. Eles pareciam curiosos, nada incomodados com os trabalhadores armados que os rodeavam, rifles prontos para o caso de Nacionalistas se aproximarem.

No canto da multidão, Juliette viu o homem que os seguira até o trem. O Rosa Branca francês. Seu sangue começou a ferver, bombeando adrenalina para o corpo todo, mantendo-a quente mesmo que a brisa gelada soprasse contra seu vestido sem mangas.

Juliette havia tirado o casaco de propósito. Queria que reconhecessem suas contas e brilhos no exato momento em que se aproximasse.

E foi o que aconteceu.

Benedikt precisava agir rápido, mas era difícil quando as mãos estavam escorregadias de suor. Ele puxou o final do rolo da mangueira, então ajustou-a no beiral do telhado, mirando o cenário abaixo. Haviam roubado dezenas de galões de gasolina. Podiam gastar à vontade. Mas precisava funcionar. Precisava fluir direito por um tubo longo, muito longo, e ele não podia errar.

Havia muita coisa em risco.

— Está bem — murmurou.

Parecia tudo pronto. Na rua lá embaixo, Juliette havia chegado à multidão, com as mãos ao alto, ignorando os sussurros enquanto seu nome ecoava como um mantra.

— Estou desarmada — gritou ela.

Benedikt se afastou do telhado, correndo pelo prédio e de volta à gasolina no carro. Ele não rezava para Deus havia anos, mas começaria naquele dia.

— *Aquela é...*

Lentamente, Juliette ergueu as mãos, mostrando que não carregava armas.

— Estou desarmada — gritou.

A multidão havia ficado em silêncio. O que quer que Dimitri estivesse dizendo foi interrompido quando ele a viu, os olhos fixos e pensativos. Ao seu lado, Roma parecia incrédulo. Não falou, não gritou o nome dela em desespero. Ele sabia que Juliette tinha um plano.

— Por algum motivo, acho difícil de acreditar — disse Dimitri.

Ele balançou a mão. O trabalhador armado mais próximo ergueu o rifle na direção dela.

— Pode me revistar e verá que não trago nada. Apenas minha vida. Para negociar uma troca.

Dimitri soltou uma risada. Ele jogou a cabeça para trás com o som, abafando o arfar de espanto que Roma soltou e os murmúrios confusos de Marshall.

— Senhorita Cai, o que a faz pensar que tem algum poder de negociação aqui? — perguntou Dimitri ao voltar a atenção para ela. — Posso mandar atirarem em você...

— E depois? — perguntou ela. — *Juliette Cai, a princesa de Xangai, morta por um trabalhador aleatório.* Os livros sobre a revolução com certeza mencionarão o feito. Venho até você, oferecendo minha vida ao lado da de meu marido, e você a desperdiça?

Dimitri inclinou a cabeça de lado então. Processou as palavras que ela dissera.

— Quer dizer que...

— Não estou trocando minha vida pela de Roma — confirmou ela. — Mas pelas de Marshall Seo e de Alisa Montagova. Deixe-os ir. Eles não precisam ser arrastados para dentro desta luta.

— *O quê?!* — exclamou Marshall. — Juliette, você está maluca...

O trabalhador mais próximo pressionou um rifle contra o pescoço de Marshall, fazendo-o se calar. O olhar de Dimitri, enquanto isso, percorreu seus prisioneiros, um ângulo se formando em sua sobrancelha enquanto tentava considerar a oferta. Não parecia estar totalmente convencido. Talvez Juliette não estivesse atuando direito.

Ela encontrou os olhos de Roma. Ele também não acreditava.

Talvez a única maneira de convencer Dimitri fosse convencendo Roma primeiro.

— Jurei meus votos para você, Roma. — Ela deu um passo à frente. Ninguém a impediu. — Aonde você for, eu vou. Não suportarei nem um único dia longe de você. Vou cravar uma adaga no meu próprio peito se for preciso.

Seus sapatos ecoaram no chão, no cascalho, no metal da linha do bonde, na tampa de um bueiro. A cada passo, a multidão continuava a se abrir e a se reorganizar. Estavam confusos por escutar as palavras ditas a Roma, ao seu inimigo. Estavam em pânico por não quererem ser pegos em seu caminho, com medo mesmo que as mãos dela estivessem erguidas, mesmo que houvesse rifles apontados de três direções diferentes para sua cabeça. Era como se ela estivesse na mais bizarra marcha nupcial do mundo. Como se o noivo aguardando do outro lado do corredor fosse Roma amarrado e condenado à morte.

— Não — sussurrou ele.

— A cidade foi tomada — continuou Juliette. O tom de sua voz não era forçado. As lágrimas que se acumularam em seus olhos não eram falsas. — Tudo o que era bom se acabou, ou talvez nunca tenha existido. A guerra de sangue nos manteve separados, nos forçou a ficar em lados diferentes. Não vou permitir que a morte faça o mesmo.

Juliette já estava parada bem na frente dele. Ela poderia ter tentado libertá-lo naquele instante, roubado o rifle de alguém e cortado as amarras dele com a parte afiada.

Em vez disso, inclinou-se e o beijou.

E, por baixo da língua, empurrou a vacina para dentro da boca de Roma.

— Morda — sussurrou, pouco antes de dois trabalhadores armados a puxarem para trás.

A multidão ao redor deles murmurava, completamente perplexa. O que era para ser uma execução pública agora se parecia mais com o começo de um escândalo.

Juliette ergueu a mão, rápida como um chicote, e fechou os dedos ao redor de um dos rifles, apontando-o direto para Dimitri. Os trabalhadores se apressaram a impedi-la, mas ela não estava fazendo nada além de manter a mão próxima do cano. Não estava nem perto do gatilho. O restante da arma continuava amarrada ao pobre trabalhador, que paralisou, confuso.

— Você não sabe do que eu sou capaz — disse ela, a voz ressoando alto na noite. — Mas eu mantenho minha palavra. Deixe-os ir. E não vou resistir.

Tudo ficou imóvel por um longo momento.

— Cansei desse drama — anunciou Dimitri. — Só a amarrem logo. Soltem os outros dois.

Alisa gritou baixo em protesto, os olhos arregalados. Marshall, enquanto isso, se inclinou para a frente xingando vigorosamente. Seu rosto estaria vermelho com o esforço se a luz fosse um pouco melhor, pois queria lutar ele mesmo contra Dimitri e pôr um fim naquilo tudo.

— Você não pode estar falando sério. Juliette, não pode *negociar* sua vida. Qual é o seu problema...

Ela não disse nada. Não disse nada enquanto desamarraram Alisa e a deixaram cambalear para longe. Não disse nada enquanto Marshall também era libertado de suas cordas, a expressão completamente perturbada, olhando para Juliette enquanto a arrastavam até um poste e a amarravam firme. Ele se balançava nas pontas dos dedos dos pés, a um segundo de investir contra Dimitri, e que se danassem todos os trabalhadores armados.

— Você não pode estar falando sério — repetiu Marshall. — Não tem como você estar...

— Vá, Marshall — ordenou Roma, rouco. Ele não sabia o que havia engolido, mas devia ter percebido que existia um plano. — Não faça com que isso tudo seja em vão. Pegue Alisa e vá.

Vá, queria acrescentar Juliette. *Vá, e Benedikt explicará tudo.*

Marshall hesitou visivelmente. Então pegou a mão de Alisa e se afastou depressa com ela, correndo pela multidão como se temesse que fossem atirar em suas costas assim que se virasse. Juliette soltou o ar aliviada quando eles desapareceram.

Quase teve medo de que *realmente* fossem atirar.

— Então é assim que termina. — O clique de uma pistola. Dimitri estava carregando-a com as balas. — Será de fato uma nova era.

— *Marshall!*

Marshall parou, estacando de súbito. Respirava com dificuldade, o som audível antes mesmo de Benedikt sair do carro. Marshall nunca parecera tão horrorizado na vida. Sua expressão piscava de surpresa, então de alívio ao ver Benedikt, mas não durou muito.

— Ben! — Ele ofegava. Marshall correu para encontrá-lo, segurando sua mão. — Ben, Ben, temos que ajudá-los. Roma e Juliette...

— Está tudo bem, está tudo bem. — Benedikt tentou acalmá-lo, passando a outra mão em seu pescoço. — Vou explicar. Alisa, entre no carro. Precisamos estar preparados.

— Livres dos Escarlates. Livres dos Rosas Brancas — continuou Dimitri.

Juliette começou a contar, perguntando-se quando Benedikt agiria. Com certeza, logo. Com certeza, bem depressa.

— Em vez disso — disse Roma —, é uma cidade controlada por monstros.

Um dos trabalhadores bateu o rifle com força na cabeça dele, fazendo-o se calar. Dimitri manteve o olhar neutro. Ainda estava fingindo.

— Que conveniente você mencionar isso — disse Dimitri. Ele parecia um exemplo de inocência. — Então eu devo revelar à cidade que lhe apresento *dois* presentes. O fim da tirania dos gângsteres, e... — Ele apontou para vários sacos no chão aos seus pés. Juliette não os notara antes, mas pareciam do tipo que se usava para estocar farinha ou arroz, encontrados aos montes nos mercados de alimento. Estavam amarrados nas pontas com cordas, o tecido de algodão parecendo que se rasgaria a qualquer instante, cedendo para o que quer que os estivesse preenchendo. — Uma vacina, distribuída a todos que forem leais a mim.

Um murmúrio percorreu a multidão, e o olhar de Juliette se ergueu de espanto. Então era assim que ele jogaria. Exatamente como o Larkspur fizera: devastar o povo com uma das mãos e oferecer a salvação com a outra.

O vento gelado soprou contra a bochecha de Juliette, e ela se permitiu senti-lo, permitiu que os segundos se arrastassem, enquanto se debatia contra as cordas ao redor de sua cintura. Eles não haviam se dado ao trabalho de amarrar com força, porque ela supostamente estaria morta em segundos. Suas mãos ainda estavam livres. Ao alcance do trabalhador à sua direita, o rifle dele alinhado ao seu rosto.

Dimitri ergueu sua arma.

— O dia de hoje entrará para os livros de História.

— Sim — disse Juliette. — Entrará.

Ouviu-se um gorgolejar vindo de cima. Foi o único aviso que ressoou pela noite. No instante seguinte, uma chuva de gasolina caiu, cobrindo a multidão, os trabalhadores, a rua toda. Os olhos dela ardiam terrivelmente, mas Juliette tinha a vantagem de saber o que estava por vir. O trabalhador de guarda ao seu lado gritou e cobriu os olhos com as mãos, deixando o rifle livre para que ela o roubasse. Juliette não perdeu tempo em arrancá-lo do homem e virar o cano para baixo, cortando com a ponta afiada a corda que a amarrava. Sua cintura ardeu. Havia se cortado, o sangue fresco escorrendo, mas não se importou. Tossiu forte contra o que pinicava sua boca e se virou para Roma.

— Abra os olhos, meu amor. Você vai precisar enxergar, se quisermos escapar.

Os olhos dele se abriram no momento em que ela serrava as amarras de seus braços.

— O que é *isso*? — perguntou, chacoalhando a viscosidade dos braços.

Juliette apontou com o queixo para a multidão. Ela cortou as cordas na cintura dele também.

— Olhe.

Diante de seus olhos, cinco monstros tomaram forma. Os gritos foram imediatos, o caos que Juliette esperava. Os civis se dispersaram por todos os lados. Os trabalhadores abandonaram seus postos conforme os monstros rugiam noite adentro. Com um xingamento brutal, Dimitri finalmente forçou os olhos a se abrirem no momento em que a gasolina parou de cair.

— *Libertem-se!* — gritou ele.

Era tarde demais. Dimitri demorara demais. Enquanto os insetos começavam a sair em cascatas, Juliette soltou o rifle e pegou a mão de Roma, puxando-o para a frente, procurando uma boa rota de fuga. Assim que começou a se mexer, houve um *clique* atrás deles e, mais rápido do que Juliette pôde reagir, Roma a puxou para baixo, evitando por pouco uma bala que ricocheteou no calçamento.

Eles se viraram. Dimitri apontava a pistola para os dois.

— Você deveria estar morto — gritou na direção de Roma. Uma massa preta correu por seus sapatos. — Os insetos deveriam matar você.

— É preciso mais do que isso para me matar — retrucou Roma.

Dimitri apertou os dedos ao redor da pistola. A destruição devastou a cena antes que ele pudesse atirar: um banho de sangue, infectando aqueles que não haviam corrido rápido o suficiente. Os olhos de Juliette se desviaram para o lado. Uma mulher: caindo de joelhos, os dedos cravados no pescoço puxando sem hesitar. Um grito: uma silhueta, correndo na direção da mulher. O marido: inclinado sobre o corpo dela e emitindo um som alto, inconsolável. Logo ele também enterrou os dedos na própria garganta e caiu no chão.

Era um completo caos, um pandemônio. Dimitri não parava de girar, tentando afastar os trabalhadores que se jogavam à sua frente. Estavam todos implorando, usando seu último suspiro sob controle para convencer Dimitri a salvá-los, antes que ele os empurrasse para longe e eles dilacerassem a si mesmos até a morte.

— Roma — sussurrou Juliette. — Achei que estava resgatando você, mas não sei se temos como fugir disso.

Caos. Caos total. Com exceção de Dimitri, apenas Roma e Juliette continuavam imunes, os três parecendo deuses combatentes em meio ao caos primordial, e não era *exatamente* isso que havia de errado com aquela cidade? Decidir quem merecia ser salvo e quem merecia ser abandonado? Deixar o lugar todo apodrecer e se deteriorar desde que o topo se mantivesse intocado, desde que não houvesse inconveniências à vista?

Juliette olhou para Roma. Ele já a observava.

Poderiam fugir no sentido físico. Poderiam correr enquanto Dimitri estava distraído, levar um tiro ou dois por descuido e viver para contar a história. Mas, enquanto Dimitri vivesse e aqueles monstros obedecessem a seus comandos, como poderiam um dia ser *livres*? Estariam sempre pensando naquela cidade, naquele povo — o *seu* povo —, sofrendo por algo que ela poderia ter impedido.

— Juntos ou nada, *dorogaya* — sussurrou Roma de volta. — Estou com você se corrermos. Estou com você se lutarmos.

468 FINAIS VIOLENTOS

Dimitri deu um grito feroz e atirou em uma trabalhadora com sua pistola, matando a mulher antes que ela pudesse se ajoelhar aos seus pés por mais um instante que fosse. Os gritos estavam diminuindo ao redor deles. Era uma pequena multidão infectada com os surtos. Em alguns dias, semanas, meses, haveria mais multidões em outras cidades, no país todo, no mundo inteiro. No fim, o único que pagaria por tal destruição, com o sangue e as entranhas, era o povo.

Continue lutando por amor.

Juliette quisera ser egoísta, quisera fugir. Mas *este* era o amor deles: violento e sanguinário. Aquela *cidade* era o amor deles. Não tinham como negar sua criação como os herdeiros de Xangai, como duas peças de um trono. O que restava de seu amor se negassem isso? Como poderiam viver em paz consigo mesmos, olhar um para o outro, sabendo que haviam tido uma escolha e ido contra quem eram em sua essência?

Não poderiam. E Juliette sabia: o Roma que ela amava não a *deixaria* ir embora assim.

— Temos que ser rápidos. — Ela pegou o isqueiro do bolso. — Você me entendeu?

Não era apenas Dimitri que precisava morrer. Essa era a parte fácil. Bastava pegar um dos rifles caídos.

Eram os monstros que precisavam ser destruídos.

Uma fração de segundo se passou. Roma olhou para a cena ao redor. Os trabalhadores à frente de Dimitri haviam enfim caído.

— Sempre, Juliette.

Em um instante, ele investiu. Antes que Dimitri pudesse se recompor e se recuperar das súplicas dos trabalhadores, Roma estava o distraindo de novo, virando sua pistola para o céu, apertando o gatilho e disparando uma bala no ar. Juliette, aproveitando a chance, correu e abriu um dos sacos aos pés de Dimitri. Ela o virou ao contrário, espalhando os pedaços azuis por cima dos outros sacos, derramando-os igualmente sobre cada um deles.

Um grunhido alto. Dimitri — desvencilhando-se de Roma. Na disputa, sua pistola voou três passos adiante, tilintando numa poça de sangue. Porém, em vez de recuperá-la, Dimitri simplesmente se virou, bufando de ódio. Ele empurrou Roma com força, quase atirando-o ao chão. Então, antes que Juliette pudesse se esquivar, ele a viu com os sacos e sua bota colidiu com o estômago dela.

Juliette caiu com um baque no cascalho, fazendo uma careta de dor ao arranhar os cotovelos. A gasolina no chão ensopou suas feridas. Roma correu para ajudá-la e erguê-la de novo, mas não importava. O cenário estava pronto. Atrás de Dimitri, os monstros começaram a se aproximar.

Precisavam chegar só um pouco mais perto. Só um pouquinho mais perto.

Roma pegou a mão de Juliette. Algo no gesto parecia completamente natural, mesmo que o mundo estivesse parando de girar ao redor deles. Sempre sentiriam a mesma sensação de quando tinham 15 anos de idade: eram invencíveis, intocáveis, desde que estivessem juntos. Os dedos dele, firmes e fortes enquanto se entrelaçavam aos dela.

Com a outra mão, Juliette destampou o isqueiro. Encontrou os olhos de Roma, perguntando-lhe em silêncio uma última vez se realmente fariam isso. Ele não demonstrou medo. Olhava para ela como alguém olharia para o mar aberto, como se ela fosse aquela vasta e significativa maravilha que ele estava grato apenas por poder presenciar.

— Para amá-lo e protegê-lo, e nem a morte pode nos separar — sussurrou Juliette.

Os monstros uivaram para a noite. Aproximaram-se.

— Nesta vida e na próxima — respondeu Roma —, pelo tempo em que nossas almas existirem, a minha sempre encontrará a sua.

Juliette apertou a mão dele. Naquele gesto, tentou comunicar tudo o que não conseguia colocar em palavras, para o que não existiam palavras além de: *eu te amo. Eu te amo. Eu te amo.*

Quando Dimitri avançou, quando os monstros finalmente estavam a uma boa distância, Juliette girou a roda metálica do isqueiro.

— Não erre — disse Roma.

— Eu nunca erro — respondeu Juliette.

E, quando ele assentiu, ela atirou a chama nos sacos de vacina altamente inflamáveis.

— Por que estão demorando tanto? — perguntou Benedikt.

Ele tinha o pé sobre o pedal. Precisavam estar prontos para partir no exato segundo em que Roma e Juliette aparecessem.

Alisa gemeu no banco de trás. Marshall se esticou para olhar pelo vidro traseiro, esperando para ver se alguém surgia à vista na rua.

O chão pareceu tremer sob eles. Um estrondo. Outro.

Então Marshall se virou, xingando tão alto que a voz falhou.

— Vá, Benedikt, vá!

— O quê? Mas…

— *Acelera!*

Benedikt pisou no acelerador, o carro rasgando tão subitamente pela rua que os pneus cantaram noite adentro.

Atrás deles, com cada centímetro da rua coberto por gasolina, a explosão ressoou tão alta e tão quente que toda a Xangai se abalou com o estrondo.

Epílogo
Abril, 1928

Quase não há movimento nesta parte de Zhouzhuang. Quase não há sons para atrapalhar Alisa Montagova enquanto ela se ajoelha à margem do canal, dobrando um *yuánbǎo* de papel prateado. A garota acha que eles não se parecem muito com os lingotes que deveriam parecer, mas está fazendo o melhor que pode.

É o dia do festival Qingming: o dia da limpeza dos túmulos. Um dia para venerar os ancestrais que faleceram, para cuidar das lápides, rezar e queimar dinheiro falso para o além, a fim de que os mortos o utilizem. Alisa não tem ancestrais para quem rezar em Xangai. Em Xangai, há apenas lápides, lado a lado, sobre túmulos vazios.

Ninguém argumentou contra. Com a explosão doze meses antes, os jornais do dia seguinte haviam conseguido uma certidão de casamento que deixou a cidade toda alvoroçada. Uma certidão que mostrava que Roma Montagov e Juliette Cai haviam se casado, unidos o tempo todo enquanto a guerra de sangue dividia as ruas.

Alisa acrescenta outro *yuánbǎo* à pilha. Na verdade, a certidão nunca existiu. Mas Alisa escutara os votos naquela noite, espionando-os em vez de ir dormir. Forjou o documento e enviou-o à imprensa. A guerra de sangue pode não ter se dissolvido imediatamente, mas esse foi o primeiro movimento para que começasse a ruir. Se os herdeiros não acreditavam na disputa, por que as pessoas comuns deveriam? Se os herdeiros haviam morrido um pelo outro, que argumentos tinha o povo para continuar brigando?

Foram enterrados juntos. Não havia cinzas, nem ossos. Haviam sido mantidos separados em vida, mas tiveram permissão para se unir na morte.

Diante dessa ideia, Alisa de súbito fungou, descobrindo que o nariz escorria. Não acreditava. Quando viu as lápides pela primeira vez, atacou as pedras, tentando arrancar as gravações.

— Eles não estão mortos! — gritara. — Se não conseguem encontrar os corpos, eles não estão mortos!

Disseram que a explosão fora quente demais. Que haviam encontrado os monstros por causa da grossura de suas peles, que haviam encontrado o corpo de Dimitri Voronin por causa da distância a que estivera da explosão. Mas não o de Roma e o de Juliette.

Benedikt precisou tirá-la de lá. Jogá-la sobre os ombros para impedi-la de cavar os túmulos. Mas, mesmo enquanto era carregada para longe, seus olhos continuaram fixos nas lápides.

Roman Nikolaevich Montagov	Cai Junli
Роман Николаевич Монтагов	蔡珺丽
1907–1927	1908–1927

— Eles se foram, Alisa — sussurrou Benedikt. — Sinto muito. Eles se foram.

— Como podem ter morrido? — Ela se agarrou ao primo, enterrando o rosto em seu ombro. — Eles foram as pessoas mais valentes dessa cidade. Como podem ter simplesmente morrido?

— Sinto muito. — Era tudo o que Benedikt conseguia dizer. Marshall se abaixou ao lado deles, oferecendo sua presença. — Sinto muito. Sinto muito. Sinto muito.

Aqueles nem são os nomes deles, queria gritar Alisa. *Aquelas lápides estão com os nomes errados.*

Agora, ela termina sua pilha de dinheiro falso e o reúne num círculo apertado. O crepúsculo avança no horizonte, banhando o céu de laranja. Alisa está ali porque não suporta os gestos falsos de Xangai, não tolera a ideia de se juntar às multidões no cemitério, a todos os rostos soluçantes que sequer conheciam seu irmão. Benedikt e Marshall fugiram da cidade um mês após a explosão. Quiseram levá-la consigo a Moscou, onde ninguém sabia quem eram, onde ninguém havia ouvido falar nos Montagoves e seu legado, onde generais do Kuomintang não estariam à caça deles. Alisa se recusara. Ela queria saber o que acontecera com seu pai. Queria saber o que aconteceria com sua cidade.

Não conseguiu nenhuma boa resposta. O pai continua desaparecido, e a cidade aos poucos volta ao normal. A guerra avança pelo país sem sinais de cessar, mas Xangai sempre foi uma cidade numa bolha. A guerra avança, e a cidade conta a lenda de Roma e Juliette como se fosse uma canção folcló-rica passada entre puxadores de riquixá durante suas pausas. Eles falam em Roma Montagov e Juliette Cai como aqueles que ousaram sonhar. E, por isso, numa cidade consumida por pesadelos, foram mortos sem piedade.

— Alisa Montagova, está esfriando.

Alisa se vira, semicerrando os olhos para a escuridão.

— Quase pronto. Teria sido mais rápido se você tivesse me ajudado a dobrar.

Um resmungo.

— Vou ficar aqui. Não caia na água.

Alisa risca um fósforo, levando-o ao dinheiro falso. Ela protege a chama para que a brisa suave não a apague, a mão firme até que o fogo pegue e brilhe com vida.

Hoje, mais que em qualquer outro dia, haverá multidões e multidões nos túmulos de Roma e Juliette. Que é o motivo por Alisa ter vindo para cá em vez disso, para Zhouzhuang, para onde Roma disse uma vez que gostaria de ir. Se a vida humana tem um pós-vida, um desejo próprio, então a dele es-taria ali para descansar, e Alisa não tinha dúvidas de que Juliette o seguiria.

Havia sido um verdadeiro inferno tentar escapar para ir até ali. Alisa não mora mais no quartel-general Rosa Branca. O quartel não *existe* mais, tomado pelos Nacionalistas e por soldados, depois de expulsarem os Rosas Brancas. Benedikt ficara absurdamente preocupado ao partir com Marshall, perguntando-se o que ela faria, para onde iria. Ela já tinha uma resposta pronta. Ele não gostara, mas não tinha como impedi-la.

Alisa se tornou uma espiá Comunista.

474   Finais Violentos

Não que se importasse muito com a causa. Não que gostasse muito do povo no geral, afora seus superiores que determinavam suas tarefas e, de vez em quando, a levavam ao campo quando insistia por tempo o suficiente. Mas ela vê a cidade tentando voltar ao que era. Vê as linhas e as rachaduras aumentando e aumentando, e se pergunta de que adiantou tudo, por que o irmão fez tamanho sacrifício se nada iria mudar. Os Rosas Brancas estão despedaçados, não há volta. Os Escarlates se desintegraram. Lorde Cai se uniu às linhas do Kuomintang. O governo continua sólido. E, mesmo assim, a cidade continua ressoando com injustiças. Não há lei verdadeira, não há poder verdadeiro. Estrangeiros, espreitando às margens, esperam o momento em que o Kuomintang cometerá um erro. Os Imperialistas em outros cantos do país, com exércitos prontos, apenas esperam a sua vez. Alisa não é especialista em política, mas é rápida e esperta. Ela entra e sai de esconderijos antes que qualquer um possa vê-la. Escuta os relatos dos japoneses que invadem o norte. Escuta os britânicos e os franceses planejando para saquear o que puderem. Enquanto o país continuar no caos, as pessoas temem o mesmo destino de Roma e Juliette pelo qual choram. Porque, enquanto o ódio espreitar nas águas, a história de Roma e Juliette recomeçará.

E Alisa só quer que eles tenham *paz*.

O sol enfim se põe no horizonte. Alisa observa os papéis queimarem, deixando a escuridão envolvê-la. Logo este será o único fogo flamejante que ilumina o canal. As chamas refletem de volta em seus olhos escuros, aquecem a brisa que serpenteia ao redor.

— Eu queria que vocês pudessem ver — sussurra Alisa para a noite. — Eles encontram esperança na união de vocês. Escolhem não lutar mais.

O canal tremula com o vento. A água espirra em pequenas ondas, o único som do lugar. A maioria das pessoas na cidadezinha já se retirou para suas casas, fechando as janelas e deitando a cabeça no travesseiro.

— Alisa, estou criando rugas aqui.

— Não seja *dramática*, Celia.

O fogo finalmente terminou de queimar, então Alisa empurra as cinzas com o pé e se vira para partir. Sua superior está a alguns passos de distância, com a aparência de quem está vigiando o canal, mas não há ninguém por perto de quem se proteger. Além disso, não há nada com o que se preocupar em Zhouzhuang. Ela usa o termo "superior" por gentileza, pois os outros são muito mais velhos, mas Celia não deve ter mais do que 19 anos, a única que acata os pedidos irritantes de Alisa. Sempre houve algo de familiar em Celia, como se a houvesse conhecido brevemente antes. Mas Alisa nunca consegue determinar como ou onde, pelo menos não de maneira que faça sentido.

Alisa se inclina. Mesmo quando para, Celia está observando o canal, os olhos percorrendo a escuridão.

— Você vem a Zhouzhuang o *tempo todo* em missões solo — diz Alisa, tentando avistar o que chamou tanto a atenção de Celia. — Está com medo de que seus contatos me vejam? Talvez eles queiram trabalhar comigo.

Celia arregala os olhos para ela, surpresa.

— Como você sabe que eu venho aqui?

— Você volta com sacolas de pãezinhos que têm nomes de lojas. Pare de me alimentar, se não quer que eu saiba aonde vai.

Celia solta um longo suspiro e aponta um dedo de alerta para ela.

— Não conte para ninguém. É por baixo dos panos.

Alisa finge bater continência. Não reclama quando Celia a vira de costas pelos ombros e a empurra para que comece a andar. O carro delas está estacionado fora do vilarejo.

— Não é um contato, então? Deveríamos nos preocupar em ser vistas?

— Não me faça começar a falar sobre sermos vistas. Lembra o que eu disse mês passado? Minha própria irmã começou a trabalhar para os comandos principais dos Nacionalistas. Nós podemos — ela imita uma pistola com a mão e faz um som de tiro — ser eliminadas a qualquer momento.

Alisa dá uma risadinha, mas logo para, sentindo-se deslocada. Celia está tentando diverti-la, mas há dor naquela brincadeira, ainda recente, ainda confusa. Celia não disse nada sobre quem é a irmã. Mal compartilha qualquer informação sobre si mesma. Mesmo assim, Alisa sente o coração se apertar.

— Obrigada por me trazer aqui — diz em voz baixa. — Eu precisava fazer isso.

A água espirra no canal atrás delas.

— Ele tem orgulho de você, sabia?

Alisa olha de lado para Celia.

— Você nem conhecia Roma.

— É só uma sensação. Vamos. Vai demorar uma eternidade para voltarmos à cidade.

Sem esperar, Celia aperta o passo, abaixando-se para se esquivar dos galhos que balançam nas árvores e evitando pisar nas várias ervas colocadas para secar na calçada. Alisa não sabe o que há de diferente naquele momento — talvez a lua que brilha mais forte no céu, talvez algum movimento percebido pelos cabelos de sua nuca —, mas ela se vira e olha para o canal mais uma vez.

Há luz apenas o suficiente para perceber um barco de pesca que passa, iluminando os perfis de duas pessoas. Alisa vê um vislumbre. O vislumbre de uma garota num vestido bonito demais, inclinando-se para beijar um garoto com um rosto familiar. Então escuta uma risada, uma risada leve e despreocupada que ecoa pela clareira. Em segundos, o barco já deslizou para longe, sob a cobertura de um salgueiro que se derrama sobre o canal, para dentro do labirinto de água que corre por esta cidadezinha tranquila.

Alisa se vira para frente de novo.

Por um segundo fica apenas parada, imóvel, olhando para a noite, sem saber o que fazer. Então está chorando, as lágrimas correndo por suas bochechas rápido demais para se preocupar em secá-las. Não é a tristeza que a atinge, mas a *esperança,* a esperança que a inunda com tamanha fúria que ela permanece enraizada no chão, sem conseguir mover um único músculo por medo de que a sensação passe. Ela poderia ir atrás deles. Poderia correr e correr pelo canal até encontrar o barco. Vê-los com os próprios olhos e *ter certeza.*

Alisa não se mexe. O vento dança ao seu redor, sopra o cabelo em seus olhos, faz os fios grudarem nas bochechas molhadas. Ela perseguirá políticos até compreender cada um de seus movimentos, perseguirá oficiais de alto escalão até saber cada detalhe de seus planos secretos, mas não perseguirá o barco. Prefere guardar essa esperança tão perto do peito que parecerá um fogo próprio, brilhando contra a escuridão, mesmo quando todas as outras chamas tiverem se apagado.

Haverá ódio. Haverá guerra. O país lutará até despedaçar a si mesmo. Matará o povo de fome, devastará suas terras, envenenará o ar. Xangai será destruída, será quebrada, chorará. Mas, por outro lado, precisa existir amor — eterno, imortal, resistente. Que queime através da vingança, do terror e da guerra. Que queime através de tudo o que alimenta o coração humano e o incendeie de vermelho, que queime através de tudo o que cobre seu exterior com um músculo forte e um tendão resistente. Cortando profundamente e agarrando o que pulsa lá dentro. É esse amor que sobreviverá depois que todo o resto ruir.

Alisa seca o rosto com a manga. Respira fundo para se recompor.

— Não se preocupem — sussurra. — Ficaremos bem.

Então ela corre adiante, para longe do canal, retornando mais uma vez a Xangai.

Nota da Autora

Conforme prometido, a nota da autora ao fim desta sequência retoma de onde paramos na nota ao final do primeiro livro. Assim como em *Prazeres Violentos*, *Finais Violentos* dialoga com a história real, mas os personagens (e os monstros) são inventados. Com exceção de Chiang Kai-shek, o comandante verídico à frente do Exército Nacional Revolucionário, outras figuras que participam da política da cidade são fruto de minha imaginação. Quer sejam mencionadas brevemente ou apareçam com frequência em suas páginas, elas são baseadas de maneira vaga em pessoas que podem ter sido ativas naquela época, e não podem ser consideradas inspiradas em quaisquer figuras históricas.

Entretanto, embora eu quisesse contar uma história de ficção, tentei retratar o clima da Xangai em 1927 da maneira mais fiel que consegui. O Massacre de Xangai nos capítulos 40 e 43 foi o primeiro evento que culminou na Guerra Civil Chinesa, depois que os Nacionalistas e os Comunistas finalmente terminaram sua aliança. Chiang Kai-shek, os estrangeiros e a Gangue Verde formaram uma aliança informal para lançar um ataque surpresa na madrugada de 12 de abril a fim de erradicar os Comunistas do Kuomintang. Os eventos que eu relato aqui são reais — com a troca da Gangue Verde pela inventada Sociedade Escarlate, e a inserção dos Rosas

Brancas entre os eliminados —, mas as linhas do tempo foram aceleradas para propósitos narrativos. Na história real, os ataques surpresas do expurgo ocorreram ao nascer do sol do dia 12; já os trabalhadores dos sindicatos marcharam em protesto para o quartel-general da Segunda Divisão no dia 13. Em *Finais Violentos,* os protestos acontecem de maneira mais rápida, desenrolando-se no mesmo dia em que os expurgos. Afora a mudança na linha do tempo, os estudantes e os trabalhadores reais foram de fato baleados apesar de estarem desarmados, e ainda não existem registros confirmados de quantos foram assassinados nos expurgos ou no massacre. O Terror Branco em Xangai começou logo depois, para continuar prendendo e executando quaisquer Comunistas que não houvessem fugido da cidade. E, embora *Finais Violentos* sugira que o nome tem alguma relação com os Rosas Brancas, o evento foi na verdade chamado de Terror Branco por causa da violência anticomunista. Os livros de história explicarão melhor os detalhes do que uma narrativa de ficção, e, se você tiver interesse nos eventos aqui descritos, fontes de não ficção são o melhor lugar para consultas. No fim, este é só um romance que lida com a história real, e seu objetivo é ser tão confuso e cheio de nuances como a forma como juntamos as peças do que aconteceu no passado. Não há uma boa facção ou uma má facção. O poder troca de mãos num piscar de olhos, e pessoas reais tomam decisões históricas que mudam todo o curso de uma nação. Outros eventos que estão condensados na linha do tempo são os do capítulo 31, em que a tomada de Xangai acontece como resultado do levante armado dos trabalhadores. Quando isso aconteceu em 21 de março, já era o terceiro levante armado, o que foi omitido em *Finais Violentos* porque o primeiro foi a versão alterada descrita no final de *Prazeres Violentos*, e o segundo foi em fevereiro, aqui eliminado pela coerência da narrativa.

Outros pequenos ajustes históricos incluem a descrição de prédios que na verdade ainda não existiam. O Grand Theatre, que abre o livro, não foi construído até 1928. Então o lugar faliu e foi redesenhado em 1932, reabrindo oficialmente com sua arquitetura Art Déco em 1933. O salão Paramount, conhecido como Bailemen (百乐门; literalmente traduzido como "portal dos cem prazeres"), também não seria construído até 1932, abrindo para o público em 1933. Entretanto, como esses lugares se tornaram marcos da reluzente era de ouro de Xangai, eles precisavam brilhar um pouco neste livro, apesar de meio adiantados no tempo. Pelo menos agora o cenário está montado para os anos 1930, que estão prestes a chegar...

Agradecimentos

Escrever o segundo livro de uma duologia é como quando o grande vilão de um romance para jovens adultos ressurge, porém com mais riscos, porque o protagonista tem tudo a perder. Neste caso, o mal é escrever o livro, e os riscos são a minha dignidade para garantir que o segundo volume lute com tanta garra quanto o primeiro. Como chegamos ao fim, considero isso uma vitória e, é claro, ela não seria possível sem as pessoas que me acompanharam no campo de batalha.

Agradeço a Laura Crockett, a agente mais determinada que um autor poderia ter. Você é minha salva-vidas no mundo editorial, e sou eternamente grata por sua inteligência. Agradeço também a Uwe Stender e Brent Taylor pelo trabalho maravilhoso e incansável da TriadaUS.

Agradeço a Sarah McCabe, cuja presença no meu canto do ringue me deixa muito feliz. Este livro prosperou sob seu olhar editorial, e espero que haja muito mais prosperidade por vir. Agradeço às minhas agentes publicitárias Cassie Malmo e Jenny Lu, e Mackenzie Croft na equipe canadense. Agradeço a Justin Chanda e todos da Margaret K. McElderry Books: Karen Wojtyla, Anne Zafian, Bridget Madsen, Elizabeth Blake-Linn, Greg Stadnyk, Caitlin Sweeny, Lisa Quach, Chrissy Noh, Devin MacDonald, Karen Masnica, Cassandra Fernandez, Brian Murray, Anna Jarzab, Emily Ritter, Annika Voss, Lauren Hoffman, Lisa Moraleda e Christina Pecorale e sua equipe de vendas, assim como a Michelle Leo e sua equipe. Agradeço a Katt Phatt pela arte de capa. Agradeço a Molly Powell, Kate Keehan,

Maddy Marshall e à equipe da UK Hodderscape. Agradeço à equipe da Hachette Aotearoa, na Nova Zelândia, por batalhar por este livro em casa. E agradeço a Tricia Lin, onde este livro começou.

Agradeço a *Māma* e *Bàba*, a quem dedico este livro, porque não seria a escritora que sou hoje sem vocês. Agradeço a Eugene e Oriana também, é claro. E, eternamente ao meu lado, agradeço a Hawa Lee, Aniket Chawla, Sherry Zhang, Emily Ting e Vivian Qiu.

Agradeço à torcida que me mantém sã na faculdade: Kushal Modi, Jackie Sussman, Ryan Foo, João Campos, Andrew Noh, Rebecca Jiang e Ennie Gantulga. Agradeço também ao professor D. Brian Kim, por responder a todas as minhas perguntas sobre duelos russos.

Agradeço aos amigos no ramo da publicação que sempre me fazem *emoji emocionado*. À Tashie Bhuiyan por nossos objetivos de melhores amigas (e agora de colegas de quarto!!!). Ao esquadrão da Geração Z D.A.C.U. por nosso caos absoluto: Christina Li, Racquel Marie, Zoe Hana Mikuta (e Tashie de novo). Ao grupo do "vamos sair para jantar" pelos nossos melhores *brunches*: Daisy Hsu e CW (e Xiaolong!). A todos os amigos de cuja companhia virtual (e, às vezes, presencial) eu sempre desfruto: Rachel Kellis, Alina Khawaja, Eunice Kim, Miranda Sun, Tori Bovalino, Heather Walter, Alex Aster, Meha e Sara.

Agradeço aos autores que fizeram a gentileza de escrever recomendações para *Prazeres Violentos*: Natasha Ngan, Amélie Wen Zhao, Joan He, Tessa Gratton e June Hur. Agradeço aos que torceram por *Prazeres Violentos* quando foi lançado, incluindo, mas não apenas, Shealea e Caffeine Book Tours, Michelle, Skye, Lauren, Lili, Kate, Tiffany, Alexandra e Subtle Asian Book Club.

Agradeço aos livreiros que torceram por estas histórias e as levaram às mãos dos leitores. Agradeço aos bibliotecários que amaram estas histórias e as colocaram em suas estantes. E, sempre, agradeço a vocês, leitores. Agradeço a todos que têm nomes de usuários relacionados a *Prazeres Violentos* nas redes sociais, aos fãs que produziram *fanarts* ou que escreveram *fanfics*, aos que fazem postagens do que estão lendo atualmente no Twitter, ou edições de fãs no Instagram, ou vídeos empolgantes no TikTok. Livros se movimentam e crescem com o poder do boca a boca, e eu não tenho como agradecer o suficiente por sua empolgação e por seu apoio.

CHLOE GONG é autora best-seller número 1 do *New York Times*. Ela se graduou recentemente em Inglês e em Relações Internacionais pela Universidade da Pensilvânia. Nascida em Xangai e criada em Auckland, Nova Zelândia, Chloe agora mora em Nova York, onde finge ser uma adulta de verdade.

Depois de devorar toda a seção de livros para jovens adultos da biblioteca local, ela começou a escrever os próprios romances aos 13 anos de idade para se manter entretida, e tem estado muito entretida desde então. Chloe é conhecida por aparecer misteriosamente quando alguém diz: "Romeu e Julieta é uma das melhores peças de Shakespeare e não merece ser difamada na cultura pop" três vezes na frente de um espelho. Você pode encontrá-la no Twitter, @thechloegong, ou visitar seu site: thechloegong.com.

EM BREVE PELA ALTA NOVEL!

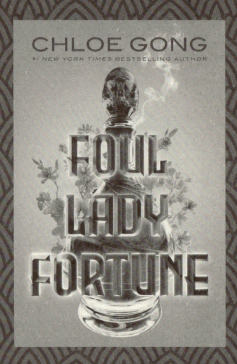

Em Xangai, no ano de 1931, Rosalind Lang é uma assassina imortal que usa suas habilidades para buscar redenção por seu passado como traidora, trabalhando para sua pátria com o codinome "Destino". Quando o Exército Imperial Japonês invade a cidade, Rosalind é encarregada de descobrir os responsáveis por uma série de assassinatos que estão agitando a população.

CONHEÇA OUTROS LIVROS DO SELO

- Fantasia Urbana
- Enemies to Lovers
- Viagem no Tempo

PORQUE NESTA HISTÓRIA... ELA NÃO É O HERÓI.

Joan acabou de descobrir a verdade: seus familiares são monstros, com terríveis poderes ocultos. E o garoto de quem ela gosta não é nada do que aparenta: é um lendário matador de monstros, que fará de tudo para destruir a família dela. Para salvar a si e àqueles que ama, Joan terá de fazer o que mais teme: abraçar a própria monstruosidade.

UMA GUERRA PELO CONTROLE DE TODA A NAÇÃO.

Brisa, uma órfã que se tornou a melhor estrategista do continente e serviu a Xin Ren, uma senhora da guerra cuja lealdade à imperatriz é perigosa. Brisa é forçada a se infiltrar em um acampamento inimigo para impedir o massacre dos seguidores de Ren e conhece Corvo, um estrategista adversário enigmático que é igualmente habilidoso. No entanto, há outros inimigos além de Corvo, e nem todos são humanos.

- Inspirada no clássico conto chinês *Três Reinos*
- Fantasia Épica

Todas as imagens são meramente ilustrativas.

 /altanoveleditora   /altanovel